산에
스며든
초롱 1

산에
스며든
초롱

1판 1쇄 찍음 2021년 7월 20일
1판 1쇄 펴냄 2021년 7월 29일

지은이 | 스파클라
펴낸이 | 정　필
펴낸곳 | (주)뿔미디어

기획·편집 | 박경희 권자영 김신혜
표지 디자인 | 우　물

출판등록 | 2002년 9월 11일 (제1081-1-132호)
주소 | 경기도 부천시 소향로 17, 303(두성프라자)
전화 | 032)651-6513　팩스 | 032)651-6094
E-mail | scarlets2012@hanmail.net
블로그 | http://blog.naver.com/dahyangs
비북스 | http://b-books.co.kr

값 11,000원

ISBN 979-11-6713-358-8 04810
ISBN 979-11-6713-357-1 04810(세트)

1

산에
스며든
초롱

스파클라
장편 소설

CARLET ROMANCE STORY

목
차

1

끝없이 펼쳐진 설원, 어둠이 차갑게 내려앉은 웰스 타운 리조트는 전례 없는 이른 추위 탓에 예년보다 빠르게 스키장을 개장했다. 겨울 스포츠 마니아들에게는 더없이 반가운 소식이 아닐 수 없었다.

시즌을 맞은 스키어와 스노보더들이 이른 겨울을 만끽하기 위해 전국에서 모여들어 북새통을 이루었다. 그렇게 반가운 겨울을 떠들썩하게 맞이하던 사람들도 시간이 흘러 어스름이 깔려 오자 하나둘 장비를 챙겨 자리를 떠나고, 드디어 낮과는 대조적인 한산함이 스산하게 스며들었다.

오 남매 중 막내 하이림이 기다리다 지쳐 먼저 말을 꺼냈다.

"오빠, 이제 슬슬 시작해도 되지 않겠어?"

참을성이 바닥난 림의 말에 둘째인 이산이 싱긋 웃으며 말을 보탰다.

"그래, 상급 슬로프에 있는 사람들은 거의 다 빠져나간 것 같아. 이제 시작해도 될 것 같은데?"

듬직한 둘째 동생의 말에 가장 맏이인 이강이 동생들의 모습을 차례로 훑었다. 자신을 비롯해 둘째 이산, 셋째 이수는 스키를 즐겼고, 넷째 이운과 막내 이림은 보드를 즐겼다.

이강은 산, 수, 운, 림 모두 완벽하게 활강할 준비를 마친 모습을 흡족하게 바라보며 고개를 끄덕였다.

"그래, 좋아. 기온이 많이 내려간 데다, 바람도 세다. 워밍업 충분히 잘 하고, 초반부터 너무 달리지 마! 지금부터 무리하지 않는 선에서 최대한 즐기라고. 그럼 누가 먼저 스타트할래?"

강의 말을 듣던 림이 기다렸다는 듯 쾌활한 목소리로 말을 꺼냈다.

"스키 먼저 출발하지? 스피드 하면 산 오빠를 따라갈 수 없지. 산 오빠가 선두에 서, 다음은 수 오빠, 그 뒤로 강 오빠가 내려가고 나면 우리 스노보더가 출격하지 뭐. 나는 오빠들이 곡선 코스 지나면 출발할게. 운 오빠가 마지막에 내려오면서 내 자세 좀 봐주고. 어때?"

깔끔한 막내의 정리에 형제들이 숨죽여 웃었다.

"키야~ 역시 우리 님! 정리 하나는 확실하게 해요. 난 찬성! 갑시다."

넷째 운의 말에 모두 다 동의한다는 듯 고개를 끄덕이며 미소를 보이는 것도 잠시, 저마다 자신의 장비를 한 번 더 확인하며 안전에 만전을 기하고 있었다. 소름 끼치도록 날카로운 바람 소리에 움츠러들 법도 하건만, 이 매서운 바람도 그들의 뜨거운 기운을 꺾을 수 없었다.

둘째 산이 강한 기합을 넣으며 선두로 출발하자 적당한 간격을 두고서 한 명, 한 명 순서를 지켜 차례로 슬로프를 내려가기 시작했다.

숏 턴을 구사하며 매서운 속도로 거침없이 내려가는 산 뒤로 셋째 수와 첫째 강이 각각 미들 턴과 롱 턴을 자유자재로 구사하며 저마다의 스릴을 만끽하고 있었다.

스키어들이 다 내려가고 난 후 막내 림이 운을 보며 말했다.

"이제 내 차례야, 오빠는 적당히 컨디션 조절하는 거 잊지 마! 무리하다 다리라도 부러지면 큰일 나. 알지? 오빠의 열렬한 팬들을 생각하라고!"

림은 흥분에 잠식되어 가는 마음을 애써 진정시키고, 넷째 오빠 운에게 신신 당부를 하며 한쪽 눈으로 찡긋 윙크하고서야 슬로프를 내려갔다.

운은 일말의 망설임도 없이 시원하게 슬로프를 내려가는 림을 보고 피식 웃으며 혼잣말을 했다.

"난 가끔 헷갈린다. 이건 누가 오빠고 누가 동생인지. 아무래도 우리는 순서를 바꿔 태어났을 거야. 자, 그럼 우리 막내까지 다 내려갔으니 이제 나도 슬슬 내려가 볼까?"

스키를 타는 세 형과 달리 림과 함께 보드를 즐기는 운까지 슬로프로 뛰어들었다. 모두 바쁜 일정을 뒤로하고 오랜만에 모인 데다 기다리던 시즌 첫 겨울 스포츠를 시작한 터라 앞으로 몇 시간 남지 않은 자유 시간을 마음껏 즐길 작정이었다.

깊은 밤. 상급 코스 슬로프에 때아닌 활기가 흘러넘쳤다. 그렇게 세 시간 남짓 지났을까? 맏이인 강이 이제 그만 끝내야 한다는 듯 하늘을 향해 주먹을 쥐어 보이자 모두 매서웠던 활강을 마무리 짓고 날카롭게 바람을 가르며 하나둘, 강의 앞에 멈추어 섰다.

"생각 같아서는 밤새 즐기고 싶겠지만, 이쯤에서 마무리하자."

강이 스키 마스크를 끌어 내리며 하는 말에 아쉬움을 감추지 못한 동생들의 투덜거림이 쏟아지자 강의 한쪽 입꼬리가 슬며시 올라갔다.

저마다 개성도 강하고 자기주장도 강한 동생들이지만, 자신의 말에는 투덜 거리면서도 곧잘 따라오는, 나이 먹을 만큼 먹은 동생들이 강은 아직도 신경 쓰이고 걱정되었다. 아무리 나이 먹어 어른이 되었다 해도 강에게는 어디까지나 지키고 보호해야 할 동생들이었다.

야간 스키를 마친 오 남매가 휴게 공간에 다시 모였다.

"오랜만에 몸 풀었더니 벌써 뻐근한데? 형들은 괜찮아? 우리 님도 괜찮고?"

촬영장에 콕 박혀 지내느라 운동은 고사하고 잠잘 시간도 부족한 운의 말에 세 명의 형제는 가소롭다는 듯 콧방귀를 뀌며 어깨를 으쓱 올렸다. 림은 그런 오빠들을 보며 알 만하다는 듯 고개를 끄덕거렸다.

"아무리 바빠도 강, 수 오빠는 최소 수영만큼은 매일 빠지지 않고 할 거야. 시간이 허락한다면 골프도 하겠고, 산 오빠야 말할 필요도 없지. 등산에 헬스에 더하면 더했지 절대 덜하진 않을걸? 나는 우리 오빠들만큼 자기 관리가 철저한 사람들을 본 적이 없어. 그러니까 운 오빠, 오빠도 바쁘겠지만 틈틈이 운동 좀 해! 아, 그것보다 쉬기는 하는 거야? 어떻게 TV를 틀기만 하면 나와? 인기도 좋지만 좀 적당히 해. 그러다 한 방에 훅 간다!"

"왜 아니야? 그래서 나도 이번에는 드라마 끝나고 휴식 기간 좀 달라고 말해 뒀어."

"우와, 오빠가 웬일이야? 남한테 아쉬운 소리 하는 거 세상 싫어하는 사람이? 하긴 좀 바빴어야 말이지. 잘했네, 잘했어. 듣던 중 반가운 소리다. 이번만큼은 꼭 휴가받아서 푹 좀 쉬어. 안 그럼 정말 쓰러질지도 몰라."

"오냐! 자식, 네가 내 누나 해라, 그냥."

잠자코 남매의 대화를 듣던 형제들이 운의 말에 참았던 웃음을 터트리고 말았다. 림은 홍일점으로 체구는 제일 자그마한 녀석이, 뿜어내는 에너지는 형제들 못지않았다. 림의 걱정 어린 소리가 전혀 터무니없지 않았기에 형제가 웃으며 한마디씩 거들었다.

운은 광고에 드라마, 영화까지. 하는 일마다 흔한 말로 대박을 터트리며 정상의 자리를 굳건히 지키고 있었다. 모두 가업에 함께하기를 바라는 그때 형제 중 둘째인 산과 넷째인 운은 각자의 길을 선택했다.

우려와 달리 각자 자신의 위치에서 최선을 다하며 확실히 자리매김하는 모습에 부모님을 포함하여 가족들은 더 이상 가업을 운운하며 그들을 막지 않았고, 오히려 든든한 지원군이자 버팀목이 되어 주고 있었다.

싱긋 웃던 맏이 강이 운을 보며 입을 열었다.

"잘 생각했다. 뭐든 열심히 하는 것도 좋지만, 몸을 우선으로 생각해. 아무리 네가 원해서 하는 일이라고는 해도 몸 상하면서까지 한다면 그냥 두고 볼수는 없을 것 같아."

"알아. 내가 알아서 컨디션 잘 조절할게, 형."

형의 걱정을 너무 잘 알기에 운이 바로 수긍하며 대답했다.

강의 관심이 둘째 동생에게로 자연스레 옮겨 갔다.

"그래, 그리고 산. 너는 요즘 사업은 어때? 힘든 일 없어? 우리가 도와줄 일은 없고?"

"뭐. 바빠서 피곤한 것 빼고는 문제없어. 전혀."

별 뜻 없는 산의 말에 강한 자부심이 느껴졌다. 그의 자부심을 뒷받침하듯 셋째 수가 말을 이었다.

"그래, 큰형, 둘째 형 걱정은 하지 않아도 되겠어. 애초에 우리가 기대했던 그 이상 아니야? 예전에는 일반 도로에서 한 대도 보기 힘들었던 캠핑카나 카라반이 요즘은 심심찮게 보이더라. 확실히 수요가 많이 늘었나 보던데? 더구나 형 회사는 제작에 수출까지 하니 국내에서는 따라올 업체가 없지. 안 그래?"

"그래, 고생한 보람이 있네. 비슷한 업체들이 우후죽순 생겨나지만, 우릴 따라잡으려면 아직 멀었어. 요즘은 비수기도 따로 없고 수요가 엄청나 직원도 더 뽑아야 할 지경이야."

강은 자신감이 넘치는 둘째 산에게도 당부를 잊지 않았다.

"잘된다고 경거망동 말고 매사 신중했으면 좋겠다. 물론, 알아서 잘하겠지만 말이야."

"그래, 형! 이럴 때일수록 더 긴장의 끈을 놓지 마. 그리고 뭐든 우리 도움이 필요하면 말해. 난 언제라도 형을 위해 지원 사격할 준비 돼 있으니."

셋째 수 역시 강의 말을 거들고 나섰다. 그 모습을 흐뭇하게 지켜보던 림이 익살스러운 표정으로 박수를 치며 감탄했다.

"역시 우리 오빠들이라니까. 이럴 때 보면 내 오빠지만 참 멋있어. 인정!"

강이 막내의 너스레에 피식 웃으며 느긋하게 앉아 있는 산을 바라보았다.

명철한 두뇌, 빠른 판단력과 결단력은 둘째 산의 최대 강점이었다. 함께 일을 하는 도중에 산은 자신이 해 보고 싶은 일이 있어 의사를 적극 타진해 보았으나, 만만치 않은 이사진의 반대에 부딪혀 스스로 나간 터라 그 빈자리가 여간 아쉬운 게 아니었다.

요즘 들어 산의 프로젝트를 적극적으로 반대했던 이사들이 한목소리로 산을 다시 데려오려 하는 걸 보면 그들의 판단이 얼마나 잘못되었는지, 그들이 지금 얼마나 후회하고 있을지는 구태여 그들의 머릿속을 들여다보지 않아도 알 수 있었다.

강이라고 산과 같은 인재가 아쉽지 않은 건 아니었으나 강은 무에서 유를 끌어낸 산의 능력을, 빛을 발하는 그의 사업 수완을, 동생의 성공을 기쁜 마음으로 지지하며 묵묵히 바라볼 생각이었다.

"하이산! 혹시라도 돌아오고 싶다면, 언제라도 네 자리는 있어. 알지?"

"형, 함께하지 못하는 건 나도 아쉬워. 말은 고맙지만, 다시 돌아가는 일은 없을 거야. 난 지금 내가 하는 일에 만족해. 더 크게 키워 보고 싶어."

말을 마친 산의 얼굴에 환한 미소가 자리 잡았다.

산은 어려서부터 유난히 여행을 좋아했다. 전국 방방곡곡을 돌아다니며 새로운 음식, 낯선 문화, 지역별 특성을 온몸으로 느끼고 몸소 체험하는 것이 삶의 가장 큰 기쁨이었다. 가업에 몸을 담고 있으면서도, 주말이면 빠짐없이 백패킹을 하며 대자연을 온몸으로 느끼고 나서야 비로소 또다시 새로운 일주일을 버텨 낼 힘을 얻었다.

하지만 하루에 하루를 더할 때마다 무언가 부족함이, 무언가에 대한 갈망으로 온몸이 아려 왔다. 일상 속에서 끊임없이 자연을 갈망하는 자신을 느꼈고, 자신이 진정 원하는 일을 하고 싶었다. 틀에 고정되어 있는 그런 삶이 아닌, 좀 더 가까이에서 자유를 만지고 만끽하고 싶었다.

제각기 모양을 달리하는 흘러가는 뜬구름을 잡고 싶고, 바람에 실려 오는 꽃향기를 직접 가서 맡고 싶었다. 비릿한 바다 냄새를 마시며 그곳에 온몸으로 빠져들고 싶었다. 그렇게 막연하게 생각만 하다가, 어느 순간 제 생각을 구체화하기 시작했다.

우리나라에는 아직 수요가 없지만, 도전해 보고 싶은 목표가 하나 생겼다. 누군가도 자신처럼 여행을 즐기고 자연을 사랑하지만, 사회에 매여 있고 삶에 묶여 있을 것이다. 백패킹을 즐기던 사람도 가족이 늘어남과 동시에 어느 정도 포기를 하게 되는 경우도 있고, 빡빡한 회사 업무에 캠핑을 나서기 쉽지 않은 사람들도 적지 않을 것이다.

좀 더 편하고, 조금 더 여유 있게 가족과 함께 자연을 즐길 방법이 없을까. 고심하던 중 우연히 해외여행을 하다가 캠핑카로 여행하는 사람들을 만나게 되었다. 우리나라에도 충분히 가능하지 않을까? 고민하다 보니 어느 순간 그 고민이 눈앞에 현실이 되어 펼쳐지고 있었다.

지금은 우리나라에서 캠핑카와 카라반 제작의 선두 주자로 자리매김하여 쇄도하는 문의에 몸이 열 개라도 모자랄 지경에 이르렀다. 내일이면 형, 동생들은 여유로운 주말이 찾아오겠지만 산에게는 가장 바쁜 주말이 될 터였다. 비록 오늘의 일탈과 기쁨이 내일의 피로함으로 남겠지만, 산의 입가에는 어느새 당당한 웃음이 머물러 있었다.

"이초롱, 초롱아."

목이 터져라 불러도 듣지 못하고 서둘러 걸음을 옮기는 친구를 보며 소현이 전력을 다해 뛰어와 초롱의 팔을 덥석 붙잡았다.

"얍."

"앗!"

"어이구, 뭐에 정신이 팔려 그렇게 불러도 몰라. 내가 몇 번이나 불렀는지 알아? 너 오늘 나랑 약속한 거 잊었지? 잊었을 거야. 아니면 뒤도 한 번 안 돌아보고 그렇게 쌩하니 갈 리가 없어. 안 그래?"

"소현아……"

초롱의 팔을 잡아 돌려세우고서 신나게 뛰어오느라 거칠어진 숨을 천천히 고르던 소현이 고개 들어 초롱을 바라보았다.

"너 얼굴이 왜 이래? 왜 이렇게 창백해?! 어디 아파? 무슨 일 있어?"

그제야 핏기 하나 없이 혼비백산한 듯 보이는 초롱이 눈에 들어와 덜컥 걱정이 앞서는데 초롱의 힘없는 목소리가 흘러나왔다.

"병원. 병원 가야 해."

"너 어디 아파? 아픈 거야? 응? 아니면…… 혹시, 아빠한테 무슨 일?"

"아니, 아니야. 얼른 가 봐야 해……. 병원."

"그래, 알았어. 일단 차에 타."

소현은 이미 넋이 나간 듯 말조차 제대로 잇지 못하는 초롱을 얼른 차에 태우고 운전석에 앉았다.

"무슨 병원? 어디야?"

"○○병원."

소현은 궁금한 게 너무 많았지만 잠시 접어 둬야 했다. 초롱이 늘 가던 병원이 아닌 다른 병원으로 차를 몰며 도대체 무슨 일이기에 이렇게 넋을 놓았는지. 부디 초롱에게 더 이상의 불행이 닥치지 않기를 바라는 마음으로 불안과 초조함이 엄습한 친구의 얼굴을 걱정스레 바라보며 속력을 올렸다.

병원 응급실 앞, 소현은 차를 세우자마자 총알처럼 튀어 나가는 초롱을 눈으로 좇으며 서둘러 주차를 하고 초롱이 갔던 방향으로 뛰어갔다.

"이초원이요. 방금 교통사고로 들어온 환자 어디 있어요?"

뒤따르던 소현의 귓가에 떨리는 초롱의 목소리가 고스란히 전해졌다. 소현은 기함할 듯 놀라 터져 나오는 신음을 미처 막지 못했다.

어려서부터 초롱의 집을 드나들어 익히 사정을 다 알고 있었다. 소현이 봐 온 초롱의 가족은 아무리 힘든 상황에 부닥치더라도 항상 서로에게 힘과 위로 가 되어 주는 평범하지만 따뜻한 가족이었다.

더구나 초롱과 초원은 보통의 가정에서 흔히 볼 수 있는 그런 남매의 우애가 아니었다. 힘든 집안 사정에도 서로를 의지하며 참고 견딜 수 있는, 그들은 서 로가 서로에게 가장 든든한 버팀목이자 단 하나뿐인 안식처와 같은 존재였다.

그런 초원에게 무슨 일이 생기면, 그런 동생이 잘못되기라도 하는 날엔 제아 무리 단단함으로 무장한 초롱이라도 더는 버텨 내기가 힘들 것을 너무나 잘 알 기에 소현은 덜컥 겁이 났다.

"이초원 환자 보호자분이신가요?"

"네. 제가 초원이 누나예요."

초롱은 알 수 없는 두려움에 심장이 타들어 가는 것만 같았다. 사고 연락을 받고 병원으로 오는 내내 머릿속에 펼쳐지던 온갖 악몽 같은 그림, 또다시 반 복될 끔찍한 상황들을 뇌리에서 몰아내려 애써야 했다.

사고로 하반신이 마비되어 병상에 누워 계신 아빠, 약해질 대로 약해진 엄 마를 대신해 자신에게 힘과 위로가 되어 주는 세상에 단 하나뿐인 동생이었다. 나이는 어리지만 선하고 속이 깊어 때로는 오빠처럼 듬직했다.

휴학하고 아르바이트를 하며 힘들게 삶의 무게를 감당할 때도 성실하게 제 몫을 해내는 동생을 보며 이 정도의 시련은 기꺼이 감내할 수 있을 것 같았다. 그런 동생이 학교에서 공부하고 있어야 할 시간에 교통사고라니.

초롱은 제발 동생이 무사하기를, 부디 큰 사고가 아니기를 바라며 초조하게 두 손을 꼭 맞잡고서 간호사의 뒤를 불안하게 따랐고, 소현은 그런 초롱을 말 없이 감싸며 함께 걸음을 옮겼다.

"여기예요. 이초원 환자분?"

간호사가 이름을 부르며 커튼을 옆으로 젖혔다.

"네."

대답과 함께 간호사를 쳐다보던 초원은 깜짝 놀라고 말았다. 간호사 옆에 선 누나를 발견한 초원의 눈동자가 불안하게 흔들리고 있었다.

"누. 누나……."

"하……."

초롱은 말을 이을 수가 없었다. 피가 엉겨 붙어 엉망이 되어 버린 머리카락, 흘러내린 핏자국과 대조되는 파리한 얼굴, 핏물이 들어 보기에도 섬뜩한 티셔츠, 한쪽으로 길게 잘라 놓은 청바지 사이로 보이는 찢긴 다리는 부디 아니길 바라던 상상 그대로였다.

"초원아……."

"누나. 나 괜찮아. 아무렇지도 않아. 피 때문에 꼴이 말이 아니긴 한데,"

"환자분 일어나시면 안 됩니다."

초원은 멀리서 들려오는 간호사의 주의 따위야 안중에도 없었다.

"움직이지 마!"

다급한 누나의 말을 듣고서야 일어나 앉으려는 움직임을 멈추며 누나의 모습을 살피는데, 더는 차마 말을 꺼낼 수가 없었다. 입을 앙다물고서 바들바들 떨리는 손으로 조심스레 자신의 몸을 살피는 누나의 손길을 피하지도 않고 묵묵히 견디며 고개를 푹 숙였다.

넘어오는 울음을 꾸역꾸역 참고 삼키느라 목구멍이 찢어질 듯 아팠지만, 애써 눈물을 삼키는 안쓰러운 누나의 모습을 보는 것만큼 아프지는 않았다.

누나에게 맡겨진 책임의 무게가 너무 안타까워 조금이라도 도움이 될까 해서 시작한 일이 되레 누나를 더 힘들게 하고 말았다는 사실이 뼈아프게 초원을 괴롭히고 있었다.

"이게 다 뭐야. 너 움직일 수 있어? 몸은 어때? 팔은, 다리는? 머리는…… 어지럽지 않아?"

"그럼, 괜찮지. 보이는 게 좀 흉해서 그렇지 괜찮아. 헬멧을 잘 쓰고 있어서 머리도 괜찮고, 나 합기도 유단자잖아. 순간 몸이 알아서 낙법을 하더라고. 이

것 봐. 팔도 움직일 수 있고, 다리도 움직일 수 있어. 그냥 좀 뻐근한 것 빼고는 크게 다친 데는 없는 것 같아. 정말이야."

"이초원! 네 눈에는 이게 크게 다치지 않은 거로 보여? 온몸이 상처투성이라고! 어떻게 이래. 학교에 있어야 할 시간에 어쩌다 이랬어?! 그 시간에 오토바이가 웬 말이냐고!"

초원은 잔뜩 억눌린 목소리로 자신을 내려다보며 눈물을 글썽이는 누나의 모습에 덩달아 눈물을 담고 말았다. 누나에게 약한 모습을 보이고 싶지는 않았으나 더는 담아 두지 못해 흘러내리는 눈물을 막을 방법까지는 알지 못했다. 목소리가 갈라지지 않도록 주의하며 조심스레 입을 열었다.

"울지 마. 누나…… 미안해."

초롱은 다 괜찮을 거라고 말해 주고 싶었지만 차마 입을 열 수가 없었다. 입을 열면 그대로 주저앉아 울음을 터트리는 나약한 모습을 보이게 될 것만 같아 그대로 등을 돌렸다.

곁에서 말없이 자리를 지키던 소현은 눈물을 삼키려는 초롱이 너무 안타까워 안아 주고 싶었지만 여기서는 아니었다. 동생에게만큼은 약한 모습을 보이지 않으려는 초롱의 마음을 누구보다 잘 알고 있기에 잠시 물러나 그저 묵묵히 그들의 모습을 바라볼 수밖에.

간신히 감정을 추스른 초롱이 동생을 돌아보았다. 아무 걱정 하지 말고 빨리 나을 생각만 하라며 부산하게 초원을 살폈고, 검사하러 오가는 의료진들을 위해 한발 옆에 비켜서서 그들이 하는 말을 놓치지 않으려 애썼다.

초원은 그런 누나의 모습을 불안하게 바라보며 부디 별일 없기를 마음속으로 간절히 바라고 또 바랐다.

초원이 방사선 촬영을 하러 잠시 자리를 옮긴 사이, 슬픔을 참지 못한 초롱이 응급실 문을 박차고 나가며 어딘가를 찾아 헤맸다. 그 모습을 보다 못한 소현이 초롱의 손을 잡아끌어 응급실 밖 아무도 없는 외진 곳으로 데려갔다.

"흑. 흑. 끅."

결국 약한 마음이 무너져 버렸다. 소현은 두 손으로 얼굴을 가리고서 터져 버린 감정을 눈물로 쏟아 내는 초롱을 꼭 감싸 안았다.

학창 시절, 밝은 성격에 공부도 잘하고 책임감도 강해 반장을 도맡아 하며 선생님의 사랑을 독차지했던 초롱은 친구임에도 불구하고 소현에게는 동경의 대상이자 존경의 대상이기도 했다. 그런 초롱이 집안 사정으로 인해 아직 학업을 마치지 못한 것도 속상한데, 왜 불운은 끊이지 않고 찾아오는지.

"울어. 울어 버려. 이렇게 울고 싶은 걸 어떻게 참았어?"

소현은 한동안 서럽게 우는 초롱을 말없이 꼭 안아 주었다. 초롱은 그렇게 시린 바람을 막아 주는 친구의 품에서 눈물을 쏟아 내고 나서야 마음에 이는 파동을 진정시킬 수 있었다.

"고마워. 소현아. 그리고 미안해. 매번 못난 모습만……."

"야. 이초롱! 내가 그런 말 하지 말랬지. 내가 너한테 남이야?!"

화를 내면서도 자신의 손을 꼭 잡아 주는 소현을 보며 미안하다 사과를 하는 초롱의 입가에 옅은 미소가 스쳤다.

"우리 초원이…… 나도 모르게 휴학했나 봐. 초원이만큼은 걱정 없이 공부만 하게 해 주고 싶었는데…… 왜 이렇게 됐을까?"

"누가 그래, 초원이가 너와 한마디 상의도 없이 그런 일을 벌였다고? 말도 안 돼. 제대로 알아본 거야?"

누나의 말이라면 죽는시늉이라도 할 녀석이 초원이었다. 누나가 자신을 얼마나 아끼고 위하는지 아는 녀석이기에 아무리 힘들어도 엇나가기는커녕, 누나가 힘들 때면 더 열심히 공부해 그 결과치를 보여 주는 것으로 누나를 웃게 만들던 대견한 녀석이 바로 이초원이었는데…….

그런 초원이가 초롱이 가장 바라지 않는 일을 했을 리가.

"임 교수님이 말씀해 주셨어. 초원이 사고 난 것도 임 교수님께 들어 알았어. 나한테만 비밀로 하고 아르바이트하고 있었나 봐."

"임 교수님은 안 말렸고?"

"왜 안 말렸겠어. 나한테 말하지 말라고, 그럼 영영 학교에 돌아오지 않겠다고 했다나 봐. 우리 초원이 불쌍해서 어떡해. 이제 겨우 2학년인데. 수석으로 입학해 교수님들도 눈여겨보고 있고, 지금까지 너무 잘해 오고 있었어. 그런데 왜!"

"야. 이 바보야, 너도 과 탑이었어. 너도 집안 사정만 아니었으면 벌써 졸업해서 어엿한 직장인이 되었을 거라고. 왜 매번 너만 희생해? 초원이는 왜 그러면 안 되는데? 초원이도 이제 다 큰 성인이야. 나름의 생각이 있고, 가족을 보살필 의무가 있어. 왜 너는 되고 초원이는 안 되는 건데. 넌 왜 이렇게 미련해?!"

"초원이는…… 초원이는……."

"초원이는 뭐?! 너도 초원이랑 같아. 너도 이제 겨우 스물다섯이라고! 너도 삶에 찌들기보다, 집안의 모든 짐을 다 떠안기보다 초원이와 마찬가지로 너 하고 싶은 일 실컷 하고, 경험하고, 조금은 여유를 부려도 될 그런 나이라고. 네가 다 떠안으려고 하지 말고, 너도 이제 조금 내려놔. 네가 오죽 안쓰러웠으면 초원이가 저렇게까지 하겠어!"

가장 친한 친구인 소현의 말에 괜스레 더 서러워 눈물이 흘렀다.

"나는 초원이한테 비빌 언덕이 되어 주고 싶었어. 아무리 지치고 힘들어도, 잠시 쉬었다 갈 수 있는 든든한 언덕이 되어 주고 싶었다고. 우리한테 누가 있어?! 초원이에게 그렇게 해 줄 수 있는 사람이 나 말고 누가 있냐고. 그런데 내가 제대로 못 했나 봐. 초원이는 많이 힘들었나 봐."

소현은 왠지 자신보다 더 커 보이는 가녀린 친구를 꼭 감싸 안았다.

"이 바보야. 초원이도 너한테 그런 사람이 되어 주고 싶었을 거야. 초원이는 너라도 있지. 넌 누가 있어? 초원이 역시 너에게 그런 존재가 되고 싶었을 거라고. 요즘 들어 너한테서 생기라고는 느껴지지 않아. 나도 이렇게 아픈데, 그런 너를 지켜보는 초원이 마음은 오죽했을까? 초원이 잘할 거야. 그깟 휴학 일 년쯤 하면 어떠냐?! 초원이도 이제 애 아니야. 믿어 봐."

그렇게 한동안 위로를 주고받던 두 사람은 알지 못했다. 바람결에 자신들의 말을 듣고 있는 또 다른 사람이 있을 거라고는. 차가운 바람에 실려 오는 가느

다란 담배 연기 따위야…… 안중에도 없었다.

초롱과 소현이 돌아간 후 골바람이 서늘한 그곳에 또 하나의 인영이 나타났다.

산은 무심한 듯 건물 외벽에 가만히 등을 기대고서 왼손은 바지 주머니에, 오른손에는 태우다 만 담배 한 개비를 든 채 방금까지 아픈 말이 오가던 공터를 물끄러미 바라보았다. 오늘 기어이 과로로 쓰러진 동생을 보러 병원에 들른 참이었다.

이번 주 내내 금연하며 참고 참았던 게 왜 하필 병원에 와서 발동이 걸리는지. 담배 딱 한 개비만 태우고 들어가려고 병원 밖 흡연실을 찾는데 어디에도 보이지 않았다. 하는 수 없이 인적이 없는 곳으로 숨어들었다.

담배 냄새는 곧 가족들의 끝없는 훈계, 염려와 직결되기에 가능한 흔적 없이 처리해야만 했다.

'이 추운 날씨에 길 잃은 강아지처럼 담벼락에 숨어 오들오들 떨고 있는 모양이라니. 그래도 할 수 없지. 운이 자식이 냄새를 좀 잘 맡아야 말이지. 개코도 아니고, 어휴.'

신세 한탄도 잠시, 얼어 죽기 전에 서둘러 일탈을 끝내자 싶어 재빨리 두어 모금 빨아들이는데, 때마침 들려오는 인기척이라니…….

'젠장!'

산은 서둘러 담배를 손으로 짓이겨 꺼 버렸다. 꽁초를 손에 꼭 쥐고서 자리를 박차고 나가려는데, 순간 들려오는 여자의 아픈 흐느낌에 자석처럼 발길이 땅에 붙어 버렸다. 슬픔에 잠식당한 아픈 목소리는 듣는 사람의 마음마저 일렁이게 만들었고, 애써 마음을 다잡으려는 듯 억누르는 슬픔에 이상하게 마음이 흔들리고 있었다.

'흠…… 이초롱이라. 이름 예쁘네. 초원은 동생인가? 우리 집만큼이나 작명 센스가 뛰어나신가 보네.'

혼자 생각하며 뜻하지 않게 남의 사정을 듣게 된 불편함인지, 대화 속에 깃든 그녀에 대한 연민인지 알 수 없는 복잡한 상념에 잠시 추위도 잊고 그렇게 머물러 있었다. 그녀들이 부디 슬픔일랑 훌훌 떨쳐 버리고 이 강한 추위를 한시바삐 몸서리치게 깨닫게 되길 바라면서……

가족 중 유일하게 담배를 태우는 바람에 그동안 받아 온 모진 핍박과 냉대, 고난의 시간을 이젠 정말 떨칠 때가 되었나 보다.

'망할 담배를 끊든지 해야지 원. 담배 한 대 태우려다 얼어 죽을 뻔했네. 하……'

서둘러 차로 돌아와 꽁초를 처리하고 외투를 챙겨 입고서 동생의 병실로 향하면서도 좀처럼 떨쳐지지 않는 여자 목소리의 여운을 지우려 강하게 머리를 흔들었다.

"윤아."

"형 왔어?"

"자식! 며칠 전까지만 해도 신나게 보드 타던 녀석이 과로라고? 솔직히 말해 봐. 너 지금 꾀병이지?"

"뭔 소리야!! 그때는 우리 독수리 오 형제 오랜만에 뭉치는 거라 무리하면서도 나갔던 거라고!"

"오랜만에 들어 보네. 독수리 오 형제."

막내 여동생이 태어나는 순간부터 줄기차게 들어 오던 가족의 애칭이었다.

남자 형제만 줄줄이 넷이었던 가족에게 여동생은 한 줄기 빛과 같았고, 오밀조밀 앙증맞게 생긴 예쁜 외모는 가족의 사랑을 독차지하기에 충분했다. 어정쩡한 네 명의 형제에게 여동생이 생김으로써 독수리 오 형제로 지위가 격상되었고, 많은 친구들에게 놀라움과 부러움의 대상이 되기도 했다.

"근데 이거 무슨 냄새야?"

운이 킁킁거리며 산의 외투를 이리저리 훑고 있었다.

"뭐? 아무 냄새도 안 나는데?"

산은 날카로운 눈매로 자신을 노려보며 콧구멍을 벌름거리는 녀석의 코를 꽉 잡아 흔들어 주고 싶은 걸 꾹 눌러 참았다. 녀석의 몸값이 천정부지로 치솟고 있는 마당에 어디 하나 흠이라도 나면 큰일이었다. 집에서는 아직도 철없어 보이는 넷째 동생이었지만, 운은 만인의 연인, 별 중에 별이 되어 있었다.

"이봐, 이봐. 아직 안 끊었네. 안 끊었어. 형 내년까지는 무조건 금연하겠다고 선언한 거 아니었어? 내년이라고 해 봐야 이제 얼마나 남았다고 아직도 안 끊어?! 그리고 여기 병원이야. 전체가 다 금연 구역이라고. 게다가 다른 형들이면 또 몰라. 자연을 그렇게 아끼고 사랑하는 사람이 깨끗한 공기 질을 흐리는 담배를 도대체 왜 끊지를 못하는지 도무지 이해가 안 돼, 이해가! 담배가 얼마나 유해한,"

"스톱! 오늘은 내가 청각이 예민해. 그러니까 그만해."

누가 개코 아니랄까 봐. 혹시 몰라 오는 길에 화장실에 들러 입도 헹구고 손까지 야무지게 씻고 왔건만, 대체 어떻게 냄새를 맡는 거야?!

녀석은 필히 전생에 탐지견이었으리라. 어쩜 목소리도 저렇게 개처럼 우렁찬지, 귓가에 왁왁! 왁왁! 개 짖는 소리가 환청처럼 들려오는 듯했다.

"뭘 그만해? 형한테는 누군가 계속 이렇게 담배의 유해성을 말해 줘야……"

"담배에는 니코틴이나 타르와 같은 유해 성분이 수천 가지나 포함돼 있어. 그런 유해 성분은 혈압을 높게 만들고, 만성 폐 질환이나 호흡기 질환을 유발하지. 게다가 폐암이나 인후, 구강, 췌장암을 일으키는 발암 물질이기도 해. 중추신경계에도 악영향을 끼친다나? 어때, 더 해 줘?"

운은 숨도 쉬지 않고 담배의 유해성을 토하는 형을 보며 놀라 입을 벌리다 말고 얼른 다시 말을 꺼냈다.

"아니, 그러니까 그렇게 잘 아시는 분이 왜 아직도 그러고 있냐고, 본인뿐만 아니라 주변에도 해를 끼치면서 말이야."

"알았어. 알았다고. 내가 잘못했다, 잘못했어. 끊는 중이야. 노력하는 중이라고! 믿을지 모르겠지만 이번 주 들어 오늘 딱 한 개비, 그나마도 제대로 다 태우지도 못했어."

"올, 진짜야? 장족의 발전인데? 주중 한 개비라, 곧 끊을 수 있겠는데? 그런데…… 그 귀한 한 개비는 왜 태우다 말았을까?"

"흠…… 너무 추워서 얼어 죽겠더라고. 그나저나 너는 괜찮은 거야? 잠깐 깜빡했네. 나는 네가 나 병문안 온 줄 알았다. 야. 무슨 잔소리가 엄마, 할머니 합한 것보다 더 심해? 됐고, 뭘 얼마나 무리했기에 쓰러져 입원까지 해야 하는 거야? 검진은 잘 받았어? 검사는 꼼꼼하게 다 해 봤고?"

산은 차마 남의 말을 엿듣느라 담배를 태우다 말았다 말할 수가 없어 급히 말을 돌렸다.

"어, 다행히 별 이상 없대. 과로야, 과로. 한 며칠 잠을 제대로 못 잤더니 순간 머리가 핑 돌더라고. 하늘이 노란가 싶더니 어느 순간 땅이 일어서더라. 동료 배우 아니었으면 그대로 맨땅에 헤딩할 뻔했어."

"대체 잠도 안 재우면 어쩌겠다는 거야?! 무슨 일을 그따위로 해? 내가 로라한테 전화 한 통 해 줘?"

"됐어. 참 나. 내가 애도 아니고 전화는 무슨!"

운은 자신의 소속사 대표이사인 오로라를 친구로 둔 형을 보며 말리지 않으면 정말 전화할 거라는 걸 믿어 의심치 않았다.

"이만하길 천만다행인 줄 알아! 무엇도 건강보다, 너보다 우선해서는 안 돼. 알아들어?"

"알아. 일 절만 해. 큰형, 셋째 형도 와서 똑같이 말하더니, 어휴 누가 형제 아니랄까 봐 어떻게 말하는 게 토씨 하나 안 틀리고 그대로야?"

"다들 벌써 다녀갔어?"

"그럼. 큰형, 셋째 형은 입원하자마자 다녀갔다고. 잔소리 징그럽게 들었으니 형까지 보태지 말지?"

"뭐. 그래. 형하고 수가 다녀갔다면 내가 더 할 말 없겠네. 알아서 관리 잘 해. 가족들 걱정하지 않게."

"오케이. 거기까지. 알아들었다고."

자기 관리가 철저한 형과 수가 얼마나 운을 들들 볶았을지, 운의 질린 표정만 봐도 알 듯했다.

"기왕 이렇게 된 거 푹 좀 쉬어. 괜찮다고 냉큼 퇴원하지 말고, 엄살도 좀 부리고."

"뭐. 나도 그러고 싶긴 하지만, 그러면 드라마 다음 회차가 펑크 나 버려. 그건 좀 아닌 것 같지 않아?"

"시스템이 뭐 그따위야?"

"그나마 요즘은 많이 개선된 거라고. 내 몸은 내가 알아서 잘 챙길게. 그러니 너무 걱정하지 마."

"그래. 그럼 이만 쉬어라. 내가 더 있어 봐야 너 쉬지도 못할 텐데."

"어. 마음도 가볍게, 빈손으로 와 줘서 정말 고마워 형."

능청스럽게 불만을 툭 던지는 모습을 보니 정말 걱정하지 않아도 될 모양이었다.

"입이 살았네. 자식. 오는 길에 너 좋아하는 레스토랑에 음식 부탁했어. 식사 시간 맞춰서 올 거야. 맛있게 먹고 빨리 털고 일어나라."

"와. 저 센스 좀 봐. 역시 우리 둘째 형이라니까. 감사히 잘 먹겠습니다. 충성!"

천연덕스러운 동생의 모습에 고개를 설레설레 흔들며 병실을 나서는 산의 입가에 미소가 슬쩍 걸쳐 있었다.

"운이 좋은 건지, 하늘이 도우신 건지, 오토바이 사고치고는 부상이 크지 않

아요. 왼쪽 손목에 살짝 금이 간 것 외에 다른 큰 부상은 없고요, 머리에 피가 나서 걱정을 했는데 다행히 두피가 찢긴 상처 외에는 괜찮네요. 보호 장구 착용하셔서 정말 다행이에요."

"그것 봬 내가 괜찮다고 했잖아. 누나도 참."

초원은 속으로 안도의 한숨을 내쉬며 누나를 향해 활짝 웃어 보였다. 방사선 촬영하느라 자리를 비운 사이 얼마나 울었는지 눈이 발갛게 충혈된 누나의 모습이 못내 마음이 아팠다.

"정말 괜찮은 건가요? 피가 저렇게 많이 났는데요? 다리도 저렇게나 상처가 큰데요?"

초롱은 괜찮다고 말하는 의사를 보면서도 피투성이가 된 동생의 모습에 반신반의할 수밖에 없어 되물었다.

"네. 앞서 말씀드렸지만, 오토바이 사고에 이만한 부상이면 천만다행이라고 생각하셔야 해요. 저 정도 상처야 꿰매고 치료하면 그만이지만, 보통의 경우는 이 정도로 그치지 않거든요."

초롱은 온갖 신들을 끌어다 모아 감사 또 감사의 인사를 읊조리며 병상에 누워 계신 아빠에게도 감사 인사를 하는 것을 빼먹지 않았다. 아빠가 오랜 기간 쌓아 온 덕이 이제야 빛을 발하는 모양이었다. 그렇지 않고서야 오토바이와 대형 트럭이 부딪친 사고에 동생이 이렇게 무사할 리는 없었을 테니.

긴장이 풀린 초롱이 간이 의자에 털썩 내려앉으며 안도의 한숨을 내쉬었다.

오랜만에 찾은 모교에서 바쁘게 어딘가로 향해 가던 산이 '임대호 교수 연구실' 앞에서 발걸음을 멈추었다. 짧은 노크에 들어오라는 반가운 목소리가 들렸다.

"교수님."

"이산. 이게 얼마 만인가? 요즘 바쁘다는 소식은 전해 들었네만."

산은 자리에서 벌떡 일어나 한걸음에 다가오며 반갑게 내미는 교수님의 손을 두 손으로 덥석 잡았다.

"그간 안녕하셨습니까? 교수님께서는 여전히 얼굴이 훤하십니다."

"이런 싱겁기는, 자네야말로 사업이 잘된다 하더니 얼굴이 훤하구먼. 뭐, 원래가 워낙 잘났지만 말이야."

대호는 오랜만에 찾아온 반가운 제자를 보며 테이블 옆 소파가 있는 자리로 이끌었고, 산은 미리 준비해 온 꽃차를 그에게 건넸다.

"출장 갔다가 우연히 마시게 됐는데 특유의 향과 단맛이 괜찮더라고요. 교수님 생각나서 사 봤습니다."

"뭘 번번이 이렇게 들고 와? 그냥 오라니까 그러네. 어쨌든 고맙네. 잘 마시겠네. 자네 덕분에 연구실을 방문하는 손님들에게 취향이 고급스럽다는 말을 종종 들어."

대호는 이렇게 한 번씩 찾아올 때면 종종 차(茶)를 선물하는 산 덕분에 다양한 종류의 차를 두루 접하게 되었다.

커피보다 차를 즐기는 산은 직업의 특성상 출장이 잦은 사람이었고, 전국 또는 해외 곳곳에 출장을 다녀올 때면 갖가지 진귀한 차를 가져와 자신에게도 나누어 주고는 했다. 그의 고급스러운 취향 덕분에 본의 아니게 지인들에게 칭찬 아닌 칭찬을 듣게 되어 산에게 인사를 전하며 다시 말을 이었다.

"그래. 요즘 한창 바쁠 때 아닌가? 몸이 열 개라도 모자랄 텐데 여긴 어쩐 일인가?"

"그러게 말입니다. 요즘은 정말 몸이 열 개라도 모자랄 것 같습니다. 그래서 말인데 교수님께 부탁 좀 할까 해서요."

"부탁? 무슨 부탁? 캠핑카 팔아 달라는 것 빼고는 다 들어줄 테니 말만 하게."

"하하하. 설마 제가 교수님께 캠핑카 영업하러 올까요? 하여간 못 말리십니다."

서글서글한 미소를 지으며 손수 마실 차를 준비하는 오십 대 중반의 임대호 교수는 놀랍게도 아직 미혼이었다. 대한민국 남자 평균 키에 표준 체형, 준수한 외모에 젠틀한 성품, 게다가 능력까지 두루 갖춘 임 교수가 왜 아직 미혼으로 남아 있는지 산은 늘 궁금했다.

오래전 호기심을 참지 못해 물었을 때 돌아왔던 대답은 생각보다 싱거웠다. 연이 닿지 않았고, 이제는 혼자만의 시간이 익숙해 더는 인연을 기다리지 않게 되었다는 대답에 그저 고개를 가만히 끄덕일 뿐이었다.

그럴 수도 있겠다 싶었다. 자신 역시 인연이 자연스레 이어지는 누군가를 만나게 되면 모를까 굳이 애써 인연을 만들어 가정을 이루고 싶은 욕구는 없었다. 솔로로 남게 된다면 딱 지금의 임 교수와 같이 깔끔하고 중후한 남자의 모습으로 살아가는 것도 나쁠 게 없을 것 같아 약간은 동경의 눈빛으로 임 교수를 보게 되었다.

자신과 마찬가지로 차를 즐기는 임 교수가 트레이에 차를 내오는 모습을 보고 얼른 자리에서 일어나 대신 받아 주려는데 언제나 그랬듯이 고개를 내젓는 임 교수였다. 산은 권위를 내세우지 않고 늘 겸손한 모습의 임 교수를 존경의 마음으로 바라보며 미소를 지었다.

그사이 대호가 자리에 앉아 잘 우러난 차를 산에게 내밀며 편하게 말을 꺼냈다.

"왜? 나한테도 영업 한번 잘해 봐. 혹시 아나? 내가 캠핑카 한 대 팔아 줄지?"

"에이, 아무리 급해도 솔로이신 교수님께 캠핑카를 팔 정도로 양심이 없지는 않습니다만."

"그 발언 취소하게. 세상 솔로들이 들으면 큰일 날 소릴! 요즘은 욜로가 대세 아닌가? 나 역시 그렇게 살지 말라는 법은 없지. 한 번뿐인 인생, 가족이 없다고 캠핑카 한 대 장만 못 할까? 혼자서라도 다니면 될 것을."

"어이쿠! 잠정적 고객님을 제가 몰라뵙고 큰 실례를 범했습니다. 다음에 올 때는 교수님과 딱 어울리는 캠핑카 팸플릿을 꼭 챙겨 오겠습니다!"

"하하하. 뭐야?"

고개를 꾸벅 숙이며 너스레를 떠는 제자의 능글맞은 모습에 파안대소하고 말았다. 대호는 산이 선물해 준 꽃차의 향을 음미하며 가볍게 한 모금 입에 머금었다. 보기에도 예쁜 꽃차의 향긋함이 입 안 가득 번지며 절로 은은한 미소가 피어올랐다.

"그래, 정말 무슨 일이야?"

"그게 아시다시피 요즘 정말 정신없이 바쁩니다. 가능하면 봄에 직원을 공개 채용할 생각이었는데 더는 미룰 수가 없어서요."

산은 테이블에 올려 두었던 봉투에서 서류를 꺼내 조심스레 임 교수에게 건네주었다.

"이산 코리아 채용 공고문이라……."

대호는 산이 전해 준 채용 공고문을 자세히 정독하며 잠시 생각에 잠겼다. 이산 코리아는 5년 전 산이 직접 창업한 회사로 캠핑카나 카라반 불모지였던 우리나라에 한 차원 높은 여행 문화를 확산시킨 선두 주자로 이름이 알려져 있었다.

학창 시절에도 배낭 하나 메고 이곳저곳을 누비던 산은 급증하는 캠핑 인구와 변화해 가는 캠핑 트렌드를 몸소 느끼며, 바뀌어 가는 가치관과 다양한 라이프 스타일의 사람들을 주목했다.

점차 캠핑은 가벼움을 벗어나 대형화, 고급화되어 가는 듯했다. 편리함을 추구하는 캠퍼들 또한 눈에 띄게 증가하는 모습에 좀 더 나은, 보다 편하게 즐기는 방법을 고심하던 산의 생각은 남들보다 한발 앞서 있었다.

남다른 추진력으로 머뭇거림 없이 사업에 뛰어든 산을 보며 과연 여가 생활을 위해 일반 차량 가격을 훌쩍 넘는 카라반이나 캠핑카를 누가 살까 반신반의했던 대호는 나날이 성장을 거듭하며 규모를 키워 가는 산의 회사를 보고 놀라지 않을 수 없었다.

수입에 의존하던 사업 초기 때와는 달리 창업 2주년 때부터는 직접 캠핑카와 카라반을 제작하며 단기간에 비약적인 발전을 거듭해, 지금은 어느새 전국에 십여 개의 지사를 거느린 대표가 되었다.

혼자만의 생각에서 빠져나온 대호가 자랑스러운 제자를 바라보았다.

"지금은 우선 당장 필요한 본사 인원 열 명 정도 생각하고 있습니다. 가능하면 빨리 채용을 해야 해서 이렇게 급히 찾아뵀습니다. 뭐, 대단한 스펙은 필요 없습니다. 본인의 의지만 있다면 직장 생활을 하면서 얼마든지 쌓을 수도 있고요. 아! 단 한 가지, 해외여행에 결격 사유가 없는 사람이면 좋겠는데, 이런 중소기업에 관심을 가질 만한 속이 꽉 찬 후배가 있을까요? 교수님."

"있다마다, 중소기업도 중소기업 나름이겠지? 뭐가 그리 좋은지 자네 회사는 가고 싶어 난리던데? 어쨌든 잘됐어. 열심히 하는데 안타깝게 기회를 잡지 못하고 고생하는 녀석들이 제법 있으니, 좋은 기회가 되겠어."

명색이 전국에서 세 손가락 안에 드는 학교인 만큼 취업률도 상위권에 속해 있었다. 타 대학보다 확실히 기회가 많음에도 불구하고, 누군가는 높은 기대치로 좋은 기회들을 덧없이 흘려보내고, 누구는 귀한 기회를 안타깝게 놓치기도 했으며, 또 누군가는 기회조차 잡지 못해 좌절에 빠지기도 했다.

앞에 앉은 산은 그 셋 중 어느 하나에도 속하지 않은 부류였고, 모 대기업 회장의 차남인 그는 이미 미래가 정해진 듯 보였다. 모두의 예상대로 졸업 후 곧장 해당 기업에 입사해 열심히 일하나 싶더니, 오래지 않아 보장된 미래와 안락함을 뒤로하고 개인 사업을 하기 위해 고군분투 중임을 알았을 때 대호는 놀라지 않을 수 없었다.

다소 무모해 보였던 그때의 결정이 지금은 후배들에게 새로운 기회로 다가온 것이다. 불현듯 머릿속을 스치는 누군가의 모습에 대호가 질문하기 시작했다.

"혹시 졸업 예정자가 대상인 건가?"

"전혀 상관없습니다. 본인이 원한다면 졸업생과 재학생 구분 없이, 서류보다는 면접을 중점적으로 볼 생각입니다만."

"휴학생은?"

"네, 마찬가지입니다. 상관없어요. 사람만 괜찮다면요."

"음. 성별은? 여자도 괜찮은가?"

"그럼요. 전혀 문제 될 것이 없습니다."

"음…… 그렇군."

"교수님, 혹시 염두에 둔 학생이 있습니까?"

"괜찮은 학생들이야 많지. 많다마다. 그중에도 유독 신경이 쓰이는 녀석들이 있어. 성적으로 보나 뭐로 보나 이미 졸업을 해서 좋은 곳에 취직하고도 남았을 텐데…… 뭐 어쨌든, 상관이 없다는 말이지……."

휴학생에 여자다. 미간에 잡힌 주름과 함께 생각에 빠진 듯한 임 교수의 모습에서 분명 누군가를 염두에 두고 있음을 산은 어렵지 않게 짐작할 수 있었다.

"누굽니까? 교수님이 이렇게 신경을 쓸 만한 제자라니, 궁금한데요?"

"흠. 가능하면 학생들이 같은 조건에 같은 기회를 얻었으면 하네만."

"이러시깁니까? 잔뜩 궁금하게 해 놓고 발을 빼시다니요."

"미안하네. 그런 녀석들이 어디 한둘이어야 말이지. 거 있잖아. 힘든 상황에도 굴하지 않고 자립심 강하고 주체적인, 수업할 때도 보면 유독 눈빛이 초롱초롱한 녀석들이란."

"초롱초롱이라……. 어찌 됐든 간에 수업에 들어오는 학생의 눈빛이 초롱초롱하지 않으면 문제가 있는 것 아닙니까?"

"하하하. 그렇게 되나? 하긴 자네 말이 맞네. 맞아. 여하튼 이 어려운 시기에 후배들 생각해 주니 고맙네. 지원자를 우선 받아 보고 따로 연락하지."

"네. 감사합니다. 교수님."

입김이 아스라이 새어 나가는 때 이른 추운 날씨에 모교를 돌아 나가는 산의 입가에 알 수 없는 미묘한 미소가 떠올랐다. 교수님이 초롱초롱한 눈빛을 강조하여 말할 때, 병원에서 잠깐 스쳐 지나간 그녀의 이름이 불쑥 떠올랐다.

'이초롱이라……. 거참, 잊기 힘든 이름이네. 그렇다고 이렇게 불쑥불쑥 생각날 필요는 없잖아.'

산은 얼굴 한 번 보지 못한, 아직도 귓가에 아릿하게 머물러 있는 그녀의 음성을 떨쳐 내며 성큼성큼 걸음을 옮겼다.

[초롱의 봄날]

어릴 때부터 초롱의 집에는 아버지를 찾는 지인들의 발길이 끊이지를 않았다. 손님들이 집으로 찾아올 때면 늘 초롱과 초원의 선물을 한 아름 안겨 주었기에 남매는 철없이 오늘도 내일도 누군가 집에 오기를 기다리던 때가 있었다.

여느 때와 다름없이 아빠의 회사에서 자주 보던 삼촌이 집으로 찾아왔고, 삼촌의 손에는 초롱이 갖고 싶어 하던 인형이 보란 듯이 들려 있었다.

"안녕하세요, 삼촌?"

"그래. 초롱이 왔어? 우리 초롱이는 갈수록 예뻐지네. 여기 이거 삼촌이 주는 선물이야."

"감사합니다, 삼촌."

선물을 받은 초롱의 얼굴에 환한 웃음이 번지고 있었고, 그런 초롱을 바라보는 엄마의 입가에는 근심이 어려 있었다. 초롱은 미처 알지 못했다. 자신의 선물이 쌓이고 쌓일수록 엄마의 근심과 걱정도 무겁게 켜켜이 쌓이고 있었다는 걸……

"그럼, 형님. 전 이만 가 보겠습니다. 정말 진심으로 감사합니다."

"그래. 내일 준비되면 바로 송금해 줄게."

"형님. 이 은혜 평생 잊지 않겠습니다. 꼭 갚을게요. 꼭."

"그래. 알았어. 그만 가 봐."

초롱의 눈에 비친 아빠는 말 그대로 슈퍼맨이었다. 도움이 필요한 사람들은 늘 아빠를 찾아오는 듯했고, 아빠는 그런 사람들을 기꺼이 도왔다. 길을 가다가도 위험에 처하거나 구걸하는 사람을 보면 그냥 지나치는 법이 없었고, 모든 사람에게 따뜻하게 말을 건네는 언제나 자상하고 착한 자랑스러운 아빠였다.

아빠는 좋은 사람이니까 복받을 거라는 주변 사람들의 말을 당연하게 받아들였었다. 어른들의 말도 틀릴 때가 있다는 걸, 어른들은 지키지 않을 약속을 많이 한다는 걸, 너무 빨리 알아 버렸다. 조금은 더 늦게 알았으면 좋았을……

이상하게도 손님들이 다녀갈 때면 얼마 지나지 않아 작은 문제들이 생겼고, 어느 순간부터는 작은 문제들이 조금씩 그 크기를 키우고 있었다.

언제부터였을까? 드나드는 손님들이 반갑지 않게 느껴졌을 때가.

언제부터였을까? 다가오는 사람들을 보며 반가워하기보다 경계부터 하기 시작한 때가.

매섭게 불어오는 바람에 옷깃을 여미면서도 초롱의 입가에 모처럼 따뜻한 미소가 어렸다. 초롱이 과외를 해 주던 학생 세 명이 모두 좋은 성적을 거두어 뜻하지 않게 두둑한 인센티브를 받은 데다 개인, 그리고 그룹 과외 요청까지 받은 상태였다.

첫 과외를 할 때와는 현격히 달라진 대우와 보수를 생각하니 입가에 미소가 떠날 줄을 몰랐다. 늘 그렇듯 돈을 받자마자 일부를 제외하고, 남은 돈은 엄마 통장에 넣어 두고서 학교로 발걸음을 서둘렀다. '임대호 교수 연구실' 앞에서 차림을 단정하게 손보고서 노크를 하자 들어오라는 반가운 목소리가 들렸다.

"교수님."

"초롱아! 마침 잘 왔다. 그렇지 않아도 전화하려던 참이었어."

"왜요? 무슨 일 있으세요?"

"그래. 너한테 할 말이 있어서 말이다. 그런데 너는 이 시간에 웬일이야? 한참 과외 할 시간 아니야?"

"애들 시험이 끝나서요. 당분간은 여유가 있을 것 같아요. 안 그래도 그것 때문에 왔어요. 제가 맡은 친구들이 시험을 잘 봤나 보더라고요. 인센티브를 두둑하게 챙겨 주셨어요."

초롱이 말을 하며 가방을 열어 조심스레 돈 봉투를 내밀었다.

"녀석 참. 너도 어지간하다. 나중에 형편이 나아지면 그때 갚아도 된다고 몇 번을 말해? 어떻게 이렇게 번번이 생기는 족족 헌납하는 거야? 젊은 녀석이 융통성이라고는 눈을 씻고 찾아봐도 없어!"

"교수님도 참. 헌납은 돈이나 물건을 갖다 바치는 게 헌납이고요. 저는 단지 갚아야 할 빚을 갚는 것뿐인데요, 뭘. 죄송해요. 목돈 모았다가 한꺼번에 챙겨 드려야 하는데 이렇게 찔끔찔끔 가져와서요."

"쓸데없는 소리! 그러다 시집도 가기 전에 등골 빠진다. 이놈아."

대호는 딸 같은 초롱의 고생이 늘 못마땅하고 마음이 쓰였다.

초롱은 자신의 가장 친한 친구 부부인 은호와 수영의 금지옥엽이었고, 부모가 버젓이 살아 있음에도 불구하고 지금은 실질적인 그 집안의 가장 역할을 하는 속 깊은 녀석이었다.

몇 해를 병상에서 지내는 친구를 보며 고비가 생길 때마다 도와준 걸 어떻게 알고 이 어린 녀석이 때마다 이렇게 돈을 들고 오는 것인지.

"저 교수님 돈 다 갚기 전에는 시집 안 가요."

"미련한 것 같으니라고, 누가 너더러 그런 걱정을 하래? 너는 생각이 너무 많아 탈이야. 그냥 모른 척하면 덜 힘들게 살 걸 뭘 그렇게 일일이 다 챙기고 걱정하고 그래?"

대호는 초롱이 저러는 이유를 모르지 않았다. 어릴 때부터 제 아버지에게 손 벌리는 사람들을 많이 봐 온 데다, 그들에 대한 인식이 좋지 않게 남아서인지 녀석은 신세 지고는 절대 살지 못하는 듯했다.

다른 사람이라면 모를까 저에게까지 그런 부채 의식을 가지지 않아도 되건만, 돈이 생길 때마다 이렇게 착실하게 가져오는 딸 같은 아이를 아프게 바라보며 대호가 다시 말을 덧붙였다.

"나는 돈 쓸데도 없다. 가져가. 정 마음에 걸리면 모았다가 한꺼번에 갚아, 이놈아!"

다시 돈 봉투를 초롱에게 내밀어 보는데 녀석이 받을 리 없었다.

"목돈 되면 욕심나서 못 갚아요, 저. 이기적이라 생각하셔도 할 수 없어요. 이렇게 돈 생길 때마다 조금씩이라도 갚을 거예요. 그리고 왜 쓸데가 없어요? 남들은 조금이라도 생기면 여기저기 투자한다고 난리들인데 교수님도 투자하세요. 투자."

"벌어 봐야 누가 쓴다고? 내가 처자식이 있어, 부양할 가족이 있어?"

"삼촌, 그냥 받아 주세요. 저 빚 다 갚기 전에는 두 발 뻗고 못 자요."

"어떻게 사람이 약지를 못해. 알았다. 대신 언제라도 힘들면 꼭 말해야 한다. 응?"

"네. 그럴게요, 삼촌."

초롱은 삼촌이라는 말에 약해지는 대호를 너무 잘 알고 있었다. 아기 때부터 봐 왔던, 늘 아빠와 함께 다니며 호형호제하던 대호는 초롱에게는 삼촌이나 다름없었고, 대학에 와서 교수와 학생의 관계로 만나기 전까지는 삼촌이라는 호칭이 더 익숙했던 분이었다. 한동안 대학 와서도 교수님이라는 말이 나오지 않아 얼마나 애먹었던지.

힘들 때 삼촌마저 없었다면 지금까지 버티지도 못했을 거라는 걸 가족 모두 너무 잘 알고 있었다.

"그런데 교수님, 무슨 일이세요?"

"뭐가?"

"저한테 전화하려던 참이라고 하셨잖아요."

"아차차, 내 정신 좀 보게."

대호가 테이블 위에 있던 큰 봉투 하나를 내밀며 말했다.

"아직 게시판 공고문 못 봤지?"

"네. 아직."

"이산 코리아에서 신입 뽑는다. 왜 너도 알지? 네 선배 하이산이라고, 우리 학교 애들치고 그 녀석 모르는 학생이 없는 거로 아는데?"

"아. 네, 알죠. 뵌 적은 없지만, 말은 많이 전해 들었어요."

"그래. 대단한 녀석이야. 자수성가했으니 후배들의 존경을 받아 마땅하지."

"자수성가요? 원래가 잘사는 집이라고 하던데 아닌가요? 설마 혼자 그렇게 까지 회사를 키우는 게 가능한가요? 그 젊은 나이에?"

타인의 일에 관심을 기울일 여유가 없던 초롱이 알 정도로 그는 학교에서 워낙 유명한 선배였다. 굳이 듣고 싶지 않아도 그를 향한 찬사는 끊임없이 들려왔기에 그의 남다른 배경 또한 모르려야 모를 수가 없었다. 그런 금수저를 물고 태어난 사람에게 자수성가라는 말은 전혀 어울리지 않아 저도 모르게 시니컬하게 대꾸를 했다.

"요것 봐라? 초롱이 너도 그렇게 말할 줄 알아?"

"교수님, 이젠 인정하실 때도 된 것 같은데, 저 옛날에 그 이초롱 아니거든요? 이제 세상의 때가 많이 묻었거든요?"

"그래도 사람 본성이 어디 가나. 아무튼, 어디까지나 네 짐작일 뿐이지. 내가 그 녀석을 잘 아는데 맨손으로 시작했어. 거의 맨땅에 헤딩한 거나 다름없다고. 물론 중반에 어느 정도 기반을 잡고 나서야 가족들에게 투자를 좀 받긴 했지만 그건 어디까지나 투자를 받은 거지. 오로지 본인의 능력으로 말이야. 가족이라도 사업에서는 냉정한 게 그쪽 생리야. 투자할 가치가 없었다면 일절 지원하지 않았을 거야."

"교수님이 그렇다고 하면 그런 거겠죠, 뭐."

"녀석, 대답에 영혼이 없네. 영 생각이 없어? 지원서도 있는데 써 볼 생각 없고?"

"저요? 졸업도 못 했는데요, 무슨……."

"졸업하지 않아도 된다면? 매번 이 집, 저 집 과외 하러 다니기 힘들지 않아? 이번처럼 과외가 끝나면 또 다른 의뢰인을 찾아야 하고, 물론 너 정도라면 알아서 요청이 들어오긴 하겠지만 말이다."

"졸업……하지 않아도 된다고요? 진짜요?"

취업 요건의 가장 기본이 졸업장이었다. 휴학 중에 다시 복학을 걱정해야 하는 이유도 바로 그것 때문이었다.

생각 같아서는 번듯한 직장에 취직해 안정적인 수입을 갖고 싶었지만 그마저도 원하는 곳, 좀 더 나은 곳을 가기 위해서는 졸업장이 기본 중의 기본이었다. 그런데 졸업장 없이도 된다고?

"왜요?"

"졸업장의 의미가 뭐야? 열심히 성실히 생활했다는 증거. 사회생활의 기초를 이미 경험하고 사회에 나갈 준비를 마쳤다는 그것이지. 내 보기에 이산은 이미 학교 후배라는 것에 기본적인 성실함은 있다고 판단한 모양이야. 안 그렇겠어? 애들이 보통 열심히 하는 게 아니잖아. 게다가 내가 추천하는 학생들이니 믿고 맡기는 거지. 이 녀석아!"

"아, 그러니까 교수님 백으로 들어가는 건가요?"

"어허! 절대 그럼 안 되지. 어느 정도의 자질은 내가 보고 판단하겠지만, 엄연히 회사 면접에서 통과해야 하는 정식 루트야. 휴학생이든 아니든 그런 건 개의치 않는다고 했으니, 면접을 그만큼 더 신중하게 보겠지? 이산의 조건은 하나였어. 해외여행에 결격 사유가 없을 것. 졸업장이 없다고 초봉이 다르지도 않고, 합격만 하면 모든 출발선은 평등할 거라는 얘기야. 어때? 아직도 생각이 없어?"

단조롭게 뛰던 심장의 리듬이 조금씩 빨라지는 듯한 기분에 초롱이 잠시 멈칫하더니 이내 급히 말을 꺼냈다.

"그럼 해 볼게요. 할게요. 해야죠. 졸업이야 돈 벌고 빚 갚고 나중에 하면 되죠, 뭐."

초롱은 졸업이 급한 게 아니었다. 따지고 보면 졸업을 하려는 이유도 좋은 직장에 취직해서 안정적인 생활을 하기 위한 기반을 다져야 한다는 것. 그 이상도 그 이하도 아니었다.

이산 코리아는 비록 초롱이 바라던 직장은 아니었으나, 소문에 의하면 직원에 대한 대우나 복지가 대기업 못지않고 오히려 어떤 면에서는 능가한다는 말을 많이 들어 온 터였다. 그곳에 취직만 된다면, 지금보다는 조금 더 나은 생활을 영위할 수 있을 거란 생각에 눈빛을 반짝였다.

"그래. 너라면 더 좋은 곳에 갈 수야 있겠지만, 그러려면 또 한참을 기다려야 할 테니 미리 경험을 쌓아 보는 것도 나쁘지 않을 거야."

"교수님은 이미 제가 그 회사에 다니는 게 기정사실화된 것처럼 말씀하시네요. 저 교수님 명성에 먹칠하고 싶지 않아요. 혹시라도 그쪽에 부탁 같은 건 하지 마세요."

"이 녀석아. 이래 봬도 명색이 교수다. 모범이 되지는 못할망정 편법이라니, 당치 않아. 그러니 너는 괜한 걱정 하지 말고 면접 준비나 꼼꼼하고 야무지게 잘해."

"네. 교수님 부끄럽지 않게 준비 잘할게요."

교수님의 청렴함을 누구보다 잘 알면서 실수했다.

"그래. 그렇다고 너무 부담 갖지는 말고 한번 잘 생각해 봐. 네가 회사 입장이라면 어떤 사람을 뽑고 싶을지."

"네. 그럴게요."

"행여 일이 잘 안 된다 하더라도 실망할 필요 없어. 알지? 너처럼 열심히 살다 보면 기회는 알아서 찾아 들어온다."

"어째 저보다 교수님께서 걱정이 더 많으신 것 같은데요? 걱정 좀 내려놓으세요. 저는 되든 안 되든, 제가 있는 곳에서 제가 하는 모든 일에 제가 할 수 있는 최선을 다할 거예요. 그 뒤는 하늘이 알아서 할 일이죠. 교수님께서 늘 하시던 말씀이잖아요."

"그래, 맞다. 맞아. 녀석, 누굴 닮아 이리도 똑똑할까! 그래, 그래야지. 오늘도 고생 많이 했다. 그만 가서 쉬어."

"네. 교수님. 항상 감사합니다."

꾸뻑 인사하고는 지원서를 가슴에 품고 나가는 초롱의 씩씩한 모습이 오늘

따라 왜 이렇게 안쓰러워 보이는지. 대호는 테이블 위에 놓인 초롱이 전해 준 돈 봉투를 들고선 열어 보지도 않고 책상 앞에 앉았다.

책상 오른쪽에 잠긴 서랍을 열고 마찬가지로 흰 봉투가 켜켜이 놓인 그곳에 하나 더 보태며 창밖을 물끄러미 내다보았다. 이슬이 내려앉아 서리가 생겨 버린 시린 창문을 한 손으로 쓱 닦는데 이제 막 건물에서 나와 종종걸음을 옮기는 초롱에게 눈길이 닿았다.

'녀석, 씩씩하기도 하다. 잘해야 할 텐데.'

다시금 봉투가 수북이 쌓인 서랍을 내려다보더니 탁 하고 닫아 버리고서는 저도 모르게 긴 한숨을 내쉬었다. 저 녀석 어깨에 올려진 무거운 짐은 언제쯤 기어 내려올까.

'은호야. 얼른 털고 일어서라. 금쪽같은 네 딸 다 바스러지기 전에. 일어서라, 은호야……'

산은 출근하자마자 평소와 다름없이 사무실이 아닌 차고지를 먼저 둘러보았다. 아무도 찾지 않던 외진 곳에서 단 3대의 카라반으로 시작한 사업은 무서운 속도로 그 수를 늘려 가더니 지금은 수십 대의 카라반과 캠핑카가 자리를 차지하고 있었다.

그중 삼분의 일은 오늘 출고를 기다리고 있었고, 그 빈 곳은 내일이면 또 다른 캠핑카로 채워질 예정이었다.

처음 본사의 터를 정할 때부터 조금 멀리 내다보았다. 당시만 해도 캠핑카에 대한 선호도 수요도 없는 상황에서 외진 곳에 사업체를 꾸리는 산에게 우려의 시선을 보내는 사람들이 적지 않았다. 하지만 산은 자신의 뜻대로 이곳에 터를 잡았다. 사업이 확장되면 분명 카라반을 보유할 장소가 가장 큰 골칫거리가 될 거라는 걸 알고 있었기 때문이다.

아니나 다를까 사업이 하루가 다르게 급성장하며 규모를 키워 가는 걸 보고 산은 회심의 미소를 지었다. 아무도 관심을 두지 않던 땅은 손쉽게 산의 손에 떨어질 수 있었고, 어려움 없이 차고지를 확장할 수 있었다.

산은 자신의 꿈이 실현되고 있는 곳을 흐뭇하게 바라보며, 마지막으로 오늘 출고할 카라반을 둘러보고서야 사무실로 발걸음을 옮겼다.

"자, 오늘 출고 차량 일정 좀 확인합시다."

산의 말에 담당자들이 자연스레 회의실로 모여들었다.

"그럼, 시작할까요?"

"네, 대표님. 오늘 출고 차량은 10시 5대를 시작으로, 11시부터 12시까지는 수출 차량 13대, 1시에는 정박용 카라반 5대, 3시 2대, 5시 3대, 총 28대 출고 예정되어 있습니다."

"오늘은 출고 일정이 조금 빠듯하네요."

"네. 이상하게 이번 주는 출고 일자가 많이 겹쳤습니다. 차주분들께 양해를 구하고 시간대를 조정하기는 했습니다만, 오늘은 더 이상은 힘들더라고요."

"조정하느라 고생 많았겠습니다. 출고 카라반들은 다 확인하셨겠지요?"

"네, 대표님. 구성품, 옵션은 물론 전기장치 위주로 한 번 더 확실히 다 살펴보았고, 출고순으로 정리도 다 마친 상태입니다. 차주가 시간 맞춰 오기만 하면 무리 없이 출고 진행할 수 있을 듯합니다."

산은 출고 담당인 이 과장의 말에 흡족한 듯 고개를 끄덕였다.

"차주들 교육은 준비되어 있습니까?"

"네, 대표님. 출고 전 반드시 주의 사항 숙지하셔야 하니 30분 정도 교육을 받으셔야 한다고 미리 공지했습니다. 실내, 실외에서 일어날 수 있는 안전사고 대비 교육과, 사고 시 대처 방안, 캠핑 에티켓, 그리고 우리 가이드북과 교육을 마치면 받게 될 소화기까지 준비가 다 되었습니다."

"수고 많으셨습니다. 워낙 철저히 준비들 잘해 주시니 걱정하지 않아도 되겠습니다. 아! 이미 아시겠지만, 보험 여부는 반드시 확인하고 출고시키세요.

견인차 보험만으로는 절대 출고 불가합니다."

"물론입니다, 대표님."

빈틈없는 이 과장의 대답을 끝으로 회의실을 나서는 산의 얼굴에는 뿌듯한 만족감이 어려 있었다.

캠핑 인구가 가파르게 증가하며 텐트는 물론 카라반 오너들도 제법 많이 생긴 요즘, 그 인기에 힘입어 비슷한 업체가 여기저기 생겨나고는 있지만 이산 코리아를 따라잡기는 힘들었다.

타 업체와는 완벽히 차별화된 전략은 여러 예비 카라바너들을 이산 코리아로 끌어들이기에 충분했다. 수입에만 의존하지 않고 카라반 자체 제작, 국내 최초 버스형 캠핑카 인증, 나아가 역수출을 할 정도로 그 역량이 커져 있었다.

판매에만 급급하지 않고 자체 안전 매뉴얼에 따른 철저한 교육과 혹시 모를 사고에 대비한 사고 후 견인 서비스, 2년간 무상 AS, 주차 공간이 없는 차주를 위한 주차 서비스와 SNS 커뮤니티 시스템 구축 등 타 업체가 감히 따라 할 수 없을 만한 질 높은 서비스로 무장한 이산 코리아가 앞으로 얼마나 더 번창하게 될지는 아무도 모를 일이었다.

집무실에 앉아 잠시 일을 보는 사이 전화가 왔다.

— 대표님, 10시 출고 예약 차주분 모두 교육 끝났고, 출고 대기 중입니다.

"네, 고마워요. 바로 내려갈게요."

산은 바쁜 업무 중에도 사무실에 있는 날에는 출고 시마다 나와서 일일이 차주와 인사 나누는 일을 소홀히 하지 않았다. 오늘도 차주를 만나러 차고지로 내려가는데, 두 달 전 카라반을 출고해 간 고객을 발견했다.

"어? 사장님!"

"아이고, 대표님, 또 뵙습니다."

"네! 안녕하셨습니까?"

산이 오십 대 중반으로 보이는 고객을 향해 반갑게 손을 내밀어 악수를 청했다.

"그럼요. 덕분에 요즘 이곳저곳 구석구석 잘 돌아다니고 있습니다."

"다행이네요. 그런데 오늘은 무슨 일로 여기까지 오셨습니까?"

"아, 오늘은 친구하고 같이 왔습니다. 친구가 카라반을 보더니 사고 싶어 난리더라고요."

"하하하, 감사합니다. 어떻게 안내는 잘 받으셨습니까? 친구분은 어디 계신가요?"

"잠깐 화장실에 갔습니다. 직원이 카라반 하나하나 일일이 보여 주며 어찌나 설명을 잘해 주던지 그 친구 마음에 아주 쏙 들었나 보더라고요. 그런데 하필 친구가 2축짜리를 사고 싶어 하는데 면허가 없으니."

산의 얼굴에 난처한 기색이 드러나더니 이내 안타깝다는 듯 말을 꺼냈다.

"죄송합니다만, 면허가 준비되지 않으면 저희는 판매할 수가 없습니다."

"그야 잘 알고 있습니다. 친구에게도 말해 줬고, 직원한테 설명도 다 들었으니까요. 저기 오네요. 내 친구."

산이 다가오는 고객의 친구를 보고 인사하며 자연스레 악수를 청했다.

"안녕하십니까? 처음 뵙겠습니다. 하이산입니다."

"아이고, 여기 대표님인가 봅니다. 말씀은 많이 들었습니다."

"네. 잘 오셨습니다. 그런데 2축짜리를 마음에 두신다고."

"네. 그게 제 마음에 아주 쏙 듭니다. 실내 공간이 답답하지도 않고 탁 트인 게 동선에 간섭이 없어 좋을 것 같은데 면허가 없으니. 일단 계약부터 하고 가면 안 되겠습니까?"

"죄송합니다만 그렇게는 좀 힘들 것 같습니다. 이미 설명은 들으셨겠지만, 그 카라반의 경우 트레일러 면허가 없으면 운행이 불가능해서요. 자동차 면허증이 없는 분께 차를 떠넘겨서는 안 되는 일 아니겠습니까?"

당연히 좋다고 계약할 줄 알았는데 대표의 반대에 부딪힌 고객이 고개를 갸웃하더니 너털웃음을 터트렸다.

"하, 거참. 사람이 정직한 건지 융통성이 없는 건지, 다른 데 같았으면 면허가 있든 없든 일단 계약서부터 얼른 쓰고 볼 텐데 젊은 대표가 소신이 확고하십니다."

"소신은요, 무슨. 기본적으로 지켜야 할 선을 지키는 것뿐입니다."

"그걸 기본으로 생각하지 않는 곳이 태반이니 하는 말 아니겠습니까? 다른 업체는 파는 것만 급급하지 여기처럼 교육에, 사고 후 처리까지 도맡아 하는 곳이 어디 있는 줄 아십니까? 이러니 제가 멀리서도 여기까지 오는 것 아니겠습니까. 하하하."

친구에게 업체를 소개한 고객 또한 친구의 말을 거들었다. 2축짜리라 매출에 크게 기여할 텐데도 카라반을 팔 수 없다고 말하는 대표를 보며 역시 이곳을 소개하기를 잘했다는 생각이 절로 들었다.

"좋게 생각해 주시니 감사할 따름입니다."

"흠…… 그러면 역시나 입문용으로 시작하고 면허 따면 바로 업그레이드할까?"

고객의 말이 끝나기 무섭게 산이 고개를 내저으며 말했다.

"그건 낭비입니다, 사장님. 많은 분이 당장 하고 싶다는 생각에 성급하게 결정하시고 나서 몇 달 되지도 않아 업그레이드하시고는 하는데, 카라반도 차량이라 차량 검사에 취등록, 보험에, 게다가 몇 달 되지 않아도 바로 감가상각이 되어 몇백은 그냥 손해 보십니다. 정 2축짜리가 마음에 드시면 댁에 가셔서 천천히 한 번 더 생각해 보시고, 가족하고도 상의해 보십시오. 그 후에 면허 시험부터 보시고요."

"물론 그렇게 하는 게 제일 좋겠지만, 그러다 저거 다른 사람이 낚아챌까 걱정이 돼서."

고객의 말에 산이 미소를 지으며 곧장 답했다.

"2축짜리는 운행이 쉽지 않아 아직은 찾는 분이 많지 않습니다. 그래도 혹시 모르니 한 대는 사장님 결정하실 때까지 예약으로 두겠습니다. 그 후로 면허까지 취득하시면 출고하시고요. 그러면 되겠습니까?"

"계약서를 안 쓰고 가도 저걸 그냥 두겠다는 말입니까?"

도저히 믿기지 않는다는 듯 고객이 되물었다.

"네. 그렇게 하겠습니다. 대신 언제라도 마음이 바뀌면 연락만 빨리 주십시오."

"하, 나 참. 그럼 나야 손해 볼 것 하나 없지. 그럽시다. 어차피 산다 해도 이번 달에는 여행을 갈 수도 없으니 찬찬히 신중하게 생각해 보지 뭐."

"잘 생각하셨습니다."

"이거 원, 장사를 하겠다는 건지 말겠다는 건지. 하하하."

호탕하게 웃음을 보이는 고객을 보며 함께 미소 짓던 산이 친구를 데려온 기존의 고객을 향해 말을 꺼냈다.

"그리고 사장님, 여기까지 친구분 모시고 오느라 고생하셨는데 제가 아쿠아롤 하나 선물로 드리겠습니다."

친구를 소개한 고객에게도 소홀함이 없었다.

"아니, 계약한 것도 아닌데, 그 비싼 걸 선물로 준다고? 못해도 10만 원은 족히 넘을 텐데?"

캠핑하며 물 수급할 때마다 불편함을 느껴 안 그래도 알아보던 중이었는데, 친구를 소개해 주러 왔다가 덤으로 선물까지 받게 되어 의아한 고객이었다.

"계약이야 제가 파투 낸 거나 다름없지 않습니까? 그리고 수고스럽게 지방에서 여기까지 와 주신 마음에 비할 수 있겠습니까?"

잠자코 두 사람의 말을 듣고 있던 친구를 따라온 고객이 웃으며 대화에 끼어들었다.

"하하하, 이거야 원. 내 무조건 여기에 사러 올 테니 나도 뭔지는 모르지만 그놈 서비스로 넣어 줘요."

"당연하죠! 다시 이곳을 찾아 주신다면 어디 아쿠아롤뿐이겠습니까?"

산의 시원시원한 대답에 선물을 받은 사람도, 선물을 받게 될 사람도 기분 좋은 웃음을 짓고 있었다.

"그럼 조심히 살펴들 가십시오. 저는 출고 차량이 있어 가 봐야 할 것 같습니다. 다음에 또 뵙겠습니다."

정중히 인사하고 뒤돌아 가는 산의 모습에 남은 고객 두 사람은 서로를 마주 보며 고개를 설레설레 흔들었다. 젊은 대표의 사업 수완이 보통이 아닌 듯싶었다.

이산 코리아는 서류 접수부터 시작해 면접 일정을 정하기까지 그리 오랜 시간을 할애하지 않았다.

초롱은 서류를 접수한 지 얼마나 됐다고 벌써 코앞으로 성큼 다가온 면접 일자에 당황하지 않을 수 없었다. 불과 이틀밖에 남지 않은 만큼 초롱은 머뭇거리지 않았고, 그 시간을 최대한 열심히 잘 활용해 면접 준비에 만전을 기했다.

면접 당일, 회사에 도착한 초롱은 안내하는 직원을 따라 회사를 둘러보며 의아함에 고개를 갸웃했다. 아직 면접을 보지도, 입사가 확정되지도 않은 면접 대상자를 상대로 회사의 곳곳을 안내해 주는 일이 보편적인 일인지 알 수는 없었지만, 이 잠깐의 안내가 초롱의 의지를 더욱더 북돋아 주었다.

다른 경쟁자들 또한 마음가짐에 변화가 생기는지, 시간이 갈수록 흥분과 기대감에 반짝이는 눈빛을 하고 열의를 보이는 모습은 초롱을 불안하게 만들기에 충분했다. 불행인지 다행인지 지연된 면접 시간에 뜻밖의 자유 시간이 주어졌다. 초롱은 떨리는 마음을 진정시키려 무리에서 떨어져 나와 혼자만의 시간을 보내고 있었다.

면접장에서 나온 수완이 손목시계를 확인하며 직원인 경선에게 재차 물

었다.

"대표님 아직입니까?"

"네, 이사님. 아까 통화했을 때 10분 정도 늦겠다고 하셨거든요. 도착하실 때가 된 것 같은데……."

"그 이후로 또 연락은 없었어요?"

"네. 지금은 전화를 받지 않으세요. 메시지도 남겼는데 아직 확인 전이시고요. 김 대리도 전화를 안 받아요."

"하…… 이거 곤란하네. 면접 시작할 시간이 지났는데 이를 어쩐다."

"조금만 더 기다려 보시죠. 면접을 못 할 상황이셨으면 진작 연락이 왔을 거예요."

"그래요. 계속 전화해 보고, 딱 20분만 더 기다려 봅시다."

"네. 이사님."

약속된 면접 시간이 이미 10분이나 지나 버렸다. 새로 수입하게 될 카라반 확인차 독일에 출장을 간 대표님이 도착 예정 시간을 넘겼음에도 연락이 닿지 않아 난처한 직원들의 기다림이 계속되고 있었다.

산은 면접 시간을 20분이나 넘기고 나서야 겨우 회사에 들어설 수 있었다. 예정대로였다면 이미 몇 시간 전에 도착했어야 한다. 뜻하지 않은 비행기 연착만 아니었다면, 아니, 화물로 부친 가방이 빨리만 나왔더라도 면접 시간만큼은 지킬 수 있었을 텐데, 명색이 대표의 첫인상으로는 퍽이나 면이 서지 않을 모습에 마음이 급할 수밖에 없었다.

서둘러 주차를 하고 함께 출장 갔던 김 대리를 재촉하며 바쁜 걸음을 옮기는 그때,

"어맛."

"억."

등 뒤에서 유쾌하지 않은 소리가 동시에 터져 나왔다. 부랴부랴 걸음을 옮기

던 산의 발이 멈춤과 동시에 고개가 뒤로 휙 돌려졌다. 김 대리가 누군가와 부딪힌 모양이었다.

"괜찮으세요? 죄송합니다. 누가 계신 줄 모르고……."

출고를 기다리는 카라반 사이에서 불쑥 튀어나온 사람을 미처 보지 못한 정훈이었다. 부딪혀 넘어져 버린 사람을 향해 사과하며 손을 내밀었다.

"아닙니다. 제가 이렇게 돌아다니는 게 아니었는데…… 죄송합니다. 저 때문에."

초롱은 그런 남자의 손을 보지 못한 척 서둘러 자리에서 벌떡 일어났다. 주어진 자유 시간에 밖에 나와 있는 카라반을 둘러보던 중이었다. 이렇게 가까이에서 직접 보는 건 처음이라 신기한 마음에 자세히 살펴보던 참이었는데, 어디선가 들려오는 인기척에 놀라 급히 튀어나온 초롱은 당황하지 않을 수 없었다.

"정말 괜찮으십니까?"

그런 초롱을 향해 한 사람이 더 다가오며 물었고,

"네. 저는 정말 괜찮습니다."

초롱은 그저 이 상황이 빨리 지나가기를 바랐다.

"대표님께서는 일단 먼저 들어가시죠. 벌써 많이 늦었는데, 이분은 제가 잘 살펴보겠습니다."

대표님이라는 소리에 숙여져 있던 초롱의 얼굴이 번쩍 들렸다. 학교에서는 이미 유명 인사인 선배였지만, 초롱은 단 한 번도 본 적이 없었다.

그제야 모든 상황이 이해되기 시작했다. 면접도 보기 전에 회사 이곳저곳을 들여다볼 수 있었던 행운도, 마음을 진정시킬 여유 시간이 주어진 이유도 다 눈앞에 있는 대표의 부재 때문이었나 보다. 그런데 하필, 이렇게 부족한 모습의 첫인상을 보여 주게 되었으니 난감하기만 했다.

산은 놀란 표정으로 자신의 얼굴을 한번 보더니 입술을 살짝 깨무는 여자의 모습을 보며 단번에 알아차렸다. 찰랑거리는 검은 머리카락을 하나로 묶은 단정함, 몸에 잘 맞는 깔끔하게 똑떨어지는 검은색 정장, 대표님이라는 소리를 듣자마자 휙 들어 올려진 얼굴에 더없이 커진 까만 눈동자, 아직은 앳돼 보이는 모습이 오늘 면접 보러 온 학생이라는 사실을.

"대표님!"

산은 일분일초가 급한 상황임에도 쉬이 발길이 떨어지지 않았다.

"김 대리, 얼른 가서 면접 준비하라고 해요. 정확히 5분 뒤에 면접 시작합니다."

"네. 대표님."

대답하기가 무섭게 사무실로 뛰어가는 김 대리를 뒤로하고 산이 초롱에게 말을 건넸다.

"미안합니다만 손 한번 펼쳐 보시겠습니까?"

"네?"

"손이요."

하필 넘어진 곳은 파쇄석이 깔린 곳이었기에 산은 확인이 필요했다.

"저는 정말 괜찮습니다."

이 추운 날씨에 손안에서 느껴지는 불쾌한 진득거림은 분명 땀이 아님을, 초롱은 서서히 따끔거리기 시작하는 상처 난 손을 차마 그에게 보여 줄 수 없었다.

"제가 시간이 없어서 무례하지만 확인 한번 하겠습니다."

산은 더는 머뭇거릴 시간이 없었고, 다쳤다면 분명 상처 치료가 더 시급한 상황이기에 망설이지 않았다. 그녀의 양 손목을 잡아 뒤집어 보니 아니나 다를까, 찍히고 긁힌 상처에 피가 흐르고 있었다.

— 5분 뒤 면접이 시작될 예정이오니 지원자분들은 대기실에서 대기 바랍니다.

들려오는 안내 방송에 마음이 급해진 초롱이 잡힌 손목을 빼내려 힘을 주었다.

"이미 눈치챘겠지만 내가 가지 않으면 면접은 진행되지 않습니다. 어떻게 할래요? 곧장 나와 함께 사무실에 가서 치료하시겠습니까? 아니면 계속 여기 있을까요?"

단호한 그의 말을 들으며, 초롱은 마치 자신이 까불다 다친 철없는 어린아이가 된 것 같은 기분이 들어 왠지 모를 억울함에 속상한 모습을 그대로 보여 주고 말았다. 그런 모습을 기민하게 알아차린 산은 초롱을 안심시키려는 듯 조용히 말을 보탰다.

"여기서 본 모습은 면접에 일절 반영되지 않을 것을 분명히 해 두죠. 그 점만큼은 믿어도 좋습니다. 이런 일을 두고 쌍방 과실이라고 하죠? 이게 마치 큰 실수나 한 것처럼 느껴진다면 그런 생각은 바로 떨쳐 버리는 게 좋아요. 이미 벌어진 일은 후회한다고 달라질 건 하나도 없고, 오히려 중요한 일을 앞두고 방해만 될 뿐이니까."

"말씀 감사합니다. 그럼 의약품만 내주시면 제가 알아서 하겠습니다."

"내가 직접 치료해 줄 생각은 아니었는데? 아시다시피 난 지각한 터라 일분 일초가 급한 상황이거든요. 우리 직원한테 부탁하려고 했는데, 직접 하는 게 편하다면 그렇게 해요."

잡은 손목을 놓아 주고서 일부러 장난스레 말을 건네며 그녀를 바라보는데, 좀 전보다 더 붉게 달아오른 모습이 묘하게 산의 눈길을 끌고 있었다.

"어서 들어갑시다. 가뜩이나 지각해서 이미지 먹칠하고 욕먹게 생겼는데 뒤늦은 공지지만 이번만큼은 꼭 약속을 지켜야겠으니."

사무실을 향해 성큼성큼 걸어가던 산의 입가에 짓궂은 미소가 쿡쿡 새어 나왔다.

"아. 네."

순진하게 그가 직접 치료해 주는 모습을 상상하던 걸 들켜 버리기라도 한 걸까? 그렇게 된다면 무척이나 난처하겠다는 생각을 할 겨를도 없이 치고 나온 그의 솔직한 말에 감정을 숨기지 못하고 얼굴을 붉혀 버렸다.

자신이 얼마나 얼빠진 모습으로 서 있었는지, 얼마나 멍청하게 굴고 있는지, 생각하지 않으려 하면 할수록 곱씹어지는 찜찜한 기분에 초롱은 한숨이 절로 나왔다.

　면접은 산의 기대와는 달리 다소 지루하고 따분해져만 갔다. 한창 활기 넘치
는, 톡톡 튀고 개성 있는 그들만의 리그가 되기를 바랐건만, 너무나 무미건조하
고 보편적인, 특별할 것도 흥미를 끌어낼 만한 것도 없는 답변들만 듣다 보니
하품이 나오려는 걸 참느라 애써야 했다.

　"미안하지만, 10분만 쉬었다 합시다."

　이대로 계속 면접을 진행하다가는 하품하는 실례를 하게 될 것만 같아 산이
잠시 휴식을 청했다. 자리에서 일어나 가벼운 스트레칭으로 몸을 풀고 해외 출
장으로 피로함이 켜켜이 쌓여 버린 어깨를 돌리며 창밖을 내려다보는데, 출고
대기 중인 카라반 차주의 환한 미소가 산의 시선을 사로잡았다.

　가족 또는 연인, 친구와 새로운 추억을 쓰게 될, 흥분과 기대를 감추지 못하
는 그들의 모습은 산에게 더할 수 없는 뿌듯함과 보람을 안겨 주었다.

　떠나가는 카라반 뒤쪽에 당당히 자리한 이산 코리아의 회사 로고 스티커를
바라보며, 전국 방방곡곡을 안전하게, 그들의 삶에도 자연과 함께하는 기쁨과
행복이 가득하기를 마음으로 바라며 어느새 피로가 가신 것 같은 기분에 다시
힘을 내 보는 산이었다.

　"자, 이제 몇 명 남았습니까?"

　"다섯 명 남았습니다. 시차가 있어 많이 피곤하시겠습니다. 대표님."

　"그러게요. 자칫하면 책상에 머리 박을 뻔했습니다."

　"하하하. 학생들이 긴장해서 그런지 대답이 영 싱겁네요."

　"그러게 말입니다. 면접 준비 기간이 좀 짧기는 했는데, 우리 질문이 그렇게
예상에서 많이 벗어났을까요?"

　캠핑의 기본 에티켓, 매너, 카라반이나 캠핑카에 대한 본인의 생각, 캠핑하

게 되면 가고 싶은 곳, 캠핑의 좋은 점과 나쁜 점 등. 일반 회사의 면접 질의와
는 다소 차이가 있겠으나, 회사의 특성상 충분히 예상 가능한 질문이 아니었을
까? 산은 아쉬운 듯 고개를 설레설레 흔들며 자리에 앉아 서류를 들어 남은 대
기자들의 면면을 살펴보는데,

"그럴 리가요. 우리 회사에 면접 보러 오면서 캠핑에 관해 생각도 안 해 보
고 왔을 리 없을 텐데 말입니다."

더 이상 직원의 말이 산의 귓가에 전달되지 못했다.

'이초롱…… 이초롱이라……. 이런 우연이. 초롱이라는 이름이 이렇게 흔한
이름인가?'

"대표님?!"

"아. 미안합니다. 서류 보느라 못 들었네요. 자, 시간 됐으면 마저 할까요?"

"네, 대표님."

산은 다시 한번 서류를 보며 잊었던 목소리를 되살려 보는데, 생각만큼 쉽게
떠오르지 않았다. 아까 마주친 그 여자 이름도 하필 초롱이라니, 조금 전과는
달리 왠지 모를 기대감이 스멀스멀 피어오르며 굳은 표정이 자연스레 풀리고
있었다.

"자, 마지막 팀 면접 시작하겠습니다."

초롱은 아무리 심호흡을 해도 가라앉지 않는 긴장감과 초조함으로 굳어 버
린 표정을 푸느라 고심하고 있었다. 입에 공기를 가득 넣고 부풀려 이리저리
움직이기를 수차례, 계속하다가는 입가에 경련이 올 것 같아 멈추어 버렸다.
TV에서 본 임산부나 할 듯한 호흡을 구사하며 간신히 진정한 척하려는데 자신
의 이름이 불려 버렸다.

"이초롱 씨."

"네."

'제발 도와주세요. 멍청하게 자리나 데우고 오는 일 없게 도와주세요.'

아무리 속으로 기도를 읊조려도 꿀꺽 넘어가는 침과 정신 나간 듯 날뛰는 심장은 야속하게도 그 강도를 더욱 키워만 갔다.

초롱과 함께 네 명이 나란히 들어간 곳에는 아까 보았던 그 대표님과 두 명의 면접관이 더 있었다. 초롱은 어색해 보일 게 뻔한 자신의 미소를 제발 그들이 보지 않길 바라며 얌전히 자리에 앉았다.

산은 물 흐르듯 고요하게 들어와 단정하게 자리에 앉는 초롱에게로 곧장 눈길이 향했다. 어색한 그녀의 미소에 저도 모르게 씩 웃어 버렸다.

"기다린다고 고생 많았습니다. 제일 오래 기다린 만큼 더 좋은 결과가 있기를 바랍니다. 그리고 한 가지 양해 부탁드립니다. 아마 들어서 아시겠지만 저는 독일 출장에서 오늘, 그것도 면접 시간에 지각하며 간신히 도착했습니다. 그러니 면접 도중에 갑자기 헤드뱅잉 하더라도 놀라지 말고 넓은 아량으로 이해해 줘요."

잔뜩 긴장했던 초롱의 입가에 미소가 피어올랐다. 초롱은 서둘러 손으로 입을 가리며 입술을 맞물려 참으려 했지만 비집고 나오는 웃음은 어쩔 수 없었다. 산은 그런 초롱을 스치듯 바라보며 함께 미소를 지었다.

산은 마지막까지 기다린 그들의 긴장과 초조함을 모르지 않았다. 특히 눈에 띄는 한 사람이 더 신경이 쓰였음은 부정할 수 없는 사실이었다. 조금이나마 그들의 긴장이 풀리기를 바라며 실없는 소리를 보탰는데, 의아해하며 눈을 멀뚱거리는 다른 면접자와는 달리 농담을 용케 알아듣고 웃는 그녀를 보며 흐뭇한 미소가 떠올랐다.

초롱은 위트 있는 그의 말을 들으며 차라리 기다릴 때보다 한결 마음이 놓이는 듯했다.

산을 포함한 면접관들은 지금까지와 마찬가지로 일반적인 질문으로 그들의 직업관이나 원하는 회사의 기준, 생활신조와 사회성을 유추해 보고 있었다.

"자, 이제 질문을 좀 바꿔 볼까요? 우리 회사에 찾아오는 고객을 보면, 열에 여덟은 카라반을 살까, 캠핑카를 살까? 고민하더군요. 혹시 여러분에게 선택권이 주어진다면 카라반과 캠핑카 중 어떤 걸 선택하겠습니까? 이유와 함께 들어 보고 싶네요."

면접관이 하는 질문의 의도를 모른 채 순서대로 답변을 이어 가는 면접자들의 대답은 단순했다.

"저는 캠핑카요. 이산 코리아 주력 상품이 캠핑카인 걸로 알고 있습니다."

"저는 카라반을 선택하겠습니다. 이산 코리아에서 순수 국내 기술로 제작하는 럭셔리 카라반을 꼭 갖고 싶습니다."

"꼭 선택해야 하나요? 저는 둘 다 갖고 싶습니다."

"저는 카라반을 선택하겠습니다. 캠핑카를 선택하기에는 금액적인 부담이 클 것 같아서요."

평범한 대답들이 지나가고, 드디어 초롱의 차례가 돌아왔다.

"저는 고민이 좀 필요할 것 같습니다. 카라반의 경우 실내 공간이 넓어 활동에 불편함이 덜하고 견인차와의 분리로 기동성이 좋지만, 기종에 따라 트레일러 면허가 있어야 하고 매번 견인 장치에 체결, 분리해야 하는 불편함과 주차 문제를 생각하면 솔직히 자신이 없습니다. 반면, 캠핑카는 카라반이 가기 힘든 곳, 자연과 좀 더 가까이할 수 있다는 장점이 있으나, 크기에 따라 기동성이 오히려 떨어질 수도 있고 너무 고가라 선뜻 선택하기에는 무리가 있을 것 같습니다."

"음…… 그래도 굳이 꼭 선택해야 한다면요?"

가장 구체적인 답변을 한 초롱의 의사가 궁금한 면접관이 되물었다.

"꼭 선택해야 한다면 여자인 제가 운행하기에 부담 없고 기동성이 좋은, 작지만 효율적인 소형 캠핑카를 선택하겠습니다. 얼마 전 이산 코리아에서 출시한 ○○기종이 가장 적합할 것 같습니다. 물론 그 전에 운전면허부터 따고요."

산을 비롯한 면접관들은 초롱의 대답에 방긋 웃으며 모두 약속이나 한 듯 고개를 끄덕였다. 면접자 중 유일하게 카라반과 캠핑카의 장단점을 명확히 알고 말했으며, 초반에 가장 많이 긴장했던 그녀가 질문이 거듭될수록 더 안정적으로 재치 있게 대답하는 모습은 면접관들의 이목을 끌기에 충분했다.

산 역시 다른 면접자들보다 한 번 더 눈길이 가는 것을 막을 수 없었다. 초반

미세하게 떨림이 느껴지던 목소리는 어느새 사라져 버리고 부드러운 음성으로 차분하고 침착하게 말하는 모습은 마치 나른한 정오에 따스하게 울려 퍼지는 라디오 진행자의 음성과도 닮아 있었다.

잇따른 캠핑 관련 질의에서도 당황해하며 우물쭈물하는 다른 면접자들의 모습과는 달리, 막힘없이 소신껏 답을 하는 모습이 그녀가 얼마나 준비를 해 왔는지, 회사에 대한 관심과 집중도가 얼마만큼 높은지 엿볼 수 있었다.

"고생 많았습니다. 이것으로 면접은 모두 마치도록 하겠습니다. 결과 발표는 내일 오전 10시까지 회사 홈페이지에 공지하고 개별적으로도 연락하겠습니다."

면접관의 말에 면접자들이 고개 숙여 인사를 건넸다.

"수고하셨습니다."

초롱 역시 인사를 하고 면접장을 빠져나갔는데, 문을 나서자마자 다리에 힘이 풀려 버렸다.

면접자들이 모두 회의실을 나가고 난 뒤 산은 면접관 두 명을 향해 물었다.

"어때요?"

"우와, 이거 생각했던 것보다 훨씬 더 피곤하네요. 채점표 확인해 봐야겠지만 마지막 면접자만큼은 굳이 점수를 확인하지 않아도 되겠던데요?"

"그런가요? 자, 여기 제가 한 채점표 드릴 테니 두 분 것과 합산해서 처리 부탁합니다. 저는 정말 한계가 온 것 같습니다. 올라가서 좀 쉬어야겠어요. 아, 고 이사님, 김 대리도 바로 퇴근하라고 하세요."

"네. 고생하셨습니다. 대표님은 그만 사택에 올라가 좀 쉬십시오."

산은 고개를 끄덕이며 회의실을 빠져나가기가 무섭게 회사의 최상층에 있는 자신의 사택에 올라가 생각할 것도 없이 슈트를 벗어 던지고는 침대에 몸을 던졌다.

2

저 멀리서 들려오던 희미한 멜로디가 천천히 다가오는가 싶더니 어느 순간 산을 덮치듯 달려들었다. 끊어질 듯 말 듯 끊이지 않는 소리에 끙 하고 앓는 소리가 절로 나왔다.

하얀 이불 속에서 손이 불쑥 나와 침대 옆 테이블을 더듬거리더니 잡히는 휴대전화를 들어 발신자를 확인하고서 다시 이불 안으로 쏙 가져가 버렸다.

'망할, 꺼 두는 건데.'

산이 불평하며 잠이 덜 깬 목소리로 전화를 받았다.

"어."

— 오빠!

힘없는 자신과는 대조적인 상쾌하기 그지없는 막냇동생의 목소리에 픽 하고 웃어 버렸다.

"우리 님, 핀트가 어긋났어."

— 아, 맞다. 오빠 출장 갔다 오늘 왔지? 자는 중이었구나? 미안, 미안.

"알면 됐어. 끊어."

전화를 끊으려는데 다급한 동생의 목소리가 다시 들려왔다.

— 오빠, 잠시만. 오늘 저녁 7시야.

"어. 어? 뭐라고? 그게 오늘이었어?"

— 응. 오빠 때문에 한 주 미뤘잖아. 잊었어?

"하…… 알았어. 시간 맞춰 갈게."

— 오케이. 조금 더 자. 끊을게. 저녁에 봐.

"그래. 나중에 보자."

전화를 끊고 크게 하품하며 다시 잠을 청하려 눈을 감아 보는데, 분명 피로가 남아 있음에도 잠이 스멀스멀 달아나는 듯 이런저런 상념들이 파고들었다. 림의 전화가 아니었다면, 한 달에 한 번 있는 가족 모임을 깜빡 잊을 뻔했다.

어려서부터 하루에 한 번은 반드시 온 가족이 모여 함께 식사해야 했다. 늘 바쁜 부모님과 자유롭게 대화를 나눌 수 있는 가장 편하고 확실한 장소가 식탁이었다. 행복한 포만감에 마음까지 넉넉해지는 그때만큼은 무언가를 요구하고 의논하며 의사를 관철하기 가장 좋은 시간이었기에 누가 챙기지 않아도 형제들 모두 스스로 알아서 자리를 지키곤 했다. 성인이 되어 독립한 후에도 한 달에 한 번은 함께 식사하며 가족 모임을 했고, 이날만큼은 아무리 바쁜 일이 있어도 빠지지 않는 것이 가족과의 약속이었다. 피치 못할 사정으로 모임에 빠지는 날엔 온 가족의 전화 공세와 함께 할머니의 소원을 겸허히 받아들여야 했다.

가족의 전화 공세야 그럭저럭 넘긴다 해도 할머니의 소원은…… 거기까지 생각이 미치자 화들짝 정신이 들며 자리에서 벌떡 일어났다.

'하…… 다른 건 몰라도 할머니 소원만큼은 피해야겠지?'

"할머니, 저 왔습니다."

"강이 왔어? 우리 큰손자 오랜만이야. 별일 없지?"

"그럼요. 할머니, 여전히 건강하시죠?"

"그럼! 당연하지."

"저도 왔어요. 안녕하셨어요, 할머니?"

"수 왔어? 너도 별일 없지?"

"그럼요, 할머니. 제가 별일 있을 게 뭐가 있으려고요?"

"할머니, 저도 왔어요."

"어이쿠. 우리 님도 같이 오네?"

첫째와 셋째에 이어 홍일점인 막내 림까지 들어오며 반갑게 인사를 건네자 이날만을 기다리던 금옥이 버선발로 손주들을 맞았다.

"어? 할머니, 이러기 있어요? 오빠들은 환대하고 난 뭐야? 이 미적지근한 반응은 내 기분 탓인가?"

"원, 녀석도 참. 너야 매일 보지만 오빠들은 오랜만에 보는 건데 이런 걸 샘 내고 그래?"

"농담이에요. 농담!"

금옥은 자신의 등 뒤에 찰싹 달라붙으며 꼭 끌어안는 손녀의 귀여운 투정에 그만 픽 하고 웃고 말았다. 자신도 아들만 낳은 데다 며느리 역시 줄줄이 시 커먼 손자만 낳아 오는데 어찌나 서운하던지. 그러던 중 기적처럼 찾아온 귀한 손녀딸이었다.

하는 짓도 어찌나 살가운지, 손자들은 장가보내지 못해 안달이면서 손녀딸 은 어찌 보내야 하나 걱정 아닌 걱정이 들었다.

"아직 산이랑 운이 안 오네. 녀석들 오늘 모임인 거 잊은 건 아니겠지?"

"잊다니요! 가족 모임에 참석하려고 바쁜 스케줄도 조정했는데 잊을 리가요. 섭섭해요. 할머니, 아직도 저를 모르세요?"

넷째 운이 막 집 안으로 들어서며 말했다.

"아이고, 우리 운이 이제 와? 요즘 아주 바쁘지? 그래도 내가 요즘 너 보는

낙으로 살아. TV만 틀면 우리 손자를 볼 수 있으니 좋기는 한데 너무 무리하는 거 아니야? 퇴원한 지 얼마 되지도 않았는데 쉬엄쉬엄 적당히 해야 할 텐데……."

"걱정 마세요, 할머니. 그동안 힘들다 피곤하다 해도 스케줄을 빠듯하게 잡더니, 이번에 좀 놀랐는지 알아서 조절하더라고요."

"그럼 다행이다만, 그래도 항상 조심해야 해. 응? 우리 손자 얼굴이 아주 그냥 핼쑥하네. 살이 쏙 빠졌어."

걱정스레 하는 금옥의 말에 림이 대뜸 끼어들었다.

"에이, 할머니, 그건 아니지. 운 오빠가 뭐가 핼쑥해요? 아주 잘 먹어서 때깔만 좋은걸?"

"하하하, 할머니, 들으셨죠? 때깔 좋다는데요? 우리 님이?"

운이 어느새 림의 어깨에 한쪽 팔을 걸치며 다른 손으로 장난스레 림의 머리를 흐트려 놓았다.

"어, 어. 오빠, 오빠. 이건 아니지. 제발 좀 조심스러워질 수 없어? 이거 습관 되면 큰일 나. 밖에서도 이러면 어쩌려고 그래? 남들이 보면 오해한다고. 정말 내가 못 살아!"

티격태격하는 동생의 모습을 바라보며 피식 웃던 강이 말을 꺼냈다.

"산답지 않게 오늘은 좀 늦네. 왜 아직이야?"

"그러게. 형한테 무슨 일 있는 거 아니야?"

걱정스레 말하는 수를 향해 림이 고개를 내저었다.

"아니야. 산 오빠 오늘 독일 출장 다녀온 날이잖아. 아까 전화했더니 비몽사몽이더라고. 내가 오늘 모임이라고 말했으니 늦어도 올 거야."

"둘째 형도 양반은 못 되겠다. 지금 들어오네."

때마침 집 안으로 들어서는 산을 발견한 운의 말에 형제들의 눈이 모두 입구로 향했다.

"할머니, 저 왔어요. 어디 편찮은 데 없으시죠?"

"오냐! 그래, 어서 와, 웬일로 제일 늦었어? 나는 또 못 오나 싶어 선 자리를 마련해야겠구나 했는데 좋다 말았지 뭐냐."

"에이, 할머니도 참. 제가 우리 가족 모임에 빠질 리가 있나요? 우리 할머니도 봬야 하고, 오랜만에 어머니 손맛도 봬야 하는데 말이죠."

"녀석, 말은 바로 해야지. 네 형제 모두 행여나 빠지면 선보라고 할까 봐 빠짐없이 오는 걸 내가 모를 줄 알고?"

"할머니도 아시네? 그러니까 뭘 그렇게 신경을 쓰고 계세요. 때가 되면 어련히 알아서들 할까."

"그 때가 언제냐고. 내가 그 때를 기다리다 숨넘어가면 어쩔 거야?"

"또, 또 그러신다. 할머니 오래오래 사실 거예요. 강이 형부터 우리 님 결혼해서 아이 낳을 때까지도 건강하게 계실 텐데 뭘 그렇게 걱정하세요."

"뗙! 그건 아무도 몰라, 아무도. 그러니 나중에 나 가고 나서 후회 말고 어서 서둘러들. 알았어?"

"넵. 노력하겠습니다!"

할머니에게 찡긋 윙크하며 형제들에게 향하는 둘째 산의 얼굴에서는 전혀 피곤함을 엿볼 수가 없었다. 어느새 시차를 극복했는지 시원시원하게 할머니께 인사를 건네고는 자신들에게 성큼성큼 걸어오는 모습을 보며 누가 먼저랄 것도 없이 고개를 설레설레 흔들었다.

"왜 사람을 보자마자 고개를 흔들어? 오랜만이다."

"오빠, 아까 내가 통화했던 그 사람 맞아? 시차로 힘든 것 같더니 그새 회복했네. 무슨 에너자이저야? 시차가 하루도 안 가서 극복돼?"

"참 나. 뭘 이 정도로 그래? 운이 봐. 날마다 밤샘 촬영 하고 쓰러져도 저렇게 끄떡없이 앉아 있잖아."

"그건 또 그러네."

금세 수긍하며 고개를 끄덕이는 림의 귀여운 모습에 네 형제는 누가 먼저랄 것도 없이 미소를 지었다. 그런 오빠들을 보고 덩달아 미소 짓던 림의 입에서 감탄사가 흘러나왔다.

"우와, 오늘도 출석률이 100프로야. 우리 할머니 소원이 아주 무섭긴 한가 봐?"

매달 한 번씩 하는 가족 모임에 빠지게 되면 할머니의 소원을 하나씩 들어드리기로 했는데, 그 소원이라는 게 보나 마나 너무 뻔한 터라 어떻게든 할머니의 눈 밖에 나지 않으려 애쓰는 모습들이 참으로 가관이었다. 오 형제 중 유일하게 할머니의 시야에서 벗어나 있는 림만이 유유자적 여유를 누릴 수 있었다.

"할머니도 참. 형들은 그렇다고 쳐. 거기다 나까지 왜 집어넣어? 난 아직 20대라고. 형들이 오죽 답답하게 굴면 나한테까지 그러실까? 분발 좀 해. 괜히 애꿎은 나까지 끌어들이지 말고."

넷째 운이 말을 꺼내자 셋째 수가 발끈하고 나섰다.

"어쭈. 하이운, 비겁하게 그렇게 나온단 말이지. 너만 억울해? 나하고 둘째 형도 이제 겨우 30대 초반이야. 아직 한창때라고. 그런데 벌써 결혼을 해? 요즘엔 30대 초반에 결혼하는 건 엄청 빠른 거야. 이거 왜 이래?"

손자들의 결혼을 얼마나 애타게 기다리시는지 모르는 바 아니나, 아직 자신의 앞에는 큰형과 둘째 형이 굳건히 자리를 지키고 있으니 구태여 자신이 먼저 가야 할 하등의 이유가 없었다.

동생들의 말을 듣다 못한 강이 끼어들었다.

"이것들 봐라? 그래서 지금 가장 연장자인 나더러 총대를 메라 그 말인가? 나도 아직 엄밀히 말하자면 30대 초반이야."

"풉."

그때까지 형제들의 말을 잠자코 듣고 있던 산의 입에서 느닷없이 웃음이 터져 버렸다. 이내 입가에 웃음을 지운 산이 동생을 향해 말을 꺼냈다.

"수, 운. 결혼에 순서 없다. 언제든 누구라도 먼저 가고 싶은 사람이 가는 거야. 우리 서로 도와주지는 못할망정 치사하게 나이로 등 떠밀지는 말자. 난 동생이 먼저 가도 아무 상관 없어. 어차피 이번은 모두 위기를 잘 넘긴 것 같으니, 앞으로도 각자의 위기는 알아서 모면하도록 해. 괜히 가능하지도 않은 일 가지고 왈가왈부하지 말고. 그리고 형 그만 좀 괴롭혀. 그러다 나중에 뒷감당 어떻게 하려고 그래?"

그제야 아차 싶어 모두 강을 바라보는데, 산의 말이 마음에 들었는지 덤덤하게 고개를 끄덕이고 있었다.

"참 나, 못 들어 주겠네 정말. 오빠들, 도대체 왜 그래? 인물 이만하면 훌륭해, 성격도 뭐…… 쓸데없이 나한테 간섭이 심할 때를 제외하면 나쁘지 않아. 그런데 왜 안 하는 거야? 정말 결혼 생각이 없어? 여자를 보는 기준이 높은 거야, 아니면 그냥 즐기고만 싶은 거야? 나는 대체 오빠들이 왜들 이러는지 모르겠어. 여자가 없는 것 같으면 내가 말도 안 해. 그냥 이참에 내가 할머니한테 확 다 불어 버려?"

"워워. 우리 님, 또 왜 이러실까?"

말을 쏟아 내더니 갑자기 벌떡 일어서는 림을 보며 모두 긴장의 끈을 놓을 수가 없었다.

"내가 오빠들 같은 남자 만날까 걱정이야. 뭘 그렇게 튕겨, 튕기기를. 평생 혼자 살 거야? 독신주의자야? 아니잖아. 세상에 별사람 없어. 얼마나 대단한 짝을 찾으려고 그렇게 고고하게 구는지 모르겠어. 부디 안 갈 게 아니라면 좀 분발해 줄래? 모임 할 때마다 이 분위기 어쩔 거야?"

"그럼 우리 님을 제일 먼저 보낼까?"

시큰둥하게 림의 말을 듣고 있는 형들을 보며 운이 농담으로 한마디 던졌을 뿐인데,

"헉."

말하기가 무섭게 안면을 강타하는 쿠션과, 동시에 여기저기서 날아오는 쿠션을 막아 내며 고군분투해야 했다.

"취소. 컥. 취소! 농담이야, 농담이라고!"

"이 자식이 농담을 할 게 있고 안 할 게 있지. 아직 어린애를 보내긴 어딜 보

내?!"

강의 말에 산과 수가 고개를 끄덕이며 격하게 동조했다.

"나 참. 어이가 없어서. 오빠! 내가 아직 애라고? 그럼 오빠들은 왜 애를 만나? 강 오빠, 두 달 전 오빠가 만났던 그 배우 나보다 어렸거든? 산 오빠, 오빠도 만만치 않아. 올 초에 내가 본 그 여자 모르긴 몰라도 내 또래이거나 나보다 더 어릴걸? 아니야? 그리고 수 오빠, 아닌 척 시치미 떼지 마. 오빠도 봤거든? 나도 눈이 있고 듣는 귀가 있어. 나를 단속할 생각 말고, 스스로를 좀 돌아봐. 오빠들이 만나는 그 여자도 집에 가면 누군가의 귀한 딸이고 동생이고 가족이야. 내 걱정은 붙들어 매고 오빠들이나 잘해!"

형제 중 그 누구도 여동생 또래의 여자를 만나고 싶어 하지 않았다. 공교롭게도 림이 하나둘 읊었던 여자들은 모두 할머니의 주선으로 이루어진 만남이었다. 물론 정식으로 교제하지도 않은.

"님아, 믿기 어렵겠지만, 우린 로리타 증후군 따위는 없다. 지금도 네 또래를 보면 네 생각이 나서 여자로 보이지 않아. 그러니 오빠들 걱정 말고, 항상 남자를 조심해. 세상 모든 남자들이 오빠들 같지는 않아. 자나 깨나 남자 조심, 알겠어?"

능청스런 수의 말에 운이 한술 더 보탰다.

"형, 걱정 마!! 우리 덕분에 눈이 한참 높아졌을 텐데, 웬만한 남자가 우리 님 눈에 차기야 하겠어?"

림은 오빠의 말을 듣자니 누가 될지 몰라도 자신과 만나는 남자는 퍽이나 피곤하겠다 싶었다. 이렇게 극성인 오빠가 하나도 둘도 아닌 넷씩이나, 핸디캡도 이런 끔찍한 핸디캡이 또 있을까 싶었다. 과연 오빠들을 보고도 자신에게 프러포즈하는 용감한 남자가 있을까 사뭇 궁금해지기까지 했다.

"어휴, 말을 말자, 말을 말아. 내가 뭘 바라? 그냥 평생 혼자 살란다. 난."

저 혼자 고개를 격하게 흔들며 한심한 듯 오빠들을 바라보는 림과, 그런 림을 보며 태연히 어깨를 으쓱하는 네 형제는 누가 먼저랄 것도 없이 박장대소하고 말았다.

　마치 한밤중인 듯 어둠이 짙게 깔린 방 안으로 한 줄기 햇살이 강하게 내리 쬐어 왔다. 살짝 벌어진 암막 커튼 사이를 비집고 스며든 강한 빛이 산의 얼굴에 곧장 내려앉았다. 이내 은은한 알림음이 부드럽게 공간에 메아리쳤다. 미간을 꿈틀거리며 다리 위에 놓인 이불을 단번에 훅 걷어 내는 산의 입가엔 피로가 걷힌 여유로움이 묻어났다.

　어제 제법 늦은 시간까지 이어진 가족 모임에도 밤사이 숙면을 취한 덕분에 남아 있던 피로가 다 달아난 모양이었다. 산은 가뿐하게 자리를 털고 일어나 출근 준비를 마치고 한 층 아래에 있는 회사로 향했다. 사무실 문을 열고 들어서자마자 보이는 직원들을 향해 활기차게 인사를 건넸다.

　"안녕하십니까. 어제 고생들 많았죠? 출고가 제법 되었던데."

　"안녕하세요, 대표님. 그렇지 않아도 어제 출고한 차주분들께서 대표님 많이 찾으셨어요. 출고할 때 대표님이 직접 인사하는 걸 알고 오셨는지 많이들 궁금해하시더라고요. 그래서 출장 때문에 그렇다고 서운하지 않게 잘 말씀드렸습니다."

　"고마워요. 어제 면접 결과는 나왔습니까, 고 이사님?"

　"네. 그럼요. 최종 명단은 여기 있습니다. 결재해 주시면 공지하고, 바로 개별 연락하도록 하겠습니다."

　"알겠습니다. 바로 확인해 볼게요."

　집무실로 돌아온 산은 자리에 앉자마자 결재 파일을 열어 보았다. 예상했던 바와 다름없는 명단을 보며 고개를 끄덕이고서 망설임 없이 결재란에 사인을 하고는 파일을 한쪽으로 밀어 두고서 인터폰을 들었다.

열심히 업무에 집중하던 고수완 이사가 걸려 온 전화를 받았다. 수화기를 타고 산의 고저 없는 깔끔한 음성이 들려왔다.

— 고 이사님, 수고 많으셨습니다. 결재는 끝났으니 이대로 처리 부탁드리겠습니다.

"네, 대표님. 감사합니다."

수완이 전화를 끊으며 가볍게 휙 휘파람을 불었다.

"역시 빨라. 벌써 결재가 끝났네? 사람이 군더더기가 없이 깔끔해. 김 대리는 지금 바로 합격자 공지하고 개별 연락 부탁해요."

수완은 업무 지시를 마치자마자 수출을 앞둔 카라반의 계약 사항을 살피며 콧노래를 불렀다. 모두가 선망하는 대기업에서 초고속 승진을 하며 승승장구하던 자리를 스스로 박차고 나올 때만 해도 이렇게 다시 즐겁게 직장 생활을 하게 될 거라고는 생각지도 않았다. 하물며 일하면서 콧노래를 부르게 될 날이 올 줄이야.

항상 쌓여 있던 과중한 업무와 동료들의 시기와 질투, 까다롭고 고압적인 직장 상사에, 얼굴 보기도 쉽지 않은 가장에게 불평과 불만이 쌓여만 가던 가족들. 하루를 일 년같이 이리 치이고 저리 치이며 삶의 보람은커녕, 겨우 하루하루를 버티고 견뎌 내야만 했던 날들이었다.

수완은 이전의 직장에서는 결코 느낄 수 없었던 보람과 행복을 만끽하며 즐거운 하루를 맞이하고 있었다. 뒤늦게 찾아온 이런 삶의 변화는 행복한 척, 여유로운 척, 자신을 속여 가며 악착같이 욕심부리고 발악할 때가 아닌, 모든 욕심과 허세를 스스로 다 내려놓았을 때 불현듯 다가온 기회 덕분이라는 것은 아이러니가 아닐 수 없었다.

수완은 하이산 대표와의 첫 만남을 회상하며 미소를 떠올렸다.

회사를 그만두기만 하면, 일에 치여 미처 관심을 기울이지 못한 가족의 품으로 다시 돌아오기만 하면, 예전과 다름없이 자신을 반겨 주리라 여겼건만 현실은 기대와는 달랐다.

이미 오랜 시간 함께해 주지 못한 자신을 기다리다 지쳐 버린 가족들은 점점 더 멀어지기만 했다. 더는 자신을 보며 데면데면한 어린 자녀와 아내를 두고 볼 수 없어 선택한 것이 캠핑이었다. 서먹하고 엉망이었던, 하지만 그래서 더 기억에 남는 첫 캠핑의 추억이 아직도 수완의 기억에 선명하게 남아 있었다.

진땀을 줄줄 흘리게 했던, 남들에게는 식은 죽 먹기처럼 쉬워 보였으나 자신에게는 꿈의 요새와도 같았던 힘겹기만 한 첫 텐트 설치, 생전 처음 가족을 위해 만들었던 둘이 먹다 둘 다 죽어 버릴지도 모를 최루탄 같았던 첫 떡볶이, 캠핑의 화룡점정이라 쓰고 화생방 훈련이라고 읽는 첫 모닥불까지.

그야말로 엉망진창이 되어 버린 고난의 첫 캠핑에서 조심스레 자신에게 다가온 이산은 구세주나 다름없었다.

"실례합니다. 혹시 제가 도울 일이 있을까요?"

"네?"

"불이 잘 안 붙죠? 장작이 습기를 머금었나 봅니다. 그러면 이렇게 연기만 요란하고 불이 잘 붙지 않거든요. 제가 장작을 좀 여유 있게 가져왔는데 이거로 한번 해 보세요."

"아. 네. 이런…… 죄송합니다. 제가 캠핑이 처음이라. 연기가 너무 자욱하죠?"

"아닙니다. 처음엔 다 그렇죠, 뭐. 그런데 처음이 아니라 캠핑을 자주 다니는 사람도 물먹은 장작 앞에서는 다 똑같습니다. 그러니 민망해하지 않으셔도 됩니다. 저쪽에도 한번 보세요. 여기저기 화생방 훈련 하네요."

수완은 살갑게 다가와 자신이 가져온 장작을 넣어 토치로 한 번에 불을 붙여 주는 남자를 보며 저도 모르게 존경의 눈빛을 하게 되었다. 그가 왔던 곳을 바라보니 일행도 없이 혼자 캠핑을 온 듯해 괜찮다면 함께 저녁을 하면 어떻겠냐 청하였더니, 남자가 선뜻 응해 오며 시작된 인연이었다.

이미 온종일 가족에게 실망을 안겼던 터라, 캠핑의 꽃이라 불리는 바비큐 파티는 또 어떻게 해야 하나 걱정되던 차에 산의 도움을 받아 멋지게 한 상을 차려 냈다.

숯불에 구워 불 향이 스며든 잡내 하나 없이 잘 익은 고기와 마찬가지로 숯불에 구운 조개구이, 오징어, 꼬치구이. 무엇 하나 맛있지 않은 게 없었다. 고개한 번 들지 않고 허겁지겁 음식을 먹어 치우는 아들을 보며 뿌듯함에 하루 중처음으로 활짝 웃어 보았다.

무슨 마법을 부렸는지 야채라고는 쳐다보지도 않던 녀석들이 꼬치 사이사이에 있는 야채까지 남김없이 먹는 모습은 수완의 아내조차 놀라게 했다. 실컷먹었는지 자리에서 일어서며 아빠를 향해 양 엄지를 추켜세우는 모습에 부끄럽게도 눈물이 글썽 차올랐다. 온종일 마음 졸이며 애쓴 보람이 있었다.

"감사합니다. 오늘 선생님 아니었으면 우리 아이들 밥 한 끼 제대로 먹지 못하고 쫄쫄 굶었을 거예요. 아까 보셨죠? 걸신들린 듯 먹는 거."

"어휴, 선생님은요 무슨. 저보다 나이가 많으신 것 같은데 말씀 편하게 하셔도 됩니다."

"초면에 그럴 수 있나요. 이거 어쩌다 보니 인사가 늦었습니다. 아직 성함도모르네요. 저는 고수완입니다. 이제 삼십 중반 넘어갔습니다."

"네. 저는 내년이 되어야 서른이 되네요. 하이산입니다."

터닝 포인트. 자신의 가치관과 삶의 관점을 바꾸어 놓기에 충분했던 단 한번의 만남. 바로 그날을 떠올릴 때면 절로 떠오르는 미소를 감출 수 없는 수완이었다.

아빠가 잠든 병원 침대 옆에서 엄마와 나란히 앉아 시간을 보내던 초롱에게한 통의 전화가 걸려 왔다. 이내 전화를 끊은 초롱에게서 어리둥절한 듯한 음성이 흘러나왔다.

"맙소사! 엄마……."

"왜? 무슨 전환데?"

"엄마……."

"얘가 왜 이래? 초롱아! 뭐야? 너 무슨 일 있어?"

"엄마. 내가 붙었대."

초롱은 아직도 믿기지 않는다는 듯 물끄러미 전화를 쳐다보며 말했다.

"붙어? 뭐가 붙어? 말을 알아듣게 해야지."

"사실 어제 면접 봤는데 내가 붙었대!"

"면접? 무슨 면접?"

"이산 코리아라고 우리 학교 선배가 운영하는 회산데,"

"초롱아, 너 아직…… 공부도 다 못 했는데……."

엄마의 우려 섞인 말이 끝나기도 전에 초롱이 말허리를 잘랐다.

"엄마, 공부는 내가 원하면 언제든 다시 할 수 있어. 다시 하면 돼요."

"엄마한테 먼저 말을 했어야지."

"엄마한테 먼저 말하면 이렇게 덮어 놓고 걱정부터 할까 봐. 그리고 정말 붙을 거라고는 생각 못 했어요."

"초롱아…… 초롱아,"

자책이 짙게 깔린 엄마의 목소리에 초롱이 서둘러 입을 열어 밝게 말을 건넸다.

"엄마. 난 괜찮아. 정말이에요. 좋은 회사야. 임 교수님이 추천한 곳인데 어련할까. 대기업은 아니지만 대우나 근무 환경은 그 못지않아요."

"엄마가 너한테 너무 큰 짐을 지운 것 같아서……."

"또 그런다, 또! 처음부터 모두 내가 한 선택이고, 내가 한 결정이야. 다 내가 원해서 한 일이니까 엄마 그런 생각 하지도 마."

수영은 딸 초롱을 바라보며 착잡한 마음을 금할 길이 없었다. 인생에서 가장 찬란하게 빛나야 할 20대를 가족에게 저당 잡힌 안쓰러운 딸아이를 어떻게 해야 할까.

어긋날 수 있는 상황에서도 늘 맏이의 책임을 다하며 동생도 살뜰히 보살피는 속 깊은 딸아이를 물끄러미 바라보며, 자신이 짊어져야 할 삶의 무게를 딸에게 떠넘긴 것만 같아 이루 말할 수 없이 속상했다.

"우리 딸, 엄마가 많이 미안해."

"그러지 마, 엄마. 나 아직은 충분히 감당할 수 있어. 난 괜찮으니까 엄마는 아무 걱정 하지 말고 엄마 건강 챙겨요. 아빠도 아빠지만, 엄마까지 잘못되면 그땐…… 그땐 나도 정말 버티기 힘들 것 같아. 그러니까 엄마, 아빠 걱정만 하지 말고, 엄마 몸도 챙겨요. 응?"

"그래…… 그럴게. 가뜩이나 우리 딸 힘든데 엄마가 도움은 못 될망정 아프기까지 하면 안 되지. 그럼 안 되지……. 그나저나 출근은…… 언제부터 해야 해?"

"당장 다음 주 월요일부터 출근해야 해요."

"그렇게 빨리? 너무 급하네. 우리 딸 제대로 쉬지도 못하고 일하게 생겼네. 피곤해서 어째. 너 행여라도 주말에 여기 올 생각 마! 그리고 회사 적응하는 동안에도 병원에 오지 말고, 일 끝나면 곧장 집으로 가서 푹 쉬어. 응?"

엄마의 걱정 어린 당부의 말이 한쪽 귀로 속삭이듯 들어와 고스란히 다른 한쪽 귀로 빠져나가 버렸다. 초롱은 병원 침상에 누워 힘없이 잠든 아빠의 모습을 보며 차오르는 눈물을 꾹 눌러 삼켜야 했다.

아빠는 불의의 사고로 하반신이 마비되어 벌써 몇 년째 병원 신세를 지고 있었다. 처음 사고가 났을 때 살아 있는 게 기적이라고 할 만큼 온몸이 으스러져 만신창이가 되어 버렸고, 거의 2년을 중환자실에 입원해 여러 차례 수술을 받아야 했다.

생과 사를 넘나드는 고비를 수없이 넘기며 전신마비였던 몸이 천만다행으로 조금씩 회복해 상체를 움직일 수 있게 되었으나, 하반신은 여전히 움직일 수 없었다.

3년째가 되어서야 겨우 퇴원할 수 있게 되었지만, 이미 몸이 약해질 대로 약해진 아빠에게 위기는 수시로 찾아왔다. 결국 대부분의 날들을 병원에서 지내야 했고, 집에서 지내는 날이라고 해 봐야 일 년에 한두 달이 고작이었다.

그렇게 몇 년째 병상에 누워 있는 무기력한 모습의 아빠를 지켜봐야 하는 건 너무나 큰 고통이었다. 도대체 왜 그러는지, 어렵다고 찾아오는 사람이 있으면 외면하지 못하던 아빠를 보며 속상함에 화도 나고 미워도 하고 원망도 많이 했지만, 지금은 차라리 그런 아빠의 모습이 그립기만 했다.

재활 운동 외에는 활동이 거의 없어 근육이라고는 느껴지지 않는 앙상한 아빠의 손을 어루만지며 안타까움에 참았던 눈물이 툭 떨어져 버렸다.

"엄마…… 그때 내가 아빠를 막았다면…… 한 번 더 붙잡았다면…… 지금과는 많이 달라져 있을까?"

"얘는 또 왜 그런 말을 해. 네가 막는다고 그냥 두고 볼 사람도 아니고, 붙잡는다고 가만히 붙잡혀 있을 아빠가 아니잖아. 알면서 그래? 네 아빠를 누가 말려. 한 번 돕겠다, 마음먹으면 부처님 할아비가 와도 안 돼. 그러니까 그런 생각은 더는 하지 마."

그게 말처럼 쉬우면 얼마나 좋을까……. 한숨을 삼키며 차가운 아빠의 손을 조금 더 힘주어 꽉 잡아 보았다.

[초롱의 여름]

유난히 햇볕이 뜨겁게 내리쬐는 어느 여름날. 오랫동안 정들었던 집과 이별을 해야 했다.

새로운 집으로 옮기고 나서야 자신이 얼마나 그 정원을 좋아했었는지, 엄마가 정성스레 가꾸던 꽃밭이 얼마나 예쁘고 아름다웠는지, 아빠가 직접 달아 준 나무 그네가 얼마나 재미있었는지, 잃고 나서야 비로소 그곳이 얼마나 행복한 공간이었는지 알게 되었다.

아빠의 회사에 닥쳤던 고비가 지나갔다. 엄마 말로는 아빠가 돈을 빌려줬던 사람 중 문제가 생겨 아빠가 대신 갚아 주는 과정에서 회사에도 적지 않은 손해를 입었다고 하셨다. 다행히 무사히 수습한 아빠와 엄마는 한숨을 돌렸고, 그렇게 다시 평화가 찾아오는 듯했다.

그때 초롱의 눈에 비친 아빠는 예전보다 많이 어두워 보였다. 이마에 없던 주름이 한 줄 생겨 버렸고, 새까맣던 머리카락에 흰머리가 우수수 늘어 갈 뿐만 아니라 늘 환하게 웃어 주던 미소도 그 횟수를 점차 줄여 가고 있었다. 활짝 벌어졌던 어깨가 움츠려진 듯 보였고, 조금은 지친 듯 보이기도 했다.

첫 출근일이 성큼 다가왔다. 초롱은 다시 찾은, 아니, 앞으로 다니게 될 회사를 보며 면접 보러 왔을 때와는 사뭇 다른 마음가짐으로 바라보게 되었다.

면접을 준비하며 동경의 대상이 되어 버린 곳은 어느새 설렘 가득한 초롱의 첫 직장이 되어 있었다. 괜한 기대감이 상실감으로 되돌아올까 봐 애써 외면했던 것들이 이제야 온전히 눈에 가득 들어차고 있었다. 면접 날 보았던 직원이 신입 사원들이 모인 곳으로 다가와 인사를 건넸다.

"안녕하세요. 면접 때 보셔서 알겠지만, 정식으로 다시 인사할게요. 저는 운영지원본부 대리 이경선입니다. 우리 부서 특성상 타 부서와의 교류가 많으니 여러분이 어느 부서에 발령이 되더라도 잘 부탁할게요."

"네!"

바짝 긴장한 신입 사원들의 목소리가 우렁차게 들려왔다.

"우와, 목소리만 듣고도 기죽기는 처음인데요? 앞으로도 지금과 같은 패기로 열심히 일해 주세요."

"네!"

"오늘도 역시나 제가 여러분들 안내를 맡게 됐어요. 오늘은 면접 때보다 좀 더 세부적으로 회사를 돌아보면서 직원들과 인사 나눌 거예요. 함께 가 볼까요?"

초롱은 함께 입사한 열 명의 입사 동기들과 회사 선배를 따라 곳곳을 누비기 시작했다.

가장 먼저 들른 곳은 본관이었다. 5층으로 되어 있는 본관 건물 중 1층은 언제라도 편히 쉬어 갈 수 있는 안락한 휴게 공간과 친근한 카페테리아, 쾌적한 피트니스 센터가 있었다. 2층은 여가를 보내기에 손색이 없는, 각종 보드게임과 함께 추억의 오락기와 인형 뽑기를 할 수 있는 기계가 있어 신입 사원의 마음을 온통 뒤흔들어 놓았다.

그 밖에도 작지만 알차게 다양한 장르의 책을 소장하고 있는 도서관, 더 안쪽으로는 여직원을 위한 별도의 임산부 전용 휴게실과 착유실까지, 웬만한 기업에서도 찾아보기 힘든 훌륭한 편의 시설과 직원들을 향한 배려에 신입 사원들은 감탄을 금할 수 없었다.

"여기까지는 여러분들의 휴식 시간에 얼마든지 이용해도 되는 곳이에요. 단, 카페테리아 이용 시 자신이 사용한 컵은 직접 씻어서 건조기에 넣어 둘 것. 필요한 물품이나 원하는 차가 있으면 메모 보드를 이용해 의견을 남겨 주세요. 적극 반영이 될 거예요. 보드와 같은 게임을 할 때는 다음 사람을 위해 정리 정돈은 기본이겠죠? 도서관도 마찬가지예요. 모두가 함께 사용하는 공간인 만큼 다음 사람을 위한 기본 에티켓은 반드시 지켜 주세요. 아! 임산부 전용 휴게실을 이용하는 첫 직원은 제가 될 것 같네요."

"축하드려요."

"전혀 눈치를 못 챘어요."

그렇지 않아도 너무나 깨끗한 임산부 휴게실을 보며 사용하는 사람이 없나 싶었던 신입 사원들이었다.

"저 때문에 없던 시설이 생겼어요. 여러분도 회사 생활 하다가 불편하거나 개선했으면 좋겠다 싶은 사항이 있다면 적극적으로 의견을 말해 주길 바랄게요. 우리 대표님, 직원의 편의를 무엇보다 중요하게 생각하세요. 아시겠죠?"

"네!"

경선은 앞서 했던 대답보다 두 배 이상 커진 신입들의 목소리에 절로 웃음이 났다.

"3층과 4층은 앞으로 여러분들이 가장 오랜 시간 머물게 될 사무실이에요. 4층 운영지원본부 안쪽에 있는 대표님 집무실과는 별도로 가장 위층인 5층은 대표님 개인 공간, 쉽게 말해 대표님께서 사택으로 쓰시는 공간이니 올라가는 일이 없도록 주의 바랍니다. 이제 별관으로 가 볼까요?"

이제 겨우 반 정도 본 셈이었다. 별관에는 전시장과 함께 출고 대기 중인 수많은 캠핑카와 카라반이 있었고, 또 다른 별관은 제작과 수리를 맡아 하는 곳도 있었다.

초롱은 한참을 정신없이 구경하며 현장으로 인사를 다니다 보니 다리까지 뻐근해 오는 것이 생각 이상으로 큰 회사의 규모에 다시 한번 놀라게 되었다.

"아쉽게도 오늘 대표님과 고 이사님이 급하게 지방 출장을 가셨어요. 두 분 제외한 다른 직원들과 인사 나눈 후 각자의 부서로 이동하겠습니다."

회사를 둘러보고 인사를 하는 데만 반나절이 걸릴 줄이야.

초롱은 성큼 다가온 점심시간에도 긴장한 탓인지 허기가 느껴지지 않았다. 인솔 직원의 안내로 각자의 부서로 이동해 담당 직원을 기다렸다. 기분 좋은 두근거림과 설렘이 걱정과 초조로 바뀌는 듯해 크게 심호흡을 해 보는데 누군가 다가왔다.

"안녕하세요. 이렇게 또 뵈니까 반갑네요. 저는 김정훈이라고 합니다. 저 기억하시죠?"

"네. 안녕하세요. 저는 이초롱이라고 합니다."

맙소사. 하필 면접 당일 부딪혔던 바로 그 사람이었다. 그날은 경황이 없어 제대로 사과조차 하지 못했는데 이렇게 같은 부서에 근무하게 될 줄이야. 어째 앞날이 순탄치 않을 듯해 제대로 긴장하게 되는데, 뜻밖에도 친절한 그의 말이 들려왔다.

"그날은 제가 너무 바빠서 인사도 제대로 못 했네요. 어디 다친 데는 없었어요?"

"네. 괜찮았습니다. 저도 그날 너무 죄송했어요. 그런데 호칭을 어떻게 해야……."

"아, 대리예요. 김 대리라고 부르면 됩니다."

"네. 김 대리님. 앞으로 잘 부탁드립니다."

"부탁은 내가 해야죠? 앞으로 초롱 씨가 해 줄 일이 많을 거예요. 내가 도움을 많이 받아야 해서요. 잘 부탁합니다."

"네. 뭐든 시켜만 주시면 열심히 하겠습니다."

정훈은 처음 자신을 보며 당황해하던 모습은 지우고, 단정하게 인사하는 초롱을 보며 미소를 지어 보였다.

"크게 힘든 일은 없을 거예요. 그러니 그렇게 긴장하지 않아도 돼요. 다만 대표님이 비서실을 따로 두지 않은 데다, 우리가 지원 부서다 보니 자잘한 일이 좀 많기는 하겠지만요. 대충 소문 들어 아시겠지만 우리 대표님이 워낙 좋은 분이세요. 고 이사님도 그렇고. 그러니 스트레스받을 일은 크게 없을 거예요. 아, 혹시라도 나 때문에 스트레스받으면 즉각 말해 줘요. 눈치 없다 소리 들으면 안 되니까."

"네."

초롱의 눈매가 부드럽게 아래로 휘어졌다.

"차차 알게 되겠지만, 가끔 마케팅 부서에 업무 지원해야 할 때도 있어요. 하지만 그것도 미리 걱정할 필요는 없어요. 우리가 하는 일이 사람들의 여가 활동을 좀 더 편리하고 풍요롭게 할 수 있도록 도와주는 일이다 보니, 오는 고객들도 대부분이 긍정적인 마인드에 밝은 모습인 경우가 많더라고요."

"네. 무슨 말씀인지 알겠습니다."

초롱은 하나부터 열까지 차근차근 알아듣기 쉽고 편하게 말을 잇는 정훈을 보며 몰래 안도의 숨을 내쉬었다.

처음 문을 열고 들어서는 그를 한눈에 알아보며 아차 싶었다. 처음부터 좋은 인상을 남기지 않았던 터에 같은 부서 직속 상사가 되는 셈인데 혹시라도 미움을 샀으면 어쩌나 하는 우려도 잠시, 서글서글하게 인사를 하며 말하는 내내 배려하는 마음이 느껴져 그제야 마음에서 우러나는 미소를 지을 수 있었다.

업무 인계를 받으며 한창 집중하고 있는데 갑자기 주위가 소란해지며 여기저기서 활기차게 인사를 건네는 소리가 들려왔다. 돌아보니 대표님이 성큼성큼 바삐 걸음을 옮기는 모습이 보였다.

"대표님, 가셨던 일은 잘 해결되셨나요?"

"네. 덕분에요. 별일 없죠?"

"네, 대표님. 그런데 오늘 신입 사원 첫 출근일입니다."

"네? 아차!"

경선의 말에 산은 그제야 바삐 가던 걸음을 멈추어 사무실 내부를 둘러보았다. 파티션으로 부서가 구분된 사무실 곳곳에 신입 사원을 위해 마련해 두었던 자리가 새로운 얼굴들로 채워져 있었다. 사무실 분위기가 여느 때보다 더 활기 넘치고 생기가 도는 듯했다.

산과 함께 출장에서 돌아온 수완이 산을 향해 말했다.

"대표님 먼저 들어가시죠. 제가 신입 사원들 데리고 가겠습니다."

"아닙니다. 다들 업무 인수인계한다고 바쁠 텐데 여기서 바로 인사하죠, 뭐."

산의 말이 끝나기가 무섭게 초롱을 포함한 신입 사원들이 각자의 자리에서 벌떡 일어섰다.

산은 서 있는 자리에서부터 가까운 순서대로 사무실을 다니며 부서별로 새로 온 신입 사원들과 일일이 인사를 나누었다.

초롱은 왠지 마지막일 것 같은 자신의 순서를 기다리며 어떻게 인사를 할까 머릿속으로 떠올려 보는데 그가 점점 가까이 다가올수록 이상하게 정리했던 말들이 뒤죽박죽 엉켜 들고 있어 당황스럽기 짝이 없었다.

드디어 초롱의 차례가 다가왔다. 최대한 자연스럽게 미소를 지으며 인사하려는 찰나 그에게서 들려오는 전화벨 소리에 멈칫했다.

"잠시 실례할게요."

"아. 네."

"네. 하이산입니다."

초롱은 자신의 눈을 바라보며 태연히 전화를 받는 그의 모습에 저도 모르게 얕은 한숨을 내쉬었다. 왜 하필 그 많은 사원 중에 제 앞에서 이런단 말인가. 게다가 왜 저렇게 뚫어져라 쳐다보시는 건지. 자신의 난처함은 아랑곳하지 않고 통화를 이어 가는 그의 모습이 야속하기만 했다.

민망함에 그의 눈길을 피해 눈동자를 이리 데굴, 저리 데굴, 굴려 가며 혹시나 한 번씩 그를 바라보는데 번번이 눈동자가 마주쳐 결국 어색함에 눈길을 아래로 내리깔아 버렸다.

"네, 교수님. 걱정하지 않으셔도 됩니다. 이제 교수님 학생이 아니라 제 직원이죠. 하하하. 감사합니다. 조만간 또 찾아뵙겠습니다."

산은 서둘러 전화를 끊고서 초롱을 바라보았다. 그런데 왜 계속 바닥만 보고 있는지 모르겠다.

"바닥에 뭐 떨어졌어요?"

"……"

통화를 끝낸 산이 시선을 떨구고 있는 초롱에게 물어보는데, 아까만 해도 몇 번씩이나 마주치던 눈동자는 올라올 줄을 몰랐다.

"이초롱 씨?"

"네? 아, 네."

"바닥에 뭐 있어요? 뭘 그렇게 보고 있어요?"

"아, 죄송합니다. 통화가 끝난 줄 모르고."

결국 산의 입에서 참았던 웃음이 슬그머니 비집고 나와 버렸다. 첫 출근에 어설픈 제자들을 부탁하는 교수님의 전화를 받으며 인사를 앞둔 그녀를 바라보는데 면접 보던 날의 당찬 모습은 어디로 가고 어색함에 데굴데굴 눈동자만 굴리다니.

처음엔 별생각 없이 그녀의 눈을 바라보다, 계속 방황하는 눈동자가 귀여워 저도 모르게 다시 마주치기를 바라는 자신의 짓궂음에 코웃음이 났다. 더는 난처하게 하면 안 되겠다 싶어 뒤늦게 인사를 건넸다.

"흠. 미안합니다. 통화가 길어져서. 이렇게 다시 만나게 되니 반갑네요. 앞으로 잘 부탁해요."

"네. 채용해 주셔서 감사합니다. 열심히 하겠습니다."

입 속에서 맴돌던 연습한 인사말은 깔끔하게 사라져 버리고, 간결하기 그지없는 단순한 대답만 흘러나와 속상했다.

'하…… 이름은 말……했나?'

초롱이 후회로 어금니를 앙다무는 사이 산이 직원들을 둘러보며 말했다.

"오늘은 가볍게 점심 식사 함께 하고, 환영 파티는 정식으로 날 잡아서 제대로 합시다."

사무실 전체를 두루 돌아보며 시원하게 외치는 산의 말에 모두들 손뼉을 치며 환호했다. 환하게 웃으며 집무실을 향하는 산의 마음에는 왠지 모를 흥분이 차오르고 있었다.

그때만 해도 환영 파티는 날 잡아 제대로 하자는 말을 대수롭지 않게 들었던 초롱은, 얼마 안 가 당황하지 않을 수 없었다.

처음부터 일반적이지 않았던 회사는 환영회도 여느 회사와는 스타일이 완전히 달랐다. 신입 사원 환영 파티를 1박 2일 동안, 그것도 캠핑으로 하게 되리라고 누가 상상이나 했을까? 덕분에 지원 부서에 있는 초롱의 발등에 불이 떨어졌다. 환영 파티를 가장한 캠핑을 위해 하나부터 열까지 준비하고 챙겨야 하는 부서는 다름 아닌 초롱이 몸담고 있는 운영지원본부였기 때문이다.

단 이틀을 위해 이 주일이 넘는 시간을 출고 스케줄을 조정하고, 회의를 통한 캠핑 장소 섭외는 물론, 당일 행사 진행 준비와 단체 티셔츠 주문까지. 모두 초롱이 관여하지 않은 일이 없이 입사 신고식을 톡톡히 치르고 있었다.

이제 웬만큼 중요한 업무는 마쳤으니 한숨 돌려도 되겠지 했는데, 독일 바이어의 갑작스러운 자료 요청으로 평소 행사 관련 업무를 도맡아 하던 부서원들에게 더 중요한 업무가 맡겨지는 바람에 선배의 일까지 초롱에게 넘어오고 말았다.

"초롱 씨, 정말 미안한데 부탁 좀 할게요."

"네. 그런데 제가 이렇게 많은 양을 준비해 본 적이 없어서 잘할 수 있을지…… 선배님이 한 분이라도 함께 해 주시면 이번 기회에 잘 배울 수 있을 텐데요."

"나도 그러고 싶은데, 바이어와 미팅하려면 준비할 게 많아서 좀 힘들 것 같아요. 그렇다고 그렇게 걱정하지는 말고, 설마 신입인 초롱 씨 혼자 보내겠어요? 제일 든든한 지원군 보낼 테니 초롱 씨는 아무 걱정 하지 말아요."

"네. 정말 다행이네요. 걱정 많이 했는데."

초롱이 안도감에 몰래 한숨을 삼켰다.

"너무 긴장하지 않아도 돼요. 이게 무슨 시험도 아닌데 뭘. 초롱 씨 입사한 지 며칠 되지도 않았는데 손도 빠르고, 일 배우는 것도 빨라, 지금 충분히 잘하고 있어요. 그러니까 너무 부담 갖지 말아요. 그냥 우리 가족이 먹는 음식 준비한다 생각하고 거기다 인원수만 신경 써서 추가하면 될 거예요."

경선은 토씨 하나라도 놓칠까 초롱초롱한 눈빛으로 귀 기울여 듣는 신입의 모습이 귀엽기만 했다.

"네. 조금 서툴겠지만, 열심히 준비해 보겠습니다. 그런데 비용은 어느 정도로 해야 하는지. 기존에 이런 행사를 한 적이 있을까요? 제가 참고할 만한 내역이라도 있으면 좋겠는데."

"그럼요. 아, 초롱 씨는 잘 모르겠구나, 우린 두세 달에 한 번씩은 캠핑하러 가요. 회식 대신이기도 하고 어떻게 보면 업무의 연장선이기도 하고. 재미있겠죠? 그걸 매번 우리 부서에서 다 준비해야 한다는 건 안 비밀!"

"그럼 회식은 늘 캠핑으로 하는 건가요?"

"그건 아닌데, 직원들이 워낙 캠핑을 좋아하다 보니 회식을 캠핑으로 대신하자는 의견이 많아서. 오죽하면 휴일에도 친한 직원들끼리 캠핑을 같이 가겠어요. 그렇다고 미리 걱정할 필요는 없어요. 보통 때는 이렇게 행사가 크지는 않으니까. 이번엔 신입들이 들어오기도 했고 연말도 다가오니 환영 파티 겸 미리 앞당긴 송년회 정도로 생각하면 될 거예요."

"아……."

과연 이 회사에 잘 적응할 수 있을까? 초롱은 걱정으로 잔뜩 얼어 버렸다.

"초롱 씨, 캠핑해 봤어요?"

"어릴 때 몇 번이요."

한참 아빠를 따라 캠핑도 여행도 많이 했었다. 아빠가 마음의 여유를 잃기 전에는.

"해 본 지 오래됐구나. 그래서 겁먹었어요? 걱정 안 해도 된다니까 그러네. 금방 적응할 거예요. 모르긴 몰라도 캠핑의 매력에 푹 빠질걸?"

"그랬으면 좋겠네요."

"믿어 봐요. 꼭 그렇게 될 테니까. 내가 회사 입사 후에 첫 캠핑을 하고 나서 사직서를 냈다는 건 비밀! 그런데 지금 봐. 이렇게 즐기면서 일 잘하고 있잖아?"

"아니, 왜……."

"그 썰은 이다음에 내가 술 한잔 할 수 있을 때 풀어 줄게요. 맨정신으로는 절대 할 수 없는 이야기라고."

술을 한잔 걸쳐야 얘기해 줄 수 있다는 말 때문일까. 경선은 이제 임신 4개월이 지난, 아직은 별 표시가 나지 않는 자신의 배를 물끄러미 바라보는 초롱의 모습에 웃음을 터트렸다. 보면 볼수록 귀여운 신입이다.

"보자…… 아기 낳고, 출산 휴가 쓰고, 혹시 육아 휴직까지 쓰게 되면…… 뭐 한 2년? 내 얘기가 궁금하면, 그때까지 꼭 버티라고. 알겠죠? 더 얘기를 나누고 싶지만 난 지금 가 봐야 하니까."

"아, 바쁘신데 저 때문에 괜히."

"아니야. 일 때문인데 뭘. 자, 우리 걱정은 이쯤에서 접어 두고, 내가 참고할 만한 지난 내역이랑 꼭 사야 할 품목 보내 줄 테니까 확인하고. 혹시 더 필요하거나 초롱 씨가 먹고 싶은 게 있으면 얼마든지 추가해도 좋아요. 지난 내역과 비교해서 예산을 정하되, 초과 비용에 너무 연연하지 말 것. 같이 가는 분이 알아서 잘하실 거예요. 워낙 경험이 많은 분이니. 이해했죠?"

"네. 알겠습니다. 그리고 대리님, 이제 저한테 말씀 편하게 하셔도 되는데요."

"천천히 할게요. 나도 누구한테 쉽게 말을 놓는 성격이 못 돼서."

"네. 그럼 오늘도 수고하세요."

활짝 웃으며 경쾌하게 뒤돌아 가는 선배를 보며 초롱의 어깨가 축 처져 버렸다. 걱정하지 말란다고 걱정이 안 되며, 부담 갖지 말란다고 부담이 안 될까? 게다가 그 일이라는 게 하필 장보기라니.

초롱은 평상시에도 대형마트에 가는 걸 좋아하지 않았다. 자신의 기준으로 볼 때 대형마트는 이동 반경이 너무 크고 항상 붐볐으며, 필요 이상으로 다양한 품목과 과소비를 부추기는 수많은 문구가 늘 피로하게 느껴졌기 때문이었다.

무엇보다 아빠 사고 이후 동생과 둘이 생활하면서 대형마트에서 사야 할 만큼의 많은 물건이 필요하지도 않았다. 간혹 부모님이 병원에서 사용해야 할 물품이 필요해 잠깐 들를 때도 시간의 소비가 많았기에 가급적이면 피하는 곳 중 하나였다.

그런데 근무 중에, 그것도 제일 든든한 지원군이라는 사람이 다름 아닌 가장 대하기 어렵고 껄끄러운 대표님이라니. 어이가 없어 헛웃음이 새어 나왔다. 무슨 일이든 주어진다면 불평불만 없이 열심히 할 자신이 있었지만, 이런 일은 초롱이 예상했던 범주를 한참이나 벗어난 것이었다.

카트를 밀며 긴 다리로 성큼성큼 앞서가는 대표님을 종종걸음으로 바삐 따라잡으며 저도 모르게 후…… 하며 긴 한숨을 내쉬었다. 왜 하필 자신이 운영지원본부에 자리하게 되었을까?

서현이나 주희가 불평하는 수많은 서식에 예산과 씨름해야 하는 재무팀도 좋았고, 윤성이나 민우가 툴툴대는 생소한 용어와 부품들을 익히고 관리해야 하는 기술팀도 괜찮았다. 하물며 은정이나 민옥이 우려하는 고객을 직접 마주하고 응대하며 심적으로 부담이 되는 마케팅팀도 나쁘지 않았다.

자신을 제외한 입사 동기 모두 대표님 직속 부서인 운영지원본부로 발령이 되기를 바랐건만, 정작 그 부서에 발령된 사람은 가장 원치 않았던 자신이라는 사실은 아이러니가 아닐 수 없었다.

무의식적으로 발걸음을 옮기며 이런 일이 이번 한 번으로 끝나지 않을 것은 물론이며, 앞으로는 이곳과도 친해져야 할 것만 같은 예감에 앞날이 까마득한데,

'헉, 이런 맙소사!'

대표님은 언제부터 멈춰 서 있었을까?

초롱은 한 발짝만 더 갔다면 영락없이 그의 가슴팍에 헤딩했을 만한 위치에서 그의 발끝을 바라보며 민망함에 차마 얼굴을 들지도 못하고 눈을 질끈 감으며 입술을 깨물었다.

'망할, 이 바보 멍청이!'

욕을 한 사발 들이켜며 슬그머니 한 발 뒤로 물러나 조심스레 고개를 들어 올리는데, 자신을 살펴보는 대표님의 걱정스러운 표정과 맞닥뜨렸다.

"이초롱 씨, 혹시 무슨 일 있어요?"

"네?"

"아니면 무슨 걱정이라도?"

"아닙니다. 제가 잠시 다른 생각을 좀 하느라…… 죄송합니다, 대표님."

"아니, 뭐. 죄송할 것까지야. 나는 또 혹시나 무슨 일이 있나 걱정이 돼서 물어본 것뿐이에요. 괜찮다면 지금부터는 안전을 위해서 고개를 좀 들어 줄래요? 그렇게 아래만 보고 걷다가는 카트에 부딪히기 십상이니까."

말이 끝나기가 무섭게 갑작스레 그에게 끌어당겨져 의아해하는 것도 잠시, 간발의 차로 아이가 장난스레 밀던 카트가 초롱이 서 있던 자리를 휙 하고 지나치는데, 그의 반응 속도가 1초만 늦었더라도 초롱이 그 카트에 호되게 당했을 거라는 건 눈을 감고도 알 만한 사실이었다.

"주의하겠습니다. 감사합니다."

아직도 그의 손아귀에 잡혀 있는 팔을 조심스레 빼내며 왜 매번 칠칠하지 못한 인상을 심어 주게 되는지 한심한 자신의 모습이 초롱은 짜증스럽기만 했다.

"자, 그럼 본격적으로 장을 볼까요? 참석 인원 몇 명이었죠?"

"네, 대표님. 현재 확정 인원은 신입 사원 열 명 포함해서 총 서른세 명입니다."

"흠. 이번에도 제법 빠지는 인원이 많네요."

아무래도 일 자체가 서비스 직종이다 보니, 많이 참석한다고 해도 필수 인원은 항상 자리를 지켜야 했기에 마음이 쓰이지 않을 수 없었다. 아쉬움을 뒤로하고 산이 초롱에게 물었다.

"우리 뭐부터 살까요? 혹시 목록 받은 거 있어요?"

"네. 이 대리님이 회사에 구비된 물품을 제외한 지난 내역과 필수 품목을 체크해 주셨어요. 인원수만 주의해서 준비하면 될 것 같습니다."

"좋아요. 그럼 냉장이나 신선 식품은 나중에 사고 나머지 필요한 것부터 준비합시다."

"네. 대표님."

막상 장을 보기 시작하니 그를 일컬어 든든한 지원군이라고 했던 이유를 알 것 같았다.

무거운 물건은 초롱이 손도 대지 못하게 알아서 척척 카트에 싣는가 하면, 금액이나 물품의 품질을 두고 비교하며 고민하는 초롱을 대신해, 1초의 망설임도 없이 결정을 내려 고민을 덜어 주었다. 목록에는 없지만 꼭 필요한 물품도 빠짐없이 챙기고 있었고, 차곡차곡 물품이 쌓여 가는 카트를 보며 잽싸게 카트 하나를 더 끌고 오는 것 역시 그의 몫이었다.

"자! 이제 얼추 다 산 것 같은데? 뭐 빠진 거 있어요?"

"고기, 고기만 사면 끝입니다."

가장 큰 난관이었다. 초롱은 단 한 번도 이렇게 많은 인원수의 음식을 준비해 본 적도 없을뿐더러 하필 받은 내역에는 조개와 육류, 생선회가 함께 있어 육류를 주로 할 경우 성인 남녀 서른세 명이 얼마만큼의 고기를 먹어 치우는지 가늠할 수가 없었다.

어느새 도착한 육류 판매대 앞에서 이번에는 양이 아닌 고기의 종류를 보며 또다시 한숨이 새어 나왔다.

"자! 얼른 사고 마무리합시다. 얼마나 사면 되겠어요?"

"음……."

초롱의 머리가 세상 바쁘게 돌아가고 있었다.

'성인 서른세 명이라. 1인분을 100그램으로 했을 때 서른세 명이 각 2인분씩 먹는다고 가정하면 6.6킬로.'

"다른 음식도 많이 준비했으니, 7킬로 정도만 사면 어떨까요? 1인당 2인분 정도로요."

"혹시 지난 내역에 어느 정도 준비했는지 나와 있지 않나요?"

"네. 지난번 주메뉴는 생선회 같았어요. 물론 조개나 고기도 있었지만, 메인을 육류로 했을 때는 그 양을 어느 정도 해야 할지."

"아, 그랬지 참. 2인분이라…… 1인분을 100그램 정도로 계산한 거예요?"

"네, 맞습니다."

"음, 그럼, 다른 음식도 있으니 15킬로 삽시다. 반은 돼지고기, 반은 소고기로."

"네? 15킬로요? 너무 많지 않을까요? 다른 음식도 정말…… 많은데요?"

"아, 닭고기도 10마리 추가!"

"닭……고기까지요?"

"초롱 씨가 우리 직원들 먹는 걸 못 봐서 그래요. 밥배 따로, 고기배 따로, 술배 따로. 원래 야외에서 먹으면 없던 입맛도 돌아오거든요. 평소 소식하던 직원들도 고삐 풀고 먹으니, 나중에 확인해 봐요. 절대 남을 리 없을 테니."

"아무리 그래도……."

도대체 얼마나 먹기에. 초롱은 식품이 산처럼 쌓여 있는 두 개의 카트를 보며 벌어지는 입을 다물지 못했다. 가만히 그 모습을 지켜보던 산은 놀라움을 숨기지 못하는 초롱의 표정이 귀여워 저도 모르게 씩 웃고 말았다.

"이제 계산하러 갈까요?"

"네."

이제 끝났나 싶었는데, 계산하는 것도 보통 일이 아닌 듯했다. 여기가 무슨 분양 사무소도 아닌데 길게 늘어서 있는 대기 줄이라니. 장을 볼 때는 이런저런 할 말이라도 있지. 이건 뭐 어색함은 극에 달하고 게다가 이 많은 물건을 언제 계산대에 올렸다 내린담. 초롱은 머리가 지끈 아파졌다.

그때 주위를 둘러보던 산이 말을 건넸다.

"오늘따라 사람이 더 많은 것 같네요. 무슨 날인가?"

"여기 마트는 항상 사람이 많은 것 같던데요?"

"초롱 씨 여기 와 봤어요? 아닌데, 아까 보니까 품목별 위치 파악하는 것 같던데?"

산이 지켜본 바로 초롱이 장을 보기 전 가장 먼저 한 일은 마트의 코너별 위치를 파악해 목록이 적힌 종이에 먼저 사야 할 순서를 적은 것이었다. 어지간히 계획성이 있는 사람이구나 싶어 유심히 보았던 터라 분명 이 마트는 초행이라 미루어 짐작하기 어렵지 않았다.

"네. 저는 이곳이 처음인데, 이 대리님이 여기는 항상 붐빈다고 하셨거든요."

"하긴 여기가 좀 그렇긴 하죠. 그런데 초롱 씨 마트 잘 안 다니죠?"

"네. 어떻게 아셨……어요?"

초롱은 혹시 또 실수한 게 있나 싶어 긴장했다.

"내가 아는 사람들은 마트 오자마자 동선부터 파악하는 행동은 하지 않았거든요. 그리고 일단 들어오면 눈빛부터 달라져요. 아주 비장하게. 분명 장을 봐야 할 목록을 손에 쥐고 있으면서도 일단 눈에 띄는 게 있으면 돌진하고 보더라고요. 시식하는 건 꼭 맛을 봐야 하고, 또 맛보고 나면 미안해서 사야 하고. 덕분에 따라다니면 잘 얻어먹긴 했는데 오늘은 초롱 씨 덕분에 쫄쫄 굶었네요."

"헛. 죄송합니다. 몰랐어요."

"아니, 농담이에요, 농담. 나 참. 초롱 씨한테는 농담도 못 하겠네. 무슨 말만 하면 그렇게 깜짝깜짝 놀라고 그래요, 괜히 사람 미안하게."

하도 어색해하기에 농담을 건넸을 뿐인데 당황하며 귀까지 빨개지는 모습에 되레 미안한 마음이 들었다.

사실 어머니나 막내 여동생도 그렇고, 함께 장을 보러 온 적 있는 회사 직원들도 시식 코너를 그냥 지나치지 못했다. 마트에 오면 눈빛이 반짝임과 동시에 사지 않아도 될 물건까지 노리며 예산을 훌쩍 초과하는 일도 다반사였건만, 초롱은 달라도 너무 달랐다.

오직 목록에 있는 물건들만 착실하게, 그것도 볼펜으로 구입한 물건엔 줄까지 그어 가며 일을 하듯 해치우는 데다 두리번거리는 일 없이 가장 효율적인 동선으로 필요한 물건만 딱딱 사고 있었다.

자신이 하는 일이라고 해 봐야 비슷한 상품을 놓고 품질이나 금액으로 망설이고 있을 때 선택해 주는 것과 물건을 카트에 담아 주는 것이 다였다. 분명 장을 보는 걸 즐기는 스타일은 아닌 듯했으나 짧은 시간에 가장 효율적으로 장보기를 마친 지금 오히려 초롱을 다시 보게 되었다.

"죄송합니다."

"이초롱 씨, 앞으로 죄송하다는 말은 정말 필요할 때만 합시다. 물론 그 말을 들을 일이 없으면 더 좋겠지만요."

"네. 죄송…… 노력하겠습니다."

산은 신입 사원인 초롱이 자신을 불편하게 여길 수 있다 이해는 하지만, 너무 깍듯하게 거리감을 두고 행동하는 모습은 이상하게 별로였다. 가끔 부서 사람들이나 다른 사람과 대화하는 모습을 볼 때 모두에게 이렇게 거리 두고 어려워하는 것 같지는 않았는데. 유독 자신 앞에서는 더 긴장하고 거리를 두는 이유가 뭘까?

친근함을 핑계로 너무 격의 없이 행동하는 것도 문제가 있으나 초롱은 부서의 특성상 앞으로 함께 부딪히고 마주해야 할 일이 많았다. 지금처럼 계속해서 자신 앞에서 경직되어 있으면 서로 일하기가 불편하고 힘들어질 듯해 저 거리감을 어떻게 좁혀야 하나 생각이 깊어졌다.

드디어 계산할 차례가 다가오자 초롱이 주섬주섬 물건을 계산대 위에 올리려는데 산이 막아섰다.

"놔둬요. 올리는 건 내가 할게요. 초롱 씨는 카트에 다시 좀 담아 줄래요?"

"네. 알겠습니다."

어릴 때 유일하게 좋아하던 게임인 테트리스가 빛을 발하는 순간이었다. 초롱은 냉장과 실온 제품을 구분해 가며 재빨리 차곡차곡 짐을 쌓고서 결제가 끝난 산에게 영수증을 건네받았다. 그런데 총액이 초롱이 예상한 금액과는 차이가 있었다.

"저, 대표님. 잠시만요."

"네?"

"확인할 게 좀 있어서요. 잠깐이면 돼요."

"네. 상관은 없습니다만, 무슨 문제 있어요?"

"뭐 하나 확인 좀 하려고요. 총액이 제가 생각했던 금액보다 만 사천 원 많이 나왔어요."

"총액? 그럼 설마 지금 장 본 거 다 계산하고 있었어요?"

"네. 대충이요."

대수롭지 않다는 듯 말하며 빠르게 영수증을 훑어 내려가는 초롱의 모습에 산은 고개를 갸웃했다. 장을 보는 내내 함께 다녔지만 그녀가 계산기를 꺼낸다거나 휴대폰을 보는 모습은 없었다. 그런데 그 많은 품목을 일일이 머릿속으로 계산하고 있었다고? 새로운 사실에 놀라지 않을 수 없었다.

"찾았어요. 저 고객 센터에 좀 다녀올게요. 결제하신 카드 좀 주시겠어요?"

"……"

"저…… 대표님?"

"아. 여기. 그런데 초롱 씨, 혹시 뭐 착각한 거 아니에요?"

"그럴 수도 있지만, 그래도 혹시 모르니 가서 확인 한번 해 보겠습니다."

확인해 본다는 그녀의 얼굴은 이미 확신으로 가득 차 있었다. 산은 반신반의하며 흥미롭게 초롱을 기다려 보기로 했다.

고객 센터에 도착한 초롱은 영수증을 보여 주며 금액 확인을 요청했다.

"고객님, 우선 죄송합니다. 행사 상품이라 고객님께서 말씀하신 금액이 맞습니다. 아마도 행사 물량 중에 라벨 작업이 아직 마무리되지 못한 상품이 있었던 것 같습니다. 불편하게 해 드려 정말 죄송합니다. 결제 취소하고 다시 재결제해도 될까요?"

"네. 그렇게 부탁드릴게요."

잠시 후, 산은 자신의 휴대전화로 카드 승인 취소 문자와 함께 정확히 초롱이 말한 금액만큼을 제외한 카드 승인 문자가 연달아 오는 걸 보고 놀라지 않을 수 없었다.

곧이어 마트에 도착한 이후로 가장 개운한 미소를 지으며 발걸음도 가볍게 자신에게로 걸어오는 초롱을 보았다. 긴장이 풀려 자연스러운 그녀의 모습을 이런 식으로 확인하게 되다니 산은 웃지 않을 수 없었다.

첩첩산중은 이럴 때 쓰라고 있는 말임이 틀림없었다.

장보기를 마치고 차에 짐을 실으며 이제 곧 이 어색함에서 벗어날 수 있을 거라 기대했던 초롱의 예상은 보기 좋게 어긋나고 말았다. 덕분에 시간도 절약하고 돈도 굳었으니 굳이 밥을 사겠다는 대표님과 함께 향한 곳은 회사가 아닌, 마트와 같은 건물에 있는 정갈한 한정식집이었다.

"퇴근 시간 전까지는 들어갈 수 있을 거예요. 혹시라도 통근 버스 놓치면 내가 목적지까지 데려다줄 테니 너무 걱정하지 말아요."

"아닙니다. 저는 정말 괜찮습니다."

웃으며 건네는 말에 어색한 미소로 답을 하는 초롱을 보며 산은 역시나 함께 식사하러 오기를 잘했다 싶었다.

말은 시간도 절약했고 돈도 굳었으니 한턱내겠다며 밥 좀 먹고 가자 했지만, 실상은 초롱과 제대로 된 대화를 한번 해 보고 싶었다. 갑자기 왜 그런 생각이 들었는지 자신도 조금 의아했지만, 계속 그녀가 자신을 어렵게 대하거나 불편해하지 않았으면 하는 마음이었다.

"초롱 씨는 뭐 좋아해요?"

"저는 아무거나."

"다 잘 먹는다고? 그럼 홍어 같은 것도 잘 먹겠네요?"

"그건…… 못 먹습니다."

"보양식은? 과메기? 굴이나 다른 해산물들도 가리지 않고 다 잘 먹어요?"

"……아니요."

"내가 아무거나라고 대답하는 사람 중에 진짜 아무거나 다 잘 먹는 사람은 여태껏 단 한 명도 보지 못했으니까. 다른 건 몰라도 먹는 것만큼은 정말 꼭 먹고 싶은 걸 먹어요. 그게 자기 자신에게 해 줄 수 있는 가장 큰 배려고 매너니까."

"아. 네."

사고도 유연하신 분이 음식에 대한 철학도 남다른 것 같았다. 초롱에게 음식은 단순히 내 몸을 원활하게 움직이게 하는 땔감, 또는 연료 그 이상도 이하도 아니었기에 그의 말이 수긍되지는 않았다.

"지금부터 2분간 메뉴 정독하기. 그리고 다시 물어볼 때 아무거나라고 하기 없기. 혹시 못 먹는 식자재가 들어가는 음식은 없나 잘 살펴보고 결정해요. 단, 절대 가격은 보지 말 것. 시작!"

"네."

메뉴판을 받아 들고서 한 장을 넘기며 그를 슬쩍 바라보았다.

'누가 보면 회사에서 중요한 서류에라도 결재하시는 줄 알겠네.'

완벽한 언행일치를 보이며 메뉴판을 정독하는 대표님의 모습에 이상하게 웃음이 났다. 혹시나 웃는 모습을 들킬까 서둘러 시선을 내리며 어느새 그와 같은 모습으로 함께 정독하고 있었다.

산은 이미 충분히 잘 알고 있는 메뉴를 대충 훑으며 초롱을 슬쩍 바라보았다. 아무거나라고 대답했던 사람답지 않게 신중하게 메뉴를 확인하는 모습을 보며 입가에 슬며시 미소가 번지고 있었다.

"자, 결정했어요?"

"네."

"초롱 씨는 뭐 먹을래요?"

"저는 비빔밥 먹겠습니다."

"우와, 2분이나 시간을 줬는데 겨우 비빔밥? 메뉴 다 확인한 거 맞아요?"

"네. 비빔밥 좋아해요."

"그래요? 비빔밥이라, 좋아요."

산은 너무나 싱겁도록 예상을 벗어나지 않는 메뉴 선택에 피식 웃으며 벨을 눌렀다.

"주문하시겠습니까?"

"네. 여기 둘 다 C 코스로 부탁합니다."

"어? 저는 비빔밥."

"네. 그냥 둘 다 C 코스로 해 주시면 됩니다."

"네. 그렇게 준비하겠습니다."

"여기 C 코스에 마침 비빔밥이 나와요."

종업원이 나가고 나서야 산이 말해 주었다.

"저…… C 코스는 종류가 많아서 제가 다 먹기에는 많은데요."

"여기 장 볼 때면 가끔 오는 곳이에요. 모든 메뉴가 적당히 알맞게 나오니까 초롱 씨에게도 그렇게 양이 부담스럽지는 않을 거예요. 그래도 남으면 내가 다 먹을 테니 그런 걱정은 하지 말고, 혹시 C 코스에 못 먹는 음식은 없어요?"

"네. 못 먹는 음식은 없었습니다."

"다행이네."

흐르는 정적이 어색해 초롱이 앞에 놓인 다관을 들어 찻잔에 차를 따르려는데 그가 나섰다.

"내가 할게요."

산이 직접 차를 따르더니 찻잔을 초롱의 자리에 먼저 놓아 주었다.

"아직은 뜨거우니까, 조금 식혀서 마셔요."

잊을 만하면 찾아오는 정적에 초롱의 시선은 김이 모락모락 피어오르는 찻잔에 머물러 있었다. 이런 분위기가 싫었다. 어색, 곤란, 난처, 난감, 이 모든 단어를 갖다 붙인다 해도 전혀 이상하지 않을 지금의 분위기가 싫어서 마다했었는데. 초롱은 지금이라도 당장 회사로 가고 싶은 마음뿐이었다.

"초롱 씨, 내가 많이 불편해요?"

맙소사, 어쩜 그런 질문을 이렇게 단도직입적으로 꺼내시는지. 그럼 갓 입사한 신입 사원이 대표와 단둘이 식사하는 마당에 불편해하지 않을 강심장이 몇이나 있을까?

"그게…… 익숙하지가 않아서 조금."

"그렇게 어려워하지 않았으면 좋겠는데. 회사에서는 초롱 씨 상사겠지만 학교로 보자면 선배잖아요. 그냥 편하게 선배처럼 생각하면 안 될까요? 앞으로 자주 부딪혀야 하는데 그때마다 이렇게 불편해하고 조심스러워하면 서로 일하기 힘들지 않겠어요?"

"네. 주의하겠습니다."

"주의라…… 그래요. 뭐. 아직 한 달도 안 됐는데 차차 좋아지겠죠?"

"네."

"그건 그렇고 초롱 씨는 항상 영수증을 확인해요? 사실 아까 되게 인상적이었어요. 그 많은 물건값을 머릿속에 넣어 두고 있었다는 게 아직도 신기하네."

"그게 습관이 돼서요."

"습관?"

"네. 예전에 마트 갔을 때 특가라고 되어 있는 상품이 있었는데, 정말 싸다 싶어서 덥석 집어 별생각 없이 계산하고 집으로 돌아와 보니 정작 계산서에 찍힌 가격은 원래 금액 그대로 되어 있었어요. 다시 되돌아가자니 교통비가 더 나올 것 같고 해서 그냥 뒀었거든요. 그리고 다음에 그 마트가 아닌 다른 마트에 갔는데 혹시나 해서 그 자리에서 바로 영수증을 확인해 보니,"

"설마, 또 금액이 잘못되어 있었어요?"

"네. 마찬가지로 행사하는 상품이 할인된 가격이 아닌 원가 그대로 나와 있었어요. 그래서 그 뒤로는 항상 영수증을 그 자리에서 바로 확인해 버릇해서."

"그럼 그 물품들 가격을 다 외워요? 일일이?"

"마트 행사 상품은 금액 외우기가 그다지 어렵지가 않아서요."

"우와…… 내가 직원 하나는 정말 잘 뽑았네. 그죠?"

뜻밖의 칭찬에 얼굴이 슬그머니 달아오르는데 다행히 음식이 나오기 시작해 안도의 한숨을 몰래 내쉬었다.

왜 간편하게 얼른 먹고 끝낼 수 있는 비빔밥이 아닌 코스를 시켰을까. 그를 원망하던 마음도 잠시, 어색해질 만하면 하나씩 들어오는 음식 덕분에 어렵지 않게 대화를 이어 가며 눈을 호강시키는 정갈하고 맛깔스러운 음식에 없던 식욕이 고개를 내밀고 있었다.

산은 자연스레 그녀를 향하게 되는 눈길이 낯설었다. 이건 분명 이성에 대한 호감의 종류가 아닌 그저 신입 사원에 대한 지극히 평범한 호기심이라고, 그저 단정하게 음식을 먹는 모습이 예뻐서, 육류보다는 나물이나 깔끔한 음식에 관심을 보이는 모습이 여느 사람들과는 달라 보여서 눈길이 가는 거라고 자기 합리화를 시키고 있었다.

음식을 먹으면서도 계속해서 질문을 던지는 쪽은 물론 자신이었고 묻는 말에만 대답하는 그녀였지만, 확실히 좀 전보다는 편안함이 감도는 분위기에 마음이 느슨해지며 입 안의 음식이 한층 더 맛있게 느껴졌다.

3

다음 날 아침. 통근 버스에서 내려서며 펼쳐진 장관에 초롱은 그만 입을 떡 벌리고 말았다. 단체 캠핑을 위해 출발 대기 중인 카라반과 캠핑카 행렬은 초롱이 살면서 단 한 번도 본 적이 없는 낯선 풍경이 아닐 수 없었다.

"초롱 씨 왔어요? 우린 선발대라 먼저 출발합니다. 초롱 씨는 숨 좀 돌리고, 김 대리하고 천천히 와요."

"네, 이사님."

개인적으로 카라반을 보유한 직원들은 이미 목적지에 가 있었고, 고 이사님과 지원팀 일부가 선발대로 먼저 출발하는 모양이었다.

출발 예정 시간이었던 10시가 아닌, 출근도 하기 전에 이미 다 준비를 마치고 떠나는 모습을 보니 같은 부서 팀원으로서 미안한 마음이 든 초롱이 정훈을 향해 말했다.

"죄송합니다. 저는 10시에 출발하는 줄 알고. 이럴 줄 알았으면 택시라도 타고 올 걸 그랬어요. 이렇게 일찍부터 출발하실 줄은 몰랐어요."

"에이, 뭘요. 초롱 씨는 통근 버스 타고 오는 거 다 아는데요, 뭐. 일부러 말 안 했어요. 빨리 가야 할 상황이었다면 당연히 알렸겠죠. 오는 길에 태우고 오면 되는걸. 그리고 보통은 이렇게 일찍 출발하지 않아요. 급한 업무도 봐야 하고, 캠핑장도 입실 시간이 있으니까. 그런데 오늘 가는 곳은 거리도 있고, 답사는 갔다 왔지만 단체로는 한 번도 가 보지 않은 곳이라 조금 일찍 서두른 것뿐이니 전혀 신경 쓰지 않아도 돼요."

"네. 그럼 다행이고요."

"게다가 초롱 씨는 이번에 고생 많았잖아요. 입사하자마자 큰일 맡아서 부담도 많았을 텐데 신입답지 않게 일 처리도 빠르고 뭐든 야무지게 잘한다고 칭찬 많이 했어요. 그러니까 그런 부담까지 갖지 않아도 돼요."

초롱은 멋쩍은 웃음으로 인사를 대신하며 정훈을 도우려 팔을 걷어 올렸다. 얼마 지나지 않아 업무를 마친 타 부서 직원들도 익숙한 듯 자연스레 캠핑카와 카라반의 견인차에 나누어 타고서 연이어 출발하고 나니 남은 사람은 초롱과 정훈밖에 없었다.

"자, 거의 정리는 다 된 것 같네요. 아, 행사 현수막이랑 비품 박스가 남았구나?"

"그건 제가 챙겨 올게요."

"아니에요. 무거우니까 초롱 씨는 현수막만 좀 부탁해요. 비품 박스는 내가 챙길게요. 그리고 가는 길에 대표님께 출발하자고 좀 전해 줘요."

"……네?"

"우리 대표님이랑 같이 가야 하거든요. 아마 집무실에서 통화하고 계실 거예요."

"아…… 네. 알겠습니다."

초롱은 한쪽 팔에 현수막을 들고서 집무실에 노크를 하려 다른 손을 들었다 놓았다 하며 망설이고 있었다. 처음보다는 한결 나아졌으나, 다른 사람들처럼 편하게 대하기에는 어려움이 남아 있었다.

'에잇, 빨리 해치우자.'

심호흡하며 다시 노크하기 위해 가볍게 쥔 주먹으로 문을 두드리려는데, 아뿔싸.

'응? 문아, 네가 왜 움직여? 아니야, 그냥 있어. 내가 두드려야 하잖아.'

망할 퍼펙트 타이밍이었다.

왜 하필 딱, 왜 하필 그때, 문이 열려야 했을까? 앞으로 대표님을 보더라도 절대 멍청하게 우물쭈물하거나 당황해하지는 말자던 다짐은 어디로 가고, 스치는 바람과 함께 바로 코앞에 나타난 그를 보며 절로 침이 꿀꺽 넘어가는 건 어쩔 수가 없는 일이었다.

"왜? 한 대 치려고요?"

웃음이 터지려는 걸 참아 내는 게 이렇게 힘들다. 슬그머니 내려가는 초롱의 손을 보며 산이 입술을 깨물었다.

"아니요! 설마 제가."

"풉, 무슨 말을 못 해. 어젠 집에 잘 들어갔어요?"

"네. 대표님 덕분에 잘 들어갔습니다."

결국 통근 버스를 놓치고 대표님의 차를 얻어 타고서 어색함을 이고 지고 집으로 향했던 초롱이었다.

"그거 이리 줘요. 나 부르러 온 거 맞죠?"

초롱이 들고 있던 짐을 산이 자연스레 자신의 팔에 옮겨 들고 앞장섰다.

"네, 김 대리님이 이제 출발하면 된다고 하셔서요."

초롱은 순간 허전해진 팔을 보며 멋쩍어 애꿎은 머리를 쓸어 올렸다.

"마침 일이 끝나서 나오던 참이었는데, 타이밍이 기가 막히네. 그죠? 그래도 불만이 있음 말로 합시다."

'끙.'

농담 같지도 않은 농담을 던지고서 발걸음도 가볍게 가고 있는 대표님의 어깨는 왜 저렇게 출렁거리는지.

'이게 뭐가 그렇게 재밌다고, 어깨까지 웃을 일이야? 쳇.'

초롱은 다시 한번 조심, 또 조심을 마음에 새겼다.

현장에 내려와 주위를 둘러보던 산이 뒤따르던 초롱에게 물었다.

"김 대리가 안 보이네요?"

"비품 박스 가지러 창고 가셨을 거예요."

이제 출발만 하면 되는데 조금 전까지만 해도 열심히 짐을 정리하며 마무리 작업에 열을 올리던 정훈이 어디에도 보이지 않았다.

비품 박스를 가지고 오고도 남을 시간이 지났는데 도대체 왜 보이지 않는지. 초롱이 의아함에 그를 찾아 두리번거리는데 마침 저쪽에서 달려 나오는 정훈이 보였다. 어색하던 차에 다가오는 그가 반가워 화색을 띠던 초롱은 뒤이어 들려온 그의 말에 속으로 절규하고 말았다.

"죄송합니다. 일이 좀 생겨서 대표님 먼저 출발하셔야겠습니다."

'안 돼!'

"무슨 일이에요?"

"지난달에 출고한 카라반에 문제가 있어 지금 입고하러 온다는데, 아무래도 이 과장님 오시기 전에 입고가 될 것 같아서요. 제가 기다렸다가 이 과장님 오시면 인계하고 가는 게 나을 것 같습니다."

"입고 얼마나 걸린대요? 한 시간 안이면 기다렸다 같이 갑시다."

'휴~'

"입고는 한 시간 안에 되겠지만, 이 과장님 가신 일이 어떻게 될지 알 수가 없어서요. 그러지 마시고 먼저 출발하시죠? 대표님 안 오시면 다들 기다릴 텐데요. 저는 제 차 타고 늦지 않게 가겠습니다."

'제발, 그러지 말아요. 제발.'

"흠. 알겠어요. 그럼 내가 내 차 타고 갈 테니 김 대리가 회사 차 타고 와요.

먼저 가서 기다릴게요."

'망했다. 망했어. 어떡해!'

"네, 대표님. 초롱 씨, 이따 봅시다."

"네. 그럼…… 먼저 가겠습니다."

초롱은 두 사람의 대화를 들으며 천국과 지옥을 오가는 심정으로 제발 대표님과 둘이서 가는 일만은 없게 해 달라고 속으로 그렇게 빌었는데, 무슨 운명의 장난인지 결국 또 단둘이 떠나게 되어 절로 울상이 되고 말았다.

초롱은 그 긴 시간 동안 숨 막히는 침묵과 어색한 공기를 어떻게 해야 할까 생각하는 것만으로 머리에 쥐가 날 것만 같았다.

"초롱 씨, 그만 갑시다."

"네, 대표님."

산은 등 뒤에서 자신을 쫄래쫄래 따라올 초롱을 생각하자 여지없이 웃음이 비집고 나왔다.

비록 며칠 되지는 않았지만, 지금까지 자신이 보아 온 그녀는 조용한 성격에 매사 침착했고 감정을 쉽게 드러내는 편은 아닌 듯 보였다. 간혹 긴장한 듯한 기색을 보일 때조차 차분하게 상황을 대처하는 모습이 인상적이라 이상하게 자꾸 눈길을 끄는데 오늘은 여느 때와는 조금 달랐다.

정훈과 대화를 하며 그들의 얘기에 유심히 귀 기울이는 초롱에게 자연스레 시선이 향했다. 드러나지 않게 희비가 오가던, 평소 그녀에게서 볼 수 없었던 미묘한 표정 변화를 보자 반가운 마음이 들기도 하고 한편으로는 아직 자신을 불편해하는 것 같아 서운하기도 했다.

"초롱 씨."

"네, 대표님."

"갈 길이 멀어요. 긴장하지 말고 편히 쉬어요. 피곤하면 한숨 자도 괜찮아요."

"아닙니다. 전 괜찮습니다."

실은 전혀 괜찮지가 않았다. 차로 이동하는 동안이나마 편하게 쉬고 싶었던 마음이 간절했기 때문이었다.

간밤에 잠들기 전 통화했던 엄마의 목소리가 좋지 않아 괜찮다고 만류하는데도 걱정되는 마음에 병원을 갔었다. 아니나 다를까 아빠의 바이털 사인이 좋지가 않아 수시로 의료진들이 드나들며 체크하고 있었고, 엄마는 그 모습을 보며 홀로 애태우고 있었다.

이런 일은 벌써 몇 번을 겪었건만 여전히 적응되질 않았고, 기도 외에는 달리 할 수 있는 일이 없어 마음만 졸여야 했다. 그렇게 아빠의 바이털 사인이 겨우 안정을 되찾은 새벽까지 병원에 머물렀다 집으로 돌아갔다.

다행히 아침에 통화한 엄마의 목소리가 한결 편해졌고 아빠도 좋아지셨다는 말에 안심하며 출근했는데, 이런 위기가 기다리고 있을 줄이야.

초롱은 불편한 마음에 몸을 편히 두지 못하고 두 손을 가지런히 모은 채 뚫어져라 전방만 주시하고 있었다.

"음악? 라디오?"

"아무거나…… 음악이 좋습니다."

무의식적으로 말을 하다 순간 그와의 식사 자리가 떠올라 말을 바꿨다.

"그래요. 나도 음악이 더 좋은데, 잘됐네요."

아무거나 좋다고 하려다 멈칫하며 한쪽으로 마음을 정한 초롱을 보며, 최소한 자신의 앞에서만큼은 아무거나라는 말은 하지 않겠다는 생각에 싱거운 웃음이 새어 나왔다.

산은 어떤 음악을 들려줄까 하다가, 왠지 지금 그녀에게 필요할 것 같은 잔잔한 피아노 연주곡을 틀었다.

초롱은 때마침 흘러나오는 평온한 피아노 선율에 좌절했다. 왜 하필 지금, 왜 하필 저 음악을. 눈꺼풀에 마치 추를 달아 놓은 것 같았다. 힘겹게 들어 올리면 툭 떨어지고, 또 힘겹게 들어 올리면 툭 떨어지고, 점점 들어 올리는 속도가 느려지고 있었다. 긴장으로 굳었던 몸도, 눈꺼풀처럼 흐물흐물 시트에 녹아 내리는 듯했다.

'안 돼. 자면 안 돼! 정신 차려! 이초로오오오옹.'

결국 빛 하나 들어오지 못할 만큼 야무지게 감겨 버린 눈이고, 저세상으로 향하는 의식이다.

산은 차에 오르며, 똑 부러지게 '괜찮습니다.' 라고 말하던 그녀의 목소리가 아직도 선명하게 귓가를 맴도는데, 씩씩했던 말투와는 너무나 대조적으로 깊은 잠에 빠져드는 초롱을 보며 차마 소리 내어 웃지는 못하고, 혼자서 미친 듯이 낄낄거렸다.

어떻게 수마와의 싸움에서 이기려 드는지. 세상 가장 무섭고 무거운 게 눈꺼풀인 걸 아직 모르지는 않을 텐데. 나무늘보처럼 느리게 눈을 끔뻑이며 힘겹게 잠과 씨름하던 그녀의 잔상이 왠지 쉽게 떨쳐지지 않을 것 같다. 그렇게 한번 만들어진 미소는 쉽게 지워지지 않았다.

산은 목적지에 도착해 차를 주차하고서야 온전히 초롱을 바라볼 수 있었다.

'이렇게 푹 잘 거면서 괜찮기는.'

사실 아침에 마주한 초롱은 눈이 조금 충혈되어 피곤해 보였다. 전날도 자신과 장을 본 데다, 오늘 역시 단둘이 이동하게 되어 분명 불편해할 걸 알기에 일부러 좀 쉬라고 말을 걸지 않았다.

'많이 피곤했나 보네. 깨워? 말아?'

너무나 곤히 잠든 모습에 오히려 난감해진 건 산이었다. 마음 같아서는 조금 더 잘 수 있게 시간을 주고 싶지만, 이미 늦게 도착한 마당에 더는 지체할 수 없었다.

"흠흠. 초롱 씨?"

"……."

"이초롱 씨?"

"……."

계속되는 무반응에 결국 초롱의 팔을 살짝 잡아 흔들자 꿀잠을 방해받은 그녀의 미간에 주름이 잡혔다. 이내 파르르 속눈썹이 떨리며 눈꺼풀이 조금씩 열렸다 닫히기를 여러 차례, 이제는 눈을 뜨겠지 하는 기대와는 달리 다시 아무렇지 않게 닫히는 눈을 보며 저도 모르게 미소가 그려졌다.

"헉!"

'그럼 그렇지. 아직 잠이 덜 깼던 거야.'

뒤늦게 번쩍 떠진 눈이 당황한 듯 여기저기를 헤매다가 자신과 딱 눈이 마주쳤다.

"우와, 초롱 씨 의리 없네요. 혼자 심심해 죽는 줄 알았네."

산이 농담을 했고,

"하. 어떡해. 정말 죄송합니다. 잘 생각은 전혀 없었는데 저도 모르게 그만."

초롱은 그 말이 농담처럼 들릴 리 없었다.

"에이, 정말, 농담이라니까요! 일부러 편히 쉬라고 조용한 음악까지 틀어 줬는데 잠들지 않으면 그게 비정상이지. 생각 같아서는 어디 가서 좀 더 쉬라고 하고 싶지만 어쩌죠? 다들 기다릴 텐데?"

"그럼요! 가야죠. 저는 잘 쉬었습니다. 덕……분에요."

"그럼 다행이고요. 갑시다."

차에서 내려 앞서 걸어가던 산은 뒤에서 자책하며 따라올 그녀의 모습이 왠지 눈앞에 선하게 보이는 것 같아 자꾸만 웃음이 나왔다.

산이 모인 직원들을 향해 큰 소리로 외쳤다.

"오늘은 신입 사원을 위한 날입니다. 오늘이 지나면 더는 신입으로 불리는 일은 없을 겁니다. 즉, 앞으로 고생길이 열렸다는 말이겠죠? 그렇다고 너무 긴장하지는 말아요. 이번 캠핑만큼은 차려 주는 대로 마음껏 먹고, 쉬고 싶으면 쉬고, 자고 싶으면 자고, 즐길 수 있을 때 신나게 즐겨요. 무조건 힐링하는 겁니다. 아시겠습니까?"

"넵! 잘 알겠습니다!"

이산 코리아만의 신입 사원 환영 행사였다.

입사를 축하하는 의미와 처음 취직해 익숙하지 않은 환경에서 힘든 적응기를 보내는 신입을 위한 선배들의 격려, 그리고 앞으로 함께 잘 헤쳐 나가자는 의미에서 신입 사원을 뽑을 때마다 해 왔던 이산 코리아의 독특한 환영 문화였다.

아무리 그래도 초롱은 부서가 지원 부서이니만큼 가장 부산하게 움직이는 선배들을 보며 편히 앉아 쉴 수는 없는 노릇이었다. 혹시나 도울 일이 없을까 싶어 선배 근처에서 일거리를 찾았다.

"초롱 씨, 초롱 씨도 저기 가서 편히 쉬어. 오늘만큼은 진짜 아무 일도 하지 마, 이거 처음이자 마지막으로 누리는 호사야. 누릴 수 있을 때 누려!"

"그래도요. 우리 부서가 해야 할 일이 많을 텐데……."

"그러니까 하는 말이야. 앞으로 이거 우리가 다 해야 해. 초롱 씨 이번에 봐서 알잖아? 캠핑 한번 하려면 준비부터 시작해 장소 섭외해야지, 장 봐야지, 행사 사회 봐야지, 하나부터 열까지 우리 손이 필요하지 않은 곳이 없어. 그게 우리 부서의 숙명이라고. 그런데 뭘 벌써 하지 못해 안달이야?! 이번엔 우리가 다 알아서 할 테니까 초롱 씨도 절대 부담 갖지 말고 여기서만큼은 마음껏 누려. 즐기란 말이야. 바보같이 주위에 얼쩡거리지 말고!"

급기야 부서 선배인 경선이 얼떨떨하게 주변을 서성이는 초롱의 등을 떠밀었고, 그 모습을 지켜보던 정훈까지 가세하고서야 초롱은 떨어지지 않는 발걸음을 돌려 동기들에게로 다가갔다.

그들을 등지며 뒤에서 바라보니 오히려 자신이 방해만 되었음을 알 것 같았다. 다 함께 분주히 움직이는 모습에 잠시 걱정은 뒤로하고 이 순간을 즐기기로 마음먹었다.

큰 틀에서 준비는 지원 부서에서 총괄하고 있었으나, 이미 베테랑이었던 그들은 캠핑장에서만큼은 부서 따지지 않고 너 나 할 것 없이 두 팔을 걷어 올리고 있었다.

대표님을 필두로 한 팀은 음식 준비를, 다른 팀들은 지원 부서를 도와 캠핑카와 카라반을 알맞은 위치에 배치하고 어닝 텐트를 설치하였으며, 또 다른 팀은 중간 즈음에서 대형 천막을 치며 추운 날씨에도 끄떡없고 지내는 데 불편함이 없도록 사이트를 구축하고 있었다.

그 결과 양쪽으로 카라반과 캠핑카를 적절히 배치하여 바람을 막아 주었고, 그 중간 즈음에는 천막과 텐트가 일렬로 연결되어 수십 명이 족히 들어갈 수 있을 듯한 공간이 마련되었다.

한참이 지나서야 그 모습을 보게 된 신입 사원들은 저마다 놀라 벌어진 입을 다물지 못하며 눈앞에 펼쳐진 장관에 넋을 놓고 있었다.

"신입들 많이 당황하는데?"

정훈의 말에 경선이 웃으며 대답했다.

"그러게. 뭐 이 정도로 놀라고 그러실까? 아이고, 귀여워라."

모든 준비가 끝난 모습에 산이 시작을 알렸다.

"자, 고생들 하셨습니다. 다들 휴게소에서 대충 점심 때웠을 텐데, 이제 제대로 즐겨 볼까요?"

"넵!"

우렁차게 울려 퍼지는 함성에 정신이 번쩍 난 신입 사원들이었다.

하지만 신입들의 당황함은 거기서 끝이 아니었다. 겨울이라 추울 것 같아 고생을 각오하며 속옷에 내의에 겹겹이 껴입었건만, 걱정과 달리 텐트 안은 내집보다 더 안락하고 아늑했으며, 심지어 맛있는 냄새가 진동해 식욕을 마구 부추기고 있었다. 자리에 앉아 차려진 음식들을 찬찬히 살펴보며 찌릿하게 자극

된 침샘에서 마구 뿜어져 나오는 침을 꼴깍 삼키기 바빴다.

초롱 또한 저도 모르게 서서히 눈과 입을 키우고 있었다.

"초롱 씨, 그러다 눈 빠지겠어."

"아니, 대리님. 이걸 언제 다……."

"뭘 그렇게 놀라? 자기가 다 준비했으면서. 이거 어제 초롱 씨가 다 장 본 거 잖아?"

"어떻게 하면 제가 산 재료들로 이런 음식이 나오는 거죠?"

테이블 위에는 예상 가능한 종류의 간편한 음식뿐만 아니라 팟타이나 감바스, 라따뚜이나 훠궈, 게다가 잔치 음식인 잡채까지. 캠핑장에서 먹을 수 있을 거라고는 전혀 기대하지 않았던 음식들이 정갈하고도 맛깔스럽게 한 상 가득 차려져 있었다.

"엄청나지? 여기 요리사가 있거든. 요즘 우리 고 이사님께서 요리하는 재미에 푹 빠지셨지 뭐야?"

"저 음식들이 다 고 이사님께서 하신 거라고요?"

"아니에요, 초롱 씨. 난 하나밖에 안 했어요. 그리고 경선 씨가 지금 나 놀리는 거야."

"놀리기는요. 아니거든요?! 오늘 진짜 요리사 같았다니까요?"

경선이 수완을 보고 양 엄지를 치켜세우며 말했다.

"많이 놀랐나 보네? 다는 아니고 가장 어려운 잡채를 고 이사님이 하셨어. 나도 아직 잡채는 못 하는데 말이야. 저게 얼마나 손이 많이 가니? 우리 고 이사님이 예전에는 라면도 하나 못 끓여 드신 분이라면 믿겠어? 정말 장족의 발전이 아닐 수가 없다니까."

경선의 말에 초롱은 고개를 끄덕이지 않을 수가 없었다. 잡채는 초록, 빨강, 노랑, 주황색의 갖가지 야채들이 일정한 크기로 적절히 잘 버무려진 데다 계란 고명까지 예쁘게 올려져 있고, 금방 한 음식답게 윤기가 좌르르 흘러 너무나 먹음직스럽게 보였다.

"정말 대단하세요. 보기만 해도 침이 넘어가요. 너무 맛있게 보여요."

"그렇지?"

"그럼 다른 음식들은……."

"요리 잘하는 분들이 한두 가지씩 맡아 하신 거야. 우리 대표님도 두 가지 하셨고 말이야."

"대표님도요?"

"응. 우리 대표님도 요리 솜씨가 수준급이셔. 다양한 음식을 많이 접해서 그런지 캠핑 오면 항상 두세 가지 정도는 직접 하시거든. 먹고 한번 맞춰 봐. 우리 대표님이 한 음식이 어떤 건지."

경선의 말에 초롱이 고개를 설레설레 흔들었다.

'도대체 못 하는 게 뭐야?'

초롱이 혼잣말을 하는 사이 오늘의 사회자인 정훈이 마이크를 들어 말을 꺼냈다.

— 자, 모두 자리하시고 본격적으로 환영 파티를 시작하겠습니다. 아시는 분은 이미 아시겠지만, 음식은 나온 즉시! 가장 맛있는 온도일 때 먹어야 한다는 대표님의 지론에 따라 대표님 인사 말씀은 식후로 잠시 미루겠습니다. 맛있게 드세요!

"감사합니다. 잘 먹겠습니다."

정훈의 말이 끝나기가 무섭게 우렁찬 인사가 텐트 안을 가득 메우더니, 순식간에 함성이 사라지고 그 자리에는 음식을 맛있게 즐기는 행복한 소리만이 가득 채워지고 있었다.

몇 분의 시간이 지난 후 정훈이 다시 마이크를 들고 말을 꺼냈다.

— 우와, 말 좀 하면서 드시죠? 어떻게 이렇게 조용할 수가 있죠?

"하하하. 너무 맛있어서 잠시 할 말을 잊었어요."

— 정말 맛있죠? 앞으로도 이렇게 맛있는 음식 종종 먹게 해 드릴게요. 이따 숯불고기도 먹어야 하니 이것이 마지막인 양 너무 전투적으로 드실 필요는 없

고요. 다들 음식 드시면서 들어 주세요. 맛보기로 소소한 이벤트 하나 투척합니다. 지금 드시는 음식 중 믿기 어렵겠지만 우리 대표님이 만든 음식이 두 가지나 있답니다.

"헉. 대박!!"

"정말요?"

"말도 안 돼."

"리얼?"

정훈의 말에 여기저기 생생하게 들려오는 마음의 소리였다.

— 네, 정말 대박이죠? 자, 이 맛있는 음식 중에 우리 대표님의 정성과 손맛이 듬뿍 담긴 두 가지는 과연 무엇일까요? 정답을 맞히는 사원에게는 특별 휴가 하루가 주어집니다.

"와아!"

"완전 좋아요."

"짱!"

"대박."

신입들의 환호성에 정훈이 활짝 웃으며 다시 말을 꺼냈다.

— 의논은 금물! 지금부터 10분간 저에게 개별적으로 메시지 남겨 주세요. 애석하게도 신입 사원만 해당합니다.

"우우우~"

기존 직원들의 의미 없는 야유 따위야 신경 쓸 여력이 없는 신입들이었다. 입사 첫 달은 월차가 발생하지 않는 신입 사원들로서는 누구보다 절실한 하루 휴가가 걸린 만큼 너 나 할 것 없이 신중하게 음식을 먹으며 대표님의 눈치를 살피고 있었다.

산은 음식을 하나하나 먹으며 자신의 반응을 관찰하는 신입 사원들의 빛나는 눈빛을 정면으로 받으며 순간을 마음껏 즐기고 있었다. 누구라도 자신의 힌트를 바라고 있다면 완전 헛고생이었다. 산은 누구에게도 힌트를 주고 싶은 마음이 없었다.

초롱은 무의식중에 선배가 흘린 말에 힌트가 들어 있지는 않았을까 싶어 아까 선배와 나누었던 대화를 천천히 되돌려 보았다. 잡채는 고 이사님이 했으니 무조건 제외하더라도, 저 많은 음식 중에 대표님이 한 음식을 어떻게 찾는단 말인가.

'다양한 음식을 많이 접했다고 했는데…… 어쩐지 한번 맞춰 보라고 하더니, 이런 이벤트가 있을 줄이야.'

대표님에 대해 전혀 아는 게 없으니 참고할 만한 것도 없었다.

과연 자신이라면 이런 캠핑장에서 직원들을 위해 어떤 요리를 해 줄 것인가, 생각 끝에 어디서나 흔히 먹을 수 있는 평범한 음식을 가장 먼저 제외했다. 오후 내 바쁘셨으니 손이 많이 가는 음식이나 시간이 오래 걸리는 음식들도 하나둘 제외하고 보니 남은 음식은 팟타이와 감바스밖에 없었다.

초롱은 거의 다 먹고 없는 팟타이와 감바스에 눈길을 한번 주고서 마지막으로 대표님을 슬쩍 바라보는데 하필 딱 마주치는 시선이라니. 더 고민한다고 해 봐야 뾰족한 수도 없어 그냥 기대를 내려놓고 정훈에게 메시지를 보내 버렸다.

— 자, 우리 신입들의 추리력이 얼마나 뛰어난지 한번 확인해 볼까요?

정훈은 마지막에 도착한 메시지 내용을 보며 눈썹을 치켜올렸다.

— 우와, 제가 입사한 이래로 정답을 정확하게 맞힌 직원은 처음 봅니다. 그나저나 대표님, 한 개만 맞힌 직원은 반차 가능합니까?

"좋습니다. 하나라도 맞췄다면 반차 콜!"

시원스러운 산의 대답에 캠핑장이 떠나가라 환호가 울려 퍼졌다. 정훈의 유쾌한 사회로 벌써 반차를 획득한 사원이 나왔고, 이제 정답을 맞힌 한 사람만이 남아 있었다.

— 아쉽게도 고 이사님의 정성이 깃든 잡채가 엑스맨이었나 봅니다. 왜 이렇게 잡채를 많이 선택했을까요? 역시 잔치에는 잡채다 그 뜻인가요? 잔치 분위기를 한껏 살려 주신 고 이사님을 위해 큰 박수 부탁드리고요, 최종 정답자 발

표하겠습니다. 두구두구두구.

능청스러운 자체 효과음에 웃음이 터지나 싶더니 정훈이 의미심장한 말을 내뱉었다.

— 분명히 밝힙니다만, 주최 측의 농간은 절대 없었다는 것을 말씀드립니다. 최종 정답자는…… 이초롱 씨! 축하합니다. 월차권을 획득하셨습니다.

"우우우~ 주최 측의 농간입니다."

"맞아요."

"에이, 너무해요."

여기저기 쏟아지는 원성에 억울함을 대변하듯 초롱이 열심히 고개를 좌우로 흔들었다.

— 자자, 흥분하지 마세요. 이제 시작일 뿐입니다.

정훈의 말에도 신입들의 야유는 멎을 줄을 몰랐고 산 역시 두 개를 다 맞춘 초롱을 보며 의외라는 듯 눈썹을 치켜올렸다.

— 자자, 모두 그만! 겨우 맛보기 이벤트에 이렇게 목숨을 걸면 곤란하죠. 이후로는 번호 추첨 이벤트 및 전원 참석 가능한 이벤트가 줄줄이 기다리고 있습니다. 아시죠? 우리 대표님 화끈하신 거. 지금부터 진짜 이벤트를 시작하기에 앞서 상품 소개가 있겠습니다. 들을 준비 됐나요?

"네!"

— 우리 직원들의 근무 환경뿐만 아니라, 가정에서도 좋은 공기 마시라고 회사에서 쓰는 공기 청정기와 같은 모델의 공기,

정훈이 말을 맺기도 전에 환호가 터져 나왔다.

"우와!"

"까악! 역시 우리 대표님 짱!"

"대바악!"

— 워워, 이러시면 곤란합니다. 아직 안 끝났거든요? 함성은 마지막에 시원하게 지를 기회를 드릴 테니, 쉿! 자, 그럼 계속해도 되겠습니까?

"네!"

─ 같은 모델의 공기 청정기 1대. 제가 살짝 인터넷 최저가로 검색해 보니 무려 가격이 70만 원을 훌쩍 넘더라고요. 여기서 끝이 아닙니다. 카라바너라면 누구나 갖고 싶어 하는 40만 원이 넘는 최신 모델 맥스팬을 비롯, 우리 회사에서 원하는 물건을 뭐든 살 수 있는 30만 원 이용권, 그 외에도 백화점 상품권이 30만, 20만, 10만 원, 마지막으로오~

정훈의 감질나는 외침에 직원들의 열화와 같은 호응이 더해졌다.

─ 마지막으로오오!

정훈이 놀란 척 과장된 몸짓을 하며 은근슬쩍 대표님께 바통을 넘겨 버렸다. 산이 마이크를 건네받고서 시원스레 웃으며 자리에서 일어섰다.

─ 역시 상품이 걸려 있으니 집중도가 남다르네요. 특별히 이번에는 지금까지와는 조금 다른 상품을 준비했는데, 좋아했으면 좋겠네요. 2인이 함께할 수 있는 제주도 여행 상품권이 준비,

"대박!"

"이야!!"

"꺅!"

"와!"

"아아악!"

말을 끝맺기도 전에 울려 퍼지는 함성을 들으며 산의 입가에 더없이 밝은 웃음이 번지고 있었다.

─ 와, 작년 대비 호응이 엄청나네요. 역시 상품보다는 여행인가요? 하하하. 다들 오늘 하루 마음껏 즐기기를 바랍니다.

더는 놀랄 일이 없을 줄 알았다. 초롱은 상상을 초월하는 신입 환영 파티의 열기와 스케일에 놀라며 감탄사를 연발하고 있었다.

'다른 건 몰라도 공기 청정기는 갖고 싶네.'

저마다 갖고 싶은 목표를 마음속에 새기고서 지금까지와는 사뭇 다른 유난

히 반짝이는 눈빛으로 주최 측을 향해 무언의 독촉을 하고 있었다. 이미 변해 버린 직원들의 자세와 눈빛을 본 정훈은 진행을 서두르지 않을 수 없었다.

— 자, 이번에는 공기 청정기를 걸고 게임 한판 하겠습니다. 지금까지와는 달리 이번 게임 종목은 비공개입니다. 먼저 지원자를 받은 후 어떤 게임인지 알려 주는 형식인데요. 나는 어떠한 게임이라도 상관없다. 공기 청정기를 위해 서라면 이 한 몸 기꺼이 희생하겠다. 하시는 분들은 망설이지 말고 도전하세요!

가벼운 추첨으로 시작해 체력 테스트, 순발력 테스트, 심리 테스트 등으로 진행된 이벤트의 열기는 식을 새도 없이 절정으로 향하고 있었다.

지금껏 별다른 동요 없이 재미있게 구경하며 즐기던 초롱도 이번만큼은 도전을 해 봐야 하나 망설이는데 하필 이번 게임이 비공개라니. 어깨를 돌리며 과장된 몸짓으로 호기롭게 나가는 사람은 죄다 남자 직원들밖에 없었다.

— 에이, 약한 모습. 이러기 있습니까? 해치지 않아요. 여직원분들도 많은 참여 부탁드립니다.

"그러게 왜 비공개야? 종목을 공개해야 나가든 말든 할 거 아니야!"

"맞아요!"

"우리 대표님도 참가시켜요. 그럼 우리도 할게요."

"옳소!"

어떤 게임을 하게 될지 모르는 상황에서 섣불리 나갔다가 망신만 당할 걸 우려한 직원들이 대표를 끌어들였다.

— 오호라, 대표님을 끌어들이겠다?

고 이사님과 함께 느긋하게 자리에 앉아 술잔을 기울이던 대표님의 고개가 설레설레 흔들리는 걸 곁눈질로 보며 정훈은 속으로 쾌재를 불렀다. 처음 기획을 하면서부터 상상한 그림이었고, 자신이 나서지 않아도 직원들이 알아서 대표님을 끌어들이니 손대지 않고 코 푸는 격이나 다름없었다.

평소 대표님의 성격으로 볼 때 체면 따위에 굴하며 뒤로 물러나지 않을 것임을 잘 알기에 능청스레 말을 늘이며 대표님을 주시하자 아나나 다를까, 그의 자신감 넘치는 목소리가 들려왔다.

"제가 한 승부욕 하는 걸 모를 리 없을 텐데, 공기 청정기 제가 가져가도 되겠습니까?"

도전을 받아들이지 않을 하등의 이유가 없는 산이 크게 외쳤다.

"와아! 역시 멋지십니다!"

"걱정도 많으십니다. 그럴 리는 없을 테니 걱정 붙들어 매시고 참가하십시오."

그런 대표님의 도발적인 발언에 직원들이 격한 반응으로 호응을 보내자, 산이 기다렸다는 듯 자리에서 일어나 게임에 참여하러 나갔다. 더해진 열기에 정훈이 신입들의 참여를 유도했다.

— 이런, 신입분들의 참여가 너무 저조하네요. 명색이 신입 환영 파티인데, 아무리 비공개 게임이라지만 참여자가 한 분도 없다니요. 신입의 패기를 믿습니다. 세상 가장 쉬운 게임이니 지금이라도 도전하세요. 이따가 땅을 치고 후회해도 늦습니다. 특히, 지금까지 단 한 번도 게임에 참여하지 않은 분들은 꼭 나와 주시기 바랍니다.

정훈의 말이 끝나기가 무섭게 신입 사원들 사이에서 초롱의 이름이 오르내렸다. 그도 그럴 것이 초반 월차를 획득한 후 그저 선배들의 진행을 돕기만 하였을 뿐 직접 게임에 참여한 적은 없었으니 이보다 더 좋은 타깃이 어디 있을까?

잠시 망설이던 초롱은 결심한 듯 심호흡을 하며 자리에서 일어났다. 산의 눈총을 받던 수완 역시 자리에서 일어서 앞으로 나섰다.

— 자, 이제 도전자는 다 나왔겠죠? 지금부터 게임 룰을 설명할 테니 잘 들어 주세요. 게임 명칭은 이름하여 '금붕어 게임'. 지금 일어나시는 분들은 그대

로 자리에 앉아 주세요. 버스는 이미 떠났습니다. 그러게 제가 세상 가장 쉬운 게임이라고 하지 않았습니까?

금붕어 게임을 알고 있는 직원들의 아쉬움 가득한 탄성이 여기저기서 쏟아져 나왔고, 게임을 처음 들어 본 직원들은 영문을 모르겠다며 빨리 설명하라 부추기고 있었다.

— 지금부터 게임 중에는 절대 치아를 보여서는 안 됩니다. 이렇게, 아시겠죠?

정훈은 마치 금붕어처럼 치아가 보이지 않도록 입술을 한껏 말아 넣고서 진지하게 시범을 보였다. 황당함을 감추지 못하고 멍하게 정훈을 바라보는 대표님과 참가자들의 표정에서 직원들은 터지는 웃음을 참지 못해 큭큭거렸고, 정훈은 대수롭지 않다는 듯 그저 어깨만 으쓱할 뿐이었다.

— 방법은 간단합니다. 과일 이름 대기, 하면 금붕어 입 모양을 하고 서 있는 순서대로 과일 이름을 한 분씩 말씀하시면 됩니다. 단, 치아가 보이거나 입을 가리면 바로 탈락하겠습니다. 연습 한번 해 볼까요?

헛웃음을 터트리며 머리를 쓸어 올리는 산을 동정하는 사람은 단 하나도 없었다. 모양이 빠지는 건 어쩔 수 없는 상황, 살짝 당황하긴 했으나 이왕 이렇게 나온 이상 물러설 마음은 추호도 없었다. 보란 듯이 입 운동을 하며 본때를 보여 주고 말겠다, 산은 조용히 전의를 다졌다.

— 대표님, 시작해도 되겠습니까?

"콜!"

깔끔한 승낙의 말이 떨어지기가 무섭게 환호성이 터져 나오며 게임의 시작을 알렸다.

과일 이름 대기로 시작한 연습 게임부터 열정적으로 임하는 동료들의 우스꽝스러운 모습에 너 나 할 것 없이 웃느라 호흡 곤란을 호소하고 있었고, 동료들의 배꼽이 떨어져 나가거나 말거나 진지하게 게임에 임하는 참가자들이었다.

웃지 않으려 눈에 핏대를 세우고, 참느라 코 평수를 씰룩거리며, 입술을 더욱더 말아 넣고 앙다무는 모습을 눈 뜨고 참아 내기란 절대 쉽지 않았다.

본게임에 들어가자 웃음을 참지 못해 눈물까지 흘리며 포기를 선언하는 탈락자가 속출하는 가운데, 최종적으로 남은 사람은 아이러니하게도 주최 측의 최상단에 위치한 산과, 수완, 역시나 주최 측이라 분류되는 지원 부서의 초롱 세 사람이었다.

— 자! 이거 참, 공교롭게도 남은 분이 모두 주최 측 되겠습니다. 하지만 모두 함께 보셨다시피 정정당당하게 한 게임이니 이번만큼은 주최 측의 농간이라는 불신은 하지 않으실 거라 믿으며, 과연 마지막까지 남는 사람이 누군지 예측해 보는 건 어떨까요? 지금부터 각자 응원하는 사람의 이름을 문자로 저에게 보내 주세요. 게임 종료 후 정답자는 추첨을 통해 제 권한으로 남은 상품권을 드리도록 하겠습니다.

초롱은 지금까지 살면서 오늘처럼 이렇게 많이 웃어 본 적이 있었나 싶을 정도로 즐기고 있었다. 치아를 보이지 않으려 애쓰며 얼마나 웃음을 참았는지 얼굴 근육에 경련이 일 지경이었다. 어떻게 회사 환영회에서 이런 분위기가 연출이 되며 더구나 친구들과도 하지 않을 게임을 회사 대표님과 함께 할 수가 있는지. 직접 하면서도 믿기지 않았다.

그 와중에 자신은 안중에도 없이 대놓고 신경전을 벌이는 대표님과 고 이사님의 익살스러운 모습을 과연 얼마나 더 참아 낼 수 있을지 장담할 수 없었다.

떨어질 듯 말 듯 위태위태하게 위기를 모면하며 올라오는 고 이사님도 너무 유쾌하고, 그런 고 이사님을 향해 금붕어 입을 하고서 대놓고 타박을 하는 대표님의 모습에서 두 분의 친근한 관계를 유추하기란 어렵지 않았다.

초롱은 여기까지 올라온 이상 저 틈바구니에서 잘 살아남아 공기 청정기를 쟁취할 수 있기를 바라며 조심스레 입 근육을 풀어 주고 있었다.

— 그나저나 안 한다고 할 때는 언제고 대표님과 고 이사님 신경전 하는 동안 얼굴 근육을 풀고 있는 우리 초롱 씨 대단한데요? 신입의 용기와 힘을 한번

보여 줍시다. 마지막까지 파이팅! 자, 마지막 제시어 나갑니다. 음…… 이번에는 존경하는 인물. 단! 우리가 들었을 때 알 만한 사람이어야 합니다.

다소 애매모호한 주제였으나 이미 웬만한 주제를 다 써먹은 정훈으로서는 순간 떠오른 최선의 선택이었고, 남은 세 사람은 분주하게 위인을 떠올리기에 바빴다.

이순신으로 시작해 세종대왕, 신사임당, 김구, 안중근 등 우리나라 위인들에서 아인슈타인, 링컨, 뉴턴 등 외국 위인들은 물론, 김연아, 오바마, 빌 게이츠, 오프라 윈프리 등 과거에서 현재까지 두루 섭렵하며 끝없이 랠리가 이어지는데,

마지막이 머지않았다는 생각에 그만 욕심이 차올랐을까. 초롱은 순서가 되었음에도 떠오르는 인물이 없어 흐름이 뚝 끊겨 버렸고 야속하게도 정훈의 카운트는 어김없이 시동이 걸려 버렸다.

— 아, 안타깝습니다. 지금까지 누구보다 잘해 온 초롱 씨가 여기서 말문이 막혔네요. 아쉽지만 룰은 룰이니, 자, 지금부터 5초 셉니다. 그때까지 답을 못하면 초롱 씨는 탈락입니다. 5, 4, 3, 2,

"○○○."

숨통을 조여 오는 듯한 카운트 소리에 생각하고 말고 할 겨를도 없이 초롱의 입에서 불쑥 튀어나온 대답에 순간 찬물을 끼얹은 듯 싸한 정적이 감돌았다.

"푸하하하하하."

그때 갑자기 산의 웃음이 터져 나왔고,

"와, 대박. 이초롱 씨 신입 맞아? 사회생활 잘하네."

고 이사의 부러운 듯한 음성이 뒤를 이었으며,

"이초롱 대박!"

"신입 잘한다!"

직원들의 응원이 고막을 찔렀다.

'망했다. 망했어. 진짜 미쳤나 봐! 어떡해!'

쥐구멍이라도…… 아니면 차라리 땅이라도 꺼지면…… 다시 시간을 1분만.

아니, 30초만이라도 되돌릴 수 있다면…….

— 자, 유력한 우승 후보들을 꺾고 당당하게 이번 게임의 우승을 차지한 사람은 바로 신입 사원인 이초롱 씨 되겠습니다. 대표님, 고 이사님, 패배를 인정하십니까?

"기꺼이."

산이 흔쾌히 기뻐하며 패배를 인정했다.

"와, 나 초롱 씨 그렇게 안 봤는데 이것 참 뭐. 정답이 좀 찝찝하긴 합니다만, 순발력만큼은 인정."

유력한 우승 후보였던 이사 수완이 능글능글 너스레를 떨며 축하해 주었다.

상처뿐인 영광에 동료들의 환호 속에도 초롱은 마냥 기뻐할 수 없었다. 달아오른 열기와 새빨개진 귀가 부끄러움을 대변하듯 식을 줄을 몰랐고, 후회하기에는 이미 한참을 늦어 버렸음을 아쉬워했다. 왜 그 급박한 순간 떠오른 이름이 하필 그 이름이었는지.

한동안 직원들의 입에 오르내릴 생각을 하니 초롱은 한숨이 절로 나왔고, 산은 그런 초롱을 흥미롭게 바라볼 뿐이다.

병원 휴게실에서 잠시 휴식을 취하는 중 다가오는 누군가를 보며 초롱의 눈이 예쁘게 아래로 휘었다.

"초롱, 초롱, 어땠어? 재밌었어?"

소현이 성격만큼이나 발랄하게 다가오며, 뭐가 그리 궁금한지 자리에 앉기도 전에 물어보기 시작했다.

"재미라……. 워낙 대형 사고를 쳐서 다음 주에 회사를 무슨 낯으로 가야 할지 모르겠어."

"그게 무슨 말이야?"

소현은 기운 없이 축 처진 초롱을 보며 덜컥 걱정이 들었다. 그녀를 누구보다 잘 알고 있는 소현으로서는 초롱이 대형 사고를 쳤다는 말 자체도 믿을 수 없었지만, 좀처럼 보기 힘든 자책이 짙게 깔린 모습은 마치 맞지 않는 옷을 입은 듯 어색하기만 했다.

"나도 내가 왜 그랬는지 모르겠어. 그냥 게임 중이었는데 말이야. 뭐에 씌었었나 봐."

"왜? 무슨 일인데? 말을 알아듣게 좀 해 봐. 답답해 죽겠어."

"너 금붕어 게임이라고 알아?"

"응. 근데 뜬금없이 웬 금붕어 게임?"

"그래. 신입 환영회에서 나도 그런 게임을 하게 될 줄은 상상도 못 했어."

"올~ 신선한데?"

"어휴……."

"빨리 말 안 해?"

소현은 땅이 꺼지라 한숨을 쉬는 초롱을 보며 답답함에 속이 타들어 갔다.

"게임 제시어가 존경하는 인물이었는데."

"그런데?"

"이게 끝이 없는 거야. 마지막 남은 주자도 대표님, 이사님, 나 이렇게 셋밖에 없는 상황에서 말이야."

"그래서?"

"하필 내 차례에서 머릿속이 하얘져 버렸어."

"그래서 탈락했다고? 뭐 팀전이었어? 게임을 하다 질 수도 있지 뭘, 설마 졌다고 뭐라 그래?"

초롱은 궁금함에 닦달하듯 묻는 소현을 보고 열없이 입술을 열어 말을 이었다.

"아니야. 아니야. 아니라고……. 차라리 그런 거였으면 좋겠다."

"그럼 뭐야? 뭔데 그래?"

"어이구, 급하기는. 끝까지 들어 봐. 팀전 아니고 개인전. 물론 응원하는 사람들 추첨해서 선물받기는 했으니 팀전인 셈인가? 아무튼."

"그래, 듣고 있어, 계속해. 계속해!"

"왜 하필 그때 대표님이 눈에 띄었냔 말이야! 나도 모르게 입에서…… 대표님 이름이 툭 튀어나와 버렸어."

다시 생각해도 미치고 팔짝 뛸 노릇이었다.

'하이산!'을 외친 제 입을 한 대 쥐어박고 싶었던 그 밤, 모두 곤히 잠든 순간에도 초롱은 평생 이불 킥을 부를 그 순간을 곱씹고 곱씹으며 괴로움에 몸부림쳐야 했다.

"뭐어? 대박. 센스 쩔어."

"센스 같은 소리! 하필 그 순간 대표님과 눈이 딱 마주쳐서 나도 모르게 튀어나온 거란 말이야."

"에이. 그게 아닌데 뭘. 곧 죽어도 입에 발린 소리는 못 할 애가?! 너 혹시 대표님 좋아해?"

"야!"

강한 부정에 소현이 화들짝 놀라며 고개를 갸웃했다.

"앗. 깜짝이야. 아니면 말지 뭘 정색을 하고 그래? 그러니까 더 수상한데?"

"아니야. 아니라고, 진짜 아니야!"

"풋. 알았어. 네가 아니라면 아닌 거겠지 뭐. 그런데 그게 뭐 어때서? 사실 존경스러운 건 맞잖아? 그 선배 소문을 좀 들었어? 평판 좋아, 하는 일마다 잘돼. 존경스러움이 은연중에 있었으니 갑자기 툭 튀어나온 거겠지."

정말 그래서였을까?

"너무 기회주의자로 보이지 않아? 안 그래도 다들 사회생활을 잘하네 어쩌네 하더라고."

"그냥 웃자고 하는 소리에 너무 진심으로 받아들인다. 그러지 말라니까. 그냥 신입이 당황해서 순간 재치 있게 위기 잘 모면했다고 생각할 거야. 그래서 결론은 어떻게 됐는데? 누가 이겼는데?"

"대표님이 순간 빵 터진 바람에 이사님도 덩달아 탈락했는데…… 아, 맞다. 이사님이 그랬나 보다. 나더러 사회생활 잘한다나? 나 어떡해?"

"걱정하지 말라니까. 비꼰 거 아닐 거야. 신입이 그랬으니 얼마나 귀여웠을 거야? 대표님을 존경한다고 하는데 답이 틀렸다 할 용감한 직원이 누가 있겠어? 정말 대박 귀여워."

초롱은 소현의 반응이 어이가 없어 피식 웃고 말았다.

"귀엽기는 참 나. 나는 그 순간 내가 너무 싫었어. 끔찍했다고."

"뭘 또 그렇게까지. 그나저나 네가 웬일이야. 그런 게임에도 다 참여하고? 예전에는 아무리 하자 해도 유치하다고 마다하더니?"

"신입이 너무 참여 안 한다고 한 소리 듣기도 했고, 뭐 상품도 솔깃하고 해서 겸사겸사. 근데 무슨 게임을 할지도 모르는 채 참여했거든. 참여하고 보니 금붕어 게임이래. 나 참."

"그래, 네 성격에 알았으면 절대 하지 않았을 텐데. 좋은 경험 했네. 아흑. 재미있었겠다. 나도 봤어야 하는 건데 아깝다 아까워. 근데, 상품이 뭐였는데. 솔깃해?"

"공기 청정기. 안 그래도 회사에 있는 거 보고 병원에 하나 있었으면 좋겠다 싶었거든. 아빠한테 필요할 것 같아서."

"대박, 무슨 회사가 그런 걸 사은품으로 줘?"

친구의 놀란 반응이 이해되고도 남았기에 초롱이 고개를 끄덕이며 더 핫한 소식을 전했다.

"말도 마. 백화점 상품권에 여행 상품권도 있더라. 일 년에 한 번 신입 환영회 할 때 늘 이렇게 했었나 봐."

"역시 그 선배 스케일이 달라, 그지? 웬만한 대기업에서도 그런 상품은 내놓기가 쉽지 않을 텐데 말이야."

"그러게……."

힘없이 대답하는 초롱을 보며 소현이 고개를 절레절레 내저었다.

"다른 사람들 같았음 백화점 상품권이나 여행 상품권에 올인 했을 텐데. 이 초롱! 너도 참 너다."

"다들 생각이 너와 같은가 봐. 그러니 나같이 게임 못하는 사람도 상품을 받았지."

"어쨌든 잘됐지 뭐. 우리 초롱이 잘했네, 잘했어!"

"정말 나 괜찮을까? 회사 사람들 나 이상하게 생각하면……."

"걱정도 팔자야. 신경 쓰지 마. 아마 정신없이 먹고 마시고 하느라 제대로 기억도 못 할 거야. 게다가 여행 상품권이 더 히트했을 것 같은데? 아니야?"

"그렇……겠지?"

하지만 잠잠하게 지나가길 바라는 초롱의 기대는 보기 좋게 어긋날 예정이었다. 회사 사람들은 초롱의 생각보다 더 기억력이 좋을 것이고, 초롱의 예상보다 더 친근하게 다가올 것이며, 초롱의 상상보다 훨씬 더 유머러스할 것이고, 그건 대표인 하이산도 예외가 아닐 것이다.

"크, 아쉽다 아쉬워. 나도 그 회사 갔어야 하는 건데. 알면 알수록 더 괜찮은 회사란 말이야. 다음에 나도 한번 도전해 볼까? 우리 초롱이랑 같은 회사 다니게?"

"네 아버지 회사는 어쩌고? 김소현 못 말려 정말. 내가 너 때문에 웃는다."

휴일, 잠시 집에 다니러 간 엄마 대신 아빠의 곁을 지킬 때면 이렇게 찾아와 웃게 만드는 친구 덕분에 잠시 고민을 잊어 본다.

산은 느릿느릿 침대에서 일어나 무거워진 눈두덩을 비비며 거실로 나왔다. 지난밤 잠을 제대로 자지 못했음에도 그의 신체 리듬은 한 치의 오차가 없었다.

크게 하품을 하며 시원하게 기지개를 켜고, 냉장고로 가 사과를 하나 꺼내어 와삭 베어 무는 산의 모습에서 전날 함께한 피로는 찾아보기 힘들었다. 이내 사과를 내려보다 픕 하고 웃으며 고개를 설레설레 흔드는 모습에는 뜻하지 않은 난처함이 엿보였다.

'환장하겠네. 정말. 이렇게 생각날 줄 알았으면 그 게임을 하는 게 아닌데.'

금붕어 게임이라는 게 기억 속에 제법 강렬하게 남았나 보다. 그 게임과 연관된 물건들을 볼 때마다 기억이 나는 것은 물론이며, 꿈속에서도 같은 게임을 하게 될 줄이야.

심지어 온몸이 흔들릴 정도로 웃고 있는 자신의 모습에 놀라 잠을 깨게 될 거라고는 상상조차 하지 못했다.

'미치지 않고서야 왜 자꾸 생각나? 어이없네 정말.'

그러면서도 또 입꼬리가 말려 올라가는 건 어쩔 도리가 없었다. 계속 이 상태였다. 게임을 하며 보았던 초롱의 모습이, 입술을 살포시 말아 넣고서 또박또박 사과나 포도 따위를 내뱉는 그 평범하지 않은 모습이 왜 그렇게 떠올라 미소를 짓게 만드는지.

'그게 그렇게 웃겼나?'

절대 우스꽝스럽지는 않았다. 다른 사람들과 마찬가지로 한껏 입술을 오므리며 말아 넣었음에도 산의 눈에는 그녀의 말똥말똥한 눈동자만 더 눈에 띄었을 뿐이고, 발음을 좀 더 정확히 또렷하게 하려는 그녀의 노력이 가상해 눈여겨보았을 뿐. 특별히 그녀만 눈에 담은 것도 아니었다. 오히려 자신의 배꼽을 빠지게 했던 많은 직원의 얼굴이 더 인상 깊었었다.

그런데도 게임에서 말했던 단어들을 실제에서 마주할 때 그녀의 모습만 선명하게 떠오르는 건 무슨 조화란 말인가?

분명 자신이 이겼다고 생각했다. 그녀의 큰 눈이 더 동그래지고 긴 속눈썹이 눈에 띄게 팔락거리며 오르내릴 때, 말린 입술이 빈틈없이 앙다물어지고 붉은 혀가 아쉬운 듯 천천히 입술 사이로 나올 때, 비로소 승기가 자신에게로 기울었구나 싶었다.

그런데 그 순간 마주친 그녀의 눈빛이 유난히 맑게 반짝였고, 그늘이 드리웠던 그녀의 얼굴에 한 줄기 빛이 스며들며 은은하게 미소가 피어올랐다. 상상이나 했을까? 줄줄이 위인들을 소환하던 그녀의 입에서 뜬금없이 자신의 이름이 튀어나올 거라고는.

느슨하게 마음을 풀어 버린 기가 막힌 타이밍에 훅 치고 들어온 회심의 한 방에 어이없이 무너지고 말았으나 패배가 달갑기는 참으로 오랜만이었다. 얼마만에 그렇게 파안대소했을까? 어처구니없다며 코웃음을 치던 수완의 과장된 표정은 덤이요, 뻔뻔하게 너무 좋아한다며 보란 듯이 퍼붓는 직원들의 야유에도 웃음소리는 수그러들 기미를 보이지 않았다.

단순한 그녀의 순발력이든, 아니면 그녀가 그린 큰 그림이든, 그녀 덕분에 화기애애해진 분위기에 신입 환영 파티는 대성공이었으나 산의 마음에 여운이 너무 오래 남아 버렸다.

산은 여느 때와 다름없이 출근하자마자 회사 여기저기를 두루 살펴보고 있었다. 말이 출근이지 사실 회사와 집의 경계가 겨우 한 층 차이라 일과 사생활의 경계에 모호함이 있었으나, 아직은 큰 불편함을 느끼지 못했다.

오히려 급한 일이 생길 때마다 굳이 직원들을 호출하지 않고도 단시간 내에 해결할 수 있으니 편하고, 풍수해 피해에도 제때 대처할 수 있으니 산에게 이보다 더 좋을 수는 없는 조건이었다.

"여어, '존경하는' 우리 대표님, 벌써 출근하셨습니까?"

마치 기다렸다는 듯 두 손을 가지런히 모으고 한껏 톤이 올라간 목소리로 인사를 건네 오는 수완을 보며 웃지 않을 수가 없었다. 모르긴 몰라도 누군가에게 오늘 하루는 쉽지 않은 시간이 될 듯했다. 지난 파티의 여파가 자신에게만

국한되지 않을 모양이었다.

"왜 이래? 아침부터."

"유명인들과 어깨를 나란히 한 기분이 어때?"

직원들과 함께 있을 때는 대부분 깍듯이 대표님으로 대우하던 수완이 친근하게 산의 어깨를 툭 치며 물었다.

"참 나, 형이 이 정돈데 다른 직원들은 오죽할까? 오늘 이초롱 씨 험난한 하루가 예상되는데?"

"어라? 이거 뭐야? 지금 초롱 씨 걱정하는 거야?"

"걱정은 무슨. 그냥 적당히 하라고. 성품도 여린 데다, 그날도 많이 당황했던데."

"그게 걱정하는 거지, 뭐가 걱정이야? 혹시 이초롱 씨 마음에 있어?"

"형! 한 대 맞을래? 어렵게 뽑았는데 괜히 신입 난처하게 해서 그만두는 일 없게 하란 말이야!"

"쓰읍. 정말 그것뿐이야?"

"고. 수. 완!"

"알았어. 알았다고."

대답은 하면서도 왠지 모를 수상함에 산을 한 번 더 쳐다보게 되는 수완이다.

안타깝게도 초롱의 예상은 완전히 빗나가고 말았다. 그다지 친근하지 않았던 직원부터 동기까지, 통근 버스에 타면서부터 회사에 도착할 때까지, 환영회 때의 일을 언급하며 남다른 센스를 칭찬하는 말들에 민망한 마음을 감출 수 없었다.

그렇게 도착한 회사 앞에서 남몰래 한숨을 내쉬며 사무실로 들어서자 경선이 다가와 말을 건넸다.

"초롱 씨, 무슨 일 있어? 왜 이렇게 힘이 없어?"

"아, 오늘따라 출근길이 좀."

"풋. 피곤했구나? 직원들이 가만두지 않지? 자기가 워낙 히트를 쳐서 그래. 게다가 우리 회사에 대표님 좋아하는 여직원이 어디 한둘이야? 은근히 경계하는 거야. 자기가 좀 예뻐야 말이지."

"네? 설마요. 그런 건 아니겠지만, 그래도 앞으론 정말 말조심해야겠어요. 어휴."

경선은 고개를 설레설레 흔드는 후배를 보며 너그러운 미소를 지어 보였다. 오랜 시간은 아니지만 며칠 함께 생활해 본 바로, 초롱은 꾀를 내어 일을 몰래 꾸밀 정도로 약은 성격도 못 될뿐더러 영악과는 거리가 한참이나 멀어 보이는 성품이었다.

예쁘장한 외모와는 달리 꾸밈없이 수수하고 무던했으며, 일로도 직원들이나 고객들과의 상호 이견 조율에 대한 소통 능력이 뛰어나 벌써 눈여겨보게 되는 사원이었다.

자신의 부서에 다른 여직원이 아닌 초롱이 발령된 것이 얼마나 다행인지. 짓궂은 동료들 덕분에 오늘 하루 피곤하게 생겼지만, 그래도 일은 일인지라 곧 대표님을 대면해야 하는 초롱을 슬쩍 한번 보며 의미심장한 미소를 지었다.

발보다 빠른 소문에 파티에 참석하지 않았던 직원들까지 초롱을 보며 엄지를 치켜세웠다.

초롱은 가뜩이나 피곤한 월요일 아침 평소보다 배는 더 고단한 하루를 열며, 애꿎은 공기 청정기를 한번 노려보고서야 일과를 시작했다.

"초롱 씨, 오늘 대표님 일정이 어떻게 되지?"

"오후 2시에 경남, 부산 지사장님 방문한다고 하셨고, 5시에 월간 캠핑 잡지사에 인터뷰가 예정되어 있어요. 그 외에는 별다른 특이 사항 없고요. 오늘 외에 주, 월간 스케줄은 업데이트해 뒀습니다."

경선은 따로 비서실이 없어 매일 아침 대표님의 주요 일정과 주간 일정, 특이 사항이나 변동 사항, 부서별 업무 사항을 취합하여 보고해야 하는 실질적인 비서 업무를 겸했고, 초롱이 그 업무를 배우고 있었다.

"역시 빨라. 고마워. 그리고 오늘부터 보고는 초롱 씨 혼자 들어가 보자."

"네? 제가요?"

"응, 앞으로는 매일 아침 초롱 씨가 해 주면 좋겠어. 뭐 그렇게 어려운 건 없어. 나랑 같이 들어가 봐서 알잖아? 그냥 방금 나한테 말한 것처럼 하면 되는걸 뭐. 나 출산 휴가 쓰면 어차피 초롱 씨가 해야 할 일이기도 하고, 일하는 거 보니까 지금부터 해도 충분히 잘할 것 같아. 지금도 초롱 씨가 다 하는 거나 다름없는걸."

"스케줄 정리하고 서류 작성하는 건 전혀 문제없지만, 업무 보고 들어가는 건 사원인 제가 하기에는 아직 좀……."

"그 정도는 사원이 해도 충분해. 지금까지는 마땅한 사람이 없어서 내가 계속 했던 거고. 왜, 부담스러워?"

난처해하는 초롱을 보고 경선이 생글 웃으며 물었다.

"그게 아무래도 저는 아직 신입이고…… 더구나 대표님이신데."

초롱은 아직 배가 많이 불러 오지도 않은, 출산 휴가까지는 못해도 몇 달이나 남은 선배를 보며 어색한 미소를 지어 보였다.

"괜찮아. 대표님 그렇게 부담스러워하지 않아도 돼. 자기도 이미 겪어 봐서 알잖아? 직급 따져 가며 일시키는 분도 아니고, 아마 자기 동기들은 하지 못해 안달일걸?"

'그러게요. 그 친구들이 하면 좋았을 텐데, 왜 하필 저일까요?'

하지도 못할 말을 속으로 삼키며 어색함도 마찬가지로 꿀꺽 삼켰다.

"저…… 그러면 오늘만이라도 대리님께서 같이……."

"초롱 씨, 솔직히 말해 봐. 환영회 때 일 때문에 부끄러워서 그러지? 안 봐도 훤하네. 에이, 괜찮아. 어차피 한 번은 겪어야 할 일이야. 계속 피할 순 없잖아.

그날 대표님이 얼마나 좋아했는데, 봤으면서 그래? 우리 대표님 존경받아 마땅한 분 맞고, 자긴 틀린 말 한 거 하나 없는데 뭐가 그렇게 부끄러워?! 당당하게 다녀와, 응?"

"아. 하하. 네. 그럼…… 다녀오겠습니다."

경선은 쭈뼛하며 나가는 초롱을 보며 웃지 않을 수 없었다. 분명 다른 사원들 같았으면 대표님께 매일 눈도장 찍을 수 있는 일을 서로 하지 못해 안달이 났을 테지만, 초롱은 그런 부류가 아니었다. 누가 보든 말든, 누가 알아주든 말든 미련스레 맡은 일을 끝까지 해낼, 경선은 초롱의 그런 때 묻지 않은 순수함이 너무 마음에 들었다.

지금까지는 업무를 분산시키고 싶어도 마땅한 적임자가 없어 자신이 도맡아 하고 있었지만, 초롱이라면 자신보다 더 잘할 수 있을 듯했다. 책임감과 성실함으로 무장한 초롱의 업무 수행 능력으로 미루어 볼 때, 대표님도 분명 마음에 들어 할 거라는 확신이 들었다.

조금은 갑작스레 일을 넘기게 된 미안함은 초롱에게도 분명 좋은 기회가 될 거라는 믿음으로 자기 합리화를 시키고 홀가분하게 마음을 내려놓았다.

반면, 초롱은 대표님 집무실 앞에서 한껏 무거워진 마음으로 깊은 심호흡을 하고 나서야 노크를 할 수 있었다.

"들어와요."

"안녕하십니까? 대표님."

고개도 들지 않고 결재를 하고 있던 산에게 늘 들려오던 익숙한 음성이 아닌 뜻밖의 목소리가 전해졌다. 펜을 내려놓고 고개를 들어 반가운 얼굴을 바라보았다.

"오늘은 혼자네요? 이 대리 쉬는 날이었던가?"

"아닙니다, 대표님. 오늘부터는 제가 직접 보고를 했으면 하셔서요."

"그래요? 뜻밖이네요. 이 대리 깐깐해서 웬만해서는 다른 사람한테 자기 일 못 맡기는데. 그만큼 이초롱 씨를 믿는다는 말이겠죠?"

"그게 저도 잘······."

산은 마땅한 답을 찾지 못한 채 어색한 미소를 띤 초롱을 가만히 바라보았다.

사실 조금 놀라웠다. 이경선 대리는 사업 초기부터 함께해 온 원년 멤버로 꼼꼼하고 깐깐하기가 말로 다 할 수 없는 데다 곁을 쉽게 내어주지 않는 거로 소문이 자자한 직원이었다. 그건 오랜 기간 친구의 동생으로 보아 온 산 역시 익히 잘 알고 있는 사실이었다.

하계나 기간이 긴 휴가를 제외하고는, 가능하면 휴가 전날에 다음 날 일정까지 함께 보고하며 정리하고 갈지언정 남에게 일을 맡기는 것도 꺼리던 직원이었다. 출산이 다가온다고는 하나 아직 몇 달은 더 남은 시점에, 기존의 직원이 아닌 신입 사원에게 자기 일을 선뜻 넘겨준 것을 어떻게 해석해야 할지.

"그럼 어디 한번 시작해 볼까요? 거기 편히 앉아요."

"네. 대표님."

집무실 한가운데 긴 테이블을 사이에 두고 초롱과 산이 마주하고 앉았다.

초롱은 최소한 자신을 여기로 보낸 선배에게 누가 되면 안 된다는 생각으로 차분하게 맡은 일에 집중했고 산은 그런 초롱에게로 시선을 집중시켰다.

어색하게 파일을 펼치던 모습과는 달리, 안정적이고 편안한 톤으로 스케줄과 변동 사항을 읊어 주는 초롱의 보고를 들으며 묘하게 신경이 분산되어 집중력이 흐트러지는 듯한 기분에 산이 자세를 바로 고쳐 앉았다.

"이상입니다. 그리고 이건 최근 6개월 동안 월간 캠핑에 실렸던 인터뷰 중 참고할 만한 내용을 추려 요약한 파일입니다. 인터뷰 전에 한번 보시면 좋을 것 같습니다."

"안 그래도 한번 봐야지 했는데 고마워요. 덕분에 시간이 많이 절약되겠어요."

초롱은 파일을 한 장 한 장 신중하게 넘겨 보는 대표님을 보며, 지난주부터 틈날 때마다 월간 캠핑 책자를 정독한 노고를 일시에 보상받는 기분에 뿌듯함이 가슴 가득 차올랐다.

"그럼 전 이만 나가 보겠습니다."

"그래요. 이 대리가 왜 초롱 씨한테 일을 맡겼는지 알 것 같네요. 수고했어요. 앞으로도 잘 부탁합니다."

"아직 많이 부족합니다. 이 대리님께 열심히 잘 배우겠습니다."

가볍게 인사를 하며 집무실을 나서는데 그의 목소리가 발걸음을 세웠다.

"아차! 이초롱 씨?"

"네. 대표님."

"궁금한 게 있어서 그런데 뭐 하나 물어봐도 됩니까?"

"네. 말씀하세요."

"내 어떤 점이 존경스러운가요?"

"네?"

"에이, 못 들은 척하기는. 왜 나를 존경하는 인물로 말했냐고 묻는 겁니다."

전혀 의도하지 않았던 전개였다. 오히려 초롱이 직원들에게 놀림을 받지나 않을까 걱정하지 않았던가. 그런데 정작 자신이 그녀가 가장 난처해할 만한 질문을 하고 있었다. 칭찬에 우쭐해할 만도 하건만 그저 겸손한 미소를 지으며 인사하고 나서는 그녀를 왜 조금 더 붙잡아 두고 싶은 건지.

"역시나, 그냥 해 본 말이었는데 내가 너무 진심으로 들었나 보네요?"

왜 이렇게 짓궂어지는 건지.

"아닙니다. 그게 아니라 당황해서……."

초롱은 실타래처럼 엉킨 머릿속에 있는 기억을 풀어내려 애썼다. 면접을 보기 전에 조사했던 내용을, 점심 먹을 때마다 동기들이 쏟아 낸 수많은 찬양의 말들을 떠올려 보았다. 기억해 내야만 했다.

"언젠가 제가 사회에 첫발을 내디딜 때 이런 경영인의 밑에서 일하고 싶다고 상상하고 기대했던 모습 그대로였던 것 같습니다. 직원들을 쉽게 대하지 않으시고, 항상 존중하고 배려하며 함께 상생할 수 있도록 많이 노력하고 계신다는 거. 온 지 얼마 되지는 않았지만 충분히 느낄 수 있을 만큼이었습니다. 그리고,"

"그만하면 됐어요. 앞으로 여기 올 때마다 긴장하지 말라고 농담 한번 해 본 거예요. 말 한번 잘못 꺼냈다가 민망해서 혼났네. 나 그렇게 좋은 사람 아닌데, 높게 평가해 줘서 고마워요. 실망하게 하지 않기 위해서라도 더 열심히 해야겠네요. 그만 나가서 일 봐요."

"아. 네. 그럼 전 이만 나가 보겠습니다."

인사를 꾸뻑하고서 평소보다 배는 빠른 걸음으로 집무실을 빠져나가는 걸 보니 많이 당황했나 보다. 대답을 바라고서 했던 질문은 아니었으나, 듣기 나쁘지 않았다. 아니 오히려 자신에 대해 말하는 그 대답을, 그 목소리를 조금이라도 더 듣고 싶었다. 모르긴 몰라도 조금만 더 지체했다면 채신없이 붉게 물드는 목을 보였을지도 모를 일이었다.

산의 마음이 때아닌 가을날 단풍처럼 물들고 있었다. 자신도 모르게 조금, 또 조금씩.

같은 시간 대표님의 집무실을 급히 빠져나온 초롱은 비상계단으로 향했다. 문을 벌컥 열어 계단으로 나서자마자 두 손으로 달아오른 얼굴을 감싸며 차가운 벽에 기대었다.

'못 살아. 내가 정말 못 살아. 무슨 말을 한 거야. 뭐라고 했더라?'

온통 머릿속이 뒤죽박죽이었다.

'대표님이 묻는데 그럼 뭐라고 대답해야 해? 그게 농담인지 아닌지 내가 어떻게 아냐고. 그냥 솔직하게 말하는 편이 나았을까? 순간 튀어나온 임기응변이었다고? 그럼 존경하지 않냐고 물어보면? 하…… 최선이었어. 나로서는 그게 최선이었다고.'

저도 모르게 튀어나온 진심 어린 말이었다. 입사한 이후로 자신이 보아 온 그는 지위와 상관없이 모든 직원에게 예의를 갖추어 행동했고 직원들의 편의를 세세히 살폈으며 그들의 안전에 늘 관심을 기울이고 있었다. 누구나 바라고 원하는 대표의 모습이 아닐 수 없었다.

초롱은 깊은 한숨을 내쉬며 주워 담을 수도 없는 말을 되뇌기를 포기한 채, 부디 아부나 하는 한심한 직원으로 보이지 않기만을 바랄 뿐이었다.

똑똑. 경선이 대표님 집무실 문을 두드렸다.

"들어와요."

"대표님!"

"이 대리, 자리에 있으면서 왜 같이 오지 않고?"

"죄송해요. 미리 말씀부터 드렸어야 했는데, 제 마음대로 후임을 정해서요. 오늘은 그냥 신입 담력 테스트? 정도라고 생각해 주세요. 환영회 때, 저도 모르게 툭 말해 놓고 많이 놀란 것 같더라고요. 가뜩이나 어려운 대표님 더 보기 힘들어하는 것 같아서 강하게 키우려고 등 떠밀었어요."

경선의 말에 산이 피식 웃으며 물었다.

"담력 테스트라……. 여기가 무슨 호랑이 소굴이라도 돼?"

"신입한테는 호랑이 소굴보다 더하죠. 뭐, 그런 입장이 돼 보지 않으셨음 말씀을 마세요!"

"풋, 그래. 그건 그렇고 웬일이야? 혼자 일 다 하지 말고 업무 분산하라고 노래를 불러도 꿈쩍 않더니?"

산의 말에 고개를 끄덕이며 피식 웃던 경선이 능청스레 입을 열었다.

"내가 그랬나? 뭐, 저도 이제 좀 편해질 때도 됐죠? 어차피 하게 될 거 좀 빨리 넘긴 것뿐이에요."

"잘하던데? 차분하고, 분명하게."

"그러니까 제 후임으로 골랐죠. 이초롱 씨 보면 볼수록 사람이 참 괜찮더라고요. 곁에 두시면 도움받으실 일 많으실 거예요. 잘 부탁드려요."

유난히 챙기는 듯한 경선의 말에 산이 싱긋 웃으며 고개를 끄덕였다.

"누가 보면 동생이라고 해도 믿겠어. 신경 많이 쓰네?"

"그러게요. 이상하게 신경이 쓰여요. 요령도 피우지 않고 뭐든 열심히 하는 모습이 예뻐서. 훈련 잘 시킬 테니 대표님도 잘 봐주세요."

"그래, 알았어. 출산까지는 아직 멀었지?"

"네. 아직 한참 남았어요."

"언제든 필요한 게 있으면 말하고."

"네. 제가 그 정도 자격은 있죠? 그래도 보는 눈이 많으니 규정 안에서 잘 조절해 보겠습니다."

산이 싱긋 웃으며 경선의 말을 받았다.

"고맙네. 내 생각도 해 주고. 바쁠 텐데 일 봐. 아, 경훈이는 언제 들어온대? 작년에도 이맘때 아니었나?"

"올해는 아마 힘들 거예요. 오빠가 많이 바쁘다 하더라고요. 내년 봄이나 되어야 휴가 올 수 있을 거예요. 걱정하지 마세요. 휴가 정해지면 가족보다 대표님께 먼저 연락할 텐데요, 뭘."

"그래. 알았어. 수고해."

"넵! 오늘 하루도 수고하세요."

대표님의 밝은 표정을 뒤로하고 집무실을 나온 경선은 괜스레 기분이 좋아졌다. 철없는 어린 시절에는 짝사랑했던 제 오빠의 친한 친구로, 지금은 더없이 멋진 직장 상사로 이어진 재미난 인연에 짓궂은 웃음이 입가에 걸렸다.

'왜일까? 내가 큐피드가 될 것 같은 이 느낌적인 느낌은.'

"후……."

긴 시간 한 자세로 집중해서 업무를 보던 산이 자리에서 일어나 뻐근해진 목과 어깨를 돌리며 크게 기지개를 켰다.

직원들이 퇴근한 후에야 집으로 향하던 평소와는 달리 퇴근 시간을 확인하며 일찌감치 주변을 정리하고 집무실을 벗어났다.

"모두 수고 많았습니다. 오늘은 저 먼저 퇴근합니다. 내일 봅시다."

산이 미소를 머금고서 직원들을 향해 가벼운 묵례를 하며 빠른 걸음으로 사무실을 벗어나고 있었다.

"네! 수고하셨습니다."

"즐거운 시간 보내십시오."

회사 위 사택이 아닌 외부로 나가는 것으로 보아 약속이 있는가 보다 생각하며 직원들이 밝게 인사를 건넸다.

건물 밖으로 나온 산이 서둘러 주차장으로 걸음을 옮겼다. 차에 타 손목시계를 한 번 더 확인하며 시동을 걸고 출발하려는데, 저쪽에서 환한 미소를 보이며 통화하는 초롱이 산의 눈에 들어왔다.

'어쩐지 사무실에 보이지 않더라니, 저렇게 웃기도 하는구나.'

치아가 다 드러날 정도로 환하게 그것도 소리 내어 웃는 그녀의 모습은 처음 보는 듯했다. 그 모습을 홀린 듯 바라보, 그녀를 저렇게 웃게 만드는 사람이 과연 누구일까 궁금해하는 낯선 자신을 발견하고서 어이없어 코웃음을 치곤 날카롭게 차를 출발시켰다.

한 이탈리안 레스토랑 앞에 선 초롱이 약속 장소가 맞는지 한 번 더 확인하고서 안으로 조심스레 들어섰다. 세련된 인테리어와 가성비로 데이트하기 좋은 곳으로 알려졌던 레스토랑은 과연 인터넷에서 검색한 모습 그대로였다. 직원에게 다가가기도 전에 어디선가 자신을 부르는 소리가 들렸다.

"초롱아, 여기야 여기!!"

초롱은 양손을 번쩍 들어 반갑게 흔드는 소현을 보며 못 말린다는 듯 빙그레 웃었다. 서둘러 친구에게 다가가 맞은편에 앉으며 말을 건넸다.

"누가 보면 애인이라도 온 줄 알겠어."

"애인이지 그럼. 내가 우리 초롱이 얼마나 사랑하는데! 넌 아니야?"

"왜 아니겠어, 당연히 나도 사랑하지. 만족해?"

"뭐 엎드려 절 받는 거긴 해도 좋아. 헤헤."

초롱은 보기만 해도 마음 든든한, 언제 어떤 상황에서도 항상 곁을 내어주는 고마운 소현을 보며 마음이 따듯해졌다.

"우리 뭐 먹을까? 오늘은 내가 쏜다! 나 오늘 첫 월급 받았어."

"정말? 벌써 한 달이 지났어?"

"아니. 아직 한 달 되려면 며칠 남았는데, 급여일에 맞춰 미리 나왔어. 그러니까 무조건 제일 맛있는 거로 시켜. 알았지?"

"그래, 알았어. 우리 초롱이가 하라는 대로 해야지. 내가 무슨 힘이 있나?"

평소 같았으면 우겨서라도 자신이 내겠다고 하던 소현이 오늘만큼은 친구 마음이 편할 수 있도록 애교 섞어 말을 했다.

"이런 애교는 진우한테나 가서 해."

그런 친구의 배려를 잘 알기에 초롱은 받아 주는 마음이 고맙기만 했다.

"그건 걱정 마. 내가 어련히 알아서 할까?"

"못 말려. 뭐 먹을지나 말해. 여기 스테이크 괜찮다더라. 골고루 다양하게 시켜 먹자, 우리."

"오, 우리 초롱이 멋져!"

초롱은 양쪽 엄지손가락을 치켜세우고서 어깨를 실룩거리는 소현의 모습에 피식 웃으며 고개를 설레설레 흔들었다.

산이 약속 장소인 bar에 들어서자 누군가의 조용한 목소리가 들려왔다.

"여기!"

크지 않은 목소리에도 무게감이 느껴지는 사촌 형 승주다.

"오랜만이야, 형."

"그래. 얼굴 보니 잘 지낸 것 같네. 여전히 일은 잘되고?"

"그럼. 당연하지. 형은 차 잘 쓰고 있어?"

"덕분에."

사촌 형 승주는 한때 전직 대통령의 경호원이었다. 아주 이례적으로 다음 대통령의 부름도 받았으나 이미 권력과 그 힘의 이면에 염증을 느낀 형은 스스로 모든 것을 내려놓고 자리에서 물러난 대담함을 지닌 사람이었다.

산과는 두 살 차이밖에 나지 않는 형이지만 존경의 대상이자 친형인 이강과 더불어 가장 많이 마음을 터놓는 대상이기도 했으며, 산에게 있어 대단히 매력적인 고객이기도 했다.

"불편한 건 없고?"

"아직은 전혀 없어. 특히 외진 곳으로 경호하러 갈 때 아주 유용하게 잘 쓰고 있어. 교대나 대기가 필요할 때, 그만한 쉼터가 없지. 콤비나 카운티, 레스터는 위장용으로도 훌륭해."

청와대에서 나온 이후 망설임 없이 경호 회사를 차린 승주였다. 그 실력이나 성품을 알기에 뜻을 함께하는 동료나 후배들이 알아서 모여들어 생각보다 수월하게 기반을 다졌고, 든든한 기반 아래 지금은 당당히 업계 최고가 되어 있었다.

"다행이네. 언제든 불편한 사항이 있으면 알려 줘. 개선해야 발전이 있고 또 명색이 형은 내 1호 고객님인데 최고로 잘 모셔야지."

"그래, 알았다. 조금이라도 불편한 게 있으면 바로 알려 줄게. 근데 네 형은 언제 온대?"

"우리 형 바쁜 척하는 건 알아줘야 해. 여기서 우리 형처럼 바쁘지 않은 사람이 어디 있어? 안 그래?"

"마음에도 없는 소리는 넣어 둬. 늦었다고 뭐라 하지 않을 테니. 네가 형을 얼마나 위하고 걱정하는지 내가 모를 줄 알아? 너희 형제처럼 특이한 형제도 없을 거야."

승주는 씩 웃는 산을 보며 마주 웃어 버렸다.

어릴 때부터 우애가 남다른 가족이었다. 무려 남자 형제 넷에 여동생 하나. 여동생이야 워낙 귀하게 얻은 막둥이라 애지중지 감싸지 못해 안달인 걸 이해하지만, 시커먼 남자 형제 넷이서 싸우지 않고 잘 지내는 건 쉽게 이해가 되지 않았다.

남자 형제끼리 있으면 서로 맞붙어 치고받고 싸우기도 하는 게 의무이자 특권 아닌가?

"우리가 보편적인 형제는 아니지? 인정! 그런 형도 우리 가족이면서 너희 형제라고 하면 섭섭해."

"말이 그렇다고."

외동인 승주는 어려서부터 사촌들에게 둘러싸여 혼자라는 걸 알게 되기까지는 오랜 시일이 필요했다. 부모님을 따라 외국에 나가 생활할 일이 없었다면, 아마 지금까지도 한 형제로 알고 지냈을지도 모를 일이었다.

제법 오랜 기간 떨어져 지냈음에도 예전처럼 스스럼없이 자신을 받아들이는 독특한 이 형제에게 승주는 무장 해제를 하지 않을 수 없었다.

4

저녁을 먹으며 즐겁게 대화하다 갑자기 말을 멈추고 귀를 기울이던 초롱이 물었다.

"소현아, 너 전화 온 거 아니야? 벨 소리 들리는데?"

"어? 정말이네? 귀도 밝아. 있어 봐."

소현은 등록되지 않은 번호를 보며 고개를 갸웃하다 전화를 받았다.

"여보세요?"

— 소현아. 나야. 규영이.

"규영 오빠?"

— 어, 그래. 오랜만이다. 잘 지냈지?

"우와, 진짜 오랜만이야, 오빠. 이게 얼마 만이야? 못 본 지 몇 년은 지난 것 같은데?"

— 그렇지? 넌 목소리도 그대로다?

"오빠도 똑같은데 뭘. 근데 어쩐 일이야? 이렇게 연락도 하고?"

— 어. 작은아버지 뵈러 왔는데 집에 아무도 안 계시네?

"오빠 지금 한국이야?"

외국에 있던 오빠가 한국에 있다는 말에 놀란 소현이 목소리를 한껏 높이더니 이내 통화를 마치고서 초롱에게 물었다.

"초롱아, 너 오늘 일찍 안 들어가도 괜찮지?"

"어. 오늘은 초원이가 일찍 가서 엄마 돕기로 했어. 왜?"

"왜긴. 밥 먹었으니까 우리 오랜만에 칵테일 한잔 해야지."

"그래. 좋아."

"근데 너 규영 오빠 알지?"

"규영 오빠?"

왠지 낯설게 느껴지는 이름에 초롱이 되물었다.

"그래. 왜 기억 안 나? 제법 오래되기는 했지만, 너 우리 집에서 가끔 나랑 같이 공부할 때 오빠가 공부도 봐주고 했었는데. 규영 오빠가 나 과외 해 주고 있었잖아. 아마 보면 너도 기억날 거야. 오빠가 오늘 귀국했는데 하필 오늘 아빠 출장이 있어 엄마랑 지방 가셨잖아. 그래서 이쪽으로 오라고 했는데 같이 만나도 되겠지?"

"그럼 오빠가 불편해하지 않을까? 난 다음에 또 보면 되니까, 진우 불러서 셋이 같이 만나라. 응?"

초롱은 얼굴이 기억나지 않는다는 핑계를 대기는 했지만, 낯가림이 심한 편이었기에 아는 사람이 아니고서야 말 섞는 게 쉽지가 않았다. 괜히 주위 사람들을 불편하게 만들까 싶어 그런 어색한 자리는 피하고만 싶었다.

"야! 이럴 거야? 내 사촌 오빠면 너한테도 사촌 오빠야. 그리고 오빠는 너 전혀 불편하지 않아. 오히려 너랑 같이 있다고 하니까 바로 오겠다고 하던데 뭘! 오빠는 이름만 듣고도 너 기억하더라. 한번 보고 싶다고 꼭 기다리래. 그리고 진우도 불렀으니까 미리 걱정하지 마. 어색하지 않을 거야."

소현은 친구의 그런 성격까지도 너무 잘 알고 있었다. 초롱은 오랜 친구인 자신이나 진우 앞에서야 터놓고 편하게 행동할까, 조금이라도 익숙하지 않은 자리에서는 말도 행동도 조심스럽기만 했다.

"진짜 이러기야?"

"알았어. 그럼, 인사나 하지 뭐."

"진작 그럴 것이지. 이렇게 낯가림이 심한데 회사에서 일은 어떻게 해?"

"그야 일이니까."

"어이구! 그렇게 낯가려서 어떻게 남자를 만나고 어떻게 결혼을 할래? 그러다 평생 혼자 산다."

소현의 말에 초롱이 대수롭지 않다는 듯 다시 말했다.

"혼자가 뭐 어때서? 요즘 들어 그런 생각 많이 해. 차라리 혼자 사는 편이 낫지 않을까 하는."

"말도 안 되는 소리는 하지도 마!"

"뭐가 말이 안 돼? 우리 엄마를 보나 아빠를 보나…… 그냥 서로 혼자 살았으면 어땠을까? 가끔 그런 생각이 들어. 그럼 지금처럼 힘들게 살지는 않았을 텐데."

"그걸 누가 어떻게 알아? 그런 걱정 하면서 어떻게 사랑을 해?"

"그러게. 난 그냥 둘 다 너무 안타까워. 사랑하는 사람이 무력하게 병상에 있는 모습을 지켜봐야 하는 우리 엄마도, 그런 엄마를 보며 늘 미안해하는 아빠도…… 상상도 하기 싫어. 사랑이 마음의 짐으로 돌아온다면 그건 정말 못할 짓인 것 같아."

"그래도 너랑 초원이 있잖아. 완전 킹 왕 짱 사랑의 결실."

초롱이 고개를 절레절레 내저었다.

"웃기는 소리. 아마 아빠가 내 속에 들어갔다 나오면 날 낳은 걸 후회하게 될지도 몰라. 난 엄마가 너무 불쌍해. 나라면…… 엄마처럼 아빠를 견딜 수 있었을까? 나는 요즘 내가 무서워."

"그런 마음 갖지 마. 네 상황이면 누구라도 그런 생각 할 수 있어. 아마 나라면 진즉에 집 나갔을 거야. 근데 너 그거 알아? 너한테도 네 아빠 모습이 언뜻 언뜻 보이는 거? 아닌 척하려고 해도 그 피가 어디 안 가."

초롱이 열없이 입술을 열며 말했다.

"아니거든."

"아니긴 뭐가 아니야? 네가 초원이 위하는 걸 봐도 그렇고, 지하철이나 길에서도 어려운 사람 그냥 못 지나치잖아."

"그야 초원이는 내 동생이니까 당연한 거고, 다른 건 누구나 그 정도는 하는 수준인데 뭘."

"아니거든? 요즘 사람들 얼마나 이기적인데. 절대 너같이 하지 않거든?"

"에이, 몰라, 나도⋯⋯."

쓸데없는 오지랖은 말아야지. 절대 아빠와 같이 되지는 말아야지. 초롱은 늘 하루에도 수십 번 다짐하면서도 정작 어려운 사람을 보면 그냥 지나치기가 쉽지 않았다.

"김소현!"

"규영 오빠? 뭐야. 규영 오빠 맞아? 세상에⋯⋯ 너무 멋있어졌는데? 못 알아볼 뻔했어."

소현은 기골이 장대하고 듬직했던 사촌 오빠 규영이 날렵하고 탄탄하게 변한 몸매를 뽐내며 자신의 이름을 부르자 깜짝 놀라 눈이 함지박만 하게 커져 버렸다.

"그래? 열심히 살다 보니 나도 모르게 살이 빠졌네."

"대박! 어떻게 그래? 나는 죽어라 다이어트를 해도 1킬로 빠질까 말까 하는데? 대체 얼마나 빠진 거야? 이 턱선 살아 있는 것 좀 봐. 세상에⋯⋯."

"그렇게 많이 바뀌었어?"

"몰라서 물어? 예전에는 음⋯⋯ 듬직했지. 음. 듬직하고말고. 지금과는 전혀 매치가 안 되잖아! 지금은 완전 모델 뺨치겠어!"

"비행기 내린 지 얼마 되지도 않았는데 또 비행기 태우네? 옆에 친구도 있는데 계속 그 얘기만 할 거야?"

"아차, 내 정신 좀 봐. 오빠, 초롱이 알지?"

모를 수가 없었다. 규영이 한창 혈기 왕성하던 때, 갓 고등학생이 된 저 녀석 덕분에 제법 심란한 날들을 보내야 했었다.

그저 평범하게 교복을 입고 다니는 앳된 학생일 뿐이었는데. 저 녀석을 한 번 본 날이면 이름처럼 초롱초롱 선한 눈망울과 유난히 밝고 맑았던 웃음소리가 온종일 정신을 산란하게 만들기를 수차례. 결국 학업을 핑계로 사촌 동생의 과외까지 그만두어야 했었다.

그런데 그렇게 자신의 정신을 어지럽혔던 녀석을 이렇게 다시 만나게 될 줄이야. 규영은 초롱과 함께 있다는 소현의 말에 호기심을 이기지 못하고 결국 이 자리까지 와 버렸다.

"오랜만이다. 너는 여전하구나? 변한 게 없네. 혹시 나 알아보겠어?"

다시 만난 그 녀석, 아니 그녀는 여전히 앳된 모습이었으나 그때와는 달리 성숙한 성인이 되어 있었고, 규영은 다시 세차게 뛰는 심장과 불편한 조우를 해야만 했다.

"안녕하세요. 저, 그게. 죄송해요. 저는 잘……."

"야! 미안해할 필요 하나 없어. 나도 몰라볼 뻔했는데 네가 어떻게 알아보겠어?"

소현은 멋있게 변해 버린 외양에 초점이 집중되어, 초롱에게 인사를 건네며 눈빛에 반짝 생기가 감도는 오빠의 관심을 눈치채지 못했다.

"그래, 괜찮아. 몇 년이나 지났는데 몰라보는 게 당연하지. 자! 우리 여기서 이럴 게 아니라 어디 들어갈까? 저녁은 했어?"

"그럼, 지금 시간이 몇 시야. 오빠? 오빠는 아직 저녁 전이야?"

"아니, 나도 먹었어. 그럼 우리 가볍게 칵테일이나 한잔하러 갈까?"

"좋지! 안 그래도 오빠 오면 칵테일 마시러 갈까 하던 참이야."

"잘됐네. 마침 봐 둔 곳이 있어. 거기로 가자."

얼떨결에 그의 차를 타고 함께 이동하며 어색함에 창밖을 주시하는 초롱을 쉬지 않고 대화에 참여시키는 소현과 규영이었다.

메뉴를 보며 주류를 고르던 산이 승주를 향해 물었다.

"누군데 전화를 그렇게 받아? 만나는 사람이라도 있어?"

업무상 전화가 잦은 승주는 늘 중저음의 묵직한 음성으로 통화를 하는 편이었기에, 휴대폰 액정에 떠오른 발신자를 보자마자 입꼬리를 말아 올리더니 한층 밝은 톤으로 말하는 그를 보며 산은 궁금함에 묻지 않을 수 없었다.

"만나는 사람은 무슨, 친구야. 크리스라고 작년에 일로 만났던."

"아! 형이 경호했던? 크리스는 그 사람의 비서였던가?"

대한민국을 들썩이게 했던 그 이름도 유명한 J&J 커플을 입에 올리게 될 줄은 몰랐으나, 그들을 경호했던 사촌 형이었기에 자연스레 화두에 오르게 되었다.

"어, 그랬지. 지금은 지사장이 된 모양이야. 며칠 전에 한국 들어와서 잠깐 만났어."

"그래? 능력 좋네. 대표의 비서에서 지사장이라."

"지금은 회장님이 되셨지, 그때 그 대표님 말이야. 그분의 크리스에 대한 신뢰가 남달랐어. 뭐 내가 봐도 워낙 일을 잘해."

"그러니 지사장까지 됐겠지. 우리 형도 소개시켜 줬다며? 사람이 괜찮은가 봐?"

"어. 사람 너무 괜찮지. 진중하고 결단력 있고 생각도 깊고, 배울 점이 많은 친구야."

"한번 만나 보고 싶은데? 다음에 기회 되면 나도 소개해 줘."

쉽게 곁을 내주지 않는 형이었다. 웬만해서는 다른 사람에 관한 이야기는 입에 올리지도 않는, 사람을 보는 눈이 까다롭고 엄격한 승주의 입에서 나온 말이라고 하기에는 믿기지 않는 후한 칭찬에 당사자를 꼭 한 번 만나 보고 싶었다.

"누굴? 누굴 소개해 줘?"

뒤늦게 합류하게 된 강이 자리에 앉으며 물었다.

"우와, 진짜 바쁜 척하네. 왜? 아예 술도 다 마시고 나면 오지 그래?"

"미안하다. 하승주! 너도 오랜만이다. 잘 지냈어?"

강은 오자마자 늦었다고 타박하는 동생 산과는 달리 입가에 보일 듯 말 듯한 반가움을 비치며 내미는 사촌 승주의 손을 마주 잡아 반가운 마음을 전했다.

"그래, 어서 와라."

승주는 그 손을 힘 있게 마주 잡으며 간결한 인사를 건넸다.

"퇴근하는데 갑자기 일이 생겨 다시 들어갔다 나와서 좀 늦었다. 대신 오늘은 내가 멋지게 한잔 살게."

"왜? 회사에 무슨 일 있어?"

늦었다 타박할 때는 언제고, 퇴근하다 말고 다시 갔다 왔다는 말에 혹시 좋지 않은 일이라도 생겼나 싶어 산이 걱정스레 물었다.

"아니. 나쁜 일은 아니고, 이번에 제주에 있는 호텔하고 협업할 일이 생겨서 급하게 뭐 좀 알아본다고."

"난 또 진짜 무슨 일 있나 싶어 놀랐네. 저녁은? 아직 못 했겠네?"

"점심을 한참 늦게 먹었더니 생각도 없다. 그냥 위스키나 한잔하자."

"그래. 이번에 여기 한정판으로 들어온 거 있다더라. 그거 한잔하지 뭐."

"좋지!"

산은 누구보다 편한 상대와 부담 없이 가볍게 한잔 기울이며 마음을 터놓는 이 평온함이 너무나 좋았다. 하지만 그 평온함이 깨지기까지는 그리 오랜 시간이 걸리지 않았다.

한참을 이런저런 이야기들로 대화를 이어 가던 중 뜻밖의 인물이 bar에 들어서는 모습을 보며 저도 모르게 눈길이 그 일행의 뒤를 밟아 가게 된 것이다.

"우와, 오빠! 여기 분위기 너무 좋다. 이런 곳이 있는지는 몰랐네."

넓은 공간과 높은 층고를 활용한 조용하고 고급스러운 분위기의 bar는 우아한 느낌마저 들었고, 각자의 대화를 방해받지 않는 독특한 구조와 간격 또한 소현의 마음에 쏙 들었다.

"그렇지? 친구 녀석이 여기가 그렇게 좋다고 추천하더라고."

"이런 곳은 예약제 아니야?"

"어, 맞아. 아까 출발하면서 친구한테 부탁해 뒀어."

말이 끝나기가 무섭게 직원이 다가와 자리를 안내하고 있었다. 때마침 들어온 소현의 연인 진우와 함께 원탁 테이블에 둘러앉았다.

서로 바쁜 탓에 오랜만에 만난 소현과 진우가 알콩달콩 사랑 다툼을 하는데, 이런 게 한두 번이 아니었는지 귀엽다는 듯 웃으며 바라보는 초롱과 규영의 눈이 자연스레 마주쳤다. 흔들림 없는 그의 눈동자에 어색해진 초롱이 먼저 눈길을 돌린 후에도 규영의 시선은 그 자리 그곳에 여전히 머물러 있었다.

규영은 학창 시절 밝아 보였던 초롱이 왜 저렇게 말수가 줄었는지, 여성스러움이 물씬 풍기는 모습에 그녀의 지난 시간이 궁금하지 않을 수 없어 물었다.

"초롱아, 너는 만나는 사람 있어? 하긴 없는 게 이상한 거지?"

"……."

초롱은 마땅히 대꾸할 말이 생각나지 않아 입만 달싹거리고 있었다.

"그치? 이상하지, 오빠? 그런데 얘 아직 만나는 사람 없어. 내가 아는 한 지금까지도 없었고, 앞으로도 그다지 전망이 밝지가 않아. 뭐 이성에 대한 관심이나 호감이 있어야 뭘 좀 해 보기라도 할 텐데 우리 초롱이는,"

"그만해, 김소현."

이미 사정을 다 알고 있는 소현이었지만, 이성 문제만큼은 잘 물러서지 않는 친구였다. 이렇게 힘들 때일수록 옆에 힘이 되어 줄 누군가가 꼭 있어야 한다나? 하지만 초롱은 그 말에 동의할 수 없었고, 늘 듣던 잔소리를 이 자리에서까지 듣고 싶지 않았다.

규영은 의아함에 초롱을 더욱더 유심히 보게 되었다. 초롱은 남자라면 누구나 한 번쯤 꿈꿔 봤을 법한 이미지를 품고 있었다.

긴 생머리에 청순한 외모, 부드럽고 상냥한 성격, 꾸미지 않아도 빛이 나는 그 나이 그대로의 아름다움과 말로는 표현할 수 없는 고아한 분위기까지. 그런 그녀가 왜 이성에 관심이 없는 건지, 왜 아직 사귀는 사람 하나 없는 건지 이해가 되지 않았다.

"정말…… 없어?"

"아직은 마음이 바빠서 다른 데 신경 쓸 여력이 없어요. 그리고 제 성격이 누굴 만나기에 편한 성격도 아니고요."

"네 성격이 어때서? 우리 초롱이가 얼마나 착한데?!"

"넌 내 친구니까 그렇게 말하는 거야. 워낙 오래 봐서 나한테 익숙해져 그런 거라고."

"네 성격이 어때서? 내가 알던 너는 밝고 활기차고 친절한 아이였는데, 아니야?"

말수가 적은 초롱이 말문을 닫아 버릴까, 규영이 성급히 대화에 끼어들었다.

"아니에요. 그건 철없을 때나 그랬고, 지금은 안 그래요."

초롱은 몇 마디 하지도 않고 입을 닫아 버렸다. 소현은 씁쓸한 미소를 띠다 말고 칵테일을 마시는 친구의 모습에 못내 마음이 아팠다.

정말 밝고 예쁜 친구였다. 미소 지을 때 반달을 그리는 선한 눈매가 매력적이었던, 웃는 소리가 너무 맑고 예뻐 누구나 한 번은 더 뒤돌아보고는 했었다. 힘들어도 좀처럼 포기하지 않고 늘 툭툭 털고 일어나 다시 힘차게 한 걸음 더 내디디던, 스산한 겨울날 내리쬐는 따뜻한 햇살같이 그저 밝고 따뜻했던 사람이었다.

그랬던 초롱이 조금씩 마음의 문을 닫고 밝았던 표정에 그늘이 드리우며 더는 그 누구에게도 곁을 내어주지 않으려 할 때. 그 모습을 지켜봐야만 했던 소현은 자신이 아무것도 할 수 없음에 늘 마음 아파해야만 했다.

"아니야. 예나 지금이나 나한테 넌 늘 그래."

지금은 잠시 네 태양이 가려져 있을 뿐이라고, 언젠가 구름이 걷히면 다시 예전의 밝고 환했던 네 모습을 되찾을 수 있을 거라고, 마음으로 위로를 건네며 소현은 초롱의 팔짱을 끼고 애교를 부렸다.

자리를 파하고 나갈 준비를 하던 규영이 소현과 진우를 보며 말했다.

"다들 내 차 타고 가."

"오빠도 칵테일 마셨잖아."

"난 무알코올이었어."

규영의 말에 소현이 반색하며 말했다.

"그럼 잘됐다. 나랑 진우는 괜찮으니까 오빠가 초롱이 좀 데려다주라."

"너희는?"

"우린 한 잔 더 할래. 진우랑 며칠 만에 만난 거야, 오빠. 초롱이는 집에 가야 하니까 오빠가 가는 길에 좀 태워 줘."

"그래, 그럼."

손을 씻으러 잠시 자리를 비웠던 초롱이 다가오며 들리는 대화 내용에 정중히 사양했다.

"저도 괜찮아요. 동생이 오기로 했으니 신경 쓰지 않으셔도 돼요. 먼저 들어가 보세요."

"초원이? 오늘 병원 간 거 아니었어?"

고개를 갸웃하던 소현이 물었다.

"어. 방금 전화 왔어. 병원에서 나왔대. 나도 모임 끝났다고 했더니 이리로 온대."

"그래? 잘됐네. 그럼 오빠 혼자 가야겠는데?"

"그래, 알았어. 너희는 어서 가 봐. 난 초롱이 동생 오는 거 보고 갈게."

뜻밖의 말에 초롱이 손사래를 쳤다.

"아뇨. 전 괜찮습니다. 동생 금방 올 거예요."

"그러니까 기다렸다 가겠다고. 여기 번화가야. 그것도 인근이 다 술집이고. 너 혼자 여기 두고 가면 걱정돼서 마음 편히 갈 수나 있겠어? 네 동생 오면 나도 바로 갈 테니까 부담스러워하지 않아도 돼."

"그래도……."

"그래, 초롱아. 그렇게 해."

친구까지 거드는 마당에 더는 거절할 수가 없었다. 이렇게 된 이상 동생이 일찍 도착하기를 바랄 수밖에.

소현과 진우를 배웅하고, 규영과 길가에 나란히 서서 동생을 기다리고 있었다. 오고 가는 사람들 사이로 퍼지는 왁자지껄한 소음도, 휘황찬란한 네온사인에 심장마저 울리게 만드는 큰 음악 소리도 커플이 떠난 자리에 어색함이 번진 공기를 바꾸어 놓지는 못했다.

옆에 서 있는, 몇 년 만에 만난 규영은 아무 말 없이 곁에 있어도 편한 존재는 결코 될 수 없었다. 일분일초라도 어서 빨리 동생이 도착하기를 바라는 마음으로 어색한 대화를 이어 가는 초롱은 전혀 알지 못했다. 자신을 바라보는 또 다른 눈동자를.

"누구야? 아까 bar에서도 본 것 같은데."

감각이 예민하고 지나치게 직감이 뛰어난 승주다.

자리에 느긋하게 앉아 여유롭게 술잔을 기울이며 대화를 나누던 초반과는 달리, 어느 순간부터 산의 신경이 은근히 분산되는 듯한 기분에 특유의 집중력과 관찰력으로 지켜보았었다. 이따금 산의 무심함을 가장한 예리한 눈길이 유난히 한곳으로 집중되는 듯했고, 그 눈길이 머문 곳에 바로 방금 스쳐 지나간 그녀가 머물러 있었다.

산은 자신이 누구와 있는지 잠시 망각하는 우를 범하고 말았다. 직업의 특성상 늘 깨어 있는 감각을 자랑하는 형 앞에서 어리석게도 감정을 있는 그대로 노출하고 말았으니.

그저 뜻밖의 장소에서, 평소 자신 앞에 있을 때와는 달리 너무나 자연스러운 모습으로 평범한 일상을 보내는 그녀의 낯선 모습이 신기해서라고 하기에는 지나치게 의식하고 있었다는 걸, 자신조차 스스로의 행동에 의구심을 품고 있는 지금 예리한 형에게 뭐라고 말해야 할지.

"회사 직원이야. 이번에 새로 들어온 신입."

"그게 다야?"

산은 선뜻 답을 하지 못했다.

남자 둘, 여자 둘, 커플인가? 넷이서 둘러앉아 자연스레 대화하는 그녀를 보며 왜 마음이 편치 않은 건지. 그녀를 바라보는 그 남자의 눈빛이 왜 계속 마음에 걸리는지 알 수 없는 일이었다. 산에게는 익숙하지 않은 아주 낯설고 생소한 감정이었고, 그들이 사라진 후에도 지워지지 않는 남자의 눈빛이었다.

한데 마지막 잔을 털고 일어나 밖으로 나왔을 때 다시 그들을 보게 될 줄이야.

형과 함께 대리 기사가 운전하는 차에 올라타면서 일부러 보지는 말아야지 하면서도 자연스레 그들에게로 향하는 눈길을 막지 못했다. 선남선녀는 저런 모습을 두고 하는 말일 테지. 그런데 왜 그 모습이 마음에 걸리는지 절로 미간에 주름이 잡혀 버렸다.

"형, 무슨 말을 하고 싶은 거야?"

"접어. 관심이든 호기심이든. 옆에 누군가 있는 것 같던데, 임자 있는 사람이라면 쳐다보지도 마."

설마 형의 눈에 그렇게 보였단 말인가? 여자를 보는 남자의 눈빛으로? 자신이?

"형! 그런 거 아냐. 너무 갔어."

"아니면 다행이고."

산은 어이없다는 듯 웃으며 고개를 설레설레 내저었지만, 속마음은 실타래처럼 얽혀 들었다.

산은 아침 일찍 보고하러 온 초롱을 보며 묻고 싶은 말은 많았지만 속으로 삼키고 있었다.

"이상입니다."

"수고했어요. 어제 첫 월급 잘 받았어요?"

"네. 감사합니다."

"내가 감사해야죠. 도망가지 않고 무사히 첫 월급을 받았으니 앞으로도 잘 부탁할게요."

"네. 저도 잘 부탁드리겠습니다."

남의 속도 모르고 꾸뻑 인사만 잘 했다.

"뭐 했어요? 첫 월급으로?"

"특별할 건 없었습니다. 그냥 친구 만나 밥 먹고, 술 한잔 하고."

"친구?"

"네. 가장 친한 친구가 있거든요."

'뭐야…… 왜 저렇게 쳐다봐?'

초롱은 자신을 뚫어져라 주시한 채 고개를 끄덕이는 그를 보며 눈을 어디에

144

뒤야 할지, 계속 이렇게 멀뚱멀뚱 서 있어야 할지 나가도 될지 어쩔 줄 몰라 난처함에 입술이 말라 왔다.

"즐거웠겠네요. 이만 가서 일 보세요."

"네. 그럼 나가 보겠습니다."

산은 말이 끝나기가 무섭게 단 0.1초의 망설임도 없이 휙 돌아서 나가는 그녀의 뒷모습에서 좀처럼 눈길을 거둘 수가 없었다.

매일 보는 뒷모습인데 왜 돌아서는 그 모습이 점점 더 보기 싫은 건지. 사무실을 오가며 왜 항상 그녀의 자리로 시선이 자연스레 향하게 되는 건지. 가끔 뜬금없이 머릿속을 찾아드는 그녀의 모습은? 웃는 얼굴을 보며 저도 모르게 따라 미소 짓게 되는 이유는?

생각하면 할수록 도달하게 되는 한 가지 결론에 어이가 없어 크게 한숨을 내뱉으며, 두 손을 들어 마른 얼굴을 쓸어내렸다.

'설마, 말도 안 돼. 안 돼! 왜 하필 이초롱이야?!'

그녀는 우리 회사 직원이다. 나는 사내 연애 따위는 결코 할 생각이 없다. 직원들의 눈을 피해 비밀로 해야 하는 건 차치하고라도, 바로 문을 열고 나가면 볼 수 있는 위치에 있으니 분명 업무의 집중도가 흐려지게 될 것이다.

내 모든 스케줄을 꿰고 있으니 불필요한 참견이 생기는 일도 있을 것이며, 헤어지기라도 하는 날엔…… 그 불편함이야 말할 필요조차 없을 것이다. 언뜻 봐도 그녀는 나에 대한 관심이 1프로도 없다. 더구나 막내 림보다 더 어리다. 맙소사. 그래, 막내보다도 어렸다. 꼬맹이보다 더 어리다니!

게다가, 결정적으로…… 그녀에게 누군가 있을지도 모른다.

산은 절대 되어서는 안 될 이유를 머릿속으로 정리하며 차 키를 집어 들었다. 달갑지 않은 감정들을 인정하기가 쉽지 않았던 산은 잠시 회사를 벗어나 머리를 식혀야 할 듯했다.

'아마 지금쯤이면 사무실에 앉아 있겠지?'

보나 마나 의도와는 다르게 그녀의 모습을 눈으로 찾게 될 것 같아 아예 비상계단으로 향하는데 누군가 있었다.

"그건 네가 하고 싶은 일이 아니잖아?!"

하필 그녀가 비상계단에 있을 줄이야. 통화 중인 그녀를 방해하지 않기 위해 다시 문을 열고 나가려는데,

"이초원! 누나 지금 일하고 있잖아. 이젠 너까지 그런 걱정 하지 않아도 돼. 정말이야!"

그 자리에 못 박힌 듯 우뚝 멈추어 버렸다.

'이⋯⋯초원? 이초원이라고? 초롱과 초원이라⋯⋯ 말도 안 돼!'

남매의 이름이 초롱과 초원인 경우의 수가 얼마나 될까? 이게 그렇게 흔하고 흔한 이름들이었던가? 아니, 하필 이초롱과 이초원이 남매인 경우는? 하다 못해 그녀가 우리 회사에 입사하게 될 경우는?

설마 그럴 리 없다고 부인해도 자신의 직감은 그때의 그녀라고 말하고 있었다. 어쩐지 목소리가 자꾸 귓가에 맴돌더라니.

'이초롱이 바로 그때 그 여자였어.'

언젠가 동생이 입원한 병원을 찾았다가 뜻지 않게 그녀의 말을 엿들었었다. 억눌린 감정을 표출하며 서럽게 울던, 동생을 걱정하던 그녀의 아픈 목소리가 한동안 지독히도 자신에게 따라붙어 누군지도 모르는 사람에 대한 궁금함으로 가득했었다.

설마 그녀가 우리 회사에 입사한 이초롱일 거라고는⋯⋯ 어떻게 이런 우연이 있을 수 있지?

"한 번만 더 생각해 봐, 초원아."

산은 조용히 문을 열고 왔던 길을 되돌아가야만 했다.

좀처럼 마음같이 흘러가지 않는 주변 상황에 잔뜩 무거워진 초롱의 어깨가

축 늘어져 버렸다.

"하……."

"그래서야 땅이 꺼지겠어?"

"으악!"

갑작스러운 인기척에 놀란 초롱이 가슴을 부여잡았다.

"뭐야! 깜짝 놀랐잖아!"

"정신 똑바로 차려! 누가 업어 가도 모르겠더라. 내가 어디서부터 따라왔는
지 알아?"

초원은 통근 버스를 이용하는 누나의 동선을 잘 알고 있었다. 분명 자신과의
통화로 마음이 편치 않을 거란 걸 너무 잘 알기에 누나의 기분을 풀어 주려 퇴
근 시간에 맞추어 기다리고 있었다. 아니나 다를까 기운 하나 없이 축 처진 어
깨, 터벅터벅 무겁기만 한 발걸음이 누나의 기분을 고스란히 드러내는 것 같아
안쓰럽고 미안하기만 했다.

초원은 누나가 고개를 들기만 해도 보일 정도로 가까이에서 발걸음을 맞추
어 함께 걷고 있었다. 위험스레 땅으로 고정된 시선은 제자리를 찾을 생각이
없고, 땅이 꺼지라 내쉬는 한숨 소리만 무겁게 차곡차곡 쌓이고 있었다. 보다
못한 초원이 인기척을 낸다는 게 그만 누나를 놀라게 해 버렸나 보다.

"나 따라왔어? 진작 부르지 않고."

"난 당연히 알아챌 줄 알았지! 요즘이 어떤 세상인데 그렇게 정신을 놓고 다
녀? 치한이라도 따라붙었으면 어쩔 뻔했어?!"

"하. 앞으로 조심할게. 그만 가자."

"누나, 잠깐 얘기 좀 해."

다시금 무거운 발걸음을 옮기는 누나의 팔을 잡아 돌려세웠다.

"초원아, 그거 네가 원하는 일 아니잖아. 했던 말 또 해야 해? 내가 할게. 내
가 한다고. 병원비든 생활비든 내가 알아서 할게. 충분히 감당할 수 있어! 그러
니까 넌 제발…… 공부만 해."

"누나. 그러다 너 죽어. 왜 모든 걸 누나 혼자 다 짊어지려고 해? 같이 해. 같이 하자고."

"이초원! 난 언제든 다시 공부하면 되지만, 넌 갈 길이 너무 멀어. 인턴에 레지던트 수련까지 하려면 부지런히 해도 십수 년이야. 너 지금 휴학하고 그 일 하면 네가 그렇게 바라던 의사! 어쩌면 영영 할 수 없을지도 몰라."

"그럼 누나 생활은? 누나 인생은? 허구한 날 가족 뒷바라지만 하다가 처녀로 늙어 죽어! 난 지금 어차피 휴학 중이고, 내 인생에서 그깟 1, 2년쯤 멈추어 간다고 해도 내 삶에 아무 영향도 미치지 않을 거야. 단지 남들보다 조금 늦을 뿐이라고. 난 자신 있어. 쉬었다 가도 내 자리 찾을 자신도 있고, 1, 2년? 아니 3, 4년이 늦어진다고 해도 반드시 의사가 될 자신 있다고. 누나, 나 못 믿어?"

답답한 마음에 초롱의 목소리가 한껏 올라갔다.

"초원아, 이제 보험사 간 분쟁도 끝나서 보험금도 곧 나올 거야. 그럼 병원비도 전처럼 부담스럽지 않아. 전보다는 훨씬 나아질 거라고."

"말 그대로 나아지는 거지, 완전히 해결되는 건 아니잖아. 누나 등골 빠지는 건 마찬가지야."

"너 그거 아무나 하는 거 아니야. 사기나 당하지 않으면 다행이지."

"충분히 알아봤어. 믿을 만한 회사고, 계약도 신중하게 할 거야."

"초원아, 너 내 동생 이초원 맞아? 너 이러지 않았잖아. 내 말이면 뭐든 잘 들어줬잖아!"

"이제 못 보겠어. 누나 말라 가는 것도, 힘든데 아닌 척하는 것도 이젠 내가 더는 못 보겠다고."

"초원아, 제발……."

결국 온종일 참고 참았던 초롱의 울음이 터져 버렸다. 옆에서 도와주고 지지해 줘도 버티기 힘든 과정을, 쉬어 가지 않고 꾸준히 해도 모자랄 텐데. 동생이 어떤 마음으로 이런 결정을 내렸는지 너무 잘 알기에 마음이 아파 쉬이 진정되질 않았다.

초원은 등 돌리며 흐느끼는 누나를 한쪽 팔로 감싸 안아 다독이며 속으로 함께 눈물을 흘려야 했다. 지금까지도 너무나 많은 희생을 해 온 누나였다. 병상에 누워 계신 아버지가 몇 번씩 중환자실을 오갈 때, 감당하기 힘든 채무가 누나의 여린 어깨를 얼마나 짓눌렀을지.

자신보다 몇 년 먼저 태어났다는 이유로 그 모든 상황을 오롯이 혼자서 감당해 온 누나가 새삼 커 보였다.

"지금까지 잘 버텨 줘서 고마워, 누나. 이제부터는 같이 하자. 진작 이렇게 해야 했는데 늦어서 미안해."

"초원아. 그러지 말고,"

"오래 하지 않을 거야. 약속할게. 그리고 꼭 의사가 될게. 나 알지? 마음먹으면 무슨 일이 있어도 해내는 거. 그러니까 누나는 무조건 나 믿어. 응?"

"초원아……."

동생의 흔들림 없는 눈동자를 바라보았다.

"하……."

어느새 다 커 버린 동생의 너무나 단호한 결정에 초롱은 더는 반박할 수가 없었다.

누나를 먼저 집으로 보내 놓고, 초원은 주머니에 넣어 둔 명함을 꺼내 들었다. 네 모서리가 닳아 후줄근해진 명함에서 초원의 깊은 고뇌가 엿보이는 듯했다.

초원이 서둘러 어딘가로 전화를 걸었다.

"저 이초원입니다. 한번 해 보겠습니다."

수많은 고민으로 번뇌했던 시간과는 어울리지 않는 단호함이었다.

며칠 전, 손목에 한 깁스를 풀러 간 병원에서 진료 순서를 기다리는데 자신에게 다가오는 한 사람이 있었다. 대뜸 명함을 내밀더니 함께 일해 보고 싶다는 말을 건성으로 듣던 초원이 단호하게 거절 의사를 전했다.

"명함 안 봐요?"

"봤습니다. 굿 엔터테인먼트라고."

"혹시 우리 회사를 알아요?"

"알아야 합니까? 죄송하지만 제 진료 순서가 되어서. 그럼."

초원은 자신을 부르는 소리에 진료실로 향했고, 로라는 눈앞에 무심하게 놓인 자신의 명함을 보며 아주 오랜만에 도전의 욕구가 고개를 치켜들었다.

국내 최고의 매니지먼트사로 아시아에서도 손꼽히는 자신의 회사에 들어오기 위해 혈안이 된 사람들은 많았지만, 이렇게 대놓고 무시를 당한 경험은 단한 번도 없었던 로라였다. 하는 행동으로 봐서는 괘씸해서 그냥 갈까 싶다가도 방금 본 그 훈훈한 외모와 남다른 피지컬은 그냥 무시할 만한 것이 아니었다. 아니, 반드시 잡아야 한다는 강한 본능이 꿈틀거렸다.

지금까지 굿 엔터가 최고의 자리를 유지할 수 있었던 건 자신의 무섭도록 날카로운 감과 눈썰미 때문이 아니었던가. 데뷔를 시킬 수만 있다면 단숨에 톱스타 대열에 올라 굿 엔터의 위상을 다시 한번 확인시켜 주고도 남을 만한 인물이었다.

결국 로라는 진료를 받고 나오는 초원의 뒤를 밟아 간신히 이름과 전화번호를 알아냈다. 며칠을 설득한 끝에 잠깐 만나도 보았으나 연예계 쪽으로는 관심조차 없다며 정중히 거절의 뜻을 밝히는 모습에 잔뜩 오기까지 생겨 버렸다.

초원은 나이답지 않게 너무나 신중했으며 얕은 감언이설에도 흔들리지 않는 뚝심이 있었다. 설득하러 온 자신에게 되레 연예계의 병폐와 갖은 고질적인 문제들을 조목조목 나열하며 포기를 종용하는 모습에 오히려 더 큰 매력을 느껴조금 더 초원을 살피기 시작했고, 오래지 않아 초원의 가장 큰 약점을 발견하게 되었다.

전화 너머로 들려오는 무거운 목소리가 얼마나 힘든 결정이었는지를 여실히 드러내고 있었기에 로라는 여느 때와는 달리 자신의 반가운 마음을 숨기지 않았다.

"잘 생각했어요. 진작 이렇게 나왔으면 좋았잖아요. 얼마나 기다렸는데!"

— 하신 말씀은 꼭 지켜 주십시오. 계약서에 제가 요구한 내용이 명시가 되지 않으면 그 계약서에 사인하는 일은 없을 겁니다.

"알았어요, 알았어. 내가 한 말은 꼭 지켜요. 그러니 날부터 잡죠? 언제 시간 괜찮아요?"

로라는 행여나 마음이 바뀔까 하루빨리 약속을 잡기 위해 재촉했다.

— 언제 가면 되겠습니까? 저는 내일이라도 상관없습니다.

흥분한 로라와 달리 초원은 그저 무뚝뚝하게 답할 뿐이었다.

로라는 약속 시각을 잡은 후 전화를 끊고서 의자에 편히 기대어 흐뭇한 미소를 감추지 못했다. 그에게 구두로 전했던 계약 조건을 떠올려 보았다.

기존 신인들 계약할 때와는 달리 이례적으로 을이 주가 되는, 상당히 파격적인 계약 조건이었으나 그 모든 것을 감수하고서라도 키워 보고 싶은 인물이었기에 벌써 기대감과 흥분으로 아드레날린이 치솟는 듯했다.

[초 롱 의 가 을]

아무 걱정 하지 않아도 된다던 아빠의 호언장담이 무색한 광경이 눈앞에 펼쳐지고 있었다.

아빠의 회사는 결국 부도를 맞았고, 집 안 곳곳에는 TV에서나 보던 빨간딱지가 여기저기 덕지덕지 붙어 있었다.

매일 광이 나게 닦으며 애지중지하던 엄마의 고가구에도, 해외에 다녀오실 때마다 하나둘 사 모은 온갖 진귀한 장식품을 전시해 둔 장식장에도.

아빠가 해외에서 어렵게 구해 직접 수입 절차를 거쳐 선물로 받았던 초롱의 보물 1호, 초롱이 그 무엇과도 바꿀 수 없다고 했던 음색 고운 그랜드피아노에도, 하다못해 아빠가 엄마를 위해 손수 만들어 주신 손때 묻은 흔들의자에까지.

빨간딱지는 그렇게 가족의 모든 추억에 냉정하게 내려앉아 행복했던 기억마저 무심히 앗아가 버렸고, 초롱은 지독한 상실감에 눈물 흘려야 했다.

"초롱아, 나중에 아빠 일 잘 해결되면 피아노 다시 사 줄게."

이미 붙어 있는 빨간딱지만 보게 된 초롱과는 달리, 눈앞에서 딱지를 붙이고 있는 모습까지 지켜봐야 했던 엄마였다.

초롱은 간신히 마음을 다잡았다. 말을 건네는 여린 엄마의 얼룩진 얼굴에 목구멍이 타들어 갈 것만 같았다.

"피아노 필요 없어, 엄마. 어차피 지겨웠어요. 나 이제 피아노 안 할래. 그러니까 울지 마. 엄마."

이젠 모든 것이 사치였다. 피아니스트를 꿈꿔 온 초롱에게 피아노도, 레슨도…… 꿈이 사라지는 건 한순간이었다. 이제는 놓아야 할 때였다. 그렇게 또다시 정을 붙이고 살던 집과 이별을 해야 했고, 마음에서 물건에 대한 애착과 욕심을 지워 버렸다.

처음으로 동생과 같은 방을 쓰며 그동안 얼마나 많은 걸 누리고 살아왔는지 절실히 깨달았다.

온종일 울다 지친 동생이 잠들고 난 후 초롱도 뜨겁게 부은 눈을 간신히 감았다. 아무리 잠을 자려고 해도 복잡하게 파고드는 생각에 쉽사리 잠이 오지 않던 그날 밤. 고요한 적막을 깨우는 소리에 초롱의 감각이 예민하게 되살아났다.

"애들은 자요."

"그래. 오늘 고생 많았지? 미안하다, 수영아……."

"당신은…… 당신은 괜찮은 거예요? 밥은 먹었어요?"

"먹었지. 난 애들 자는 것 좀 보고 갈게. 당신은 그만 들어가 쉬어."

"힘들었을 텐데, 당신도 얼른 가서 좀 쉬지 않고요."

"조금만 있다가 갈게."

"그래요, 그럼……."

엄마와 아빠의 대화를 잠잠히 들으며 눈가를 타고 흐르는 눈물을 막을 수가 없었다. 문이 열리는 소리에 얼른 눈물을 닦고서 자는 척을 하는데, 마음처럼 침전한 분위기에 아빠의 한숨이 무겁게 내려앉았다.

"후……."

또다시 적막이 초롱의 숨을 조여 오고 있을 때, 짝. 짝. 뜬금없이 들려오는 아빠의 손뼉 치는 소리가 의아하기만 한데,

왜에에엥. 에에엥. 짝. 때에 어울리지 않는 모깃소리와 함께 아빠의 손뼉 소리가 뒤를 이었다. 그깟 모기한테 좀 물리면 어때서…….

아무리 꾹 참아도 눈물은 힘없는 눈을 비집고 다시 나와 얼굴을 타고 흘렀고, 더 자는 척하기도 힘이 들었다. 천천히 눈을 떠 보는데 커튼으로도 가리지 못한 달빛이 아빠의 지친 얼굴을 고스란히 비춰 주었다.

마주친 두 눈가에 맺힌 물기 어린 모습에 초롱의 마음에 멍이 들어 버렸다. 말없이 흘러내린 자신의 눈물을 닦아 주는 아빠를 보며 초롱이 말했다.

"아빠…… 이제 그만하면 안 돼요? 아빠 좋은 사람인 거 아는데, 그래도 이제 사람들 그만 도와주면 안 돼?"

"미안하다…… 미안하다, 초롱아. 아빠가 미안해."

끝내 답이 없었지만 끝인 줄 알았다. 이젠 정말…… 끝이라고 생각했다.

산은 은은한 재즈 선율이 흘러나오는 bar에 앉아 조용히 술잔을 기울이며 혼자만의 생각에 깊이 빠져들었다.

"뭐가 이렇게 심각해?"

"왔어?"

"무슨 일 있어? 너 술 독한 거 싫어하잖아. 그런데 웬 테킬라?"

"그냥 바텐더 추천으로 마시는 거야. 넌 바쁜 사람을 왜 자꾸 불러?"

"쳇, 바쁘긴 너만 바빠? 매번 바쁜 척은. 네가 못 오게 하니까 밖으로 부를 수밖에."

"그러니까 왜 자꾸 오려고 하냐고?"

"네 회사 구경도 하고 싶고, 부탁할 것도 있고."

로라는 오랜만에 만나는 산이 마냥 반가웠지만, 어딘지 모르게 어두운 분위기를 풍기는 그를 보며 말을 아꼈다.

"무슨 일인지 물어봐야 말해 주지 않을 거지? 이를 어째? 난 오늘 기분 너무 좋은데, 내 친구가 이렇게 기운이 없으니."

"술이 올라서 힘이 조금 빠지는 것뿐이야. 넌 뭐가 그렇게 좋은데?"

"아, 오늘 신인하고 계약했거든. 그런데 걔가 정말 대박이야. 얼굴이면 얼굴, 체격이면 체격 뭐 하나 빠지는 게 없더라니까!"

"항상 뭐가 하나 아쉽다고 하지 않았어? 외모가 아무리 좋아도 지식이나 생각이 부족하다며?"

"지금까지는 그랬지. 잘생겨서 좋다 싶으면 머리가 텅 비어 있고, 머리까지 똑똑해 완벽하다 싶으면 예의가 없고 말이야. 그런데 얘는 기존에 보던 애들이랑은 캐릭터가 완전히 달라. 외모도 완벽한데 가진 지식도 많고, 생각도 깊어. 나이답지 않게 진중하고 신중해. 분위기도 있고 목소리도 좋더라니까? 따로 트레이닝할 필요도 없이 바로 데뷔가 가능하겠더라고."

"그런 사람이 실제로 존재한다고?"

'너도 있잖아! 너도 완벽하다고, 이 바보 천치야.'

로라는 대수롭지 않게 말하는 산을 보며 보이지 않게 입술을 삐죽거렸다.

"그래, 존재하더라. 말 그대로 엄친아야. 우리 회사랑 계약하면서도 어린 친구가 혼자 와서는 하나 들뜨지도 않고, 오히려 계약서 내용까지 꼼꼼하게 확인하면서 중요한 내용은 꼭 짚고 넘어가더라? 어디 그뿐인 줄 알아? 자신이 보기에 부족하다 싶었는지 항목을 추가하기까지 하더라니까? 이렇게 신중하고 차분하게 도장 찍은 신인은 그 친구가 처음이야. 계약 조건도 기존이랑은 좀 다르고. 그거 알아? 내가 사정사정하고 거의 빌다시피 해서 잡은 친구라는 거?"

"궁금하네. 도대체 어떤 사람인지."

"기대해도 좋아."

"잠깐, 듣다 보니 왠지 내 동생 욕인 것 같기도 한데? 우리 운이 뭐가 부족해?"

엉뚱하게 뻗어 간 대화의 가지에 로라가 피식 웃으며 고개를 내저었다.

"나 참. 누가 형 아니랄까 봐 어이가 없어서. 걔는 신인이 아니잖아! 우리 대배우님 모셔 오려고 내가 얼마나 고생했는데, 비교할 사람을 비교해야지. 우리 배우님은 비교 대상에서 빼 줘."

"대배우는 무슨. 그나저나 일 좀 적당히 시켜. 얼마나 바쁜지 그새 또 살이 빠졌던데."

"네네. 알아서 잘 모시겠습니다. 그래도 이렇게 바쁠 때가 행복한 거야. 이 살벌한 바닥에서 그렇게 정신없이 불러 줄 때가 좋은 거라고! 네가 하는 소리는 다 배부른 소리야."

"배부른 소리라……. 나는 내 동생이 몸까지 상해 가며, 삶의 여유라고는 1프로도 없이 바쁘게 지내는 걸 바라지 않아. 최소한 계절이 지나는 풍경, 주위를 둘러볼 여유 정도는 누리고 살기를 바라. 부탁하자. 내 동생 한 번 더 쓰러지게 만들면 그냥 두고 볼 수만은 없을 것 같으니까."

"알았어. 신경 쓸게."

'넌 참 변한 게 없어. 짜증 나게. 이러니까 내가 널 싫어할 수도 없잖아.'

로라는 동생을 걱정하는 자상한 산의 마음이 조금이라도 자신에게 닿기를 바라며 산에게 향하는 눈길을 간신히 돌렸다.

"그건 그렇고 이산, 나 부탁 하나만 하자! 네 캠핑카 협찬 좀 해 줘."

"갑자기 캠핑카는 왜?"

"화보부터 찍을 거야, 아까 말한 그 친구. 청춘을 테마로 화보를 찍기로 했는데 네가 딱 생각나더라니까? 너 어릴 때 캠핑 간다고 가방 하나 메고 훌쩍 떠나는 모습이 제법 인상 깊었거든."

"캠핑이라……. 좀 더 세부적으로 말하자면, 내가 가방 하나 메고 한 건 백패킹이었어."

"그거나 그거나 같은 거 아냐? 어쨌든 바깥에서 사서 고생하는 건 똑같잖아?"

산은 로라의 말을 들으며 피식 웃고 말았다.

"그럼 협찬사를 잘못 선택했어. 네가 말하는 화보를 찍으려면 아웃도어 브랜드를 찾아가야지. 내가 소개해 줘?"

"에이, 날 뭐로 보는 거야? 아웃도어 브랜드야 벌써 내 손안에 있지! 난 지금 카라반이나 캠핑카가 필요해. 싱그러운 젊음이 캠핑카 앞에서 바비큐 파티를 하는 모습이 필요하다고."

로라는 미간에 주름 지으며 술잔을 바라보는 산의 모습을 흘깃 바라보았다.

"몇 살이야? 네 화보 주인공."

"이십 대 초반."

"이십 대 초반이라…… 만물이 푸른 봄철이네?"

"무슨 소리야? 뜬금없이. 꼭 아저씨 같아."

"파릇파릇한 청춘이라고. 그 나이대 주인공의 화보라면 텐트가 더 적합하지 않겠어? 젊어 고생은 사서도 하는 거야. 추운 겨울 날씨에도 아랑곳하지 않고 텐트 앞에서 모닥불 피워 바비큐를 하는 모습이 훨씬 더 역동적이고 생동감이 넘쳐. 다소 무모해 보일지라도 그럴 시기잖아. 그 나이가."

청춘은 그럴 시기였다. 철없이 무모하기도 하고, 넘치는 자신감을 주체할 수 없었다. 무엇이든 경험해 보고 싶고 무엇이든 될 수 있을 것 같고, 청춘이라는 젊음이라는 무기로 뭐든 해도 용서가 될 것 같았던 그때.

천둥벌거숭이와 같았던 청춘 그 빛나는 시기를…… 이초롱, 너는 어떻게 지나가고 있는 걸까?

친구와 대화를 나누는 중에도 그녀의 생각이 산의 머릿속을 떠나가지 않았다.

'어떻게 그 아픈 목소리가 이렇게 생생하게 되살아날 수 있는 거지?'

"야! 캠핑카를 제작하는 네가 할 소리는 아니지 않아? 너 하는 걸 보면 욕심이 없는 것도 아닌데, 이건 너한테도 아주 좋은 기회라고. 우리 회사를 얕보는 거야? 신인이기는 해도 파급력 장난 아닐 텐데."

"나도 그때는 그랬으니까. 동상 걸릴 듯한 한겨울에도 고생고생 해 가며 산에 올라가 땀 뻘뻘 흘리며 텐트 치고, 어설프게 불 피워 온 얼굴에 숯검댕이 묻혀 가며 바비큐에 음식을 해 먹었던, 그때 끓여 먹었던 라면 맛이 최고였는데……. 이게 더 젊음과 가깝지 않아? 풍요로움보다는 다소 아쉬운?"

"너무 구태의연한 사고방식 아냐? 요즘은 글램핑 하는 곳도 많고, 네 영향으로 카라반이 정박되어 있는 캠핑장도 많아. 젊어서 고생은 사서도 한다는 말은 다 옛말이라고. 정말 캠핑을 즐기는 사람이라면 모를까, 요즘 세상에 누가 젊음 하나 믿고 그렇게 무모하게 생고생을 해? 됐고, 우리 화보 컨셉은 내가 알아서 정할 테니까 빌려줄 거야 말 거야? 괜히 빌려주기 싫어서 딴청 부리는 거 아니야, 이산?"

로라의 말에 산이 피식 웃으며 고개를 끄덕였다.

"알았다. 촬영 전에 한번 들러 봐. 네가 원하는 스타일이 있을지 모르겠다만."

"우와. 이젠 가도 돼? 진짜? 되게 비싸게 구네. 기대해. 대여비는 두둑하게 챙겨 줄게."

"됐어. 네 말대로 덕분에 홍보도 되겠다, 그 정도야 그냥 빌려줄 수 있어."

"우와~ 이산이 나한테 이렇게 너그러울 때도 있어? 아무튼 고마워. 일정 잡히는 대로 갈게."

술잔을 돌리며 단숨에 입으로 털어 넣는 산을 바라보는 로라의 눈매에 부드러운 웃음이 담겨 있었다.

언젠가 술김에 친구가 아닌 이성으로 좋아하는 마음을 내비친 탓에 한동안 의절하다시피 했던 두 사람이었다. 가능하지 않은 일에 여지를 주지 않는 단호한 산의 모습을 이미 몇 번이나 봤으면서 그때는 실수 아닌 실수를 하고 말았다.

'친구가 아닌 여자로 너를 생각해 본 적은 단 한 번도 없어. 앞으로도 그럴 일은 없을 거다. 네 마음을 접을 수 있다면 모를까, 그게 안 된다면 앞으로 너와 둘이 만나기는 곤란할 것 같다. 미안하다.'

차디찼던 산의 말이 아직도 아프게 가슴 한편에 박혀 있었다. 겉으로는 그냥 지나가는 바람이었던 것처럼, 잠시 착각을 일으켰던 것처럼 넘겨 버렸지만 사람 마음이 어디 그렇게 쉽고 단순할까?

접을 수 없는 마음을 고이 숨겨 두고 친구로 자리를 지키고 있는 로라의 마음에 미처 잠들지 못한 미풍이 다시 일고 있었다.

초롱은 대표님 집무실 앞에서 마지막으로 한 번 더 보고할 내용을 점검하고 있었다. 항상 반갑게 인사를 하며 그날의 기분이나 날씨, 또는 회사 생활에 불편한 점은 없는지 물어보고 관심을 보이던 대표님이 요즘 들어 인사만 할 뿐 별다른 말을 건네지 않아, 혹시 일을 제대로 못 하고 있는 건 아닌지 괜스레 불안함이 스며들었다.

노크를 하자 안에서 대답이 들려왔다. 초롱은 다시 표정 관리를 하며 집무실 문을 열고 들어섰다.

"안녕하십니까, 대표님."

"어서 와요."

역시나 평범한 인사 외에는 아무런 말이 없었다. 초롱은 충분히 연습한 대로 실수 없이 보고하며 이따금 고개를 끄덕이는 대표님의 표정에 안도했다.

"그리고 신차 '아토' 제작이 끝났다고 합니다."

"그래요? 지난주까지도 별말 없었는데?"

"네. 예상보다 이 주 정도가 앞당겨졌습니다."

흡족한 소식에 산이 고개를 끄덕이며 물었다.

"잘됐네요. 지금 가면 바로 볼 수 있습니까?"

"네. 대표님."

"고마워요. 이 대리도 알고 있죠?"

"네, 대표님."

"그럼 다음 주 중으로 날 잡으라고 해요. 그렇게 말하면 알아서 할 거예요."

"네, 알겠습니다."

초롱은 집무실을 나서며 날을 잡아 보라는 게 무슨 의미인지 너무 궁금했다. 자리로 돌아가자마자 경선을 찾아가 물었다.

"안 그래도 초롱 씨 나오면 말하려고 했는데, 우리 새로운 캠핑카나 카라반 제작 끝날 때마다 시운전해 보고 검수 과정을 거치잖아. 안전상에는 문제가 없는지, 활동하는 데 불편함은 없을지. 우리가 직접 끌고 가서 실제로 캠핑하면서 확인해 보거든. 내가 명단을 줄 테니까 부서별 참석자 통보하고, 우리 부서에서는 이번에 초롱 씨가 가야 할 것 같은데? 다음 주에 혹시 무슨 특별한 일 있어?"

"저요?"

"응. 일이 있으면 다음 순서와 바꿔도 되는데, 가능하면 다녀오는 게 좋을 거야. 특별히 하는 일도 없고, 그저 실제로 생활하면서 불편한 점이 있나 없나 개선할 부분을 확인해서 보고서 작성만 하면 되거든. 그냥 하루 쉬러 간다고 생각하면 돼. 얼마나 좋아? 근무 시간에 쉬면서 산이나 바다로 가서 바람도 쐬고 말이야. 일반 직장으로 치면 출장인 셈이지."

"그럼 1박 2일인가요?"

"업그레이드 종류에 따라 어쩔 땐 테스트가 더 길어지기도 하는데, 이번엔 1박 2일이면 충분할 거야. 최소한 하루는 지내봐야 문제점이 드러나지, 소음이라든지 난방 문제라든지 말이야."

"아토는 가구 배치만 바뀌는 것 아닌가요? 신차를 먼저 사용해 버리면 중고가 되는 건데……."

"맞아. 우리가 생활해 보고 이상이 없으면 전시하고, 주문 제작과 동시에 이미 사용한 차량은 할인해서 중고로 판매하기도 해. 회사 사람이나 그 지인이 주문할 경우에는 할인도 많이 되고. 실제로 전시 차량 경쟁률이 치열해."

"그럼 회사 입장에서는 손해잖아요. 우리 회사가 카라반 제작을 한 것도 제법 오래됐는데 굳이…… 가구 배치 외에 변동 사항이 크게 없어도 매번 이렇게 하시는 거예요? 새로운 모델이 나올 때마다?"

"그게 우리 대표님이야. 디자인이나 난방 시스템, 내부 가구든 뭐든 교체나 업그레이드 종류에 상관없이 제작되는 차량은 무조건 직접 시운전에 검수까지 하셔야 본격적으로 제작에 들어가고 출고 지시가 떨어져. 우리 현장에서도 제작이 끝나면 전기, 수전부터 시작해 하나부터 열까지 가동해서 오랜 기간 확인하는데도 불구하고 말이야. 멈춘 상태에서 확인 가능한 것들이 있고, 직접 장시간 운행을 해 봐야 나타나는 문제점도 분명 있으니까, 어느 하나에도 소홀함이 없으시지. 사소한 하나하나가 안전과 직결되니 말이야."

계속되는 경선의 설명을 들으며 초롱은 놀라지 않을 수가 없었다. 디자인 준비 단계부터 시작해 테스트를 거쳐 본격적인 제조에 들어가기까지 모든 공정에 소홀함이라고는 찾아볼 수도 없을뿐더러, 그 모든 과정을 대표님이 깊숙이 관여하며 직접 참여하고 있었다.

"정말 대단하시네요."

"그럼. 직원들이 대표님을 존경하고 따르는 이유가 뭐라고 생각해? 일할 때만큼은 철두철미하게, 공과 사는 분명하게, 직원들이 좋아하지 않을 수가 없는 분이야. 그나저나 우리가 또 바빠지게 생겼네?"

"그러네요. 이번에도 장 보고 준비해야 하는 거죠?"

"당연하지. 이번에는 간단하겠지? 많아 봐야 여덟에서 열 명 정도밖에 되지 않으니 말이야."

큰 행사를 진행해 본 탓인지 이번만큼은 초롱도 그렇게 긴장되지는 않았다. 아마도 또 자신이 장을 봐야 할 것 같았지만, 처음만큼은 걱정이 되지 않았다.

오늘은 신차 테스트차 캠핑을 가는 날이다.

지난밤 쉬지 않고 내리는 함박눈을 멍하게 바라보며 며칠을 고생해 준비한 보람도 없이 일정이 변경되는 건 아닌지, 떠올렸던 우려와는 달리 아침이 되자 거짓말처럼 함박눈이 그치고 화창하게 날이 개었다.

출근길에 보니 도로 위의 눈도 다 녹아 있어 다행이다 싶었다. 회사에 도착하자마자 함께 가기로 한 직원들과 출발 준비를 마치고, 동료들의 부러움 섞인 인사를 받으며 캠핑 장소로 출발했다.

그렇게 도착한 목적지는 언젠가 초롱도 가족과 함께 와 본 적이 있는 곳이었다. 온통 산과 숲으로 둘러싸인 휴양림은 아직도 지난밤의 눈송이를 고스란히 간직하고 있었다. 덕분에 초롱은 눈앞에 펼쳐진 장대한 광경을 바라보며 온몸으로 자연과 교감하고 있었다.

"하아……."

뜨거운 입김이 차가운 공기와 만나 포슬포슬 흩어지기를 수차례. 때 이른 한파에 세상 모든 것을 얼려 버릴 듯한 영하의 차가운 날씨와는 대조적으로 초롱의 입가에 봄날같이 따스한 미소가 스며 나왔다.

늘 마음이 바빠 제대로 보지 못했던 시리도록 푸르른 하늘과 온통 흰 눈꽃으로 뒤덮여 고요한 정적마저 감도는 자연에 흩뿌려진 눈부신 설경이 한눈에 들어왔다.

끝이 보이지 않는, 높게 자라 눈꽃으로 숲을 이룬 장대한 나무. 그 사잇길의 고요함이 초롱의 발길을 절로 이끌고 있었다. 발자국 하나 없는 순백의 깨끗한 오솔길을 홀로 저벅저벅 걸으며 왜 불현듯 눈시울이 뜨거워지는지.

이제는 기억조차 희미해진 어린 시절 아빠의 손을 잡고 거닐었던, 많이 변한 자신과는 달리 변함없이 그 자리에 같은 모습으로 머물러 있는 그곳을 바라보며 잊었다고 생각했던 추억에 잠겨 버렸다.

'우와, 아빠. 발자국이 하나도 없어. 폭신폭신한 이불 같아.'

'하하하, 그럼 우리 초롱이 한번 누워 볼래? 혹시 알아, 이불처럼 포근할지?'

'에이, 말도 안 돼. 눈이 어떻게 포근할 수가 있어? 하지만 해 보고 싶어.'

'해 보면 되지. 이럴 땐 망설이지 않고 해 보는 거야.'

'옷 버리면 엄마한테 혼난단 말이야.'

'괜찮아. 아빠가 있잖아. 아빠가 대신 혼날게. 어때? 해 볼래?'

'응!'

초롱이 언제 머뭇거렸나 싶게 눈밭에 냉큼 드러눕더니 흥분을 감추지 못한 목소리로 말했다.

'아빠, 아빠. 진짜 포근해. 진짜 포근하다고! 차가운 눈인데 폭신하고 포근해!'

'우리 초롱이 커서도 이런 사람이 되면 좋겠다. 차가운 겉모습만 보고 판단하지 말고, 걱정된다 피하지도 말고, 직접 뛰어들고 뒹굴고 씩씩하게. 오케이?'

'응. 오케이!'

그리움이 눈사태처럼 밀려와 한꺼번에 초롱을 덮쳤다.

사람들의 발길이 쉽게 닿지 않는, 땅 위의 허물을 다 덮어 버린, 눈이 시리도록 깨끗한 하얀 설경을 바라보며 산은 답답했던 가슴을 활짝 열어 보았다.

잠시 혼자만의 시간을 가지기 위해 늘 가던 곳으로 발길을 돌렸다. 사시사철 모습을 달리하는 다시 찾아온 12월의 겨울 숲은 언제나처럼 광활했고, 언제나처럼 변함이 없는 모습으로 산을 맞이하고 있었다.

아무도 걷지 않은 새하얀 눈밭에 금세 사라지고 없을 발자국을 하나둘 남기며, 숲이 주는 고요와 절묘하게 어우러진 자연의 소리에 마음이 안식을 찾아가는데, 뜻밖에도 먼저 지나간 누군가의 흔적을 발견하고서 주위를 둘러보았다.

저 멀리 떨어진 곳에서 자신과 같은 모습으로 잠잠히 자박자박 흔적을 남기는, 그 모습을 물끄러미 바라보던 산은 조용히 왔던 걸음을 되돌렸다. 눈부신 자연이 주는 선물을 온전히 혼자 누릴 수 있는 사치를 그녀도 느끼게 해 주고 싶었다.

얼마나 시간이 지났을까? 가만히 있어도 살을 에는 듯한 계속되는 추위에 좀처럼 모습을 보이지 않는 그녀가 걱정되기 시작해 아까 갔던 곳으로 가 보았다. 오솔길 저쪽에서 자박자박 걸어 나오는 그녀를 발견하고서 그제야 마음이 놓였다.

고개를 숙인 채 양팔로 여린 제 몸을 꼭 감싸 안고서 차가운 맞바람을 온몸으로 고스란히 맞으면서도 종종거리지 않고 느긋하게 다가오는 그녀를 보며 되레 답답함에 성큼성큼 다가갔다.

적막한 숲속. 초롱은 나무 사이를 헤집고 다니는 매서운 바람 소리와 이름 모를 새들의 아름다운 화음에 귀를 기울이며 자신이 남기는 발자국을 물끄러미 바라보다, 어디선가 조금씩 가까워져 오는 이질적인 소리에 천천히 고개를 들었다.

왠지 화가 난 듯한 표정으로 단번에 거리를 좁히며 다가오는 대표님을 보고서야 아차 싶었다. 잠시 잠깐, 이곳에 왜 왔는지 현실을 망각한 듯했다.

"이래서 어디 얼어 죽겠어요?"

"……네?"

"이렇게 오래 산책할 예정이었으면 옷이라도 좀 잘 챙겨 입지 그랬어요? 감기 걸리기 딱 좋겠네."

칼바람에 여린 피부는 붉게 얼어 버렸고, 핑크빛이 감돌던 윤기 나던 입술도 시퍼렇게 변해 있었다. 이렇게 오랫동안 추위에 머물러 있으라고 자리를 피해 준 게 아니었는데, 괜한 안쓰러움에 마음이 좋지 않아 산의 얼굴에 인상이 써졌다.

"죄송합니다. 일하러 와서…… 시간 가는 줄도 모르고."

그런 대표님의 모습에 당황해 초롱이 애꿎은 입술을 깨물었다. 일하러 왔지 놀러 온 게 아니었는데 그만 생각에 잠겨 망각했었나 보다.

가뜩이나 늦어 서둘러 카라반으로 돌아가야 하는데, 대표님은 왜 저렇게 미동도 없이 멈춰 있는지. 이 어색한 분위기는 어떻게 헤쳐 나가야 하나. 무어라 말을 꺼내야 하나. 자신의 얼굴을 뚫어져라 바라보는 대표님의 낯선 모습에 몸둘 바를 몰라 초롱은 그만 눈길을 떨구어 버렸고, 산은 그 모습을 하나도 빠짐없이 눈에 담고 있었다.

앞으로 공손히 모아진 맞잡은 두 손이, 아래로 떨군 채 갈피를 잡지 못한 방황하고 있는 눈동자가 당황한 그녀의 마음을 여실히 드러내 주고 있었다.

그저 손만 뻗으면 닿을 위치에 있는 그녀를 보며 차갑게 얼어 버린 볼을 따듯하게 어루만질까, 시퍼렇게 변해 버린 입술에 닿아 버릴까, 바들바들 떨고 있는 여린 몸을 품 안에 꼭 가둬 버릴까, 휘몰아치는 내적 갈등을 과연 그녀는 알기나 할까.

잘못한 것도 없이 고개 숙인 그녀에게 자신의 행동을 어떻게 설명할 수 있을까. 제멋대로 크기를 키워 가는 자신의 마음을 언제까지 가둬 둘 수 있을지. 산은 간신히 흩어지는 마음을 다잡고 나지막하게 한숨을 내쉬며 외투를 벗어 들었다.

갑작스레 너무나 따뜻한 온기가 초롱의 온몸을 감싸 안았다. 자신의 등 뒤로 툭 걸쳐진 대표님의 외투를 보며 놀란 눈을 동그랗게 뜨고 고개를 들었다.

"오늘 할 일도 많은데 아프지 맙시다. 준비 잘했는데 마무리까지 잘 부탁해요. 그만 갈까요? 다들 기다리고 있을 겁니다."

"전 괜찮습니다."

초롱이 자신의 몸을 감싼 그의 외투를 다시 벗으려는데 의미를 알 수 없는 말이 들려왔다.

"지금 그거 벗으면, 그다음은 나도 장담 못 합니다."

초롱의 눈동자가 함지박만 하게 커져 버리며 동작이 멈춰 버렸다.

"그냥 입고 있어요. 난 열이 많아서 감기 잘 안 걸려요. 그렇게 걱정되면 얼른 가서 벗어 주면 되겠네요. 빨리 안 가면 농땡이 치고 있었던 거 다 말할 겁니다."

산은 초롱에게 벗어 준 외투의 옷깃을 잡아 꼭 여며 주고서 뒤돌아 가 버렸고, 초롱은 여전히 얼어 버린 듯 그곳에 그대로 멈춰 있었다.

그는 거침없이 걸음을 옮기며 멀어지는데…… 그의 은은한 향기가, 조금 전의 뜨거웠던 그의 눈빛이 여전히 곁에 남아 초롱의 마음을 온통 뒤흔들고 있었다.

초롱은 멀찌감치 가던 그가 걸음을 멈추어 뒤를 확인하는 모습을 보며, 그제야 놀라 뛰어가는데 행여 그의 외투가 벗겨질까 두 손으로 그의 온기를 꼭 움켜쥐고서 힘차게 달렸다.

5

　어스레한 땅거미가 촉촉이 내려앉은 시간, 카라반과 결합된 어닝 텐트 안에 직원들이 모여들었다. 먼저 자리를 잡고 앉아 있던 수완이 탄식과 함께 말을 꺼냈다.

　"아깝네. 이런 날씨에 소주 한잔 하면 딱 좋을 텐데."

　"고 이사님 엊그제도 대표님하고 한잔하지 않으셨어요?"

　"에이, 대표님하고만 먹으면 재미가 없지."

　수완이 산을 보며 능청스레 답했다.

　"누가 할 소릴?"

　산은 마찬가지로 수완을 노려보며 콧방귀를 뀌었다.

　두 사람의 친분이야 이미 잘 아는 직원들이었지만 회사 내에서는 지킬 건 지키는 이사님이었다. 사석이 아닌 다음에야 좀처럼 볼 수 없는 두 분의 케미에 직원들의 웃음이 터져 버렸다.

　수완은 옹기종기 모여 있는 직원들을 둘러보다 초롱의 얼굴을 보며 눈길이 멈추었다. 오전에 한참을 보이지 않아 궁금하던 차에 눈에 익은 외투를 걸치고 나타나는 그녀를 보며 의아했다. 남들이 볼 때는 다 같은 회사 단체복이라 눈여겨보지 않을지 몰라도 수완의 예리한 눈까지는 피하지 못했다.

산의 큰 키와 긴 팔은 한국인의 표준화된 체형과는 조금 다른 탓에 늘 별도로 치수를 재어 맞춤으로 제작해야 했다. 디자인이나 재질은 같을지언정 선이나 디테일에서 미세한 차이가 있었다. 아까 초롱이 걸치고 있던 외투는 분명 산의 것이었고, 수완은 왜 그녀가 대표인 산의 외투를 걸치게 되었는지 궁금하지 않을 수가 없었다.

'분명 뭐가 있는데 말이야.'

"다들 알아서 잘하시겠지만, '아토' 테스트 잘 부탁드리겠습니다."

"에이, 대표님도 참. 하지 않아도 될 말씀을 하십니다. 놀러 온 것도 아닌데 당연히 '아토'가 우선이죠. 우리 직원들을 뭐로 보시고. 오늘은 일하러 온 만큼 술은 따끈한 뱅쇼로 대신하겠습니다. 대표님, 한잔하시죠."

산이 뱅쇼가 든 잔을 받아 들고서 향을 음미하는 사이 수완이 초롱에게도 잔을 건넸다.

"초롱 씨도 한잔해요. 이거 무알코올이에요."

"네, 이사님. 감사합니다."

두 손으로 잔을 감싸는 초롱을 보며 수완이 질문을 했다.

"초롱 씨는 술이 약한 거예요, 아니면 안 마시는 거예요? 환영회 때 보니까 술을 하지 않는 것 같아서요."

수완이 지켜본 바로 산은 분명 그녀에게 끌리고 있었으나, 사내 연애를 지양하는 그의 성격상 쉽사리 다가서지는 않을 듯싶었다. 그런 산을 대신해 수완은 겉으로는 큐피드를 자처하며 속으로는 자신의 호기심을 채우기로 마음먹었다.

"아, 제가 술을 즐기는 편이 아니라서 잘 마시지 않습니다. 그냥 상황에 따라 적당히."

"잘 마시지 않는다? 혹시 취해 본 적은 있어요?"

"아직은 취하도록 마셔 본 적은 없습니다, 이사님."

"오, 생각보다 술이 강한가 본데요?"

"아뇨. 그런 건 아닙니다. 한 잔만 마셔도 몸에 힘이 빠지는걸요. 더 하면 실수하게 될까 봐 정도 이상으론 잘 안 마시게 되는 것 같아요."

실제로 초롱은 취하도록 술을 마셔 본 적이 단 한 번도 없었다. 아무리 힘들고 괴로워도 술에 의지할 생각은 없었기에 적당히 이겨 낼 수 있을 만큼만, 언제 어느 자리에서든 스스로 제 몸 하나는 가눌 수 있을 정도로만 마셨다.

긴장이 되는 자리에서는 평소보다 조금 더 마시게 된다고 해도 마음을 놓지 않았기에 취하는 법이 없었고, 친구들과 편하게 마시는 자리에서는 마음이 놓여 그런지 한 잔만 마셔도 기분 좋게 취기가 올랐다.

"에이, 보기보다 싱겁네. 살다 보면 취해서 쓰러질 때도 있고, 필름도 한번 끊겨 보기도 하고 해야 사람다운 거지. 안 그렇습니까, 대표님?"

수완이 자연스레 산을 대화에 끌어들였다.

"그래서 사람답게 살려고 정기적으로 필름이 끊겨 내 집에 찾아와 주사를 부립니까? 고 이사님은?"

산은 그런 수완의 마음도 몰라주고 툴툴거리며 그에게 불만을 토로했다.

"우와, 이러시깁니까? 외로운 총각이, 그 큰 집에서 얼마나 쓸쓸할까 싶어 부러 찾아가 동무도 해 주고 한 것을. 제 마음도 몰라주시고 섭섭합니다."

"흠! 그렇게 불쑥불쑥 찾아오시니 제가 연애를 못 하는 거 아닙니까."

"오호라, 그럼 제가 찾아가지 않으면 지금 당장이라도 집에 들일 누군가가 있다는 말씀입니까? 그렇다고 말씀만 하시면 앞으로 절대 밤에 불쑥불쑥 찾아가지 않겠습니다. 어떻습니까? 지금 만나는 사람이 있습니까?"

"하…… 고 이사님, 요즘 일이 좀 많이 한가하신가 봅니다. 저의 연애사까지 관여할 시간이 있는 걸 보니."

"에이. 또 그렇게 받아치시면 제가, 흠흠…… 그건 그렇고 초롱 씨는 요즘 회사 생활 할 만해요?"

산의 말에 수완이 능청스레 화두를 초롱에게 냅다 넘겼다.

직원들은 마치 톰과 제리같이 대화를 이어 가는 대표님과 이사님을 보며 입가에 웃음이 걷히지를 않았고, 얼떨결에 고래 싸움에서 새우가 되어 버린 초롱에게로 시선이 몰려왔다.

"네. 즐겁게 생활하고 있습니다, 이사님."

"오늘 내가 질문이 많죠? 다른 직원들은 내가 다 잘 아는데 아직 초롱 씨에 대해서는 모르는 게 많아서 궁금해 그런 거니 부담스럽게 생각하지는 말아요."

산이 어이없다는 듯 픽 웃으며 대화에 끼어들었다.

"부담을 팍팍 주면서 부담 갖지 말라니, 그건 무슨 화법입니까?"

"어? 내가 부담스러워요, 초롱 씨?"

"아닙니다, 이사님. 저는 괜찮습니다."

"초롱 씨가 괜찮다는데요, 대표님? 초롱 씨는 외동딸이죠? 왠지 귀하게 자란 외동딸 같은 느낌이 있어요. 초롱 씨한테."

"아, 저 남동생이 있습니다."

동생이 화두에 오르자 초롱의 표정이 한결 밝아졌다.

"그래요? 동생도 잘생겼겠다. 초롱 씨 닮았으면."

"저보다 낫습니다. 여러모로."

"오~ 초롱 씨는 동생하고 많이 안 싸우고 컸구나? 그렇죠?"

"어떻게…… 아세요?"

초롱이 의아해하자 수완이 피식 웃으며 말했다.

"동생 얘기 하면서 눈에 쌍심지 켜지도 않고, 좋아하는 게 눈이 훤히 보이니까요. 우리 집 강아지들은 눈만 뜨면 싸우는데! 비결이 뭐예요?"

"아, 하하. 글쎄요. 동생이 착해서 그런가?"

"에이, 초롱 씨 싱겁네. 그럼 혹시 오전에는 어디 갔."

그때까지 잠자코 듣고 있던 산이 수완의 말을 가로챘다.

"그만하시죠, 고 이사님? 부하 직원의 괜찮다를 말 그대로 해석하면 곤란합니다."

평소답지 않은 엉뚱한 질문인 데다 이후의 질문 역시 평범할 것 같지가 않아 산이 수완을 조심스레 제지했다.

"아, 제가 너무 눈치가 없었네요. 넵. 알겠습니다."

넙죽 대답하며 수완이 들고 있던 잔을 들이켰다. 초롱은 질문이 다소 난처해지는 찰나 마무리를 지어 준 대표님이 고맙기만 했다.

사방이 고요하게 잠든 밤. 아직 하루를 마무리할 준비가 되지 않은 산과 수완이 마주하고 앉아 대화를 나누었다.

"오늘 형답지 않았어."

"뭐가?"

"이초롱 씨 말이야. 뭐가 그렇게 궁금해서 직원들도 있는데 개인사를 파고들어?"

"내가 좀 심했나? 그저 궁금했던 것뿐인데."

"뭐가? 형이 왜 궁금한데?"

"그러게. 왜 궁금할까. 넌 어때? 이초롱 씨 궁금하지 않아?"

"……글쎄."

궁금했다. 궁금해 죽을 지경이었다. 그녀는 지금 어떤 상황에 놓여 있는 것일까?

그녀가 수완의 물음에 곤란한 듯한 표정을 보이지 않았더라면 굳이 막았을까? 왠지 모르게 불편함이 느껴지는 모습을 그냥 두고 볼 수가 없었다.

"난 말이야. 궁금해. 생긴 건 꼭 온실 속 화초같이 자란 것 같은 사람이 그 나이답지 않게 언행이나 태도가 너무 점잖아. 어쩌다 다른 직원들하고 대화하는 걸 들었는데 말이야. '사람 사는 게 다 그렇죠. 뭐.'라든지 '내 것이 안 되려니 그런 거겠죠?'라든지 '행복은 채우는 게 아니라 비우는 것부터 시작되는 거 아닐까요?' 이게 그 나이 또래의 사람이 할 만한 말인가? 꼭 산전수전 다 겪고 해탈한 사람 같아 보였어. 궁금하지 않아? 꽃같이 젊은 나이에 어쩌다 그런 경지에 올랐는지 말이야."

"……."

수완은 대꾸도 없이 생각에 잠긴 듯 애꿎은 잔만 빙글빙글 돌리며 인상을 쓰고 있는 산을 보니 그의 마음이 흔들리고 있음을 직감할 수 있었다.

"조심스럽게 다가가는 게 좋을 것 같아."

"……."

"내 말 듣고 있어? 이산?"

"어?"

"내 말 듣고 있냐고. 조심스럽게 다가가란 말이야. 성급하게 다가섰다가는 놓치기에 십상이야."

"뭐……라고?"

"너 관심 있잖아. 초롱 씨. 단순히 직원에게 가지는 관심이 아닌, 여자로 보고 있는 거 아니야? 내가 잘못 짚었어?"

수완의 통찰력에 당황한 산이 엷은 한숨을 내쉬며 말했다.

"……형이 그걸 어떻게 알아? 나도 내 마음을 모르겠는데."

"그렇게 티 내면서 모르길 바라는 건 어불성설 아냐?"

"티가 났다고? 말도 안 돼!"

"그래. 정확히 언제부터인지는 몰라도 느껴지더라. 초롱 씨에게 보이는 네 관심."

"하……."

다른 사람까지 눈치챌 줄은 꿈에도 생각지 않았던 산이 깊은 한숨을 내쉬었다.

"걱정하지 마. 나니까 눈치챈 거야. 가장 가까이에서 너를 봐야 할 일이 많았으니까. 다른 직원들은 눈치채지 못했을 테니 괜한 데 신경 쓰지 말고 네 속이나 천천히 잘 들여다봐. 예쁜 사람이라 아차 하는 순간 누가 채 간다. 조심스럽게 다가가되 빠르면 빠를수록 좋아."

백 마디 말보다 더 확실한 한숨이 아닐 수 없었다. 왠지 사연이 있어 보이는 여자와, 자연에 흠뻑 빠져 여자라고는 쳐다보지도 않던 남자라. 수완은 앞으로의 전개가 자못 궁금해졌다.

"그만 정리하고 자자. 그나저나 우리 아토 이대로 출시해도 되겠는데? 지금까지는 완벽해."

"그래. 그러네. 형 먼저 자. 난 바람 좀 쐬고 올게."

"이 추운 날에 바람은 무슨. 젊다고 방심하지 마. 골병든다. 빨리 와라."

"그래. 기다리지는 말고."

어느 쪽으로든 결정을 내려야 했다. 마음이 가는 대로 내버려 둘지, 지금까지처럼 소신에 따라 깨끗하게 마음을 접어 버릴지.

얼음장같이 차가운 공기는 감정보다는 이성을 앞세우기에 적당했고, 산은 다시 한번 차분하게 마음을 들여다볼 기회를 가질 수 있었다.

그저 그녀에 대한 궁금증을 풀지 못한, 그래서 단순하게 알아보고 싶은 마음은 아닐까? 혹은 수완의 말처럼 그 또래에서는 찾아보기 힘든 그녀만의 분위기 때문에 연민을 관심으로 착각하는 것은 아닐까?

아무리 객관적으로 아니어야 하는 이유를 나열해 본들 불시에, 그것도 시도 때도 없이 떠오르는 그녀의 향기와 표정, 귓가에 맴도는 그녀의 목소리는 어떻게 설명할 수 있을까.

산은 그리 멀지 않은 곳에서 답을 찾을 수 있었다.

어둠 속에 홀로 웅크리고 앉아 있는 그녀의 가녀린 등을 본 순간, 그 모든 억지스러운 이유는 시린 공기에 날아가고 없었다. 당장이라도 다가가 안아 주고 싶었다. 이 시린 겨울 한복판이 아닌, 따뜻한 자신의 가슴으로 그녀를 품어 주고 싶었다. 이건 결코 동정이나 연민 따위가 아니었다.

"이초롱 씨?"

그녀의 고개가 획 돌려졌다. 당황한 듯한 커다란 눈동자와 놀라 벌어진 입술에서 연신 뜨거운 입김이 쏟아져 나왔고, 이내 꾸뻑 고개를 숙이는 모습에서 느껴지는 거리감에 마음이 쓰리려 왔다.

"무슨 일 있어요?"

"아닙니다. 대표님. 난방이…… 너무 잘 되나 봅니다. 더워서 잠시 열 좀 식히러 나왔습니다."

초롱은 동생과 전화 통화를 하기 위해 잠시 나왔다가 속상한 마음을 삭이고 들어가려 잠시 밖에 머물러 있었다. 그런데 왜 하필 이럴 때 또 그를 마주하게 되는지.

말없이 자신을 뚫어져라 쳐다보는 그를 보며 무슨 일인지는 몰라도 지금은 자신이 자리를 비켜 줘야 할 것 같았다.

"저는 이만 들어가 보겠습니다."

인사를 꾸뻑하며 그를 스쳐 지나가는데, 덥석. 그에게 한쪽 팔이 잡혀 버렸다.

"괜찮다면, 잠깐 얘기 좀 할까요. 우리?"

"지금……이요?"

"그래요. 지금 당장. 오래 걸리진 않을 겁니다."

망설이지 않을 수 없었다. 풀벌레도 잠든 캄캄한 밤에 그를 따라나서는 게 과연 옳은 일인가? 짧은 찰나의 순간 온갖 생각들이 쏟아지며 초롱을 망설이게 하고 있었다.

산은 그런 초롱의 망설임은 당연하다 여기면서도 서운한 감정이 드는 걸 막을 수가 없었다. 그녀가 자신을 어느 정도로 생각하는지 이 짧은 망설임의 순간에도 알 수 있을 듯했다.

"허튼짓 안 합니다. 우린 지금 내 차로 갈 예정이고, 내 차에는 블랙박스가 있어요. 5분이면 됩니다. 정 불안하면 녹음해도 괜찮아요. 어때요. 이래도 불안합니까? 내가?"

"저. 그게……."

'대표님이 불안하다기보다, 어둠과 시간의 경과가 불편해요.'

"그럼 여기서 할까요? 혹시 누가 나오더라도 괜찮겠어요? 난 아무 상관 없는데."

들어서는 안 될 것 같았다. 무슨 말인지는 몰라도, 그가 하는 말을 들어서는 안 될 것 같았다.

초롱은 지금까지 자신의 처지와 상황을 고려해 이성으로서는 단 한 번도, 그 누구에게도 마음의 여지를 주지 않았고 관심 비슷한 것도 보인 적이 없었다. 자신의 상황이 서로에게 마음의 짐이 되는 일이 없도록 의도적으로 그런 상황에 놓이지 않으려 애썼고, 지금까지는 문제없이 잘 지내오고 있었다. 그런데, 어디서부터 어떻게 잘못된 것일까?

자신의 팔을 움켜잡은 그의 강한 손을 한번 쳐다보고, 답을 기다리는 뜨거운 눈빛을 바라보며, 말없이도 전해져 오는 그의 감정을 느꼈다.

그의 호의를 상처로 되돌려 줄 것만 같아 가능하다면 이대로 도망가고만 싶었다. 하지만 초롱은 그 자리에 머물러 있었고, 산은 말없이 초롱을 이끌었다.

차 안은 바깥과 다름없이 추웠지만 바람이 차단된 탓인지 몸이 덜덜 떨리지는 않았다. 운전석에 앉은 그와 나란히 조수석에 앉아 창밖을 바라보며 바람에 휘청거리는 나무를 바라보는데 그의 부드러운 음성이 들려왔다.

"금방 따뜻해질 거예요."

"네. 감사합니다."

"뭐가 감사해요? 이 시간에 끌고 나와 벌세우는데."

"……."

"들을 준비 됐어요?"

"하지…… 않으시면 안 될까요?"

"그러려고 했어요. 불과 몇 분 전까지만 해도."

'그런데 마음이 변했어. 추운 겨울 한가운데 덩그러니 놓여 있는 너를 보고

나니 말이야. 이젠 머뭇거리지 않으려고. 난 확신이 섰으니까.'

"눈치챘을 거예요. 한 다리 건넌 사람도 알아채는데 당사자가 알지 못했을 리가 없지. 안 그래요?"

"……."

두 눈을 감으며 고개를 숙이는 모습을 보아하니 그녀도 이미 제 마음을 알아차린 듯했다.

"언제부터 알았어요?"

"몰랐습니다. 조금 전까지만 해도……. 오늘 일은 없었던 거로 하겠습,"

"더 알고 싶어. 이초롱."

"……죄송합니다. 저는 보이는 모습이 다예요. 무뚝뚝하고 심심하고 재미없고 싱겁고."

"그래서 좋다면, 그래도 좋다면, 받아 줍니까? 내…… 마음?"

"죄송합니다. 제가 지금 그럴 마음의 여유가 전혀……."

"질문의 순서가 바뀌었네요. 혹시 애인 있어요?"

"……아니요."

"그럼 내가 싫습니까? 꼴 보기 싫을 정도로?"

"……아니요. 하지만."

"다행이네. 그럼 됐어요. 초롱 씨 마음까진 강요하진 않을게요. 하지만 노력은 할 거예요. 회사 직원이라는 이유로 더는 내 마음을 막지는 않겠다는 말입니다."

산은 그날, 뜻하지 않게 bar에서 보았던 그 남자가 연인이 아닌 것만으로도 한결 마음이 놓였다.

"대표님."

"불편해하지 말아요. 그럼 내가 아플 테니까. 한 달, 딱 한 달만 기회를 줘요. 그때까지 초롱 씨 마음 얻지 못하면 내가 깨끗하게 물러날게요. 어때요?"

"시간…… 낭비하시는 거예요. 전 지금 그 누구와도 만나고 싶지가 않습니다, 대표님."

"다행이네. 나라서 안 되는 게 아니라 그 누구라도 안 되는 거라니까. 초롱 씨 마음은 충분히 알겠어요. 지금 당장 나에게 시간을 내 달라거나, 만나 달라 거나 하지 않을 겁니다. 그러니 그런 걱정 하지 말아요."

'대신 나한테는 직장이라는 아주 좋은 오작교가 있으니, 지리적 이점을 활용할밖에.'

"대표님……."

"다른 생각 하지 말고 부담 갖지도 말고, 초롱 씨는 그냥 평소 하던 대로만 해요. 설사 내가 초롱 씨 마음을 얻지 못한다고 해서 사내에서 불이익이나 부당한 대우를 받을 수도 있다는 어처구니없는 생각은 하지도 말고. 가장 중요한 건 나한테 절대 미안해할 필요 없다는 거예요. 이해했어요?"

이미 죄송했다. 별 볼 일 없는 자신에게 마음을 쓰는 것도, 그 마음을 받아 줄 수 없는 것도, 괜한 헛고생 시키는 것도, 부질없이 시간을 허비하게 만드는 것도 모든 게 다 죄송했다.

산은 말없이 생각에 잠긴 그녀를 보며 무슨 일인지 모르지만 그녀의 주변이 편치 않은 상황에서 괜한 부담을 안긴 건 아닌지 걱정이 되지 않을 수 없었다. 하지만 이미 시위는 당겨졌고 화살은 날아갔다. 그 화살이 꽁꽁 얼어붙은 그녀의 심장을 뚫고 들어갈 수 있을지 없을지는 신만이 아시겠지.

따뜻한 공기에 발그레하게 달아오른 그녀를 보며 좀 더 시간을 보내고 싶었으나, 그만 별세워야 할 듯싶었다.

"그만 가서 쉬어요."

"네. 그럼 먼저 가 보겠습니다. 편히 쉬세요."

신기루처럼 사라져 버리는 그녀의 모습을 사이드미러로 좇으며 잠시 꿈을 꾼 건 아닌지 착각이 일었다. 제 카라반에 무사히 들어가는 모습을 보고 나서야 눈동자를 돌리는데 룸미러에서 마주한 낯선 남자가 과연 자신이 맞는 것인지, 차라리 개운한 듯 피식 웃는 모습에 자신도 어이가 없어 고개를 설레설레 흔들었다.

초롱은 여느 때와 다름없이 같은 시간에 일어나 출근 준비를 하고, 여느 때와 다름없이 통근 버스를 타고 출근을 했다.

여느 때와 다름없이 아침부터 해야 할 업무를 처리하며 바쁘게 하루를 열었고, 여느 때와 다름없이 대표님의 집무실 앞에서 보고할 내용을 한 번 더 되뇌며 마음의 준비를 하고 있었다.

모든 일상은 특별할 것도 없이 여느 때와 똑같은데 초롱의 마음은 혼란으로 가득했던 그날 밤에 그대로 머물러 있는 듯했다.

"하……."

어떤 마음으로 들어가야 할지, 어떤 얼굴로 그를 바라봐야 할지. 아무 일도 없었던 것처럼, 아무것도 듣지 못한 것처럼 태연하게 행동할까? 복잡한 마음을 감출 수 없이 망설임에 시간만 흐르고 있는데, 벌컥, 눈앞에 굳게 닫혀 있던 문이 예고도 없이 활짝 열려 버렸다.

"안 들어와요? 언제까지 거기 있을 거예요?"

산은 기다리고 있었다. 늘 같은 시간대에 문을 두드리던 그녀는 오늘따라 유달리 늦어지고 있었다. 기다리다 참지 못해 문을 열었더니 아니나 다를까 코앞에서 맞닥뜨린 그녀의 당황한 모습이라니.

"지금 막 들어가려고……."

초롱이 말을 맺기도 전에 산이 한쪽으로 비켜서며 길을 터 주었다. 조심스레 그를 스쳐 지나가며 늘 자신이 앉던 자리로 가 그가 먼저 자리에 앉기를 기다리는데 평소와 달리 그가 차를 권했다.

"차 한잔 할래요?"

"아니요. 저는 괜찮습니다. 대표님."

"내가 마시고 싶어서 그래요. 사람 앞에 앉혀 놓고 혼자 유유자적 차 마시며 보고받는 거 내가 안 괜찮아요. 그러니 같이 합시다. 커피, 녹차, 허브티 있는데 뭐로 할래요?"

"그럼 제가 하겠습니다."

"아직 모르나 본데, 여기서 차를 내야 할 때는 내가 직접 해요. 이초롱 씨라서 특별히가 아니라 원래 여기선 내가 직접. 오케이?"

'지금까지 보고할 때는 한 번도 마시지 않던 차를 갑자기 오늘, 왜 하필 지금 마셔야 하나요?'

초롱은 집무실 한편에 마련된 오픈형 다용도실로 가더니 자신을 바라보며 느긋하게 차를 권하는 그의 모습에 불편해 어쩔 줄을 몰랐다.

"그럼…… 저는 허브티로 하겠습니다."

"좋아요. 그럼 이쪽으로 와서 골라 볼래요? 티 종류가 제법 많거든요."

"네."

이럴 줄 알았으면 녹차를 마실 걸 그랬다. 속으로 푸념을 하며 그에게 다가가 그가 내민 티 박스에서 아무거나 하나 집으려고 손을 뻗다가 들려오는 질문에 멈칫했다.

"초롱 씨는 어떤 허브티를 좋아해요?"

"사실 저는 차를 즐기는 편이 아니라서요. 차 종류에 대해서 잘 모릅니다."

"그래요? 따듯한 차 한 잔씩 마시는 건 몸에 좋은데 아쉽네요. 지금같이 추운 겨울에 탈 나기 쉬운 목에도 좋고, 독소 배출이나 피부 탄력, 혈액 순환도 개선되고, 전체적인 신진대사를 원활하게 해 줘요. 지금부터라도 생각날 때마다 한 잔씩 마셔 봐요. 좋은 습관은 만들어 가는 거니까. 오늘은 내가 몇 가지 추천해 줄게요. 괜찮죠?"

"네. 감사합니다."

"우선 캐모마일. 은은하고 향긋한 사과 향이 매력적인 차예요. 항염 작용이나 불면증 완화에 좋고 심신 안정에 효능이 있다고 알려져 있죠. 이건 로즈메리. 청량한 향이 조금은 강한 편인데, 항균 살균은 물론 보습 효과가 좋아 피부에도 좋고, 정신적으로 피로할 때도 효과가 좋다고 해요. 이건 루이보스티. 활성산소를 제거하는 항산화 성분이 많아 노화 방지에 도움이 된다나? 피부염에는 물론, 불면증 개선에 효능이 있다고 하네요."

무슨 허브티 종류가 이렇게나 많은지. 초롱은 한동안 이어지는 비슷비슷한 차의 효능을 귀담아들으려 애쓰느라 그가 얼마나 흥미로운 눈빛으로 자신을 바라보고 있는지 알지 못했다.

산은 마치 시험을 앞둔 학생처럼 자신의 말을 경청하며 집중하는 초롱의 모습에 자꾸 피식피식 웃음이 나오려는 걸 참아야 했다. 차를 즐기지도 않는 사람에게는 얼마나 지겨운 시간일까? 분명 녹차나 커피를 마실 걸 그랬다 후회하고 있을지도 모를 일이었다.

그녀는 꿈에도 모를 것이다. 자신이 가진 녹차의 종류만 해도 몇 가지가 되는지, 뿐만 아니라 커피의 종류는 또 몇 가지나 되는지를.

다른 손님이었다면 그저 티 박스를 보여 주며 각자 알아서 선택하도록 했을 것이다. 하지만 지금 자신의 앞에 있는 사람은 그냥 손님이 아닌, 이초롱이었다.

그녀는 알고 있을까? 지금 그녀와 자신과 좁혀진 거리를. 이렇게 좁혀진 거리만큼이나 그녀와의 마음의 거리도 좁혀지기를 간절히 바라며 짓궂음을 내려놓았다.

"내가 초롱 씨한테 추천하고 싶은 차는, 잠깐 기다려 봐요."

초롱은 말을 하다 말고 자신의 책상으로 가는 대표님을 의아하게 바라보는데, 책상 위에 놓인 무언가를 들고 자신에게 다가오며 싱긋 웃는 모습이 너무 멋있어 보여 저도 모르게 얼굴이 달아오르고 말았다.

"이거예요. 크림슨 펀치. 초롱 씨가 차를 즐기지 않는다고 하니, 시작하기 좋은 차로 골랐어요. 이건 카페인이 없어요. 오렌지와 사과, 로즈힙, 히비스커스가 들어 있는, 쉽게 말해 과일 티. 요즘 들어 내가 즐기는 차예요."

"아…… 네."

"하하하. 초롱 씨도 그런 표정 지을 줄 알아요?"

"네? 무슨…… 표정이요?"

"방금 웃으면서 어금니 꽉 깨물던데? 아닌 척하지 말고, 내가 확실히 봤으니까. 처음부터 거기 있는 차 줄 거였으면 왜 쓸데없이 다른 차를 설명한 거였냐고 투덜거렸잖아요? 속으로. 아니에요?"

"아. 하하. 그게……."

아닌 게 아니라 정말 그랬다. 태연하게 찻잔을 꺼내 들고서 차를 우려내는 그의 모습을 바라보며 딱히 변명할 말이 떠오르지 않아 얼버무렸다.

"괜찮아요. 나라도 그렇게 생각했을 테니까. 초롱 씨 오늘따라 너무 긴장하는 것 같아서 긴장 좀 풀라고 농담한 거니까 신경 쓰지 말아요. 어때요? 차 색깔?"

"붉은색이네요. 예뻐요. 색깔이. 이런 차는 아직 한 번도 마셔 본 적이 없어요."

첫 물을 부었을 때, 마치 아지랑이가 일듯이 투명한 컵을 붉은빛으로 물들이는 모습이 너무 예뻐 넋을 놓고 바라보았다.

"그렇죠? 하지만 첫 잔은 색깔만큼이나 조금 강해요. 초롱 씨는 조금 순하게 내려 줄게요."

처음만큼은 강하지 않지만 옅은 핑크빛이 짙게 차오르는 모습은 여전히 초롱의 눈길을 끌기에 충분했다.

"이제 가서 앉을까요?"

집무실에서는 본인이 직접 모든 것을 한다는 말을 뒷받침하듯 찻잔이 놓인 우드 트레이를 자연스레 받쳐 들고 자리를 옮기는 그의 모습에서 위화감이라고는 조금도 찾아볼 수가 없었다.

"자 한번 마셔 봐요. 온도는 딱 적당할 거예요."

달갑지는 않았지만 애써 준비한 성의를 생각해 조심스레 한 모금 마시는데, 절로 눈이 동그랗게 커져 버렸다. 빛깔도 좋은 차는 그의 말처럼 뜨겁지 않고 마시기 딱 좋은 따듯한 온도에 달고 상큼한 향이 은은하게 입 속에 맴돌아 잔뜩 긴장한 마음마저 부드러워지며 절로 미소가 그려지고 있었다.

"보기에도 예쁜데 향도 너무 좋네요. 과일 향이 나서 그런지 왠지 달콤한 것 같기도 하고 맛도 부드러워요."

"그렇죠? 더 좋은 차도 많이 있는데 마시러 오라고 하면 부담스러워하려나? 이렇게 올 일이 있을 때라도 한 잔씩 마시고 가요."

"……네. 감사합니다."

세심한 그의 배려 덕분인지 걱정했던 것보다는 그가 어렵게 느껴지지 않았고, 불편하기만 할 줄 알았던 분위기도 다행히 우려했던 만큼은 아니었다. 더구나 보고를 시작하고부터는 소매를 걷어 올리고 무섭도록 일에만 몰두하는 그의 모습에 지금까지와는 다른 떨림이 초롱의 마음을 흔들고 있었다.

다음 날 찾아간 그의 집무실에서 녹차를 선택했다가 파안대소하는 그의 모습과 기쁘게 여러 종류의 녹차를 소개하며 개구쟁이 같은 미소를 짓는 모습. 장난기 다분했던 모습은 어디로 가고 입매에 부드러운 미소를 지으며 진중하게 차를 우려내는 그의 모습과 매일을 다른 관심사와 그날의 이슈 따위로 편하게 대화를 이끌어 가는 자상한 그의 모습들이 저도 모르게 초롱의 기억 속에 차곡차곡 쌓이고 있었다.

초롱은 회사 다니느라 힘들 거라며 주말엔 집에서 쉬라는 엄마의 만류에도 불구하고 병원에 왔다. 휴일도 없이 아빠를 지키고 있을 엄마 걱정에 집에서 편히 쉬고 있을 수가 없었다. 괜찮다는 엄마에게 조금이라도 쉬고 오시라며 등 떠밀어 집으로 보내고 아빠의 곁을 지키는데 익숙한 목소리가 들려왔다.

"초롱아, 나 왔어."

"주말인데 좀 쉬지 않고 뭘 또 왔어?!"

병실 문을 열고 들어서는 소현을 보고 타박 아닌 타박을 하자 소현이 싱겁게 싱긋 웃어 보였다.

"아빠는 좀 어때? 주무셔?"

"늘 그렇지 뭐. 금방 잠드셨어."

소현은 휴일도 없이 엄마와 교대해 병실을 지키고 있는 친구를 보며 조용히 한숨을 삼켰다. 어린 시절 초롱의 집을 제집처럼 드나들었다. 언제나 자신을 보면 반갑게 인사를 건네며 맛있는 거 사 먹으라고 용돈도 쥐여 주고 초롱이와 늘 사이좋게 지내라며 자상한 웃음을 지어 주던 그때의 아저씨 얼굴이 아직도 기억에서 잊히지 않았다.

이제는 익숙해질 만도 하건만 병상에 힘없이 누워 계신 아저씨는 여전히 낯설기만 하고, 벌써 몇 년째 사생활도 없이 가족이 번갈아 가며 간호하는 모습을 바라보는 마음은 아프기만 했다.

너무 선해서 탈이었다. 도움을 청하는 손길을 뿌리치지 못하고 때로는 대가 없이, 때로는 손해를 보면서도 돕기를 마다하지 않는 아저씨였다.

이렇게 선하고 좋은 아저씨가 왜 이런 고통을 받아야 하는지. 왜 사람들은 도와주는 사람에게 보답이 아닌 배신으로 갚는 것인지 소현의 상식으로는 도무지 이해되지 않았다. 그 무엇보다 그런 아저씨의 성격을 누구보다 잘 알고 있으면서 막아 내지 못한 아주머니도 답답하기는 마찬가지였고, 속 한번 썩이지 않고 묵묵히 엄마 곁을 지키는 친구 남매도 신기하기만 했다.

자신이었다면 이런 상황을 이렇게 잘 버텨 낼 수 있을까? 그 물음에 대한 대답은 늘 한결같았다.

'나라면 숨 막혀 견딜 수 없을 것 같아.'

간호사에게 잠시 부탁하고 병원 로비에 있는 카페로 자리를 옮겼다.

"카페모카 한 잔하고요, 아메리카노 연하게 한 잔이요."

"아니, 잠깐만, 소현아. 난 커피 말고 크림슨 펀치 마실래."

"오, 웬일이야? 우리 초롱이가 차를? 그래. 알았어."

소현이 다시 주문하고 음료를 기다리며 초롱을 바라보는데 어딘지 모르게 평소와는 무언가 달라 보였다.

'더 예뻐진 것 같지? 표정도 밝아진 것 같은데?'

금방 나온 차를 들고 자리에 가 앉으며 다시 유심히 초롱을 보게 되었다.

"너 요즘 무슨 좋은 일 있어?"

"좋은 일?"

"응. 아까 병실에서 볼 때는 몰랐는데 지금 보니까 너 얼굴이 밝아졌어. 예뻐 보여. 뭐 원래 예쁘긴 하지만 말이야. 뭐랄까…… 전에 없이 환해 보여. 마치 사랑에 빠진 여자 같다고나 할까?"

"무, 무슨 말도 안 되는 소릴 하고 있어? 내가 그럴 정신이 어디 있어? 너는 참."

"치. 난 또 좋다 말았네. 뜬금없이 차를 주문하길래 회사에서 누구 만나는 사람이라도 생겼나 했지? 너 원래 차 안 마시잖아. 같은 돈 주고 티백 하나 달랑 넣어 준다고 투덜거릴 때는 언제고?"

"내가 그랬……나? 그랬지 참."

당황스러웠다. 소현이 말이 하나 틀린 게 없었다. 커피나 차를 즐기지 않는 탓에 카페에 오면 언제나 연하게 탄 아메리카노 한 잔 마시는 게 고작이었다. 티백 하나 달랑, 그것도 쓴맛이 나는 차에 몇 천 원이나 되는 돈을 내는 건 괜히 아까운 마음이 들었다.

'고작 며칠이나 되었다고. 그와 함께 차를 마신 게 겨우 몇 번이나 되었다고.'

천천히 차를 들어 입술을 축이는데, 너무 뜨거웠다. 너무 진하게 우려졌고, 너무 시게 느껴졌다. 그가 해 줄 때처럼 은은한 향이 피어오르지도, 그가 해 줄 때처럼 맛이 부드럽지도, 그가 해 줄 때처럼…… 마음이 편안해지지도 않았다.

그가 보고 싶었다. 불현듯 예고도 없이 그의 생각이 걷잡을 수 없이 번져 가고 있었다.

점심시간이 되자 경선이 초롱에게 다가왔다.

"다들 식사하러 가요. 초롱 씨 우리도 밥 먹으러 갈까?"

"네. 대리님."

"오늘 메뉴가 뭐였지? 바빠서 메뉴도 확인 못 했네."

"저도 못 봤는데, 지금 확인해 볼게요."

"아니, 괜찮아. 뭔들 어때? 당연히 맛있을 텐데, 그치?"

"네. 그렇죠."

구내식당을 들어서기도 전에 스멀스멀 새어 나오는 맛있는 냄새에 기대감으로 눈빛이 반짝이는 경선과는 달리 초롱은 그저 무덤덤하기만 했다.

가끔 회사를 방문해 식당을 이용하게 되는 외부 손님들이 전문점 못지않다고 칭찬을 아끼지 않을 정도로 다양한 메뉴와 맛을 자랑하는 구내식당은 초롱에게는 그저 끼니를 때우는 곳 이상도 그 이하도 아니었다.

식판을 들고 갖가지 맛깔스러운 음식 앞에 섰음에도 좀처럼 손이 가지 않아 기계적으로 조금씩 먹을 수 있을 만큼만 음식을 담느라 그가 바로 앞에 와 있는 것도 눈치채지를 못했다.

"그것만 먹고 오후를 버틸 수 있겠어요? 누구 반만이라도 좀 먹어요. 그러다 쓰러져요."

산이 구내식당에 들어서는데 아니나 다를까 초롱이 가장 먼저 눈에 들어왔다. 무슨 음식을 저렇게 신중하게 담나 싶어 다가가 보니, 정말 한두 입 먹을 정도의 적은 양을 식판에 덜고 있는 모습에 한숨이 절로 나왔다.

"대표님! 그거 혹시 저 들으라고 하는 말씀이세요? 지금 저 많이 먹는다고 흥보시는 거?"

경선은 수북하게 담긴 자신의 식판과 여백이 많은 초롱의 식판을 번갈아 보며 말하는 산을 향해 까칠하게 날을 세웠다.

"에이, 무슨 그런 큰일 날 소리를 해요? 우리 대표님이 어디 그런 거로 흉볼 사람이에요? 이 대리는 배 속에 아기도 있는데 그거 가지고 되겠어요? 더 많이 먹어야지."

산의 옆에 있던 수완이 배 속에 아기가 있으나 없으나 한결같이 왕성한 식욕을 자랑하는 경선을 보고 미소 지으며 산의 옆구리를 쿡 찔렀다.

"그럼. 이 대리도 그 정도로 되겠어요? 그건 태아에 대한 예의가 아니지. 먹고 더 먹어요. 참, 천천히 먹는 거 잊지 말고, 체하면 약도 못 먹을 텐데."

산은 여전히 미심쩍은 마음을 거두지 못한 채 자신을 바라보는 경선을 보며 싱긋 웃어 보였다.

"그만 갑시다. 밥 먹으러. 이러다 국 다 식겠네."

"역시 우리 대표님 참 한결같으셔. 그렇죠. 뭐든 음식은 따듯할 때 먹어야 가장 맛있죠."

산의 말에 경선이 맞장구를 치더니 떡하니 산이 앉은 테이블 맞은편에 자리를 잡았다. 덕분에 얼떨결에 한자리에 앉은 초롱은 그나마 조금 남은 식욕마저 뚝 떨어지고 말았다.

그가 말한 한 달의 시간은 초롱의 속도 모르고 게으르지 않게 착실히 잘 흘러가고 있었고, 빨리 흘러가는 듯한 시간이 후련할 것 같았는데 오히려 초조해져만 갔다. 의도와는 다르게 조금씩 흔들리는 마음이, 집무실을 향해 갈 때마다 눈치 없이 두근거리는 심장이, 자꾸만 그를 향하게 되는 눈동자가 마음에 들지 않았다.

"초롱 씨, 혹시 어디 아파요?"

"네?"

수완이 반문하는 초롱을 향해 다시 물었다.

"아니면 음식이 입맛에 안 맞나? 양도 적게 퍼 왔으면서 왜 그렇게 못 먹어요?"

"아. 그게. 아침 먹은 게 아직 소화가 안 된 것 같아요."

"어머! 아침을 언제 먹었는데 그게 아직 안 내려갔다고?"

경선은 평소에도 양이 적은 초롱이었기에 크게 신경 쓰지 않았는데, 그러고 보니 평소보다 먹는 속도가 더디기는 한 것 같았다. 넘겨짚기로 대표님과 함께 하는 자리가 불편해 그러려니 했는데, 고 이사님께 속이 불편했다고 하니 괜히 미안한 마음이 들었다.

산 역시 두 사람의 대화가 마음에 걸렸다. 정말 속이 불편한 건지, 자신이 불편한 건지, 아니면 자신이 알 수 없는 개인적인 사정이 있는 건지.

차라리 속 시원하게 물어보기라도 하면 좋으련만, 아직도 마음을 꼭 걸어 잠그고 있는 초롱에게 무엇 하나 제대로 물어볼 수도 알아낼 수도 없으니. 행여나 부담스러워 지레 겁먹고 도망가 버릴까 봐 마음을 제대로 보여 주지도 못하고, 그저 기다리고 바라보는 것 말고는 할 게 없는 것도 답답하기만 했다.

드디어 산의 회사로 향하게 된 로라는 차에서 흘러나오는 신나는 음악을 들으며 한껏 들뜬 마음을 감출 수가 없었다. 막 그의 회사 입구에 들어서며 소문 이상으로 큰 규모에 놀라 어디로 차를 몰아야 할지 망설이는데, 마침 밖으로 나오는 산을 보고 차창을 내리고선 열심히 손을 흔들어 보였다.

"여기야. 이산!"

익숙한 음성에 이끌려 바라본 곳에 친구 로라가 와 있었다. 막 나가려던 참에 도착한 로라를 보며 할 수 없이 그쪽으로 발걸음을 옮겼다.

"우와! 어떻게 이렇게 딱 맞춰 나와? 나 오는 거 알고 있었어? 텔레파시가 통했나?"

"텔레파시 같은 소리 한다. 연락이라도 좀 하고 오지 그랬어? 막 나가려던 참이었는데."

"너야 뭐 집도 여기, 직장도 여기, 대부분 여기 있는 거 아니까. 그래도 혹시나 해서 알아보기는 했다 뭐! 오늘 특별한 일정도 없다던데?"

"운이 그래? 어쩐지 오전부터 전화하더라니."

"말하면 너 일하는 데 방해될까 봐 잠깐 들르려고 했더니. 근데 넌 어디 가는 길이었는데? 꼭 지금 가야 하는 거야? 급한 일 아니면 나 좀 봐줘. 나도 계속 바쁘다가 오늘 겨우 시간이 나서 온 거란 말이야! 딱 30분만, 응?"

"알았어. 일단 내려 봐."

로라는 혹시나 산의 마음이 바뀔까, 서둘러 차에서 내렸다.

"다음에는 꼭 연락하고 와."

"우와! 나 다음에 또 와도 돼?"

"참 나. 내가 무슨 말을 못 해. 그래서 너는 어떤 걸 원해? 대충 보고 왔지?"

"응, 너희 회사 홈페이지 열심히 보기는 했는데, 화면으로 봐서는 잘 모르겠더라고. 크기도 그렇고, 직접 봐야 그림이 나올 것 같은데?"

"이쪽으로 와."

산의 뒤를 따르는 로라의 입가에 감추지 못한 밝은 미소가 시원스레 떠오르는 것도 잠시 코너를 돌자마자 일렬로 정렬된 수많은 카라반과 캠핑카를 보는 순간 놀라 절로 벌어지는 입을 막을 수가 없었다.

"맙소사, 이게 모두 몇 대나 되는 거야? 안쪽이 이렇게 넓을 줄 몰랐어."

"확장한 지 얼마 안 됐어. 이쪽이 대여 차량이야. 천천히 둘러봐. 보고 마음에 드는 게 있으면 말하고."

"끝이야?"

"뭐가?"

"끝이냐고, 네가 같이 보면서 설명해 주는 거 아니었어?"

당연히 부연 설명을 해 줄 거라 생각했던 로라가 불퉁하게 물었다.

"오로라, 그저 병풍으로 쓸 차가 필요한 거 아니었어? 그럼 네가 둘러보고 외관이 마음에 드는 거로 선택하면 될 걸 무슨 설명이 필요해?"

"치사하다 진짜! 네 시간 뺏었다고 이런 식으로 눈치를 준단 말이지?"

"눈치는 무슨? 전화할 데가 있어서 그래."

"운이 스케줄이 내 손에 달려 있다는 걸 잊었나 봐?"

"오로라!"

팔짱을 끼고 보란 듯이 어깨를 으쓱 올린 로라는 애써 무표정을 유지하며 산의 엄한 표정을 살펴보았다. 한일자로 꽉 다문 입술, 당당하게 버티고 선 두 다리, 한 손은 휴대전화를 나머지 한 손은 바지 주머니에 시니컬하게 끼워 넣은 채 서서히 좁아지는 미간이 탐탁지 않은 그의 마음을 대변해 주는 듯했으나 로라도 방법이 없었다.

오래 알고 지낸 친구로 유일하게 알고 있는 그의 약점이라고 해 봐야 가족 외에는 없었고, 산의 마음을 움직이기에 그의 가족보다 더 손쉬운 무기는 없었기 때문이다. 아니나 다를까 이미 긴 한숨을 내뱉는 모습에서 그의 마음을 돌렸음을 짐작했다.

"좋아, 단! 내가 할애할 수 있는 시간은 30분이야. 정말 가 봐야 할 곳이 있어서 그래. 그리고 운이 신경 좀 써. 이제 겨우 쉬는 것 같던데, 농담이라도 스케줄로 장난칠 생각 같은 건 하지도 마."

이산은 이런 남자였다. 형제가 겉으로는 티격태격하는 듯해도 막상 무슨 일이 생기거나 도움이 필요한 일이 있으면 뒤에서 말없이 도와주었다. 가지 많은 나무에 바람 잘 날 없다는데, 산의 집 나무는 바람에 휘청거릴지언정 가지는 어찌나 단단하게 이어져 있는지, 태풍이 와도 꺾일 것 같지 않았다.

로라는 새삼 이산 형제의 우애를 부러워하며 벌써 저만치 앞서가는 산을 허둥지둥 따라갔다.

'차를 보는 눈빛이 저렇게 다정할 일이야?'

로라가 마음에 드는 모델을 콕 집으면, 만면에 부드러운 미소를 머금고서 해당 차량을 보며 설명하는 산의 표정이 거슬리기 시작했다.

'차보다 못한 신세, 왜 날 보는 표정은 그 반도 못 되는 건데? 괘씸한 놈 같으니, 재수 없는 하이산!'

로라는 속으로 불평하면서도 산을 한 번 또 한 번 더 바라보았다.

"자, 여기까지. 이 정도면 만족해?"

"저기 한 곳 남았는데, A동?"

"아, 거기는 출고 대기 차량이야."

"아, 그렇구나."

"왜? 원하던 느낌의 캠핑카가 없어?"

"아니, 그게 아니라 구석구석 다 구경하고 싶어 그러지."

그래야 조금이라도 더 머물 수 있지, 하여간 너는…….

"바쁜 시간 쪼개 오셨다며. 결정은 했어?"

"응. 아까 본 것 중에 '아토'라고 했나? 그게 딱 좋을 것 같아."

"감이 살아 있네, 오로라. 그거 이번에 새로 출시하는 모델이야. 전시용이라 언제든 가능하겠어."

분명 친구에게 말을 하면서도 산의 생각은 초롱에게 달려가고 있었다. 아토 점검차 갔던 그날, 그곳, 그때…….

"잘됐다. 내가 보는 눈이 좀 있기는 하지! 여하튼 오늘 귀한 시간 내주셔서 성은이 망극하옵니다."

"야, 무섭게 왜 그래?"

"진심이야. 친구가 좋긴 좋다. 왜 사람들이 가까운 곳 두고서 군이 네 회사까지 와서 사 가는지 알 것 같아."

산의 입가에 보일 듯 말 듯한 미소가 스쳤다.

"알아주니 고맙네. 기왕 이렇게 된 거 멋지게 잘 찍어 줘라."

"당연하지!"

"그래. 촬영 일정은 잡히는 대로 연락하고. 고생했다. 조심해서 가라."

"우와, 진짜 어떻게 차 한잔 하고 가라는 말도 안 해? 야박하기도 하셔라."

"연락도 없이 온 건 너야. 어쨌든 미안하게 됐다, 여기까지 왔는데. 다음에 올 때는 차 한잔 줄게. 꼭 연락하고 와."

"약속한 거다. 그럼 갈게. 수고해."

로라가 떠나는 모습을 보며 산이 얼른 자신의 차로 향했다.

미간을 찌푸린 채 시계를 한번 보고서는 재빨리 시동을 걸어 단 1초의 머뭇거림 없이 곧장 차를 출발시켰다. 그렇게 30여 분을 달려 차가 멈추어 선 곳은 다름 아닌 약국이었다.

사실 산은 점심을 먹는 둥 마는 둥 하는 데다 살짝 잠겨 있던 초롱의 목소리가 내내 마음에 걸려 있었다. 정말 속이 좋지 않거나 그게 아니라면 컨디션이 좋지 않은 게 분명했다. 생각 같아서는 조퇴라도 시켜 쉬게 하고 싶지만, 본인이 의사 표시를 하지 않으니 나서서 쉬라고 부추길 수도 없는 노릇이었다.

"어떻게 오셨어요?"

"아, 네. 속이 좀 불편하다고 하네요. 소화제하고, 혹시 체력이 저하됐을 때 먹으면 도움이 되는 영양제 같은 것도 있습니까?"

"그럼요. 당연하죠."

"그럼 그것도 주시고요, 목이 좀 잠겼던데……."

그렇게 한동안 약국에서 머물러 있었다.

잠시 나갔다 왔던 산이 초롱을 찾았다.

"이초롱 씨, 잠깐 나 좀 볼까요?"

"네. 대표님."

초롱은 아침에 보고하는 시간이나 회의할 때가 아니면 따로 부르지 않았던 대표님의 호출에 덜컥 긴장이 앞섰다. 평소 자신에게 부담을 주지 않으려 매사 조심하고 있다는 걸 모를 만큼 둔하지도 않을뿐더러, 오히려 눈에 띄지 않는 그의 작은 배려에도 마음은 줏대 없이 흔들리고 있었다.

그는 보면 볼수록 좋은 사람이었고, 보면 볼수록 욕심내서는 안 될 사람이었기에, 집무실을 향하는 초롱의 발걸음은 한없이 무겁기만 했다.

똑똑.

"들어와요."

"부르셨습니까. 대표님."

"불렀으니까 이렇게 내 눈앞에 왔겠죠?"

"아. 네."

으레 하게 되는 대답에 이렇게 맞받아친 경우는 처음이라 초롱의 얼굴에 당황이 고스란히 묻어났다.

"긴장하지 말고 앉아요. 일 때문에 부탁할 게 있어 부른 거니까."

"네. 말씀하세요."

일 때문이라는 말에 마음이 놓이는 것도 잠시,

"컨디션은 좀 어때요? 배는 안 고파요? 밥도 조금밖에 못 먹던데."

사적인 대화에 다시 마음이 불편해지고 있었다.

"괜찮습니다. 배도 고프지 않고요."

"내가 아직 그렇게 불편해요? 입맛을 잃을 정도로?"

"아. 아닙니다. 정말 아까는 속이 편치 않아서……."

단도직입적인 물음에 당황해 말까지 더듬고 말았다.

"지금은 괜찮고?"

"네. 아까보다 많이 좋아졌습니다."

"혹시라도 컨디션이 좋지 않거나 하면 이 대리한테 말하고 쉬어요. 괜히 몸 상하지 말고."

"네. 다음엔 꼭 그렇게 하겠습니다."

딱딱하게 대답하는 초롱을 물끄러미 바라보던 산이 속으로 한숨을 삼키며 다시 말을 이었다.

"그래요. 그럼. 조만간 굿 엔터테인먼트에서 연락이 올 거예요. 캠핑을 컨셉으로 하는 화보 촬영이 있다고 협찬 요청이 와서 도와주기로 했거든요. 일정 관련해서 연락이 오면, 내 스케줄하고 겹치지 않게 잘 조정해 주고 나한테도 바로 알려 줘요."

"네. 그렇게 하겠습니다."

산은 왠지 힘없이 느껴지는 초롱의 목소리가 신경 쓰여 재차 물어보았다.

"정말 몸은 괜찮은 거예요?"

"네. 정말 괜찮습니다."

"다행이네요. 그리고 시간이 되면 지원 부서 탕비실에 가 봐요. 캐비닛 위에 박스가 하나 있을 거예요. 내가 집으로 가져다줬으면 좋겠지만 분명 싫다고 할 테니까. 한꺼번에 들고 가지는 못할 거예요. 퇴근할 때마다 몇 개씩 나눠 들고 가요. 지원 부서 탕비실이야 이용하는 사람도 한정적이고, 일반 박스라 그냥 비품이려니 할 거예요. 그러니까 불필요한 걱정은 하지 말고."

"그게 뭔……가요?"

대체 무슨 물건이기에 그러는지 궁금하지 않을 수 없었다.

"약이에요. 박스 안에 약 봉투는 오늘 꼭 들고 가서 챙겨 먹어요. 놓고 갈 생각은 하지도 말고, 그럼 애써 나갔다 온 보람이 없으니까. 그렇다고 부담 가지면 절대 안 돼요. 내가 좋아서 한 일이니까. 덕분에 나도 건강 챙겨서 좋고."

"……"

부담이 없을 수가 없다.

그가 말한 기한은 아직 열흘이나 남았지만, 이미 처음부터 변하지 않을 답을 품고서 시간을 끄는 건 그에게 못 할 짓 같았다. 그리고, 지금이 아니면…… 가랑비처럼 스미는 욕심을 끊어 내기가 쉽지 않을 것 같았다.

더 늦기 전에, 강을 건너는 마음을 잡을 수 있을 때…… 지금이라도.

"저…… 대표님 드릴 말씀이 있는데, 시간…… 괜찮으세요?"

어렵게 말을 꺼냈다.

"음…… 왠지 지금 들어 봐야 나한테 썩 유쾌한 내용은 아닐 것 같은데?"

산은 초롱의 표정만 봐도 알 것 같았다. 자신과 제대로 눈도 마주치지 못하고, 마른 입술만 달싹거리고 있었다.

"죄송하지만 저는 안 될 것 같습니다."

"이유 물어봐도 되죠? 차이는 마당에 이유라도 확실히 알고 싶은데 말해 줄 수 있겠어요?"

"개인적인 사정이 있어서요."

"개인적인 사정이라……."

무슨 죄라도 지은 것처럼 고개를 숙이고 말하는 모습을 보고 있으니 마음이 편치 않았다. 그 사정이야 말하지 않아도 대충 알 것 같은데, 가뜩이나 마음이 복잡하고 무거운 사람에게 짐을 하나 보태 버린 것 같아 아쉬움보다 안쓰러움이 더했다.

"그렇게 고개 숙이지 않아도 돼요. 꼭 악덕 사장이 된 것 같아. 그때도 분명 말했지만 강요하고 싶은 마음 없어요. 사람 마음이 강요한다고 움직일 수 있는 것도 아니고, 초롱 씨 잘못한 거 없잖아요."

쉽게 접을 수 있는 마음이 아니었다. 그럴 것 같았으면 아예 시작조차 하지 않았을 테니. 고개는 들었으나 눈은 마주치지 않는 그녀의 모습에 서운한 마음도 잠시, 어떻게 해야 저 마음을 흔들 수 있을지 산의 고민이 깊어졌다.

"그 개인 사정이야 언제든 바뀔 수 있는 거 아니겠어요?"

"죄송합니다."

"내가 초롱 씨 회사 대표가 아니었다면 대답이 달라졌을까요?"

"아니요. 대표님이 아닌 그 누구라고 해도 같은 대답이었을 겁니다."

이미 처음부터 초롱의 답은 정해져 있었다. 그걸 알고 있으면서도 시작한 건 자신이었고, 이렇게 쉽게 포기할 생각은 없었지만, 지금은 한발 물러서야 할 때였다.

"상처 난 마음에 조금이나마 위안이 되네요. 일단, 초롱 씨 마음은 잘 알겠어요. 그만 나가 봐요."

"네. 그럼. 가 보겠습니다."

"아! 탕비실에 있는 약은 꼭 챙겨 가요. 귀찮다고 버리지 말고 잘 챙겨 먹어요. 알겠어요?"

"……네. 감사합니다, 대표님."

뒤돌아 나오는데 후련할 것 같았던 마음은 체한 듯 답답하기만 하고, 아무 이상 없던 눈이 시리고 뜨거워졌다. 통증이 가라앉던 목은 또 갑자기 왜 이렇게 따끔거리는지.

탕비실에 들어가 그가 놓아둔 박스를 열어 보았다. 보기에도 큼직한 박스에는 홍삼 제품과 비타민, 유산균 같은 각종 영양제가 자리를 차지하고 있었고, 그가 말한 약 봉투에는 한약 소화제와 양약 소화제가 함께 들어 있었다.

「먹기 편한 거로 먹을 것. 알약은 하루 2번 아침, 저녁 식후 2알씩! 아프지 말아요.」

박스 위로 툭툭 떨어진 눈물이 점점 번지고 있었다.

산은 소파 깊숙이 몸을 기대며 생각에 잠겼다. 또다시 원점이었다. 정리되는 건 하나도 없이 머릿속은 쓸데없는 생각으로 가득 차는 찰나 테이블에 올려 둔 휴대폰이 요란하게 떨고 있었다.

전화를 받자마자 막내의 목소리가 튀어나왔다.

— 오빠! 나 내일 가는 거 알아, 몰라?

"알아. 덕분에 오늘 저녁 먹으러 가야 하는 것까지. 왜? 설마 내가 잊었을까 봐?"

— 그럴 리가 있나. 울 오라버니 약속은 늘 칼이지. 이따 봐!

"그래."

제주로 파견 근무를 가게 된 막내 여동생인 림의 전화에 피식 웃으며 다시 전화를 테이블 위에 올려 두었다. 잔소리 많은 오빠를 늘 성가셔 하면서도 이렇게 일이 있을 때면 항상 먼저 전화해 일일이 챙기는 여동생이 귀엽기만 했다.

순간 동생의 밝고 쾌활한 이미지와 초롱의 차분하고 조용한 분위기가 교차하듯 떠올랐다. 동생에게는 무슨 일이 생기면 물불 가리지 않고 뛰어들 가족이 많았다.

하지만 초롱에게는…… 그녀에게도 있을까, 힘이 되어 줄 누군가가? 짧은 한숨을 토하며 머리를 흔들어 얽혀 드는 복잡한 생각을 떨쳐 버렸다.

넷째 운을 제외한 남매가 한자리에 모두 모였다. 기다리다 못한 맏이 강이 물었다.

"운이는 대체 언제 오는 거야?"

"오빠 오늘 약속 있다더니 좀 늦어지나 보네. 그러지 말고 우리 먼저 한잔하자. 언제 올 줄 알고 마냥 기다려? 나도 오늘은 일찍 자야 한단 말이야."

"그래, 우리 꼬맹이 내일 가려면 일찍 자야지."

산이 습관적으로 동생의 애칭을 말했고,

"아이고, 우리 꼬맹이 보고 싶어 어쩌지?"

수 역시 기름을 부었다.

잠자코 있던 림에게서 깊은 한숨이 새어 나왔다.

"하……. 내가 그렇게 부르지 말라고 했지. 진짜 그러고 싶어? 오빠들 내 말 잘 들어! 오빠 중 누구라도 나보다 더 꼬맹이 데려오는 날에는, 절대 언니라고 안 불러 줄 거야. 알았어?"

"풉."

마침 술잔을 들어 한 모금 마시던 산이 사레들려 열심히 기침해 대고 있었다.

"왜, 오빠 뭐 찔리는 거라도 있어?"

"콜록콜록."

"형, 왜 그래? 새삼스럽게. 우리 꼬맹이가 저러는 게 하루 이틀도 아니고."

"그러게."

초롱에게 고백하기 전에도 유난히 저 꼬맹이가 마음에 걸렸다.

"누구라도 하나 걸리기만 해! 사람 일은 모르는 거니까 알아서들 조심하라고, 난 분명 말했다."

"걱정하지 마! 그럴 일 없을 테니까. 아무튼 제주도 가면 몸조심하고, 연락 자주 해. 알았어?"

형의 말에 산은 괜히 뜨끔했다.

'뭐…… 나도 이렇게 될 줄은 몰랐다고. 앞으로는 정말 꼬맹이한테 말조심 해야겠는데?'

산은 술을 홀짝이는 귀여운 여동생을 보며 피식 웃고 말았다.

뒤늦게 합류한 운과 함께 한 잔, 두 잔 마시다 보니 어느덧 시간은 자정을 향해 가고, 제법 취기가 오른 동생들 먼저 자리를 뜨자 산 역시 그만 자리를 정리하려는데, 강이 그를 불렀다.

"산! 넌 잠시 남아. 얘기 좀 하자."

형의 말에 다시 자리에 기대앉으며 산이 물었다.

"지금까지 얘기해 놓고 뭘, 왜? 형 나한테 뭐 할 말 있어?"

"너 무슨 일이야?"

"뜬금없이 그게 무슨 말이야?"

"너 지금 고민 있잖아? 말해 봐."

허를 찔려 잠시 말문이 막힌 산이 이내 입을 열었다.

"……고민은 무슨. 없어, 그런 거."

"하이산! 나, 네 형이야. 그동안 너를 봐 온 세월이 얼만데 네 속 하나 모를까?"

"일일이 동생들 속 헤아릴 생각 말고 그럴 시간 있음 형도 좀 쉬어."

"난 이게 쉬는 거야. 그러니까 말해. 뭐야?"

"정말 아니라니까."

"그럼 잔 좀 그만 돌리지?"

"뭐?"

산은 저도 모르게 빙글빙글 잔을 돌리던 움직임을 멈추었다.

"너는 머릿속이 복잡하거나 고민이 있을 때 지금처럼 그렇게 의미 없이 잔을 빙글빙글 돌려. 그리고 초점이 그 잔에 멍하게 꽂혀 있어. 보통 때 같았으면 넌 그저 팔짱을 끼고 편하게 기대앉아 가끔 목을 축일 때만 잔에 손을 뻗어. 그러고는 스트레이트로 단숨에 넘겨 버리지. 하지만 오늘은 계속 나눠 마셨어. 너는 머릿속 복잡할 때, 술로 인해 생각이나 판단력을 흐트러트리지 않기 위해서라도 많이 마시지 않아. 딱 오늘처럼 말이야. 어때? 더 할까?"

강의 말을 듣던 산의 입이 스르르 벌어지고 말았다. 역시 형은 형이었다.

형의 날카로운 직관력은 익히 잘 알고 있었지만, 그 모습을 직접 확인할 때면 여전히 놀라웠다. 대체 언제부터 저렇게 유심히 보고 있었을까? 산은 너무 쉽게 속내를 들킨 것 같아 난처했다.

"됐어. 그만해도 돼. 하여간 형이나 승주 형이나 못 말린다, 정말. 그래. 머릿속이 조금 복잡하기도 하고, 고민이 있는 것도 맞아. 하지만 형이 신경 쓸 만한 일은 전혀 아니니까 걱정하지 않아도 돼. 이건 정말이야."

"그래. 네가 그렇다면 그런 거겠지. 그런데 산, 나는 내 동생한테 무슨 일이 생겼다는 걸 다른 경로를 통해서 듣고 싶지는 않아. 그러니 언제라도 우리가 알아야 할 일이 생기면 네가 직접 말해 주길 바라. 그게 좋은 일이든, 아니면 좋지 않은 일이라면 더더욱."

누가 맏이 아니랄까 봐, 동생을 걱정하는 어쩔 수 없는 형의 모습에 고개를 절레절레하던 산이 피식 웃으며 말을 건넸다.

"알아. 젠장. 독수리 오 형제는 언제든 대기 중이라는 말은 이제 하지도 마. 그거 소름 끼치게 닭살 돋아. 우리 나이가 몇인데, 이제 그만할 때도 되지 않았어?"

"풋, 그럼 이글 파이브라고 바꿀까?"

웃기지도 않은 형의 농담에 헛웃음이 새어 나왔다.

"뭐? 하. 하하. 형도 그런 말장난을 해? 그런 걸 두고 아재 개그라고 하던데."

"씁쓸하네. 벌써 아재 소리나 들어야 하고 말이야."

"농담이야."

표정이 그다지 개운하지 않은 동생을 보는 강 또한 얼굴이 밝지는 않았다.

"그래. 무슨 일인지는 모르겠지만 빨리 털어 버려."

"알았으니까 형도 괜한 걱정 하지 말고 건강이나 잘 챙겨. 일을 너무 많이 하는 것 같더라."

강이 피식 웃었다. 서로를 진심으로 걱정하는, 함께 술잔을 들고서 허공에서 마주친 눈빛에 진한 믿음이 찰랑거렸다.

"시간이 많이 늦었다. 너도 오늘은 자고 가라. 어른들 걱정하시지 않게."

"안 그래도 그럴 참이었어. 형 먼저 가서 쉬어. 난 조금만 더 앉아 있을게."

"그래."

산은 마지막 잔을 털고서, 소파에 기대앉으며 떠오르는 누구 생각에 애꿎은 휴대폰만 만지작거렸다. 초롱의 목소리라도 듣고 싶은 마음에 고개를 설레설레 흔들고서 휴대폰을 소파에 던져 버리고 미련 없이 씻으러 갔다.

다음 날 아침, 거실 소파에 앉아 있던 할머니가 다가오는 림을 향해 물었다.

"림아, 이거 오빠 물건 아니냐?"

"어디 좀 봐요."

림이 할머니가 건네준 휴대폰을 들여다보았다. 잠금장치 하나 없는 휴대전화 배경 화면을 보며 피식 웃음이 절로 새어 나왔다. 산 정상에서 마주한 수평선 끝자락. 뭉게구름 사이로 간신히 고개를 내민 붉은 태양이 어스름하게 푸른 하늘을 붉게 물들이는 광경을 배경으로 지정해 놓을 오빠는 딱 하나.

"맞아요, 할머니. 둘째 오빠 휴대폰이에요."

"산이? 우리 산이 물건을 두고 갔단 말이야? 그것도 휴대폰을?"

"그러게 말이에요. 오빠가 웬일이래?"

평소 자신의 물건을 잘 챙기던 오빠가 사업상 중요한 휴대폰을 두고 간 것이 의아해 고개를 갸웃하는데 할머니의 걱정스러운 음성이 들려왔다.

"고 녀석 전화 없으면 안 될 텐데 어쩌누?"

"어쩌긴 뭘 어째요? 제가 시간이 되면 가져다주면 좋겠지만, 비행기 시간 맞추려면 좀 힘들 것 같아요. 오빠한테 전화해서 퀵으로 배달하든지, 아님 오빠가 가지러 와야지 뭐."

림의 말을 듣던 금옥이 눈빛을 반짝였다.

"당장 없으면 많이 불편할 텐데, 할미가 가져다주지 뭘."

"할머니 오늘 운동하러 안 가요?"

"수영이야 하루 빠진다고 큰일 나? 산이 전화는 내가 알아서 전해 줄 테니 넌 걱정 말고 얼른 준비해. 조심해서 잘 가고, 응?"

"네. 할머니."

좀처럼 가 보기 힘든 산의 회사에 갈 수 있는 절호의 기회를 마다할 금옥이 아니었다. 서둘러 나갈 채비를 하는 금옥의 어깨가 절로 춤을 추고 있었다.

산은 하필 휴대폰을 두고 와서는 오전부터 피곤했다. 직원들과 함께 회의실로 자리를 옮기는 중에 수완이 산의 심기를 야금야금 긁기 시작했다.

"웬일로 물건을 다 두고 다니십니까?"

"그러게 말입니다."

"그런데 물건을 잃어버리고도 어쩜 이렇게 태평하신지. 전화 한번 해 보시죠? 혹시라도 본가에 없으면 어떻게 하려고요?"

"분명 거기 있을 테니 쓸데없는 걱정은 접어 두시고 얼른 회의나 하러 가시지요? 고 이사님."

"그럼요. 그래야죠."

산은 일할 때는 꼼꼼하고 빈틈이 없는 수완이 평소엔 손에 쥔 물건을 하도 잘 놓치고 다녀 그런 수완에게 무던히도 잔소리해 댔었다.

오전에 비가 왔다가 오후에 그치기라도 하는 날엔 어김없이 우산을 두고 가는 수완 때문에 우산꽂이에 그의 우산이 서너 개씩 꽂혀 있는 건 예사였다. 제발 우산 좀 챙겨 가라고 하면, '에이, 내 덕분에 우산을 안 가져온 직원들이 편하지 않습니까?' 하며 능글능글 구렁이 담 넘어가던.

술자리에서도 소지품을 두고 가는 걸 본 적이 한두 번이 아니었기에 항상 잊은 건 없는지 잘 살펴봐라, 앉았다 일어선 자리는 두 번 세 번 살펴라, 그렇게 놓고 다니려면 차라리 가방에다 넣어라, 따라다니며 챙기던 건 산이었다.

그렇게 늘 잔소리를 듣던 수완이 잔소리할 기회가 생긴 마당에 그냥 곱게 넘어갈 리가 없었다.

"꼬옥 거기 있어야 할 텐데 말입니다. 저는 그래도 휴대폰은 놓고 다니지 않는데."

"고 이사님도 저 아니었으면 어디 휴대폰뿐이겠습니까? 지갑도 몇 번을 잃어버렸을 텐데요!"

"그러니까요. 저는 아내도 있고 대표님도 있으니 물건 잃어버릴 걱정이 없는데, 대표님은 일일이 챙겨 줄 아내도 없고 잔소리하는 상사도 없지 않습니까? 하하하."

"하…… 고 이사님? 회의실에 다 왔네요. 직원들도 있는데 계속하실 겁니까?"

"하하하. 아닙니다. 그만 들어가시죠. 회의해야죠. 회의!"

자신을 노려보며 목덜미를 주무르는 산의 모습에 풍선에서 바람 빠지듯 새어 나오는 웃음을 감출 수가 없는 수완과 휴대폰을 두고 와 가뜩이나 불편한데 하필 수완에게 들켜 지겹도록 시달리는 산이었다.

경선이 분주하게 서류를 정리하는 초롱에게 다가와 말을 건넸다.

"초롱 씨, 모레 심폐소생술 교육 하는 거 준비 잘돼 가? 통보는 다 된 것 같던데."

"네. 대리님. 지난주에 인트라넷에 올렸고, 오늘 오전에 전체 메일로 한 번 더 보냈어요. 식당이랑 현장 게시판, 사무실에도 출력물 다 부착되어 있고요. 혹시 몰라 지금 팀장님들께 한 번 더 협조 요청 드리러 가려던 참이었어요."

"그렇게 해 주면 너무 좋지. 모르긴 몰라도 현장에는 아직 확인 못 한 분들 많을 거야. 그리고 소방서에도 확인 전화 한번 해야 할 텐데? 너무 바쁘셔서 혹시나 잊고 계실 수도 있으니까."

"그건 어제 전화해서 확인받았어요. 모레 10시까지 와 주기로 하셨고요."

"역시 확실해. 초롱 씨, 어디 있다 이제 왔니? 일하는 거 정말 마음에 쏙

든다!"

당연히 해야 할 일을 했을 뿐인데 뜻밖의 칭찬에 초롱이 멋쩍게 웃으며 정리한 서류를 들고 자리에서 일어섰다.

"마음에 드신다니 다행이네요. 대리님, 현장에 결재받을 거 있으면 저한테 주세요. 가는 길에 받아 올게요."

"매번 미안하게 뭘. 내가 가면 돼."

"어차피 가는 길인데요 뭘. 운동도 되고 좋아요."

"그래. 말이라도 고맙다. 그럼 결재 갈 건 없으니까, 혹시 팀장님들 결재하셨다고 하면 그것만 좀 가져다줄래? 다음에 내가 제대로 한턱 쏠게."

"네. 다녀오겠습니다."

경선은 씩씩하게 사무실을 나서는 초롱을 보며 싱긋 웃었다. 최고의 부하 직원이 있다면 바로 초롱이 아닐까. 생각하면서.

회사 개업식과 사택에 초대받은 날 온 뒤로 이번이 세 번째였다.

금옥은 예전과는 확연히 많이 달라진 손자의 회사를 둘러보며 흐뭇한 미소를 감추지 않았다.

'어쩜 하나같이 이렇게 잘 자랐을까? 내가 참 복이 많은 사람이지. 암 그렇고말고. 더는 욕심 없는데…… 다들 제 짝 만나 잘 사는 것만 보면 여한이 없겠는데.'

회사를 둘러보며 혼자만의 생각에 멍하게 빠져 있다 그만 발을 헛디디고 말았다.

"어이쿠, 이런 망할!"

마침 근처를 지나던 초롱이 엉덩방아를 찧은 금옥을 발견하고서 서둘러 다가와 걱정스레 말을 꺼냈다.

"어머! 어르신, 괜찮으세요? 어디 다친 곳은 없으세요?"

"아이고, 허리야."

"허리가 불편하세요?"

"글쎄. 괜찮은 것 같기도 하고."

"혹시 모르니 병원부터 가셔야 할 것 같아요. 잠시만 기다려 주세요. 제가 사람을 좀 불러올게요."

"아니 아니야. 그 정도는 아니고, 나 좀 일으켜 줄 수 있겠어요?"

"그럼요. 그런데 이렇게 막 일어나도 괜찮을까요?"

초롱은 혹시나 어르신이 뼈라도 상하셨을까 걱정이 되어 쉬이 일으켜 드릴 수가 없었다.

"난 괜찮아. 괜찮아요, 정말. 그러니 조금만 도와줘요. 삐끗한 것보다 엉덩이가 배겨서 더 앉아 있을 수가 없어."

"어머, 죄송해요. 제가 눈치도 없이."

파쇄석이 잔뜩 깔린 바닥을 보며 아차 싶었다. 초롱은 얼른 어르신의 팔을 부축해 조심스레 일으켜 세워 주었다.

"혹시 혼자 오셨어요?"

"응. 혼자 왔지. 아가씨는 여기 직원이에요?"

"네. 그런데 정말 괜찮으시겠어요? 아무래도 병원에 먼저 가 보시는 게……."

"일어서고 보니 정말 괜찮은 것 같아. 고마워요. 정말."

금옥은 마치 제 일처럼 걱정하며 옷에 묻은 흙먼지를 털어 주는 살가운 아가씨를 유심히 보게 되었다.

"많이 놀라셨겠어요. 그런데 어떻게 오셨어요? 캠핑카 보러 오셨어요?"

아무리 카라반이나 캠핑카를 찾는 연령층이 다양해졌다고는 하나 어르신 혼자서 찾아오는 경우는 흔치 않아 조심스레 말을 건넨다.

"음. 사람도 보고 캠핑카 구경도 하고 겸사겸사 들렀어요."

금옥은 그런 초롱에게서 눈길을 떼지 못하고 있었다. 자신을 부축하고서 세심하게 살펴보는 초롱을 보니, 언제 아팠나 싶게 통증이 가시는 듯했다.

"네. 그런데 정말 어디 다치지 않으셨어요?"

거듭 물어보는 초롱에게 손사래를 쳤다. 어지간히 걱정되는 모양이었다.

"괜찮아. 옷이 두꺼워서 다친 데는 없으니 너무 걱정하지 말아요."

"네. 이만하길 정말 다행이에요."

"그러게, 하마터면 내가 여기 큰 민폐가 될 뻔했구먼."

"아니에요. 무슨 그런 말씀을…… 저도 여기서 넘어졌었는데요. 파쇄석이라 구두 신은 여성분들은 간혹 이렇게 삐끗하는 때도 있더라고요."

상냥한 초롱에게서 눈길을 거두지 못한 금옥이 고개를 끄덕이며 동조했다.

"그렇기도 하겠구먼."

"그런데 어떤 거 보러 오셨어요? 말씀해 주시면 제가 직원 불러 드릴게요."

"아가씨도 여기 직원이라면서? 아가씨가 소개해 주면 안 될까?"

"아, 저는 담당이 아닌 데다 지금 일이 있어 다른 동에 잠시 가 봐야 하거든요. 그리고 입사한 지 얼마 되지 않아 아직 좀 서툴러요. 담당하는 직원이 더 친절하게 잘 설명해 주실 거예요."

"아…… 그래요? 내가 낯을 좀 가려서 아가씨가 소개해 주면 더 편하게 구경하겠는데."

초롱은 시무룩한 표정으로 힘없이 말하는 할머니를 보며 마음이 약해져 버렸다.

"그럼 저쪽에 서류 전달만 하고 오면 되는데, 혹시 시간은 괜찮으세요?"

마케팅 담당 부서는 따로 있지만, 바쁠 때 가끔 도와본 경험이 있어 자신이 해도 무리는 없을 듯했다.

"그래도 되겠어요? 나야 그렇게 해 주면 너무 고맙지."

"그럼 잠시만 기다려 주세요. 얼른 다녀올게요."

금옥은 단정하게 묶은 머리를 휘날리며 씩씩하게 달려가는 초롱에게서 눈길을 떼지 않고 있었다. 그리 오래 지나지 않아 건물에서 나와 자신에게로 달려오는 모습에 왜 자신의 가슴이 설레는지 모를 일이었다.

"춥지 않으세요?"

열심히 달려와 숨을 몰아쉬며 하는 말은 또 어쩜 이렇게 예쁜지.

"하나도 안 추워요. 아가씨는 안 추워요?"

"네. 저는 괜찮아요. 그리고 혹시 모르니 나중에라도 병원에 꼭 가 보셔야 해요. 꼭이요."

"그래, 알았어요. 젊은 사람이 참 속이 깊네."

"아니에요. 다만, 연세도 있으신데 걱정이 돼서. 그럼 뭐부터 보시겠어요? 혹시 전에 본 적이 있거나 생각해 둔 모델이 있으세요?"

"전에 본 적은 있기는 한데,"

금옥은 뭐라고 해야 이 아가씨와 더 오랜 시간을 보낼 수 있을까 고심하며 생각을 쥐어짜고 있었다. 결국 아들 내외에게 선물하려다, 일단 먼저 보고 가서 다음에 아들을 데려오마 하고서야 아가씨와 편하게 캠핑카를 구경하며 얘기를 나눌 시간을 벌었다.

"크기는 이 정도가 딱 적당하실 거예요."

"음. 아들 내외 둘이 다니기에는 딱 좋겠구먼. 그나저나 젊은 아가씨가 참 싹싹하네. 담당이 아니라더니 어쩜 이렇게 설명을 잘해? 고마워요. 덕분에 구경 잘 했어요. 그런데…… 혹시 아가씨는 결혼했어요?"

"아니요. 아직."

"그럼 만나는 사람은 있어요?"

"……아니요."

"잘됐네. 잘됐어! 그럼 선 한번 보지 않을래요? 우리 손자며느리 삼으면 딱 좋겠는데."

"어르신도 참, 오늘 딱 한 번 보셨는데 뭘 믿고 손자며느리 삼을 생각을 하세요?"

초롱은 어르신의 엉뚱한 말에 피식 웃음이 나왔다. 이미 한두 번 겪어 본 일이 아니었다. 나이가 지긋하신 분들은 꼭 한 번씩 며느리로 삼고 싶다는 둥 아는 총각 소개하고 싶다는 둥 하는 경우가 많았다.

처음에는 적잖이 당황했지만 몇 번 겪다 보니 어르신 특유의 칭찬 또는 인사치레처럼 편하게 하는 말이라는 것을 알게 되었다. 물론 진지하게 연락처를 물어 오는 분들을 볼 때면 당혹스럽기도 했지만, 이제 이 정도는 웃으며 넘길 수 있을 만큼의 융통성도 생겼다.

"농담 아닌데? 우리 손자가 참 괜찮아요. 건실하고 듬직하고 착하고."

"제가 많이 부족해서요. 시간도 없고요."

"부족하기는. 이렇게 참한데! 시간이야 만들면 되지."

"말씀은 감사합니다만, 죄송해요. 아직은 혼자가 편해서요. 음…… 다른 캠핑카도 한번 보시겠어요?"

아가씨의 단호함이 더 마음에 드는 건 무슨 조화인지.

"그래요 그럼. 다른 거 하나 더 보여 줘 봐요."

어째 보면 볼수록 마음에 들었다. 나이답지 않게 차분한 말투와 점잖은 행동, 사람을 대하는 태도, 무엇 하나 눈에 거슬리는 것 없이 곱기만 했다.

생각 같아서는 조금 더 잡아 두고 싶지만 혹시 나중에라도 자신이 누구인지 알게 되면 아가씨가 당황할 수도 있을 것 같아 이제 그만 귀찮게 하고 손자를 만나러 가려는데, 때마침 누군가 자신을 부르는 소리가 들렸다.

"할머니?"

"아이고, 이게 누구야. 수완이 아닌가?!"

"맞네요. 할머니께서 여기까지는 어쩐 일이세요? 대표님, 대표님. 여기 좀 와 보세요."

마침 현장을 돌아보던 수완에게 딱 걸려 버렸다. 금옥이 말릴 사이도 없이 수완이 멀찌감치 떨어져 있는 산을 부르자 그가 곧장 수완에게로 다가왔다.

"할머니, 여기까지 어쩐 일이세요?"

"휴대폰을 두고 갔기에 갖다주러 왔지."

금옥은 눈에 띄게 당황하는 아가씨를 보며 괜스레 미안함에 목청을 가다듬었다.

"아니, 휴대폰이야 제가 가지러 가면 되죠. 날도 추운데 뭐 하러 힘들게 여기까지 오셨어요."

"힘들기는. 이 정도는 얼마든지 다닐 수 있어. 이 녀석이 날 무슨 거동도 안되는 노인네 취급 하고 있어."

"아니, 그게 아니라."

"아이고, 우리 대표님. 할머니가 손자도 보고 손자가 운영하는 회사도 보고싶어 겸사겸사 오신 것 같은데 그러지 말고 가서 차 한잔 하시고, 구경도 좀 시켜 드리고 하세요."

수완의 말에 산은 뒤늦게 아차 싶었다.

"아하, 그럼 진작 그렇다고 말씀을 하시죠. 우리 할머니 많이 서운하셨겠네."

눈치 없이 나온 말을 주워 담을 수 있다면 좋으련만. 마음을 알아주는 수완을 손자 보듯 대견하게 바라보는 할머니를 보며 죄송한 마음이 드는 것도 잠시, 산은 이내 할머니 옆에서 쭈뼛거리며 자리를 벗어날 궁리를 하는 초롱에게 절로 눈길이 닿았다.

"초롱 씨가 안내한 거예요?"

"그게 저는 캠핑카 보러 오신 줄 알고…… 죄송합니다. 실례가 많았습니다."

난처함에 초롱의 얼굴이 달아올랐다.

"아니야, 아니야. 내가 정말 보고 싶어서 그런걸. 내가 바쁜 사람 시간 뺏어서 미안하지. 정말 고마웠어요."

금옥은 괜한 짓을 해서 아가씨를 곤란하게 만들어 미안하기만 했다.

"수고했어요. 초롱 씨. 그만 가서 일 봐요. 그리고 할머니는 저와 차 한잔 하실까요?"

초롱을 유심히 보는 할머니의 눈빛이 다소 찜찜하기는 했지만, 설마 회사 직원에게 별말씀 하셨을까 싶었다.

얼른 자리를 피할 줄 알았던 초롱이 잠시 머뭇거리더니 조심스레 말을 꺼냈다.

"저, 대표님. 어르신께서 파쇄석에 넘어지셨습니다. 확인 한번 해 보시는 게."

"네?!"

"아이고, 괜찮다니까 그러네. 다친 데 없어. 병원 가라는 소리는 하지도 마! 이미 이 아가씨한테도 충분히 들었으니까. 그리고 아가씨, 도와줘서 정말 고마웠어요."

"아닙니다. 그럼 전 이만."

산은 인사를 꾸뻑하고서는 도망치듯 달려가는 초롱을 눈으로 좇다 이내 할머니께 다가섰다.

"일단 병원부터 가요."

"아, 괜찮다니까 그러네. 멀쩡해. 긁힌 것도 하나 없이 말짱하다고!"

사택으로 가는 내내 병원을 가야 하느니 마니 입씨름을 하는 손자와 할머니였고, 자식 이기는 부모 없다고 했던가? 결국 손자에게 밀려 병원을 꼭 가 보마 약속하고서야 사택에 발을 들여놓을 수 있었다.

손자의 성격만큼이나 군더더기 없이 깔끔한 사택의 내부를 둘러보며 누가 남자 혼자 사는 집이라고 할까 싶었다. 이렇게 아쉬운 게 없으니 더 혼자 지내려고 하는 건 아닌지.

"하도 입씨름을 했더니 목이 다 타네. 맛난 차로 좀 내와 봐."

"네. 세상에서 가장 맛있는 차로 드릴게요. 좀 앉으세요."

"오냐. 종종 물건 좀 흘리고 가. 핑계 삼아 또 놀러 오게."

산이 금옥의 말에 피식 웃으며 고개를 내저었다.

"아차, 오다 보니 배터리가 다 됐는지 전화가 꺼지더라. 얼른 확인부터 해봐."

"네, 할머니."

휴대폰을 충전하며 급한 연락이 온 건 없는지 살피던 산이 금옥을 향해 능청스레 물었다.

"그런데 할머니, 이젠 캠핑도 하시려고요?"

"시끄러워! 그나저나 산아, 아까 그 아가씨 말이다."

"그 아가씨? 이초롱 씨요?"

"그 아가씨 이름이 이초롱이야? 아이고, 이름도 얼굴만큼이나 예쁘네."

초롱을 떠올리던 금옥의 얼굴에 화색이 돌았다.

"이초롱 씨가 왜요?"

"어떠냐? 그 아가씨."

"할머니!"

산은 휴대폰을 충전하고서 차를 준비하러 가다 말고 발끈했다.

"그냥 물어보는 거야. 입사한 지 얼마 안 됐다며? 아직 만나는 사람도 없는 모양이던데."

"할머니, 설마 그걸 직접 물어보셨어요? 도대체 무슨 말씀을 하신 거예요?!"

"말은 무슨 말을 해? 그럴 시간이나 있었어? 대화 좀 해 볼까, 하던 차에 네가 오는 바람에 정작 나이도 못 물어봤구면."

"나이는 알아서 뭐 하시려고요? 우리 회사 직원이에요. 제발 엉뚱한 생각은 하지도 마세요."

"인연은 본디 가까이에 있기 마련인데, 어리석은 사람들은 항상 등잔 밑이 어둡지."

산의 입에서 한숨이 절로 나왔다.

"하…… 정금옥 여사님? 제발 저 좀 살려 주세요. 제 나이 이제 겨우 서른둘이에요. 아직 조바심 내야 할 정도로 급하지 않다고요."

"흠. 그래. 알았어. 아가씨가 참, 참하고 상냥한 게 하는 짓도 예쁘던데 너는 영 뜻이 없는 모양이구나. 그럼 강이나 수, 운에게라도 소개해 주면,"

"할머니!!"

"깜짝이야! 녀석이 어디서 고함을 질러?! 귀청 떨어져 나가겠네."

지금까지 콧방귀를 뀌며 유들유들하게 말하던 손자의 발끈하는 모습이 제법 흥미로워 유심히 바라보게 되었다.

우리 손자 하이산이 누군가? 그 어렵다는 이사회에서 기라성 같은 이사진들의 항의에도 얼굴색 하나 바뀌지 않고 꿋꿋하게 할 말 다 하고 쓴소리도 마다치 않던 뚝심의 소유자 아닌가. 그뿐만 아니라 좀처럼 쉽게 흥분하지 않는, 개성 강한 손자 중에서도 가장 이성적이고 차분한 성격의 소유자가 아니었던가?! 그런 녀석이 낯빛까지 붉히며 발끈하다니.

'요것 봐라.'

"그런 식으로 엮여 버리면 제가 얼마나 곤란해질지 제 생각도 좀 해 주시죠?"

'오호, 저는 하지 않을 거면서 남에게 주기는 싫다? 뭔가 있는데…… 그래. 너는 당분간 내 지켜보마.'

말로는 설명할 수 없는 직감이 꿈틀거렸다. 뜻밖의 수확이 아닐 수 없었다. 금옥은 저를 보지도 않고 입을 꾹 다문 채 차를 우려내는 손자를 느긋하게 관찰하며 여유로운 미소를 그리고 있었다.

6

요즘 초롱은 굿 모닝이라는 아침 인사가 참 어색했다. 요즘 들어 유난히 잠들기가 쉽지 않은 날들이 이어져 아침이 개운하지가 않았고, 늘 생각으로 가득 찬 머리는 무겁기만 했다.

회사 생활은 안정기에 접어들어 여유가 찾아오는데 마음은 전혀 그렇지가 못했다. 의식하지 않으려고 애쓰면 애쓸수록 계속해서 그가 떠오르고, 이상하게 눈길은 자꾸 그의 뒤를 밟고 있었다.

오늘은 또 어떤 얼굴로 그를 마주해야 하나. 걱정으로 무거운 머리에 손을 얹고 일정표만 노려보고 있는데 옆에서 누군가 부르는 소리가 들렸다.

"초롱 씨! 전화 안 받아?"

"네?"

"초롱 씨 전화 오는데?"

아니나 다를까 책상 위에 놓인 사내 전화가 요란하게 울리고 있었다. 얼마나 넋을 놓고 있었기에 전화벨 소리조차 듣지 못한 건지.

"안녕하십니까? 이산 코리아 운영지원본부 이초롱입니다."

— 안녕하세요. 굿 엔터 기획실장 한세민입니다. 우리 회사 신인 모델 화보 촬영 건으로 전화드렸습니다.

"아. 네. 대표님께 말씀 전해 들었습니다. 혹시 스케줄 나왔나요?"

— 네. 안 그래도 일정 때문에 연락드렸습니다. 제가 스케줄 가능한 날짜를 메일 발송했습니다. 보시고 대표님이 언제 가능한지 확인 좀 부탁드리겠습니다.

"네. 알겠습니다. 대표님께 확인해 보고 바로 연락드리겠습니다."

초롱은 곧장 메일을 확인하고 내용을 출력해 마침 보고 있던 대표님 일정표와 비교를 하며 미룰 수 없는 만남을 서둘렀다.

똑똑. 집무실 문을 두드리자 익숙한 그의 음성이 들려왔다.

"들어와요."

"안녕하십니까, 대표님."

"어서 와요."

산이 자리에서 일어나 테이블이 있는 소파로 자리를 옮기며 인사를 건넸다.

"어젠 우리 할머니 때문에 난처했을 텐데 잘 안내해 줘서 고마웠어요."

"당연히 해야 할 일이었어요. 난처한 일도 없었습니다."

"그래요. 그렇게 말해 주니 고맙네요. 자, 그럼 시작할까요?"

"네. 오전 10시에 대회의실에서 심폐소생술 교육이 있습니다. 그 외 다른 일정은 없습니다. 그리고 조금 전에 굿 엔터에서 연락받았습니다. 그쪽 스케줄을 메일로 받았는데, 여기 대표님 일정표 보시고 원하는 날을 말씀해 주시면 바로 굿 엔터에 알리도록 하겠습니다. 거기 체크 표시된 날은 비 예보가 있는 날이라 피하는 것이 좋을 것 같습니다."

성실하게 푸른색 형광펜으로 체크를 해 둔 날을 보며 미소가 그려지는 것은 어쩔 수 없는 일이었다.

보통은 그냥 단순하게 서로의 일정을 맞추는 것에만 급급할 텐데, 어떻게 일을 한 지 그리 오래되지도 않은 사람이, 그것도 협찬 촬영은 처음임에도 불구하고 비 오는 날까지 체크를 해 둔 것인지 보통 꼼꼼한 사람은 아니다 싶었다.

"고마워요. 그럼 지금 바로 날을 정할까요?"

"네. 대표님."

초롱은 두 개의 일정표를 오가는 신중한 그의 모습에 자꾸만 시선이 머물렀다.

"이날이 좋겠네요. 굿 엔터에 통보하고, 고 이사님에게도 내용 전달해 주세요."

"네, 알겠습니다."

차 한잔 나누지 않는, 지극히 사무적인 말투와 점잖은 그의 태도는 분명 자신이 원했던 결과였다. 그런데 왜 이렇게 가슴 한편이 아려 오는지. 뒤돌아 나오는 초롱의 가슴에 구멍이 뚫린 듯 시린 바람이 불어왔다.

오전부터 예정된 교육으로 지원 부서 팀원들은 회의실에 있는 의자와 테이블을 밖으로 내놓으며 분주하게 움직이고 있었고, 초롱은 도착 예정인 소방대원을 마중하기 위해 현장으로 내려갔다.

"고생이 많습니다. 뭐 내가 도울 건 없어요?"

진행 상황을 살펴보려 회의실에 들른 산이 직원들을 향해 물으며 팔을 걷어올렸다.

"제가 도우면 되는데 뭘 대표님까지 오셨어요? 이리 와서 매트 좀 같이 깔아요."

먼저 와서 직원을 돕던 수완이 말 따로 행동 따로, 완벽한 언행 불일치를 보이며 열심히 산을 향해 오라고 손짓했다.

대표님과 이사님의 솔선수범에 의자를 내놓고서 잠시 쉬던 직원들이 서둘러

다가오자 산이 만류했다.

"놔둬요. 의자 뺀다고 고생했는데 좀 쉬어요. 이건 우리 둘이 해도 충분하니까."

산은 자신이 온 뒤로 뺀질거리는 수완에게 열심히 요가 매트를 집어 던지며 웃고 있었다. 교육을 10분여 남겨 두고 삼삼오오 회의실로 모여드는 직원들을 향해 경선이 외쳤다.

"두 분씩 조를 만들어 자리에 앉아 주세요."

경선의 말에 저마다 짝을 이루어 매트에 앉았다. 산이 그런 직원들을 둘러보다 보이지 않는 한 사람을 찾으며 경선에게 물었다.

"이 대리, 초롱 씨가 안 보이네요. 어디 갔습니까?"

"아, 네. 초롱 씨 소방대원 마중 갔습니다. 이제 올 때가 됐는데…… 아, 저기 오네요."

얼굴에 편안한 미소를 그리고 자연스럽게 소방대원과 대화를 하며 회의실로 들어서는 초롱의 모습에 산의 기분이 다운되고 있었다. 남에게는 저렇게 자연스럽게 잘 웃어 주고 대화하면서 왜 유독 자신에게만 냉정하게 구는 것인지. 서운한 마음이 드는 건 어쩔 수 없는 일이었다.

해마다 보는 소방대원에게 다가가 감사의 악수를 하고서 산 역시 수완과 함께 매트 위에 앉았다.

초롱은 소방대원에게 마이크와 생수를 전해 주며 그가 자기소개 하는 동안 한쪽으로 비켜서서 그의 말을 경청하고 있었다. 소개가 끝난 후 교육을 앞두고 시청각 자료를 먼저 보여 주는 동안에도 초롱은 소방대원의 옆에서 그를 도왔다.

초롱은 당연히 자신이 해야 할 일을 하고 있는데, 산은 그 모습마저 보고 싶지가 않았다. 하필 오늘 온 소방대원은 작년에 이어 올해까지 몸짱 소방관 달력을 장식하는 유능한 소방대원이었고, 질투라는 달갑지 않은 감정에 가만히 한숨을 내쉬며 고개를 내저었다.

"대표님, 급한 연락이 와서 잠시 나갔다 오겠습니다."

산이 고개를 끄덕이자 수완이 이내 회의실을 벗어나고 동시에 교육은 시작되었다.

VCR 시청을 마치자 소방대원이 마이크로 설명을 시작했다.

"화면에서 보셨다시피 심정지 후 심폐소생술만 잘해도 생존율이 세 배나 높아집니다. 그러니 두렵다고 피하지 마시고, 오늘 교육 잘 숙지하셔서 응급 상황 발생 시 꼭 적절한 대처를 해 주시기를 부탁드립니다. 자, 그럼 지금부터 실습에 들어가겠습니다. 다들 두 분씩 앉아 계시죠?"

"네!"

"그러면 두 분이 번갈아 가면서 하게 될 텐데요, 앞에 있는 CPR 모형을 요구조자라 생각하고 가장 먼저 무얼 해야 할까요?"

"의식 확인!"

"네. 그렇죠. VCR을 아주 잘 시청하셨네요. 하지만 그것보다 앞서 주변이 안전한지 꼭 확인하셔야 합니다. 언제 어느 상황에서 심폐소생술을 하게 될지는 아무도 모릅니다. 화재로 인한 사고가 있을 수 있고, 교통사고나 기타 등등 위험한 상황이 있을 수 있겠죠. 그럴 땐 우선 안전한 장소로 이동하는 것이 요구조자나 응급처치자가 다치는 일을 방지할 수 있습니다. 여기까지는 이해하셨나요?"

"네."

직원들의 시원스러운 대답이 만족스러운지 소방대원이 미소와 함께 고개를 끄덕이며 다시 교육을 이어 갔다.

"첫 번째, 우선 구조자 주위의 안전을 확보합니다. 두 번째, 호흡과 반응이 있는지 확인합니다. 그때, 무리하게 구조자를 두드리거나 흔드는 행위를 해서는 안 됩니다. 구조자의 의식을 확인할 때에는 어깨뼈를 위에서 아래로 두드려야 합니다. 기억하세요. 앞에서 두드리는 것이 아니라 어깨뼈 위에서 아래로."

소방대원이 자신의 어깨를 위에서 아래로 치며 시범을 보였다.

"그리고 세 번째, 주위에 사람이 있다면 빨리 119에 신고 요청을 하되 도와 달라고 할 때는 정확하게 한 사람을 지목해서 도움을 요청합니다. 예를 들어 보라색 셔츠 입은 아저씨, 119에 신고해 주세요. 이렇게요. 그리고 주위에 도와 줄 사람이 없다면 스피커폰으로 119에 전화를 걸어 대원의 도움을 받으며 조치를 취하는 것도 한 방법입니다. 여기까지가 가장 빨리, 동시에 이루어져야 하는 단계입니다."

소방대원이 회의실 안 직원들을 두루 살펴보았다. 모두 고개를 끄덕이며 열심히 경청하는 모습에 서둘러 다음 단계로 넘어갔다.

"네 번째. 이제 본격적으로 심폐소생술을 하게 될 텐데요. 우선 양손을 깍지 끼고 압박을 하게 되는데, 이때 손가락 끝이 몸에 닿지 않도록 주의해야 합니다. 오로지 손바닥으로 해야 합니다. 그리고 위치는 여러분들이 익히 잘 알고 있는 젖꼭지 정중앙 아닙니다. 작년에도 교육을 받은 직원분들은 잘 아시겠죠? 명치에서 가운뎃손가락 두 마디 위, 어디라고요?"

"명치에서 가운뎃손가락으로 두 마디 위!"

"네. 정확합니다. 자, 여기서 숙련된 조교, 대표님? 잠시 앞으로 나와 주시겠습니까?"

자신이 응급처치 국제 인증 자격증을 보유하고 있다는 걸 이미 알고 있는 소방대원의 말에 산이 웃으며 앞으로 나갔다.

"자, 제가 우선 시범을 보일 테니 여러분은 잘 보고 따라 하시면 됩니다."

소방대원은 산의 흉부에 정확한 자세로 시범을 보이고 있었고, 직원들도 곧 잘 따라 하고 있었다.

"초롱 씨라고 하셨죠? 초롱 씨도 여기 앉아서 대표님을 구조자라 생각하고 한번 해 보세요."

여태 소방대원의 교육을 도우며 옆에서 지켜만 보던 초롱이 깜짝 놀라 되물었다.

"네? 제가요?"

"네. 어서요. 이거 아주 중요한 교육이에요. 아직 한 번도 안 해 보셨죠?"

"아. 네."

"그러니까요. 어서 와서 해 보세요. 이게 말로만 듣는 것과 직접 해 보는 건 천지 차이예요."

"네."

초롱이 쭈뼛쭈뼛 산에게 다가가 누워 있는 그의 옆에 무릎을 꿇어앉았고, 소방대원은 충실히 자신의 역할을 다하고 있었다.

"자, 이쪽 여기에 손을 올려놓고, 그렇죠. 그렇게 시작하면 됩니다. 단, 대표님은 모형이 아니니 너무 강하게 하시면 정말 갈비뼈가 부러질 수도 있어요. 지금은 힘 조절하시고, 이따 다른 분들 하시고 나면 따로 CPR 모형으로 한 번 더 해 볼게요."

"네. 알겠습니다."

산은 점점 얼굴이 붉게 달아오르는 초롱을 아래에서 올려다보며, 이렇게 좋은 교육을 매해 받게 한 자신을 향해 자화자찬하지 않을 수가 없었다. 좀 전까지만 해도 갖고 있던 속 좁은 마음은 어느새 사라져 버리고 흐뭇한 미소가 스며 나왔다.

'저 소방대원 사람 참 괜찮네. 괜찮아.'

소방대원이 다른 직원들을 살펴보러 간 사이 초롱은 시선을 그의 명치에만 고정한 채 배운 대로 숫자를 세며 나름 열심히 실습을 하고 있었고, 산은 두근거리는 심장이 그녀의 손바닥에 닿기를 바라며 그녀의 예쁜 얼굴을 눈에 담고 있었다.

"초롱 씨, 그러면 나 죽어요."

산은 열심히 실습만 하는 초롱이 얄밉고,

"네? 아. 너무 강한가요?"

초롱은 자신을 뚫어져라 바라보는 대표님이 민망했다.

"아니, 실전에서 그렇게 살살 하면 벌써 죽었다고. 조금 더 강하게 압박해 봐요."

"아. 네. 이렇……게요?"

"좀 전보다 낫네요. 실전에서는 그것보다 딱 두 배 더. 좀 있다 모형으로 할 때는 체중 실어서 제대로 해 봐요."

"네. 알겠습니다. 이사님이 오셔야 대표님도 실습하실 텐데……."

"내 생각 해 주는 거예요? 아니면 초롱 씨한테 누우라고 할까 봐 겁나요?"

어떻게 이렇게 자신의 생각을 귀신같이 콕 집어내시는지.

"아니. 그게 아니라, 이사님도 하셔야 하니까요."

산이 참았던 웃음을 터트렸다.

"걱정하지 말아요. 절대 초롱 씨더러 누우라고 하지 않을 테니까. 그리고 고 이사님도 나도 이미 관련 자격증이 있어요."

"아…… 네."

초롱은 언제까지 이렇게 어색하게 있어야 할까 민망함에 애꿎은 입술을 깨 무는데, 대뜸 그의 지적이 귓가에 콕콕 박혀 들었다.

"다리 힘 빠지지 말고 그대로 유지!"

"네."

"팔은 구부리지 말고 팔꿈치를 확실하게 펴요. 직각을 만들어야지."

"네."

"숫자 세는 거 잊지 말아요."

"네. 하나, 둘, 셋, 넷."

열등생인 모양이었다. 초롱은 하나부터 열까지 지적을 하는 대표님이 얼마나 개구쟁이 같은 표정으로 자신을 바라보는지 알지도 못한 채 그저 열심히 지적하는 것을 고쳐 가며 진땀을 빼야 했다.

기어이 CPR 모형을 상대로 두 번 더 완벽하게 실습을 하고서야 오케이 사인을 받으며 힘든 실습을 마치게 되었다.

산은 차를 타고 이동을 하며 어제 있었던 실습을 떠올렸다. 심폐소생술을 마치자 다 끝난 줄 알고 안도의 한숨을 내쉬던, 이제 인공호흡 하는 법까지 배워보자는 말에 놀라 눈을 동그랗게 뜨던 초롱의 모습이 불현듯 생각나 싱거운 웃음을 터트렸다. 설마 인공호흡을 직접 하라고 시키지는 않을 텐데 순진하게 놀라는 모습이라니.

결국 심폐소생술과 인공호흡 외에도 하임리히법까지 알차게 배우고 나서야 교육을 마쳤다. 체력 소모가 심했는지 점심을 그 어느 때보다 맛있게 먹던 초롱의 모습이 쉽게 머릿속을 떠나지 않아 퍽 난감했다.

잠시 후 목적지에 도착해 과연 여기를 찾아온 것이 잘한 일인지, 아니면 너무 성급한 판단은 아닌지. 잠깐 휴대전화를 응시하던 산이 결심한 듯 통화 버튼을 눌렀다. 단조로운 통화 연결음이 그칠 기미가 보이지 않아 전화를 끊으려는 찰나 익숙한 목소리가 흘러나왔다.

— 이산, 그렇지 않아도 전화 한번 해 볼까 했네.

"네. 교수님. 궁금해하실 것 같아 전화드렸습니다. 혹시 지금 자리에 계십니까?"

— 그래, 밥 먹고 잠시 쉬는 중이네.

"그럼 지금 잠시 찾아뵈도 되겠습니까?"

— 지금? 자네 회사가 아닌가?

"외근 나왔는데 마침 학교 앞을 지나가는 중이라 교수님 시간이 괜찮으시면 잠깐 들러 차 한잔 얻어 마실까 해서요."

— 그럼 나야 좋지. 어서 오게. 자네 좋아하는 차로 내려 줄 테니.

이미 학교 주차장에 머물러 있던 산은 곧장 차에서 내려 서둘러 걸음을 옮겼다.

"교수님."

"벌써 왔나? 지나가던 중이 아니라 아예 학교에 들어와 있었던 모양이야? 어서 앉게."

대호는 사람 좋은 넉넉한 미소와 함께 산 앞에 찻잔을 내려놓고 조심스레 차를 따라 주었다.

"잘 마시겠습니다."

"그래. 요즘 어때? 후배들은 일 잘하고 있나? 아니, 이제는 자네 직원들이라고 해야겠군."

첫 월급을 받았다며 언제나처럼 찾아와 봉투를 내밀던 초롱과 한참이나 대화를 나누었다. 저는 물론 동기들도 열심히 잘하고 있으니 걱정하지 마시라는 말에 다행이다 싶었는데, 초롱이 다녀간 지도 벌써 스무날이 훌쩍 넘어 버렸으니 그사이 또 제자들이 궁금한 대호다.

"그럼요. 다들 첫 직장인데도 불구하고 적응도 잘하고 기존의 직원들과도 너무 잘 지내고 있습니다. 이젠 신입 티도 벗어 제법 숙련되어 보이고요."

"걱정했는데 그것 참 다행이네."

"저. 그런데 교수님……."

"어. 그래. 혹시 자네 나에게 따로 할 말이 있어 온 건가?"

여간해서는 머뭇거리지 않는 시원시원한 성격의 제자가 무슨 일인지 몰라도 망설이고 있었다.

"아닙니다. 다만 여쭤볼 게 있어서요."

"말하게."

"이초롱 씨 맞습니까? 교수님께서 특히 신경이 쓰인다던 학생 말입니다."

"뜬금없이 그게 무슨 소린가?"

"휴학생이라도 괜찮은지. 여자라도 괜찮은지. 유달리 눈빛이 초롱초롱하다고 했던 학생이 이초롱 씨가 아닌가 해서 말입니다."

역시나 눈치를 챘던 모양이었다.

"대체 언제 눈치를 챈 건가? 설마 그 때문에 녀석을 채용한 건 아니겠지?"

"그럴 리가 있겠습니까, 그건 전혀 아닙니다. 교수님이 그렇게 신경을 쓰는 학생이 누군지 궁금하지 않았던 건 아니었지만, 면접은 공정하게 이루어졌습니다. 사실 면접을 볼 때만 해도 출장을 다녀온 직후라 정신이 없어 이런저런 생각을 할 여유도 없었고요. 그리고 혹시나 궁금해하실까 해서 말씀드립니다만, 면접 볼 때 가장 성의 있게 준비해 온 학생이 이초롱 씨였고, 대답 역시 가장 똑 부러지게 잘한 학생 역시 이초롱 씨였습니다."

"흠. 그럼 그 녀석 일하는 게 시원치 않은가?"

"교수님도 참, 설마 그런 일로 제가 여기까지 하소연하러 올까요. 분명 다들 일 잘하고 있다고 말씀드렸는데 말입니다. 초롱 씨가 일하는 것도 제일 야무지게 잘합니다. 입 댈 곳이 없죠. 전혀."

"그럼 빙빙 돌리지 말고 말해 보게. 도대체 무슨 일인가?"

대호는 초롱의 일이라면 하나부터 열까지 궁금하고 걱정되어 조바심이 났다.

"궁금해서요. 어떤 사람인지. 교수님이 신경 쓸 정도라면 왠지 잘 알고 계실 것 같아서요."

일도 그 누구보다 잘하고 있고, 입 댈 곳이 없는데, 궁금하다?

설마 하며 고개를 갸웃하던 대호가 의문을 입 밖으로 꺼냈다.

"음…… 회사 대표로서 가지는 호기심은 아닌 것 같네만?"

"부인하지 않겠습니다."

"그 아이를 본 지 얼마나 됐다고 그사이에 그 녀석이 궁금해졌단 말인가?"

"저도 이해가 안 되지만, 네. 그렇습니다. 궁금합니다. 이초롱 씨에 대해서 자세히 알고 싶습니다."

"직접 대화를 해 보지 그랬나?"

"노력 중입니다만 쉽지가 않습니다. 견고하게 벽을 치는 데다, 워낙 무뚝뚝해서요."

"무뚝뚝이라……."

어쩌다 우리 초롱이가 무뚝뚝하다는 말까지 듣게 됐을까? 마냥 착하고 살가운, 마음이 예쁜 초롱이와는 전혀 어울리지 않는 수식어에 헛웃음이 터지고 말았다.

그런 대호를 보던 산이 서둘러 다시 입을 열었다.

"실은 어쩌다 보니 주위 환경이 그다지 편치 않다는 걸 알게 됐습니다. 제가 도움이 될 수 있다면,"

"행여라도 그런 생각은 하지 않는 게 좋아. 그 녀석은 남에게 신세 지는 걸 죽기보다 싫어하네. 어쩌다 하는 수 없이 도움을 받게 된다고 해도 반드시 갚아야 하는 자립심이 강한 성격이란 말이네. 어떻게 알게 됐는지 어디까지 알고 있는지는 모르겠지만 섣불리 알은척은 하지 않는 게 좋아. 분명 힘든 상황이지만 묵묵히 잘 버티고 있고, 제법 잘 해결해 나가고 있네."

"그럼 저는 어떻게 해야 할까요? 어떻게 하는 게 좋을까요? 교수님."

이초롱이 신경 쓰입니다. 이초롱이 걱정 고민 없이 환하게 웃는 모습이 보고 싶습니다. 이초롱의 짐을 덜어 주고 싶은데 저는 어떻게 해야 할까요?

임 교수는 구름이 드리운 듯 그늘이 지는 제자의 얼굴을 바라보며 생각이 깊어지고 있었다. 여기까지 찾아온 걸 보면 분명 가벼운 마음은 아니었을 것이다.

이산이라면, 하이산이라면······.

초롱이를 위해서 어떻게 해야 할까? 어디서부터 어떻게 말을 해 줘야 할까?

"우리 초롱이······ 나한테는 자식이나 다름없는 녀석이네. 초롱이 아빠와 어려서부터 호형호제하며 지냈어. 자네가 그럴 일이야 없겠지만, 절대 가볍게 대하지는 말아."

"하지 않아도 될 걱정을 하십니다. 교수님과 연관된 사람이 아니라 해도 사람을 대하면서 가볍게 대해 본 적은 단 한 번도 없습니다만."

"그래. 신중한 사람이니 그럴 테지. 한데 어쩌지? 난 그다지 도움이 되지 못할 것 같은데. 그래도 여기까지 가벼운 마음으로 찾아오지는 않았을 테니······.

우리 초롱이 원래가 그렇게 무뚝뚝한 녀석은 아니었어. 완전 그 반대였네. 아빠를 닮아 이타적이고 착하기만 해서 오히려 걱정이었지. 지금 겉으로는 견고한 벽을 쳐 단단하고 씩씩해 보여도 속은 아직도 여리고 여전히…… 무르지. 그래서 말인데 아직 시작한 게 아니라면, 접을 수 있을 때 접는 것도 방법이야."

"교수님. 그렇게 쉽게 접어질 마음 같았으면 이렇게 교수님을 찾아뵙는 일도 없었을 겁니다. 이런 문제로 여기까지 오는 거 쉽지 않았습니다."

"그래. 그렇겠지. 하…… 그래. 자네는 초롱이에 대해서 뭘 어디까지 알고 있는 건가?"

교수님의 말에 산이 지난 기억을 더듬어 보았다.

"글쎄요. 어디까지라고 할 것도 없습니다. 다만, 남매가 둘 다 휴학을 해야 할 상황이었다는 것, 그리고 초롱 씨가 부양해야 할 가족이 있다는 정도."

"대체 자네가 그걸 어떻게 알게 된 거지? 초롱이가 제 입으로 말하지는 않았을 것 같네만."

"네. 맞습니다. 실은 초롱 씨 동생이 사고로 병원에 왔던 날, 우연히 친구와 나누는 얘기를 듣게 됐습니다."

"초원이가 사고로 병원에 갔던 날……이라면, 아니, 자네 그때부터 초롱이를 알고 있었다는 말인가?"

뜻밖의 사실에 놀란 대호의 눈이 더할 수 없이 커졌다.

"아닙니다. 그때는 얼굴은 보지도 못하고 그저 목소리만 들을 수 있었습니다. 우연히 한 공간에 있다 몰래 듣게 된 거라서요. 그때 들었던 이름과 같아서 그냥 그런가 보다 했지 설마 동일인일 거라는 생각은 꿈에도 하지 않았습니다."

"그런데?"

"우연히 회사 비상계단에서 동생과 통화하는 걸 듣고 알게 됐습니다. 초롱과 초원이 남매일 확률이 얼마나 되겠습니까? 게다가 그때 담벼락에서 들었던 목소리가 통화하는 초롱 씨와 너무 닮아 있어서요."

"말도 안 돼. 어떻게 이런 우연이."

"저도 놀랐습니다. 하필 그때 들었던 목소리의 주인이 우리 회사에 입사하게 될 줄은 몰랐으니까요."

대호는 제자의 말을 들으며 거듭되는 우연에 놀라지 않을 수가 없었다. 아무리 세상이 좁다지만 어떻게 이런 일이 있을 수 있을까.

어쩌면. 어쩌면 말이야. 두 사람은 하늘이 정한 인연이 아닐까. 흔들림이라고는 없는 진중한 제자의 눈빛을 보며 대호는 빛과 같은 희망을 보게 되었다.

"흠…… 어디서부터 말을 할까. 그래도 자네가 어느 정도는 알고 왔으니. 전후 사정까지야 말할 수 없네만, 사실 초롱이 아빠가 몇 년째 병원 신세를 지고 있어. 예전에는 그래도 입퇴원이라도 가능했지만, 지금은 대부분 병원에 있다고 보면 되네. 게다가 일 년에도 한두 번…… 중환자실에 가. 그럴 때면 녀석의 신경은 날카로운 바늘 끝처럼 곤두서고는 하지. 가족 중에 중환자가 있다는 건 말이야, 몸에 시한폭탄을 늘 지니고 다니는 거나 다름없어. 상상이나 할 수 있겠나? 그 위태로운 하루하루를 말이야."

산은 가족 중 누구 하나라도 그런 상황에 놓이게 된다는 건 상상조차 하고 싶지 않았다.

오래전 그날 막냇동생이 불의의 사고로 혼수상태에 빠져 있었던 그 사흘, 모든 가족을 초주검 상태로 내몰았던 그 끔찍했던 사흘은 꿈에서조차 다시 대면하고 싶지 않았다. 하물며 너는 그 오랜 시간을 어떻게 견뎌 왔을까? 그 오랜 시간을 어떻게 그렇게 잘 이겨 냈을까?

아마도 너는, 내가 생각했던 것보다 훨씬 더 강하고 훨씬 더 단단하고 훨씬 더 예쁜 사람인가 보다.

"초롱이는 워낙 책임감이 강해서 가족을 외면하지 못해. 자신이 끝까지 모든 걸 책임지려 할 거야. 아니 이미 그러고 있지. 그 모든 걸 자네가 감당할 수 있겠나? 자네는 우선순위에서 늘 밀려나게 될 거야. 참고 기다리고 인내해야 할 일들이 많을 거야. 수도 없이. 그 모든 걸 감내할 자신이 없다면, 끝까지 지켜 낼 자신이 없다면, 아예 시도조차 하지 않는 게 서로를 위해서도 좋지 않을까, 끝까지 그 마음을 지킬 자신이 없다면 말이야."

'자네라면. 자네라면…… 이런 악조건에도 불구하고 초롱이를 따뜻하게 보듬어 줄 수 있지 않을까? 그래, 이산 자네라면 초롱이가 충분히 의지하고 기댈 수 있을 것 같은데, 어떤가? 감당할 수 있겠나?'

"말씀 정말 감사합니다. 교수님."

그런 이초롱이니까. 힘들다 도망가지도 포기하지도 않는 씩씩한 이초롱이니까. 나는 너 놓을 수 없을 것 같아. 나는 끝까지 지켜 낼 자신이 있는데 너는 나를 잡을 용기가 있을까.

분명 너에게도 그런 용기가 있을 거야. 너는 씩씩한 이초롱이니까. 너는 단단한 이초롱이니까. 혹시라도 그런 용기가 남아 있지 않다면…… 까짓것 내가 불어넣어 주면 되고.

"내 말이 도움이 되었는지 모르겠네."

"도움이 되다 뿐이겠습니까. 제가 포기해서는 안 될 이유가 더 확실해졌습니다."

대호는 자신만만한 특유의 여유 넘치는 산의 미소에 덩달아 개운하게 웃고 말았다.

"다음에 또 찾아뵙겠습니다. 아, 그때는 좋은 소식을 가져오도록 최선을 다하겠습니다."

'그래, 자네라면…… 이산 자네라면 걱정 없이 초롱이를 맡길 수 있을 것 같아. 기대해 보지.'

흐뭇한 미소를 지으며 말없이 고개를 끄덕이던 대호가 무언가 떠올랐는지 급히 산을 불렀다.

"아, 이산 자네!"

"네, 교수님."

"우리 초롱이, 담배 냄새 아주 싫어하네. 녀석이 하도 잔소리를 해서 나도 오래전에 끊었네."

"담배라면 이미 끊었습니다. 그날, 그때 병원에서 몰래 피우다 만 담배가 마지막이었습니다. 제 대답이 마음에 드십니까, 교수님?"

"하하하하하. 아주 마음에 드네."

흐뭇한 미소를 지으며 고개를 끄덕이던 대호가 기대감을 감춘 채 나지막이 말했다.

"건투를 비네."

"감사합니다. 그럼 가 보겠습니다."

이미 속내를 읽은 듯 인자하게 웃고 있는 교수님을 보며 정중히 인사하고 나오는 산의 발걸음이 한결 가벼워졌다.

예정에 없던 외근으로 그가 자리를 비웠다. 초롱은 우연히라도 그와 부딪힐 확률이 줄었으니 마음이 편해야 하는데 낯선 허전함이 먼저 가슴을 파고들었다.

머릿속이 온통 꼬이고 꼬여 버린 실타래 같았다. 며칠째 답답한 마음은 해소될 기미를 보이지 않았고, 의지와는 전혀 상관없이 저도 모르게 그에게서 시선이 멈추었다. 하루에도 몇 번씩 선로를 벗어난 생각의 길 또한 그에게로 향하고 있었다.

살면서 처음으로 느껴 보는 익숙하지 않은 감정들이 꼬리에 꼬리를 물고 초롱을 괴롭히고 있었다.

"초롱 씨, 혹시 요즘 무슨 일 있어?"

경선이 소리 없이 다가와 물었다.

"네? 그게 무슨 말씀이세요?"

"뭔 생각을 그렇게 해? 꼭 무슨 고민 있는 사람 같아 보여."

"아니에요. 고민은요 무슨······."

"아니면 다행이고, 혹시라도 말이야 무슨 일 있으면 언제든 말해. 혼자 속앓이하지 말고, 응?"

"네. 감사합니다, 대리님."

자신을 걱정하고 배려하는 경선을 보며 본의 아니게 걱정을 끼친 것 같아 미안함과 고마운 마음에 자연스럽지 않은 미소를 그려 보았다. 막 경선과 대화를 끝냈을 때였다.

"초롱 씨, 밖에 누가 찾아왔는데?"

사무실 입구에서 자신을 부르는 직원을 보며 초롱이 의아해 되물었다.

"저를요?"

자신이 이곳에서 일하고 있다는 걸 아는 사람은 가족을 포함해 극소수였다. 분명 그 극소수의 사람들은 이렇게 일터에까지 오게 될 일이라면 미리 연락이라도 주고 올 사람들이었기에 의아함에 고개를 갸웃하며 사무실 밖으로 나가 보았다.

건물을 등지고 서 있다 인기척에 돌아보는 사람은 전혀 예상하지 못한 뜻밖의 인물이었다.

"초롱아."

"규영 오······빠?"

"오랜만이다. 잘 지냈지?"

"네. 그런데 여긴 어떻게."

"소현이하고 얘기하다 우연히 네 얘기가 나왔는데, 너 여기 다닌다고 하더라."

의아한 표정을 감추지 못한 초롱이 다시 물었다.

"아······ 그런데 무슨 일로 오셨어요?"

"캠핑카 회사에 무슨 일로 왔겠어? 당연히 차 보러 왔지."

"캠핑하시려고요? 이쪽으로 관심이 있는지 전혀 몰랐어요."

"나의 로망이긴 하지만 아직은 아니야. 그만한 시간적 여유가 없거든."

"그럼 왜?"

"꼭 캠핑할 때만 캠핑카가 필요한 게 아니더라고. 난 출장도 잦은 데다 출장지 근처에 숙소가 마땅치 않은 경우가 종종 있어. 그럴 때마다 난감한 경우가 한두 번이어야 말이지. 그럴 때 캠핑카 하나 있으면 어디를 가게 되더라도 최소한 숙박 걱정은 하지 않아도 되잖아?"

"그야 그렇죠. 하지만 비용이 만만치 않을 텐데요."

"나 그 정도 능력은 있어."

능력이 없어 보여 그런 말을 한 게 아니었는데 뜻이 왜곡되어 당황한 초롱이 서둘러 말을 덧붙였다.

"아니, 제 말은 그게 아니라 아무리 출장이 잦아도 비용적인 측면에서 볼 때 캠핑카가 호텔을 이용하는 것보다 효율적이라고는 말할 수 없을 것 같아서요. 얼마나 많이, 그리고 오래 이용할지는 모르지만 캠핑카는 감가상각도 빠르고,"

잠자코 듣고 있던 규영이 초롱의 말 중간에 끼어들었다.

"지금 나 걱정해 주는 거야? 마음은 정말 고마운데 그런 걱정은 넣어 둬. 지금은 비록 일 때문이기는 하지만 혹시 알아? 캠핑카의 매력에 빠져서 자연을 벗 삼는 사치를 누리게 될지? 사실 전부터 캠핑카 생각은 많았어. 알아볼 여건도 시간적 여유도 없어서 미뤘던 것뿐인데, 마침 네가 여기 일한다고 하니 알아보기도 편하고 너도 이렇게 보고 겸사겸사 와 본 거야."

말의 앞뒤가 바뀐들 좀 어떠랴. 초롱이 이곳에 없었으면 캠핑카를 살 생각이나 했을까?

초롱을 마음에 담은 규영은 그녀를 보고는 싶고, 섣불리 연락했다가 시작도 하기 전에 도망갈 틈을 만들어 주고 싶지는 않았다. 초롱이 부담 느끼지 않도록 자연스럽게 가랑비에 옷 젖듯 눈치챌 틈도 없이 스며들고 싶었다. 이제부터 시작이다.

"아, 네."

"끝이야?"

"네?"

"나 지금 캠핑카 볼 수 있는 거야? 홈페이지에는 실물을 바로 확인할 수 있다고 되어 있던데?"

"네. 그럼요. 당연하죠. 음. 그럼 지금 바로 보러 가시겠어요?"

잠시 망설이던 초롱은 그렇게 친분이 두터운 것도 아니고 그렇다고 모르는 사람도 아니라 다른 직원에게 부탁하기도 뭣해서 직접 안내를 하기 시작했다. 이미 홈페이지를 통해 관심이 있는 모델을 미리 체크해 온 덕분에 우왕좌왕하지 않고 선별한 모델을 중점적으로 보여 주기만 하면 되었기에 크게 부담스럽게 느껴지지도 않았다.

캠핑카에 올라가 꼼꼼하게 내부 옵션 하나하나를 신중하게 살펴보는 모습이 정말 진지하게 캠핑카 구매를 고려하고 있는 듯했다.

"어때? 너라면 어떤 걸 살 것 같아?"

"글쎄요. 오빠가 선택한 모델들이 성능이나 사양에서는 별 차이가 없어요. 굳이 찾는다면 외관이나 내부 디자인인데, 그건 어디까지나 사용자의 취향에 따라 고려되어야 할 부분이라서요. 사실 깜짝 놀랐어요. 오빠가 고른 모델들이 선호도가 가장 높거든요."

"그래? 내가 보는 눈이 있나 봐?"

"그러게요. 잘 고르신 것 같아요."

"그럼 네가 마지막 선택을 좀 도와줄래?"

"뭘요?"

"처음 본 그 캠핑카하고, 좀 전에 봤던 그 캠핑카 둘 중에 하나 할까 하는데."

규영이 말한 모델을 떠올린 초롱이 조심스레 제 의견을 말했다.

"처음 본 건 4인 기준이고, 좀 전 모델은 3인 기준이에요. 지금을 생각하면 좀 전 모델이 적합하고, 이후에 가족 구성원이 달라질 걸 고려한다면 처음 본 모델이 알맞고요."

"음…… 고민인데?"

"당연히 고민하셔야죠. 오래 두고 사용해야 하니까 지금 당장 결정하지 말고 댁에 가셔서 한 번 더 천천히 생각해 보세요."

"그래도 될까?"

"그럼요. 당연하죠."

"알았어. 그럼 마지막에 봤던 거 한 번 더 보고 갈게."

"네. 그렇게 하세요."

적게는 한 번에서 많게는 대여섯 번까지 오가는 사람들도 있었다. 워낙 고가인 데다 한번 사면 최소 몇 년 이상을 사용해야 하는 이동식 주택인 셈이니 신중하지 않을 수 없기에 이해하고도 남았다.

마지막으로 규영과 함께 캠핑카에 올라 내부 구조며 화장실, 가구 등을 구석구석 한 번 더 살피며 함께 둘러보다 보니 어느새 퇴근 시간이 훌쩍 다가와 있었다.

"네 시간 너무 많이 뺏은 거 아니야? 퇴근 시간 다 되지 않았어?"

"아직 30분이나 남았어요. 신경 쓰지 말고 편하게 보세요."

"아니야. 이 정도면 충분할 것 같아. 오늘 시간 내줘서 정말 고마워. 이따 저녁이라도 같이 할래? 고마워서 내가 밥 사 주고 싶어."

"아니에요. 그러지 않으셔도 돼요. 제 일을 한 것뿐인데요. 뭐."

"아니던데? 사실 아까 다른 직원이 안내해 준다는 걸 찾는 사람이 있다고 하고 널 찾았는데, 너는 현장이 바쁠 때를 제외하고는 사무실에만 있다고 하더라고."

"그렇긴 한데, 제가 지원 부서에 있다 보니 해당 부서 바쁠 때는 업무 지원도 많이 해요. 그러니 신경 쓰지 않으셔도 돼요. 정말이에요."

그와 둘이서 하는 식사는 너무 부담스러울 것 같아 초롱이 재차 사양했다.

"음. 그래?"

"정 마음이 쓰이시면, 다음에 소현이하고 같이 밥 사 주세요. 오늘은 일이 좀 있어서요."

"설마 나 때문에 시간 뺏겨 남아서 일 더 해야 하는 거 아니야?"

"전혀 아니에요. 통근 버스 탈 때까지 여유가 있어서 일 마무리할 시간은 충분하니 걱정하지 마세요."

규영의 걱정 어린 말에 웃으며 캠핑카에서 내려오는데, 문득 느껴지는 시선에 고개를 들어 보니 대표님이 우두커니 서서 이쪽을 바라보고 있었다. 뒤따라 차에서 내려오던 규영이 초롱의 시선이 향한 곳은 보지 못하고 말을 꺼냈다.

"다행이네. 그럼 다음에 소현이 만날 때 꼭 연락해. 알았지?"

대답이 없어 초롱을 쳐다보니 그제야 초롱의 시선이 다른 곳을 향한 게 보였다. 긴장한 채 자세를 바로잡고서 다가오는 남자에게 정중하게 인사를 건네는 초롱의 모습으로 보아 직장 상사인 모양이었다.

규영은 이쪽을 향해 다가오는 남자를 유심히 바라보았다. 그는 장신인 자신보다 조금 더 큰 키에 연예인 못지않은 잘생긴 외모를 가지고 있었다.

깨끗하고 시원한 마스크, 한 치의 흐트러짐도 없이 깔끔하게 차려입은 슈트가 너무나 잘 어울리는 사람이었다. 규영은 이 남자가 묘하게 신경이 쓰였다.

"안녕하십니까? 차를 보러 오셨나 봅니다."

"아, 네. 캠핑카를 알아보던 차에 초롱이가 여기서 일한다고 해서 겸사겸사 와 봤습니다."

"초롱 씨와는 잘 아시는 분인가 봅니다. 어떻게, 안내는 잘 받으셨습니까? 마음에 드는 차는 있으셨고요?"

"네. 워낙 꼼꼼하게 잘 설명해 줘서요. 덕분에 두 대로 선택의 폭은 좁혔습니다만, 결정하기 전에 조금만 더 고민해 보려고요."

"잘 생각하셨습니다. 오래 두고 사용해야 할 테니 신중해서 나쁜 건 없죠."

"네. 그럼 조만간 다시 뵙겠습니다. 초롱아, 오늘 고생 많이 했다. 또 연락할게."

"네. 조심해서 들어가세요."

잠시 후 남자의 차가 주차장을 빠져나가는 모습을 보면서도 산은 한동안 그 자리에 머물러 있었다. 그녀와 단둘이 캠핑카 안에서 오가던 모습이 계속해서 머릿속을 맴돌았다.

"이초롱 씨는 잠깐 나 좀 봅시다."

성큼성큼 앞서가는 그의 급한 발걸음이 평소와는 많이 달라 보였다. 그의 굳어지던 표정과 딱딱한 말투가 계속해서 초롱의 귓가에 맴돌며 신경을 긁고 있었다. 빠른 걸음만큼이나 한참 벌어진 거리를 가까스로 따라잡고서 그의 집무실에 함께 들어섰다.

"하나 물어봅시다. 솔직하게 답해 주면 좋겠어요."

"네."

"혹시 아까 그 남자 만나는 사람……입니까?"

이산은 분명 초롱이 만나는 사람이 없다고 했었음에도 한 번 더 물어보았다.

"아니요. 그분은 제 친구의 사촌 오빠예요. 친구에게 제가 여기서 일한다는 걸 들은 모양이에요. 마침 일 때문에 캠핑카가 필요하다고 하셔서 겸사겸사 오셨다고……."

초롱은 괜히 주절주절 왠지 변명같이 들리는 대답이 당황스럽기만 했다.

"흠. 그렇다면, 이초롱 씨. 혹시 입사 후에 회사에서 받은 성희롱 예방 교육 기억해요?"

아. 뿔. 싸. 순간 초롱의 표정이 살짝 일그러졌다.

"……네. 대표님."

"그럼 이성인 고객의 경우 가능하면 둘이서 캠핑카나 카라반에 들어가서는 안 된다는 것도 잘 알고 있겠네요?"

"아. 저. 그건……."

할 말이 없었다. 회사에서는 의무적으로 성희롱 예방 교육을 실시하고 있었고 초롱 역시 입사해서 가장 먼저 받은 교육이 안전 교육과 함께 직장 내 성희롱 예방 교육이었다.

혼자 찾아온 고객의 경우 동성이 아니고서는 가능하면 함께 캠핑카에 오르지 않는 것을 권장하고 있었고, 문을 열어 두는 건 기본 중의 기본이었다. 동성이라 하더라도 안내를 할 때는 적정 거리를 유지하며 원할 경우 부담 없이 혼자 충분히 둘러볼 수 있도록 배려해야 했다.

캠핑카나 카라반의 특성상 여유 공간이 많지 않고 이동 반경이 좁아 부득이한 마찰로 인해 오해의 소지가 될 수 있는 일은 미연에 방지하고자 하는 사측의 최소한의 노력이었다. 그런데 오늘 초롱은 단지 아는 사람이라는 이유로 그 모든 걸 간과하고 생각 없이 행동하는 우를 범하고 말았다.

고개 숙인 초롱을 말없이 바라보던 산이 다시 입을 열었다.

"오늘 온 고객이 얼마나 잘 아는 사람인지 모르겠지만, 앞으로는 주의를 기울여 주길 바랄게요. 친절한 것도 좋지만, 절대 위험에 노출되는 일은 만들지 말아요. 그리고 잊지 말아요. 사고는 사후 처리보다 예방이 무엇보다 더 중요하다는 사실을."

"네. 명심하겠습니다."

카라반도 아닌 캠핑카였다. 설사 2축짜리의 넓은 카라반이었다 해도 산이 느끼기에 별반 다를 것 없어 보였겠지만, 오늘따라 유난히 좁아 보이는 3인승 캠핑카 안에서 둘이 함께 나오는 모습을 보는 것만으로도 충분히 기분이 언짢았다.

게다가 분명 그때 본 그 남자였다. 그녀가 첫 월급을 받았던 그 날. 그녀의 옆에 있던 바로 그 남자.

초롱은 그저 친구의 사촌 오빠로 선을 그었을지 몰라도 그날 본 남자와 오늘 또다시 보게 된 남자는 분명 초롱을 여자로 바라보는 눈빛이었고, 젠틀한 그의 태도는 온몸으로 초롱에게 호감을 말하고 있었다.

직감은 여자에게만 있는 동물적 감각은 아닌 모양이었다. 산에게도 그런 예민한 감각이 살아 꿈틀거리고 있었다.

"앞으로는 조금만 더 주의를 기울여 주길 바랄게요. 오늘도 고생 많았어요. 통근 버스 타고 나갈 거죠?"

"네. 대표님."

"그럼 서둘러야겠네요. 시간 다 됐어요."

"네. 그럼 저 먼저 가 보겠습니다. 오늘 일은 죄송합니다. 다시는 이런 일 없도록 하겠습니다."

"그래요. 조심해서 들어가요."

꾸뻑 인사를 하고 가는 초롱의 낯빛이 좋지 않았다.

다른 직원이 같은 상황이었더라도 이렇게 불러 싫은 소리를 했을까? 이초롱이 아닌 다른 직원이 친구의 사촌 오빠에게 그다지 좁지도 않은 캠핑카 안에서 왔다 갔다 친절하게 설명해 주고 웃어 주는 모습을 보였어도 지금과 똑같이 기분 나빴을까?

'하이산, 뭐 하냐 지금.'

생각할수록 부끄러워지는 마음에 짜증만 솟구쳤다.

다음 날. 타다닥 타닥 경쾌한 키보드 자판 소리가 주를 이루는 사무실과는 대조적으로 어디선가 아름다운 피아노 선율이 울려 퍼지기 시작했다. 누군가 틀어 둔 음악이라고 하기에는 소리가 너무 작고 특정 구간이 반복되는 거로 봐서는 전화벨 소리가 분명했다.

사무실에서는 한 번도 들어 보지 못한 생소한 장르의 벨 소리에 모두 고개를 쭉 빼고서 미어캣이 되어 소리의 근원지를 찾는데 약속이나 한 듯 모두의 눈길이 초롱의 자리로 향했다.

"초롱 씨 자리 맞지? 휴대폰을 두고 나갔나 보네."

"벨 소리도 어쩜 자기 같은 걸 골랐어."

"그러게요. 초롱 씨 전화벨 소리는 거의 처음 들어 보는 것 같은데?"

"당연히 처음 들을 수밖에 없지. 초롱 씨는 항상 진동으로 해 두거든. 오늘은 깜빡했나 보다."

경선이 직원들의 물음에 답을 하며 옆에 있는 초롱의 자리를 확인하는데, 전화벨이 잠시도 쉬지 않고 울리고 있었다. 전화를 받자니 개인 휴대폰이라 망설여지고 그냥 두자니 계속해서 울리는 벨 소리가 신경이 쓰였다.

"급한 전화 아니야? 경선 씨, 혹시 발신자 표시 돼 있어요?"

휴대폰을 받지 않으면 대개는 두어 번 정도 하다가 마는 게 보통이었다. 그런데 자신이 들은 것만 해도 벌써 네 번째였으니. 무슨 일이 있지 않고서야 이렇게 끈질기게 할 일이 있을까 걱정되어 물어보는 수완이었다.

"아니요. 일반 번호라 발신자가 누군지 모르겠네요."

경선이 전화를 들고서 잠시 망설이다 혹시나 하는 마음에 대신 전화를 받았다.

"네. 이초롱 씨 휴대폰입니다."

— 네. 여기 병원인데요. 이초롱 씨 안 계시나요? 좀 급해서요.

"어쩌죠? 잠시 자릴 비웠는데 곧 돌아올 거예요."

— 그럼 병원으로 급히 전화 좀 달라고 해 주시겠어요? 아! 응급실로요. 그렇게 말하면 아실 겁니다.

"네. 알겠습니다."

경선은 마음이 급했다. 혹시나 하는 생각에서 받은 전화는 아니나 다를까 급한 연락이었다. 지체 없이 현장으로 전화를 하려는데, 마침 자리로 돌아오는 초롱이 보였다.

"초롱 씨, 방금 내가 전화를 받았는데 병원 응급실이래."

초롱은 휴대폰을 건네주는 경선의 걱정스러운 목소리와 자신에게로 집중되는 관심 따위에 신경 쓸 여력이 없었다. 흘러내리는 옆머리를 거칠게 쓸어 넘기고, 초조한 듯 입술을 깨물며 통화 버튼을 눌렀다.

"이초롱입니다."

— 초롱 씨. 지금 좀 올 수 있어요? 어머니께서 잠시 정신을 잃으셔서 응급실에 있어요.

"네? 엄마가요?"

— 네. 아버님도 갑자기 위경련이 와서…….

"지금 바로 갈게요."

전화를 붙들고 있을 상황이 아니었다. 초롱이 떨리는 목소리로 경선을 불렀다.

"대리님……."

갑자기 울컥하고 치밀어 오르는 감정에 말이 나오지 않았다.

경선은 그런 초롱의 표정을 보며 사정을 듣지 않아도 얼마나 급박한 상황인지 알고도 남았다. 부재중인 대표님을 대신해 수완에게 허락을 받으려는데, 이미 수완이 차 키를 챙겨 나오고 있었다.

"초롱 씨, 갑시다. 내가 태워 줄게요."

"그래. 어서 가. 대표님께는 내가 말씀드릴게."

"네. 대리님. 그럼 먼저 가 보겠습니다."

가방을 챙겨 서둘러 사무실을 뛰쳐나가는 초롱을 바라보며 모두의 걱정스러운 눈빛이 그 뒤를 따랐다.

"갑자기 이게 무슨 일이야."

"그러게. 누가 편찮으신가?"

"글쎄요."

"별일 아니어야 할 텐데."

"그러게."

경선은 직원들의 우려 섞인 말을 흘려들으며, 늘 차분하고 단정한 사람이 허둥지둥 나가는 모습을 보니 안쓰러운 마음에 일이 손에 잡히지 않았다.

수완은 뒤따라오는 초롱의 다급한 발걸음에 마음이 급했다. 차로 향해 가는 중에 서둘러 외근 중인 산에게 전화를 걸었다.

"어디야?"

— 방금 도착했어. 주차장이야.

"그럼 지금 차 가지고 바로 본관 앞으로 와. 초롱 씨한테 일이 좀 생긴 것 같아. 네가 좀 태워 줘."

— 어.

산은 무슨 일인지 묻지 않았다. 이미 느껴지는 다급한 목소리에 곧장 시동을 걸어 주차장을 빠져나갔다. 곧이어 급히 회사를 뛰쳐나온 수완과 초롱을 보며 조수석 문을 활짝 열었다.

"초롱 씨, 타요."

외근 중인 분이 갑자기 어떻게 지금 이곳에 있는지. 순간 멈칫하는 초롱과,

"급한 거 아니에요?"

재촉하는 산,

"그래요. 초롱 씨 얼른 타고 가요."

마음이 조급한 수완이었다.

초롱은 이것저것 가릴 처지가 아니었다. 한시가 바쁜 상황에 하필 눈앞에 계신 분이 대표님이라 해도 할 수 없는 노릇이었다. 서둘러 차에 오르며 문을 닫기도 전에 목적지인 병원 이름을 말해 버렸다.

다행히 아무것도 묻지 않고 운전에 집중하며 빠른 속도로 도로를 가로질러 가는 모습에 안도의 한숨을 내쉬는 것도 잠시, 휴대폰을 보며 동생에게 바로 전화를 해야 할까 말아야 할까, 창밖을 내다보며 머리를 짓누르는 걱정에 눈앞이 흐려졌다.

병원으로 급히 달려가는 건 한두 번이 아니었지만, 그 대상이 엄마인 건 이번이 처음이었다. 분명 동생에게 전화하면 자신과 다를 바 없이 만사 제쳐 두고 정신없이 올 거라는 건 불을 보듯 뻔한 일이었다. 혹시라도 지난번처럼 사고라도 나지 않을까 싶어 엄마의 상황을 보고 연락하는 쪽으로 마음을 정했지

만, 복잡한 마음에 쉽사리 손에서 휴대폰을 놓지 못하고 있었다.

산은 불안정해 보이는 초롱을 보며 안쓰러워하면서도 아무런 말을 건넬 수 없었다. 정확히 어떤 상황인지도 모를뿐더러 어쭙잖은 말로 위안이 될 것 같지도 않았다. 그저 빨리 병원으로 안전하게 데려가는 것에 집중했다.

병원에 도착하자마자 짧은 인사를 남기고 사라지는 초롱을 보며 차를 주차하고서 곧장 수완에게 전화를 걸었다.

"형, 무슨 일이야?"

— 초롱 씨 자리 비운 사이에 전화가 온 걸 이 대리가 받았는데, 응급실이라고 했나 봐. 이 대리 말로는 엄마한테 무슨 문제가 생긴 것 같다고 하던데?

"엄마? 아빠 쪽이 아니고?"

— 아빠는 또 왜? 너 뭐 아는 거 있어?

"아니, 그건 나중에 얘기해. 정말 엄마라고 했어?"

— 정확히는 모르지. 통화하다 말고 사색이 되어 나갔으니 정확히 물어볼 여유가 없었어.

"일단 알았어. 난 여기 상황 좀 보고 갈 테니 그렇게 알아."

초롱의 아빠가 병원에 입원해 있으니 당연히 아빠 쪽에 문제가 생긴 줄 알았다. 그런데 엄마라니, 정말 엄마에게 문제가 생겼으면 그녀가 받았을 충격이 얼마나 클지 상상조차 할 수가 없었다. 산은 부디 별일 아니기를 바라며 서둘러 초롱이 갔던 곳을 향해 뛰었다.

초롱이 응급실로 들어서자 평소 알고 지낸 간호사가 서둘러 다가왔다.

"초롱 씨!"

"어떻게 된 거예요? 엄마는요?"

"다행히 지금은 의식을 회복하셔서 막 일반 병실로 옮겼어요. 어머니 의식 회복하고 나니 아버님도 서서히 안정을 되찾아 가고 있고요."

"하……. 감사합니다. 엄마 좀 보고 올게요."

극에 치달았던 긴장감이 일시에 풀리며 다리가 후들후들 떨려 왔고, 온몸은 천근만근 무겁게만 느껴졌다.

"그래요. 얼른 가 봐요."

간호사가 말해 준 병실 문 앞에 선 초롱이 약해진 마음을 다잡고서 얼굴에 근심을 지우려 애썼다. 조심스레 병실 문을 열고 들어서며 아빠가 아닌 엄마가 힘없이 병원 침상에 누워 있는 모습은 초롱에게 또 다른 고통으로 와닿았다.

몸을 자유롭게 움직일 수 없는 아빠는 엄마가 없이는 아무것도 할 수가 없었다. 그나마 움직임이 가능했던 상체도 조금씩 그 기능이 나빠지고 있었고, 약해진 신체 기능으로 단순한 감기나 작은 상처에도 폐렴이나 다른 합병증으로 이어지는 경우가 많아 늘 긴장의 연속이었다.

동생과 함께 엄마와 교대를 하며 간호한다고 해도 전적으로 엄마가 맡아서 했기에 늘 이런 일이 일어나지 않을까 걱정했었는데, 결국 우려했던 일이 벌어지고 말았다.

걱정스러운 마음을 간신히 누른 초롱이 힘없이 누워 있는 엄마에게 다가가며 불렀다.

"엄마."

"초롱아, 아빠는? 아빠는 괜찮아? 아빠 많이 놀랐을 텐데……."

"엄만 이 상황에도 아빠가 더 걱정돼?"

"얘는 무슨 그런 말이 다 있어? 당연히 걱정되지. 아빠는 봤어?"

초롱은 가슴이 저렸다. 어떻게 이 상황에서도 자신이 아닌 남편을 먼저 생각할 수 있는지, 자신은 제대로 돌보지 않고 아빠만 걱정하는 엄마의 모습에 이루 말할 수 없이 속이 상해 왔다.

"괜찮대. 조금 놀라기는 했는데 지금은 괜찮대, 그러니까."

"너 아빠 안 보고 왔어? 얘가 정말. 아빠가 중환잔데 아빠를 먼저 보고 왔어야지!"

수영이 딸을 향해 버럭 소리를 질렀다.

"엄마, 제발. 제발……."

그런 엄마를 보며 초롱은 말문이 막혀 버렸다.

딸아이의 울먹이는 목소리에 수영은 그제야 딸의 모습을 제대로 바라보았다. 앳된 얼굴에서 굵은 눈물이 후드득 떨어졌다. 얼굴을 황급히 가리며 그 자리에 힘없이 주저앉아 여린 몸을 바들바들 떨며 흐느끼고 있었다.

얼마나 놀랐을까. 아빠도 성치 않은데 엄마까지 쓰러졌다고 하니 얼마나 놀라서 달려왔을까. 왜 생각을 못 했을까, 왜 놀란 딸아이의 마음을 먼저 헤아리지 못했을까, 왜 아이의 마음을 살피지 못하고 고함부터 질렀을까. 뒤늦은 후회에 속이 쓰라렸다.

"초롱아, 엄마 좀 봐."

"……."

"초롱아."

얼마나 속이 상하고 서운할까. 좀처럼 자신의 앞에서 울지 않던, 씩씩하게만 생각했던 딸아이가 우는 모습에 수영의 억장이 무너지고 있었다.

"엄마가 미안해. 그러니까 엄마 좀 봐 줘. 응?"

힘없는 엄마의 목소리에 간신히 마음을 추스른 초롱이 천천히 고개를 들고 자리에서 일어서 엄마에게 다가갔다.

"엄마가 미안해. 엄마가 잘못했어. 일하다가 왔어? 회사에서 오는 길이야?"

눈물로 얼룩진 얼굴을 엄마에게 보이기 싫어 고개를 끄덕이며 괜스레 엄마가 덮고 있는 이불을 정리하고 있었다.

"엄마 정말 괜찮아. 걱정 안 해도 돼. 잠깐 현기증이 나서 그래서 주저앉았는데…… 아무튼 엄마 괜찮아. 금방 일어났고 지금은 멀쩡해."

"엄마가 어떻게 알아? 엄마 몸이 정말 괜찮은지 안 괜찮은지 엄마가 어떻게 알아?! 이참에 검진 한번 해 봐요. 엄마."

"정말 괜찮다니까 그러네. 괜한 데 돈 쓰지 말고,"

"내가 말했지? 아빠도 아빠지만, 병간호하는 사람이 더 중요해. 엄마가 아프면 아빠도 더는 못 버려요. 그거 모르는 거 아니잖아. 그러니까 당분간은 간병인 써요. 응? 우선 엄마 건강부터 좀 챙기고.”

“그래, 알았어. 알았어. 너 시키는 대로 할게. 그래도 간병인은 안 돼. 너도 알잖아. 아빠, 엄마 없으면 물도 마음 편히 못 마셔.”

초롱이나 초원이 병간호를 하는 날이면 되도록 음식을 먹지 않으려는 아빠를 보며 의아했었다. 물도 됐다. 음식도 됐다. 그저 식욕이 없으신가 보다 했는데, 알고 보니 남매가 대소변을 치워야 할 일이 생길까 봐 조심하고 있을 줄은.

아빠는 혹시나 엄마가 마음 아파하거나, 자신 때문에 가족들 마음이 불편할까 싶어 말할 생각도 않고, 엄마가 자리를 비워야 하는 날이면 항상 그 전날 또는 몇 시간 전부터 음식이나 물을 적게 마시거나, 엄마가 나가기 직전에 꼭 대소변 여부를 확인해 주기를 바랐다.

수영은 아무리 아파도 온전한 정신에 자식에게는 결코 보이고 싶지 않은 모습이 있다는 걸. 결코 아이들이 자신의 자리를 대신할 수 없다는 걸. 남편의 그런 속내를 미리 알아주지 못해 미안한 마음에 얼마나 가슴이 아팠는지.

그 후로는 급한 볼일이 아니고서는 장시간 병원을 비우는 일도 없었고, 초롱과 초원에게 웬만해서는 남편을 온전히 맡기지 않았다.

“초롱아, 간병인은…… 엄마가 싫어. 내 남편, 남 앞에서 수치스러워하는 거 싫어. 그렇게 만들고 싶지 않아. 나중에 정말 내가 늙고 힘이 없어지면 모를까 그 전에는 싫어 초롱아. 엄마 검진받아 볼게. 별 이상 없겠지만, 네가 그렇게 걱정하니까 검진은 받아 볼게. 그건 하루면 충분하잖아. 그렇지? 네가 서너 시간만 보면 그사이에 엄마 검진받고 오면 되잖아. 그렇게 하자, 초롱아.”

“하……. 알았어. 엄마가 그렇게 해야 마음이 편하다면…… 그렇게 해요. 대신 건강검진은 꼭 다 해야 해요.”

“그래그래. 알았어. 할게. 엄마 꼭 할게.”

동생에게 연락하지 않은 건 다행이다 싶었다. 애간장을 태우는 건 자신만으로도 충분했다. 이제 막 새로운 일을 시작하게 된 동생에게까지 이런 마음의 짐을 얹어 주고 싶지는 않았다.

아빠 걱정을 내려놓지 못하는 엄마 때문에 병실에서 쫓겨나다시피 하며 무거운 발걸음을 옮겼다. 아빠의 병실 문을 열기가 무섭게 걱정 어린 목소리가 쏟아졌다.

"초롱아, 엄마는? 엄마는 어때? 괜찮아? 괜찮지. 응?"

아빠를 보며 더는 울 일이 없겠지. 이번이 마지막이겠지. 매번 이 같은 생각을 하지만 이럴 때면 어김없이 눈물이 차올랐다.

한없이 약해진 모습으로 말을 듣지 않는 몸을 움직여 보려 애쓰는, 겨우 상체만 간신히 움직여 칼칼하게 쉬어 버린 목소리로 애타게 엄마의 안부를 묻는 아빠의 붉어진 눈시울이 왜 이렇게 초롱의 심장을 날카롭게 할퀴어 버리는지.

"네. 괜찮아요, 아빠. 엄마도 아빠 걱정 많이 해요. 지금도 오신다는 걸 억지로 말렸어요."

"잘했다. 잘했어. 엄마는…… 정말. 괜찮은 거지?"

"그런 거로 거짓말 안 해요. 엄마는 괜찮아요. 그러니까 아빠도…… 아프지 마세요. 제발."

가뜩이나 약해져 있는 아빠 앞에서 더 약한 모습을 보이고 싶지는 않은데, 절로 간절하게 쏟아진 말이었다.

"초롱아…… 아빠가…… 미안하다."

'그만하세요. 제발, 그 말은 이제 그만하시라고요. 그러지 말지 그랬어요? 미안하다 사과할 일을 만들지 말지 그랬어요? 우리 행복할 수 있었잖아요. 있는 그대로 행복할 수 있었잖아요. 아빠…… 조금만 이기적이면 안 되는 거였어요? 남들처럼 보고도 못 본 척. 알아도 모른 척. 눈 감고 귀 막고, 우리 가족을 위해서 그렇게는 안 되는 거였어요?'

차곡차곡 쌓인 울분을, 차마 입 밖으로 보내지 못할 말을 속으로 울부짖으며 쓰디쓴 눈물을 꾹꾹 눌러 삼켰다.

초롱은 목으로 전해 오는 익숙한 통증을 꾸역꾸역 참으며 간신히 입을 열어 말을 꺼냈다.

"혹시 몰라서 엄마 검사 좀 해 보려고요. 엄마는 자꾸 괜찮다고 하는데, 그래도 이제 엄마 연세도 있고 병원에 너무 오래 있어서……."

"그래. 그래야지. 고맙다, 초롱아. 고마워."

"오늘은 제가 여기 있을게요."

"아니야. 아빠는 괜찮다. 정말이야. 너 내일 일하러 가야 하는데 집에 가서 잠이라도 푹 자야지."

"전 괜찮아요. 회사에 전화해서 내일도 쉴 생각이에요."

"아빠는 정말 괜찮다니까."

"저도 괜찮아요. 걱정하지 말고 필요한 게 있으면 꼭 말씀하세요. 참지 말고, 꼭이요. 네?"

"그래……. 그러마."

은호는 아내가 보고 싶었다. 아내가 정말 괜찮은지 두 눈으로 직접 확인하고 싶었다. 생각 같아서는 벌떡 일어나 뛰어가고 싶지만 그럴 수 없는 현실이 너무나 비참하고 암담했다.

눈에 넣어도 아프지 않은, 목숨보다 귀한 딸아이의 눈이 붉게 충혈되어 있었다. 말하지 않아도 얼마나 큰 고통 속에서 허덕이고 있을지. 대체 자신이 가족들에게 무슨 짓을 하는 건지 저만큼 무능한 아비가 있을까 싶었다.

그들이 감내하고 있는, 앞으로도 감내해야 하는 고통을 감히 가늠할 수조차 없으며, 이 아픔이 언제 끝이 날지 알 수 없다는 것이 하루하루를 죽지 못해 살고 있는 은호의 억장을 무너지게 했다.

엄마와 아빠가 잠에 들고서야 숨 돌릴 틈이 생겼다. 계속된 긴장과 스트레스로 잔뜩 뭉친 목을 꾹꾹 누르던 초롱이 원무과에 들렀다.

"엄마 응급실 병원비 결제하려고요."

"어? 병원비 정산 다 하셨는데요?"

원무과 직원이 고개를 갸웃했다. 병원에서는 이미 유명한 아가씨였다. 보이지 않는 곳에서는 어떤지 모르지만, 오랜 병 수발에 지친 보호자답지 않게 늘 씩씩하고 꿋꿋했다.

집안의 실질적인 가장 역할을 하며 한 번씩 허물어지는 엄마를 든든하게 받쳐 주고, 한밤중 병실에 놓인 작은 침대에서 쪽잠을 자며 피곤이 극에 달했을 때조차 오가는 의료진에게 고맙다는 인사를 빼먹지 않는 예의 바른 성품이었다.

성품만큼이나 예쁜 외모에 의료진 중에서도 몰래 마음에 담고서 짝사랑하는 사람이 한둘이 아니었다. 그런데 오늘, 그녀에게 누군가 있다는 걸 알게 되었다.

"저는 한 적 없는데요? 누가 했다는 말인가요?"

"글쎄요. 누군지는 모르겠어요. 저도 처음 뵌 분이었거든요. 초롱 씨 이름 말하며 정산하기에 당연히 아는 분일 거라고 생각했는데."

"혹시 사인이나 뭐…… 확인할 수 있을 만한 게 있을까요?"

"잠시만요. 여기요, 그분 사인."

원무과 직원이 보여 주는 사인을 확인한 초롱이 눈을 질끈 감아 버렸다. 그가 함께 왔었다는 걸 까마득하게 잊고 있었다. 대체 언제 따라와서 뒤처리까지 하셨는지.

시계를 보니 벌써 병원에 온 지 세 시간이 지나 버렸다.

"언제…… 하고 가셨어요?"

"아시는 분 맞죠? 한참 됐어요. 입원실로 옮기고 바로요."

"입원실로 옮기고 바로……."

아마도 엄마를 보러 들어간 직후인 듯했다.

"네. 원래는 응급실 비용 정산하기 전에는 병실 이동이 안 되는데, 초롱 씨는 워낙 잘 아는 분이고 해서 편의를 봐드린 거였거든요. 초롱 씨 오면 말하려고 했는데, 그분이 먼저 오셔서 혹시 처리해야 할 절차가 없나 물어보시기에 말씀드렸더니 바로 결제를 하셨어요. 그리고 아버님 이번 달 병원비도."

"네? 그게 무슨 말씀이세요?"

"물어보시더라고요. 혹시 정산 안 된 건 없는지, 혹시 제가 실수⋯⋯한 건가요?"

초롱의 일그러진 표정을 보며 뭔가 일이 잘못된 건 아닌지 걱정이 앞선 직원이다.

"아, 아니에요."

병원 생활만 벌써 몇 년인데 왜 진작 생각하지 못했을까? 누구에게도 열어 보이고 싶지 않은 모습을 왜 하필이면 가장 피하고 싶은 사람에게 보이고 말았는지. 잔뜩 할퀴어진 아픈 가슴에 날카로운 상처가 하나 더 보태진 듯했다.

"영수증 받을 수 있을까요?"

"그럼요."

"감사합니다. 수고하세요."

영수증을 받아 든 초롱은 가슴이 답답해 숨을 쉴 수가 없었다. 가뜩이나 좋아하지 않는 병원 냄새에 저마다의 고통을 지닌 환자가 뒤섞여 내는 아픈 소음이 답답한 가슴을 더욱더 짓누르는 듯해 잠시 병원을 벗어나 숨통을 틔워야 할 듯했다.

빠른 걸음으로 병원과 연결된 공원으로 향했다. 병원 냄새와 멀어질수록 꾹꾹 눌러 왔던 감정이 참지 못하고 터져 나오고 있었다. 눈가에 가득 차오르는 뜨거운 눈물에 새어 나오는 흐느낌을 한 손으로 틀어막으며 서둘러 가는데, 순간 누군가 나타나 초롱의 팔을 강하게 붙잡아 어딘가로 이끌었다.

놀란 초롱이 눈을 들어 바라보니 흐려진 눈동자에 익숙한 그의 뒷모습이 가득 담겼다. 참으려 애쓰던 마음이 빗물에 눈 녹듯 순식간에 허물어져 버리고, 새어 나올까 꼭 막고 있던 흐느낌은 손에 담긴 모래알처럼 줄줄 흘러나왔다.

산은 그런 초롱의 흐느낌을 등 뒤로 고스란히 느끼며, 심장으로 전해지는 통증에 크게 한숨을 내쉬었다.

그녀의 모습이 위태로워 보였다. 걱정되는 마음에 그러면 안 된다는 걸 알면서도 병실 밖에 기대어 서서 대화를 듣고 말았다. 여태 어떤 삶을 살아왔는지, 지금 어떤 아픔을 겪고 있는지 감히 상상할 수가 없었다.

안타까움이 가슴에 무겁게 내려앉아 쉽사리 병원을 나서지 못하고 한동안 머물러 있었는데 갑자기 그녀의 모습이 눈앞에 나타났다. 한 손에는 종이를 꽉 구겨 쥐고 다른 한 손으로는 입을 틀어막은 채 황급히 병원을 벗어나는 그녀의 위태로운 모습이. 왠지 그녀가 지금 어딜 향하고 있는지 알 것 같았다.

그때처럼 병원을 벗어나 자신의 약해진 모습을 감추어 줄 수 있는 어딘가를 찾고 있는 것은 아닐까, 힐끗거리는 사람들의 눈을 피해 고개를 숙이고 바삐 걸음을 옮기는 모습이 산의 명치를 때리는 듯했다. 여기까지였다. 방관자로 그녀의 뒤에 묵묵히 있는 건 여기까지였다.

산은 빠르게 주변을 살펴보며 인적이 드문 곳을 찾았다. 사람이 많이 다니지 않는 한적한 공간을 발견하고서야 초롱의 팔목을 놓아 주었다.

"이제 됐어요. 울고 싶으면 울고, 소리 지르고 싶으면 질러도 돼요. 눈치 보지 말고 아무것도 신경 쓰지 말고 초롱 씨 하고 싶은 거 다 해요."

"흡."

이미 흘러내린 눈물이, 쉬지 않고 차오르는 아픔이, 그녀의 감정을 고스란히 드러내 보임에도 여전히 손으로 입을 가린 채 참고 인내하려 애쓰는 모습은 더는 그냥 봐 줄 수가 없었다.

"헉."

초롱은 순식간에 그의 품에 갇혀 버렸다. 놀란 마음에 본능적으로 그를 밀어냈지만 그의 강인한 팔은 끄떡도 하지 않았다.

"그냥 있어요. 그렇게 들키고 싶지 않다면 거기가 최적의 장소니까. 그럼 아무도 초롱 씨 못 봐. 아니, 설사 누가 보더라도 상관하지 말아요. 내가 다 막아 줄 테니까. 다른 사람의 시선, 다른 사람의 평가 그런 거 신경 쓰지 말라고. 오늘 아주 힘들고 괴로웠잖아요. 울 자격 있어요. 가능하면 눈물에 흘려보내 버리면 더 좋고.”

초롱은 의미 없는 반항을 멈추었다. 그토록 감추려 애썼던 눈물이 주체할 수 없이 흘러내렸다. 그의 사소한 다독임에도 억눌렸던 감정들이 활화산 터지듯 폭발하고 말았다. 이를 악물어도 흐느낌이 새어 나오고, 그 흐느낌은 어느새 울음소리로 바뀌어 갔다. 온몸으로 자신의 무게를 지탱하고 어루만지며 감싸 주는 그의 품에서 마치 아이처럼 울고 있었다.

'나한테 왜 이래요. 도대체 나한테 왜 이러냐고! 혼자 있고 싶은데, 누구에게도 보이고 싶지 않은데. 당신에게는 더 보이고 싶지 않았는데. 왜 이렇게 사람을 비참하게 만들어요. 왜!'

산의 눈이 뜨거워졌다. 혼자 얼마나 두려웠을까, 혼자 또 얼마나 아팠을까, 너 혼자 얼마나 외롭고 힘들었을까.

너무나 서럽게, 너무나 아프게 눈물을 쏟아 내는 모습이 산의 가슴을 묵직하게 두드리고 있었다. 그렇게 얼마나 있었을까. 그녀의 울음소리가 서서히 걷히고 떨리던 몸도 진정되어 가기 시작했다.

이제 조금씩 안정을 찾아가는 모양이었다. 천천히 자신을 밀어 내는 초롱에게 벗어날 여유를 주었다.

빈틈없던 공간이 한 뼘의 공간으로, 한 발의 공간으로, 한 걸음의 공간으로 멀어졌다.

초롱이 고개를 숙인 채 젖은 얼굴을 닦아 내더니 천천히 고개를 들었다. 아픈 얼굴에 잔뜩 충혈된 그녀의 눈동자를 보며 산은 결심을 굳혔다.

“아직 내가 말한 기한 지나지 않았어요. 다시 물어볼게요. 우리 사귈래요? 아니 사귑시다.”

“……”

이 얼마나 시기적절하지 못한 상황일까? 놀라움인지 당황스러움인지 커다랗게 떠진 초롱의 동그란 눈이 사정없이 흔들렸다.

"지금 상황이 얼마나 적절치 않은지 나도 잘 압니다. 하지만 더는 안 되겠어요. 다 알면서 그저 방관자로 지켜보는 거 더는 못 하겠다고 내가. 이렇게 급한 상황에서도 초롱 씨 혼자 동동거리는 거. 혼자 마음고생하는 거. 아까처럼 감정 꾹꾹 눌러 참는 거. 보이지 않는 곳에서 혼자 감정 삭이는 거. 내가 더는 못 보겠으니까, 초롱 씨가 날 좀 봐줘요."

"대표님."

"더는 숨어서 혼자 울지 않았으면 좋겠어. 안 괜찮은데 괜찮은 척하지 않았으면 좋겠고, 울고 싶을 때 속 시원히 울기라도 했으면 좋겠어. 여전히 안 됩니까?"

"대표님은 지금 착각을,"

"분명히 말하지만 이거 연민 아니에요. 절대. 연민과 연정을 구분하지 못할 정도로 어리석은 사람 아니에요, 나!"

"아픈 사람을 늘 지켜봐야 하는 건 감정 소모가 많은 힘든 일이에요. 그런 사람을 또 옆에서 지켜봐야 하는 사람은······ 어쩌면 더 힘들지도 몰라요. 처음에는 몰라도 결국엔 함께 지치게 될 거예요."

"초롱 씨 지금 많이 지쳤다는 말이네요. 앞으로는 혼자 애쓰지 말고 나한테 기대요. 그리고 함께 나눕시다. 초롱 씨가 짊어진 무게, 고통. 나한테 덜어 놓으라고, 그럼 한결 수월하지 않겠어요?"

"아니요. 고통은 절대 나눠지 않아요. 오히려 함께 아프고 고통은 배가 될 거예요. 그리고 결국엔 같이 수렁에 빠지게 되겠죠. 서로 지칠 수밖에 없을 거예요."

"보기와는 달리 비관적이네. 해 보지도 않고?"

"꼭 해 봐야지 알 수 있는 건 아니에요. 펄펄 끓는 물에 꼭 손을 넣어 봐야 뜨거운 걸 아나요?"

"난 그래요. 내가 그랬지. 어릴 때부터. 직접 몸소 체험하기 전에는 섣불리 포기하지 않아요. 뭐든지."

"분명 힘들 거예요."

"초롱 씨를 놓는 것보다 더 힘들지는 않을 거예요."

"지칠 거예요."

"끈기라면 둘째가라면 서럽고, 에너지는 넘쳐서 주체가 안 되는데, 대체 어떤 대목에서 지칠까요?"

"지겨울 거예요. 지루할 거예요."

"지루할 틈 없던데. 그거 알아요? 보고 있지 않아도 수시로, 하물며 꿈속까지 찾아와 사람 미치게 만드는 거?"

"하……. 이미 보셔서 아시겠지만, 저는 여유가 없어요. 마음도, 시간도…… 항상 부족합니다. 회사 아니면 주로 병원…… 따로 누구를 만날 엄두가 나지 않아요."

"누구가 아니라 납니다. 하이산."

"네. 따로 대표님을 밖에서 만날 여유가 전혀 없습니다."

산은 갖은 이유로 자신을 밀어내려 애쓰는 초롱이 애처로웠다. 하지만 초롱의 말을 들으면 들을수록 더욱더 그녀를 놓칠 수 없다는 생각만 강해졌다.

"밖에서 왜 만납니까? 회사에서 늘 볼 텐데. 아직 날 모르나 본데, 나 그렇게 염치없는 사람 아니에요. 초롱 씨 사정 뻔히 아는 마당에 시도 때도 없이 만나 달라거나, 지금 당장 날 사랑해 달라거나 마음을 다 달라는 거 아니에요. 그저 오늘처럼 힘든 일이 있을 때 내 어깨를 의지할 수 있는 그 정도. 아픔을 얘기할 수 있고, 슬픔을 나눌 수 있는 딱 그 정도. 지금은 그거만으로도 충분해요."

"지금은 그저 안쓰럽고 안타깝고 그래서."

"분명 연민 아니라고 말했어요."

"연민이 아니라고요? 아니요. 대표님이 지금 저에게 마음 쓰시는 거 그거 연민 맞아요. 우는 거 보니까 안돼 보이고, 부모가 다 병원에 있으니까 측은해 보이잖아요. 안쓰러워하시잖아요. 불쌍하다고 생각하시잖아요. 그저 힘들 때 어깨를 빌려 주고 싶은 그건 연민이라고요. 연정이 아니라!"

"하⋯⋯. 이초롱 씨, 내 말 잘 들어요. 내가 지금 초롱 씨와 뭘 가장 하고 싶은지, 두 귀 똑똑히 열고 들으라고. 이런 상황에서도 당장이라도 손잡고 싶고, 끌어안고 싶고, 진하게 키스하고 싶고, 함께 자고 싶다고! 시도 때도 없이 이초롱 너만 보면! 그런 게 하고 싶다고, 이게 연민입니까?"

"하⋯⋯ 저는 방법을 몰라요. 모르겠어요."

노골적인 그의 말에 너무 당황해 더는 방패로 세울 만한 말이 머릿속에 떠오르지 않았다.

"몰라도 돼. 사람이 사람을 만나는데 무슨 방법?!"

"누군가를, 아니, 대표님을 만나면 무슨 말을 해야 하는지. 낯설고, 어색하고, 그런⋯⋯ 분위기에 적응할 수가 없어요."

"나도 그래요. 초롱 씨만 그런 게 아니라 누구나 처음엔 다 그래요. 적응하려고 애쓰지 말아요. 그냥 마음이 가는 대로, 마음이 시키는 대로, 말하고 싶으면 하고 하기 싫으면 하지 않아도 괜찮아요. 아무 말 없이 그저 멍하게 바라만 봐도 되고 아직 더 남았어요?"

"대표님."

"이초롱 씨! 더는 되지도 않는 이유 갖다 붙이려 애쓰지 말아요. 그 어떤 이유를 갖다 붙인다 해도, 그 어떤 억지스러운 사정을 들이민다 해도, 내가 싫어서 그런 게 아니라면 나는 무슨 이유든 상관없고 다 괜찮을 겁니다. 사람을 마음에 담는다는 건, 그 모든 안 될 이유를 차치하고도 남기 때문이에요. 그 어떤 악조건이라도 난 아무 상관 없어요. 이미 난 당신에게 반응해 버렸고, 내 모든 감각이 당신에게 집중되어 버렸으니까. 나 아직도 해바라기 해야 돼요? 나 초롱 씨 절대 포기 못 할 것 같은데. 아니, 포기가 안 될 것 같은데, 이번에는 초롱 씨가 져 줘요. 연애합시다. 나랑."

꽁꽁 얼어붙어 시린 가슴에 이상하게 따뜻한 온기가 돌고 있었다. 아이러니하게도 가장 불편해야 할 상대에게 이루 말할 수 없는 안정감이 느껴졌다. 더이상 그러지 말아야 할 이유를 찾아낼 수도 생각할 수도 없었다.

그와 마찬가지로 초롱 역시 진작부터 그에게 반응하고 말았고, 스스로 인지하기 전부터 이미 마음이 그에게 향해 가고 있었다. 조금씩 느슨해져 버린 마음이 걷잡을 수 없이 그에게 흘러가고 있었다.

"이초롱 씨, 결과는 아무도 모르지만 시작은 선택할 수 있어요. 과정은 함께 만들어 가는 거고, 그 과정의 색깔을 미리 회색이라고 단정 짓지만 말아요. 초롱 씨 마음먹기에 따라 색깔은 노랗고 빨갛고 파랗고 예쁘게 알록달록 무지개가 될 수도 있으니까. 용기를 보여 줘요. 나는 절대 초롱 씨 포기 못 하겠고, 억지로 끌려오는 이초롱보다, 스스로 선택해서 오는 이초롱이 더 예쁠 것 같으니까."

초롱은 염치없게도 잡고 싶었다. 곁에 있는 것만으로 손에 잡힐 것 같은 안정감, 존재만으로도 채워지는 든든함, 이런 행복. 한 번쯤은……

비록 영원할 수는 없다 해도 한 번쯤은…… 가져도 되지 않을까? 아까와는 다른 온도의 눈물이 초롱의 눈에 가득 차올랐다.

"만약……"

'잡아 볼 거야.'

"혹시라도……"

'욕심내 볼 거야.'

"조금이라도……"

'다치게 된다 해도.'

"제가 부담으로 느껴지게 되면……."

'던져 볼 거야. 내 마음.'

"솔직하게 말씀해 주시면 좋겠어요."

'평생 이렇게 마음이 예쁜 사람은…….'

"우리…… 해요. 연애."

'다시는 만날 수 없을 테니까.'

긴장으로 초롱의 말을 듣고 있던 산이 흐뭇한 미소를 지었다.

"이초롱 예쁘네. 절대 그럴 일 없을 거예요. 초롱 씨가 나를 밀어내지 않는 한, 초롱 씨가 부담으로 느껴질 일 없어요."

어디서 저렇게 많은 눈물이 흐르는 걸까. 산은 그동안 하고 싶어도 할 수 없었던 행동을 망설임 없이 시작했다.

초롱의 차가워진 얼굴을 따뜻하게 감싸며 흘러내리는 눈물을 닦아 주고, 조심스레 그녀를 품에 가득 안았다. 마음으로 위로를 건네며 가슴 가득 퍼지는 안도감에 환한 미소가 얼굴 가득 번지고 있었다. 이제 그녀는 혼자가 아니었다. 이제 더는 그녀를 혼자 내버려 두지 않아도 된다.

산은 병원으로 다시 가야 하는 초롱을 보며 아쉬운 발걸음을 돌려야 했다.

"오늘 고생 많이 했어요. 피곤할 텐데 제대로 쉬지도 못하겠네. 내일은 출근하지 말고 쉬어요. 뭐. 쉬는 게 쉬는 게 아니겠지만, 회사는 내가 알아서 할 테니까."

"아니에요. 제가 이 대리님께 직접 말하는 게 나을 것 같아요. 안 그래도 내일 쉬어야 할 것 같아서 말씀드리려고 했는데, 지금은 퇴근하셨을 테니 우선 문자부터 보내고 내일 다시 전화드릴게요. 그리고 대표님. 어, 아직은…… 회사의 다른 사람들은 몰랐으면 좋겠습니다."

"뭘?"

"그게……."

"우리 사귀는 거?"

"……네."

아직도 이 사실이 믿기지 않아 쉽게 입 밖으로 내뱉을 수 없는 말을 그는 잘도 했다.

"초롱 씨, 앞으로 할 말 있으면 말 흐리지 말고 당당하게 해요. 어려워 말고 머뭇거리지 말고 둘이 있을 때만큼은 망설임 없이. 알겠죠?"

"네. 노력할게요."

"아직은 회사에 말하기가 부담스러운 거죠?"

"네. 다른 분들도 알게 되면 불편하게 생각할 수도 있고, 혹시라도 잘 못……"

"잘못되기라도 하면 서로 불편하다?"

"네."

산은 벌써 부정적인 생각을 품고 있는 초롱을 이해하면서도 서운한 마음이 드는 건 어쩔 수 없었다.

"제대로 시작하기도 전에 잘못될 것부터 걱정하는 거예요? 이거 많이 섭섭하네."

"죄송합니다. 하지만…… 걱정하지 않을 수가 없어요."

"초롱 씨, 이해해요. 하지만 얼마나 오래 입 다물고 있을지는 초롱 씨 하기에 달렸어요."

"네? 제가 뭘 어떻게."

"일단 오늘은 내 손 한번 잡아 봐요. 이것부터 하나씩 천천히."

불쑥 내민 커다란 그의 손을 멍하니 바라보다, 주춤주춤 작은 손을 내밀었다. 하늘을 향해 펼쳐진 그의 손에 제 손을 가만히 올려놓았다. 맞닿은 손으로 전해 오는 그의 온기에 이상하게 마음이 간질거렸다. 그 커다란 손에 꼭 잡힌 느낌이 이루 말할 수 없이 따뜻하고 좋았다.

"잘하네. 앞으로도 이렇게 하는 거예요. 알겠어요?"

"……네. 그럴게요."

"잘했으니까, 당분간은 초롱 씨 맘 편한 대로 해요. 내가 먼저 말하지는 않을게요. 그리고, 다음 만날 때까지 숙제 하나 줄 테니까 곰곰이 잘 생각해 봐요."

"숙제……요?"

"나한테 계속 대표님이라고 할 거 아니죠? 직장에서야 대표지, 둘이 있을 땐 대표 아니잖아요. 자꾸 대표님, 대표님. 가뜩이나 나이 때문에 신경 쓰이는데,

왠지 더 나이 들어 보이는 느낌이라 기분이 영 별로야. 그러니까 다음 만날 때까지 호칭 어떻게 할 건지 생각해 봐요. 알겠어요?"

조금이라도 어두운 생각에서 벗어나라고, 자꾸 슬픈 생각만 하면 더 슬퍼지니까. 그 시간에 내 생각 하면서 그 숙제 하면서 조금은 밝아지라고.

"아. 네. 고민해 보겠습니다."

"좋아요. 나도 지금부터 천천히 고민해 볼게요."

"그럼 이만 들어가세요, 대표님."

"이초롱 씨!"

"네. 대표님."

"크리스마스 선물 고마워요."

"네?"

"내일이 크리스마스이브잖아요. 몰랐어요?"

벌써 크리스마스이브라니. 언제 시간이 그렇게 지나 버렸을까. 떠들썩한 연말 분위기도 휘황찬란한 불빛들도 늘 거기 그곳에 있었기에 시간이 흐르는 것도 날이 가는 것도 체감하지 못하고 있었나 보다.

'벌써 크리스마스가 다가왔구나······.'

어쩌면 내 생에 가장 힘겹고 비참했을 회색빛 크리스마스가 그로 인해 조금씩 색깔을 달리하는 듯했다.

"네. 잊고 있었어요."

"바쁘게 지내다 보면 잊을 수도 있지. 하지만 오늘은 잊지 말아요. 우리의 처음이니까. 알겠어요?"

"네. 그럴게요."

초롱에겐 평생 잊지 못할 크리스마스가 될 것 같았다.

"지금까지 받아 본 선물 중에 가장 마음에 들어. 고마워요. 이렇게 멋지게 크리스마스를 맞이하게 해 줘서. 초롱 씨, 메리 크리스마스! 얼른 들어가 봐요."

"네. 어. 안녕히 가세요."

뭐라고 말을 하고 싶은데. 그가 하는 것처럼 편하게 메리 크리스마스, 라고 말을 하고 싶은데 차마 입이 떨어지지 않았다. 결국 어렵게 꺼낸 말이 정말 흔하디흔한 널브러진 인사라니. 스스로 한심한 생각이 들어 한숨이 절로 나왔다.

차에 오른 산이 주차장을 벗어나며 백미러를 보니 인사를 꾸뻑하는 초롱이 보였다. 너무나 반듯한 초롱의 인사에 어이없어 고개를 절레절레 흔들었다. 아직 갈 길이 멀어 보였다.

언제쯤 정말 연인처럼 편하게 대해 줄까? 그날이 오기는 할까?

'천천히 하나씩.'

갓 시작한 서툰 연인의 모습을 떠올리던 산이 빙그레 미소 지었다.

초롱은 싱긋 웃으며 떠나는 그의 모습을 떠올리며 떨리는 가슴이 당혹스러웠다. 웃을 일이라고는 없는데 저도 모르게 입가에 엷은 미소가 피어올랐다. 당장 할 일이 한둘이 아닌데, 그럼에도 불구하고 여느 때처럼 마음이 복잡하지가 않았다.

그는 벌써 초롱의 마음 깊숙이 파고들어 영향력을 행사하고 있었다. 그와 헤어지면 그때는 어떻게 될까? 마음에 얼마나 큰 상처를 남기게 될까?

걱정하기에는 너무 늦었고 이미 건너지 말아야 할 강을 벌써 건너 버린 느낌이었다. 그렇다면, 어차피 늦어 버렸다면, 지금 이 순간만이라도 마음껏 누릴 것이다. 처음으로 느껴 보는 마음의 온기를.

7

엄마의 마지막 검진만 남겨 두고 있었다. 내시경을 처음 해 보는 엄마가 밀려드는 걱정으로 불안해하는 모습에 괜찮을 거라고 안심시키고 있는데 들려서는 안 될 목소리가 들려왔다.

"이초롱!"

"초…… 초원아, 네가 여긴 어떻게."

대체 어떻게 알고 온 건지. 저는 제대로 쳐다보지도 않고 엄마만 바라보는 동생을 보며 걱정이 움텄다.

"엄마. 몸은 좀 어때요? 이제 괜찮아요?"

초원은 자신의 눈치를 살피며 당황한 누나의 얼굴은 보고 싶지도 않았다. 항상 이런 식이었다. 혼자 고민하고, 혼자 걱정하고, 혼자 짐을 짊어지는 누나의 무거운 어깨는 더 이상 보고 싶지 않아 엄마에게 시선을 집중하며 물었다.

"응, 그래. 괜찮아. 뭘 너까지 오고 그래? 엄마 아무 이상 없는데 누나가 하도 뭐라고 해서 할 수 없이 검사하는 거야."

"당연히 해야죠. 엄마도 이제 정기적으로 건강검진도 하고 건강에 신경 써야 할 때예요. 진작 했어야 하는데."

"아니야. 엄만 정말 괜찮아."

마침 검진 순서가 다가와 엄마의 이름을 부르는 소리에 대화가 멈추었다. 잘하고 올 테니 걱정 말라는 엄마가 검사실로 들어가자마자 초원이 매서운 목소리로 초롱을 불렀다.

"이초롱. 잠깐 나 좀 봐."

병원이었다. 더군다나 건강검진을 기다리는 사람들이 줄지어 대기 중이었다. 초원은 속에서 불길이 치솟았지만 간신히 화를 누르며 말했다.

초롱은 성큼성큼 빠른 걸음을 옮기는 동생을 보며 불안감에 가슴이 두근거렸다. 저렇게 화난 얼굴을 보는 건 정말 드문 일이었다.

어린 시절 동생은 자신에게 화가 날 때면 보란 듯이 이름을 부르고는 했었는데, 어느 정도 크고부터는 깍듯하게 누나로 대우하며 예의를 지키고 있었다.

그런데 지금, 이름을 부르는 것으로도 모자라 평소와는 달리 차갑게 등을 돌리고 빠른 걸음으로 앞서 걸어가고 있었다. 늘 자신을 배려하며 옆에서 발 맞추어 걷던 모습과는 너무나 대조적인 태도에 초롱은 당황하지 않을 수 없었다. 제 생각이 짧았던 걸까?

한참을 따라가다 보니 병원 내에 있는 휴식 공간에 다다랐다. 다행히 오가는 사람 없이 한적해 대화를 나누기에는 최적인 듯했다.

"어제 나한테 왜 연락 안 했어?"

"초원아, 미안해. 누나는 너 일 시작한 지 얼마 되지도 않았는데 괜히 걱정할까 봐."

"가족이 아픈데 걱정하는 건 당연한 거 아니야? 도대체 누나한테 난 뭐야? 난 뭐냐고! 힘들 때 생각나지도 않고 있어 봐야 도움도 안 되는 그런 놈이야? 내가 누나한테 그것밖에 안 되는 사람이야? 그 정도로 하찮은 놈이냐고, 내가!"

"아니야, 초원아. 그런 거 아니야. 정말 아니야!"

"누나가 우리 집에 실질적인 가장 역할을 하고 있다는 거 알아. 그래서 항상 미안하고 또 미안했어. 근데 그거 알아? 뭐든 희생하려는 누나 보면서 내가 얼마나 숨 막히고 힘들었는지? 왜 혼자 짊어지는데? 왜 혼자 끙끙 앓아?! 나 있잖아. 나하고 나누면 되잖아! 그동안은 그래, 내가 어려서 그랬다고 쳐. 하지만 이제 나도 성인이야. 집에 무슨 일이 생기면 막노동을 해서라도 책임을 져야 할 의무가 있는 성인이라고! 언제까지 어린애 취급 할 거야?"

커 보였다. 제 키를 훌쩍 넘긴 지 벌써 오래였지만 항상 어리고 작은 동생인 줄로만 알았다. 어둠이 오면 불 밝혀 주고 다치지 않게 아프지 않게 늘 옆에서 지키고 보호해 줘야 하는 아직도 어린 동생인 줄로만 알았다.

이렇게 많이 커 버렸는데, 이렇게 생각이 많이 자라 있는데.

늘 대견한 모습에 마음으로 의지를 하면서도 정작 이런 일이 생기면 마냥 어린 동생 취급을 했던 자신의 오만함에 쓴웃음이 나왔다.

"최소한…… 우리 가족이 어디서 무슨 일을 당하고 있는지는 알아야지. 최소한 우리 집 사정이 어느 정도인지, 내 누나가 살아 내려고 무슨 개고생을 하고 있는지, 그 정도는 내가 알고 있어야 하잖아! 엄마가 쓰러진 줄도 모르고 혼자 등신같이 희희낙락하는 일은 없게 해 줘. 부탁이야."

계약금을 받았다. 아직 제대로 된 일은 하지도 않았는데, 적지 않은 돈을 계약금이라는 명목으로 받아 버렸다. 누나가 조금이라도 부담을 덜었으면 하는 마음에 가장 먼저 누나에게 전화했는데 어쩐 일인지 전화를 받지 않았다.

언제 무슨 일이 일어날지 몰라 항상 전화를 잘 챙기던 누나의 습관을 알기에 의아한 마음이 드는 것도 잠시, 혹시나 하는 마음에 병원에 전화를 걸었다. 아마, 병원으로 전화하지 않았다면 엄마가 퇴원하고 나서야 알게 되었을 거라는 건 묻지 않아도 알 수 있었다.

"미안해, 초원아. 내가, 내가 잘못했어. 내 생각이 짧았어."

"누나가 내 걱정 해서 그런 거 잘 알아. 하지만 이건 날 위한 게 아니야, 누나. 나도 돕고 싶어. 더는 누나만 발버둥 치게 하고 싶지 않아. 누나가 그렇게 혼자 힘든데 내가 어떻게 편하게 살 수가 있어? 누나가 나라면 그럴 수 있어?"

"알았어. 앞으로는 꼭 말할게. 힘들면 힘들다고, 도움이 필요하면 도와 달라고 말할게."

바보. 어제부터 울었을 텐데. 아직 부은 눈이 채 가라앉지도 않았는데, 또 누나를 울려 버렸다. 이렇게 퍼부을 생각은 아니었는데, 이렇게 못되게 말할 생각은 아니었는데.

그사이 수척해진 모습을 보고 나니, 누나의 팅팅 부은 눈을 보고 나니, 잠시 이성을 잃었나 보다.

"울지 마. 화내서 미안해, 누나. 고마워. 누나가 내 누나라서…… 고맙다."

조용히 눈물 흘리는 누나를 꼭 감싸 안았다. 일하더니 살이 더 빠졌나 보다. 항상 크게만 보였던 누나는 오늘따라 유난히 작고 연약해 보여 초원의 마음을 더 아프게 만들었다.

초롱과 초원이 서둘러 검사실로 돌아왔다. 대기실에 나란히 앉아 엄마가 나오기를 기다리는데 초원이 흰 봉투를 슬쩍 내밀었다.

"누나. 이거."

별생각 없이 봉투를 열어 보던 초롱이 생각보다 많은 액수에 놀라 물었다.

"이게…… 뭐야?"

"계약금이야. 누나가 알아서 써."

"아직 제대로 뭘 시작한 것도 없는데 이 돈을 준다고? 벌써?"

"말했잖아. 계약금이라고."

"아니, 그러니까 아직 일하지도 않았는데 계약금부터 준다고? 아무 인지도도 없는 너한테? 심지어 신인인데?"

"나도 얼떨떨하기는 한데, 맞아. 걱정하지 마, 노예 계약 뭐 그런 거 아니야.

꼼꼼하게 계약서 다 확인했고 내가 원하는 조건으로 분명하게 계약했어. 나는 계약한 기간만 충실하게 일해 주면 되고 그 이후는 내가 선택할 수 있어. 그러니까 누나 너무 걱정하지 않아도 돼."

동생의 말에도 쉽게 납득이 가지 않았다. 계약금으로 받아 온 돈은 초롱의 월급 몇 달 치를 훌쩍 넘어서는 큰 금액이었다. 이게 과연 덥석 받아도 되는 돈일까 걱정이 되지 않을 수가 없었다.

"초원아, 너무 많아. 누나…… 겁나. 이러다 너 혹시 잘못되기라도 하면……."

"누나, 나 한 번만 믿어 봐. 내가 들어간 회사 믿을 만한 곳이야. 업계에서 최고라고 자부하는. 아무튼, 누나가 걱정할 일은 없을 테니까 그냥 편하게 써."

"후…… 알았어. 그럼 너 쓸 건 빼고,"

"아니야. 난 필요 없어."

"그 일 하려면 너도 가꾸고 해야 하잖아."

"다 해 줘. 먹는 것부터 입는 거, 자는 것까지 회사에서 다 해 준다고. 따로 어디 나갈 일도 없고 쓸데도 없어. 그러니까 누나가 알아서 해."

말하고서 아차 싶었다. 차라리 누나 선물이라도 사 줄걸. 예쁜 옷이라도 한 벌 사 줄걸. 저렇게 가져다주면 분명 빚 갚느라 정작 누나는 한 푼 쓰지도 않을 텐데. 그저 빨리 누나에게 주고 싶다는 생각만 했지 거기까지 미처 생각하지 못했다.

"누나, 빚 갚는 데 다 쓰지 말고 겨울인데 누나 옷이라도 한 벌 사 입어. 나는 이제 좋은 옷도 많이 생겼어. 그러니까 꼭 누나 옷 한 벌 사 입어. 알았어?"

말만 들어도 정말 고마웠다. 한참 멋 부리고 다닐 나이에 충분히 욕심날 텐데 봉투째 들고 온 동생의 마음이 너무 고맙고 예뻐서 먹지 않아도 배부르고 옷을 사 입지 않아도 충분히 따뜻하고 뜨거웠다.

정말 멋지고 행복한 크리스마스이브다.

내시경을 마친 엄마가 의식 없이 베드에 실려 나오는 모습에 대기실에서 앉아 있던 초롱과 초원이 벌떡 일어섰다. 간호사가 다가와 주의 사항을 알려 주었다.

"아직 수면 마취가 깨지 않아서 사람마다 차이가 있기는 한데 아마 한 30분 정도 있으면 깨어날 거예요. 깨어나시면 순간 어지러울 수도 있으니 일어설 때 조심하시고 그때까지는 보호자께서 지켜봐 주시는 게 좋아요."

"네. 알겠습니다. 감사합니다."

초롱은 잠든 엄마에게 이불을 덮어 주며 부쩍 나이 들어 보이는 엄마의 모습에 가만히 한숨을 내쉬었다. 기다리는 동안 잠시 옆에 있던 의자에 앉는데 초원이 대뜸 물었다.

"아! 누나 아까 전화는 왜 안 받았어?"

"전화?"

초롱은 당연히 외투 주머니에 있을 줄 알았던 휴대폰이 있어야 할 곳에 없어 당황스러웠다. 도대체 어디에 뒀을까? 분명 아침에 회사에 전화하고 나서 휴대폰을 주머니에 넣어 뒀었는데.

"없어?"

"응. 분명 주머니에 넣었는데 없어. 어디서 흘렸나 봐. 어떡하지?"

"오늘 어디 다른 데 간 적 있어?"

"아니, 없어. 병실에서 이리로 곧장 왔어. 병실에 가 봐야겠다."

급한 마음에 얼른 다녀오려고 일어서자 초원이 팔을 붙잡았다.

"누난 그냥 여기 있어. 피곤해 보여. 내가 가 볼게."

"그래 줄래? 고마워. 초원아."

아닌 게 아니라 너무 피곤했다. 너무 많은 감정 소모에 체력이 약해진 상태에서 밤새 아빠와 엄마 병실을 오가야 했다.

새벽부터 엄마 검사를 위한 약을 챙겨 드리고 아무것도 먹지 못해 기운이 없는 엄마를 부축해 이곳저곳 검사를 하러 다니다 보니 피로가 쌓이지 않을 수가 없었다. 뻣뻣해진 몸을 조금씩 움직이며 엄마 옆에 앉아 잠시 휴식을 취했다.

그사이 병실에 다녀온 초원이 누나를 불렀다.

"누나."

"어, 찾았어?"

"응. 여기. 엄마 침대 아래에 떨어져 있던데? 액정이 살짝 나갔어."

"엄마 부축하다 떨어트렸나 보다. 그래도 찾아서 다행이네."

"전화 오는 것 같던데 확인해 봐."

"그래?"

초원의 말에 부재중 내역을 확인하는데, 마침 부재중 전화의 당사자로부터 전화가 걸려 왔다.

"네. 대표님."

— 무슨 일 있어요? 왜 이렇게 전화를 안 받아요?

"아. 그게……."

초롱은 자신을 뚫어져라 바라보는 동생 앞에서는 통화를 계속할 수가 없을 것 같았다. 말을 흐리며 슬그머니 자리에서 일어나 잠시 밖으로 나갔다.

— 초롱 씨? 이초롱 씨!

"네. 대표님."

— 안 들려요?

"아닙니다. 실은 아침 일찍부터 엄마 검사받는 거 신경 쓰느라 휴대폰이 병실에 떨어진 줄도 몰랐어요. 지금 막 찾아왔는데 마침 전화를 하셔서."

— 그런 거예요? 난 또 무슨 일이 있나 싶어 걱정했어요.

"걱정 끼쳐 죄송합니다."

— 아니에요. 죄송은 무슨. 어머니는 좀 어때요? 검사는 잘 받았어요?

"네. 방금 마지막 검사까지 마무리하셨어요. 내시경을 했는데 아직 수면 마취가 안 깨서 기다리는 중이에요."

— 초롱 씨는 잠 좀 잤어요? 내가 눈치 없이 쉴 때 전화한 거예요?

"아니요. 어차피 엄마가 깨어날 때까지는 옆에서 지켜봐야 해서요."

— 많이 피곤하겠다. 밥은 먹었어요?

"이따 엄마 깨어나시면 먹으러 갈 거예요."

— 그럼 혹시 지금 잠깐 나올 수 있어요? 아니면 내가 잠시 들어가도 되겠어요?

"네?"

끊임없이 물어보는 산의 질문에 열심히 대답하다 말고 깜짝 놀라고 말았다.

— 사실, 나 지금 병원 앞이에요. 잠시면 되는데, 전해 줄 것만 주고 오면 되니까.

"저. 지금은…… 좀."

— 시간 안 뺏을게요. 1분이면 돼.

"그럼 제가 잠시 나갈게요."

동생에게 조금이라도 상기된 얼굴을 들키고 싶지 않아 말없이 서둘러 나가는데 사정없이 제 귓가를 두드리는 심장 소리가 갑작스러운 신체 활동에 의한 것인지, 뜻하지 않게 그를 마주하게 된다는 설렘 때문인지 알 수가 없었다.

왠지 모르게 들떠 버린 마음을 다스리며 병원을 나서려는 찰나. 반가운 그의 목소리가 들려왔다.

"초롱 씨!"

등 뒤에서 자신을 부르는 목소리에 좀 전보다 더 강하게 심장이 두방망이질하기 시작했다. 천천히 뒤돌아보니 시린 겨울 공기와는 너무나 대조적인, 봄날 따사로운 빛과 같은 부드러운 미소를 머금은 그가 서 있었다.

정갈하고 멋스럽게 슈트를 차려입은 그의 모습을 처음 보는 것도 아닌데. 저렇게 부드러운 미소를, 따뜻하게 반짝이는 눈빛을 처음 보는 것도 아닌데. 그 많은 날 중에 오늘…… 처음으로 그 모습이 온전히 초롱의 눈에 들어왔다.

"대표님."

"천천히 와도 되는데 뭘 그렇게 서둘러 뛰어와요? 힘들게. 제대로 잠도 못 잤을 텐데 그러다 넘어지기라도 하면 어쩌려고."

조금이라도 그녀의 시간을 단축해 주려 병원 안으로 들어서는데 앞만 보며 달려가는 그녀의 모습이 한눈에 가득 들어왔다.

가뜩이나 피곤하고 지쳐 있을 텐데 괜히 놀라게 한 건 아닐까 하는 걱정도 잠시. 저렇게 열심히 달려가는 모습이 다른 누구도 아닌 자신에게로 향하는 모습이라는 게 이상하게 마음을 설레게 하고 있었다. 별것 아닌 그저 달려오는 모습 하나에도 이렇게 기쁠 줄이야.

"언제 오신 거예요? 바쁘실 텐데 연락이 안 되면 그냥 가시지 않고요."

"걱정돼서 그냥 갈 수가 있어야죠. 하도 답답해서 병원에 물어보러 가려던 차에 전화받아서 다행이에요. 시간 없을 텐데 이거 가지고 얼른 들어가요. 어머니도 깨어나시면 식사하셔야죠. 죽이랑, 간단하게 먹을 수 있는 거로 준비했어요. 얼른 들어가 봐요."

"뭘 이런 걸…… 이러지 않으셔도 되는데."

"내가 하고 싶어서 하는 건데 뭘. 핑계 삼아 이렇게 초롱 씨 얼굴도 한 번 더 보고. 어서 들어가요."

"네. 감사합니다. 잘…… 먹을게요."

"그래요. 생각 없어도 꼭 챙겨 먹어요. 몸 상하면 아무것도 못 해. 틈틈이 쉴 수 있을 때 쉬고 내가 준 숙제도 잊지 말아요. 갑니다."

뒤도 보지 않고 성큼성큼 병원을 나서는 모습을 보며 왠지 모르게 초롱의 눈시울이 붉어졌다.

온통 고맙고 미안한 마음이 뒤엉켜 쉽게 발길이 떨어지지 않아 결국 그의 모습이 보이지 않을 때까지 자리를 지켰다. 지금 자신이 그에게 해 줄 수 있는 거라고는 뒷모습이라도 조금 더 바라봐 주는 거 고작 그뿐이었다.

그가 준 커다란 종이 가방을 들고서 터벅터벅 엄마가 있는 곳으로 향하는데 대뜸 초원의 목소리가 들렸다.

"누구야?"

"앗, 깜짝이야. 놀랐잖아. 언제부터 나와 있었어? 엄마는?"

"방금 나왔어. 엄마는 아직이고. 그런데 누구야? 대표님이라고 하는 것 같던데?"

전화 통화를 한다고 잠시 나갔던 누나가 들어오지 않아 걱정되는 마음에 잠깐 나왔는데, 저 멀리 누군가와 대화를 나누는 모습을 보게 되었다.

"아. 어. 대표님…… 맞아. 걱정하셨나 봐. 어제 나 병원까지 태워 주셨거든."

"그래? 그건 뭐야?"

"주고…… 가셨어."

"오늘도 여기까지 오셨다고? 걱정돼서?"

"어. 그렇대. 지나던 길에 생각이 나서 들르셨나 봐. 얼른 들어가자. 엄마 깨면 놀라시겠다."

"어. 그래."

초원은 기운이 없어 보이던 누나의 얼굴에 반짝 떠오른 생기가 반가우면서도 덜컥 걱정이 앞서 얼른 저 앞으로 사라져 버린 누나를 뒤따라 들어가며 물었다.

"누나, 어떤 사람이야? 누나 회사 대표님 말이야."

"우리…… 대표님?"

"응. 궁금해서 그래."

"글쎄. 좋은 분 같아. 아직은 내가 할 수 있는 말은 이게 다야."

"그럼 다행이고. 누나!"

"응?"

"남자 쉽게 믿지 마. 누나가 어련히 알아서 잘하겠지만. 항상 조심하라고. 누나 다치게 하면 내가 참을 수 없을 것 같아서 그래. 그리고 누나가 내 보호자이듯이 나도 누나 보호자야. 맞지?"

좋은 사람이었으면 했다. 아니, 반드시 좋은 사람이어야만 한다. 시린 누나의 마음에 따듯한 바람을 안겨 주는 그 사람이 진실한 사람이기를 마음으로 간절히 바랐다.

"그럼. 맞지."

"알면 됐어."

동생의 눈에 떠오른 수많은 물음표에 아직은 어떤 말도 해 줄 수가 없었다. 이제 겨우 시작인데, 하필 첫날. 그것도 시작하자마자 동생에게 들켜 버린 듯한 마음이 너무 부끄럽고 미안해서 그 어떤 말도 할 수가 없었다.

그에게서 건네받았던 종이 가방이 왠지 점점 더 무겁게 느껴지고 있었다.

"이리 줘. 내가 들고 갈게."

"그럴래? 난 손 좀 씻고 갈게. 먼저 가 있어."

"알았어. 천천히 해. 서두르지 말고."

초롱은 잠시 혼자만의 시간이 필요했고, 초원은 그런 누나를 너무 잘 알고 있었다.

병실로 들어와 살며시 열어 본 종이 가방에는 네댓 사람은 족히 먹고도 남을 만큼 많은 음식이 다양한 용기에 담겨 있었으나 초원의 시선은 어느 한 곳으로 집중되고 있었다.

「부담 갖지 않기. 조금이라도 꼭 먹기. 무슨 일이 있으면 망설임 없이 전화하기. - 산 -」

남자다움이 물씬 느껴지는 선 굵은 필체에 짧고 단순한 메모 한 장에서 남자의 군더더기 없이 깔끔한 성격과 듬직함이, 그리고 그의 배려와 세심한 마음이 엿보이는 듯했다. 보지 않아도 메모를 남긴 사람의 모습이 눈에 그려지는 듯해 저도 모르게 초원의 입가에 따스한 미소가 머물렀다.

수면 마취에서 깨어나는지 침대에 누운 엄마가 뒤척이고 있었다.

"엄마, 이제 정신이 들어요?"

"엄마, 어때? 괜찮아?"

눈을 동그랗게 뜨고서 동시에 성급하게 말을 내뱉는 남매를 보며 수영의 입가에 희미한 미소가 그려졌다.

"엄만 괜찮아. 너희들 밥은 먹었어?"

"엄마는, 지금 밥이 문제야?"

초원의 타박에 초롱이 고개를 끄덕이며 말을 보탰다.

"그러게. 하여간 엄마도 못 말려. 의사 선생님 말씀이 위에는 크게 문제없대요. 위염이 조금 있기는 한데 증상이 가벼워서 식습관이나 생활 습관만 잘 관리한다면 금방 치료가 된대. 그런데 엄마는 병원에서 잘 챙겨 먹기가 쉽지 않을 텐데, 걱정이네."

결국 모든 원인은 다시 그 자리로 돌아가고 있었다. 원인을 안다 해도 당장 해결할 수 있는 문제도, 언제 해결이 될지도 모를 곳으로.

"그런 거라면 걱정하지 마. 아마 귀찮다고 잘 안 먹어서 그런가 보다. 앞으로는 귀찮아도 밥 꼬박꼬박 잘 챙겨 먹을 테니까 엄마 걱정 더는 하지 마."

"엄마, 꼭 그래야 해. 우리를 생각해서라도 아빠를 생각해서라도 잘 챙겨 먹어야 해요. 냉장고 보니까 지난번에 해 둔 반찬도 많이 남아 있던데."

"알았다니까. 이제부터는 잘 챙겨 먹을 거야. 그나저나 초롱이 넌 회사 안 가 봐도 돼? 초원이는 얼른 학교 가야지."

"……."

"아, 엄마, 회사에는 연락했어요. 오늘 하루 쉬기로 했어. 초원이는 알아서 잘하니까 걱정하지 마세요."

초원은 순간 할 말을 잃었고, 초롱은 급히 둘러대기 바빴다. 아직 초원이 휴학했다고 말하지 못했다. 이제나저제나 그 말을 꺼내려 눈치만 보고 있었는데 하필 엄마가 쓰러지기까지 하셨으니 더 말이 떨어지지 않는 남매였다.

"엄마, 일단 옷 갈아입고 나와요. 뭐 좀 먹게."

엄마가 병원 옷을 갈아입으러 간 사이 초원을 찾는 전화가 왔다.

"누나, 엄마 나오시면 나 먼저 가 봐야 할 것 같아. 누나 혼자 괜찮겠어?"

"괜찮지 그럼. 너무 걱정하지 말고. 너도 잘 챙겨 먹고 다니는 거지?"

"나는 걱정 안 해도 된다니까 그러네. 몸 관리해야 해서 단백질 위주로 식단 관리도 받고 있고 운동도 하고 있어. 그러니까 내 걱정 하지 말고 누나나 좀 잘 챙겨 먹어."

"알았어. 엄마 오신다. 인사하고 얼른 가 봐."

"어. 무슨 일 있으면 바로 연락하고."

"알았어. 이젠 꼭 너한테 먼저 연락할게. 그러니까 걱정하지 마."

초원은 엄마와 인사를 나누고 떨어지지 않는 발걸음을 돌려야 했다.

초원이 가고 초롱은 퇴원한 엄마와 함께 아빠의 병실로 향했다. 검사하느라 식사를 거른 엄마가 걱정됐지만 아빠를 먼저 봐야겠다는 엄마의 고집을 꺾지 못했다.

병실에 도착하자 아빠가 눈으로 먼저 엄마를 반기는 모습이 보였다. 이내 괜찮아? 한마디를 건네자 엄마 역시 당신도 괜찮아요? 라는 짧은 말을 주고받았다. 말없이 안타까운 마음이 오가는 부모님의 모습을 초롱은 그저 물끄러미 바라보았다.

초롱의 머릿속에 갑자기 어떤 말이 떠올랐다. TV에서 결혼식 장면이 나올 때면 빠지지 않고 나오던 주례사의 한 구절……

'괴로울 때나 병들 때나 검은 머리 파 뿌리 되도록 서로 아끼고 존중하며 죽

을 때까지 함께할 것을…… 약속합니까.'

새삼 애틋한 부모님의 모습이 존경으로 다가와 눈물이 핑 돌았다.

끼니를 거른 서로를 걱정하는 부모님의 모습에 초롱이 서둘러 식사 준비를 했다. 테이블을 올리고서 그가 준 종이 가방을 열어 보았다. 가장 먼저 그의 반가운 메모가 초롱을 반겼다. 너무나 그다운, 간결하고 깔끔한 필체에 저도 모르게 표정이 부드러워졌다.

"초롱아, 그게 뭐야?"

"아, 엄마, 죽이랑 도시락이에요. 아까 회사 대표님이 회사 들어가시면서 잠시 들러 주고 가셨어요."

"대표님이 직접?"

"네."

초롱은 그가 남긴 메모를 재빨리 손에 숨기고 가방 안에 든 도시락을 하나씩 꺼냈다. 죽부터 시작해 한식, 중식, 일식으로 구성된 다양한 도시락 세트와 예쁘게 담긴 과일, 그리고 주스까지.

"초롱아, 뭐가 이렇게 많아?"

"그러게요. 저도 이렇게 많은 줄 몰랐어요."

"세상에, 골고루 다양하게도 준비했네. 이 많은 걸 아침부터 어떻게. 정말 고마운 분이네."

'그러게요. 그는 아침부터 이 많은 음식을 어떻게 준비했을까요.'

제각기 상호가 다른 너무나 정갈한 도시락들을 보며 그의 마음이 오롯이 전해져 코가 시큰거렸다.

초롱은 통근 버스에서 내리기도 전에, 아니 저 멀리서 회사 건물의 언저리가 시야에 들어오기도 전부터 심장이 말썽이었다. 아무리 진정해 보려고 크게 들

숨 날숨을 쉬어도 진정이 되기는커녕 오히려 현기증이 날 지경이었다.

'미치겠어. 어지러워. 대체 언제가 되면 편해지는 거야? 아니 편해지기는 하는 거야?'

사정없이 두근거리는 마음을 간신히 다잡고서 천천히 통근 버스에서 내렸다.

"초롱 씨! 엄마는? 괜찮은 거야?"

때마침 출근하며 초롱과 마주친 경선이 물었다.

"안녕하세요, 대리님. 걱정 많이 하셨어요?"

"그걸 말이라고? 연락받고서도 얼마나 걱정했다고. 그래서 어때? 괜찮으신 거냐고."

"검사 결과가 나오려면 한 보름 정도 걸린다고 하는데, 그래도 제일 걱정했던 부분이 괜찮다고 하셔서 한시름 놓았어요."

"제일 걱정했던 게 뭔데?"

"엄마가 음식을 먹으면 소화를 잘 못 시켜 탈이 잘 나더라고요. 이번에 내시경 검사 해 보니 다행히 위랑 대장은 이상이 없다고 하셔서요."

경선이 마치 제 일처럼 기뻐 반겼다.

"너무 잘됐다! 다른 데도 문제없으실 거야. 너무 걱정하지 마."

"네. 감사합니다, 대리님."

"그래. 혹시라도 또 무슨 일 생기면 걱정하지 말고 말해, 응? 혹시 대화할 상대가 필요하면 그것도 언제든 대환영이야."

"네. 꼭 그럴게요. 정말 감사해요. 그런데 대리님 임신 중에 저 때문에 놀라서."

"괜찮아. 그런 건 신경 쓰지 마. 우리 아기는 아주 튼튼하거든."

"다행이네요. 대리님도 몸조심하세요. 조금이라도 이상 있으시면 바로 알려 주시고요."

이제 제법 임신한 태가 나는 선배의 배를 보며 본인도 몸이 편하지만은 않을 텐데, 마치 언니처럼 걱정해 주는 마음이 정말 고마워 가슴이 따뜻해졌다.

선배와 대화를 나누다 보니 다행히 이상 증세를 보이던 심장도 조금씩 진정이 되는 듯했다.

"오늘은 근무 가능한 거야?"

"그럼요. 뭐든 시켜 주세요."

"시키기는, 안 시켜도 알아서 잘하는데 뭘. 하던 대로만 해. 어제 업무 보고는 내가 했어. 오늘은 초롱 씨가 들어가면 되겠다. 팀별 회의록, 보고서, 그리고 대표님 일정표도 책상 위에 올려 뒀으니까 참고하고."

"네. 감사합니다!"

씩씩한 초롱의 대답에 안도한 듯 경선이 활짝 웃으며 앞서 걸어갔다.

초롱은 자신을 걱정해 주는 직장 동료들에 둘러싸여 정신없는 시간을 보내고 나서야 업무 보고 준비를 끝내고 그의 집무실 앞에 설 수 있었다.

어김없이 떨려 오는 심장이 안정되기를 바라는 마음으로 기도를 하는 것도 잊지 않았다.

'제발 긴장하지 않게 해 주세요. 바보같이 머뭇거리거나 떨지 않게 도와주세요. 심장 소리가 밖으로 새 나가지 않게 해 주세요. 제발.'

기도를 마치고 막 노크를 하려는 순간 무언가 떠올랐다.

'아차! 내 정신. 숙제.'

꼭 숙제해 오라던 그의 말이 그제야 생각이 났지만 이미 늦어 버렸다. 급한 대로 머리를 굴려 몇 가지를 떠올렸다. 이런 자신의 모습이 낯설게 느껴져 피식 웃으며 다시 노크하려는데 정장 상의에 넣어 둔 휴대폰에서 진동이 느껴졌다.

얼른 꺼내 막 도착한 문자를 확인했다.

「빨리 들어올 것!」

'뭐야…… 문에도 눈이 달린 거야?'

마치 자신이 문 앞에 와 있는 걸 보고 있는 듯한 문자에 초롱은 혹시나 하며 주위를 휙 둘러보다 집무실 문 상단 우측으로 떡하니 달린 CCTV를 발견하고서 놀라 입을 떡 벌리고 말았다.

'맙소사, 대체 저건 언제부터 있었던 거야? 헉. 그럼 지금까지 매번 이렇게 바보 같았던 내 모습을 보신 거야? 그런 거야?'

이내 초롱의 고개가 툭 떨어지며, 오만상이 다 찌푸려지고 있었다.

「내가 마중 나갈까요?」

"아니요."

다시 온 문자를 보며 저도 모르게 입 밖으로 툭 튀어나온 말이었다. 더 망설이고 있을 수 없어 둔탁하게 문을 두드리자 1초의 머뭇거림도 없이 문이 활짝 열렸다.

"우와, 얼굴 보기 정말 힘드네. 이렇게 망설이기 있어요?"

"대표님. 대체 언제부터……."

"이제 알았나 보네? 어서 들어와요."

"네."

산의 눈에는 초롱의 당황한 모습까지 너무 귀여웠다.

"오해하지는 말아요. 예전에 외부인 출입으로 불미스러운 일이 있어 하나 설치한 것뿐, 늘 CCTV 프로그램을 열어 보지는 않아요."

"불미스러운 일……이요?"

"경쟁업체에서 찾아와 난리 친 적이 있어서 그 후로 건물 출입구에는 모두 설치되어 있는데 한 번도 못 봤나 보네?"

"네. 현장에 있는 건 봤는데, 본관 건물에도 있는지는 몰랐어요."

"그렇다고 여기 올 때마다 너무 신경 쓰지는 말아요. CCTV 프로그램을 확인하는 일 자체가 굉장히 드물뿐더러 매번 확인할 정도로 내가 그렇게 한가하지도 않아요. 오늘은 특별한 날이니까. 빨리 보고 싶은데 너무 안 와서 혹시나

하고 봤는데 그러고 있을 줄이야!"

사실 아침 일찍부터 궁금해 전화라도 하고 싶었지만 초롱이 마음 불편해할까 싶어 좀 더 편하게 자신을 대할 때까지 기다려 주고 싶었다.

분명 정시에 통근 버스가 도착하는 것을 보았고 정상 출근을 했다면 지금쯤 집무실에 와야 할 시간인데 아직 도착하지 않아 설마 하며 CCTV 화면을 확인했는데, 아니나 다를까, 긴장한 자세로 망설이는 모습을 보니 아직도 저렇게 불편할까 서운한 마음 반, 도대체 저기 서서 무슨 생각을 할까 궁금한 마음 반이었다.

기다려도 들어올 생각이 없어 보여 문자를 보냈는데 화들짝 놀라며 당황하는 모습이라니. 더 놀리고 싶은 짓궂은 마음도 있었지만 빨리 주제를 전환해야 할 듯했다.

"언제까지 그렇게 서 있으려고? 일단 좀 앉아요. 어머니는 이제 좀 어때요? 결과 나오려면 며칠 걸릴 텐데. 내시경도 잘하셨어요?"

"네. 다행히 내시경 결과는 생각보다 나쁘지 않았어요."

"듣던 중 다행이네요. 생각보다 나쁘지 않았다면, 뭐, 위염?"

"네. 위염이 있는데 앞으로 관리만 잘하면 크게 문제 될 건 없다고 하셨어요. 아, 그리고 도시락…… 너무 잘 먹었습니다. 엄마도 죽을 너무 맛있게 잘 드셨어요. 인사 꼭 전해 달라고 하셨어요."

"내가 준 거라고 말했어요?"

벌써 자신의 존재에 대한 얘기를 했나 싶어 기뻐 물었다.

"네. 회사 대표님이 주고 가셨다고."

"아, 회사 대표님. 뭐 어쨌든 잘 먹었다니 다행이네요."

회사 대표로서 준 게 아니라 살짝 서운한 마음이 들기도 했지만, 초롱의 입장에서는 말하기가 쉽지 않을 수도 있겠다 싶었다.

"직원들은 별말 안 해요?"

"아니요. 다들 걱정 많이 해 주셨어요. 이렇게 생각을 많이 해 주실 줄은 몰랐는데."

"아무래도 일하다 말고 그렇게 나갔으니 걱정들 많이 했을 거예요. 궁금하다고 연락해 볼 수도 없고."

"네. 감사하게도 그렇더라고요. 우리 회사에 좋은 분들이 너무 많은 것 같아요."

"그렇게 생각한다니 다행이네. 아무튼 이번에 고생 많았어요. 어머니는 퇴원한 거예요?"

"네."

"어머니 검사 결과 나오면 알려 줄래요? 걱정돼서."

"네. 그럴게요."

흡족한 대답에 산이 웃으며 당부의 말을 꺼냈다.

"그리고 앞으로 이런 일이 없으면 더 좋겠지만 혹시라도 또 이런 일이 생기거나 힘든 일이 닥치면 혼자 애쓰지 말고 바로 말해 줄래요? 우리 이제 서로한테 그 정도는 기대해도 되는 거죠?"

"네. 아, 그리고 이거……."

"이게 뭐예요?"

"병원비예요. 감사했어요. 제가 그날 정신이 없어서."

산은 주춤주춤 내민 흰 봉투를 물끄러미 바라보며 초롱이 불편해할 수도 있다고 생각은 했지만, 섭섭한 마음이 물밀듯 밀려오는 건 어쩔 수 없었다.

"돌려받고 싶지 않은데."

"받아 주시면 좋겠어요. 아니, 당연히 받으셔야 해요. 저…… 대표님 보면서 미안하고, 죄송하고. 그런 마음이면…… 편하게 볼 수가 없을 것 같습니다."

담담한 표정으로 단정하게 앉아 있지만, 떨고 있는 게 느껴졌다. 남에게 신세 지는 걸 죽기보다 싫어한다던 교수님의 말씀이 불현듯 머릿속을 스쳐 지났다.

초롱에게 하고 싶은 얘기는 많지만, 이제 겨우 시작인데 서툰 충고로 어렵게 다가선 그녀의 발걸음을 되돌리게 만들 수는 없었다. 산은 하고 싶은 말을 신중히 마음속으로 접어 넣었다.

"거기까지는 미처 생각 못 했네요. 나도 초롱 씨가 그런 마음의 부담으로 날 만나러 오는 건 싫으니까 일단 받을게요. 대신, 하나만 약속해 줄 수 있어요?"

"네. 말씀하세요."

"정말 도움이 필요한 일이 있을 때는 주저하지 않고 손 내밀기."

"……네?"

"심각하게 생각할 거 없어요. 그냥 말 그대로예요. 심적으로든 금전적으로든 뭐가 됐든 초롱 씨가 감당하기에 힘들고 벅차게 느껴지면 나한테만큼은 머뭇거리지 말고 손 내밀어 주면 좋겠어요. 내가 잡아 줄 수 있게."

"아직은 괜찮습니다."

"그러니까 지금은 받겠다고. 하지만 괜찮지 않아질 때엔 그때는 미안하고 죄송하고 그런 생각 따위는 하지 말고 일단 손 내밀어 보란 말이에요. 그런 것도 못 해 줄 것 같으면 내가 남과 다를 바 없잖아. 안 그래요? 이제 우리 남 아니니까. 명색이 초롱 씨 남자 친군데 그런 것도 말할 수 없을 정도면 내가 그만큼 형편없는 놈처럼 느껴질 테니까. 내 말 무슨 뜻인지 알겠어요?"

"네. 그렇게 할게요."

그의 말을 들으며 정말 힘들면 그에게 손 내밀 수 있을까? 떠올려 봤으나 아마 그럴 수 없을 것 같았다. 사람 성격이 어디 그리 쉽게 바뀔까. 하지만 그런데도 이상하게 가슴을 가득 채우는 든든함에 자꾸 미소가 그려질 것 같았다.

"모처럼 대답이 시원시원하네. 그럼 이제 일부터 시작할까요?"

눈꼬리가 예쁘게 아래로 휘어지는 초롱을 보며 산은 작은 희망을 보았고 흐뭇한 미소가 절로 입매를 부드럽게 만들었다.

"네. 업무 보고 드리겠습니다. 대표님."

"대표님이라…… 그렇죠. 지금은 대표지. 그럼 시작합시다."

언제 여유로운 미소를 보였나 싶었다. 업무에 집중할 때만큼은 장난스러운 구석이라고는 단 하나도 찾을 수 없는 남자였다. 예리하고 날카롭게 부서별 업무 분석을 하고, 스케줄 관리 역시 빈틈없이 철저했다.

초롱은 가까이에서 맡아지는 아찔한 그의 향기에 흔들리는 자신을 나무라며 정신을 집중시키려 애써야 했다.

"이 정도면 충분하겠어요. 수고했어요."

"대표님도 수고하셨습니다."

"자, 이제 업무는 끝났고, 초롱 씨 외근 가기 전에 시간 있죠? 최소한 30분은 여유가 있을 것 같은데?"

"네. 그렇습니다, 대표님."

"그럼 잠시 차 한잔 합시다. 확인할 것도 있고."

"네?"

"모른 척은? 내가 내준 숙제 해 왔어요?"

확인할 것도 있다는 말에 무슨 말인가 했던 초롱이 난처한 표정을 지었다.

"아, 저 그게."

"이거 불안한데? 꼭 숙제해 오지 않은 학생들이 이렇게 우물쭈물하더라고. 일단 차 준비해 올 테니까 그때까지라도 곰곰이 생각해 봐요."

보고할 때와는 달리 부드러운 표정으로 입가에 자연스러운 미소가 번지는 그를 보며 초롱은 마음이 조급해졌다.

"자, 그럼 어디 한번 들어 볼까요?"

이내 차를 우려 와 테이블에 찻잔을 놓으며 곧장 물어보았다.

"어……."

"우등생인 줄 알았더니 숙제도 제대로 안 해 오고 너무하네. 차 준비하는 동안 생각해 둔 거 없어요? 지금이라도 떠올려 볼 수는 있잖아. 어려운 것도 아닌데. 앞으로 우리는 서로를 뭐라고 부르면 좋겠어요? 후보 없어요?"

"있……어요."

"오호. 해 봐요. 아주 기대가 되네. 1번."

"1번. 이산…… 씨?"

"음. 2번은?"

"산이 씨?"

"흠. 3번?"

"이미 눈치채셨겠지만 제대로 생각하지 못했어요. 그래서 말인데 혹시 대표님도 생각해 보신 게 있으세요?"

"나? 들을 준비 됐어요? 초롱 씨가 정한 애칭이 마음에 안 들면 내가 정한 거로 해야 하는데?"

"네. 저는 뭐라도 상관없어요."

"정말?"

"네. 대표님이 편한 대로 부르시는 게 좋을 것 같습니다."

"오케이, 그럼 들어 보고 마음에 드는 거로 골라 봐요. 1번 자기야. 2번 여보야. 3번 내 사랑. 4번 아기야. 어때요? 마음에 드는 거 있어요?"

"하……."

초롱은 손발이 오그라들다 못해 다 사라져 버릴 것 같은 낯간지러운 호칭에 농담인지 아닌지 생각할 여유 따위는 하나도 없이 그대로 얼어붙고 말았다.

"큽."

산은 잔뜩 굳은 표정으로 입을 벌린 채 점점 붉게 달아오르는 초롱의 얼굴을 보며 참았던 웃음이 터지고 말았다. 그녀에게서 나올 반응을 예상하기는 했으나 이렇게까지 당황할 줄이야.

"긴장 풀어요. 숙제 제대로 안 해 온 벌로 잠깐 놀린 것뿐이니까."

"네. 전 또 진심으로 하시는 말씀인 줄 알고."

"그런데 뭘 그렇게까지 정색하지? 그러니까 더 부르고 싶네. 자기야?"

"대표님!"

"또 대표님! 이제부터 단둘이 있을 때 그렇게 부르면 키스할 겁니다. 명심해요. 농담 아니니까. 그리고 나도 이제부터는 편하게 말할게. 너를 남이나 직원들과 같이 거리를 두고 대하고 싶지는 않아. 기분 나쁜가?"

"아닙니다, 대표님. 저도 그게 더 편할 것 같아요."

"대표님?"

'맙. 소. 사.'

이미 입에 붙어 버린 호칭이 그렇게 쉽사리 바뀔 리가 없었다. 순간 자신의 실수를 알아차린 초롱은 놀란 눈으로 그를 바라보았고, 산은 이런 좋은 기회를 놓치는 남자가 아니었다.

무슨 일이 일어나고 있는지 미처 알아차릴 틈도 없이, 순식간에 벌어진 일이었다. 테이블을 양손으로 짚은 채 자리에서 일어난 그의 얼굴이 코앞까지 다가오더니,

촉. 말캉한 무언가 입술에 닿았다. 정말 눈 깜빡할 사이에.

그의 얼굴은 다가올 때처럼 바람같이 눈앞에서 사라져 버렸다. 아마 코끝에 아슬아슬 맴도는 그의 아찔한 향기가 아니었다면, 입술에 화인처럼 남은 그 말캉한 촉감이 아니었다면, 그와 입술이 닿았다는 사실 자체를 믿을 수 없을 것 같았다.

쿵쿵. 쿵쿵. 온몸의 세포가 덩달아 긴장한 탓일까? 심장이 요란하게 몸 구석구석 혈액을 내보내느라 고생하는 듯, 귓가에 온통 천둥 같은 심장 소리만이 떠들썩하게 울려 퍼졌다.

'맙소사, 정말 했어. 정말.'

"참고로 말하자면, 엄밀히 따져 방금 내가 한 건 키스가 아니라 뽀뽀라고 하는 거야."

한 곳에 고정된 시야, 놀라움으로 살짝 벌어져 버린 입술, 그 사이로 간신히 흘러나오는 한숨, 이윽고 깜빡이는 사랑스러운 눈꺼풀, 잠시 나와 입술을 훑고 가는 떨리는 초롱의 붉은 혀.

산의 야성이 깨어나고 있었다.

어깨를 미끄러지듯 흘러내린 윤기 나는 검은 생머리를 뒤로 젖히고, 드러난 가늘고 긴 목에 입술을 묻어 팔딱이는 맥박을 더듬어 가며 네 입술을 찾아가는 기쁨을 누리고 싶은. 내 머릿속에 잠시라도 네가 들어온다면, 너는 기절하겠지 아마? 혼자만의 생각을 접어 두고서 다시 말을 꺼냈다.

"그리고 지금부터 또 한 번 더 대표님이라고 하면 그땐 그냥 스치는 뽀뽀가 아니라 진짜 키스를 할 거야. 알아들어?"

"……네."

산의 머릿속은커녕 제 머릿속조차 들여다볼 여유가 없었다. 그의 질문에 같은 실수를 되풀이할까 싶어 대답조차 뜸 들여서 하게 되고, 그마저도 호칭은 쏙 뺀 상태였다.

어떻게 그 짧은 찰나의 순간이 이렇게 강렬하게 각인이 되는지. 입술에 닿은 말캉한 촉감은 말할 것도 없이 코끝에 닿았던 그의 부드러운 얼굴의 감촉, 입술이 닿기 전에 유려하게 휘어지던 그의 입꼬리, 꿀처럼 흘러드는 그의 목소리, 하다못해 그의 향기까지 남김없이 초롱의 머릿속을 어지럽게 돌아다니고 있었다.

"이젠 아주 대답도 제대로 하지 않으려고?"

"아니요. 그게 아니라. 혹시 또 실수할까 봐……."

초롱은 너무 부끄러웠다.

"처음부터 봐주지 말 걸 그랬어. 그리고 나 좀 보면 안 될까? 계속 그렇게 내 눈 피할 거야?"

산은 그런 초롱의 모습이 그저 사랑스러웠다.

"아직은 익숙하지 않아서…… 점점 좋아질 거예요."

"확실해?"

"아마……도?"

"그래, 믿어 볼게. 그럼 하던 얘기 마저 해야지? 몇 번까지 했더라? 그래. 3번. 3번 할 차례야. 계속 말해 봐."

뭐가 그렇게 재미있는지 한 번 올라간 그의 입꼬리는 내려올 줄을 몰랐다. 긴 다리를 꼬고 앉아 세상 느긋하게 차를 음미하는 모습은 왜 그렇게 멋있기만 한지. 떨리는 마음을 감추고서 아무 말이나 내뱉었다.

"어…… 선배님?"

구색 맞추기. 연인을 부르는 애칭으로는 전혀 어울리지 않는 세상 흔하고 부르기 쉬운, 개나 소나 다 부르는 선배님.

'이건 내가 생각해도 너무했지.'

"다음은?"

"이건 좀."

"뭔데? 일단 해 봐. 혹시 알아? 내 마음에 쏙 들지?"

대체 무슨 말을 하려고 표정이 그렇게 비장할까. 어라? 뜸 들이며 차로 목을 축여? 이초롱, 뭔데? 궁금하잖아. 뭔데?

"오⋯⋯빠?"

찻잔에서 전해진 따뜻한 기운 때문일까, 초롱이 손바닥에 배어나는 진땀을 바지에 몰래 닦았다. 아무리 생각해도 닭살 돋는 호칭에 손가락이 점점 오그라드나 싶더니 급기야 손바닥을 파고든다. 어디 이래서야 손바닥이 뚫릴까? 시간을 몇 초만이라도 되돌리고 싶었다.

"풉. 그렇게 부르고 싶어? 오빠라고?"

산은 마시던 차를 뿜을 뻔했다. 오빠라⋯⋯. 가뜩이나 하나밖에 없는 여동생이 너를 보면 대체 어떤 반응을 보이게 될지 걱정이 되는데, 동생을 떠올리게 만드는 오빠라.

'하⋯⋯ 우리 꼬맹이한테 내가 잘못하기는 잘못했지. 설마 내가 꼬맹이보다 더 꼬맹이를 만나게 될 줄 어떻게 알았겠어.'

불현듯 떠오른 동생 생각을 얼른 지우고 나니 초롱의 난처한 대답이 뒤이어 들렸다.

"아니요. 저도 잘 모르겠어요. 너무 어려워요. 다른 사람들은 어떻게 부르는지도 모르겠고."

초롱은 너무 난감했다. 특별히 떠오르지도 않는 호칭은 둘째 치고, 입가에 미소를 가득 머금고서 찻잔을 들어 차를 음미하는 그의 입술로 저도 모르게 눈길이 향하고 있었다.

'다른 데를 봐. 입술 말고. 매처럼 부리부리한 눈매? 아니면 볼에 닿았던 곧은 코? 그것도 아니면…… 아니야! 어떡해, 이초롱. 미쳤나 봐.'

자꾸만 의지를 배반하는 생각에 입술이 바싹 말라 와 저 역시 차로 입을 축였다.

"다들 저 편한 대로 부르겠지. 이런 거로 너 스트레스받으면 안 되는데. 그냥 편하게 이름을 부를래? 이산 씨라…… 거리감이 조금 느껴져서 썩 마음에 들지는 않지만, 어떻게 불러 주냐에 따라 다르겠지? 사실 욕심 같아서는 달링, 허니, 이렇게 불러 주길 바라지만 그건 아직 무리지? 대신 나중에 나와 있는 게 더 익숙해지고 편해지면 시도라도 해 봐."

'네 성격에 평생 이렇게 불러 줄 일이 있을까 싶지만, 나 역시 저런 낯간지러운 애칭으로 불리고 싶은 마음은 없으니까. 아니지, 그래도 이초롱이 불러 준다면 간지러워도 얼마든지 들어 줄 수 있을 것 같기도 하고.'

"네. 기억할게요. 어…… 그럼 그때까지는 그냥 평소처럼 해도 될까요? 처음부터 그게 입에 붙어서 아직은 고치기가 쉽지 않을 것 같은데."

'그건 그때 가서 생각해 볼게요. 맙소사. 달링이라니, 허니라니!'

"편하게 부르는 게 그렇게 어색해?"

"네. 대표님."

습관이라는 건 쉽게 고쳐지지 않았다.

"난 아직 오케이 한 적 없는데?"

찻잔을 테이블 위에 내려놓는 산의 목소리가 낮게 깔려 버렸다. 그의 눈빛이 그 어느 때보다 더 빛나게 반짝이고 있었다.

"네?"

남자치고는 긴 그의 속눈썹이 천천히 내려갔다 올라갔다. 잠시 한일자를 그리던 그의 입꼬리가 느릿느릿 하늘로 향하는 모습을 초롱은 속수무책으로 바라보았다. 전혀 봐줄 의사가 없는 듯 눈길을 강하게 붙잡아 두고서 그가 말했다.

"경고했어. 두 번째는 그렇게 가볍게 끝나지 않을 거라고."

꼬았던 긴 다리를 풀더니 아예 자리를 박차고 일어나는데, 그의 키가 이렇게 커 보일 줄은. 테이블을 돌아 한걸음에 자신에게로 다가오는 그를 보며 초롱은 긴장감에 애꿎은 손만 괴롭히고 있었다. 어느새 바로 옆자리에 다가온 그를 감히 바라볼 수가 없었다.

산은 꼿꼿하게 앉아 앞만 바라보는 초롱의 얼굴을 부드럽게 감싸 자신에게로 돌려 버렸다. 얼굴은 자신을 향하고 있지만 눈은 여전히 마주치지 못하고 아래를 향하며 방황하는 모습에 그의 안에서 짓궂음이 용솟음치고 있었다.

아주 천천히 얼굴을 들어 올리고선 그대로 멈춰 있었다. 언제까지 눈을 피하나 보고 싶은 마음 반, 이대로 계속 멈춰 그녀의 얼굴을 구석구석 살펴보고 싶은 마음 반.

민망함을 참기 힘들었는지 눈을 질끈 감아 버리는 귀여운 모습에 웃음이 터져 나오는 걸 간신히 참고 있었다. 파르르 떨리던 눈꺼풀이 무언가 이상을 감지했는지 천천히 떠지더니 그제야 자신을 조심스레 바라보는 모습이 왜 이렇게 예뻐 보이는지. 제 짝을 알아본 심장이 무섭게 요동치고 있었다.

이제 참는 건 무리였다. 조금 전과는 사뭇 다른 두근거림으로, 아까와는 달리 시시각각 변하는 그녀의 표정을 흥미롭게 바라보며 느긋하게 다가가 부드럽게 입술을 베어 물었다. 바르르 떨리는 탱글탱글 부드러운 입술의 감촉, 자신의 팔을 움켜잡은 가늘고 여린 그녀의 손이 산의 야성을 부추기고 있었다.

'이초롱의 도톰한 입술이 이렇게 달콤할 줄이야.'

회사였다. 그것도 업무 보고를 하러 들어온. 엄연히 따지자면 공적인 시간, 이래서 사내 연애만큼은 하지 않으려 했는데.

이즈음에서 그만둬야 하는데 전혀 그만하고 싶지가 않았다. 긴장으로 숨조차 내뱉지 못한 채 앙다물고 있는 그녀의 입술을 열어 좀 더 깊은 교감을 나누고 싶었고, 조금 더 과감하게 마음을 전하고 싶었다.

천천히 입술을 떼고서 그녀의 아랫입술을 어루만지며 아래로 살짝 내리누르자 그녀가 참았던 숨을 급히 들이마시는 모습에 또다시 미소가 번지는 걸 막을 수가 없었다. 그런 사소한 호흡마저 사랑스러워 숨결을 따라 단번에 입술을 파고들자 놀란 듯 자신을 밀어 내려다 말고 이내 움직임을 멈추고서 느리지만 조금씩 호흡을 맞춰 오는 모습에 뿌듯함이 가슴 가득 채워지고 있었다.

초롱은 정신을 차릴 수가 없었다.

그 옛날, 입 속에 넣으면 정신없이 톡톡 터지던 그 캔디를 처음 먹었던 느낌이 이랬을까? 온몸으로 정신없이 번지는 아찔하고 짜릿한 감각에 정신이 혼미해지는 듯했다. 처음 느꼈던 당황스러움은 조금씩 각기 색깔을 달리하는 감각들로 물들어 갔다.

방금 마신 차 때문일까? 그의 입술은 너무 부드러웠고 따뜻했고 상큼했으며 또한 달콤했다. 복잡하게 파고들던 생각이 순간 다 사라져 버리고, 그 공간에 온통 새로운 감각이 차곡차곡 눈처럼 쌓이고 있었다.

초롱에게 산의 사랑이 소리 없이 스며들고 있었다.

결국 호칭은 편하게 차차 고쳐 나가기로 한 두 사람이었다. 호칭 따위가 무슨 대수라고. 애칭 그까짓 게 뭐라고.

잠시 외근을 나갈 때는 그나마 나았다. 잠시라도 그의 생각에서 벗어나 일에 집중할 수 있는 환경이 오히려 감사하게 느껴졌다. 하지만 다시 회사로 돌아와 자리에 앉으면 그의 다정했던 모습이, 달콤했던 그의 감촉이, 아찔했던 그의 체취가 남김없이 떠올랐다. 온종일 마음이 붕 떠올라 퐁퐁 터지는 비눗방울처럼 간질거려 쉬이 일에 집중할 수가 없었다.

'집중하자. 집중. 이초롱, 제발 정신 좀 차려라.'

좀처럼 집중할 수 없어 자기 최면을 거는 사이 누군가 부르는 소리에 서둘러 현실로 돌아왔다.

"초롱 씨, 현장에 가 봐야겠는데? 얼마 전에 초롱 씨 찾아왔던 남자 있지?

지금 현장에 와 있대."

"아, 네. 잠시 다녀올게요."

"혹시 그 남자, 초롱 씨 남친?"

"네? 아니에요. 친구 사촌 오빠예요."

경선의 어이없는 추측에 웃음이 피식 나와 버렸다.

"그래? 난 또, 멋진 남친 생겼나 했지."

"다녀오겠습니다."

초롱은 남친이라는 말에 당연한 듯이 생각의 가지가 산에게로 뻗어 갔고, 너무나 자연스레 미소가 활짝 피어올랐다. 번지수가 틀리긴 했지만 남친이 생기기는 했다. 하지만 그게 누구라고 말할 수는 없었다.

간신히 미소를 정리하며 밖으로 향하는 초롱은 알지 못했다. 자신의 모습이 다른 사람들에게 어떻게 비추어질지. 거기까지는 미처 생각하지 못했다.

여직원 두 명이 나란히 걸어가며 좀 전에 봤던 초롱의 변화를 입에 올렸다.

"초롱 씨 오늘따라 더 화사한 것 같지?"

"그러게. 말은 아니라고 하는데 진짜 남친 아니야?"

"만약 남친이 아니면 썸남?"

"그래, 그러지 않고서야 저렇게 좋아할 수가 있나?"

"그렇지? 좋아하는 거 맞지?"

왠지 초롱을 부러워하는 듯한 대화는 좀처럼 끊이지 않았다.

"오는 거 알고 있었나 봐. 어쩐지 아침부터 분위기가 평소하고 달라 보이더라니."

"평소하고 어떻게 다른데?"

"글쎄. 뭐라 꼬집어 말할 수는 없는데, 음, 평소처럼 차분하게 가라앉은 분위기가 아니라 어딘지 모르게 살짝 들떠 보였거든."

"암튼 너무 좋겠다. 그 남자 봤어? 난 지난번에 봤거든. 정말 멋지더라고. 모델 필이라고 해야 하나?"

"부럽다. 부러워. 나는 언제쯤 그런 멋진 남친이 생길까. 으악! 고 이사님!!"

"무슨 이야기를 그렇게 재미있게 하실까요?"

카페테리아로 향하는 직원들을 뒤에서 급습한 수완이었다.

"이사님, 깜짝 놀랐어요. 기척이라도 좀 내시지."

"왜? 들어서는 안 될 말이라도 있습니까? 지나가려는데 하도 재미있어 보이길래."

"재미는요. 배 아픈 얘기 하고 있었는데요. 초롱 씨한테 왠지 좋은 일이 생길 것 같아서요."

"좋은 일? 뭐. 초롱 씨가 땅이라도 샀답니까?"

수완은 직원들의 수다에 동참하고 싶은 마음은 추호도 없었으나, 우연히 듣게 된 대화 내용이 하필 초롱의 남자 친구 얘기라면 관심을 기울이지 않을 수가 없었다. 게다가 상대 남자가 그때 왔던 남자라면 수완도 스치듯 잠시 봤던 터라 더 관심이 끌렸다. 초롱의 지인임에도 불구하고 직접, 단둘이 캠핑카에 올랐다는 이유로 산에게 얼마나 혼이 났는지도 알기에 더욱 그랬다.

"땅이요? 하하하, 요즘 세상에도 사촌이 땅을 사면 배 아프대요? 이사님도 참. 그게 아니라 초롱 씨한테 왠지 남자 친구가 생긴 것 같아서 하는 소리예요."

"그래요? 정확해요?"

"뭐. 본인은 아니라고 하지만 우리도 보는 눈이 있잖아요? 오늘따라 유난히 예뻐 보이더니 저렇게 누가 찾아오잖아요?"

"음. 그래도 확실한 건 아니니까 넘겨짚어 괜히 엉뚱한 소문 나지 않게 조심해요. 우리 대표님 유언비어 싫어하는 거 알죠?"

"넵! 명심하겠습니다."

사내 카페테리아로 향하는 직원들을 뒤로하고 수완의 발걸음은 어느새 산에게 향하고 있었다.

규영은 혹시라도 동생을 통해 밥 먹자는 연락이 오지 않을까? 기대했지만 역시나 그런 연락 따위는 없었다. 아쉬운 사람이 우물 판다고 이렇게 직접 찾아올 수밖에.

현장에서 초롱이 오기를 기다리는데 마침 건물에서 나와 자신에게 다가오는 그녀의 모습이 보였다.

"오셨어요?"

"어. 그래, 잘 지냈어?"

"네. 오빠도 잘 지내셨어요?"

"아니, 나는 별로. 내가 신세 지고는 못 사는 사람이라. 소현이 만날 때 연락한다더니 연락도 없고 말이야."

"저는 정말 괜찮은데. 그리고 근래 소현이 만나지도 못했어요."

"그랬구나."

고개를 끄덕이던 초롱이 대답하며 다시 물었다.

"네. 그런데 오늘은 또 어떻게 오셨어요?"

"당연히 오늘은 사러 왔지."

"벌써 결정하셨어요?"

"어. 아무래도 다니다 보면 친구들 부를 일도 있을 것 같아 4인승으로 하려고."

"네. 잘 결정하셨어요. 일하다 보니 의외로 도중에 업그레이드하는 분들이 많으시더라고요. 여건만 허락한다면 처음부터 오래 사용할 수 있는 거로 선택하는 게 어쩌면 더 나을지도 모르겠어요."

"그렇지? 그때 봤던 모델 한 번 더 보자."

"네. 열쇠 가져올게요. 잠시만 기다려 주세요."

지난번 봤을 때보다 더 밝아 보이는 건 기분 탓일까? 그냥 있어도 예쁘지만 포근한 미소가 감도는 얼굴은 더 예뻐 보여 뛰어가는 뒷모습에서도 규영은 쉽사리 눈을 뗄 수가 없었다.

수완의 발걸음이 점점 빨라졌다. 초롱에게로 마음이 흐르고 있는 것이 분명한 산이 머뭇거리는 사이, 그녀를 다른 사람에게 뺏기게 될지도 모른다는 사실을 산은 알고나 있을까.

똑똑.

"들어갑니다."

산이 대꾸하기도 전에 집무실 문이 활짝 열렸다.

"이산."

다급한 부름에 산의 눈이 곧장 수완에게로 향했다. 친분이 두터울지라도 공과 사는 지키려 노력하는 수완이었고, 집무실에 들어올 때도 노크 후 허락이 있어야 들어서던 그였기에 갑자기 들이닥친 모습이 의아했다.

"왜? 무슨 일인데?"

"내가 서두르라고 했지?"

"뭘?"

"너 아직 초롱 씨한테 마음 있어, 없어? 솔직하게 말해 봐."

왠지 서두르는 듯한 모습에 혹시 무슨 사고라도 생겼나 싶어 놀라 자리에서 일어서던 산의 입에서 싱거운 웃음이 피식 새어 나왔다.

"갑자기 찾아와서는 뜬금없이 무슨 말이야?! 난 또 무슨 사고가 났나 싶어 놀랐잖아."

세상 느긋해 보이는 산의 모습에 수완이 답답하다는 듯 재차 물었다.

"너 초롱 씨한테 마음이 아직 있냐고. 그럼 정말 늦기 전에 빨리 행동 개시하든지, 아니면 깨끗하게 마음을 비워."

"알아듣게 말해."

"그때 왔던 남자 기억해? 아, 왜 너 잠깐 외근 다녀왔던 날. 초롱 씨 많이 혼났잖아. 고객하고 단둘이 캠핑카에 들어가서."

"말이 왜 그래? 단둘은 무슨. 업무였잖아. 게다가 잘 아는 사람이었고."

"그래. 그런데도 너는 닭 잡듯이 잡았지. 성희롱 예방 교육을 받았네 마네. 아는 사람이었는데 말이지."

"그야 뭐. 흠. 아니 갑자기 그 말을 왜 꺼내는 거냐고!"

다시 생각해도 기분이 나빴다. 그 좁은 공간에서 그 남자가 무슨 생각을 하는지도 모른 채 생글생글 웃으며 이곳저곳 친절하게 설명했을 그녀를 떠올리는 것만으로도 충분히 기분이 언짢아졌다.

"그 남자 또 왔어."

"뭐?"

"이번엔 아예 계약하러 왔더라고. 지금쯤 초롱 씨하고 마케팅 부서에 가 있겠네. 아직 마케팅 부서에서 콜 못 받았어?"

"계약하러 왔다고? 그럼 방금 콜 왔던 게 그 사람 계약 건이야?"

"그래. 그것도 최고급 모델에 최고 사양으로 업그레이드까지 해서 말이야."

"대체 뭐 하는 사람이야?"

"뭐 하는 사람인지는 모르겠고, 직원들은 벌써 초롱 씨 남자 친구로 점찍은 모양이야."

"무슨 말 같지 않은 소리를 하고 있어! 애인이 여기 이렇게 버젓이 있는데 누구더러 남친이래?!"

"……뭐? 내가 지금 뭘 들은 거야?"

수완은 대뜸 소리치는 산을 보며 기함할 듯 놀라고 말았다. 잠깐, 내가 벌써 귀가 먹었을 리도 없고.

"들었으면서 못 들은 척하지 마."

"그러니까, 네가 초롱 씨 애인이다?"

"거봐. 아주 잘 들었네."

"누가. 네가? 어디서 어떻게. 아니 언제부터? 우와, 대박! 너 초롱 씨하고 사귀는 거였어? 대체 언제부터?"

어안이 벙벙해 말이 나오지 않았다. 그런 줄도 모르고 애꿎은 남자한테 초롱 씨 뺏길까 노심초사했던 마음이 억울해 수완이 버럭 했다.

"야! 그럼 나한테라도 말을 했어야지. 난 그런 줄도 모르고 얼마나 걱정을 했는데!"

"미안해. 숨기고 싶은 마음은 없었어. 전혀."

"그런데?"

"초롱이가 알려지는 게 불편한가 봐."

"오호라. 벌써 말까지 텄어? 괜한 걱정을 했네. 괜한 걱정 했어. 와, 정말 말이 안 나온다. 어쨌든 이거 축하할 일이지?"

마치 제 일처럼 반기며 함빡 웃는 얼굴로 손을 내미는 수완의 손을 맞잡은 산이 씩 웃으며 당부했다.

"혹시라도 초롱이한테 알은척할 생각 마. 가뜩이나 걱정이 많은 사람이야. 회사 생활까지 가시방석으로 만들고 싶지는 않아."

"그래. 알았어. 그나저나 어쩌지? 아까 그 남자. 초롱 씨 좋아하는 눈치던데."

"뭘 어떡해? 가 봐야지."

"어딜?"

"어디긴 당연히 마케팅 부서지."

"가서 어떻게 하려고? 내가 이초롱 애인이다 그래?"

"형. 아니, 고수완 이사님. 내가 사무실에 앉아 있으면서 계약할 때 가 보지 않은 적이 있던가요?"

"아, 그렇지. 새삼스러운 것도 없는데 내가 오버했네? 그럼 가시죠. 대표님."

과장된 포즈로 문을 열고서 길을 터 주는 수완의 모습에 어이없어 고개를 설레설레 흔들며 웃어 버렸다.

그 시각 마케팅 부서의 분위기는 산의 마음과는 달리 흘러가고 있었다.

"우와, 초롱 씨 능력 좋네. 어떻게 입사 두 달 만에 고객을 모셔오지? 그것도 완전 VVIP야!"

"제가 모셔온 것도 아닌데 민망하네요. 직접 알아보고 오신 거예요."

초롱은 자신은 하나 한 것도 없건만 마케팅 부서 박 대리의 칭찬 아닌 칭찬에 괜히 머쓱해져 어색한 미소가 떠올랐다.

"너 때문에 온 거 맞는데? 물론 필요해서 알아보기는 했지만, 네가 이 회사에 있으니까 여기로 왔지. 아니면 왜 여기로 왔겠어?"

규영은 그런 초롱을 치켜세워 주고 싶었다.

일순간 마케팅 부서에 정적이 감도나 싶더니 짓궂은 직원들이 손뼉을 치며 감탄사를 토했다.

초롱은 별 뜻 없는 말에 이상한 분위기로 몰아가는 직원들 때문에 규영을 보기가 여간 민망한 게 아니었다.

"죄송해요, 오빠."

직원들을 향해 손사래 치며 곤란한 표정으로 규영에게 사과하는 찰나 산이 마케팅 부서로 들어섰다.

"무슨 좋은 일 있습니까? 박수 소리가 들리던데."

이미 들어오며 분위기를 파악한 산은 기분이 썩 좋지 않았지만 미소를 지어 보였다.

"대표님, 오셨습니까? 초롱 씨 소개로 오신 분께서 워낙 시원시원하셔서요."

"안녕하십니까? 구면이네요. 하이산입니다."

산이 손을 내밀어 악수를 청하자 규영이 그 손을 강하게 맞잡았다.

"네. 안녕하십니까. 다시 뵈니 반갑네요. 김규영입니다."

"생각보다 결정을 빨리 내리셨네요."

산은 질투라는 달갑지 않은 감정에 생각 같아서는 규영의 손이 으스러지게 만들고 싶은 걸 꾹 참고서 그의 손을 놓으며 형식적인 대화를 이어 갔다.

"그런가요? 진작 했다면 벌써 요긴하게 사용했을 텐데 오히려 늦은 감이 없지 않습니다."

"늦기는요, 뭐든 신중해서 나쁜 건 없죠. 급한 결정으로 나중에 후회하는 분들을 많이 봐서요. 자, 그럼 계약서 작성하러 가실까요?"

"네. 가시죠."

자리를 옮기며 잠시 눈이 마주친 초롱과 산은 누가 먼저랄 것도 없이 엷은 미소로 인사를 건넸다. 그 모습을 유심히 보던 수완의 입가에도 흐뭇한 미소가 머물렀다.

직원들의 말처럼 시원시원한 성격에 빠른 판단으로 계약서 작성은 무리 없이 빨리 진행이 되었다.

"계약서 작성은 이제 다 끝났네요. 시간이 괜찮으시면 오늘 잠깐 교육받으시고 돌아가시면 두 번 걸음하지 않아도 되니 좋을 것 같습니다. 차는 선택하신 옵션 작업이 다 끝나고 나면 연락드리겠습니다. 그때 운송을 하셔도 되고, 직접 가져가셔도 됩니다."

"교육이요?"

"네. 우리 회사에서는 캠핑카나 카라반 매매 시에 기본적인 캠핑 에티켓 및 안전과 관련한 사항, 그리고 사고 시 대처 방안 등을 교육하고 있습니다. 다소 귀찮고 별거 아닌 거라 생각할 수도 있지만, 막상 상황이 닥치면 당황하는 분들이 많더라고요. 가능하면 안전하고 즐거운 여행을 하셨으면 하는 마음에 회사에서 준비한 교육이니 꼭 받으시길 권해 드립니다. 교육을 다 받으시면 사은품도 드리고 있습니다."

"취지가 좋네요. 꼭 받아야겠습니다만, 오늘은 조금 곤란할 것 같습니다. 다음에 와서 교육받아도 되겠습니까? 차는 그때 제가 직접 가져가겠습니다."

"네. 그게 편하시다면 그렇게 하시죠."

"여러모로 신경 써 주셔서 감사합니다."

"별말씀을요. 제가 드릴 말씀입니다. 이렇게 다시 찾아 주셔서 감사합니다."

감사의 뜻으로 다시 악수를 청하는 산과, 그 손을 마주 잡는 규영 사이에 둘만이 느낄 수 있는 묘한 기류가 흐르고 있었다.

"그럼 다음에 또 뵙겠습니다."

규영이 먼저 손을 놓고서 자리를 벗어나는데 왜 등 뒤가 따끔거리는지 알 수 없는 노릇이었다. 계약서를 작성할 때에도 함께 자리할 줄 알았던 초롱이 어디에도 보이지 않아 두리번거리자 눈치 빠른 직원이 밖에서 기다리고 있을 거라고 규영에게 알려 주었다. 직원의 말대로 밖으로 나가니 초롱이 기다리고 있었다.

"초롱아."

"끝나셨어요?"

"어. 혹시 아까 내가 한 말 때문에 난처해진 거야? 직원들이 오해하는 것 같던데."

너 때문에 여기로 왔다는 그의 말에 직원들이 짓궂게 손뼉 치던 모습을 떠올린 초롱이 서둘러 말을 꺼냈다.

"아니에요. 괜히 저 때문에 오빠가 난처할까 봐 죄송했어요. 직원들한테는 아니라고 말했으니 신경 쓰지 않아도 돼요."

"아…… 그래."

"그리고 방금 소현이한테 전화 왔는데."

"같이 밥 먹자고 하지? 오늘 계약하러 간다고 했더니 한턱내라고 하더라고. 그래서 너 시간 괜찮으면 같이 먹자고 했어. 소현이 말이 너 요즘 많이 바쁘다고 서운해하던데?"

"네. 안 그래도 오늘 시간 안 내주면 쳐들어오겠다 하더라고요."

친구 얘기가 나오자 초롱의 표정이 한결 부드러워졌다.

"안 봐도 훤하다. 그럼 오늘 저녁에 보자. 뭐 먹고 싶은 거 없어?"

"여기까지 와 주셨는데 제가 사야 하는 거 아니에요?"

"아니야. 네 업무도 아닌 일에 귀찮게 한 사람이 누군데. 당연히 내가 사야지. 네 덕에 편하게 샀으니 오늘은 내가 살게. 넌 다음에 차나 한잔 사 줘라."

"그래요, 그럼. 그만 들어가 보세요."

"그래. 이따 저녁에 보자."

"네."

저녁에 다시 만날 생각에 규영은 마음이 한껏 들떴다. 아직은 벽이 느껴지는 초롱이었지만, 이렇게 한 번, 두 번 자연스레 마주치다 보면 언젠가 마음을 열어 주는 날이 오지 않을까? 다가오지 않을 희망을 기대하며 발길을 돌렸다.

산이 집무실로 돌아와 창밖을 내려다보니 조금 전의 그 남자와 초롱이 한눈에 들어왔다. 무슨 얘기를 나누는 중인지 환하게 웃는 남자의 얼굴이 마음에 걸려 쉽게 눈길을 거둘 수 없는데, 옆에 있던 수완이 말을 꺼냈다.

"여직원들 눈빛이 반짝거릴 만도 하네. 너한테는 못 미치지만 키도 훤칠하고 샤프한 게 마스크도 깔끔해. 성격도 시원시원하니 남자다워, 능력도 있어. 여자들이 딱 좋아할 만한 스타일이야. 안 그래? 이산, 신경 좀 쓰이겠는데?"

"신경이라…… 글쎄. 왠지 앞으로 계속 내 눈에 띌 것 같아 거슬리기는 하는데, 초롱이가 알아서 잘 대처하겠지."

"믿나 보네? 이제 겨우 시작이라면서?"

"그 정도의 믿음도 없이 만날 만큼 경솔하지는 않아. 그러니 그만 나가서 일 봐. 내 연애 사업은 나한테 맡겨 두라고."

"그래. 어쨌든 솔로 탈출 축하한다. 초롱 씨 마음이 좀 편해지면 같이 한번 보자."

"그래."

수완이 나간 후에도 한동안 창가에 머물러 있었다. 우려하는 일이 없으면 좋겠지만, 혹시 그렇다 하더라도 초롱을 믿고 기다릴 생각이었다. 부디 자신의 예감이 빗나가기를. 그래서 괜히 초롱이 난처한 일이 생기지 않기를 바랄 뿐이다.

굿 엔터테인먼트 대표이사실 앞에 선 초원이 드러나지 않게 심호흡을 했다.

"이사님, 이초원 씨 도착했습니다."

"들어오시라고 해요."

초원은 이미 하겠다. 마음을 먹었음에도 막상 닥치고 보니 이런저런 생각이 많아졌다.

"안녕하셨습니까."

로라가 의자에서 일어나 소파 테이블로 자리를 옮기며 반갑게 초원을 맞았다.

"어서 와요. 며칠 잘 쉬었어요? 별일은 없었고?"

"네."

"임시 숙소는 불편하지 않았고?"

"네."

역시나 과묵한 신인이었다. 로라는 자신의 맞은편 소파에 앉으며 여느 신인들같이 과장되게 꾸며진 예의가 아닌 단답형의 대답에 간결하지만 깍듯이 인사를 하는, 예의가 이미 몸에 밴 듯한 각 잡힌 초원의 모습이 마음에 들어 싱긋 웃었다.

"잠시 차 한잔 하고 있을래요? 곧 이초원 씨 전담팀이 이리로 올 거예요."

"네."

모든 것이 파격 그 자체였다. 계약 내용부터 시작해 처음부터 끝까지 신인에게는 너무나 과분한 대우였다. 만약 다른 신인에게도 같은 말을 했다면 호기심과 흥분으로 이것저것 질문하기 바쁠 텐데 초원은 그런 보편적인 모습조차 보이지 않았다.

"그리고 앞으로 초원 씨는 그 숙소가 아닌 회사에서 제공하는 빌라에서 지내게 될 거예요. 빌라 외에도 전용 차량이 준비됐어요. 필요하면 언제든 사용해도 좋아요. 그 외에 세세한 사항들은 매니저가 오면 자세히 설명해 줄 거예요."

"네. 알겠습니다."

"그게 다예요? 뭐…… 궁금한 거 없어요?"

"계약서에서 본 내용 같은데 아닌가요? 사택에서 지내면서 일정대로 움직이면 되는 거로 알고 있습니다만."

"맞아요. 일정대로 하면 돼요. 자유 시간에는 뭘 해도 상관없지만 그 외의 시간에는 꼭 정해진 스케줄대로 따라 주길 바랄게요. 아, 그렇다고 행동을 막하고 다녀도 된다는 말은 아니에요."

덧붙이지 않아도 될 말을 하는 로라를 향해 초원이 무거운 입을 열었다.

"이사님. 그렇게 걱정하지 않으셔도 됩니다. 제가 선뜻 원해서 시작한 일은 아니지만 하겠다고 한 이상 제가 한 약속은 꼭 지킵니다. 적어도 계약한 기간만큼은 충실할 겁니다."

"아주 안심이 되는 말이네요. 사실 하고 싶어서 왔다가도 도중에 두 손, 두 발 다 들고 도망가는 친구도 있어서 말이에요."

"그럴 일은 없을 겁니다. 절대."

단호한 초원의 대답이 마음에 든 로라가 흡족한 듯 고개를 끄덕였다.

"그렇게 생각하고 있다니 고마워요. 그리고 초원 씨 예명 하나 만드는 건 어때요? 이초원이라는 이름도 좋긴 한데, 초원 씨 이미지에는 좀 더 강한 이름이 필요할 것 같아서."

"네. 저도 사생활과 일이 완벽히 분리되었으면 좋겠습니다."

"잘됐네. 그럼 혹시 생각해 본 이름 있어요?"

"아니요. 지금부터 생각해 보겠습니다."

"그래요. 나도 생각해 볼게요. 다음에 만날 때 같이 정해요."

"네, 알겠습니다."

"마지막으로 하나 더. 며칠 뒤에 프로필 촬영이 있을 거예요. 긴장할 필요 없이 그냥 있는 그대로의 모습을 보여 주면 돼요. 초원 씨는 꾸미지 않은 그 모습 그대로가 너무 멋있거든. 프로필 사진 중에 잘 나온 사진은 잡지 화보에 실릴 예정이니까 열심히 해 봐요."

"네. 알겠습니다."

여전히 단답형의 대답만 하는 초원이 신기한 로라가 참지 못해 물었다.

"왜 이렇게 궁금한 게 없어요? 하다못해 어디서 어떻게 촬영하는지 궁금하지 않아요?"

"죄송합니다. 이쪽 일에는 문외한이라. 아는 게 있어야 궁금한 것도 있을 텐데, 지금은 그냥 실수하지 않고 잘해야겠다는 생각 외에 다른 생각은 할 수가 없습니다. 더 솔직하게 말씀드리면 이런 상황이 아직 적응되지 않아서요."

"미안. 듣고 보니 그러네. 내가 너무 밀어붙였나 봐요. 천천히 편하게 생각해요. 우리가 준비한 훈련 프로그램 잘 따라오다 보면 생각지도 않았던 재능을 발견하게 될 테니. 이래 봬도 나 이쪽에서는 실력자예요. 보는 눈도, 촉도 좋거든. 분명 잘될 거예요. 아! 그렇다고 부담은 갖지 말고. 잘 되든 못 되든 내 판단이고 내 결정이니까."

딱딱하게 굳어 있던 초원의 입술에 희미한 미소가 스쳐 지났다. 해 보지 않은 일에 대한 불안감은 있었지만, 어차피 하기로 한 거 부족함 없이 잘 해내고 싶은 마음이 생겼다.

"저도 노력하겠습니다. 그리고 말씀 편하게 하셔도 됩니다."

"그럴까? 천천히 그렇게 할게요."

"네. 그리고 이번 촬영은 어떻게 준비하면 되는 건가요?"

"그것 봐. 궁금했네. 물어봐 줘서 고마워요. 너무 무관심이라 살짝 걱정했거든. 이번 컨셉은 캠핑. 대충 감이 와요?"

"글쎄요."

"초원 씨하고 어딘지 모르게 잘 어울려. 싱그러운 젊음, 패기, 도전, 용기, 그리고 자유. 너무 거창하죠? 아까도 말했지만 전혀 긴장할 필요 없어요. 지금 초원 씨 이미지가 컨셉과 딱 맞아떨어지거든. 억지로 뭘 하려 생각하거나 꾸미면 오히려 망치게 될 거예요. 그러니까 복잡하게 생각하지 말고 있는 그대로를 보여 주면 돼요. 혹시 이산 코리아라고 알아요?"

로라는 말하고 싶어 입이 근질근질했다. 햇병아리 신인에게 협찬이라니. 자신에게 얼마나 공을 들이고 있는지, 이게 얼마나 이례적인 일인지 알기나 할까?

"이산…… 코리아요?"

알다 뿐인가. 누나가 몸담은 첫 직장이기도 하고, 그 대표가 무척이나 궁금하기도 했기에 초원의 눈에 반짝 이채가 어렸다.

"국내에서는 이미 유명한 업체예요. 업계 1위기도 하고. 그 회사에서 캠핑카 협찬을 받았거든. 물론 반강제이기는 했지만 이것도 이례적인 일이에요. 원래 신인한테는 이런 협찬 어림도 없는데."

"그럼 어떻게 받으신 건가요?"

"이제 궁금한 게 하나씩 생기나 보네? 반가운 일이야. 이제부터 그냥 말 편하게 할게. 거기 대표가 나하고 친구거든. 그래서 지인 찬스 좀 썼지."

"이산 코리아 대표가 친구라고요?"

"그게 놀랄 일인가?"

로라는 지금까지와는 달리 동그랗게 커진 눈으로 관심을 보이는 초원의 눈동자에서 강한 호기심을 보게 되었다.

"아니요. 놀랐다기보다 그냥 궁금해서요."

"뭐가? 내가 그 친구랑 친구라는 게?"

"아, 그게 아니라 남자들의 로망에 빠져 사는 분은 어떤 분인가 하고요."

초원은 그 사람 자체가 너무 궁금했지만 드러나게 물어볼 수가 없어 적당히 둘러댔다.

"어머, 초원 씨 캠핑에 관심 있었어? 잘됐다. 정말 이번 컨셉 잘 잡았네. 예감이 좋아. 그나저나 남자들의 로망이라. 그게 이산에게만 해당하는 건 아니었나 보네?"

"많이 친하신가 봅니다."

"친하지. 오래 알고 지낸 친구야."

"이산 코리아 대표님이 어떻게 하다가 캠핑 사업을 시작하게 되셨는지 여쭤봐도 될까요?"

"그 집은 신기하게 이름 따라가더라고, 이름을 산이라 지어서 그런가? 어려서부터 그렇게 산을 좋아해서 백패킹도 하고 여기저기 잘 다녔어. 그러다 어느 날인가 그렇게 겁도 없이 사업을 벌이더니 불과 몇 년이나 됐다고 지금 자리에까지 오른 것 봐. 정말 대단한 사람이지."

"이사님이 볼 때 그분은 좋은 분인가요?"

"그럼. 내 친구지만 정말 멋진 사람이야. 생각 올곧고, 매너 좋고, 주변에서 그 친구 욕하는 사람은 하나 없었으니까. 예나 지금이나."

"네."

그때 도시락 메모 한 장에 담겨 있었던 글 속의 이미지와 크게 다르지 않은 듯해 초원은 그제야 마음이 놓여 속으로 안도의 한숨을 내쉬었다.

"정말 캠핑 좋아하나 봐? 궁금한 게 있으면 만나서 직접 물어봐. 촬영할 때 오기로 했으니까."

"네. 그렇게 하겠습니다."

로라는 늘 자신과 대화할 때면 무뚝뚝하게 줄곧 단답형의 대답만 하던 초원이 조금씩 질문도 하고 호기심을 드러내는 새로운 모습이 반갑기만 했다.

여기저기서 자리를 정리하느라 분주한 소리가 들려오는 걸 보니 퇴근 시간

이 다가왔나 보다.

6시가 되자마자 약속 시간을 확인하는 소현의 문자 메시지에 빙그레 웃으며 초롱 역시 하던 일을 마무리하는데 또다시 메시지가 왔다. 또 무슨 말을 하려고 계속 메시지를 하나 싶어 확인하는데,

「퇴근 준비해야지? 통근 버스 타기 전에 잠시 들렀다 갈 수 있을까?」

생각지도 않았던 그였다. 그와 개인 메시지를 주고받을 정도로 친밀한 사이가 되었다는 게 아직도 믿기지 않아 얼떨떨한 마음 반, 설레는 마음 반으로 길지 않은 문장을 보고 또 보는데 그의 목소리가 들려왔다.

"오늘도 수고 많았습니다. 다들 퇴근 잘 하시고 내일 봅시다."

직원들에게 인사를 하러 나온 산이었다. 그가 모든 직원을 두루 둘러보며 하루의 마무리 인사를 하기가 무섭게 집무실로 돌아가고 직원들은 삼삼오오 사무실을 빠져나가고 있었다.

"초롱 씨 일 아직 안 끝났어?"

"아니요. 저도 끝났어요. 파일철만 해 두고 바로 갈 거예요. 먼저 들어가세요, 대리님."

"그래, 먼저 간다. 수고했어."

마지막으로 경선까지 사무실을 나가는 모습을 보고서야 초롱은 그의 집무실로 향했다.

"부르셨어요, 대표님?"

"부르지 않으면 왠지 나를 안 보고 갈 것 같아서. 솔직히 말해 봐. 나한테 인사는 하고 가려고 했어?"

"아, 그게 아직 실감이 잘."

책상 모서리에 엉덩이를 반쯤 걸치고서 긴 다리를 교차시킨 채 여유롭게 팔짱을 끼고 있는 그의 모습은 아직도 남자 친구이기보다는 회사 대표님의 모습에 더 가깝게 느껴졌다.

"키스도 했는데 아직 실감이 안 난다니. 내 스킬이 부족했나? 실감 나게 해

줘? 아예 존재 자체를 잊을 수 없게?"

"앞으로는 절대 잊지 않을게요. 그래도 매번 퇴근할 때마다 들르기는 좀 눈치가 보일 것 같아요."

그와의 키스가 고스란히 머릿속을 스쳐 지나며 부끄러운 마음에 절로 침이 꼴깍 넘어가 버렸다.

"그런가? 뭐, 그래, 내가 늘 나가서 인사하니까. 그래도 가면 간다고 말해 줄래? 전화든 메시지든 뭐든."

"네, 그럴게요."

산은 가지런히 두 손을 모은 채 묻는 말에 대답하는 초롱의 모습이 애인에게 하는 행동이라고 하기에는 퍽 어색해 보여 피식 웃음이 나는 걸 꾹 참았다.

"오늘 저녁은 일정이 어떻게 돼?"

"친구하고 저녁 한 끼 하려고요."

"친구?"

"네, 소현이라고 가장 친한 친구가 있거든요. 오늘 왔던 분이 소현이 사촌 오빠이기도 하고요. 해서 다 같이 밥 한번 먹기로 했어요."

"오늘 왔던 그…… 남자도?"

"네."

산은 겨우 밥 한 끼, 그것도 친구와 함께 만나 먹는다는데 그마저 마음에 걸리는 게 달갑지 않았다. 어쩌다 이렇게 속이 좁아졌는지.

"그래. 꼭 맛있는 거로 먹어. 제일 비싸고 맛있는 거로. 오케이?"

"네, 그럴게요. 대표님도 저녁 맛있게 드세요. 오늘도 수고 많으셨습니다. 그럼 전 이만 들어가 보겠습니다. 통근 버스 시간이 다 돼서요."

"나중에 집에 가면 전화 한 통 해 줄래? 걱정돼서."

"네, 알겠습니다. 그럼, 나가 보겠습니다."

산은 너무나 시원하게 꾸벅 인사를 하고 뒤돌아서는 모습에 섭섭함이 슬그머니 고개를 내밀었다. 감정이 나아가는 속도가 더딘 만큼 앞으로 많은 인내가 필요할 듯해 속으로 한숨이 새어 나왔다.

'그래도 애인한테 배꼽 인사는 아니지 않나, 이초롱?'

인내하는 산과 다름없이 초롱 또한 집무실을 나서자마자 남몰래 한숨을 내쉬었다.

일할 때는 그렇지 않은데, 왜 개인적으로 그를 대할 때면 바보가 되는지. 그의 눈을 보며 당당하게 말하고 싶은데 생각과는 달리 시선이 마주치기만 해도 부끄러워 눈길을 돌리게 되고, 하고 싶었던 말도 입 밖으로 나오려다 말고 기어들어 가 버렸다. 그런 자신이 얼마나 답답한지 초롱은 앞으로가 심히 걱정스러워 절로 고개가 흔들렸다.

약속한 레스토랑에 도착하자마자 안쪽 테이블에 앉아 입구를 주시하던 소현이 반갑게 초롱을 불렀다.

"초롱아, 여기야 여기."

친구의 활기찬 모습을 발견한 초롱이 다가오며 활짝 미소를 지었고, 규영은 그런 초롱의 빛나는 모습에서 눈길을 거둘 수가 없었다.

"소현아, 잘 지냈어?"

친구를 향해 말하며 규영에게는 가볍게 목 인사를 건넸다.

"야! 바쁘다고 너무한 거 아냐? 어떻게 이렇게 연락이 뜸해? 규영 오빠 아니었으면 너 얼굴 보기도 힘들 뻔했어."

"미안해. 이래저래 정신없었어."

"알아, 너 바쁜 거 누가 몰라? 그래도 전화는 할 수 있잖아. 어떻게 매번 나만 전화해."

"알았어. 앞으로는 신경 쓸게."

"우리 주문부터 할까? 초롱이 배고프겠다."

소현의 애정 어린 투덜거림이 쉬이 그칠 것 같지 않자 규영이 눈치껏 말을 끊었다.

"그래, 일단 먹자. 오늘 규영 오빠가 산다고 했으니까 맛있는 거 많이 시켜. 오빠가 네 덕 톡톡히 봤다며?"

"내 덕은 무슨. 솔직히 난 한 것도 하나 없이 오빠가 사는 밥 먹는 것도 민망해."

"초롱아, 부담 가질 필요 전혀 없어. 우리 오빠 능력 좋아. 어디 밥뿐이게? 뭐든 말만 하면 다 가능할걸?"

"그래. 뭐든 말만 해. 밥이든 술이든."

부담이 되면 곤란했다. 규영은 부담이 아닌 자연스러운 호감과 관심이 먼저 닿기를 바라는 마음으로 사촌 동생 소현의 말을 반기고 있었다.

"그럴 게 아니라 오늘 술까지 마실까? 너랑 술 마신 지 너무 오래됐잖아."

"소현아, 오늘은 안 돼. 미안."

"왜? 오늘도 병원 가? 너 일하는 날은 집에 가서 쉬지 않아? 엄마가 병원 못 오게 하시잖아."

"그런데…… 오늘은 좀 그래. 밥 먹고 가 보려고."

"왜, 아빠가 또 안 좋으셔?"

"아니야. 그냥."

말을 얼버무리는 초롱이 규영을 힐끔 쳐다보았고, 규영은 왠지 자신 때문에 말을 아끼는 듯한 초롱의 모습에 아쉬운 마음이 들었다. 생각 같아서는 같이 자리하며 그녀의 사정을 더 세세히 알고 싶었지만, 지금은 잠시 자리를 비켜 주는 게 나을 것 같아 전화 좀 하고 오겠다며 의자에서 일어났다.

그렇게 규영이 자리를 뜨자마자 소현이 참지 못하고 초롱에게 물었다.

"너 무슨 일 있지? 말 안 할 거야? 초원이한테 전화해야 해?"

"엄마가 쓰러졌어."

"뭐야?! 그걸 왜 이제 말해!"

"너 이렇게 걱정할 거 아니까. 엄마 검사 다 받으셨어. 지금은 검사 결과 기다리는 중이고."

"어떡해. 어디 많이 안 좋으셔?"

"아니길 바라고 있어. 엄마 말로는 그저 피곤해서 그런 거라고 하시는데, 그래도 걱정돼. 엄마까지 아프면 정말⋯⋯."

"혼자 또 얼마나 애태웠을 거야. 진작 말하지 그랬어. 너 정말 나빠!"

"미안. 솔직히 말하면 정신이 하나도 없었어. 지나고 보니 이미 검사는 다 했지, 아직 결과도 나오지 않았는데 너까지 걱정하게 만들고 싶지 않았어."

"말은 잘해요. 암튼, 결과 나오면 꼭 전화해. 알았어?"

"그래. 꼭 그럴게."

초롱은 시무룩한 얼굴로 자신의 얼굴을 쓰다듬는 소현의 귀여운 얼굴을 보며 배시시 웃음이 나왔다. 세상 이렇게 좋은 친구가 또 있을까? 불편할 수 있는 자리. 친구가 함께라는 그것 하나만으로 마음이 편안해지는 듯했다.

식사를 마친 세 사람이 레스토랑 밖으로 나왔다.

"오늘 잘 먹었습니다."

"나도. 오빠 잘 먹었어."

초롱과 소현이 차례로 인사를 건네자 규영이 흐뭇하게 웃었다. 생각 같아서는 초롱과 조금이라도 더 많은 시간을 보내고 싶었으나, 사정이 있는 듯해 아쉬운 마음을 몰래 삼켰다.

"맛있게 먹어 줘서 고맙네. 다음에는 술도 한잔 하자."

"네. 그럼 저 먼저 가 볼게요. 소현아, 나 먼저 갈게."

"오늘도 동생이 오는 건 아니지? 내가 가는 곳까지 태워 줄게. 소현이랑 같이 타고 가."

"그래. 초롱아, 같이 가자! 어차피 가는 길에 병원 앞에 지나가. 그러니까 그냥 편하게 가."

"그럼…… 부탁드릴게요."

소현은 뒷자리에 혼자 앉은 초롱에게 계속 말을 걸며 어색해하지 않게 신경 쓰는 규영을 다시 한번 유심히 보게 되었다. 왜 이제야 눈치챈 건지 멍청해도 이렇게 멍청할 수가 없었다.

지난번에 초롱을 만난 후로 넌지시 초롱에 관해 이것저것 묻던, 초롱이 다니는 회사에서 캠핑카를 샀다며 같이 밥 먹자고 하던, 식사하며 알게 모르게 초롱을 배려하던 오빠의 관심을 왜 진작 알아채지 못한 건지.

'아우, 이 바보 천치 등신.'

규영 오빠라면 나이 차가 조금 있기는 하지만 오히려 친구를 위해서는 장점이 될 수도 있을 것 같았다. 초롱에게는 마음으로 의지할 수 있는 든든한 언덕과 삶의 여유가 필요했고, 규영 오빠는 초롱에게 필요한 모든 것을 이미 갖추고 있는 사람이었다.

온화한 인품과 가진 능력, 집안 배경 무엇 하나 부족한 게 없었다. 둘을 자연스레 이어 줄 수만 있다면 이보다 더 좋을 수 없을 것 같았다. 소현은 규영 오빠가 묻는 말에 성실하게 대답하는 초롱을 보며 저 혼자만의 기대감에 잔뜩 부풀어 올랐다.

병원에 도착하고 보니 초롱과 마찬가지로 걱정을 내려놓지 못한 초원이 먼저 와 있었다. 다행히 엄마는 하루가 다르게 컨디션을 회복하고 있었고, 아빠는 엄마 걱정으로 애를 태워 평소보다 기운이 없어 보였지만 그래도 중환자실 신세는 면했으니 고만고만한 셈이었다.

늦은 시간까지 병실에 머물던 초롱과 초원이 결국 엄마에게 등 떠밀려 병실 밖으로 나왔다. 함께 병원 로비로 향하며 초원이 먼저 말을 꺼냈다.

"누나 나 곧 촬영한대."

"벌써?"

"어. 뭐 어려운 건 아니고 간단한 프로필 촬영이래."

"이제부터 정말 시작이구나?"

"그런가 봐."

"엄마한테도 말씀드려야 하는데……."

초롱은 아직 엄마에게 말하지 못한 사실이 못내 마음에 걸렸다.

"누나. 아직은……. 엄마 검사 결과 나오는 거 보고 천천히 말하자."

"그래야겠지? 너까지 휴학한 거 아시면 정말 많이 속상해하실 텐데……."

"엄마 건강 회복하면 그때 내가 말할게."

"누나랑 같이 해. 혼이 나도 같이 혼나. 알았지?"

여전히 자신을 감싸고도는 누나의 모습에 초원의 입에서 피식 웃음이 새어 나왔다.

"누난 내가 아직도 꼬맹이로 보여?"

"꼬맹이는 무슨. 이렇게 다 큰 꼬맹이가 어딨어? 그냥. 너 혼자 혼나는 거 싫어서 그래. 그나저나 소속사가 어디라고 했지? 미안, 누나가 너무 신경을 못 썼네."

끝까지 동생이 학업을 포기하는 것만큼은 막고 싶었기에 자세히 묻지도 관여하지도 않았었다. 혼자서 계약을 하게 만든, 중요한 일에 신경 써 주지 못한 미안함이 물밀듯 밀려와 초롱은 동생을 볼 면목이 없어 애꿎은 땅만 바라보고 있었다.

"굿 엔터테인먼트야. 잘나가는 기획사라고 하니까 크게 걱정할 일은 없을 거야. 겪을수록 괜찮은 회사 같기도 해. 미리 사회생활 해 보는 것도 나쁠 것 없지, 안 그래?"

"굿 엔터? 우리 회사에서 거기 협찬한다고 했는데? 누가 화보 촬영을 한다고 하더라고. 세상 참 좁네. 거기가 내 동생이 있는 곳이라니……."

초원은 '그게 나야.' 라고 말할까 하다 신중히 말을 아꼈다. 아직도 자신에게 미안한 마음을 갖고 있는 누나가 안타까웠지만 이게 어쩔 수 없는 누나의 모습이었다. 언제쯤 움츠린 누나의 어깨를 죄책감 없이 바라볼 수 있을까?

"누나, 엄마 검사 결과는 언제 나온대?"

"며칠 더 있어야 할 거야. 나오면 바로 알려 줄게."

"어. 그리고 나 임시 숙소에서 나왔어. 앞으로는 회사에서 마련해 준 빌라에서 생활하게 될 거야. 가끔 집에 가기는 하겠지만, 주로 생활은 거기서 할 거야. 병원은 시간 나는 틈틈이 와 볼게."

"아직 일을 시작하지도 않았는데 벌써 지낼 곳을 마련해 준단 말이야? 큰 회사라더니 실행이 빠르네. 그럼 앞으로 집에 자주 오기는 힘들겠다. 이제……정말 나 혼자네."

왠지 쓸쓸하게 들리는 말에 초원이 서둘러 말을 꺼냈다.

"특별한 일정이 없는 날에는 집에 갈 테니 너무 서운해하지는 마. 혹시 무서운 건 아니고?"

"왜 아니야. 지금처럼 집에서 혼자 지내본 적이 없는데……."

서운한 마음을 감추려 괜히 투정 부리듯 말했다.

"후…… 내가 생각이 짧았네. 미처 그 생각을 하지 못했어. 내가 내일 다시 말해 볼게."

"됐어! 그냥 하는 소리야. 무슨 농담도 못 해. 내 나이가 몇인데 무섭기는. 걱정하지 마. 누나도 잘 적응할 테니까 너도 절대 무리하지는 말고. 누나도 있고, 엄마도 있으니까 병원은 너무 걱정하지 않아도 돼."

"그래. 내 일은 내가 알아서 잘할 테니까, 누나도 내 걱정 너무 많이 하지 마. 귀찮아도 문단속 잘하고. 현관만 하면 안 돼. 거실, 방, 베란다 창문까지 전부 확인 꼭 해야 해, 알았어?"

마치 오빠같이 당부하는 초원이 대견해 싱긋 웃었다.

"알았어. 이럴 때 보면 꼭 네가 오빠 같아. 어서 가자. 누가 너 데리러 온다고 하지 않았어?"

"어. 저기 벌써 오셨나 보다."

초원이 자신을 데리러 온 차를 발견하고서 초롱을 이끌어 함께 차로 향하자 누군가 차에서 내렸다.

"안녕하세요. 초원이 매니저 김우승입니다."

"아, 네. 안녕하세요. 초원이 누나 이초롱입니다. 우리 초원이 이런 일이 처음이라 잘 좀 부탁드립니다."

"네. 초원이 나이는 어린데 야무져서 걱정하지 않으셔도 될 겁니다. 늦었는데 같이 타고 가세요. 댁까지 모셔드리겠습니다."

"아닙니다. 저는 괜찮아요."

"누나 그냥 같이 가. 집까지 데려다줄게."

"됐어. 나 신경 쓰지 말고 너 먼저 가. 오늘은 좀 걷고 싶어서 그래. 정말이야. 너 가면 나도 바로 갈게."

못 이긴 척 따라와 줘도 좋으련만, 초원은 고집스레 등을 떠미는 누나를 이기지 못해 하는 수 없이 발걸음을 돌려야 했다.

"추운데 너무 오래 걷지는 마. 집에 도착하면 바로 전화 줘. 그럼 먼저 간다."

"그래. 몸조심해. 그럼 조심해서 들어가세요."

매니저에게도 인사를 하고서 빨리 가라고 손짓했다.

초원은 구태여 뒤돌아보지 않아도 자신을 따뜻하게 감싸는 누나의 눈길이 느껴지는 듯했다. 마치 엄마가 하는 것처럼 자신을 태운 차가 길을 돌아 보이지 않을 때까지 그 자리에 가만히 서서 지켜보고 있을 것이다.

초원은 담담히 가슴에 책임감이라는 것을 채워 넣으며 다시 한번 마음을 다잡았다.

아니나 다를까 동생을 태운 차가 모퉁이를 돌아갈 때까지 초롱은 눈길을 거두지 못했다. 오늘따라 유난히 오빠처럼 크게 느껴지던 동생의 모습이 쉽게 잊히지 않았다.

8

아파트 입구에 들어서며 잊지 않고 동생에게 전화하고, 그에게도 전화할까 하다가 슬그머니 고개를 내미는 부끄러움에 멈칫하며 결국 잘 도착했다고 문자를 남겼다. 그를 머릿속에 떠올리는 것만으로도 그의 부드러운 목소리가 귓가에 맴도는 것 같아 입가에 절로 미소가 그려졌다. 바로 그때 누군가 자신의 이름을 외쳐 불렀다.

"이초롱."

"꺅!"

인적이라고는 느껴지지 않는 길. 갑작스레 이름을 부르는 소리에 놀라 돌아보았다. 맙소사. 그가 바로 눈앞에 나타났다.

산이 반가운 얼굴을 보고 환한 미소를 지었다. 놀라긴 놀란 모양이었다. 동그란 눈동자는 더 커다래지고, 살짝 벌어진 입은 다물어질 생각 없이 하얀 입김만 몽글몽글 공기 중에 흩뿌리기를 수차례.

겨우 진정한 듯 눈을 깜빡이며 침을 꼴깍 삼키는 모습은 왜 이렇게 예뻐 보이는지. 가로등에 비친 사랑스러운 얼굴을 가만히 지켜보았다.

초롱은 이름을 부를 때는 언제고 말없이 자신을 바라보기만 하는 그를 보며 놀란 가슴을 누르고 마른 입술을 축여 말을 꺼냈다.

"아니, 언제 오셨어요? 연락이라도 주시지 않고."

"연락했으면 오라고 했을까?"

"그건……."

"것 봐. 분명 연락했으면 오지 말라고 했겠지."

"그거야 피곤하실까 봐."

"너보다 더 피곤하겠어? 일단 들어가서 얘기 좀 할까?"

"아직 집은 좀. 곤란합니다."

"누가 집에 들어간대? 초대도 없이 불쑥 남의 집에 갈 정도로 경우 없지는 않아. 그런 걱정은 접어 두고 이리 와."

만난 지 얼마나 됐다고 설마 집으로 가자고 할까. 엉뚱한 상상을 하며 정색하던 초롱의 표정에 웃음이 나다가도, 그게 그렇게 정색할 일인가 싶어 서운한 마음이 슬그머니 고개를 내밀었다.

초롱의 얼굴에 내려앉은 피로감이 눈에 보였지만, 오늘만큼은 욕심을 내고 싶었다. 속 좁게도 초롱이 퇴근한 이후 산의 마음에 먹구름이 드리워 있었다.

아직 믿음이라는 기초가 튼튼하게 세워지지 않은, 갓 사랑을 시작한 연인을 다른 남자에게 내어주는 건 모험이었고, 결국 저녁 내 고여 있던 알 수 없는 불안함이 발길을 이쪽으로 돌려놓았다. 인적이 드문 공원 주차장에 차를 세우고 잠시 쉬고 있는데 마침 그녀에게서 문자가 도착했다.

「이제 집에 다 왔어요. 안녕히 주무세요.」

간결한 문자에 늦은 시간을 확인하며 서둘러 차에서 내려 초롱이 사는 곳으로 향하는데, 마침 다가오는 그녀가 보여 반가움에 불렀던 것이었다.

산이 멀뚱히 선 초롱에게 성큼 다가가 손을 잡고서 이끌었다.

"손이 왜 이렇게 차? 추워?"

"아니요. 제 손이 찬 게 아니라, 대표님 손이 너무 따듯한 거예요."

"그래서 싫어?"

"아니요."

시린 손끝에 닿은 그의 온기가 너무 따듯했다. 손을 아프지 않게 그러쥔 적당한 압력에 손등을 은근하게 어루만지는 엄지손가락의 움직임에도 마음이 간질거리고 몸이 더워지는 듯했다.

"좋습니다. 크고…… 포근하고…… 따듯하,"

말을 맺을 수가 없었다. 손보다 더 뜨거운 그의 입술이, 더 포근하고 더 부드러운 그의 입술이 예고도 없이 다가와 단숨에 입술을 삼켜 버렸다. 지금 서 있는 곳이 어디인지, 얼마나 날씨가 추운지, 얼마나 떨고 있는지 생각할 여유도 없이 초롱은 속수무책으로 그에게 빠져들었다.

산이 가까스로 초롱의 입술을 놓아 주며 바라보니 아직 감은 눈을 뜨지 않고 있었다. 슬그머니 눈을 뜨는 모습은 왜 이렇게 귀여운지.

"계속할 걸 그랬나?"

"대표님!"

"풋. 알았어. 다음에는 길게. 내가 생각이 짧았네. 난 또 너 부끄러울까 봐 빨리 끝냈더니."

"아, 정말……."

이 여자 눈을 흘길 줄도 안다. 어둠 속에서도 이 여자의 흘기는 깜찍한 눈빛, 촉촉하고 달콤했던 입술이 선명하게 눈에 들어왔다. 하체에 난감한 기운이 감돌아 서둘러 불손한 생각을 떨쳐 버리고 부지런히 걸음을 옮겼다.

초롱은 손을 잡고 이끄는 그와 함께 발을 맞추며 피어오르는 미소를 멈출 수가 없었다. 그와 함께 간 곳은 집 근처에 있는 근린공원이었다. 그곳에는 놀랍게도 캠핑카 한 대가 세워져 있었다.

"설마 이걸 타고 오셨어요?"

"어. 어서 들어가자. 기가 막힌 차 한 잔 줄게."

"네."

그의 개인 캠핑카였다. 회사 차고지 가장 안쪽에 주차된 것은 보았지만 이렇게 직접 들어가 보는 건 처음이었다. 조심스레 들어선 내부는 그의 깔끔한 성격만큼이나 모던하고 정갈했고, 이제는 익숙해진 은은하게 풍겨 오는 그의 향기에 기분 좋은 미소가 절로 그려졌다.

"처음이지? 여기."

"네. 차고지 안에서 보긴 했는데 직접 들어와 본 건 처음이에요."

"내가 이 사업을 하면서 처음으로 산 캠핑카야. 이 캠핑카에 나 아닌 다른 사람이 들어온 것도 네가 처음이고."

"네?"

"이초롱. 네가 처음이라고 여기."

사업을 시작해 수익이 날 때마다 투자에 투자를 거듭했다. 채워도 메워지지 않을 것 같았던 대출금을 모두 갚고 처음으로 흑자로 전환하며 이익이 났던 날, 가장 먼저 구매한 온전히 나에게 바치는 선물이었다.

가끔 마음이 지치거나 생각이 잘 흘러가지 않을 때, 욕심이 과해지거나 마음에 독이 스밀 때 혼자서 훌쩍 산으로 바다로 떠나 복잡한 마음을 다스리던 오롯이 나를 위한 나만을 위한 공간이었다. 적어도 지금까지는 그랬다. 하지만 앞으로는 조금 달라질 것 같았다. 아니, 지금부터 달라지고 있었다.

처음이라는 말의 무게가 이렇게 큰 것이었나. 초롱은 설렘 반, 그리고 형태가 모호한 어떠한 의무나 책임을 져야 할 것만 같은 느낌에 쉽사리 발길이 떨어지지 않았다.

"그렇다고 부담스러워하지는 마. 혹시나 다른 여자가 함께 있었던 공간은 아닐까? 라는 엉뚱한 상상이라도 할까 싶어 미리 말해 주는 거니까."

"아…… 그런 생각은 하지 않았는데."

왜 그 생각을 하지 못했을까? 이상하게 그의 옆에 다른 여자가 있다는 상상만으로도 기분이 가파르게 하향곡선을 그리고 있었다.

"왜? 나 이래 봬도 인기 많아. 왜 그런 생각을 못 하지? 얼마나 좋아! 캠핑카 있으면 데이트하기도 얼마나 편하겠어?"

"그러게요. 그런데 왜 아무도 안 데리고 오셨어요?"

"여기는 아무나 보여 주고 싶지가 않았으니까. 내 비밀 아지트거든. 남들도 다 아는 나만의 비밀 아지트. 하지만 이제부터는 아니야. 네가 있으니까."

그의 말에 잡을 수 없는 입꼬리가 눈치도 없이 슬금슬금 올라가고 있었다. 차마 눈은 마주치지 못하고 민망함에 갈 곳을 잃은 시선은 애꿎은 창밖만 뚫어져라 주시하고 있었다.

산은 그런 초롱이 너무 귀여워 피식 웃음이 나는 걸 참느라 입술을 꾹 다물어야 했다.

"편하게 앉아. 뭐 마시고 싶어?"

"음…… 크림슨 펀치 있을까요?"

"당연하지. 잠시만."

둘밖에 없는 좁은 공간이지만 초롱은 불편하게 느껴지지 않았다. 몸을 감싸는 따뜻한 공기도, 주광색의 강하지 않은 은은한 불빛도, 보글보글 주전자에 물이 끓어오르는 소리도, 찻잔에 쪼르륵 물을 따르는 소리도 무엇 하나 좋지 않은 것이 없었다.

그리고 그 무엇보다 부드러운 미소를 머금고서 자신의 눈을 마주하는 그와 함께 있는 공간. 아무런 말 없이 그저 바라만 보는데도 불편하게 느껴지지 않고, 자연스레 그와 같은 미소를 그리며 눈길을 마주해도 전처럼 어색하지 않은.

기분 좋은 두근거림과 안락함이 공존하는 마법 같은 둘만의 공간, 그와의 꿈 같은 시간이 촉촉이 초롱의 마음을 온통 적시고 있었다. 행복이라는 것이 비로소 말랑말랑 만져질 것만 같았다.

산이 따뜻하게 잘 우려진 차를 테이블 위에 내려놓고서 슈트 상의를 벗어 두며 말했다.

"마셔 봐. 그렇게 뜨겁지 않을 거야."

"알아요. 항상 뜨겁지 않게, 마시기 좋은 온도로 맞춰 주시니까."

'카페에서 마시는 차보다 대표님이 주시는 차가 훨씬 더 맛이 좋아요. 훨씬.'

초롱은 마음을 온전히 밖으로 다 드러내는 게 아직은 익숙하지 않았다. 차마 입 밖으로 흘려보내지 못할 말을 가만히 속으로 삼켰다.

"내가 차를 참 잘 우려내지? 벌써 그걸 알아차리다니, 이초롱 차를 참 잘 배웠네."

"네. 선생님이 아주 훌륭한 것 같아요."

초롱의 말에 격하게 공감하며 산이 고개를 끄덕였다.

"아직 추워? 금방 따듯해질 거야."

차가운 곳에 있다가 따듯한 곳에 들어와 상기된 얼굴일까, 아니면 나와 같은 마음 때문일까?

"안 추워요. 아까도 지금도 하나도 안 추워요."

'가슴에 이렇게 온기가 스미는데, 마음이 이렇게 따듯해지는데 춥기는.'

계속 움츠리고 있으면 또 춥냐고 물어볼 것 같아서 외투를 벗어 한쪽으로 치워 두었다.

산은 외투를 벗어 두고서 싱긋 미소를 지으며 가만히 찻잔을 들어 차를 음미하는 초롱의 모습을 유심히 바라보았다. 대체 너의 어떤 점이 이렇게 끌리는 걸까.

눈망울이 너무 깨끗해서, 아니면 꾸밈없이 맑고 고와서? 강하지 않고 부드러운, 귓가에 맴도는 네 말투와 목소리가 너무 듣기 좋아서, 아니면 찻잔을 감싼 여성스러운 가늘고 긴 손가락이 아름다워서? 그것도 아니면, 그 모든 걸 다 가졌음에도 마음마저 예쁜 너라서? 너는 도대체 왜 이렇게 사람을 끌어당기는 걸까, 사람 미치게.

"그래, 오늘 맛있는 건 많이 먹었어?"

"네."

"뭘 얼마나 맛있게 먹었기에 이렇게 늦게까지. 혹시 술도 마셨어?"

"아니요. 밥만 먹고 바로 헤어졌어요. 잠시 병원에 다녀온다고. 그런데 언제부터 기다린 거예요?"

"그런 건 신경 쓸 거 없고, 보다시피 나는 여기서 잘 쉬면서 기다렸으니까."

"캠핑카가 이렇게 유용하게 쓰일 줄은 몰랐어요. 늘 여행 갈 때만 필요한 줄 알았지."

"의외로 쓰임새가 많아. 그런데 병원까지 다녀왔으면 피곤하겠네."

병원에 다녀왔을 거라는 생각을 왜 못 했을까. 산은 뒤늦게 미안한 생각이 들어 마음이 무거웠다.

"아까까지만 해도 조금 피곤했는데, 차를 마셔서 그런가? 눈이 맑아졌어요."

"다행이네. 그럼 이렇게 조금 더 있어도 괜찮겠어?"

"네. 저는 괜찮은데……."

하릴없이 귀한 시간을 낭비한 그도 괜찮을까 걱정하지 않을 수 없었다.

"나는 당연히 괜찮아. 그러니 신경 쓰지 마."

산은 그런 초롱의 머뭇거림도 귀신같이 눈치채고 있었다.

"어떻게 그래요. 대표님도 늘 바쁘신데 체력이 저하되면 어쩌시려고요."

"내가 말했지? 나는 체력이 남아돌아. 그리고 에너지는 넘쳐서 주체가 안 돼. 이 에너지를 발산해야 하는데 제대로 발산할 수가 없어."

"아니, 매일 일을 하면서 쏟는 에너지가 얼만데 발산이 안 된다니 말도 안 돼요. 듣기로는 운동도 열심히 하신다고 하던데."

"누가 그래?"

"그냥. 여기저기서."

삼삼오오 모여 있는 곳치고 그의 얘기가 안 나오는 곳이 없었다. 점심을 먹고 카페테리아에 앉아 쉴 때나 보드게임을 하는 곳이나, 하다못해 책을 읽으러

도서관에 가도 대표님과 관련된 이야기는 어김없이 흘러나왔다.

처음에는 그냥 그런가 보다 했었는데 그와의 관계가 변하고부터는 그마저도 불편해 그의 얘기가 흘러나오면 자연스럽게 자리를 피하게 되었다.

"이초롱. 남자는 말이야, 일이나 운동으로도 해결되지 않는 에너지가 있어. 특히, 한창 혈기 왕성한 남자라면 더하지."

"일이나 운동으로도 해결이 안 되는 에너지라면…… 쿨럭쿨럭. 어. 시간이 벌써 이렇게……. 저는 이만 가 보는 게."

그의 의미심장한 눈빛을 보며 초롱은 아차 싶었다.

"큽. 하하하. 이초롱! 너 불과 1분 전까지만 해도 조금 더 있어도 괜찮다고 한 거로 기억하는데?"

골똘하게 생각하는 듯하다 어느 시점에서 뒤늦은 깨달음이 찾아온, 퍽이나 난감한 표정을 짓는 초롱을 보며 웃음이 터져 버렸다.

"그야……."

"안 잡아먹어. 걱정하지 마. 내가 아무리 급해도 너와의 처음이 여기서는 아닐 거야."

"……."

'당장이라도 안고 싶고, 키스하고 싶고, 함께 자고 싶다고!'

왜 하필 지금 그가 했던 말들이 떠오르는지, 초롱은 이상하게 그를 똑바로 바라볼 수가 없었다. 마치 자신의 머릿속에 들어갔다 나오기라도 했는지 그에게서 민망한 말이 흘러나왔다.

"이초롱, 상상하지 마. 나는 사랑을 강요하지는 않을 거야. 최소한 너와 사랑을 나누게 될 때는 네 마음이 열렸을 때, 나를 향한 마음이 진심으로 활짝 열렸을 때만 가능한 일이야. 그러니까 그런 야한 상상은 하지도 마. 알았어? 순진하게 봤는데 은근히 야해."

"대표님! 그런 거 아니에요."

"아니긴 뭐가 아니야? 얼어서 말도 못 하고, 귀는 또 얼마나 새빨간데?"

"그야 더워서……."

"캠핑카 안은 아주 적정 온도로 잘 맞춰져 있는데? 지금 덥다면 그건 실내 온도 때문이 아니야. 너의 내부 온도계의 오작동이지. 잘 생각해 봐. 내 온도계가 왜 고장이 났을까, 하고 말이야. 그럼 어렵지 않게 답을 찾을 수 있을 거야."

그의 말처럼 온몸이 열기로 후끈 달아올랐다. 손끝 하나 닿지 않고, 겨우 그가 건넨 몇 마디 말에 온몸이 불 위에 올린 찜솥처럼 증기를 내뿜는 느낌이었다.

"큰일 났네. 이초롱 뚜껑 열리기 전에 문 좀 열어야겠어."

"대표님! 민망해서 그런 거라고요. 자꾸 이상한 말씀을 하시니까."

"이상하긴 뭐가 이상해? 연애하는 남녀가 이런 농담도 못 하면 누구랑 하라고?"

"몰라요."

귀여워 죽겠다. 부끄러워 얼굴을 붉게 물들이는 초롱을 보며 정작 가장 난처한 건 본인이었다.

손만 뻗으면 닿을 수 있는 거리, 서로의 숨소리가 고스란히 귓가로 흘러드는 작은 공간, 그녀의 향기조차 공기 중에 흩어지지 않고 고스란히 머물러 있는 이 공간은 지나치게 위험했다. 가까스로 위험천만하게 뻗어 가는 생각을 다스린 산이 자리에서 벌떡 일어섰다.

초롱은 개구쟁이같이 환하게 웃던 그가 갑자기 일어나 다가오는 모습에 놀란 눈을 동그랗게 뜨고서 마른침을 꿀꺽 삼켰다.

"하, 이초롱 정말, 내가 이러니 참을 수가 있나."

태강은 초롱이 앉은 자리 위에 있는 선반에 물건을 꺼내러 가던 중 토끼 눈이 되어 버린 초롱을 보고 잠시 경로에서 벗어나 버렸다. 허리를 굽히며 한 손은 테이블을, 다른 한 손은 자신을 올려다보는 초롱의 얼굴을 감싸고서 예쁜 입술을 훔쳤다.

한 공간에 있는 것만으로도 피가 들끓게 만드는, 하물며 입술을 마주한 지금 얼마나 큰 위험에 노출되어 있는지 그녀는 알기나 할까. 밀폐된 좁은 공간에 울려 퍼지는 입맞춤 소리가 이렇게 자극적으로 들릴 줄이야. 산의 본능과 이성이 그 어느 때보다 격렬하게 맞붙었다.

"하. 하."

입술을 떼고서도 한동안 말없이 서로의 이마를 마주 대며 호흡을 주고받는 두 사람이다.

"이초롱, 착각하지 마. 너랑 이러려고 캠핑카를 가지고 온 건 아니었어. 그냥 춥지 않은 공간에서 너와 잠시 차 한잔, 그뿐이었는데. 네가 너무 예뻐서……. 너, 남자 잘 만난 줄 알아. 다른 사람 같으면 여기서 멈추지 못해."

"흡."

저도 모르게 호흡 중에 웃음이 섞여 버렸다.

"웃어? 농담 같아?"

초롱이 고개를 도리도리 흔들었다.

"나 믿어?"

이번에는 고개를 끄덕거렸다. 말없이 새초롬하게 앉은 초롱의 모습에 그제야 산이 허리를 펴고 일어서며 의미심장한 말을 던졌다.

"믿지 마. 나도 짐승이야. 뭘 보고 믿어? 믿지 마. 믿지 말라고."

나이 먹어 모양 빠지게 이게 뭐 하는 짓인지. 저보다 한참이나 어린 여자 친구에게 마음속 불평을 늘어놓으며 산이 고개를 설레설레 흔들었다.

"알았어요. 안 믿을게요."

"뭐라고?"

"믿지 말라고 하셨으니까, 안 믿는다고요. 그러니까 대표님도 똑같은 남자니까 조심하라는 뜻 아니에요?"

"그런 건 또 기가 막히게 잘 알아듣네?"

"의외라서요."

"뭐가?"

"늘 이성적인 모습의 대표님만 보다가, 오늘 같은 모습은 처음이에요."

'나도 내가 이럴 줄은 몰랐어. 당황스럽네.'

속엣말 하던 산이 억울하다는 듯 불평스레 말을 꺼냈다.

"나도 사람이야. 아직 철이 덜 든 남자이기도 하고. 나도 내가 이렇게 감정적으로 휘둘릴 줄은 몰랐다. 너 아주 위험한 여자야. 알아?"

"풉."

"남자 마음을 이렇게 흔들어 놓고, 아무렇지도 않게 웃고 말이야."

"울 수는 없잖아요."

"이초롱 말 잘하네. 그동안 어떻게 참았을까?"

초롱은 사람 내음이 물씬 풍기는 대표님을 보며 피식피식 새어 나오는 웃음을 멈출 수가 없었다.

"나를 믿지 말라는 말은, 미리 주의를 주는 거야. 만약에 네가 정한 선을 내가 정신없이 넘어가게 되면, 네가 알아서 다시 선을 잘 그어 주라고. 네 앞에서만큼은 나도 나를 못 믿겠으니까. 그러게 누가 그렇게 예쁘래?"

그에게 무엇 하나 모난 구석이라도 있으면 좋겠다. 자라나는 욕심을 조금은 내려놓을 수 있게, 그럴 틈이라도 있으면 얼마나 좋을까? 그는 그런 모난 구석 하나 없었다. 선을 넘을 뻔해서 미안하다는 말을 어쩜 저렇게 예쁘게도 할까. 그의 너그러운 마음에, 모나지 않은 그의 성품에 조금씩 자라나는 욕심은 또 어떻게 내려놓아야 할지.

들려오는 그의 목소리에 잠시 스친 상념을 밀어 두었다.

"이거 보여 주고 싶었어. 이거 꺼내려던 중이었는데, 네가 그런 눈으로 쳐다보니까 순간 이성을 잃었어."

"어떤 눈이요?"

"야한 눈."

"네에?"

"나는 너 토끼같이 동그랗게 뜬 눈 보면 그렇게 흥분이 되더라."

"헐……."

"너도 그런 말 할 줄 알아?"

"도대체 저를 어떻게 보신 거예요. 너무 좋게만 보신 거 아니에요? 저도 요즘 친구들이 흔히 쓰는 줄임말도 많이 하고, 나쁜 말도 곧잘 하는데요."

의외라는 듯 산이 피식 웃었다.

"내가 배워야겠네. 나는 못 알아먹겠던데."

"알아먹지 않아도 돼요. 그다지 영양가 있는 말도 없으니까. 한글은 있는 그대로 말하는 게 제일 예쁜 것 같아요. 그런데 이건 뭐예요?"

머리 위 수납장에서 그가 꺼내 온 박스를 보며 초롱이 물었다.

"내 보물 상자."

"보물 상자?"

"열어 봐."

조심스레 그의 보물 상자를 열어 보는데, 지금보다 조금 더 어리고 싱그러워 보이는 그의 모습이 담긴 사진에 입매가 자연스레 끌어 올려졌다.

한겨울. 두툼한 등산복을 갖춰 입고서 산 정상에 우뚝 서 희열을 만끽하는 모습부터 어슴푸레 밝아 오는 새벽을 맞이하는 싱그러운 모습. 새하얀 눈밭에 큰 대자로 드러누워 활짝 웃고 있거나 푸르른 숲속에서 조그마한 욕심 많은 다람쥐의 터질 듯한 볼을 보며 웃음을 참고 있는 모습.

반짝반짝 빛이 나는 백사장에서 구릿빛으로 그을린 피부를 자랑하며 멋지게 비치 발리볼을 하거나 투명한 물속에서 스킨 스쿠버를 하며 유영하는 물고기들과 함께 사진을 찍은 모습까지도. 무엇 하나 빛나지 않는 순간이 없었고, 무엇 하나 멋있지 않은 모습이 없어 홀린 듯 그의 과거를 더듬고 있었다.

산은 자신의 사진을 하나하나 유심히 살펴보며 너무나 예쁘게 웃는 초롱을 보며 다시금 솟아나는 욕정에 한숨을 내쉬었다. 살포시 미소 짓는 모습을 봐도 하고 싶고, 활짝 함박웃음을 터트리는 모습을 봐도 하고 싶었다. 놀라 눈을 동그랗게 뜨는 얼굴을 봐도, 하다못해 울먹이는 모습에도, 젠장, 하고 싶고 하고 싶고 또 하고 싶었다.

'이런 변태 성욕이 내 안에 자라나 있을 줄이야. 암울하다 암울해.'

산의 내면의 갈등을 아는지 모르는지, 초롱은 그저 산이 지나왔을 시간을 보며 대리만족, 혹은 부러움 가득한 시선으로 사진을 보고 또 보고 있었다.

"보물 상자 맞네. 너무 예쁘고, 너무 멋있어요."

"예쁘다고? 남자한테 그 말 아주 큰 실례야."

"그럼 어떻게 해요? 예쁘다는 말 외에는 떠오르는 말이 없는데. 진짜 예뻐요. 개구쟁이 같은 표정도, 찡그린 표정도, 웃고 있는 모습은 말할 것도 없고요."

"하…… 이 나이에 예쁘다는 말을 듣게 될 줄이야."

익살스러운 표정으로 머리를 쓸어 넘기는 산의 모습에 초롱이 참지 못해 깔깔 웃었다.

"이건 좀 더 옛날인가 봐요. 지금보다 더 어려 보이는데? 이건, 음. 정말 멋있네요."

노을이 지는 산 정상에서 커다란 바위에 걸터앉아 무릎에 팔을 기대어 잠시 쉬는 듯 보이는 그는 정말 근사해 보였다.

그를 감싸듯 내려앉은 붉은 노을, 바위 옆에 놓인 그의 덩치만큼이나 커다란 가방, 흐트러진 머리카락, 지친 듯한 표정, 턱을 타고 내리는 땀방울, 그런데도 입가에 희미하게 남아 있는 예쁜 미소까지. 심혈을 기울여 찍은 전문 모델 같은 느낌에 좀처럼 손에서 놓기가 힘든 사진이었다.

"내가 젊었을 때 한 인물 하기는 했지."

"누가 들으면 아주 나이가 많은 줄 알겠어요. 이제 겨우 삼십 대 초반이면서. 지금도 한 인물 하세요."

"그래?"

"잘 아시면서."

"몰라. 모르니까 계속 말해 봐."

"큭."

초롱은 자꾸만 풍풍 터지는 웃음을 감추지 못해 입술을 맞물리게 앙다물고서 고개를 설레설레 흔들었다. 그의 모습이 새롭고 또 새로워서. 그 모습을 가감 없이 자신에게 보여 주는 게 너무 좋아서 계속 웃음이 나왔다.

산은 그런 초롱의 모습을 하나하나 마음에 새기며 지그시 눈을 감아 버렸다.

'어떻게 저렇게 순수해 보이는 모습을 보면서도 이렇게 흥분이 가득 차오르는지, 난감하다, 난감해.'

"그런데 이거 연도별로 정리는 안 되어 있나 봐요. 뒤죽박죽이에요. 연도별로 분류가 되어 있으면 훨씬 좋을 텐데."

"예전부터 여행할 때 하나씩 찍다 보니까 어느새 이렇게 많아져 버렸네. 처음에는 별생각 없이 넣어 뒀는데, 이게 시간이 지나고 보니 큰 자산이더라. 내모든 시간과 추억이 여기 담겨 있다고 해도 과언이 아니야. 이렇게 많이 모일줄 알았다면 처음부터 분류했을 텐데, 그럴 생각은 미처 못 했어."

"다행히 사진 뒤에 일자가 모두 적혀 있어요. 장소도 적혔고. 이거…… 제가가져가서 정리해도 돼요?"

"네가?"

"네. 어. 경치도 너무 좋고, 제가 가 봤던 곳도 있는 것 같기도 하고……또……."

그냥 더 자세히 보고 싶다고 한마디만 하면 될 걸, 뭘 이렇게 주절주절 사설이 긴지.

"나야 상관없지만, 그럴 시간이 되겠어? 집에 가면 많이 피곤할 텐데 너도좀 쉬어야지."

제 사진을 가져가고 싶다는 초롱을 보며 오후 내 불안했던 마음이 충분히 어루만져지고 있었다. 사랑 참 단순하고 우습구나.

"괜찮아요. 회사 출근하는 날은 엄마가 병원에 못 오게 하세요. 가더라도 일찍 쫓겨나고. 그러니까 시간은 괜찮을 거예요. 집에 가서 보고 정리해서 다시 갖다드릴게요."

"나야 그럼 너무 좋지. 최소한 그 사진을 보는 동안은 나만 생각할 테니까."

"그럼 오늘 가져갈래요."

이렇게 급하게 건성으로 넘기는 것이 아니라 더 자세히 더 가까이에서 보고 싶었다. 그는 어떻게 그 시절을 지나왔는지, 어떤 곳에 가서 어떤 풍경을 보며 어떤 삶을 살아왔는지. 그가 갔던 장소, 그가 머물렀던 시간, 그가 경험했던 모든 것이 다 궁금했고 다 보고 싶었다.

"그래, 그럼. 이럴 줄 알았으면 번호라도 적어 둘 걸 그랬다."

"번호요?"

"혹시 모르잖아. 이초롱이 내가 너무 좋아서 멋있는 사진 다 가져갈지도?"

"대표님! 됐어요. 그냥 둘게요."

"하하하. 삐질 줄도 알아? 농담이야 농담! 가져가. 가져가서 실컷 봐. 그리고 사진 몇 장쯤 가져가도 용서해 줄게. 이초롱이니까 봐준다 내가."

개구쟁이같이 익살스러운 표정으로 손을 휘이휘이 휘저으며 인심 쓰듯 가져가라는 모습이 왜 이렇게 밉지 않고 좋기만 한지. 이초롱 미쳤다 미쳤어. 단단히 미쳤나 봐.

금옥은 며칠째 눈앞에 아른거리는 아가씨의 모습에 조바심이 날 지경이었다. 분명 손자 산이 그 아가씨에게 마음이 있는 듯 보였는데 잘못 짚었나?

"어머니, 요즘 무슨 걱정 있으세요? 뭔 생각을 그렇게 하세요?"

골똘히 생각에 잠긴 듯한 시어머니를 보며 영현이 걱정스레 물었다.

"걱정은 무슨, 그냥 자꾸 누가 눈에 밟혀서 그래."

"누구요?"

"있어. 이상하게 또 보고 싶네."

"보고 싶으면 보면 되죠."

"그러게."

가서 다시 볼 수 있는 구실이 있어야 하는데. 이를 어쩐다. 금옥의 시선이 소파에 앉아 느긋하게 신문을 보고 있는 아들 강우에게 향했다.

"강우야, 며느리하고 너 캠핑해 볼 생각 없어?"

"네? 캠핑이요?"

어머니의 뜬금없는 질문에 강우가 의아한 표정을 짓자 금옥이 재차 물어보았다.

"그래. 회사야 강이 웬만한 일은 다 도맡아 하니 조금 여유가 생기지 않았어? 그동안 너도 며느리도 고생 많이 했는데 이제 여유 있게 여행도 좀 가고 하면 어떠냐고."

"여행이야 뭐 좋은 생각이기는 한데, 이 나이에 캠핑은 좀 무리 아닐까요?"

"네 나이가 어때서! 한창 팔팔하구먼, 누구 앞에서 나이 타령이야! 그리고 명색이 아들이 사장인데 캠핑카도 한 대 팔아 주고 뭐. 겸사겸사."

"하하하, 어머니, 산이 들으면 웃어요. 사업 초기에도 한 대 산다는 걸 입도 뻥긋 못 하게 하던데요? 정말 캠핑이 하고 싶으면 나중에 사업 잘 풀릴 때 직접 선물하겠다 하더라고요."

"그래? 그럼 이참에 한 대 달라고 해 봐. 산이 요즘 사업 잘된다며?"

"하하하. 어머니도 참, 혹시 어머니 캠핑을 해 보고 싶으신 거예요?"

"뭐어?! 이 나이에 염병, 캠핑은 무슨. 어휴, 됐다. 됐어. 어이구, 정말 내가 말을 말아야지. 너는 다섯이나 되는 녀석들이 아무도 결혼할 생각을 않는데 걱정도 안 돼? 어쩜 이리 천하태평일까!"

잘 나가다 갑자기 삼천포로 빠지는 대화에 강우가 고개를 절레절레 내저었다.

"어머니도 참. 갑자기 왜 불똥이 그리로 튀어요? 뭐. 요즘엔 다들 늦게 하는 추세잖아요. 게다가 우리 애들이야 강이 외에는 아직 나이가 그렇게 신경 써야 할 만큼도 아닌데요 뭐. 때가 되면 애들이 알아서 다 할 테니 어머니도 너무 걱정하지 마세요."

"그때까지 내가 살아 있는다던?"

"어머니! 그런 말씀 마시라니까요."

"앓느니 죽지 내가. 이 답답한 속을 누가 알아줄까. 쯧쯧."

이제 한 놈씩 제 짝을 데리고 올 만도 하건만 아직 단 한 녀석도 짝은커녕 누구를 만나는 기미조차 보이지 않아 강우 역시 자식들의 소식이 궁금하기도 하고 조바심이 일기도 했다. 저도 그럴진대 연세 많으신 어머니는 오죽할까 싶기도 했으나, 다 큰 자식들의 연애사까지 참견할 수는 없는 일이니 조바심 내는 어머니가 그저 안타까울 뿐이었다.

한참 업무에 집중하는 초롱에게 경선이 다가왔다.

"초롱 씨 요즘 좋은 일 있어? 왜 점점 더 예뻐지는 것 같지?"

"좋은 일은요…… 무슨. 늘 똑같죠."

"아닌데, 딱 꼬집어 말할 수는 없지만 분명 예전과는 분위기도 표정도 달라졌는데? 뭐 어쨌든 좋은 일 생기면 말해 줘. 알았지?"

거짓이 어울리지 않는 사람이었다. 경선은 평소와 달리 제대로 눈조차 마주치지 못하고 어물어물 넘어가는 초롱의 모습이 귀여워 씩 웃었다.

"아. 하하. 네. 뭐."

초롱은 의연하게 대처하지 못하고 당황한 모습을 고스란히 들켜 버린 것 같아 민망하기만 했다. 이상하게도 경선뿐만 아니라 주위에서 요즘 들어 부쩍 밝아 보인다는 말을 자주 듣고 있었다. 감정이 그렇게 쉽게 겉으로 드러나 보이는 거였나?

아닌 게 아니라 요즘 초롱은 때아닌 봄날 보송보송한 구름처럼 마음이 몽글거렸다. 좁힐 수 없을 것 같았던 그와의 거리는 어느새 조금씩 사라져 가고, 오가며 은밀하게 주고받는 가벼운 눈인사에도 마음이 마치 헬륨 풍선처럼 둥실둥실 떠올랐다.

따로 시간을 내지 않아도, 다른 사람들의 눈치를 보지 않고도, 매일 아침이면 당연한 듯 그를 만나 차를 마시고, 직원들과 어울려 자연스레 함께 점심을 먹을 수도 있었다.

그의 일정을 훤히 꿰고 있고, 운이 좋은 날엔 같이 외근을 하며 아슬아슬한 데이트도 즐길 수 있었다. 애써 묻지 않아도 그의 컨디션이나 기분을 알 수 있고, 설명하지 않아도 서로의 일을 공유할 수 있음이 더없이 편하고 좋았다.

불과 며칠 사이에 어떻게 이렇게 마음이 깊어질 수 있는 것인지. 초롱은 잠시 그를 떠올려 보는 것만으로도 들뜨는 마음에 덜컥 겁이 들어섰다. 어떻게 이렇게 짧은 시간에 이렇게나 깊이 빠져들 수 있을까. 때가 되면 정말 아무렇지 않게 그의 손을 놓아 줄 수 있을까?

남들과 같은 평범한 행복을 바라며 잠시 그의 손을 잡았을 때는 그럴 수 있을 것 같았다. 잠시 꿀처럼 달콤한 시간을 나에게 허락한다고 해도, 때가 되면 아무 일도 없었던 것처럼, 마치 몰랐던 사람처럼 그의 손을 놓으면 된다고, 그럴 수 있을 거라고.

지금으로서는 헤어진다는 생각만으로도 가슴에 묵직한 통증이 전해 오는 느낌에 뒤늦게 그 생각이 얼마나 교만한 것이었는지. 그 생각 자체가 그와 자신을 향한 기만임을 깨달았다.

외근에서 돌아오는 그의 모습을 보고서야 꼬리를 무는 우울한 생각에서 벗어나 미소를 떠올릴 수 있었다.

"이초롱 씨, 잠깐 좀 봅시다."

"네, 대표님."

더는 언제 일어날지 모르는 일로 고민하며 걱정하고 싶지 않았다. 그건 이미 충분히 차고 넘치도록 하고 있었다. 언제가 될지는 모르지만, 그때까지는 그때까지만이라도. 우울이 스치는 머릿속을 흔들어 털어 버리고 자연스러운 미소를 지닌 채 그의 집무실에 들어섰다.

"오전에 안 바빴어?"

"네. 괜찮았어요."

"나는 안 보고 싶었고?"

"음……. 보고 싶었어요."

"와. 장족의 발전이네. 그런 말도 할 줄 알고."

초롱은 이렇게 쉽게 나올 말인 줄은 몰랐는데 해 보니 생각보다 어렵지 않아 멋쩍음에 어색한 웃음이 나왔다.

"기대된다. 조금씩 변해 가는 네 모습 지켜보는 재미가 있어."

"그런데 왜 부르셨어요?"

"보고 싶으니까 불렀지. 라고 말하면 욕하겠지? 대표가 공과 사도 구별 못 한다고?"

"알고 계시니 말 안 할게요."

"엄청 고맙네. 그래, 종무식 준비 잘돼 가고 있어?"

"네. 그럼요. 케이크랑 떡은 주문했고, 아까 김 대리님하고 마트도 다녀왔어요."

"마트는 내가 같이 갔었어야 했는데 아깝네."

산은 진심으로 놓친 시간을 아까워했다.

"바쁘신데 뭘 그런 것까지 하시려고요."

"너랑 마트 가는 게 얼마나 재밌는지 알아? 부럽다, 김 대리. 그건 그렇고, 내일 종무식 끝나면 병원에 갈 거야?"

"네. 내일은 엄마 좀 쉬게 해 드려야 할 것 같아서요. 신정에도 병원에 있을 거예요."

"그래. 너 많이 피곤하겠다. 내가 대신해 줄 수도 없고."

"아니에요. 저는 익숙해져서 괜찮아요."

그는 아무렇지 않게 물어보지만, 초롱은 미안한 마음이 들었다. 무슨 연애가 틈새시장도 아닌데, 늘 시간 사이사이의 공간을 만들고 쪼개 가며 데이트 같지도 않은 데이트를 하게 되는지. 이렇게 미안한 마음이 생길까 봐 처음부터 피하고 싶었던 건데.

초롱이 미안한 생각에 마음으로 괴로워하는 사이 산은 아쉬운 마음을 드러내지 않기 위해 애써야 했다. 한 해를 보내고, 새로운 해를 맞이하는 순간을 너와 함께할 수 있으면 얼마나 좋을까. 산은 이미 알고 있었지만, 알고 시작한 연애였지만, 아쉬운 마음이 드는 건 어쩔 수 없는 일이었다.

"혹시, 내가 보고 싶으면 언제든 전화해. 이초롱 남자 친구 24시간 대기 중. 써 붙이고 있을게."

"아니에요. 병원에 부를 일이 뭐가 있다고, 그러지 말고 여행이라도 가세요. 사진 보니까 일몰, 일출 좋아하시는 것 같던데."

"좋네. 이초롱이 내 사진을 그렇게 열심히 보고 있다니. 그래. 맞아. 나 일몰, 일출 그런 거 좋아해. 남들은 늘 뜨는 해, 늘 지는 해가 뭐 그렇게 좋으냐고 하는데, 매일 똑같이 뜨고 지는 해라도 의미를 부여하기에 따라 얼마나 달리 보이는데. 게다가 한 해를 수고한 해가 넘어가고, 또 한 해를 감당할 해가 뜨는 모습은 하……. 부족한 내 어휘력으로는 이걸 설명할 길이 없네."

"의미? 늘 뜨고 지는 해에 무슨 의미를……."

초롱 역시 남들과 같았다. 매일 똑같은 모습으로 뜨고 지는 해. 연말이라고, 연초라고 특별하지도 않을 텐데 왜 그렇게 사람들로 북적이는 복잡하고 힘든 길을 굳이 바쁜 시간 쪼개 가며 직접 가서 봐야 하는지.

그렇게 보고 싶다면 사람이 없는 날을 선택해서 봐도 되지 않을까 싶었다. 어차피 매일 뜨고 지는 해.

자신은 늘 바쁘게 하루를 열었고, 정신없이 생활하다 보니 떠오르는 해를 바라볼 여유도, 지는 해를 보며 감상에 빠져들 시간도 없는데. 그것도 다 삶의 여유가 있어야 가능한 일이 아닐까.

'하긴, 아빠가 건강했던 불과 몇 년 전까지만 해도 그 복잡한 새해 해돋이에 꾸역꾸역 가서 한 자리를 차지하고 있었구나……'

기억 저편에 물러나 있던 추억 한 조각이 튀어나와 쓴웃음이 나왔다.

"의미야 생각하기 나름이지. 나 같은 경우에는 매일 뜨는 해를 보면, 나의 새로운 하루가 또 열리는구나. 오늘은 또 어떤 날을 맞이하게 될까. 때로는 설렘으로 때로는 두려움으로. 그날의 기분에 따라 뜨는 해가 예뻐 보이기도 하고, 어쩔 땐 끔찍해 보이기도 하더라. 그래도 뜨는 해를 보면서는 단 한 번도 뜨지 않았으면 좋겠다. 싶었던 날은 없었으니까 나름 열심히 잘 살아가고 있는 거겠지? 그런데 지는 해는 조금 복잡해. 내가 살아가야 할 수많은 날 중에 어쩌면 마지막이 될지도 모를 소중한 하루가 또 잠들어 버리는 거니까. 뜨는 해보다 훨씬 아쉽고 아깝고 지지 않았으면 좋겠다 싶을 때도 많아."

그가 하는 말을 들으며 초롱은 갑자기 병상에 누워 있는 아빠의 모습이 떠올랐다. 병원 침대에 누워 매일 뜨는 해와 지는 해를 물끄러미 바라보았을 아빠는 어떤 생각에 잠겨 있을까. 아빠한테 매일 뜨고 지는 해는 무슨 의미로 다가올까.

그의 말처럼 차라리 뜨지 않았으면 하는 생각을 어쩌면 수없이 하지 않았을까, 찡해 오는 코끝을 만지며 서둘러 아픈 생각을 떨쳤다.

"그런 생각을 하기에는 너무 젊은 것 같은데요."

"그렇지? 그래도 사람 일은 아무도 모르는 거니까. 매시간 매 순간 감사하게 생각하려고 노력하는 거야. 최소한 눈을 감는 순간에 후회가 스치는 일은 없었으면 좋겠거든. 물론 그게 마음처럼 쉽지가 않아서 탈이지만."

"맞아요. 사람 일은 아무도 모르는 거예요. 그렇게 좋은 일을 많이 하고 살아도 이렇게 불행할 수도 있고, 남을 도와주고도 오히려 부당한 일을 당할 수도 있어요. 선의가 악의라는 부메랑이 되어 돌아오기도 하고, 알 수 없는 이유로 걷지 못하게 될 수도 있어요. 바로 우리 아빠처럼. 그런데 어떻게 매시간 매 순간을 감사하며 살 수 있을까요. 정말 사람 일은 아무도 알 수 없는 거예요.'

산은 말없이 생각에 잠긴, 표정이 사라진 초롱을 보며 묻고 싶었다. 너는 지금 무슨 생각을 그렇게 하는 걸까? 언제쯤이면 스스럼없이 너의 생각과 감정을 공유할 수 있을까. 왜 아직 나는 너에게서 벽이 느껴지는 걸까? 내가 너무 욕심이 많은 건가?

"너는 어때? 매일 잠자리에 누워 눈을 감았을 때 가장 먼저 떠오르는 감정이나 생각 말이야."

"글쎄요. 눈을 감았을 때 가장 먼저 떠오르는 감정이라……."

보통은 생각하고 말고 할 겨를이 없이 그냥 피곤함에 눈을 감았던 것 같다. 근래 들어서 그의 생각에 머릿속이 어지럽게 붐벼서 잠들기가 조금 곤란했던 것 같기는 한데.

"바로 잠에 빠져들 때를 제외하고는 대부분이 후회로 얼룩졌던 것 같아요."

언제부터 이렇게 부정적인 감정이 내 안에 뿌리를 내렸을까, 처음부터 이렇게 부정적인 사람은 아니었던 것 같은데.

"후회? 뭐가 그렇게 후회되는데?"

"음…… 말하면 저 바보 인증하는 것밖에 안 되는데, 궁금하세요?"

"그럼. 너에 대한 건 하나부터 열까지가 다 궁금하니까."

"별건 없어요. 그냥 오늘 내가 이렇게 했으면 어땠을까. 조금만 참아 볼 걸 왜 그랬을까. 말은 이렇게 하지 말걸, 행동을 조금만 조심했더라면. 뭐 그런 것들?"

"예를 들면?"

"풋."

"뭔데? 왜 웃어? 같이 좀 웃지?"

"기억나세요? 신입 사원 환영회 때 대표님 이름으로 히트 쳤던 거?"

다시금 그날의 기억을 떠올리는 산의 입가에 환한 미소가 물결쳤다.

"당연히 기억나지. 그건 평생 잊을 수 없을 거야. 늘 눈여겨보던 이초롱이 나를 존경하는 인물로 외쳤는데 절대 잊을 수 없지."

"저는 다른 의미로 잊을 수가 없어요. 그날 잠자리에 들면서 가장 먼저 떠오른 생각이 내가 그 게임을 왜 한다고 나갔을까부터 시작해 그냥 적당히 하고 빠질 걸, 뭐 하러 죽자 살자 열심히 했을까. 왜 하필 대표님 이름이 떠올랐을까. 하면서 얼마나 많이 후회했다고요."

"안타깝네. 나에게는 좋은 기억이, 너에게는 안 좋은 기억이라니."

"안 좋다는 게 아니라, 예를 들면 그렇다고요. 아마도 은연중에 존경하는 마음이 있었으니까 저도 모르게 툭 튀어나왔겠죠. 설마 서운하신 건 아니죠?"

"왜 아니야? 엄청 서운할 뻔했어."

표정까지 서운한 모습에 초롱이 피식 웃었다.

"초롱아, 나는 네가 매사 너무 심각하게 생각하지 않았으면 좋겠어. 물론 하루를 되돌아본다는 건 아주 좋은 일이야. 그게 내일을 위한 반성으로 끝난다면 말이야. 하지만 반성이 아닌 끝없는 후회와 질책이라면 하지 않았으면 좋겠다. 세상에 완벽한 사람이 어딨어? 누구나 실수하고 잘못하고 그 일로 반성하고 바로잡으면서 몸도 마음도 성장하는 거지."

"머리로는 아는데, 아직 마음이 덜 자랐나 봐요."

늘 하지 말았으면 혹은 했으면 했던 말이나 행동을 곱씹으면서 땅을 치고 후회하고 이불 킥 하고, 그게 하루로 끝나지 않을 때도 있었다. 정말 마음이 아직 덜 자란 건 아닌지.

"앞으로 그런 일이 있으면 나한테 전화를 해. 혼자 속 끓이며 후회로 몸서리치지 말고, 그냥 나한테 전화하는 거야."

"그럼 뭐가 달라질까요?"

"모르긴 몰라도 네 머릿속에서 그 생각을 확실히 몰아낼 수는 있어. 네가 그런 생각으로 아까운 시간을 낭비하지 않도록 충분히 도와줄 수 있을걸?"

"무슨 수로? 어떻게 그렇게 자신하세요?"

"그런 자신도 없이 이렇게 말할까. 궁금하지, 응? 엄청 궁금하지?"

진심과 어우러진 반짝이는 눈빛에 무언가 감춰져 있었다. 그게 뭔지는 몰라도, 들어서 그다지 득이 되지는 않을 것 같은 느낌이 들었다.

"음. 알았어요. 전화할게요."

"이초롱 눈치 백 단이네. 점점 놀리는 재미가 사라지고 있어."

산은 피식피식 웃는 초롱을 보며 걱정스러운 마음을 조금 덜어 놓았다. 늘 이렇게 웃게 만들 수 있다면 얼마나 좋을까. 네 얼굴에 드리운 그늘은 어떻게 해야 걷어 낼 수 있을까.

지원본부는 아침부터 종무식 준비로 정신이 없었다. 최대한 많은 직원이 자리할 수 있도록 두 회의실의 문을 터 넓은 공간부터 확보했다. 의자는 회의실 바깥으로 내버리고 테이블을 곳곳에 알맞게 배치하는 일부터 시작해 다과를 준비하는 일까지 모두 지원 부서의 일이었다.

초롱 역시 예외일 수는 없었다. 미리 장을 봐 둔 스낵과 음료를 테이블마다 고루 놓아두고 예쁘게 낱개 포장이 된 떡도 종류별로 가지런히 접시에 담아 테이블마다 놓았다.

마지막으로 가장 힘든 작업이 남아 있었다. 커다란 세 개의 박스에 배달되어 온 케이크를 3단으로 올려야 하는 일이 남았는데,

"대리님, 손이 떨려요. 잘할 수 있을까요?"

아차 하다 하나라도 엎으면 3단 케이크가 아닌 2단, 그마저도 제대로 못 하면 1단 케이크로 끝날 수 있을 것 같아 불안함에 대리님을 향해 구원의 눈빛으로 바라보았다.

"그래도 초롱 씨가 하는 게 나을 거야. 그런 눈으로 봐도 난 해 줄 수 없어. 이유 말해 줘?"

"네."

"엎었어."

"네?"

"작년에 그 케이크 엎었다고 내가. 1단 위에 2단, 2단 위에 3단을 올리는 순간 철퍼덕! 케이크 하나를 완전히 엎어 먹었다고 내가."

"대……박."

감히 상상할 수 없는 상황에 절로 멍한 소리를 내뱉고 말았다.

"대박 같은 소리! 그날 이후로 난 케이크 만지는 거 금지야 금지. 우리 대표님 특별 지시 사항이라고!"

경선의 말에 함께 준비하던 정훈을 비롯한 지원 부서 직원들이 웃음을 터트렸다.

"말도 마. 그날 정말 사방팔방에 흩어진 케이크 닦는다고 얼마나 고생을 했는지. 이사님 말씀으로는 처음이래. 입사 이래 2단 케이크로 종무식을 한 게."

정훈의 증언에 경선이 어깨를 으쓱하며 초롱을 바라보았다.

"들었지? 그러니까 그렇게 애처로운 눈빛으로 날 바라보지 마. 나는 지금도 그 망할 3단 케이크를 생각하면 자다가도 벌떡이니까!"

"큽. 네! 제가 잘해 볼게요. 파이팅!"

초롱은 경선이 케이크를 엎었을 때의 모습이 상상돼 웃음이 멈추지 않아 난감했다. 이내 마음을 가다듬고서 비장한 각오로 크게 심호흡하며 우선 케이크를 하나하나 박스에서 모두 꺼냈다.

꺼내 놓고 보니 케이크 위에 새겨진 '이산 코리아'라는 글귀가 너무나 멋지게 보였다. 왠지 모를 흐뭇한 미소를 그리며 어떻게 해야 예쁘게 3단을 잘 올릴 수 있을까 생각했다.

다행히 케이크 트레이마다 홈이 있어 기둥을 끼우기만 하면 되는 구조라 그렇게 어렵게 느껴지지 않았다. 우선 1단 케이크를 놓고, 기둥을 끼운 2단 케이크를 들고서 1단 케이크 모양을 흐트러뜨리지 않도록 조심조심 케이크를 올렸다.

하나도 비뚤어지는 것 없이 정확하게 모양이 갖춰진 케이크를 보며 뿌듯한 미소를 띠는 것도 잠시, 마지막 3단 케이크를 들고서 놓을 자리를 살펴보며 신중하게 케이크를 올리려는데,

"수고들 많습니다."

삐끗하고 말았다.

"헉! 망했다."

우렁찬 목소리로 회의실에 들어서며 인사를 하는 누구 덕분에 깜짝 놀라 가장 상단 중앙에 위치해야 할 케이크가 완벽하게 한쪽으로 치우쳐 버렸다.

"맙소사. 못 살아, 내가."

산은 자신이 왔음에도 쳐다볼 생각을 않고 케이크 앞에서 망부석이 되어 버린 초롱을 향해 다가갔다. 가까이 가고 나서야 그녀가 굳어 버린 이유를 알게 되었다.

"크흡. 하하하. 이초롱 씨, 설마 이거 초롱 씨가 한 거예요?"

직원들을 등진 채 있던 초롱의 눈이 원망의 눈빛으로 제법 날카롭게 산을 노려보았다. 그의 호탕한 웃음소리에 하나둘 모여드는 직원들을 보며 다시 순한 양처럼 고개를 떨구었다.

가장 먼저 다가온 경선이 박수 치며 말했다.

"브라보! 아크로바틱 하네. 아주 아슬아슬하고 보기 좋아!"

"이야, 그래도 초롱 씨 선방했네. 누구처럼 엎어 먹지는 않았어."

정훈이 장난스레 맞장구를 쳤다. 여기서 그쳐도 충분히 민망한데 직원들이 한마디씩 더 보탰다.

"그래. 그만하면 다행이지 뭐."

"이야, 이거 뭐 손가락 하나 까딱하면 그대로 엎어 먹겠는데?"

"대표님, 이제 1단 대형 케이크로 바꾸는 게 어떻겠습니까? 우리 팀 이러다 트라우마 생기겠습니다."

"이게 또 종무식의 묘미 아니겠습니까? 일부러 이렇게 하라고 해도 쉽지 않

겠는데 기술이 좋아."

"초롱 씨, 괜찮아. 뭘 이 정도로 울상이야. 자기는 적어도 엎지는 않았잖아."

"그래. 먹을 수 있는 게 어디야!"

팀원들이 건네는 농담과 위로에도 좀처럼 초롱의 표정이 풀리지 않았다.

"죄송해요. 진짜 예쁘게 올리고 싶었는데. 갑자기 놀라서 그만."

기가 죽어 버린 초롱의 목소리가 기어들어 가자 수완이 위로하듯 말을 꺼냈다.

"대표님이 잘못했네! 그러게 직원들 준비하는데 조용히 들어오시지 않고 뭘 그렇게 크게 인사해서 초롱 씨를 놀라게 만들어요?! 초롱 씨, 괜찮아요. 괜찮아. 이까짓 케이크 좀 삐뚤어지면 어때!"

산은 비집고 나오는 웃음을 간신히 참으며 농담을 보탰다.

"그래요. 이깟 케이크 좀 삐뚤어지면 어때요? 보자…… 작년에 케이크를 엎어서 큰 계약 하나 엎어졌지? 올해는 계약이 조금 까다로우려나?"

"대표님!"

경선의 새된 목소리가 들렸다.

"죄송합니다."

동시에 풀이 죽은 초롱의 목소리가 뒤를 이었고, 직원들의 웃음소리가 회의실 안을 가득 채웠다.

"초롱 씨, 괜찮아. 대표님 장난치시는 거야. 계약이 엎어지기는 무슨, 단체 캠핑 장소가 그나마도 그쪽 사정으로 변경된 것 외에는 뭐 없어. 그리고 세상에 까다롭지 않은 계약이 어딨니? 안 그래?"

"그래, 경선 씨 말이 맞아요. 우리 대표님이 원래 좀 싱거워. 저런 재미도 없는 농담을 잘하시더라고. 나이는 어디로 먹는 건지, 원."

수완이 경선의 말을 거들고 나섰다. 아니 사귄다는 사람이 감싸 줘도 모자랄 판에 오히려 앞장서서 짓궂은 농담을 하다니, 어이가 없어 고개를 절레절레 흔들었다.

수완의 눈총을 받던 산이 피식 웃으며 반박했다.

"경선 씨는 몰라도, 고 이사님께서 하실 말씀은 아니지 않습니까? 누구보다 장난을 좋아하시는 분이 말입니다. 아무튼 종무식 빨리 마치고 가고 싶으면 조금 서두릅시다."

웃으며 케이크를 보던 직원들이 다시 하던 일을 마무리하기 위해 흩어지고, 산은 아직도 우울한 표정으로 케이크를 노려보는 초롱에게 가까이 다가갔다.

"그렇게 하면 케이크가 제자리로 돌아오기라도 해요?"

"⋯⋯."

그녀에게서 아무런 반응이 오지 않았다.

'장난이 너무 심했나?'

걱정스러운 마음에 그녀의 이름을 조심스레 불렀다.

"이초롱 씨?"

"이거⋯⋯ 다시 뺐다 올리면 이상할까요?"

"뭐?"

주위에 직원들이 없는 걸 확인하고서 산이 편하게 말을 놓았다.

"케이크요. 꼭 허리 꺾인 허수아비 같아요. 다시 제자리로 올려놓으면 숭숭 뚫린 구멍 때문에 보기 싫겠죠?"

"음. 그러니까 지금 부끄러워서 그런 게 아니라, 보기 싫어서 그런 거야?"

편해진 그의 말을 들으며 초롱이 괜히 찔려서 주위를 휘휘 둘러보더니 소곤소곤 산에게만 겨우 들릴 작은 목소리로 말을 꺼냈다.

"물론 부끄럽죠. 하지만 부끄러움이 삐뚤어진 케이크만큼이나 우울하지는 않아요."

산은 자못 심각한 표정으로 엉뚱한 말을 하는 초롱을 보며 비집고 나오는 웃음을 어떻게 참아야 하나, 입술 끝에 실을 달아 놓은 것처럼 자꾸 위로 당겨져 올라가는 입꼬리는 또 어떻게 잡아 내릴까, 떠오르지도 않는 슬픈 생각을 끄집어내며 간지러운 마음을 겨우 바로잡았다.

"혹시 강박증 같은 거 있는 건 아니지?"

"왜 아니겠어요. 음료나 과자는 줄지어 같은 방향으로 놓여 있어야 해요. 화장실에 수건도, 책장에 놓인 책도, 책상 위 비품들도 각자 자기 자리에 머물러야 해요. 한 치의 흐트러짐도 용납할 수가 없어요. 뭐든 똑같은 방향, 똑같은 모양으로 정리하고 정렬해야 직성이 풀린다고요."

"헙."

산은 조용조용한 목소리로 속사포같이 말을 쏟아붙이는 초롱을 보며 처음으로 바보 같은 표정을 지어 보였다.

"큽. 저도 농담이에요."

그에게서 볼 수 있을 거라 생각지도 않았던 황당한 표정과 멍한 말투에 웃음이 터져 나와 참기가 버거웠다.

"뭐야? 농담이라고? 나 방금 간이 서늘했잖아. 이초롱 사람 놀라게 하는 재주가 있어. 너 각오해. 나중에 나 놀라게 한 죄! 엄하게 물을 거야."

제 형과 같은 사람이 또 있을 줄이야. 정말 말 그대로 간담이 서늘했다.

"놀라게 한 건 대표님이 먼저였거든요! 아무튼 이거 어떻게 해요? 다른 부서 직원들 나중에 보면 한 소리씩 할 텐데, 민망해서 얼굴 들고 있지도 못하게 생겼어요."

"잘 봐. 이걸 이렇게 돌리는 거야. 그리고 앞에 가서 한번 봐. 표가 많이 나나 안 나나."

비뚤어져 보이는 케이크를 측면이 아닌 정면으로 돌리고 보니 제법 잘 세워진 3단 케이크로 보였다.

"어, 표시 안 나요. 가까이에서 보지 않는 이상 멀리서 보면 아무렇지도 않아요."

"그래. 굳이 측면에서 보지 않는 다음에야 알아차리는 직원들은 없을 거야."

'물론 발 달린 말은 이미 다닐 만큼 충분히 다녔겠지만 말이야, 미리부터 걱정할 필요는 없지. 안 그래?'

산은 종무식을 시작할 때까지만이라도 초롱의 마음이 편하기를 바랐다.

드디어 다가온 종무식. 산이 직원들을 향해 인사말을 시작했다.

"모두 고생 많았습니다. 올해도 사고 없이 멋지게 한 해를 마무리할 수 있게 해 주신 여러분께 무한한 감사의 말씀을 전합니다. 지원 부서에서 오전부터 열심히 준비한 다과 맛있게 드시고 종무식이 마치는 대로 오늘은 바로 퇴근하셔도 좋습니다."

"수고하셨습니다!"

"감사합니다!"

"대표님, 고생 많으셨어요."

저마다 큰 소리로 서로에게 인사를 건넸다.

"경선 씨, 정훈 씨, 진급 축하해."

"이 대리님, 아니지, 이 과장님! 김 과장님! 축하드려요."

"축하해요."

"축하합니다!"

진급한 직원들에게 축하 인사도 소홀히 하지 않았다.

"대표님! 케이크 불붙여 주세요!"

회사의 나이만큼 초에 불을 붙이는 산을 향해 직원들이 회의실이 떠나가라 환호성을 보냈다.

뒤이어 들려오는 직원들의 말, 말, 말.

"케이크 너무 예쁘다."

"그러게. 너무 맛있겠다."

"다행이야. 올해는 케이크가 무사해."

"아닌데, 케이크가 비뚤어졌다는 소문이 있던데?"

"비뚤어지면 뭐 어때? 엎지 않으면 땡큐지!"

"그래, 먹을 수만 있으면 되지 뭐."

"케이크가 작년보다 더 큰 것 같아. 다 먹지도 못하겠는데?"

"대표님이 엎어 먹을 거 생각해서 더 큰 거 주문하라고 하셨나?"

"에이, 농담도 참."

직원들의 짓궂은 농담을 듣자 하니 이미 소문은 다 퍼진 모양이었다. 초롱은 차라리 마음이 편해지는 듯했다.

산이 직원들의 환호에 힘입어 불 밝힌 촛불을 끄자 수완이 자신의 옆으로 슬금슬금 다가오는 모습이 보였다.

"고 이사님. 먹는 거로 장난치지 맙시다. 이번에도 하면 저도 그냥은 못 넘어갑니다."

왜 저 나이를 먹도록 케이크만 보면 장난을 치고 싶어 하는 건지, 산은 해마다 케이크만 보면 얼굴에 찍어 바르는 수완 때문에 긴장하지 않을 수 없었다.

"에이, 대표님. 제가 설마 또 그럴까요. 이 맛있는 케이크를 말이죠."

능구렁이 같은 저 말을 과연 믿어도 될까? 의구심을 품다가 초롱이 건네는 케이크 칼을 들고서 커팅을 서둘렀다. 형식적인 커팅을 한 후, 초롱에게 다시 칼을 건네는 사이 결국 우려했던 일이 벌어지고 말았다.

수완은 산이 잠시 방심한 틈을 타 가장 아래 있는 케이크의 크림을 듬뿍 찍어 산의 얼굴에 찰싹 붙여 버렸다. 설마설마하며 긴장의 끈을 늦추지 않던 산은 그 순간 동물적인 감각으로 재빨리 수완의 뒷덜미를 잡아 두 배로 더 많은 크림을 수완의 얼굴에 범벅을 해 버렸다.

장난스러운 두 사람의 모습에 직원들은 너 나 할 것 없이 깔깔 넘어가고 있었고 초롱 역시 익살스러운 이사님의 표정에 웃음을 터트려 버렸다. 어떻게 회사가 이렇게 즐거울 수가 있을까. 초롱의 입가엔 행복한 미소가 맴돌았고, 그런 초롱을 보던 산의 눈매는 부드럽게 휘어졌다.

종무식이 끝난 후 직원들이 모두 돌아가고, 지원 부서 팀원들이 마지막 정리를 서둘렀다.

"자, 오늘 정말 고생 많았어요. 어느 정도 정리됐으면 우리도 그만 갑시다. 초롱 씨는 통근 버스가 벌써 나가고 없을 텐데."

수완이 산의 눈을 힐긋 보며 말을 꺼내자 산이 기가 막히게 그 말을 받았다.

"그래요? 그럼 내 차 타고 갑시다. 나가는 길에 내가 목적지까지 태워 줄게요."

"네! 그럼 우리는 먼저 갑니다. 초롱 씨, 고생했어. 이사님, 대표님, 수고하셨습니다."

경선과 정훈이 인사를 하며 먼저 떠났다.

"그럼 대표님, 저도 먼저 가겠습니다. 새해 복 많이 받으세요. 초롱 씨도 새해 복 많이 받아요. 오늘 고생 많이 했어요."

수완이 능글능글 눈웃음을 달고 산과 초롱을 번갈아 보며 인사를 건넸다.

"네. 이사님도 새해 복 많이 받으세요."

모두 다 빠져나가자 시끄럽던 회의실이 휑하게 느껴졌다.

"이제 다 갔지?"

"네. 대표님."

"그럼 우리 차 한잔 하고 가자. 그 정도 시간은 괜찮지?"

"그럼요. 아직 점심때도 안 됐는데요. 이 시간에 퇴근이라니 정말 좋은 회사인 것 같아요."

"연말연시라 어차피 마음이 들떠서 제대로 일도 안 되는데 회사에 있어 봐야 뭐 하겠어? 차라리 그 시간에 퇴근해서 연인이나 가족과 함께 보내는 편이 훨씬 더 유익하지."

그의 말에 고개를 끄덕이는데, 슬그머니 손이 얽혀 들었다.

"대표님!"

"뭐 어때? 아무도 없는데."

"그래도, 누가 갑자기 오기라도 하면 어쩌려고요."

"그럼 누가 오기 전에 빨리 내 방으로 가면 되겠네."

그렇게 아슬아슬하게 그의 손을 잡고서 늘 머물던 사무실을 가로질러 집무실에 들어서는데, 문이 닫히자마자 그의 품에 갇혀 버렸다.

"온종일 이러고 싶어 혼났네. 너무 좋다. 오늘 정말 고생 많이 했어."

초롱은 종일 마음 쓰며 준비하고 노력했던 시간이 일시에 보상받는 기분이었다. 마음을 편안하게 만들어 주는 그의 향기를 가슴 가득 들이마시며 행복한 미소가 입가에 머물렀다. 그렇게 빈틈없이 꼭 맞닿아 있던 몸에 조금씩 공간이 생겼다.

산은 잠시 초롱을 품에서 떨어트려 놓고 한동안 초롱의 얼굴을 가만히 어루만지며 바라보고 있었다.

"왜 그렇게 보세요?"

"예뻐서. 너무 예뻐서. 또 며칠 못 볼 거니까 조금 더 자세히 봐 두려고."

"어디 가세요?"

"이초롱의 조언에 따라 근처에 여행이나 다녀오려고. 그래도 항상 대기 중이라는 거 잊지 마. 무슨 일 있으면 연락 꼭 하고, 보고 싶어도 연락하고. 너 때문에 멀리는 못 가겠으니까."

"이렇게 쉬기도 쉽지 않은데 가고 싶었던 곳이 있으면 다녀오세요. 제 걱정은 하지 말고요."

"아니, 정확히는 너 때문이라기보다 나 때문에. 갑자기 너 보고 싶을까 봐. 가까이에 있어야 병원에 가서 잠시라도 보지."

"미안해요. 오늘 같은 날……."

시무룩해지는 초롱의 표정에 산이 고개를 내저으며 서둘러 말을 꺼냈다.

"아니야. 절대 그런 생각은 하지 마. 난 괜찮으니까. 그러지 말고 너 사진 하나 찍을까?"

"사진요?"

"너는 내가 보고 싶으면 사진을 보면 되지만, 나는 네 사진 한 장이 없잖아."

"다음에요. 다음에, 예쁘게 하고 찍을게요."

"넌 항상 예쁘다니까."

"그래도 지금은 싫어요."

종일 바쁘게 여기 갔다 저기 갔다. 보나 마나 머리도 흐트러졌을 텐데. 이런 모습은 남기고 싶지 않았다.

"그래, 알았어. 오늘은 내 마음속에 잘 저장해 둘게."

아쉬움에 한 번 더 초롱을 안는데 이번에는 가슴으로가 아닌 허리를 숙여 초롱의 어깨에 얼굴을 내렸다. 볼과 볼이 맞닿았고 여리고 긴 목이 친밀하게 닿아 왔다.

"어? 제 목에 뭐가 묻은 것 같아요."

목에서 느껴지는 이질적인 축축한 촉감에 산이 몸을 일으키며 초롱의 목을 확인해 보았다. 다 닦인 줄 알았던 생크림이 자신의 목에 남아 있었던 모양이다. 초롱에게로 옮겨 간 생크림을 바라보던 산이 낮은 목소리로 말했다.

"크림이 묻었어. 아까 다 닦은 줄 알았는데 남아 있었나 봐. 닦아 줄게, 눈 감아 봐."

산은 충동이 일었고,

"네?"

초롱은 의아했다.

"크림 닦아 줄 테니 눈 감으라고."

산의 본능이 꿈틀거렸다.

"아니 무슨 크림을 닦는 데 눈까지 감을 필요가. 허억."

순간 다가와 제 목에 묻은 크림을 닦아 내는, 아니 핥아 먹는 그의 촉촉한 입술과 뜨거운 혀의 감촉에 온몸의 감각이 곤두서 버렸다. 들숨과 날숨이 순간

규칙성을 잃고서 호흡이 뒤엉켜 버렸고 맥박은 제멋대로 미쳐 날뛰는 듯했다.

친밀하다 못해 너무나 은밀한 행위에 온몸에 힘이 빠져나가며 무릎이 꺾여 버릴 것 같아 그의 허리 언저리에 머물러 있던 손에 힘을 주어 그를 꼭 붙잡았다.

순식간에 온몸으로 퍼지는 뜨거운 열기에 정신은 아득해지고, 체온 조절이 필요해서일까 벌어진 입술 사이로 쉴 없이 뜨거운 입김이 새어 나오고 있었다. 도대체 생크림이 얼마나 묻어 있길래…….

간신히 입술로 올라온 그의 입술은 더할 수 없이 뜨거웠고, 입 속을 유영하는 그의 따뜻한 혀에서 전해지는 달콤한 딸기 생크림 맛이 입 안 가득 향긋하게 퍼지고 있었다.

맙소사. 그와의 키스는 왜 늘 새롭고 왜 늘 정신을 아득하게 만드는지. 온몸을 타고 흐르는 전류가 세포 하나하나에 전달이 되는 듯 찌릿찌릿했다.

산은 간신히 입술을 떨어뜨리고서 초롱의 얼굴을 부드럽게 어루만지며 아쉬움이 남은 듯 자잘한 키스를 퍼부었다.

그녀는 과연 알기나 할까? 자신이 보이는 반응이 무엇을 말하는지. 달뜬 얼굴에 뜨거운 호흡, 단속할 틈 없이 새어 나오는 신음에 잔뜩 흐려진 눈동자가 무얼 말하는지 그녀는 알기나 할까.

차라리 알기라도 하면 이렇게 답답하지는 않을 텐데, 거두어질 수 없는 아쉬움을 뒤로한 채 초롱을 가슴에 안고 거친 호흡을 가다듬었다.

희고 가는 초롱의 목에 묻은 핑크색 생크림이 왜 그렇게 달콤하게 보였는지, 아니. 정말 핑크빛 생크림이 달콤하게 보였을까, 아니면 그 생크림이 자리한 위치가 달콤하게 보였던 걸까.

요즘 들어 점점 참기 힘들어지는 욕구는 또 어떻게 다스려야 할지. 쉬이 식을 것 같지 않은 뜨거운 열기와 부풀어 가라앉을 기미조차 보이지 않는 신체 반응에 절망하며 가까스로 끊어지려는 이성의 끈을 부여잡았다.

'하…… 앞으로 생크림만 보면 너의 희고 고운 목이 떠오를 것 같은데.

나…… 이대로 괜찮을까? 이초롱이 사람 잡네. 이러다 내 명에 못 살 것 같아. 초롱아 나 좀 살려 줘.'

혈기 왕성한 산이 차마 입 밖으로 낼 수 없는 말을 속으로 절규하듯 외쳤다.

산은 아무도 찾지 않는 한적하고 외진 언덕에 캠핑카를 세우고 쓸쓸하게 혼자 자리에 누웠다. 비밀 아지트를 움직이면 누구 생각이 간절해질 것 같아 다른 캠핑카를 끌고 왔는데, 그럼에도 불구하고 마치 이곳이 비밀 아지트인 것처럼 초롱과 함께했던 시간이 고스란히 기억에 스쳤다.

그리움에 전화를 만지작거리다 한숨 쉬며 결국 옆으로 슬쩍 밀어 두었다. 자신이야 한가하게 드러누워 신선한 공기를 들이마시며 밤하늘에 흩뿌려진 반짝이는 보석을 세는 여유를 만끽하고 있지만, 초롱은 아픔이 드리운 병실에서 마음 편히 쉬지도 못하고 답답한 병원 냄새에 갇혀 있을 생각을 하니 가슴 한편이 갑갑했다.

'너도 내 옆에 누워 창밖으로 쏟아지는 별을 함께 보면 얼마나 좋을까.'

때마침 울리는 반가운 전화벨 소리에 초롱인가 싶어 서둘러 발신자를 확인하는 산의 얼굴이 실망으로 일그러졌다.

'하. 그럼 그렇지. 이초롱이 웬일로 먼저 전화를 하나 했다.'

기대에 미치지 못하는 발신자를 보며 심드렁하게 전화를 들었다.

"어. 형."

— 어디야?

"거기."

— 필요한 건?

"술."

— 종류?

"맥주. 죽도록 시원한 거."

— 그래, 금방 갈게.

고드름이 뚝뚝 끊어질 것 같은 세상 무뚝뚝한 남자들의 통화 소리다.

잠시 후, 누군가 산의 캠핑카 문을 두드렸다.

"열려 있어."

"인적이 드문 곳일수록 문단속을 잘하라고 몇 번을 말해?!"

사촌 형 승주가 문을 열고 들어서자마자 잔소리를 했다.

"일선에서 물러나는 것 같더니, 어떻게 하는 말과 행동은 변하지를 않아?"

"습관이 그렇게 쉽게 바뀌나. 잘 지냈어? 얼굴은 좋아 보이는데, 말투는 다분히 신경질적이고."

"쓸데없는 소리 말고 얼른 앉아. 간단하게 한잔하자."

"너 무슨 일이야?"

"무슨 일은. 형은 다 좋은데 뭐가 문젠지 알아?"

산의 뜻 모를 질문에 승주가 말없이 어깨를 으쓱했다.

"사람을 있는 그대로 보지 않고 일일이 해부하고 분석하고 관찰하는 거. 그거 상당히 부담스러워."

"풋, 네 불편한 심기를 제대로 건드렸나 보네."

"알아도 모른 척 좀 해 주든가, 꼭 사람 무안하게 말이야."

"왜 불똥이 튄 기분이지?"

"됐어. 황금 같은 휴일에 이게 무슨 짓인지 모르겠다. 술이나 마셔."

산의 자조적인 말투에 승주가 고개를 갸웃했다.

한 해의 마지막. 평소와 같았으면 가장 해가 아름답게 떠오르는 숨겨진 명소를 찾아 혼자만의 여행을 만끽하며 자연이 주는 에너지로 또 한 해를 감당할 힘을 충당하고서 당당하게 새해를 맞이하던, 감성적인 녀석의 모습은 어디에도 없었다.

늘 넉넉한 마음과 너그러운 성품으로 싫은 소리보다는 부드럽고 따뜻한 말을 건네던. 조바심보다 여유 넘치는 모습이 더 어울리는 녀석인데, 오늘은 녀석답지 않게 조급했고 목소리에 날이 서 있었다.

도대체 무슨 일일까. 잠시 주의를 기울이는데, 계속해서 한쪽 구석에 놓인 휴대폰으로 옮겨 가는 시선이 분명 기다리는 전화가 있음을 어렵지 않게 눈치챌 수 있었다.

"그러게. 이 황금 같은 휴일. 게다가 연말, 연초에 다른 사람도 아닌 하이산이 왜 여기에 있을까? 네가 좋아하는 너만의 명소가 아닌. 누구야? 너를 멀리도 가지 못하게 하고 여기에 발을 묶어 둔 여자가."

"왜 여자라고 단정을 짓지?"

"그럼 남자의 전화를 그렇게 기다리는 거야?"

"내가 무슨 전화를 기다려? 기다리기는."

말이 끝나기가 무섭게 울리는 전화벨 소리에 산이 전광석화와 같은 움직임으로 휴대폰을 잡아챘다. 발신자를 확인하는데 너무나 보고 싶었던 이름에 일순 그늘이 드리웠던 얼굴이 환하게 밝아 왔다.

"여보세요?!"

'여자가 아니야? 전화를 안 기다려? 자식, 지금 네 얼굴을 보고나 말해.'

승주는 문득 궁금했다. 눈부신 태양을 볼 때보다, 황홀한 경치에 취해 있을 때보다, 대자연의 경이로움을 대할 때보다, 더 밝고 더 환하게 너를 웃게 만드는 사람이 과연 누굴까? 급기야 외투도 걸치지 않고 서둘러 캠핑카 문을 열고 나가는 산의 모습에 승주가 고개를 설레설레 흔들었다.

"저예요."

— 누가 모를까 봐? 너. 혹시 무슨 일 있어?

"아니요. 그냥. 갑자기 생각이 나서……."

갑자기는 무슨. 초롱은 온종일 그가 생각났다.

병원에 와서 엄마와 잠시 교대를 하며 엄마에게 이것저것 주의 사항을 들을 때도, 불편한 아빠의 몸을 이완시키고 마사지하며 땀이 비가 되어 온몸을 적시고 있을 때도. 아빠의 옷을 갈아입히고, 서둘러 샤워를 하고, 식사를 챙기는 사소한 순간에도. 심지어 타 병실에 새로 입원하게 된 환자 보호자의 서러운 울음소리에도 그의 생각이 머릿속을 잠시도 떠나지 않았다.

늘 아프고 고통스러웠던 순간순간이 이상하게 전처럼 아프게 다가오지 않았다. 절대 익숙해지지 않는 맡기 힘든 병원 냄새에도 그다지 예민하게 반응하지 않았고 속도 울렁거리지 않았다. 단지 그를 떠올리는 것만으로. 단지 그의 생각을 하는 것만으로.

지갑 속에 몰래 감춘, 환희로 물든 그의 얼굴을 조심스레 꺼내 보며 초롱은 저도 모르게 어느새 전화를 들어 통화 버튼을 누르고 있었다. 목소리가 듣고 싶어서, 그저 마음을 안정시키는 그의 목소리라도 듣고 싶어서.

— 그냥? 그냥 보고 싶어서 전화했어?

"네. 그런가 봐요."

— 기다려!

"네?"

— 내가 갈 테니까 딱 기다리라고!

뚜뚜뚜. 갑자기 뚝 끊어진 전화를 멍청하게 바라보며 이건 또 무슨 소린지. 기다리라니, 갈 테니까 기다리라니. 초롱이 휴대폰에 찍힌 시간을 서둘러 확인해 보았다.

'하…… 시간 확인도 하지 않고 전화를 했네. 이 바보 멍청이.'

늦은 밤 10시 30분. 그는 대체 어디 있기에 이 시간에 여길 온다고 기다리라고 하는지. 뒤늦게 정신을 차리고서 그에게 다시 전화하는데 연결 음만 요란하게 초롱의 귓가를 때렸다.

'어떡해. 정말 올 건가 봐.'

심장이 두근거렸다. 온 것도 아니고 눈앞에 나타난 것도 아닌데, 그저 기다리라는 그 한마디에 마치 육상 대회 출발선 앞에 선 스프린터처럼 심장이 사정

없이 두근거리고 있었다.

산이 캠핑카 문을 벌컥 열어젖히며 승주를 향해 급히 말을 꺼냈다.

"형! 차 키."

"미친놈, 외투는 입어라."

승주가 씩 웃으며 산의 외투와 자신의 차 키를 차례로 던져 주었다. 다급하게 걸린 시동. 예열할 시간조차 주지 않고 들려오는 타이어가 바닥을 긁는 소리에 승주는 그만 어이없어 웃음이 터져 버렸다. 뜬금없이 전화해 술 한잔 하고 싶다던 녀석에게 제대로 바람맞았지만 전혀 불쾌하지가 않았다.

문을 열자마자 차 키를 외치던 녀석의 얼굴에 떠오른 환희가 쉽게 지워지지 않았다. 잠시 밖에 있었음에도 벌겋게 변해 버린 녀석의 얼굴이 열정을 참지 못해 나온 뜨거운 열기인지, 추운 겨울 밖에서 얻은 냉기인지도 헷갈릴 지경이었다.

승주는 갑작스러운 냉기가 스민 실내 공기에도 아랑곳하지 않고 외투를 열어젖혔다. 덩그러니 테이블에 놓인 죽도록 시원한 맥주를 따 단숨에 벌컥벌컥 들이켜고는, 메인 침대로 가 벌렁 누워 버렸다.

'오늘 이 침대는 내 차지다. 불편한 변환 침대는 네 차지고.'

사촌의 집에 어쩌면 경사가 생길지도 모르겠다. 새로운 변화가 어떤 바람을 일으킬지 자못 궁금하고 기대되는, 코드네임 알파 승주다.

기대하지도 않았던 초롱의 전화에 운전하는 산의 마음이 급했다. 구불구불한 산길을 주의 깊게 운전하며 시간을 확인하는 산의 눈매가 부드럽게 아래로 휘었다.

하루 같은 한 시간을 훌쩍 넘겨 도착한 병원 앞. 주차하자마자 급하게 초롱에게 전화를 걸었다.

— 대표님!

"어디야?"

동시에 나온 말이다.

— 아니, 전화도 안 받으시고.

"걱정했어?"

잔뜩 걱정 어린 초롱의 말투에 피식 웃음이 나왔다. 서둘러 그녀가 있을 곳으로 걸음을 옮기는데, 마침 병원 밖으로 나서는 초롱이 보여 한달음에 달려갔다.

"초롱아!"

"대표님!"

말하지 않아도 각자의 얼굴에 덕지덕지 묻은 반가움에 같은 미소를 그리고 같은 반짝임으로 서로를 바라보는 산과 초롱이었다.

"지금 시간 어때? 괜찮아? 아버지는?"

"아까 전화할 때 잠드셨어요."

"이리 와."

그가 내민 손을 잡고서 그가 이끄는 곳으로 향하며 너무 좋은데, 너무 행복한데, 그의 손이 너무 따뜻해서, 뼛속까지 시린 공기와 너무 달라서 행복한 눈물이 핑 돌았다. 도대체 뭘 하려고, 어디를 가려고 이렇게 걸음을 서두르는지. 이윽고 도착한 눈에 익숙한 공원 어딘가.

'연애합시다, 나랑.'

그날 그와 나를 감싸던 어지러운 공기, 그가 했던 말, 그의 목소리 톤과 높낮이까지 선명하게 떠오르는 바로 그곳에서 그의 발걸음이 멈추어 버렸다. 함께 우뚝 멈춰 서서 의아한 마음에 그를 바라보자 산이 씩 웃으며 곧장 외투를 열어 초롱을 감싸 안았다.

"다행이야. 이 시간을 너와 함께할 수 있어서."

산이 말을 마치자마자, 초롱이 입을 열기도 전에, 어디선가 들려오는 제야의 종소리.

댕— 댕— 댕—

초롱은 저를 포근하게 감싸 안고서 제 어깨에 턱을 걸친 그의 따듯하고 간지 러운 호흡에 가슴이 떨려 왔다.

끊임없이 이어질 것 같은 무거운 종소리와 저 멀리 점점 소리를 키워 가는 웅성거림과 바로 근처에서 들리는 사람들의 환호성이 모두 사라지는 듯한 착각 에 빠졌다. 마치 누군가 음향 기기의 소리를 저 위에서 바닥까지 낮춰 버린 것 처럼. 대신 그 자리를 그의 목소리가 가득 메우고 있었다.

"초롱아, 이초롱. 나한테 와 줘서 정말 고마워."

그렇게 특별할 것도 없는 말인데 마음에 이상한 울림이 느껴졌다.

종소리가 끝나고 큼직한 손으로 자신의 얼굴을 감싸며 조금씩 거리를 좁혀 오는 그를 바라보다 가만히 눈을 감았다. 곧이어 자신의 얼굴에 흩어지는 그의 다디단 숨결을 느끼며, 곧 다가올 부드러운 감촉을 기다렸다.

입술 끝에서 닿을락 말락 하며 좀처럼 닿지 않는, 의아함에 조심스레 눈을 뜨자마자 마주한 그의 눈을 바라보며, 어쩜 남자 눈이 이렇게 반짝반짝 예쁘게 빛날까 생각하던 그 순간.

'사랑해.'

입술에 흩뿌려진 그 말.

그제야 뜨거운 호흡과 함께 그의 입술이 맞물렸고, 초롱의 눈에 고인 뜨거운 한 줄기의 눈물이 눈꼬리를 타고 흘러내렸다. 순간 하늘 위를 요란하게 수놓는 불꽃 소리에, 이게 정말 하늘에서 터지는 불꽃인지 제 안에 머물러 있던 수많 은 불꽃이 터지는 소리인지…… 초롱은 알 수가 없었다.

다시 캠핑카를 찾은 산의 얼굴에 아까의 스치던 우울은 이미 저만치 사라져 버리고, 그 자리엔 장마 끝에 맑게 갠 화창함만 가득했다. 조용히 형이 눈치채지 못하도록 들어가려는데, 아뿔싸.

"망할, 문을 왜 잠근 거야!"

기분 좋게 하늘을 날던 열기구에 구멍이 뚫린 것 같은. 하필 키도 캠핑카 안에 있어 하는 수 없이 문을 두드렸다. 몇 초 지나지 않아 문이 활짝 열렸다. 모든 걸 다 꿰뚫어 보는 듯한 승주의 눈을 슬그머니 피하며 안으로 들어서는데, 픽 하고 들려오는 승주의 콧바람 소리에 산이 조용히 한숨을 내쉬었다.

"그래, 잘 다녀왔어?"

"어. 뭐. 차 잘 썼어. 차가 아주 부드럽게 잘 나가는 게 참…… 좋더라. 나도 형하고 같은 차로 한 대 더 살까 봐."

"풋. 됐어, 잠이나 자."

승주는 침대로 돌아가 놀고 있던 베개 하나를 무심하게 산에게 툭 던졌다.

"헉. 어. 그래, 자야지."

산은 배를 강타하는 베개를 잡으며, 본인이 듣기에도 어색함이 뚝뚝 묻어나는 말투에 미간에 주름이 잡혀 버렸다.

서둘러 손을 씻고, 대충 편한 옷으로 갈아입고서 메인 침대……가 아닌 식탁으로 가 테이블 높낮이를 조절하고 침대로 변환하면서 승주를 슬쩍 쳐다보았다. 눈이 부신지 한쪽 팔로 제 눈을 가리고서 세상 편한 자세로 드러누워 있는 형의 입꼬리 한쪽이 왜 비스듬하게 보이는 건지. 침대로 변신이 끝난 자리에 이불을 깔고서 불을 끄고 얼른 드러누웠다.

빛 하나 없는 캄캄한 실내, 환하게 웃고 있는 산의 치아가 유난히 희게 드러났다.

"언제 소개해 줄 거야?"

조용한 실내에 승주의 목소리가 울려 퍼졌다. 동시에 함빡 벌어졌던 산의 입이 순간 다물어졌다.

"아, 형! 모른 척은 안 되는 거야?"

"흡흡흡흡흡."

콧바람 빠지는 소리가 참 감미롭게도 들려왔다.

"너무 티가 나서 그럴 수가 없잖아. 그래서 언제냐고."

"아직은 아니야. 이제 겨우 시작이라고."

"축하한다."

무뚝뚝한 말에 담긴 진심.

"고마워."

쑥스러운 말투에서 묻어나는 행복이다.

집무실 책상에 앉아 새해 첫날 찍은 폴라로이드 사진을 보며 현실 웃음이 터져 버렸다.

산은 새해 첫날 환하게 주위를 밝히는 해를 보며 감상에 젖어 들 틈이 없었다. 계속해서 누군가에게 관찰당한다는 느낌을 지울 수 없었고, 그 누군가는 시종일관 입꼬리를 비스듬하게 기울인 채 피식피식 웃으며 고개를 설레설레 젓고 있었다.

'승주 형이 이렇게 웃음이 헤픈 사람일 줄은 미처 몰랐네.'

생각 같아서는 즐겨 사용하는 전문가용 카메라로 멋지게 경치 사진을 찍어 초롱에게 보여 주고 싶었는데, 그랬다가는 평생 술자리를 가질 때마다 형의 비스듬한 웃음을 봐야 할 것 같은 느낌에 사진은 포기해야 하나 싶었는데, 캠핑카 선반 구석에 있던 폴라로이드 카메라를 어떻게 찾았는지 형이 몰래 찍은 사진 두 장이 지금 책상 위에 놓여 있었다.

한 장은, 온통 붉게 산을 물들이며 떠오르는 해를 마주하고 있는 자신의 뒷모습. 또 다른 한 장은, 뒤를 돌아보는 찰나의 순간 새해의 첫 해를 마주하며 느낀 벅찬 감동을 지우지 못한 채 너무나 환하게 웃고 있는 자신의 모습이 담겨 있었다.

'이 형 사진도 잘 찍네. 이초롱한테 줘야겠다.'

형에게 들킨 속내는 민망했지만, 초롱에게 전해 줄 사진 한 장을 건졌으니 썩 나쁘지만은 않았던, 기억에 남을 새해 첫 해돋이였다.

똑똑. 노크 소리에 사진을 챙겨 자리에서 일어나며 문 쪽을 향해 외쳤다.

"들어와요."

산이 대답하며 준비해 둔 차를 챙겼다.

"안녕하세요, 대표님."

"새해에 보니까 더 새롭네. 앉아. 차 가져갈게."

산이 차를 가져와 초롱에게 권하자 초롱이 테이블에 놓인 따듯한 김이 피어오르는 찻잔을 손으로 감쌌다. 그때 툭 하고 눈앞에 무심하게 놓이는 사진 두 장.

"좋겠네. 내 사진이 두 장이나 더 생겼어. 이것도 잘 정리해 줘."

"네. 그럴게요."

피식 웃으며 그가 건넨 사진을 들고, 유심히 살펴보는데 불평하는 듯한 그의 말이 들렸다.

"나 없을 때. 내 앞에서는 사진 보지 말고, 지금은 실물을 봐야지."

"네. 그래야죠."

아는데 어려웠다. 그의 눈이 또 그 말을 할 것 같아서, 찌르르 심장을 파고드는 그 말을 그 눈이 또 할 것 같아서.

말없이 바라보는 시선이 느껴져 부끄러움에 초롱이 얼른 일 얘기부터 꺼냈다.

"내일이 굿 엔터 촬영일이에요. 시간은 오후 2시, 언제 끝날지는 장담할 수 없다고 하셨고요.”

“그게 내일이었구나.”

“네. 자연스러운 게 좋을 것 같다고 하셔서 세차는 하지 않았고, 그 외에 출차 준비는 다 되어 있으니 내일 그냥 바로 운행하시면 될 것 같아요.”

“좋아. 너 내일 회사에서 특별히 해야 할 일 있어?”

“내일 사무용품이랑 현장 소모품 배달 오는 날이라서 오전엔 물품 정리를 좀 해야 해요. 그 외에 특별한 일은 없고요.”

“배달은 보통 몇 시에 오지? 물품 정리하는 데 시간이 오래 걸려?”

“배달은 보통 아침 9시에서 10시 사이에 오세요. 정리하는 건 한 시간이면 충분하고요. 그런데 그건 왜 물어요?”

세세하게 일정을 묻는 그가 의아해 초롱이 되물었다.

“잘됐다. 그럼 늦어도 11시에는 급한 일은 마무리된다는 거네. 내일 촬영 현장에 같이 가자. 그곳 경치가 아주 멋있어. 언제 한번 같이 가고 싶었는데, 마침 거기서 촬영을 한다.”

“그래도…… 되나요?”

“그럼, 당연하지. 원래라면 이 대리가 가야겠지만, 아니 이제 이 과장인가? 몇 년을 입에 붙어 당분간 애먹게 생겼네. 어쨌든, 이 과장은 지금 몸이 무거워서 가능하면 외근 업무는 피했으면 하더라고, 내 생각도 마찬가지야. 고 이사도 함께 갈 테니 직원들 눈은 너무 신경 쓰지 않아도 돼.”

산은 초롱초롱한 초롱의 눈을 보며 역시나 같이 가자고 하기를 잘했다 싶었다.

“네. 그럼 저도 갈게요. 고 이사님께 말씀드리고 준비하겠습니다.”

한 번도 연예인에 대해 궁금해하거나 보고 싶다고 생각한 적은 없으나, 아니 더 정확히 말하자면 그런 생각 할 여유가 주어진 적이 없었지만, 지금은 보고 싶었다. 동생이 하게 될 일도 별반 다르지 않을 거라는 생각에 그런 사람들은 어떤 상황에서 어떻게 일을 하는지, 대우는 어떤지 보고 싶고 알고 싶었다.

초롱은 촬영 당사자가 동생일 거라고는 꿈에도 생각지 못했다.

초원은 아침 일찍부터 헬스장에 들러 개인 트레이닝을 받으며 바쁜 하루를 열었다. 촬영하는 날이라 그런지 평소보다 더 강도가 높아진 운동에 가쁜 숨을 몰아쉬면서도 불평 한마디 없이 묵묵하게 시키는 운동을 다 소화해 내는 초원을 보며, 헬스 트레이너는 고개를 설레설레 흔들었다.

보통 시즌을 앞둔 선수들이 할 법한 이 정도의 강도 높은 운동에 그만하면 안 되냐고 투덜거릴 만도 한데, 어떻게 전문적으로 운동을 해 본 선수도 아닌 사람이 불평 한마디 없이 한계를 단계적으로 차분하게 넘어서는지. 목표로 했던 운동 분량을 이미 다 끝내고서 흠뻑 젖은 티셔츠를 펄럭이며 물을 꿀꺽꿀꺽 들이켜는 놈을 보며 욕심이 차올랐다.

'이거 크게 될 놈이네.'

"혹시, 보디빌더 해 볼 생각은 없어요?"

"죄송합니다."

0.1초의 망설임도 없이 나온 대답에 엄청난 실망감이 몰려왔지만, 본인이 싫다는데 어쩔 수 없는 일이었다. 하지만 전담 트레이너로서 운동선수로는 안 된다 해도 저 찰진 근육을 오밀조밀 잘 단련해서 더 멋진 몸으로 만들고 싶은 도전 욕구가 활활 불타올랐다.

초원은 아침부터 시작된 고된 운동에 피로감이 엄습했지만, 성취감도 만만치 않았기에 기분 좋게 웃으며 샤워를 하러 갔다.

두 번째 일정은 의상 피팅이었다. 숍에 들어서자마자 기다렸다는 듯 분주해지는 사람들을 보며 다가가는데, 누군가 밀고 오는 이동식 행거를 보고 저도 모르게 입이 벌어지고 있었다.

'설마 저걸 다 입어 보는 건 아니겠지.'

그런데 이동식 행거가 하나가 아니었다. 뒤이어 하나 더 나오는 행거를 보며 당황한 눈길이 절로 매니저 형에게 닿았다.

"다 입을 건 아니고, 디자이너 선생님이 보고 어울릴 만한 거로 추천해 주실 거야."

"아. 네."

초원이 안도의 한숨을 내쉬었다. 주는 옷을 들고서 기계적으로 탈의실에 들어가 옷을 갈아입기를 수차례, 좀처럼 끝날 기미가 보이지 않아 저 멀리 벽에 걸린 시계로 계속 시선이 갔다.

촬영할 때 입을 의상은 네다섯 벌이면 된다더니 벌써 두 배는 넘는 옷을 입고 있었다. 더구나 콘셉트와는 어울리지 않는 슈트까지 입어 보며 이젠 아예 탈의실에 들어가는 시간조차 아깝게 느껴지고 있었다.

"상의는 그냥 여기서 바로 입을게요. 시간이 촉박할 것 같아서요."

가슴까지 오는 행거가 상체까지 거의 가려 주니 그렇게 한들 뭐 어떠랴 싶었다. 숍 내부에 있는 사람이라면 맞은편 전면 거울로 얼마든지 볼 수 있다는 걸 간과하고 말았다.

"어. 그럴래? 너 편한 대로 해."

"네."

매니저의 말에 짧게 대답하며 그 후로는 하의를 갈아입어야 할 때를 제외하고, 상의는 그 자리에서 바로바로 주는 옷으로 갈아입었다. 의상을 피팅하던 스타일리스트를 비롯한 숍 내부에 있던 사람들의 눈이 모두 초원에게 쏠려 버렸다.

그도 그럴 것이, 전문 모델이라 해도 믿을 정도로 역삼각형의 균형 잡힌 슬림한 체형에 있을 거라 기대하지 않았던 탄탄한 복근의 조화라니.

게다가 베이비 페이스와는 대조적인 가지런한 짙은 눈썹, 쌍꺼풀이 없음에도 작지 않은 우수에 찬 깊은 눈매, 오뚝한 콧날, 조각 같은 턱선, 관능적인 입술의 반전 이미지는 주위의 시선을 끌기에 충분했다.

그런 주위의 시선에도 아랑곳하지 않고 자신이 해야 할 일만 묵묵히 하는 과묵한 모습 또한 엄청난 매력으로 다가오고 있었다.

"이제 다 끝났습니까?"

운동할 때보다 더 지쳐 버린 초원이 옆에 선 중년의 남자 디자이너에게 물었다.

"생각 같아서는 여기 있는 옷 다 입혀 보고 싶지만, 오늘은 여기까지 해야겠죠?"

희미한 미소를 짓는 초원을 보며 디자이너가 아쉬운 듯 짧은 한숨을 내쉬었다. 전날 자신을 직접 찾아와, 아웃도어나 캐주얼 의류 외에 잘 어울릴 만한 슈트까지 챙겨 봐 달라던 오로라의 당당했던 요구가 어떻게 가능했는지, 오늘 그 주인공을 보고서야 알게 되었다.

모델로서 너무나 탐나는 초원을 눈여겨보며 그의 매니저를 불렀다.

"김 실장?"

"네. 선생님."

"하, 다 어울려. 다! 여기서 뭘 선택해서 보내라는 거야?! 굿 엔터 이번에 정말 제대로 사고 쳤어. 대체 저런 인물은 어디서 찾은 거야? 하여간 오로라 대단하다, 대단해."

우승은 국내에서 독보적인 위치에 있는, 까다롭기로 소문이 자자한 디자이너의 입에서 나온 말이라고는 믿기지 않는 얘기를 들으며 미소를 감추지 못했다. 아무리 유명한 배우라 해도 이곳에서 고를 수 있는 의상은 한정적이었다. 이운 정도의 톱급은 되어야 의상실을 마음껏 누비며 옷을 고르는 호사를 누릴 수 있었는데,

신인인, 그나마도 아직 정식 데뷔도 하지 않은 초원에게 준비된 의상뿐만 아니라 아껴 뒀던 의상까지 꺼내 와 입히는 디자이너를 보며 대충 짐작은 했지만, 이 정도로 마음에 들어 할 줄은 몰랐다.

마치 제 일이 아닌 것처럼 태연하게 본인의 옷으로 갈아입고 나와 저를 기다

리는 초원을 보며 우승이 못 말린다는 듯 고개를 설레설레 흔들었다.

마지막으로 헤어숍에 들러 헤어 스타일링뿐만 아니라 메이크업까지 하고서야 비로소 준비가 끝난 듯했다.

"하…… 매번 이렇게 해야 하는 건가요? 차라리 그 시간에 운동을 더 하는 게 낫겠어요."

"걱정하지 마. 원래 이렇게까지는 하지 않아. 그래도 차차 적응해 가는 게 좋을 거야. 대개는 오늘과 같이 많은 의상을 입어야 할 일은 없어. 사실 오늘은 특별한 케이스이기도 하고."

우승은 본인이 무슨 대우를 받고 있는지도 모르는, 겉멋 부리지 않고 의젓한 느낌의 초원이 참 마음에 들었다. 며칠 지켜본 바로 녀석은 성품이 반듯하고 성실했다.

늘 책을 가까이하며 조금이라도 시간이 남는다 싶을 때면 어김없이 전공 서적을 꺼내 열심히 공부하는 모습에서, 이 녀석은 어딜 가도 잘하겠구나. 무슨 일도 잘해 내겠구나. 싶은 생각이 절로 들 만큼 멋진 녀석이었다.

로라는 초원이 도착하기도 전에 걸려 온 디자이너의 흥분이 넘실대는 목소리를 들으며 행복한 미소를 짓고 있었다. 마침 사무실로 들어오는 초원을 보며, 자신의 눈이 틀리지 않았음을. 흐뭇한 미소와 함께 전화 너머로 들려오는 목소리에 감사 인사를 전했다.

"오늘 정말 감사해요. 좋은 의상 많이 보내 주셨다는 말씀은 김 실장에게 전해 들었어요. 앞으로도 잘 부탁합니다. 선생님! 언제 한번 시간 좀 내주세요. 식사 한번 하시죠."

기뻐하는 디자이너의 답변을 들으며 초원을 향해 손짓으로 자리에 앉기를 권유했다. 통화가 끝나고 함께 자리에 앉자마자 물었다.

"오늘 어땠어? 할 만했어? 정말 도망가는 거 아니지?"

"후…… 사실 도망가고 싶은 마음이 없었다고는 못 하겠습니다."

"하하하, 뭐 솔직해서 좋네. 어쨌든 고생 많았어. 진짜는 아직 시작도 안 했지만 말이야. 천천히 적응해 봐. 그리고 예명은 생각해 봤어?"

"죄송합니다. 마땅한 예명이 생각나지 않아서요."

"그래? 그럼 내가 정한 거로 할래? 지금 네 이름에서 크게 벗어나지도 않고, 부르기도 편하게 이원 어때?"

"이원이요?"

"그래. 가운데 한 글자만 빼도 왠지 강한 남자 같은 느낌이 들지 않아? 이운의 뒤를 이을 차세대 주자로 내세우기도 딱 좋고! 아차, 오늘 운이도 화보 촬영 함께해 주기로 했어. 들었지?"

"네. 어제 실장님께 들었습니다."

"너 아주 운 좋은 거야. 특별 케이스라고. 보통은 운이 같은 톱스타가 화보를 찍을 때 원이 너 같은 신인을 더해서 찍는데, 오늘은 완전 신인인 너를 위해 운이가 특별히 시간을 내주는 거니까 말이야. 만나면 고맙다고 꼭 인사해라."

"네. 알겠습니다. 그런데…… 그분께 너무 폐를 끼치는 건 아닐까요? 이름이 너무 비슷하지 않습니까?"

이운과 이원이라 비슷해도 너무 비슷한 어감과 외자 이름에 상대에게 미안한 마음이 들었다.

초원의 성품을 익히 잘 아는 로라가 고개를 내저으며 재빨리 말을 꺼냈다.

"아니야. 우리 운은 그런 거 신경 쓰는 배우도 아니고, 자기 이름을 갔다 쓴다고 해도 눈 하나 깜짝 안 할 거야."

"아."

"내 말대로 해. 사실은 운에게도 벌써 허락받았어. 반응은 내 예상과 다르지 않았고."

"네. 그럼 그렇게 하겠습니다."

"그래. 그럼 앞으로 원이라고 부를게. 공식 프로필에도 이원으로 기록될 거야. 이의 없지?"

"네."

로라는 느긋하게 자리에 앉은 초원을 보며 흐뭇한 기분을 감추지 않았다.

아침부터 때 빼고 광낸 보람이 있었다. 기본 바탕이 워낙 훌륭하다 보니 뭘 해도 태가 났다. 슬림하면서도 탄탄한 체형, 딱 벌어진 듬직한 어깨, 시원하게 쭉 뻗은 두 다리, 미소가 번질 때는 미소년 같다가도 말없이 집중하는 모습을 보일 때면 남자의 향기가 물씬 풍기는 다채로운 페이스는 뭇 여성들의 마음을 훔치기에 더없이 훌륭한 조건이었다.

"예감이 좋아. 그럼 출발할까?"

가공하지 않은 원석이었다. 로라는 자신의 손을 통해 성장하게 될 원의 모습을 떠올리는 것만으로도 마음이 잔뜩 부풀어 올랐다. 자신의 예감은 한 번도 틀린 적이 없었고, 벌써 각종 매체에 이름을 오르내리며 스포트라이트를 받을 원의 모습이 머릿속을 빠르게 스치고 지나갔다.

굿 엔터 '이운을 이을 차세대 스타', '대형 신인 이원의 등장'이란 문구와 함께.

산과 초롱은 캠핑카를, 수완은 카라반을 끌고 목적지로 향했다.

"이대로 곧장 여행 가고 싶네."

"그러게요. 꼭 여행 가는 기분이에요."

"그냥 가 버릴까? 카라반만 해도 촬영하기에는 충분할 텐데 말이야."

"빈말인 거 다 알거든요. 약속 어길 분 아니라는 것도 알고요."

"그리고 너 역시 그러자 해도 '네.' 할 사람 아닌 것도 알고."

"당연하죠. 일하다 말고 가긴 어딜 가겠어요?"

서로를 너무나 잘 파악하고 있는 두 사람이었다. 비록 여행을 가는 길은 아니지만, 마치 여행 가는 것처럼 기분 좋은 미소가 두 사람의 입가에 번지고 있었다. 현장에 도착해 차에서 내리자 먼저 와서 기다리던 수완이 다가와 두 사람을 맞았다.

"분명 저보다 먼저 출발하셨는데 좀 늦으셨습니다?"

"고 이사님 언제 오셨는데요?"

"대략 20분 전에요."

"겨우 20분 기다려 놓고 불평하시는 건 아니죠? 지난번에 출장 갈 때 저는 한 시간을 기다린 것 같은데 말입니다."

"아니, 그야 갑자기 일이 생겨. 흠흠. 카라반은 위치 잡고 준비 완료됐습니다. 캠핑카도 빨리 자리 잡으시죠. 대표님."

본전도 못 찾았다. 두 사람을 살짝 놀려 볼까 하다가 된통 당하고서 얼른 내빼 버리는 수완이었다.

"우리가 너무 늦었나 봐요. 시간 남았다고 괜히 돌아왔나 봐요."

초롱은 같은 시간에 출발해 놓고 한참을 늦었는데 그 어떤 변명도 하지 않는 산을 보며 수완이 오해할까 걱정하지 않을 수 없었다.

"신경 쓰지 마. 우린 제시간에 도착했어. 봐, 굿 엔터는 아직 도착하지도 않았잖아?"

"그래도 고 이사님과 같이 출발했는데……."

"초롱아."

"네."

"수완이 형 알고 있어. 너하고 나."

"네?"

"수완 형은 알고 있다고, 내가 너 만나고 있다는 거. 그래서 지금 나 놀리려고 저러는 거야."

"그걸 고 이사님이 어떻게…… 혹시 말씀하셨어요?"

놀라 묻는 초롱을 보며 산이 변명 아닌 변명을 시작했다.

"일부러 말하려 했던 건 아니었고, 어쩌다 보니 그렇게 됐어. 굳이 변명하자면 들킨 셈이고. 사실 수완 형은 우리가 사귀기 전부터 이미 이렇게 될 걸 알고 있었던 것 같아. 내가 내 마음을 미처 알아차리기도 전에 말이야. 조심스럽게 다가가라고 하더라. 쉽지 않겠다고, 형이 눈썰미가 좋아."

"……."

"걱정하지 마. 다른 사람은 아직 몰라. 형이 나와 함께 지낸 시간이 많다 보니 눈치를 빨리 챈 것뿐이야. 그러니까 앞으로 형 앞에서만큼은 그렇게 긴장하거나 걱정할 필요 없어. 응?"

"네."

산은 알겠다고 고개는 끄덕이지만 표정이 썩 밝지는 않은 초롱이 마음에 걸렸다. 하지만 뻔히 알고 있는 사람 앞에서 긴장하며 조심하고 걱정하게 만들 수는 없는 노릇이었다.

초롱이 잠시 자리를 비우자 수완이 산에게 다가왔다.

"내가 너무 짓궂었나? 초롱 씨 눈치챘어?"

"아니야. 신경 쓰는 것 같아서 내가 말해 줬어. 형도 알고 있다고. 그래도 앞으로 초롱이 앞에서는 너무 티 나게 그러지 마. 부끄러움 많은 사람이잖아."

"부끄럽긴, 나는 걱정할 필요 없다고 말하지 그랬어? 내가 소문낼 사람도 아니고."

"그것도 말했어. 그러니까 형도 너무 신경 쓰지는 말고, 어차피 시간이 지나면 다 알게 될 거였는데 뭘."

"그래. 아무튼 보기 좋다. 두 사람."

"그래? 다행이네. 나이 차 때문에 은근히 신경이 쓰였는데 말이야."

"그건 당연한 거 아냐? 나는 두 사람이 보기 좋다고 했지 나이 차가 나 보이지 않는다는 말은 한 적 없어. 너는 나이보다 더 들어 보이는 데다 초롱 씨는 나이보다 더 앳돼 보이니 갭을 줄일 수가 있나."

"뭐야?!"

산은 농담인 줄 알면서도 농담으로만 들리지 않았다. 안 그래도 계속 신경이 쓰이던 참에 농담이라도 가시 박히듯 콕콕 가슴에 꽂히는 수완의 말이 듣기 고울 리가 없었다.

"굿 엔터 왔다. 어? 운이도 왔네? 초롱 씨도 운이 좋아할까?"

"글쎄?"

수완의 시선을 따라가 보니 동생 운이 함께 와 있었다. 측근 몇 명을 제외하고는 배우 이운이 자신의 친동생인 걸 아는 사람은 거의 없었다. 과연 초롱은 톱스타 이운을 보면 어떤 표정을 지을까?

"초롱 씨 저기 있다. 너 긴장해야겠는데? 운이 보고 있어."

"그럴 수 있지."

'그러면 안 되지! 하…… 괜히 데려왔나?'

머리와 가슴의 의견이 충돌했다. 기분이 썩 유쾌하지 않았다. 함지박만 하게 커져 버린 눈에 두 손으로 입을 가리고 있는 모습이 가까이에서 굳이 확인하지 않아도 그녀가 얼마나 흥분했는지 충분히 전해질 정도였다.

저 나이대의 여느 아가씨들처럼 연예인을 보면 신기해하고 좋아할 수도 있는데 왜 초롱은 그러지 않을 거라 생각했을까?

늘 상대방의 겉모습이나 배경을 보기보다 내면이나 진심을 들여다보려 노력하는, 나이답지 않게 진중하고 생각이 깊은 초롱이 그렇게 어리게 느껴지지 않았다. 하지만 지금은 멀찌감치 떨어져 운에게서 시선을 떼지 못하는 모습이 왠지 낯설기만 했다.

"일합시다!"

"네. 대표님."

수완은 미간을 찌푸리며 말하는 산의 모습을 흥미롭게 바라보다 초롱에게 걸음을 옮겼다. 아직도 운에게서 시선을 거두지 못하는 모습은 여느 아가씨들과 다를 바 없어 보였다.

"초롱 씨도 이운 좋아해요?"

"네?"

"그러지 말고 얼른 가서 사인이라도 받지 그래요."

"아니에요. 사인은요, 무슨. 연예인 사인 받아 봐야 어디 쓰려고요?"

"뭐라고요?"

"저한테는 전혀 무의미하다는 말씀이에요."

"팬 아니었어요?"

"네. 연예인한테 빠져들 만큼 순수하지 못한가 봐요."

뜻밖의 대답에 수완이 궁금해 물었다.

"그럼 왜 그렇게 뚫어져라 쳐다봐요? 그냥 신기해서?"

"아. 그냥……이요. 못 볼 걸 본 것 같기도 하고. 재미있네요."

오가며 광고, 입간판 등 많이도 봤었다. 늘 화면과 지면으로만 보다가 실물을 보니 잠깐 신기하기도 했지만 이운은 초롱의 관심 밖이었다.

초롱의 눈은 오직 이운의 옆에 당당하게 서 있는 누구에게 머물러 있었다. 유명한 연예인 옆에 서 있으면서도 주눅 들지 않고 그 어떤 위화감조차 느껴지지 않는 동생 초원.

여기서 볼 거라고는 전혀 생각지도 못했던 초원이 있어 눈길을 거둘 수가 없었다. 반면 자신을 발견하고도 놀라는 표정 하나 없이 태연한 걸 보니 초원은 이미 알고 온 게 분명했다.

이렇게 놀라게 만든 녀석을 어떻게 혼내 줘야 하나 고민하는 사이, 고 이사님이 다가와 이운이 어쩌고저쩌고 말하는데 사실 귀에 하나도 들어오지 않았다. 그 와중에도 자신을 힐끗 쳐다보며 픽픽 웃는 동생의 모습이라니.

캠핑카를 목적지에 세우고서 주위를 정돈하는 산을 향해 로라가 다가왔다.

"이산! 일찍 왔네? 우리가 먼저 오려고 했는데 미안하게."

"뭘, 톱스타보다 먼저 와서 대기해야. 그런데 운이도 오는 거였어?"

"내가 부탁했어. 아무래도 우리 톱스타와 한 컷이라도 함께 찍으면 더 이슈가 되니까."

"운이 순순히 오케이 했고?"

"그러게. 보통 같으면 황금 같은 휴일에 귀찮게 왜 이러냐고 구시렁거릴 만도 한데, 내가 원이 좀 도와 달라고 하니까 흔쾌히 알겠다 하더라니까? 우리 원이가 사람을 끌어들이는 매력이 있나 봐."

운과 비슷한 이름에 산이 눈썹을 위로 올리며 되물었다.

"원이?"

"응. 지금 운이 옆에 있는 친구가 이원이야. 어때? 내가 말한 그대로지. 마스크며 바디핏이며 어디 하나 빠지는 데가 없어."

"뭐. 괜찮네."

산은 자신에게로 다가오는 동생 운보다, 옆에서 발 맞추어 함께 걸어오는 이원이라는 친구에게 자꾸 눈길이 갔다. 이름도 얼굴도 처음 보는 사람이 분명한데 이상하게 어디선가 본 적이 있는 것 같은 착각이 들었다.

"정말 신인이야? 저 친구 그전에 잡지나 뭐 지면에도 나온 적 없고?"

"그럼! 내가 먼저 발견한 게 얼마나 다행인지."

로라는 자신에게로 다가오는, 보기만 해도 배부른 두 사람을 향해 활짝 웃어 보였다.

"자! 우리 운은 따로 소개 안 할게. 여긴 이번에 새로 들어온 우리 회사의 슈퍼루키 이원. 그리고 이쪽은 우리 신인을 위해 장소와 캠핑카를 협찬해 주신 이산 코리아 하이산 대표님. 원아, 인사해."

"처음 뵙겠습니다. 이원이라고 합니다."

악수를 청하는 산의 손을 잡으며 초원이 남자를 유심히 바라보았다.

"반가워요. 하이산입니다."

산은 왠지 모르게 낯설지 않은 이미지에 고개를 갸웃했다.

"또 뵙습니다. 저는 이운이라고 합니다."

과장되게 허리를 꾸벅 숙이며 악수를 청하는 운을 보고 실소를 하는 산, 그런 형제의 장난스러운 모습을 보며 웃음이 터진 로라다.

"하여간 우리 이 배우는 못 말린다니까! 두 분 잠시 이야기 나누시고, 원이는 가서 준비할게. 아, 그리고 이산, 난 촬영 들어가는 것만 보고 가 봐야 할 것 같아. 내가 없어도 우리 직원들이 알아서 잘할 테니 걱정 말고 믿고 맡겨도 돼."

기대가 큰 신인인 만큼 당연히 처음부터 끝까지 함께할 줄 알았던 로라가 자리를 뜬다는 말에 산은 의아한 마음이 들었다.

"왜? 신경 많이 쓰는 듯하더니 오자마자 간대?"

"오호, 내가 있었으면 좋겠어?"

"됐다. 그만 가 봐."

"참 나. 빈말이라도 그렇다고 해 주면 어디가 덧나? 이거 섭섭하네. 아무튼, 회사에 일이 좀 생겼어. 골칫덩이가 사고를 쳐서 말이야."

왠지 무슨 일인지 알 것 같아 산이 넘겨짚었다.

"음주 운전?"

"어떻게 알아? 뉴스 봤어?"

"어. 교육 잘 해야겠더라. 음주 운전은 잠정적 살인 행위야. 벌써 나쁜 것만 배웠어. 한 번이 어렵지 두 번, 세 번은 그냥이야. 이번 기회에 정신교육 똑바로 해."

"그러게. 내가 면목이 없네. 간다."

"고생해라."

로라의 피곤한 뒷모습이 안돼 보이는 것도 잠시, 촬영을 위해 로라와 함께 자리를 옮기는 원이라는 친구에게 눈길이 따라갔다.

"형, 뭘 그렇게 봐?"

"처음 보는 사람이 분명한데 이상하게 낯설지가 않아."

"그럼 처음 보는 게 아니겠지. 예전에 어디선가 스쳐 지나간 적이라도 있으니 그런 거 아니야?"

"그런가?"

"나 참, 동생 얼굴은 한번 보지도 않고 섭섭하네."

"자식, 늘 보는 네 얼굴이야 뭐. 그런데 넌 어쩐 일로 쉬는 날에 촬영이야? 전화기 꺼 두고 은둔할 줄 알았는데?"

운은 영화나 드라마가 끝나면 가족 모임이나 중요한 자리를 제외하고는 늘 자신만의 공간에 두문불출하며 은둔 생활을 즐겼다. 그런 운이 한창 혼자만의 시간을 즐겨야 할 시간에 자신의 단독 화보 촬영도 아닌 서포터라니?

"우리 회사에서 밀고 있는 친구잖아? 기대가 엄청나더라고, 잘 키워야지. 그래야 내가 편해지지 않겠어?"

"그러다 진짜 일거리 다 뺏기면 어쩌려고?"

"그럼 덕분에 푹 쉬지 뭐. 미뤄 왔던 진로 고민도 좀 하고."

"아직 진로를 고민해야 할 나이야? 네 진로는 결정된 거 아니었어?"

"쳇, 진로 고민에 나이가 무슨 대수야? 언제든 바뀔 수 있는 거 아니겠어?"

전혀 운답지 않게 들리는 말이었다. 제 일을 누구보다 좋아하는 줄 알았던 산이 걱정스러운 표정으로 동생을 바라보았다.

"진심이야? 너 지금 하는 일 좋아하는 거 아니었어?"

"왜 아니야? 좋아하니까 선택했겠지. 그냥 하는 소리야. 이래서 내가 형한테는 빈말도 쉽게 못 해."

"난 또. 괜히 걱정했네. 그럼 뭐야? 드라마 끝난 지 얼마 되지도 않았겠다. 네가 제일 기다리던 시간 아니야? 지금쯤이면 보고 싶어 하던 영화 몰아 보기할 시점이 아니냐고."

"그렇긴 하지. 그런데 저 친구 너무 마음에 들어서 도울 수 있으면 도우려고."

"뭐가 그렇게 마음에 드는데?"

"글쎄. 처음 인사 왔을 때 잠시 봤는데 다르더라고. 보통 연예인 하겠다고 앞뒤 보지도 않고 달려드는 애들이랑은 차원이 달라. 형도 알지 모르겠지만, 저 녀석 먼저 하고 싶어 하지도 않았어. 굿 엔터 명함을 보고서도 콧방귀도 안 뀌 었다던데? 왠지 내 어릴 때 모습을 보는 것 같기도 하고…… 아무튼 그래. 끌 려. 이상하게 사람을 끌어들이는 매력이 있더라고."

운의 말에 산이 피식 웃었다. 사람 보는 눈은 다 비슷한 모양이었다.

"로라도 같은 말을 하던데 너까지 그러니까 더 궁금하네."

"기대해 봐. 모르긴 몰라도 형 오늘 협찬한 거 후회할 일은 없을 거야."

"그런 거 바랐으면 진작 너한테 부탁했겠지?"

"하긴 그러네. 내가 광고해 주겠다고 해도 입도 뻥긋 못 하게 하더니. 잠깐, 그러고 보니 이거 섭섭하네! 왜 처음이 내가 아니고 신인이야?!"

잘 나가다 버럭 하는 동생의 어깨를 감싸며 산이 말했다.

"난 말이야. 사람들이 너 같은 톱스타가 갖은 멋 부려 가며 찍은 진정성 없 는 화보 하나 보고서 캠핑을 시작하지 않았으면 해."

"무슨 말을 또 그렇게 해? 진정성이 왜 없어? 얼마나 열과 성을 다해서 찍는 데?!"

"말이 그렇다고. 어쨌든 잘 포장된 가짜 이미지 아니야? 그런 그려진 이미지 만 보고 선택하지는 말았으면 한다는 뜻이야. 그렇게 쉽게 판단해서 시작하면 분명 후회할 테니 말이야."

"하긴, 차나 전자제품 같은 것도 덜컥 샀다가 후회하는 경우가 종종 있지."

"뭐 굳이 비교하자면 그렇지."

"오케이, 아무튼 이번에 협찬 잘하는 거야. 멋지게 찍어 줄게."

"그러든지. 수고해라."

자연스럽게 동생의 어깨를 두드리면서도 이원에게서 좀처럼 눈길을 거두지 못했다.

모든 준비를 마친 후 촬영에 들어가는 모습을 보며 초롱은 멀찌감치 떨어진 곳에 자리를 잡고서 초조하게 동생을 지켜보았다.

처음이라 잘할 수 있을까? 하는 걱정이 무색할 만큼 사진작가의 요구대로 포즈를 바꿔 가며 진지하게 촬영에 임하는 동생의 모습은 당당하고 어색함 없이 자연스럽기만 한데, 그런 동생을 바라보는 초롱이 더 긴장으로 뻣뻣하게 굳어 버렸다.

"우와, 이초롱 너무하네. 경치 보라고 데려왔더니 보라던 경치는 안 보고 말이야. 내가 바로 옆에서 두 눈 시퍼렇게 뜨고 있는데 어떻게 대놓고 한눈을 팔지?"

"어? 대표님! 언제 오셨어요? 고 이사님과 함께 쉬고 계신 줄 알았는데."

"애인이 간 크게 한눈을 파는데 걱정이 돼서 어디 맘 편히 쉬기나 하겠어?"

"아까부터 무슨 말씀이세요? 한눈을 팔다니요?"

"지금 발뺌하는 거야? 아까부터 정신없이 저쪽 보고 있는 거 내가 다 봤는데?"

산이 가리키는 방향을 보다 싱거운 웃음이 입술 사이로 흘러나왔다.

"에이, 그냥 궁금하고 신기해서 보는 거예요."

"그러니까 뭐가 그렇게 궁금하고 신기한데? 연예인 처음 봐? 연예인도 똑같은 사람이야."

"그럼요. 똑같은 사람이죠. 알아요. 연예인이 신기하다기보다 촬영하는 걸 이렇게 가까이에서 보는 건 처음이라 과정이나 분위기가 궁금한 거예요."

"괜찮아. 기왕 이렇게 된 거 사실대로 말해 봐. 혹시 알아? 내가 이운하고 식사 자리라도 한번 마련해 줄지?"

"누구요?"

"이운. 왜, 솔깃해?"

초롱은 속으로 한숨을 삼켰다. 이운이 유명하긴 한 모양이었다. 너도나도 이운, 이운 하는 걸 보면 말이다.

"아니요. 저 이운한테 관심 하나도 없거든요."

"뭐? 그럼 설마 저 신인한테?"

"대표님! 그런 거 아니라고 말씀드렸잖아요. 정말 아니에요, 그런 거. 그런데 대표님 설마 지금 질투하시는 거예요?"

"질투라…… 안 하게 생겼어?"

"네?"

전혀 생각지도 않았던 대답에 절로 초롱의 입이 멍하게 벌어져 버렸다. 설마 저런 대답이 나올 거라고는 상상도 못 했는데. 그저 평소와는 조금 다른 대표님의 모습이 친근하게 다가와 대담하게 농담 비슷하게 툭 던져 본 말이었는데. 질투라니.

"나는 질투 같은 거 하면 안 돼?"

"아니. 그게 아니라."

"그럼 뭐야? 지금 나잇값 못 한다고 비웃는 거야?"

"그럴 리가요. 그냥 뭐랄까…… 새로워서요. 오늘따라 대표님이 아주 새롭고 신선하고 뭔가 정말 진짜 남자 친구같이 느껴져서요."

초롱의 대답에 어이가 없어 산이 허탈한 웃음을 터트렸다.

"뭐? 그럼 지금까지는 애인 같지 않았다는 거야? 나랑 손잡고 안고 뽀뽀하고 설왕설래할 때도?"

산의 거침없는 말에 놀란 초롱이 얼른 말을 저지했다.

"대표님! 누가 듣기라도 하면 어쩌려고."

"듣기는 누가 들어? 설마 옆에 사람들 있는데 이럴까 봐?"

"사람 일은 모르는 거잖아요. 왜 영화 같은 거 보면 꼭 엿들어서 발각되고 그러잖아요?"

"그건 영화니까 그런 거야. 실제로는 그렇게 허술하게 바보처럼 하지 않는다고. 게다가 여기서 지금 우릴 볼 사람이 누가 있어? 다들 저기 촬영하는 거 구경하느라 바쁜데 뭐. 그러지 말고 아까 하던 말이나 계속해 봐. 내가 애인 같지 않았어?"

"음, 뭐랄까. 지금까지는 저에게 대표님은 이름처럼 너무 높아 보이고 커 보이기도 하고, 만나면서도 현실인지 꿈인지 구분도 안 되고 알 수 없는 거리 같은 게 느껴졌는데, 이상하게 오늘은 그런 기분이 멀어져서요. 좋아요. 기분이…… 그냥."

'더 많이 가깝게 느껴지고 친근하고 사람 냄새도 물씬 나고…… 그래요.'

"뭐야? 그럼 진작 이렇게 표현할 걸 그랬네. 나는 나잇값 못 한다 생각할까 봐 애써 감추고 있었더니."

다른 사람들과 가까이 지내는 네가 마음에 걸렸다고, 내가 아닌 다른 남자 앞에서 그렇게 밝게 웃어 주면 질투가 난다고, 애써 괜찮은 척 아무렇지도 않은 척 세상 쿨함은 다 지니고 있는 듯했지만 동생에게 관심을 보이는 모습까지는 참을 수가 없었다고.

"저 드릴 말씀 있어요."

"네가 그렇게 말을 시작할 때는 내용이 좋지 않았던 거로 기억하는데?"

"이번에는 아니거든요? 저 연예인 좋아하지 않는다고요. 저는 마음을 담을 그릇이 작아서 대표님을 담고 있는 것도 벅차요. 그런 제가 누굴 좋아하겠어요? 연예인? 그것도 마음에 여유가 있는 사람들이나 즐기는 사치죠. 저기 계신 분께는 미안한 말이지만 저 사람이 얼마나 유명한 사람인지 정확히 뭐 하는 사람인지도 잘 몰라요."

"모른……다고? 이운을?"

"네. 오며 가며 광고에서 봤으니 연예인인 건 아는데, 배우인지 가수인지도 잘 몰라요."

"그래?"

열심히 고개를 끄덕이는 모습이 정말 잘 모르는 모양이었다. 저 유명한 녀석을 잘 모른다는 말에 보통이라면 가족으로서 응당 서운해야 마땅한데 그게 초롱이라면 전혀 달랐다. 내심 저도 모르게 찜찜했던 마음이 놓이면서 미소가 슬며시 그려졌다.

"네. 뭐 굳이 알고 싶지도 않고요."

"듣던 중 반가운 말이네. 그럼 더 볼 것도 없네. 시간 낭비 말고 이제 가서 좀 쉬자. 촬영 끝나려면 아직 한참 남았어."

"저는 좀 더 있다 가면 안 될까요?"

"왜, 연예인에 관심도 없다면서? 이 시간에 차라리 쉬는 게 낫지 않겠어?"

"그렇기는 한데…… 대표님, 사실은……."

"왜? 뭔데 이렇게 뜸을 들여?"

"사실은 오늘 제 동생이 와서요. 좀 더 보고 싶어요."

의외의 말에 놀란 산이 주위를 휘휘 둘러보며 물었다.

"동생?"

"네. 아직은 말씀드릴 생각이 아니었는데……."

"그게 무슨 말이야? 동생이 왔다니? 어디 있는데?"

"저기…… 촬영하고 있는 모델이요."

"누구?"

"이원이요."

"이원? 이운 옆에서 같이 촬영하고 있는 이원? 저 모델?"

"네. 본명은 이초원이고, 제 친동생이에요."

산이 믿기지 않는다는 듯 재차 물었다.

"그러니까 오늘 협찬하는 저 모델이 네 남동생이라는 말이야?"

"네. 원래가 이런 쪽으로는 전혀 관심이 없던 아인데. 어쩌다 보니 저기 저렇게 있네요. 생각 같아서는 하지 않았으면 좋겠는데, 다 큰 녀석이라 제 말을 들어야 말이죠."

그제야 오늘 미심쩍었던 초롱의 모든 행동이 납득이 되었다.

"그래서 그랬던 거야? 걱정돼서?"

"네. 저도 오늘 우리가 협찬하는 사람이 초원이일 거라고는 생각지도 못했어요. 그저 베일에 싸여 있는 신인인 줄만 알았지……. 동생은 알고 있었던 것 같고요."

어떻게 이런 인연이 있을 수 있을까? 산은 어쩐지 계속 눈길을 끌던 이원을 바라보며 미소를 지었다.

'이초롱 동생이라 끌렸던 거구나.'

"흠…… 그럼 나도 고백 하나 해야겠는데?"

"뭘요?"

"쟤 내 동생이야."

"네? 누구요?"

초롱이 잔뜩 의아한 목소리로 물었다.

"이원 옆에 있는 이운. 이원이 너와 혈연관계에 있듯이 이운도 나와 혈연관계라고. 본명은 하이운, 내 친동생이야. 사실 나는 네가 내 동생 팬일까 봐 조마조마했어."

"맙소사. 진짜 친동생이요? 어떻게 이런 일이."

우연치고는 너무나 신기한 인연에 초롱의 눈이 더할 수 없이 커지고 말았다.

"그렇지? 이런 일이 다 있네. 어쩐지 아까 나한테 인사하러 왔을 때 계속 눈길이 가더라고. 이원 말이야. 분명 어디서 본 듯한 얼굴인데 어디서 봤을까 한참 생각했었어. 네 동생일 줄이야. 아차, 그럴 일 없겠지만 말하지는 마. 쟤가 내 동생이라는 거. 아는 사람도 몇 명 없어. 녀석이 워낙 유명해서 알려지면 번거로워."

"네. 그럴게요. 그럼 대표님도 비밀로 해 주세요. 화보 모델이 제 동생이라는 거."

"왜?"

"초원이가 하고 싶어 시작한 일이 아니에요. 하고 싶은 일이 따로 있으니 오래가지 않을 거예요."

"그럼 시작하지를 말지 왜?"

"그건 나름의 사정이 있어서…… 저도 말릴 수가 없었어요. 초원이를 믿고 기다려 보려고요"

"그래. 그럼 서로 비밀로 하면 되겠네. 오케이?"

"네."

내가 동생을 저런 눈빛으로 바라본 적이 있었던가? 산은 마주 보던 얼굴을 돌려 다시 촬영장에 눈길을 보내는 초롱을 보며 궁금한 게 많지만 더 묻지는 않았다.

안쓰러움과 측은함이 배어나는 초롱의 눈을 보며 언제쯤 초롱에게 물어보면 좋을까? 언제가 되면 집안 사정이나 힘든 일을 자신에게 말할 만큼 편해질 수 있을까? 그런 날이 하루빨리 오기를 바라며 해 줄 수 있는 게 기다려 주는 것뿐이라는 게 아쉽기만 했다.

산이 잠시 자리를 비운 사이 굿 엔터 직원이 초롱에게 다가와 물었다.

"저, 대표님은 어디 가셨나요?"

"네. 잠시 통화하러 가셨는데 무슨 일이 있나요?"

"아니요. 무슨 일이 있는 건 아니고, 카라반 위치 조정하고 어닝을 좀 펼 수 있을까 해서요."

"네. 물론이죠. 제가 바로 해 드릴게요."

"어, 직접이요? 그게 가능하세요?"

낯설지 않은 반응에 초롱이 웃으며 대답했다.

"그럼요. 저도 이산 코리아 직원인데요. 그 정도는 가볍게 할 수 있어요. 제가 해 드릴게요."

초롱은 서둘러 카라반으로 가서 바닥에 고정된 다리를 올리고 무버를 이용해 간단하게 위치를 조정했다. 안전하게 새로운 자리를 잡고서 다시 다리를 야무지게 고정했다. 마지막으로 능숙하게 어닝을 펼쳐 훌륭한 그늘을 만들어 주고서야 만족한 표정으로 바라보는데 놀란 남자의 목소리가 들려왔다.

"우와, 대박! 이거 정말 간단하네요."

"그렇죠? 무버가 있어서 위치 조정쯤은 누구라도 어렵지 않게 할 수 있어요. 어닝은 자동이라 버튼만 누르면 되니 말할 필요도 없고요."

"대박, 진짜 대박! 이런 건 얼마나 해요? 자격증 없어도 돼요?"

"이 모델은 트레일러 면허가 있어야 해요. 가격은,"

초롱이 미처 다 대답하기도 전에 누군가 부르는 목소리가 쩌렁쩌렁 울렸다.

"강 실장! 뭐 해? 빨리 촬영 준비 안 해?!"

"아, 네. 갑니다. 가요! 어쩌죠? 지금은 좀 바빠서 다음에 상담 좀 해 주실 수 있을까요?"

"네. 얼마든지요. 편하실 때 회사로 연락해 주세요."

"감사합니다."

초롱은 상사의 호출에 화들짝 놀라 달려가는 모습이 남 일 같지 않아 웃었다. 그때 누군가 초롱에게 다가왔다.

"이산 코리아 직원이에요?"

가만히 초롱을 지켜보던 이운이 말을 걸었다.

"네. 이산 코리아 직원 이초롱입니다."

"아……."

"저 그럼. 수고하세요."

운은 인사를 꾸뻑하며 깔끔하게 뒤돌아 가는 여자에게서 눈을 뗄 수가 없었다. 자신을 보고서도 그 어떤 반응도 하지 않는 여자가 새로운 것도 잠시, 아무런 미련도 없이 쌩하고 뒤돌아서는 모습에 서운함마저 들었다.

초롱은 이상하게 그의 동생을 제대로 바라볼 수가 없었다. 게다가 분명 자신이 촬영 장소로 다가갈 때 동생이 촬영 의상을 갈아입기 위해 함께 자리를 비우는 걸 봤는데 언제 다가온 건지. 혹시나 동생이 촬영하는 데 방해가 될까 봐 서둘러 자리를 벗어났다.

옷을 갈아입고 촬영 장소로 돌아온 초원은 자신을 발견하자마자 서둘러 자리를 떠나는 초롱을 보고 얼굴이 걱정스레 찌푸려졌다.

'많이 화났나? 역시나 미리 말을 할 걸 그랬나 보네.'

말없이 멀어지는 누나의 뒷모습을 보며 걱정에 전화를 들었다.

"누나."

— 어, 초원아.

"누나 화났어?"

— 내가 왜?

"오늘 촬영하는 사람이 나라는 거 말 안 했잖아. 솔직히 누나가 여기 올 거라고는 생각 못 했어."

— 원래는 내가 올 게 아니었는데, 운 좋게 다른 직원 대신 온 거야. 평소라면 관심도 없었을 텐데, 네가 하는 일도 별다르지 않을 것 같아서 한번 보고 싶기도 했고. 그런데 내 동생일 줄은 정말 몰랐어. 눈을 몇 번이나 비볐나 몰라.

"미안. 그냥 사진 찍고 나면 깜짝 놀라게 해 주려고 했는데."

— 깜짝 놀라게 해 주고 싶었다면 대성공이고. 너 사람 놀라게 하는 재주 있어. 여러 가지로. 그리고 잠깐 놀라긴 했지만 괜찮아.

"그럼 왜 피해? 괜히 걱정했잖아."

— 그렇게 걱정할 걸 왜 말 안 했어? 그리고, 피하긴 뭘 피해? 너 곧 촬영 시작할 텐데, 내가 있으면 촬영하는 데 방해될까 봐 얼른 자리 비켜 준 거지.

"그런 거야? 난 그런 줄도 모르고 괜히 긴장했네. 오늘…… 나 촬영하는 거 보니까 어때?"

초원은 문득 궁금했다. 누나에게는 어떤 모습으로 비칠까 하고.

— 너 놀라게 하는 재주 있다고 말했잖아. 처음 하는 사람 같지 않아서 좀 많이 놀랐어. 내 동생이 아닌 줄 알았어. 전문 모델인가 했네. 너는 어때? 할 만……한 거야?

"뭐. 지금은 그냥 사진만 찍는 거니까 하나도 힘들지 않아. 괜찮은 것 같아."

— 힘들지 않다니 그나마 다행이야, 정말. 그런데 춥지는 않아?

한겨울 촬영에 가볍게 입은 옷이 걱정되는 모양이었다.

"춥기는, 핫팩을 여기저기 넣어 둬서 더워 죽겠어."

입김이 퍼지는 걸 방지하기 위해 입 속에 얼음을 물고 있다는 말은 절대 하지 않는 게 좋을 것 같았다.

젊음이 무기도 아니고 패기가 밥 먹여 주는 것도 아닌데, 추운 겨울에 두꺼운 점퍼도 벗으라고 하고 팔도 걷어 올리게 하더니 입에 얼음까지 친히 넣어 주시는데. 그나마 매니저 형이 몰래 찔러 준 핫팩이 아니었다면 정말 오들오들 떠는 모습을 보이게 될지도 몰랐다. 그걸 누나가 봤다면 당장 달려와 저 조그만 점퍼를 벗어 줬겠지.

초원은 안 봐도 훤한 그림에 피식 웃으며 멀리서도 보이는 누나의 걱정스러운 표정에 씩씩하게 웃어 주었다.

— 촬영 준비 끝난 것 같아. 너도 얼른 준비해. 감기 걸리지 않게 조심하고.

"어…… 그래."

말을 하고서 잠시 머뭇머뭇하던 초원이 다시 초롱을 불렀다.

"누나!"

— 응?

"고마워."

— ……나도. 얼른 가 봐. 나 먼저 끊는다.

초롱은 전화를 끊고 나서 저 멀리 있는 동생의 모습을 짠하게 바라보았다. 자신을 보며 씩 웃어 주는 모습에 괜스레 왜 코끝이 찡해 오는 건지.

"우와, 초롱 씨가 했어요? 위치 이동?"

산과 수완이 어느새 옆에 다가와 물었다.

"네. 이사님."

"어닝 세팅까지 제대로 했네요? 선수가 다 됐는데!"

"자동이라 어렵지 않았어요. 회사에서 현장 갈 때마다 궁금해서 몇 번 해 보기도 했고요. 보는 분들도 깜짝 놀라더라고요. 상담받고 싶다고 하신 분도 있고, 직접 찾아오겠다고 하신 분도 있어요."

"상담받으러? 아니면 초롱 씨 보러요?"

"당연히 상담이죠."

무슨 싱거운 농담을 하냐는 듯 초롱이 코웃음 치며 말했다.

"그게 아닐 텐데. 아…… 누군지 몰라도 엄청 걱정되겠다. 지금 이쪽을 보는 눈이 얼마야?"

능청스럽게 염장을 지르는 수완의 말을 듣던 산이 심드렁하게 주위를 둘러보았다. 초반 연예인에게 집중되는 듯했던 시선이 촬영이 진행될수록 이상하게 초롱에게 향하는 느낌을 지울 수 없었다.

게다가 아까부터 신경이 쓰이던 몇몇의 눈이 여전히 초롱의 주위에 머물러 있어 절로 미간에 힘이 들어갔다. 잠시 쉬는 동안 초롱을 입에 올리며 나누던 그들의 대화를 엿들었던 터라 더 기분이 좋지 않았다.

"이초롱 씨, 잠깐 나 좀 봅시다."

"네. 대표님."

말없이 얌전하게 산을 따라가는 초롱을 보며 수완의 눈매에 웃음이 살포시 담겼다. 수완 역시 산과 함께 있다가 그들의 대화를 들은 터였다.

초롱의 외모부터 시작해 잠시 본 성격까지 거론하며, 딱 이상형이네 마네. 그녀가 혼자라면 바로 대시를 해 보겠다던 그들의 대화에 목덜미를 주무르던 산의 심란한 표정이 떠올라 결국 웃음이 새어 나와 버렸다.

초롱은 바쁜 걸음으로 산을 따라가며 천천히 가자고 말해 볼까 하던 찰나 그가 뒤돌아섰다.

"이초롱!"

왠지 딱딱하게 들리는 듯한 말투에 초롱이 냉큼 대답했다.

"네. 대표님."

"초롱아."

"네. 대표님. 말씀하세요."

"여전히 비밀이야? 너와 나?"

"아니 갑자기 왜."

"기왕 체면 구긴 거 말할게. 속이 좁다 옹졸하다 생각해도 할 수 없어. 난 누군가 널 보며 관심을 두는 것도, 널 보며 가능하지 않은 상상을 하는 것도, 아니. 더 솔직히 말하면 너를 보는 자체도 기분이 썩 좋지가 않아. 과연 네 옆에 내가 있다는 걸 알아도 그럴까?"

"대표님, 보기는 누가 본다고. 아무도 안 보는데."

대수롭지 않게 주위를 둘러보며 하는 초롱의 말에 산이 한숨을 삼켰다.

"그건 네 생각이고."

"대표님도 마찬가진데. 아까부터 굿 엔터 여직원들이 대표님만 뚫어져라 보고 있거든요."

끈질기게 그를 따라다니던 여직원들의 눈길에 초롱 역시 기분이 좋지 않았으나 표현하지만 않았을 뿐인데.

"그리고 옆에 누가 있다고 한들 보지 않을까요?"

"그건 달라. 옆에 누군가 있으니 그저 보기만 하는 것하고, 괜한 기대를 하고 바라보는 것과는 하늘과 땅 차이라고."

초롱이라고 모를 리 없었다. 그와 마찬가지로 초롱 역시 그를 주시하는 눈길을 느낄 때마다 마음이 불안하고 불편했다. 하지만 애써 그런 마음을 누르고 욕심을 버리고 생각을 비우려 얼마나 노력했는데, 괜히 서운한 마음이 드는 듯했다.

산은 복잡한 초롱의 표정에 실망을 감출 수가 없었다. 시간이 얼마나 더 필요한 걸까? 아니면, 밝힐 생각이 있기는 한 걸까? 불현듯 떠오르는 불쾌한 생각에 잔뜩 인상이 찌푸려지는데 때마침 전화가 걸려 왔다.

"나중에 다시 얘기하자."

"네."

잠시 위기는 넘겼지만, 나중에 어떻게 말을 해야 할까? 자꾸만 작아지는 자신의 모습에 기운이 빠져 초롱의 어깨가 축 처지고 말았다.

"여기까지 하겠습니다. 다들 수고하셨습니다."

촬영감독의 말에 모두 손뼉을 치며 마무리를 알렸다.

분주하게 주위를 정리하는 사람들을 제치고 운이 다급히 형을 찾았다.

"형! 형!"

"어. 오늘 수고 많이 했다. 어서 집에 가서 좀 쉬어."

"내가 뭘? 형이 고생했지."

"그래. 알아주니 고맙다."

"형."

"왜, 뭐 할 말이라도 있어?"

눈빛을 빛내며 주위를 둘러보던 운이 서둘러 말을 꺼냈다.

"할 말이라기보다 물어볼 게 있는데 말이야."

"말해. 뭔데?"

"형이랑 같이 온 직원 말이야."

"같이 온 직원? 고 이사?"

"아니! 내가 고 이사님을 몰라? 그분 말고 여직원."

자신이 함께 온 여직원이라고 해 봐야 초롱밖에 없었기에 잔뜩 의아한 목소리로 산이 물었다.

"여……직원?"

"어. 뭐라고 부르더라? 이름도 예쁘던데, 초롱 씨라고 하던가?"

"초롱 씨가 왜?"

산은 저도 모르게 목소리에 날을 세웠고,

"어? 그냥 궁금해서. 어떤 사람인가 하고."

운은 갑작스레 목소리가 바뀐 형을 보며 의아했다.

"그게 왜 궁금한데?"

"왜 이렇게 날카로워? 내가 궁금해하면 안 돼?"

"어. 안 돼."

"안…… 돼?"

동생의 물음에 의아함과 강한 호기심이 드러났다.

"말 못 알아들어? 안 돼. 호기심도 관심도 그 어떤 것도 안 돼. 생각도 하지 마."

평소 형제 중 가장 너그럽고 여유로운 형의 모습은 어디로 날아가 버리고, 날카로운 눈매에 날이 선 말투가 운의 흥미를 확 끌어당겼다.

"뭐지?"

"뭐가?!"

"형."

"왜?!"

"형."

"이 자식이 정말 뭐야! 뭐? 왜?!"

동생의 계속된 말장난에 산이 버럭 하자 운이 무언가 직감한 듯 놀란 표정을 감추지 못한 채 말을 꺼냈다.

"말도 안 돼. 진짜야? 진짜?"

"하아…… 이게 정말. 하이운! 오랜만에 도장 한번 갈까? 뭐가 궁금해?! 내 주먹이 아직 건재한지, 내 발차기 실력이 아직 죽지 않았는지, 아니지. 굳이 도장까지 갈 거 뭐 있어? 여기서도 엎어 치고 메치기 정도는 충분히 가능할 텐데. 안 그래?"

"에이, 형답지 않게 왜 이렇게 까칠해?! 난 그냥 너무 놀라서, 아니 새로워서. 뭐랄까……."

평소 같으면 장난기가 다분한 동생의 말투쯤이야 웃으며 넘기겠지만 오늘은 평소와 다른 날이었다.

"나 오늘 기분 안 좋다. 할 말이 있으면 요점만 분명히 빠르고 간결하게!"

"그래그래. 알았어. 알았다고. 진정해. 잠깐만, 일단 나부터 진정 좀 하고. 후우…… 그러니까 뭐야. 형, 설마 저 여자."

"이초롱."

"뭐?"

"저 여자, 아니고 이초롱."

"그래. 이초롱, 아니 이초롱 씨. 좋아하기라도 하는 거야? 아니면 사귀기라도 하는 거야?"

설마설마하며 물었고,

"그래."

거침없는 대답이 들려왔다.

"뭐?!"

기절할 듯 놀라 버린 운의 목소리가 더할 수 없이 높아져 있었다.

"목소리 안 낮춰? 왜, 아주 동네방네 소문이라도 내게?"

동생의 놀란 얼굴을 보면서도 여전히 산은 기분이 언짢았다. 이초롱은 답답하기만 하고, 여전히 초롱을 바라보는 남자들의 쥐 끈끈이 같은 진득한 눈빛도 짜증스러운데, 이놈은 왜 또 난데없이 다가와 불난 집에 물이 아닌 기름을 드럼통째 들이붓는지.

"대박. 대박. 대박 사건. 정말이야? 와, 진짜. 우리 형. 와…… 뒤통수 제대로 치네?"

운은 놀라움에 입이 다물어지지 않았다. 어느 대목에서 가장 놀랐을까. 형이 순순히 교제를 시인하는 대목에서? 아니면 형답지 않게 조급한 모습에서? 그것도 아니면 평소와 전혀 다른 신경질적인 말투에서?

물론 셋 다 놀랄 만한 충분조건을 갖추었지만, 저 이글이글 타오르는 질투의 불꽃을 마구 뿜어내는 아우라보다 놀랍지는 않은 것 같았다.

'형이 질투한다고? 뭐 때문에, 왜? 도대체 누구한테 질투해?'

"알았으면 더는 관심 두지 마. 궁금해하지도 말고. 내 말 알아들어?"

산이 친절하게 한 번 더 확인 사살을 시켜 주었다.

"그럼 당연하지. 내가 설마 형의 여자를 탐내겠어? 아깝지만 그래도 할 수 없지. 내가 양보해야지!"

운의 말에 산의 표정이 살벌하게 바뀌었다.

"양……보?"

'형의 여자까지는 좋아, 하지만 뭐? 양보? 이게 정말 돌았나.'

"아니, 그러니까 말이 그렇다고. 알았어. 미안해. 말 가려서 할게. 우와, 하하하. 축하해, 형."

운은 눈으로 사람을 찔러 죽일 수도 있겠다 싶은 생각에 서둘러 사과하며 살길을 모색했다.

"그래. 고맙다."

"우와, 우리 형한테 이런 모습을 보게 될 줄이야. 진짜 오래 살고 볼 일이네."

"퍽 오래 살았다."

"언제 인사시켜 줄 거야?"

'왜 자꾸 인사를 시켜 달래? 정작 인사하러 가야 할 사람은 밝히는 것조차 꺼리는데!'

"아직."

"왜? 왜 아직이야?"

"내가 아니라 초롱이가 아직이야."

"초롱이? 아우, 적응 안 돼. 형, 우리 형 하이산 맞아?"

신경질적인 말투에도 연인의 이름을 말하는 목소리만큼은 달달했다.

산은 여전히 눈빛을 반짝이며 저를 뚫어져라 쳐다보는 동생에게 당부했다.

"가족들한테는 당분간 참아 줘."

"형. 진심이야? 진지하게 만나고 있는 거야? 정말?"

"내가 먼저 말할 때까지만이라도 참아. 내 말 충분히 알아들었을 거라 생각하고 간다. 다음 주에 보자."

뒤돌아 가던 산이 답답한지 크게 한숨을 내쉬었다. 차례차례 한 명씩 들키는 중이었다. 아니 이쯤 되면 스스로 까발리는 중이라고 해야 하나? 젠장, 다음은 또 누구야!

동생만 놀란 게 아니었다. 자신의 달갑지 않은 내면을 하나씩 마주하며 가장 놀라고 있는 사람은 정작 자기 자신이었다.

"어. 어. 그래."

운은 얼떨떨한 기분에 그 자리에서 꼼짝 않고서 형이 가는 모습만 물끄러미 바라보았다. 방금 무슨 일이 있었던 건지 형과의 대화를 곱씹다 그제야 서서히 현실을 자각하며 활짝 웃어 보였다.

'그런데 오늘은 왜 기분이 안 좋은 거야? 싸우기라도 했나? 아무튼 할머니 아시면 난리 나겠네. 난리 나겠어. 아니, 이 좋은 소식을 왜 알리지 말래? 아, 입 간지러워! 가만…… 근처 대나무 숲이 어디더라?'

드디어 우리 집에도 변화가 생길 모양이었다. 그 첫 주자가 가장 자유로운 영혼 산이 형이라는 게 아이러니기는 해도 반가운 일이 아닐 수 없었다. 촬영장을 벗어나 차에 오르며 드는 생각에 운이 피식 웃었다.

'정말 아깝네. 딱 내 이상형인데. 그래, 내가 좋아하는 우리 형이니까 백 번 천 번 양보한다, 내가. 키야, 정말 착한 동생이다.'

그 어느 때보다 밝게 웃으며 밖에서 그를 기다리고 있었던 팬들에게 손을 흔들어 주는 우주 대스타 운이다.

9

초롱이 직원들의 눈을 피해 발걸음도 가볍게 향한 곳은 그의 집무실이었다. 며칠 전 다툼이라 하기에도 민망했던 그날 이후, 그는 평소와 다름없이 저를 대하고 있음에도 계속해서 그의 마음이 신경 쓰이던 차에, 엄마의 건강검진 결과가 나와 그와 함께 나누며 조금이라도 그의 마음을 풀어 주고 싶었다.

다행히 현장을 둘러보러 가서 아직 자리에 돌아오지 않은 그보다 먼저 집무실에 들어섰다. 늘 보고를 하던 자리에 앉아 기다리려다 무슨 바람이 불었는지 깜짝 놀라게 하면 어떨까? 하는 엉뚱한 생각이 들었다. 서둘러 입구 바로 오른편에 놓인 파티션 뒤로 몰래 숨어들어 미소를 지으며 가만히 숨죽였다.

바로 그때 '딸각' 문이 열리며 통화 중인 그가 집무실로 들어섰다.

"퍽이나 보고 싶기도 하겠다. 지금 그 말을 믿으라고?"

— 아니야. 정말이야, 오빠, 여기 혼자 있으니까 세상에! 오빠들이 다 보고 싶더라니까. 이게 말이 돼?!

"하하하, 오래 살다 볼 일이네? 우리 님한테 보고 싶다는 말을 다 듣고 말이야. 그럼 없는 시간을 쪼개서라도 우리 님 보러 한번 가야겠는데? 말만 해. 언제 갈까?"

— 에이, 말이 그렇다는 거지 뭘, 워워~ 행여라도 불쑥 찾아올 생각은 마. 말 한번 잘못 꺼냈다 큰일 날 뻔했네.

"하하하, 큰일은 무슨, 또 그렇게 말하니까 더 가고 싶어지는데?"

— 청개구리 나셨네. 이러니까 내가 무슨 말을 못 해요, 말을. 바쁜데 그만 일 보세요. 어차피 이번 주말이면 올라갈 거야. 그때 보고 싶은 우리 오라버니들 실컷 볼게.

"그래. 오는 차는 있어? 오빠가 공항에 데리러 갈까?"

— 아니야, 오빠. 가는 차 있으니까 걱정하지 않아도 돼.

"알았어. 그럼. 혼자 있어도 밥 잘 챙겨 먹고, 몸 상하지 않게 쉬엄쉬엄해. 우리 님 아프면 오빠도 마음이 아프다."

— 키야! 이렇게 스윗한 남자가 어떻게 여태 여자 친구가 없어? 나는 이해가 안 가, 이해가. 아무튼! 오빠도 아프지 말고 잘 지내. 서울 가면 전화할게. 보고 싶어 죽겠거든 집으로 오든가.

"하하하. 그래, 간다 가. 전화만 해."

— 오키오키. 그만 끊어.

산은 전화를 끊은 후에도 귀여운 막냇동생이 생각나 한동안 입가에 미소가 머물러 있었다. 초롱은 기분이 좋아 보이는 그의 뒷모습을 멍하게 바라보며 심장을 관통하는 통증과 복잡하게 파고드는 생각에 인기척을 내야 하지만 쉽게 입이 떨어지지 않았다.

그래도 언제까지 이렇게 도둑고양이처럼 숨어 있을 수만은 없었다. 그의 뒤에서 조심스레 걸어 나오며 인기척을 냈다.

"흠."

"흐억. 이초롱! 언제부터 거기 있었어? 깜짝 놀랐잖아!"

산은 자리에 앉으러 가다 말고 뒤에서 들려오는 인기척에 기절할 듯 놀라 버렸다.

"죄송해요. 이런 식으로 놀라게 해 드리려고 그런 건 아닌데."

보통 때였다면, 체격에 어울리지 않는 움찔거림에 화들짝 놀란 그의 표정을 보며 웃음이 터졌을 텐데. 지금 초롱의 머릿속은 질퍽질퍽한 진창 같아서 미소 비슷한 것도 그릴 수가 없었다.

"이런 식이 아니면 어떻게 놀라게 해 주려고? 어쨌든 예상 시간보다 빨리 보니까 더 좋은데? 앉아, 차 마시자. 오늘은 망고 멜란지로 줄게. 향이 아주 좋아."

"어. 아니에요. 오늘은 일이 있어서 보고만 하고 빨리 나가 봐야 할 것 같아요."

초롱은 뒤죽박죽 엉망이 되어 버린 생각을 정리할 시간이 필요했다.

"보고만 하고 바로 나가야 한다고? 실망스러운데?"

산은 유난히 가라앉아 보이는 초롱의 목소리와 말투가 신경 쓰였다.

"……"

무슨 대꾸라도 하고 싶은데 왜 목구멍이 자꾸 따끔거리는지, 초롱은 입만 달싹거리다 결국 아무런 대꾸도 하지 못했다.

"너 무슨 일 있어? 표정이 어두워 보여."

웬일인지 초롱의 얼굴에 그늘이 졌다. 애써 미소를 그려 보려는 어색한 표정에 무슨 일이 있는 건 아닐까 걱정이 되지 않을 수 없어 되물었다.

"혹시 집에 무슨 일 있어?"

"아니에요. 엄마 검사 결과도 나왔고."

"검사한 거 결과 나왔어? 어때? 괜찮으셔?"

"네. 결과가 늦게 나와서. 걱정했던 것과는 다르게 별다른 이상이 없으셨어요. 그거 먼저 말씀드리려고. 혹시…… 궁금해하실까 봐."

생각보다 늦어지는 검사 결과에 두 사람 다 걱정스레 기다리고 있었기에 서둘러 알려 주러 온 거였는데, 차라리 오지 말 걸 그랬다는 후회가 가득했다.

"혹시? 당연히 궁금하지. 그걸 말이라고 해? 이초롱, 오늘 뭔가 좀 이상한데? 일단 앉아 봐."

산은 머뭇머뭇 자리에 앉아 애꿎은 파일만 만지작거리며 시선을 아래로 떨군 초롱의 모습에 직감적으로 뭔가 문제가 생겼음을 알아차렸다.

"내가 들어오기 전부터 있었으면, 통화하는 거 들었겠네?"

"죄송해요. 일부러 들으려고 한 건 아니었어요. 그러려고 먼저 와서 기다린 것도…… 아니에요."

'오호라, 통화 내용을 들은 거였어?'

"말은 솔직하게 해야지? 기다렸다기보다는 숨어 있었다는 게 맞는 말이지?"

"그야…… 네. 맞아요. 숨어 있었어요. 죄송합니다. 엄마 소식을 알면 좋아하실 것 같아서 놀라게 해 드리려고."

"몰래 숨어 있었는데, 하필 통화 내용을 들었고?"

초롱에게 말하며 동생과의 통화 내용을 빠르게 되짚어 보는데, 듣기에 따라 충분히 오해할 수도 있겠다 싶었다. 그제야 좋은 소식을 가지고 깜짝 놀라게 해 주려 숨어 있던 초롱이 왜 선뜻 나오지 못했는지, 왜 눈을 마주치지도 않고 시선을 아래로만 향하고 있는지 알 것 같았다.

"이초롱, 솔직히 지금 나 많이 서운하다. 네가 어떤 상상을 하며 무슨 마음으로 이렇게 말없이 앉아 있는지 알 것 같아서. 나를 믿지 못하는 것도, 내 마음을 몰라주는 것도. 내 동생이야."

"……네?"

그제야 초롱의 고개가 들어 올려졌다.

"방금 통화한 사람 내 동생이라고, 하나밖에 없는 내 여동생. 우리 집 막둥이."

"여동……생이요?"

"그래. 지금 일 때문에 잠시 제주에 가 있는데 뜬금없이 보고 싶다고 해서. 평소 같았으면 절대로 저렇게 오빠 보고 싶다며 살갑게 말하는 녀석이 아닌데 말이야."

'대체 동생이 몇이나 되는 거야…….'

초롱의 눈빛이 위태롭게 흔들렸다. 그것도 모르고 혼자 온갖 상상의 나래를 펼치며, 짧은 순간 엄습하는 고통에 이 상황을 어떻게 정리해야 할지 고민했던 자신의 우둔함에 입술을 깨물었다.

"지금 나한테 엄청 미안하지?"

"하……."

미안함에 차마 입도 벙긋하지 못하고 고개를 떨구며 가만히 끄덕였다.

"그럼 나한테 월차 하나 반납해."

"네?"

다시 고개를 획 들어 되물었다.

"이번 달에 특별한 일 있어? 월차를 꼭 써야 하는 일 말이야."

"아니요. 이번 달에 특별한 일은 없어요."

"잘됐네. 네 귀한 월차! 그날 하루만큼은 온전히 나한테 반납하라고. 데이트 하자, 우리. 그럼 오늘 일 용서해 줄게."

"데이트요?"

"그래, 데이트. 너와 나 단둘이 온종일!"

"온종일?"

"왜, 벌이 너무 어려워? 아니면 지금 바로 네 손을 잡고 여길 나갈까?"

산의 강경한 말에 초롱이 서둘러 말을 꺼냈다.

"아니요. 월차 같이 맞출게요. 그리고 오늘 일은…… 정말 죄송해요."

"그래. 사과는 데이트할 때 톡톡히 받을게."

초롱이 부담을 가지지 않도록 데이트는 늘 퇴근 후 가볍게, 그마저도 매번 초롱의 상황에 맞춰 주었다. 처음엔 그게 초롱을 위한 거라고 생각했었다. 하지만 하루 이틀 일주일 열흘. 날이 지나고 시간이 가면 갈수록 이건 결코 초롱을 위한 일이 아니라는 생각이 들었다.

초롱에게는 변화가 필요했고, 그녀의 어깨에 무겁게 짊어진 의무와 책임을 내려놓을 여유와 휴식이 필요할 것 같았다. 의외로 기회는 생각보다 어렵지 않게 찾아왔다. 산은 그날 하루를 어떻게 하면 뜻깊고 알차게 보내게 해 줄 수 있을까? 벌써 머릿속이 바빠지기 시작했다.

초롱이 조용한 카페에 앉아 누군가를 기다리고 있었다.

"소현아, 여기야."

옷깃을 여미며 들어와 카페 안을 두리번거리는 소현을 발견한 초롱이 손을 들어 조용히 불렀다.

"초롱아, 어떻게 벌써 왔어?"

소현이 반가움에 환하게 웃으며 다가왔다.

"근처에 외근 나왔다가 바로 퇴근하라고 하셔서."

"많이 기다렸어?"

"아니, 나도 이제 막 도착했어. 차는 내가 알아서 주문했어. 괜찮지?"

"당연히 괜찮지. 그나저나 너! 그렇게 좋은 소식이 있으면 내가 전화하기 전에 먼저 알려 줘야 하는 거 아니야? 나 진짜 섭섭해."

소현이 자리에 앉기가 무섭게 불만을 토로했다.

"전화하려고 했어. 하필 전화하려던 참에 네가 먼저 전화한 것뿐이야. 너 걱정하고 있을 거 뻔히 아는데 내가 전화 안 할까 봐?"

"정말이지?"

"그럼. 당연하지."

"너 회사 가면서 자주 보지도 못해 서운한데, 이렇게 중요한 일도 자꾸 나한테 말 안 하고 그럼 나 정말 속상하다."

엄마 검사 결과가 나온 걸 어떻게 알고 소현이 전화를 걸어 왔다. 검사 결과를 받고서 친구보다 산을 먼저 떠올렸다는 사실이 못내 미안한 마음이 들어 소현을 볼 낯이 없었다.

"알아. 나라도 그럴 것 같아. 그래서 넌 어떻게 알았어?"

"근처에 볼일 보러 갔다가, 어머니한테 인사나 드릴까 해서 병원에 가 봤지. 아니면 내가 뭘 어떻게 알겠어? 어쨌든 엄마 검사 결과가 좋아서 정말 다행이야. 내가 얼마나 걱정한 줄 알아? 엄마까지 잘못되면 너 진짜 어떻게 될까 봐."

"고마워 정말. 내 걱정을 이렇게 해 주는 친구는 너뿐이야."

"야! 진우는 왜 빼? 진우도 얼마나 걱정 많이 하는데."

초롱이 피식 웃으며 고개를 끄덕였다.

"그래, 진우랑 너. 항상 고맙게 생각해."

"됐어. 그러니까 이럴 때 든든하게 애인이라도 있으면 얼마나 좋아? 의지도 되고, 걱정도 나누고!"

늘 똑같은 친구의 레퍼토리였다.

"초롱아, 그래서 말인데……."

"왜?! 또 무슨 말 하려고, 말 늘이지 마! 너 그렇게 말할 때면 내가 얼마나 불안한지 알아?"

"뭐! 내가 뭐?! 내가 설마 너한테 해로운 일 할까 봐?"

"그렇지. 절대 그럴 리가 없지. 설마 또 나 모르는 사이에 소개팅이 진행되고 있다거나, 나만 두고 소리 소문 없이 사라져 버린다거나, 진우가 다른 남자를 데리고 온다거나? 절대 그럴 일은 없는 거겠지."

당할 만큼 당했다. 외롭지 않았으면 좋겠고, 혼자 힘들지 않았으면 해서 좋은 사람을 소개해 주고 싶은 친구의 마음은 십분 이해하고도 남았다. 하지만 예고 없이 저도 모르는 사이에 누군가를 마주하게 될 때의 그 당황스러움은 결코 다시 겪고 싶지 않은 경험이었다.

"이번엔 아니야. 진짜 아니야. 최소한 너도 모르게 진행하지는 않을게."

"김소현!"

"오늘 안 해. 걱정하지 마. 속고만 살았어?"

"응. 너한테 워낙 많이 속아 봐서 그래. 너 나한테 별명 양치기 소년이라는 거 잊었어?"

"픕. 그래. 내가 지은 죄가 있으니 뭐. 어쩔 수 없지. 그래, 이제 정말 너 모르게는 안 되겠다. 그럼 그대에게 단도직입적으로 하나 묻겠소."

"말투는 또 그게 뭐야? 못 말려 정말. 내가 너 때문에 웃는다."

초롱은 발랄하게 말하다 갑자기 턱을 목으로 한껏 당기며 사극에서나 들어 보던 굵은 목소리로 말을 하는 친구의 모습에 웃음이 터지고 말았다.

"초롱아, 너 규영 오빠 어떻게 생각해?"

"규영 오빠? 밑도 끝도 없이 갑자기 그게 무슨 말이야?"

"응. 오빠 어떠냐고? 고객이나 내 사촌 오빠가 아니라…… 남자로."

"김소현 행여나 너, 하지 마! 진짜 하지 마!"

"왜! 규영 오빠가 어디가 어때서? 인물 출중해, 능력 탁월해, 배경 훌륭해. 성격은 대박! 야, 넌 몰라. 우리 오빠 인기 얼마나 좋은데?! 내가 너니까 소개해 주려는 거야. 다른 사람도 아니고 너니까, 내가 가장 사랑하는 내,"

더는 듣고 있을 수가 없어 소현의 말을 잘라 버렸다.

"나 만나는 사람 있어!"

결국 말해 버렸다. 아직도 줏대 없이 흔들리는 마음으로 스스로에게도 확신이 없는 상태에서 친구에게 괜한 기대감을 주게 될까 봐. 마음이 조금 더 정리되고 나면 말하려고 미루고 또 미루었는데. 결국 말하고 말았다.

많이 놀랐는지 소현의 벌어진 입은 다물어질 줄을 모르고, 소리 없이 깜빡이는 친구의 눈동자를 보고 있자니 미안함에 차마 말을 이을 수가 없었다.

소현은 순간 제 귀를 의심했다.

'제대로 들은 건가? 분명 방금 초롱이가 만나는 사람이 있다는 말을 한 것 같은데.'

그렇게 갖은 애를 써도 콧방귀도 뀌지 않던 친구가 언제, 어디서, 어떻게 누굴 만난 건지, 믿기지 않는 마음에 두뇌 활동이 잠시 멈춘 듯했다.

"소현아, 김소현! 내 말 들었어?"

"야. 내 귀가 어떻게 됐나 봐."

"아니야. 제대로 들은 거 맞아."

놀란 소현이 벌떡 일어서더니 큰 소리로 물었다.

"말도 안 돼. 네가 지금 만나는 사람이 있다고? 남자? 애인?!"

"얘가 진짜, 소리 좀 낮춰."

초롱은 자리에서 벌떡 일어난 소현의 팔을 잡아 다시 자리에 끌어다 앉히며 부끄러움에 귀가 뜨거워졌다.

"대박, 대박. 대바악! 이 나쁜 것! 그러면서 나한테 말도 안 하고, 언제야 언제부터야? 언제 어디서 어떻게 만났어? 응? 얼마나 진행이 된 거야? 키스는 했어?"

"야. 김소현. 흥분하지 마!"

"내가 흥분 안 하게 생겼어? 난 그것도 모르고 얼마나 걱정에 걱정을 하…… 그나저나 이를 어째, 닭 쫓던 개 지붕 쳐다보게 생겼네."

소현은 사촌 오빠가 마음에 걸렸다. 조금만 더 눈치가 빨랐다면, 그래서 좀 더 빨리 오빠와 자리를 마련했더라면 어땠을까? 하는 아쉬움이 밀려왔지만 이미 어쩔 수 없는 일이었다.

"뭐라는 거야?"

"됐고! 빨리 말해. 빨리 말 안 해? 어?"

"알았어. 알았다고, 다 말할 테니까 하나씩 천천히 물어봐. 흥분하지 말고, 응?"

"후. 후. 후. 자, 됐지? 이제 진정됐어. 말해 봐. 언제 만났어? 어디서 어떻게?!"

마른 입술을 축이던 초롱이 조심스레 말을 꺼냈다.

"우리 회사…… 대표님. 정식으로 사귀기 시작한 건…… 그리 오래되지 않았어."

"뭐어?"

"김소현! 너 지금부터 한 번만 더 큰 소리 내면 나 여기서 바로 나가 버릴 거야."

큰 소리에 이쪽을 힐끔거리는 사람들을 향해 초롱이 고개를 숙이며 사과를 표하자 소현이 목소리를 낮추며 다시 말했다.

"알았어. 미안해. 내가 얼마나 놀랐으면 부끄러운 것도 모르고 여기서 이러겠냐?!"

"그래, 진작 말하지 못한 건 정말 미안해. 하지만 그럴 수밖에 없었어. 나조차 내 마음에 확신이 없는데 누구한테 뭘 어디서부터 어떻게 말해."

"야! 내가 남이야? 초롱이 너. 나 진짜 섭섭해."

"그래, 알아. 미안해. 진심이야."

"됐고, 진도는 어디까지야. 잤어?"

"야!"

이번엔 초롱의 목소리가 높아져 버렸다.

"알았다고, 네가 얼마나 진지하고 신중하게 만나고 있나 궁금해서 그래. 그리고 애인이랑 잘 수도 있지 뭘 그렇게 정색을 하고 그러냐? 그럼 내가 뭐가 돼?!"

"너야 만난 지도 오래됐고 너희 진심으로 사랑하는 거 누구보다 내가 잘 알아. 비교할 걸 비교해. 그리고 난 아직…… 이제 시작인데 벌써 무슨…… 아무튼 아니야."

"그래? 그럼 혹시 다른 사람을 만나 볼 여지가 있을까?"

소현의 터무니없는 질문에 초롱이 힘없이 입술을 터뜨렸다.

"김소현!"

"알았어. 취소. 안 할게. 그래서 어떤 사람이야? 잠깐, 너희 회사 대표라면…… 우리 선배? 하이산?"

"……맞아. 그 선배. 제발 목소리 좀 낮춰."

대화를 나눌 때마다 톤이 점점 올라가는 소현을 보며 한숨이 절로 흘러나왔다.

"대박. 우와, 나 심장 뛰는 것 좀 봐. 세상에, 너무 잘됐다. 정말 너무 잘됐어."

"뭐가?"

"뭐긴 뭐야! 다행히 멋진 사람 만난 것 같아 좋아서 그러지. 그 선배 졸업한 지 언젠데 아직도 학교에서 유명 인사잖아. 너 기억 안 나? 재작년인가? 너 만나러 학교 갔을 때, 마침 그 선배가 잠시 학교에 왔었는데 소식 듣고 애들이 우르르 몰려와서 구경하던 거? 난 무슨 연예인 온 줄 알았잖아. 학교에서는 거의 연예인급이야."

"그랬었나? 난 기억이 안 나는데."

"그렇지. 너야 뭐 연예인이 와도 눈 하나 깜짝 안 했으니. 그래서 어때? 좋아? 행복해?"

"솔직히 아직도 얼떨떨해. 내 마음이 어떤 건지 나도 잘…… 모르겠어. 좋아. 좋은데, 분명 좋은 거 맞고 행복한 거 맞는데, 왜 이렇게 마음이 복잡한지. 가끔 내가 지금 뭐 하고 있는 건가, 내가 정말 이래도 되나, 순간순간 불안하고 걱정되고 알 수 없는 죄책감이 자꾸……."

초롱의 말을 잠자코 듣고 있던 소현이 크게 한숨 쉬며 끼어들었다.

"야. 한창 좋아서 눈에 뵈는 게 없어야 할 때 무슨 생각을 그렇게 복잡하게 해?"

"그러게, 나도 마냥 좋았으면 좋겠는데 머릿속이 온통 뒤죽박죽이야. 끝까지 갈 생각도 없으면서 이러는 게 맞는지도 모르겠고."

소현은 과연 자신이 제대로 들은 게 맞나 싶어 되물었다.

"뭐라고? 끝까지 갈 생각이 없어? 그럼 헤어질 생각으로 만난다는 말이야? 너 미쳤어?!"

"그래, 맞아. 나 미쳐도 단단히 미쳤나 봐. 그래서 너한테도 말할 수가 없었어. 내가 지금 이 상황에 이 처지에 연애라니 말이 돼? 너무 좋다가도 갑자기 아빠 얼굴이 떠올라. 너무 행복한데 힘든 엄마 얼굴이 문득문득 머릿속을 스쳐. 웃다가도 초원이 생각이 나서…… 내가 이래도 돼?"

마냥 좋아하고 싶었다. 아무 생각 하지 않고 마냥 이 행복을 누리고 싶었다. 우울하게 파고드는 생각이 지겨웠고, 복잡하게 얽혀 드는 머릿속이 답답했다. 서러움이 넘쳤을까, 속내를 유일하게 드러낼 수 있는 친구 앞에서 결국 초롱은 눈물을 보이고 말았다.

"그럼 너는 사랑도 하면 안 돼? 단지 아픈 가족이 있다는 이유로? 지금 잠시 상황이 힘들다는 이유로?"

소현은 눈물을 글썽이는 초롱을 보며 왜 사랑이라는 행복한 감정 앞에 이런 죄책감을 느껴야 하는지, 왜 끊임없는 자책에 시달려야 하는지. 친구가 너무 안타까워 속상하기만 했다.

"잠시라…… 솔직히 이 상황이 언제까지 계속될지는 누구도 알 수가 없잖아."

"너 지금 결혼 상대 정하는 거야? 그건 아니잖아. 우리 이제 겨우 스물여섯이고, 넌 이제 겨우 첫사랑을 시작하는 거야. 그래, 네 상황이 언제까지 계속될지 알 수 없다고 쳐. 마찬가지로 사람 마음도 언제 어떻게 변할지 알 수 없잖아. 사귀다 정말 마음이 잘 맞으면 결혼까지 생각할 수도, 아니면 헤어질 수도 있는 거고. 만나면서 겪을 만큼 겪어 봐야 알 수 있는 걸 왜 미리 헤어질 거라고 단정 짓고 있는 거냐고. 네 그 불안한 마음이 상대방에게 전해지지 않을 것 같아?"

초롱은 거기까지는 미처 생각하지 못했다. 늘 자신의 마음을 들여다보기 급급해 그가 무슨 생각을 하고 있는지, 언제든 그의 손을 놓을 수 있도록 늘 마음에 적당한 거리를 두고 있었지만 설마 그가 그 거리감을 느낄 수도 있다는 생각은 전혀 하지 못했다.

전해졌을까? 나의 불안과 나의 끝없는 망설임이…… 그에게 전해졌을까?

"그 선배는 네 상황 제대로 아는 거야?"

"속속들이는 몰라도 대충 알고는 계신 것 같아."

'가만. 그래, 그는 어떻게 알지? 물론, 그날 병원에 와서 대충 봤으니 짐작은 했겠지만, 그러기에는 너무…… 잘 알고 계신 것 같았는데…….'

소현의 목소리가 짧은 상념을 깨웠다.

"난 이번만큼은 제발 네 책임감에서 좀 벗어났으면 좋겠어. 너도 나름의 상황이 있고 네 삶이 있는데 언제까지 가족에 얽매여서 살 거야?! 이젠 그 책임감을 조금은 내려놓았으면 좋겠어. 선배도 모르고 시작한 것도 아니라니까 그냥 네 마음을 맡겨 봐."

"어떻게 그래. 내 가족이 내 상황이고 내 생활이고 내 삶인데."

"초롱아, 너는 생각이 너무 많아서 탈이야. 지금은 그냥 아무 생각도 하지 마. 상황이 나아지면 만나면 되지. 사랑은 그때 해도 늦지 않다? 그렇게 생각하면 그건 아주 큰 착각이고 오만이고 오산이야. 모든 일이 네 상황에 맞춰 다가올 거라고 착각하지 마. 뭐든 다 때가 있는 거야. 나는, 그 선배가 모든 상황을 알면서도 널 붙잡은 것만 봐도 얼마나 괜찮은 사람인지 알 것 같아. 그런 사람, 이런 기회? 결코 쉽게 오지 않아. 너를 위한 시간, 너를 위한 사람, 사랑할 수 있는 시간은 바로 지금이라고!"

"나도 너처럼 그렇게 간단명료했으면 좋겠어."

초롱은 저도 모르게 간절한 눈빛으로 친구를 바라보았다.

"왜 못 해? 그냥 네 마음이 흘러가는 대로 둬. 가족 걱정, 주변 상황은 잠시 내려 두고, 그를 만날 때만이라도 믿고 의지하고 생각도, 마음도, 진심으로 나누라고, 그동안 못 했던 거 해 보고 싶었던 거 하나씩 해 보란 말이야. 지금이 아니면 할 수 없는 거 꼭 다 해 봐. 평생 후회할 일 만들기 전에 꼭! 알겠어?"

'제발 이 바보야, 이 언니 말 좀 들어!'

답답한 마음에 소현이 속으로 한탄을 했다.

"하…… 너는 정말 어쩔 수 없는 로맨티스트야."

"로맨티스트는 무슨, 뭐든지 다가왔을 때 망설이지 말고 할 수 있을 때 해. 너 이렇게 풀 죽어 지내는 거 아저씨나 아줌마가 보면 억장이 무너질 거야. 초원이라고 다를까? 그러니까 그러지 마, 제발. 너도 네 생각 좀 해. 이 바보 멍충아. 막말로 사람 일이라는 게 그렇잖아. 이렇게 건강하게 있다가도 하루아침에⋯⋯."

아차 싶었다. 가도 너무 갔다. 하필 초롱이 앞에서 사람 일을 운운하다니. 어쩜 이렇게 멍청할 수가 있는지, 이 망할 똥 멍청이! 소현은 제 가벼운 주둥이를 한 대 쥐어박고 싶은 마음이 간절했다.

"그렇지. 사람 일은 알 수가 없지. 당장 우리 아빠만 봐도 그렇잖아."

"미안해. 내 입이 방정이다. 그런 뜻으로 한 말은 아니었는데."

"괜찮아. 사실이 그렇잖아. 네 말 틀린 거 하나 없어."

"아무튼! 지금 너한테 가장 필요한 건 균형과 집중이야. 너에게는 가족이 너무 많은 비중을 차지하고 있어. 그쪽으로 너무 기울지 않도록 네 생활과 균형을 유지해야 해. 그래야 너도 살아. 알겠어? 그리고 지금은, 그분한테 오롯이 집중해 보는 거야. 후회로 남지 않게 미련 없이 다 쏟아 버려. 네 마음, 그리고 네 진심을 말이야. 그런 건 절대 아끼는 거 아니고, 그다음까지는 생각하지 마. 어차피 예측한다고 해서 그대로 되지도 않아. 지금은 무조건 직진이라고, 직진! 내 말 알아듣지?"

"그래, 알았어. 노력은⋯⋯ 해 볼게."

균형과 집중. 무조건 직진이라⋯⋯.

소현다운 충고였다. 동정보다는 공감과 조언, 진심 어린 충고로 복잡한 마음과 뒤죽박죽 엉켜 있는 머릿속에 실타래를 조금씩 풀어 주는. 한동안 꽉 막혀 있어 답답했던 마음에 이제야 숨구멍이 트인 것 같은 느낌이었다.

초롱은 언제 울었는지 자신의 눈물을 꼼꼼하게 닦아 주는 친구의 진실한 마음을 온전히 느끼며 빙그레 미소 지었다.

　드디어 다가온 D-Day. 초롱은 무거운 눈꺼풀을 간신히 들어 올리며 절망했다.

　'왜 하필 오늘이야.'

　평소 같으면 피로에 피로가 쌓이고 쌓여 자리에 눕자마자 기절하듯 잠에 빠지기 일쑤였다. 그렇게 잠이라도 푹 자 두지 않으면 회사에서 제대로 된 일을 하기도 힘들뿐더러, 엄마를 도와 아빠 병간호를 하기에는 체력이 턱없이 부족했기 때문이었다.

　그래서 가능하면 집에서 잘 때만큼은 숙면을 하기 위해 애쓰는 편이었고 대체로는 빨리 잠에 빠져드는 편이었는데, 어제만큼은 달랐다.

　칠흑같이 캄캄한 어둠 속에서도 눈은 말똥하기만 하고, 시간이 흐를수록 정신은 오히려 또렷하게 맑아지고 있었다. 생각은 한곳을 향해 달려갔고, 심장은 여지없이 반응하고 있었다. 못 견디게 보고 싶고, 듣고 싶고, 그의 향기가 그리웠다.

　이성은 자신의 주제를 자꾸 되새기라 하지만, 감성은 이미 그에게 달려가고 있었던 모양이다. 마치 소풍을 기다리는 어린아이처럼 들떠 밤새 머릿속을 헤집고 다니는 그의 생각을 지우고 밀어내느라 결국 제대로 된 잠을 청하지 못하고 뜨는 해를 맞이하게 되었다.

　"안 돼. 왜 하필 오늘이냐고."

　데이트다운 데이트는 거의 처음인 셈이었다. 다른 여자들처럼 예쁘게 자신을 꾸미고 가꾸는 재주는 없지만 최소한 피곤에 찌든 모습만큼은 보여 주고 싶지 않았는데, 하필 잠까지 설치는 바람에 얼굴에 생기가 없어 보일 것 같아 속상하기만 했다.

　산은 느긋하고 차분하게 준비하던 평소와는 달리 분주하게 아침을 열었다.

활짝 열린 드레스 룸을 둘러보며 망설임 없이 캐주얼한 옷을 골라 입고 그에 어울리는 선글라스와 백팩을 집어 드는 산의 얼굴에 감추지 못한 흥분이 번졌다.

늘 여러 일로 분주한 초롱이 오늘만큼은 온전하게 자기 자신만을 위해 시간을 할애했으면, 그 나이대에 누릴 수 있는 지극히 평범한 일상을 누렸으면 했다. 격식이나 형식에 얽매이지 않는 자유분방함과 활기를 제대로 즐기고 느낄 수 있도록 만들어 주고 싶었다.

머릿속으로 오늘의 데이트 코스를 떠올리며 빨리 보고 싶은 마음에 서둘러 집을 나서는데 때맞춰 울리는 휴대폰 벨 소리에 잠시 가던 걸음을 멈추어야 했다.

— 대표님. 쉬는 날 정말 죄송합니다만, 아직 사택에 계시죠?

"아니요. 지금 없습니다."

— 에이, 차가 아직 주차장에 있던데요 뭘. 그러지 마시고 결재 하나만 해 주십시오. 제가 지금 바로 올라가겠습니다.

"고 이사님?! 급한 일 아니면 내일 하시죠?"

— 대표님이 제일 싫어하는 일이 지금 할 일을 나중으로, 오늘 할 일을 내일로 미루는 건데 그럴 수야 있나요.

"그리고 제가 가장 싫어하는 일 중 하나가 쉬는 날, 또는 퇴근 후에 연락하는 건데 그건 잊으셨나 봅니다."

— 그럴 리가요. 그래서 제가 직원들한테는 절대로 전화를 안 합니다만.

"알아들으셨다니 다행이네요. 그럼 끊습니다."

산이 휴대폰을 귀에서 떨어트리자 다급한 수완의 목소리가 흘러나와 하는 수 없이 한숨 쉬며 다시 전화를 귀에 가져다 댔다.

— 대표님! 아까 말씀하셨지 않습니까? 급한 일 아니면 내일 하라고, 급합니다.

"끙. 고 이사님?! 보고 급한 일이 아니면,"

— 네. 제가 밥도 사고 술도 사고, 다 하겠습니다!

"하…… 지금 바로 내려갈게요."

수완은 전화를 끊고서 잔뜩 일그러질 산의 얼굴을 상상하며 피식 웃었다. 결재 파일을 펼쳐 준비를 마치자마자 산의 목소리가 들려왔다.

"안녕하십니까?"

"어? 대표님! 오늘 쉬는 날 아니세요?"

갑작스러운 등장에 경선이 의아해 물었다.

"그러게요. 누구 때문에 이렇게 불려 내려왔네요. 쉬는 날에 말입니다."

직원들은 그 누가 누구인지 짐작하고도 남기에 씩 웃고 말았다.

"고 이사님?"

"대표님! 쉬는 날 대단히 죄송합니다만, 서문 오토캠핑장에 출고할 카라반 대수가 정해져서요."

"그래요? 좀 더 생각해 보겠다고 하시더니 빨리 결정 내렸네요?"

"네. 아침 일찍 전화가 오더라고요. 상담을 충분히 하고 가서 그런지 고민을 많이 하지는 않았답니다. 총 15대, 차종은 3종류로 선택하셨습니다."

"날짜는요?"

"당장 오픈할 건 아니라서 날짜는 차차 조율하면 될 것 같습니다."

수완의 답변에 산의 입꼬리가 비스듬히 올라갔다.

"아하! 당장 오픈할 건 아니네요? 하루 정도 내 결재가 미뤄진다고 해서 출고에 차질이 있는 건 더더군다나 아니고?!"

"에이, 하루라도 빨리 결재를 받아야 출고 준비도 서두르고, 또 혹시 모를 문제에 대비할 시간적 여유도 하루만큼은 더 생기지 않습니까?"

청산유수가 따로 없었다. 오늘 뭘 할지, 누구를 만날지 뻔히 알면서 능구렁이같이 능글능글 약을 올리는 수완 때문에 서서히 머리에서 스팀이 나오는 듯했다.

"이런 시간에 빨리 사인해 주시고 가셔야죠? 많이 기다릴 텐데요."

"네. 술은 아주 거하게 얻어먹겠습니다. 각오하세요."

재빨리 서류에 사인을 휘갈기는데 결재 서류 위로 봉투 하나가 내밀어졌다.

"이게 뭡니까?"

"대표님을 향한 저의 마음? 날짜는 여유가 있으니 시간이 될 때 같이 한번 가 보세요. 아마 취향이 이쪽일 것 같아서요."

수완의 말에 봉투를 열어 보니 피아노 연주회 티켓이 두 장 들어 있었다. 초롱의 벨 소리나 알림 소리가 피아노 연주곡이라는 사실을 떠올려 볼 때, 그녀 역시 좋아할 것 같았다.

이것 때문이었구나? 이 티켓 주려고 급하니 마니, 그냥 줄 게 있다고 하면 될걸.

"고마워."

씩 웃으며 속삭이듯 말하는 산의 말에 수완은 그저 어깨만 으쓱하더니,

"그럼 행복한 하루 보내십시오."

큰 소리로 인사하며 등 떠밀었다.

"먼저 갑니다. 수고들 하세요."

"대표님도 즐거운 하루 보내세요."

발걸음도 가볍게 날듯이 뛰어가는 산은 알지 못했다. 일할 때 대표로서의 진중한 모습과 지금의 상반되는 모습이 직원들에게 어떻게 비칠지.

산이 나가기 무섭게 산과 가장 친분이 두터운 수완에게로 질문 공세가 이어졌다.

"고 이사님, 우리 대표님 여자 친구 생겼죠?"

"네? 그게 무슨 말이에요?"

"에이, 알고 계시잖아요. 좋은 일은 함께해요. 네?"

"맞아요. 애인이 생긴 게 분명해요. 아니고서야 저런 스타일에 저런 표정이 나올 리가 없죠!"

직원들 모두 호기심 어린 눈빛으로 수완의 입을 뚫어져라 쳐다보고 있었고, 그런 직원들의 관심이 재밌어 수완이 능청스레 물었다.

"저런 스타일에 저런 표정?"

"네. 평소에도 워낙 스타일리시하게 옷을 잘 입으시지만 요즘따라 더 신경 쓰시는 것 같더라고요."

"게다가 오늘은 완벽하게 캐주얼한 의상이었어요. 백팩 메고 뛰어가는 거 보셨어요?"

"맞아. 이십 대라고 해도 믿겠더라고."

"표정은 또 어떻고, 꼭 연애 초기에 들어선 사람 같았다니까?"

"혹시 만나는 사람이 어린 거 아닐까? 그래서 유난히 신경을 쓰시나? 대표님 정도면 그렇게 신경 쓰지 않아도 충분한데 말이야."

직원들의 통찰력에 놀라지 않을 수가 없었다. 수완이 근질거리는 입을 막으려 텀블러에 든 뜨거운 차를 한 모금 들이마시는데 말없이 지켜만 보던 경선이 회심의 미소를 지으며 말을 꺼냈다.

"그리고 가장 중요한 팩트! 예전엔 퇴근 후에 외출하는 걸 잘 못 봤잖아요? 항상 회사에 늦게까지 남아서 업무를 보시거나 사택으로 올라가셨는데, 요즘은 통근 버스 나갈 때 같이 나가시더라고요."

"푸흡. 콜록콜록. 앗, 뜨거. 아뜨뜨."

경선의 결정타에 놀라 제대로 사레들려 버렸다.

"어머, 이사님 괜찮으세요? 그렇게 뜨거운 차를 뭘 그렇게 급히 마셔요?"

몸이 무거워졌다며 외근도 자제하는 사람이 동작은 재빠르기만 했다. 여유로운 눈빛으로 생글 웃으며 티슈를 건네는 경선의 모습을 보아하니 진즉 눈치를 채고 있었나 보다.

늘 초롱이 통근 버스를 타고 가면 따라 나가, 초롱이 내리는 곳 근처에서 기다렸다 픽업을 하는 모양이었다. 그런데 경선이 어떻게 알았을까? 절대 본인이 직접 말했을 리는 없는데.

"고마워요. 이 과장. 차가 뜨거운 걸 깜빡했네. 다들 이렇게까지 대표님께 관심이 많은지 내가 미처 몰랐네. 자! 그 관심과 집중의 방향을 우리 업무로 살짝 돌려 볼까요?"

수완의 말에 직원들이 아쉬운 표정을 하며 자리로 돌아가자 경선이 수완을 유심히 바라보았다. 수완은 잘못한 것 하나 없이 경선의 예리한 눈빛에 괜히 뜨끔해 딴청을 부려야 했다.

초롱의 아파트 앞에 도착한 산이 성큼 차에서 내려 매무새를 가다듬으며 전화를 걸었다. 기다렸는지 곧장 전화를 받는 초롱에게 웃으며 말을 전했다.

"도착했어. 준비는 다 됐어?"

— 네. 바로 나갈게요.

불과 하루도 지나지 않은 시간이 흘렀을 뿐인데 왜 이렇게 보고 싶은 건지. 그저 목소리만 들었을 뿐인데 왜 가슴이 이리도 두근거리는지. 산은 마치 첫사랑에 빠진 소년처럼 설레는 자신의 모습이 멋쩍어 괜히 머리를 쓸어 넘겼다.

차 옆에서 기다리는 산을 발견한 초롱이 서둘러 다가왔다.

"안녕하세요?"

오늘 그는 늘 보던 정갈한 슈트가 아닌 블랙 진에 감각적인 맨투맨 티, 자연스럽게 오픈한 두툼한 파카를 입고 있었다. 캐주얼한 모습도 너무나 멋지게 보여 초롱의 심장이 사정없이 벌렁거리고 있었다. 감추지 못한 설렘을 누르며 평범한 인사를 건네자 그의 미소가 빛처럼 쏟아졌다.

"잘 잤어?"

차오르는 흥분을 뒤로한 채 초롱에게 인사를 건넨다. 그녀는 평소 회사에서 보던 점잖은 오피스룩이 아닌 예쁘게 물든 청바지에 제 덩치보다 더 크고 화사한, 빵빵한 연핑크색 숏 패딩을 걸치고 있었다. 실제 나이보다 어려 보이는 초롱의 모습을 홀린 듯 바라보게 되었다.

"네. 대표님도 잘 주무셨어요?"

"……."

'하…… 아직 아기네. 아기야. 미치겠다. 정말.'

이름만큼이나 초롱초롱 반짝이는 눈빛으로 자신을 올려다보고 있었다. 차가운 공기에 발간빛으로 상기된 볼, 루돌프처럼 발갛게 빛나는 콧방울, 그보다 더 새빨간 도톰한 입술. 입술. 입술.

'와, 진짜…… 어디 실내로 들어가고 싶다. 역시나 캠핑카를 가져올 걸 그랬나?'

몇 시간 몸을 호되게 혹사해야만 들을 수 있는 정신 나간 심장 소리를 왜 지금 들어야 하는 거냐고.

"대표님. 대표님?"

초롱은 자신을 뚫어져라 바라보며 마치 시간이 멈춘 듯 서 있는 그를 재차 불러 보았다.

"어. 그래. 뭐라고 했어?"

산은 그제야 정신을 차렸다. 잠시 대화의 포인트를 놓친 듯했다.

"아. 대표님도 잘 주무셨는지……."

"아니, 피곤해. 나는 잘 못 잤어. 누가 생각이 나 잠이 와야 말이지."

"사실은 저도 잘 못 잤어요."

"왜?"

"그냥. 잠이 잘 안 와서."

"이럴 줄 알았으면 캠핑을 하러 갈 걸 그랬어. 그럼 푹 쉬게 해 줄 텐데."

"아니에요. 캠핑은 회사에서도 가니까. 그리고 저는 피곤하지 않은데 대표님 피곤하실까 봐 걱정이."

"나도 괜찮아. 전혀 문제없어. 그럼 출발할까?"

"네."

그의 차에 함께 오르고 보니 그제야 오늘 어디서 무얼 할 예정인지 전혀 모른다는 생각에 부족한 자신을 탓하지 않을 수가 없었다.

"내가 이 말을 했던가?"

"무슨 말이요?"

"예뻐. 오늘. 그렇다고 평소에 예쁘지 않았다는 말은 아니고 그냥 좀 달라. 더 자연스러워 보이고, 편안해 보여."

"감사합니다. 대표님도 멋있으세요. 늘."

"많이 발전했어. 낯간지러운 소리도 할 줄 알고?"

너무나 자연스레 나온 말이었다. 진심에서 우러난 말이었으니까.

그는 늘 멋있었다. 회사에서 일할 때의 근엄하고 진지한 모습도, 업무 외적으로 직원들과 격의 없이 소통하는 모습도, 캠핑에서 능숙하게 요리를 하던 모습도, 재치 있는 말과 행동도. 그 무엇보다 지금처럼 따뜻한 목소리로 두 눈을 마주 보며 부드러운 미소를 보일 때면 단단하게 먹었던 마음도 어느새 촛농처럼 뜨겁게 흘러내리고 말았다.

"그런데 우리 지금 어디 가요?"

"우리라. 그 말이 이렇게 설레는 말이었던가? 여하튼 듣기 좋다. 계획대로 진행해야겠지만, 둘 다 피곤한 것 같으니까 잠깐 어디 들렀다 가자. 너도 마음에 들 거야."

욕심 같아서는 이대로 곧장 가고 싶은 곳은 따로 있었지만, 아직은 많은 인내가 필요할 것 같았다.

"왠지 긴장되는데요? 그냥 말해 주면 안 돼요?"

"미리 말해 주면 재미없지. 가는 동안 좀 쉬어."

오디오를 켜자 이내 잔잔한 피아노 연주곡이 흘러나왔다. 익숙한 선율에 자연스레 대화가 오가고 오래 지나지 않아 목적지에 도착해 내린 곳은 다름 아닌 마사지 숍이었다.

"여기는,"

"잠 제대로 못 잤다며, 나도 그렇고. 같이 마사지 받으면서 피로 좀 풀고 움직여도 시간은 충분할 것 같아."

초롱은 데이트하며 마사지를 받으러 오게 될지는 몰랐지만 나쁘지 않을 것 같았다. 기분 좋은 기대감이 번졌다.

"두 분 옷 갈아입고 커플 룸 1번으로 오세요."

"커플…… 룸이요?"

당황한 초롱의 말 뒤로 태연한 산의 목소리가 들렸다.

"네. 알겠습니다. 준비해 주세요."

눈인사하며 자리를 비켜 주는 직원을 뒤로하고 산이 웃으며 말을 건넸다.

"왜, 나하고 같이 마사지 받기 싫어?"

"아니, 그게 아니라 마사지 받으려면 옷이…… 좀."

"풋. 이초롱 너 또 야한 상상 하지? 설마 내가 옷 다 벗고, 어? 막. 어? 그런데 널 데려왔을까 봐? 나도 아직 못 본 네 속살을 누구에게 먼저 보여 주려고?!"

그의 적나라한 표현에 놀란 초롱의 얼굴이 더할 수 없이 붉어졌다.

"아니. 그게 아니라."

"아니긴 뭐가 아니야!? 하여간 은근 야해. 걱정 마! 옷 벗고 하는 마사지 아니고, 건식 마사지야. 옷 다 입고 할 거니까 쓸데없는 상상 하지 말고 얼른 옷이나 갈아입고 와."

"아. 네. 얼른 옷 갈아입고 올게요."

"오늘 할 거 많으니까 빨리 나와!"

"네!"

쭈뼛거리다 이내 서둘러 옷을 갈아입으러 가는 초롱의 사소한 모습에도 웃음이 났다.

잠시 후 함께 커플 룸에 들어선 두 사람은 서로의 가벼운 옷차림을 보며 누가 먼저랄 것 없이 함께 미소를 지었다. 그저 평범한 반소매에 반바지일 뿐이지만, 지금까지 봐 온 중 가장 가벼운 옷차림임은 틀림없었다.

어색할 것만 같았던 커플 마사지는 초롱의 걱정이 무색할 만큼 너무나 편하고 좋았다. 방 안 가득 은은하게 퍼지는 상쾌한 아로마 향도, 몸과 마음에 평온을 가져다주는 잔잔한 음악도. 그 무엇보다 조용히 말을 건네며 아프지는 않은지 불편한 곳은 없는지, 압력은 적당한지 하나부터 열까지 자상하게 신경 써 주는 그의 마음 씀씀이가 너무 좋았다.

어느새 스르르 눈이 감겨 고른 숨소리를 내기 시작하는 초롱을 보며 그제야 산 역시 편하게 눈을 감았다.

마사지를 마치고 밖으로 나오며 산이 말을 건넸다.

"어때? 해 보니까 좋지?"

"네. 제가 잠까지 잘 줄은 몰랐어요. 깨우는데 깜짝 놀랐어요."

등을 마사지하는 짧은 시간 동안 얼마나 달게 잤는지, 자세를 바꾸려 깨우는 손짓에 놀랐던 게 떠올라 민망했다.

"원래 마사지 받으면 그래. 처음에는 좀 어색하고 민망해도 받다 보면 언제 그랬나 싶게 푹 빠져들거든. 앞으로 종종 함께 하자."

"네."

"그런데 너 아침은 먹었어?"

"음. 아니요. 안 먹었어요."

아침까지 챙겨 먹을 시간이 없었다. 특별히 하는 것 없이도 거울 앞을 얼마나 서성였는지.

"그래? 배고프겠다. 나도 마사지 받았더니 배가 고프네. 그럼 아침 겸 점심으로 조금 이르게 먹을까? 특별히 먹고 싶은 거 있어?"

"전 아무거나 괜찮아요."

"그럴 줄 알았어. 내가 그러지 말라고 분명 말했을 텐데."

초롱은 뒤늦게 아차 싶었다.

"내가 가끔 가는 곳이 있는데 오늘은 거기서 먹고, 다음엔 뭐 먹고 싶은지 꼭 생각해 오기. 알았어?"

"네. 그럴게요. 그런데…… 솔직히 말하면 특이한 것 빼고는 뭐. 웬만한 건 그냥 다 먹어요. 어차피 그렇게 식성이 좋은 편은 아니라서 대표님 입맛에 맞춰도 저는 아무 상관 없는데."

"내가 상관있어. 가뜩이나 먹는 양도 적은 사람이 먹고 싶은 것만이라도 잘 먹어야지. 앞으로 나하고 밥 먹을 때만이라도 뭘 먹고 싶은지 꼭 생각하고 와. 알았어? 절대 아무거나 괜찮아요. 하지 말고 의사 표현을 정확하게 해. 다른 사람 앞에서는 몰라도 내 앞에서는 뭐든 솔직하고 당당하게. 그래 주면 좋겠다."

"네. 그럴게요. 대신, 대표님도 그렇게 해 주세요."

"나는 정말 가리는 거 없어. 못 먹는 것도 없고, 맛만 있으면 돼."

그러고 보니 그와 함께 갔던 음식점은 항상 맛이 좋았다. 그와 함께라서 유난히 음식이 맛있었던 건지, 아니면 그가 맛있는 집만 골라 데려가는 건지는 몰라도 늘 그랬다.

처음 우려와는 달리 그는 식성이 까다롭지도 않고, 그 흔한 허세도 없었다. 흔히 먹는 소박한 음식부터 화려한 특별식까지. 격식이나 형식을 따지지 않고 편하게 오롯이 식사를 즐기는 그를 보고 있으면 그 어떤 음식도 맛있게 느껴져 저도 모르게 평소보다 조금씩 더 먹게 되는 자신을 발견하는 게 더는 어색하지가 않았다.

그렇게 대화를 나누며 도착한 곳은 왠지 격식을 차려야 할 것 같은 고급한 정식집이었다.

"오늘 너무 편하게 입고 왔는데……."

초롱은 청바지에 스니커즈를 신고 온 너무나 편한 차림에 걱정이 앞섰다.

"괜찮아. 여기 음식이 깔끔해서 가끔 오는 곳인데, 어차피 룸이 다 분리되어 있어 그렇게 격식 차리지 않아도 돼. 나도 이렇게 입고 왔는데 뭘, 그러니까 아무 걱정 하지 말고 맛있게만 먹어."

그 역시 자신과 별반 다를 것 없는 차림에 그제야 마음을 내려놓았다.

"다행이에요."

"격식 차려야 하는 곳이면 미리 말을 해 줬겠지. 내가 그런 센스도 없을까 봐?"

"그러게요. 괜한 걱정을 했어요."

오면서 전화로 예약한 룸에 들어서자 형형색색 정갈하게 준비된 음식들이 시각, 후각을 강하게 사로잡으며 하나둘 식탁 위에 놓였고, 자상하게 마음을 써 주는 산 덕분에 부담 없이 맛있게 음식을 즐길 수 있었다. 역시나 그의 선택은 틀리지 않고 초롱은 어느새 가득한 포만감으로 의자에 등을 기대어 앉았다.

"배가 가득 찼어요. 더 못 먹겠어요."

"잘 먹어서 더 예뻐. 이제 열량 소모하러 가야지?"

평소보다 훨씬 더 잘 먹는 초롱을 보며 기분이 좋아진 산이 다음 일정을 서둘렀다.

"네? 지금 바로요?"

"왜, 못 움직이겠어? 그럼 어디 가서 좀 쉴까? 나는 그것도 좋은데."

"아니요. 지금 바로 갈 수 있어요. 가요."

벌떡 자리를 박차고 일어나 룸을 빠져나가면서도 뒤가 따끔거렸다. 초롱은 요즘 들어 그가 농담처럼 하는 말이 농담으로만 들리지 않아 고민이 많았다.

언젠가 스킨십이 어색해 당황한 기색을 보이던 자신을 향해 그가 했던 말이 떠올랐다.

'서두르지 않을게. 네 마음이 준비되지 않은 상황에서 강요하는 일은 절대 없을 거야. 그러니까 늘 그렇게 긴장하지 않아도 돼. 우리가 사랑을 나누게 된다면 그건, 최소한 네 안에 나에 대한 믿음이나 마음이 굳게 자리 잡았을 때. 너도 나를 온전히 원할 때, 그때만 가능한 일이야.'

신뢰를 주던 그의 선한 눈빛이 아직도 선명하게 기억에 남아 있었다.

그런데…… 과연 그날이 올까? 그에게 가진 복잡한 마음과 현재 상황을 모두 내려놓고 온전히 그를 원하는 그런 날이 오기는 할까? 초롱의 머릿속은 아직도 온통 물음표투성이였다.

낯선 건물 앞에 선 초롱이 물었다.

"여기가 어디예요?"

"처음 와 보지? 요즘 여기가 핫 플레이스래. 나도 말만 들었지 네 덕분에 처음 와 보네. 솔직히 말하면 나도 내가 이런 곳에 오게 될 거라고도 생각지 못했고."

"그럼 굳이 왜."

"색다른 거 해 보자. 영화 보고 밥 먹고 산책하고 드라이브하고. 그건 너무 뻔하잖아? 네 시간만 괜찮다면 단둘이서 산으로 바다로 어디든 떠나겠지만, 그건 여건이 허락하지 않으니까. 그리고 그건 내가 원하는 방식의 데이트고."

'저도 그런 데이트가 더 편하고 좋은데.'

"오늘은 그동안 해 보지 못한 거. 그리고 우리가 쉽게 하러 올 것 같지 않은 거. 새로운 경험에는 새로운 지식이나 교훈이 늘 함께하니까 나름의 즐거움이 또 있을 거야. 어때? 도전?"

"도전!"

그의 말처럼 그가 아니었다면 스스로는 절대로 올 것 같지 않은 곳이었다. 자신에게는 어울리지 않고 너무나 동떨어진 것만 같은 그런 곳. 건물 전체가 즐길 거리로 가득한 곳. 또래의 친구들은 진작 한 번씩은 와 봤음 직한 그런 곳. 한 번쯤은 경험해 보는 것도 나쁘지 않을 것 같았다.

층별로 방 탈출부터 시작해 오락실, 야구장, 양궁, 다트, 락 볼링, 칵테일 바에 레스토랑까지. 액티비티를 즐기는 사람이라면 온종일을 이 건물에서만 보낼 수도 있을 듯했다.

산과 초롱은 도장 깨기 하듯 하나하나 다 경험해 보기로 했고, 결과적으로는 대만족이었다.

처음 시작은 가볍게 오락실이었다. 초롱은 원래가 오락을 즐기지도 그래서 해 보지도 않았던 터라 망설이는 것도 잠시, 간단하게 총을 쏘는 게임부터 바이크, VR 게임을 배워 오랜만에 숨넘어가도록 깔깔 웃었다.

"이초롱, 게임 처음 해 보는 거 맞아? 나보다 더 잘하는데?"

"생각보다 너무 신나는데요? 우리 회사에 있는 쉼터에도 한번 가 봐야 할까 봐요."

"근무 중에 없으면 거기로 가면 찾을 수 있는 거야?"

"에이, 설마 제가 근무 중에 쉼터에 갈까요?!"

"이렇게 푹 빠지다가는 그럴지도 몰라서 하는 말이야."

"그러게요. 이렇게 재미있는 걸 왜 지금 알았을까요?"

귀여웠다. 옆에서 얼마나 유심히 관찰하고 있는지도 모른 채 VR 기기를 착용하고 신나게 게임에 몰두하는 모습은 너무나 새로웠다. 항상 나이답지 않게 신중하고 예의 바른 태도에 나이 차를 크게 신경 쓰지 않았는데, 이럴 때 보면 영락없이 풋풋한 이십 대 아가씨였다.

"다른 것도 해 볼까?"

"네!"

"처음 들어올 때와는 대답 소리부터가 다른데?"

"그런가?"

머쓱함에 피식 웃고 말았다. 근심 걱정 없이 이렇게 마음 놓고 웃고 즐겨 본 게 얼마 만인지 기억조차 나지 않았다. 답답한 병상에 누워 있는 아빠나 그 옆을 항상 그림자처럼 지키고 있는 엄마를 생각하면 너무 미안하고 죄송한 마음이 들었지만, 오늘만큼은 온갖 복잡하고 아픈 기억은 지워 버리고 싶었다.

"우리 야구해 볼래?"

"한 번도 해 본 적 없는데, 할 수 있을까요?"

"그럼! 선수가 바로 옆에 있는데 무슨 걱정이야? 가자."

따뜻한 그의 손이 다가왔다. 손가락 사이사이에 그의 손가락이 하나씩 얽혀 들었다. 너무나 친근하게 느껴지는 그의 행동에 거부감은커녕, 부드러운 힘이 전해 주는 그의 감촉이 말도 못 하게 근사했다.

평소 같았으면 어색함에 금방 손을 풀고 딴청을 부릴 법도 한데, 오늘은 그러기가 싫었다. 그의 온기를, 그의 마음을 온전히 누리고 싶었다.

그렇게 도착한 야구장에서 다시 한번 그에게 반해 버리고 말았다. 시범을 보인다며 외투를 벗고, 팔도 걷어붙이며 스크린 야구장에 발을 들여놓고서 연습삼아 배트를 휘두르는 그의 모습은 흡사 야구선수와 같았다. 야구를 전혀 모르는 자신이 보기에도 그의 폼은 너무나 훌륭했다.

잠시 후 본게임이 시작되고 스크린 쪽에서 공이 튀어나오는데 빠른 속도에 한 번, 그리고 무섭게 튀어 오는 공을 정확히 쳐 내는 그의 실력에 두 번 놀라고 말았다. 캉, 캉, 경쾌한 소리를 내며 연이어 안타를 치더니 결국 홈런을 치고 나서 환호하던 그의 모습이 초롱의 뇌리에 강하게 박혀 버렸다.

고른 치열이 온통 다 드러나도록, 환호를 넘어 희열을 만끽하는 그의 모습은 멋있다 못해 아름답게 느껴졌고, 그의 밝은 표정에서 눈을 뗄 수가 없었다. 아마 지금 본 그의 얼굴은 평생 잊을 수 없을 것 같았다.

"이제 네 차례야. 들어와."

"……."

"이초롱!"

"네."

"뭐 해? 들어오라니까."

그는 자신이 지금 무슨 짓을 했는지 전혀 모르는 듯했다. 심장이 핑퐁핑퐁 제멋대로 날뛰고 있었다. 넋을 놓고 있었다는 표현은 이럴 때 쓰라고 있는 말이겠지. 심호흡하며 마음을 추스르고 그에게 다가서자 대뜸 배트를 주더니 뒤에서 감싸듯 안아 버려 그대로 숨이 멈춰 버렸다.

"이초롱, 긴장 풀어."

"네?"

"긴장 풀라고. 최소한 여기서 덮치지 않을 테니까."

"풋."

"어쭈, 웃어?"

"아니에요. 그냥."

"그냥 뭐?"

"멋있어서요. 야구선수를 하지 그랬어요?"

"그 정도로 멋있었어? 매력 발산을 이렇게 하게 될 줄이야. 진작 여기로 데려올 걸 그랬네!"

말 그대로 그의 품에 쏙 들어가 있었다. 등으로 전해 오는 그의 온기가 너무 따뜻해 눈물이 날 것 같았다. 넉넉하고, 포근하고, 부드럽고, 단단했다. 그 든든함에 기대고 싶고, 머물고 싶었지만 이상하게 눈물이 핑 돌아 그럴 수도 없었다. 은은하게 퍼지는 그의 향기는 왜 이렇게 좋은지.

더 어색해지기 전에 일렁이는 마음을 멈춰야 할 것 같아 애써 밝은 목소리로 그를 재촉했다.

"빨리 가르쳐 주세요. 저도 해 볼래요."

"그래. 우선 공이 나올 때 눈을 감으면 안 돼. 그리고 공을 끝까지 보고 배트를 갖다 대. 이렇게."

"휘두르는 게 아니고요?"

"휘둘러 맞추면 더 좋지. 하지만 처음이니까 지금은 연습 삼아 공이 어느 방향으로 어떻게 오는지 보고 일단 배트를 맞추는 것부터 차근차근, 공이 잘 보이는 것 같으면 그다음부터는 신나게 휘둘러 보는 거야. 어때, 할 수 있겠어?"

"네. 해 볼게요."

"좋아. 공이 나오는 속도는 줄여 뒀으니까 겁먹지 말고."

"네!"

등 뒤에서 느껴지던 온기가 사라져 아쉬웠지만, 씩씩하게 대답을 하고서 뚫어져라 야구공이 튀어나올 곳을 바라보며 그에게 머물러 있던 모든 신경을 손에 쥔 배트로 이동시켰다. 그가 하는 걸 봐서 공을 맞히는 것은 생각보다 어렵지 않을 거라 생각했는데, 맙소사, 날아오는 공을 보면서도 배트를 갖다 대기조차 쉽지가 않았다.

처음은 처음이라 놓치고, 두 번째는 속도를 간과해서 놓치고, 세 번째는 거리를 조절 못 해 놓치고, 네 번째는 그냥 놓쳤다. 실패가 거듭될수록 정말 하면 되는 걸까? 라는 의구심이 들었다. 그때마다 큰 소리로 할 수 있다며 용기를 불어넣어 주는 그의 응원이 아니었다면 그대로 배트를 던져두고 나가 버렸을지도 모를 일이었다.

그렇게 다섯, 여섯, 일곱 번의 기회를 흘려보내다 보니 오기가 생겨 버렸다. 한 번쯤은 반드시, 보란 듯이 성공시키고 싶었다. 그리고 찾아온 여덟 번째 기회에 드디어 배트에 공이 스쳤다. 아홉 번째에 공이 제대로 배트에 맞았는지 '깡' 하는 소리가 울려 보니 하필 파울이었고, 열 번째가 되어서야 비로소 정말 제대로 공이 맞아 버렸다.

캉—

너무나 경쾌하게 울려 퍼지는 소리에 함박웃음을 지었다. 손으로 전해 오는 강한 진동 따위에 놀랄 정신이 없었다. 드디어 해냈다는 기쁨에 저도 모르게 배트를 던지고 환호하며 덩달아 기뻐 달려오는 그에게 덥석 안겨 버렸다.

"했어요. 제가 해냈어요. 안타예요!"

"잘했어. 잘했어. 정말 잘 휘두르던데?"

기쁨도 잠시, 스크린 밖의 거울에 비친 자신과 그의 모습을 본 순간 얼굴로 열기가 빠르게 뻗쳐올랐다. 빈틈이라고는 하나 없이 그의 목을 꼭 끌어안은 모습이 과연 자신이 맞는지조차 의심스러울 정도였다.

'세상에, 발이 땅에 닿지를 않아. 맙소사, 미쳤다. 이초롱.'

이건 대체 어디서 나온 대담함인지.

"저…… 무거워요. 내려 주세요."

뒤늦은 민망함에 그에게서 떨어지려는데 쉽게 놓아 주지 않았다.

414

"무겁기는, 지금 장난해? 세상 가벼우니까 쓸데없는 걱정 말고, 잠시만 이대로 있어. 보는 사람도 없는데."

"그래도 여기는……."

"오늘 너무 좋다. 이초롱 새로운 모습 많이 보여 주네. 진작 이렇게 좀 데리고 다닐 걸 그랬어."

밝았다. 환하게 웃는 모습은 싱그러웠고, 조용하던 여느 때와는 달리 생기가 넘치고 활기찼다. 가끔 엉뚱한 모습으로 깜짝 놀라게 하기도 하고, 이렇게 뜻하지 않게 온전히 마음을 드러낼 만큼 솔직해지기도 했다.

그동안 어떻게 참았을까? 이렇게 밝고 건강한 기운을 잠재워야 했을 초롱이 안쓰럽기도, 한편으로는 이곳을 오면서 기대했던 그 이상의 모습을 발견하게 되어 가슴이 벅차올랐다.

"흠흠. 시간이 벌써 이렇게 됐나?"

품에서 빠져나오려 쭈뼛쭈뼛하는 말이라니.

"뭐가? 이제 겨우 3시 반인데?"

이런 어색한 몸짓도 마냥 귀엽기만 한 걸 보면 콩깍지가 제대로 씐 모양이었다. 못 이긴 척 살짝 내려놓으니 냉큼 품에서 떨어져 나가는 초롱이 아쉽기만 했다.

"그러니까요. 시간 참 빠르네. 그런데 대표님은 이걸 어떻게 다 맞춘 거예요? 한 번도 이렇게 치기가 힘든데?"

"나야 실전 경험이 많으니까. 내가 특별히 레슨해 줄게. 그럼 최소한 오늘처럼 헛스윙은 하지 않을 거야."

"헛스윙. 하하하. 그렇죠. 헛스윙……."

뭐 대부분이 헛스윙이기는 했지만, 그래도 친절한 확인 사살이 기분 좋지만은 않았다.

"하하하. 잘했어. 처음에 이 정도면 아주 훌륭한 거야."

웃는 것도 아니고 안 웃는 것도 아닌 어중간한 표정이 왜 그렇게 귀여운지,

웃음이 터져 버렸다. 이초롱이 뽀로통 토라지는 모습을 보게 될 줄이야.

'오늘 계 탔다. 까도 까도 끝이 없어. 대체 너에게 숨겨진 모습이 얼마나 많이 남은 걸까?'

"우리 이제 뭐 할까요?"

"제일 재미있는 거? 요즘 제일 핫한 거."

그렇게 시작하게 된 게임은 초롱은 듣지도 보지도 못한 방 탈출 게임이었다. 한동안 게임 설명을 듣고, 절대 단서들을 누설하지 않겠다는 서약을 하고 나서야 비로소 게임에 임할 수 있었다. 그나마도 테마가 여럿으로 나뉘어 골라야 했다.

"둘 다 처음이니까 가볍게 시작해 보자."

"네. 좋아요."

그렇게 가벼운 마음으로 시작했다. 처음이었음에도 그는 순식간에 게임에 빠져들었고, 초롱은 그의 추리력과 논리와 빠른 판단력에 매료되었다. 하다 보니 은근히 단서를 찾아내는 기쁨과 문제를 하나씩 해결해 나가는 성취감이 있어, 초롱 역시 초반의 어설픈 방관자의 자세에서 벗어나 적극적으로 단서를 찾아내며 그를 도왔다. 덕분에 제한 시간을 넉넉하게 남겨 두고 첫 번째 테마에서 탈출하게 되었다.

"어? 벌써 나오셨어요? 그렇게 쉽지가 않았을 텐데. 아직 시간도 20분이나 남았어요!"

"제가 추리소설을 좋아해서요."

싱거운 남자의 농담에도 점주는 웃음이 나오지 않았다. 제한 시간 안에 나오지 못하는 사람도 여럿 있었다. 잘해 봐야 시간이 다 되어 간당간당하게 나오거나, 실패를 맛본 사람들이 두 번 세 번 도전해서 이렇게 일찍 나오는 경우는 봤어도, 처음 해 본다는 사람들이 이렇게 빨리 성공할 줄이야.

자부심에 금이 가는 소리가 들려왔다.

"하나 더 해 보시겠어요? 성공 기념으로 하나 더 하시면 그건 반값에 해 드릴게요. 테마는 제가 추천해 드리고 싶은데 어떠세요?"

점주는 자신이 하나하나 직접 시나리오를 짜고, 여행하며 해외 각지에서 직접 공수한 소품으로 심혈을 기울인 테마가 쉽게 간파당한 것에 자존심이 상했고, 회복이 필요했다. 두 사람도 한창 방 탈출의 매력을 느끼던 터라 마다할 이유가 없었다.

"좋습니다."

"감사합니다. 그리고 여기 음료수 좀 드세요. 이건 서비스예요."

초롱은 반값으로 할인해 주는 것도 모자라 감사하다고 음료수까지 건네는 점주를 보며 참 친절하다 생각했다.

'방 탈출에 성공하면 다 반값 할인을 해 주는 건가?'

의아해하며 점주가 건넨 음료를 들어 보았다.

"실론티?"

"왜? 뭐 묻었어?"

"아니요. 그냥 한 번도 마셔 보지 못한 음료라 봤어요."

"그래? 이거 시원하게 마시면 맛이 은은하고 괜찮아. 마셔 봐."

"네."

미각이 뛰어난 그의 말을 믿고 음미하며 한 모금 입 안 가득 머금었는데, 은은한 단맛과 함께 연한 홍차 향이 퍼졌다.

'홍차는 별론데.'

"어때?"

"음…… 뭐. 시원해서 좋네요. 마침 목이 마르던 참이라."

"다 마셨으면 들어갈까?"

"네. 얼른 가요. 처음보다 더 잘할 수 있을 것 같아요."

"이번엔 천천히 느긋하게 해 보자."

의욕을 가지고 씩씩하게 들어가는 초롱의 모습을 보며 산의 입가에 미소가 번졌다. 조금 전 점주의 표정을 유심히 봤다면 저렇게 씩씩하게 들어가지는 못

할 텐데. 모르긴 몰라도 이번 방은 단서들이 복잡하게 얽히고설킨 어려운 방이거나, 아니면 공포로 판단력을 흐리는 방이거나 둘 중 하나일 거라는 확신이 강하게 들었다.

'그래. 점주 입장에서는 자존심 상할 만도 하겠지? 나라도 그러겠다. 그나저나 어쩌냐, 저 귀여운 아가씨를.'

"여긴 어두워서 잘 안 보여요. 아까 그 방이랑은 너무 다른데요?"

아니나 다를까 공포를 테마로 한 방이었다.

"그래서 무서워?"

"아뇨. 무섭다기보다 뭔가 꼭 나올 것 같아서요. 소리도 분위기도 음침한 것이, 이번 방은 쉽지 않겠어요."

"그걸 이제 알았어?"

"네?"

"점주가 반값 할인해 준다면서 테마 추천한다고 할 때부터 알아봤어야지."

"아니 저는 성공하면 으레 하는 이벤트인 줄 알았는데."

"순진하기는. 자, 그럼 슬슬 시작해 볼까? 손!"

"네?"

"자꾸 앵무새처럼 같은 말 하지 말고, 뭘 계속 되물어? 손 달라고 손! 무섭잖아. 나도 무서워 죽겠으니까 손 좀 잡아 달라고."

"아. 난 또."

슬그머니 내미는 손이 따듯하게 맞닿았다. 초롱은 그의 손을 잡은 것만으로도 마음이 한결 편해지는 걸 느끼며 슬며시 미소를 지었다.

"조심해. 여기는 쉽지 않겠어. 장치가 잘 되어 있는데?"

"그러게요. 난이도가 높은 곳인가 봐요."

말하기가 무섭게 바닥에 미세한 진동이 느껴지며 효과음도 대단했다. 스케일 역시 좀 전의 방과는 사뭇 달랐다. 그렇게 함께 단서를 찾다 보니 아까보다 더딜 수밖에 없었음에도 어둠이 주는 공포에 쉽사리 그의 손을 놓을 수가 없었다.

"엄마야!"

순간 위에서 무언가 툭 떨어져 놀란 마음에 그에게 찰싹 달라붙어 버렸다. 민망하고 부끄러웠지만 익숙하지 않은 어둠과 달갑지 않은 무언가가 또다시 나타날 것만 같아 그에게서 떨어질 수도 없었다.

"초롱아, 우리 매일 방 탈출 할까? 난 특히 이 방이 마음에 쏙 드는데?"

"아니요. 전 이 방만 아니면 될 것 같아요. 앞도 잘 보이지 않는 데다 소리도 너무 신경 쓰이고, 무섭고 너무 답답해, 읍."

순식간이었다. 구명줄처럼 잡고 있던 그의 손이 빠져나가나 싶더니, 허리와 목 뒤로 따뜻한 그의 손길이 느껴졌다. 순간 너무나 익숙했던 그의 향기가 초롱의 폐부 깊숙이 파고들었다.

늘 부드럽게 다가오던 것과는 달리 급하고 강한 입맞춤에 놀란 것도 잠시, 거칠었던 입술이 살며시 떨어지는 듯하더니 다시 여느 때와 같이 부드럽고 달콤하게 다가와 초롱의 마음을 온통 뒤흔들고 있었다.

조금 전에 마신 음료 때문일까, 그의 뜨거운 입술과는 대조적으로 부드러운 입 속은 아직도 차가움을 머금고 있어 촉촉했고 음료의 은은한 향도 사라지지 않은 채 그대로 머물러 있었다.

초롱은 그렇게 맛있지도 향이 끌리지도 않던, 그저 시원하기만 했던 그 음료수가 새삼 달콤하고 향긋하게 느껴졌다. 아슬아슬 아찔한 입맞춤이 끝난 후에도 누구 하나 먼저 움직이지 않고 함께 호흡하며 여운을 가라앉히려 애써야 했다.

"괜찮아?"

"……네."

다행히 초롱은 자신을 밀어 내지 않았다. 자신의 어깨에 놓인 작은 손을 치우지도 않았고, 거리를 두려 애쓰지도 않았다. 아쉬움에 초롱의 얼굴을 쓰다듬으며 다시 한번 부드러운 입술을 찾았다. 너무나 자연스레 맞물린 입술을 누가 먼저랄 것도 없이 어루만지고 달래며 달콤한 밀어를 속삭이고 있었다.

산은 아침부터 초롱을 보자마자 이렇게 하고 싶은 걸 참느라 얼마나 억누르고 있었던지, 갑갑한 바지에 가려진 하체에 통증이 느껴질 지경이었다. 기다려 주겠다 보기 좋게 포장한 말을 지키지 못하고 한 번씩 이렇게 본능이 이성을 억누를 때면, 행여나 초롱이 겁을 먹고 도망가려 하면 어쩌나 걱정하지 않을 수 없었다.

함께 있는 순간에도 늘 알 수 없는 거리감이 느껴졌고, 좀처럼 좁혀지지 않는 거리가 답답하고 안타까웠다. 산은 하루빨리 이 불필요한 걱정을 떨치고 싶었다. 초롱이 자신에게 가진 마음에 확신이 필요했다.

"초롱아, 우리 그냥 여기서 나갈까? 너하고 가고 싶은 곳이 있는데."

"어디요?"

"가 보면 알아."

"……."

"네가 원하지 않으면 절대 네가 걱정하는 일은 없을 거라고 했던 말. 기억해?"

"네."

"그럼 됐어. 나 믿고 가자."

"……네."

더는 이 어두컴컴한 곳에 있고 싶지도 않았다. 그가 가려는 곳이 어딘지는 몰라도 그에 대한 확고한 믿음이 있기에 두렵거나 위축되는 마음은 없었지만, 그렇다고 걱정이 다 사라지는 것도 아니었다.

방 탈출 카페를 빠져나오며 점주의 뿌듯해하는 듯한 얼굴을 살필 겨를도, 잡은 후로는 한순간도 풀지 않았던 그의 손을 놓을 생각도, 엘리베이터 문에 비친 어딘가 경직된 자신의 모습을 유심히 바라보는 그를 마주할 마음의 여유도 없었다.

그저 차를 탈 때가 되어서야 자신의 손에서 떨어져 나가는 그의 온기에 아쉬움과 허전함만 헛헛하게 가슴속을 맴돌고 있었다.

한참을 차를 타고 이동하며, 아무런 말도 꺼내지 않는 무거운 분위기에 무슨 말이라도 해 볼까 싶다가도, 섣불리 꺼내기가 쉽지 않았다. 어느 순간 차가 지하 주차장으로 들어가 멈추었다. 초롱은 그에게 눈으로 물었고, 그는 미소로 대답했다.

다시 다정하게 내민 그의 손을 잡으며 그가 이끄는 곳으로 함께 걸어가는데, 그곳은 뜻밖에도 낯선 아파트 앞이었다.

"집이야."

"대표님 집이요? 회사 위에……."

"어. 거기도 집이고, 여기도 내 집이야. 근처에 볼일 보러 오거나, 일과 분리되어 쉬고 싶을 때는 여기로 와서 쉬어."

"몰랐어요. 다른 집이 또 있을 거라고는."

"이 두 곳이 다야. 지금으로서는 이곳을 처분하지 않은 걸 감사하게 생각하고 있어. 여기서 이럴 게 아니라 우리 들어가서 얘기 좀 할까? 오늘은 안 잡아먹을 테니 그렇게 눈 똥그랗게 뜨고 쳐다보지 말고!"

"네. 죄송해요. 그냥 뜻밖이라."

"뭘 죄송할 것까지야. 들어가자."

활짝 열린 문을 뒤로하고 안으로 들어서는 초롱이 쭈뼛거리며 말을 꺼냈다.

"빈손으로 와서……."

"네가 남이야? 손님이야? 나는 애인을 초대한 거지, 손님을 모셔 온 게 아니야. 저녁은 내가 해 줄게. 저녁 먹고 차 한잔 하고 집에 데려다줄게. 괜찮지?"

"네. 그런데 저녁을 직접 하시려고요?"

"나 요리 잘하는데?"

"그야 당연히 알지만."

"딱 기다려. 기대하고!"

"제가 뭐 도울 거라도."

"없어. 그냥 나 요리하는 거 보고 있어. 아! 이 남자는 요리하는 모습도 이렇

421

게 멋있구나. 도대체 못 하는 건 뭘까? 그렇게 내 생각만 하면서."

산의 너스레에 초롱이 피식 웃었다.

"꼭 제 머릿속에 들어갔다 나온 것 같아요. 오늘 종일 그 생각 했어요. 못 하는 게 있기는 할까 하고요."

"그래? 그렇다면 작전은 성공한 것 같고. 그런데 틀렸어. 나도 못 하는 거 많아. 유머? 농담? 그런 거 잘 못해. 감정 숨기는 거? 참을성은 많다고 생각했는데, 요즘 보니 그것도 틀린 것 같아. 말 빙빙 돌려 하는 재주 없고 특히, 사람 마음을 읽을 수가 없어."

"……."

마지막 말이 왠지 자신을 향해 하는 말 같아 초롱은 아무런 대꾸도 할 수 없었다.

"또 긴장한다. 그럴 필요 없다니까. 벌주려고 데려온 거 아니야. 그러니까 편하게 해. 내가 어떻게 사는지 궁금해하면서 집도 좀 둘러보고. 저녁 그렇게 오래 걸리지 않을 거야."

"네. 혹시라도 도움 필요하면 바로 부르세요."

"그래."

그가 틀렸다. 그는 위트가 있었다. 회사에서나 어디서나 재치 있는 말과 행동으로 분위기를 주도하는 재주가 있었고, 무례한 고객을 대할 때나 현장 직원과의 마찰이 있을 때 필요에 따라 감정을 잘 다스린다는 것도 잘 알았다.

회의하거나 PT를 할 때, 직원들의 실수나 머뭇거림에도 참을성 있게 기다려 주는 편이었고, 지적할 때에도 상대방이 필요 이상으로 상처받지 않도록 말을 돌려 하는 배려도 종종 엿보았다. 특히, 사람 마음을 가장 잘 간파하는 것 같았다. 바로 오늘, 바로 지금.

그가 자신에게 하고 싶은 말이 무얼까. 알 수 없는 불안한 마음을 안고서 천천히 그의 집을 둘러보았다.

그의 아파트는 회사에 있는 사택과는 또 달랐다. 야근이 있던 날, 직원들과 함께 식사 초대를 받아 갔던 그의 사택은 군더더기 없이 깔끔하고 모던했으며 남성적인 분위기가 강했다.

반면 이곳은 모던하기는 하나 곳곳을 장식한 멋스러운 소품과 특이한 조명, 감각적인 가구가 어우러져 모던함 속에 우아함이 엿보였다. 사택보다는 좀 더 안락하고 편안한 느낌이 들어 그가 왜 가끔 쉬고 싶을 때 이곳을 찾는지 알 것 같았다.

"초롱아! 다 됐어."

"네. 갈게요."

생각보다 빨리 끝나 서둘러 응접실로 향했다. 자연스레 테이블 위로 시선이 가는데, 짧은 시간에 준비했다고는 믿기지 않을 만큼 훌륭한 음식에 깜짝 놀라고 말았다. 그의 음식 솜씨가 좋다는 것쯤은 이미 직접 확인했고, 또 익히 들어 알고 있었지만 이 정도일 줄이야.

"설마 이걸 정말 직접 다 하신 거예요?"

"그럼. 이런 남자 친구 있어서 좋겠다. 이초롱?"

"말도 안 돼. 어떻게 이런 걸, 집에서 다 하세요. 정말 고급 레스토랑에 온 것 같아요."

"앉아. 사실은 너하고 조용히 얘기도 하면서 편하게 먹고 싶어서 어제 와서 재료를 미리 준비해 뒀어. 덕분에 냉장고에서 꺼내 데우고, 차리기만 했는데도 제법 그럴듯하지? 스테이크만 지금 한 거야. 얼른 앉아 먹자. 배고프겠네."

그의 솜씨에 놀란 입이 다물어지지 않았다.

매시트포테이토 위에 놓인 스테이크 옆에는 김이 모락모락 나는 구운 야채가 있고, 소스 역시 정성을 들여 멋스럽게 흩뿌려 있었다. 아보카도가 가지런히 곁들여진 샐러드는 알록달록한 색깔만으로도 입맛을 돋우기에 충분해 보였고, 치즈에 올리브를 올려 꼬치를 끼워 둔 핑거푸드는 어떻게 저렇게 큼직한 손에서 이런 앙증맞은 스타일링이 나올 수 있는지 신기하기만 했다.

"야구선수를 해도 되겠다. 했더니, 셰프님이나 푸드 스타일리스트를 했어도 좋았을 것 같은데요?"

"인사는 맛있게 먹어 주는 거로 대신하면 안 될까? 식으면 맛없어. 어서 먹어 봐."

"네. 감사히 잘 먹겠습니다."

먼저 먹기 좋게 조각낸 스테이크를 입에 넣어 주려는 그를 마다하지 않고 아기 새처럼 넙죽 받아먹었다. 거짓말을 단 하나도 보태지 않고, 그 어떤 유명한 레스토랑에서 먹었던 스테이크보다 훨씬 부드럽고 맛있어 절로 음미하며 미소를 지었다.

"대표님도 드세요. 정말 지금까지 먹어 본 스테이크 중에 제일 맛있어요."

"정말?"

"네. 이건 말로 표현할 수가 없어요. 직접 맛을 보셔야 해요."

초롱은 그가 했던 것처럼 스테이크를 썰어 그에게 주려고 움직이던 손을 보며 멈칫했다. 어떻게 이런 행동이 스스럼없이 이렇게 자연스레 나오는 건지.

"그거 나 주려던 거 아니야? 아~"

테이블 위에다 너무나 편안하게 팔짱을 끼고서 다정한 눈빛으로 목을 쭉 내미는 그를 보며 멈칫했던 손이 다가갔다. 씩 웃으며 스테이크를 넙죽 받아먹는 모습은 왜 이렇게 근사해 보이는지. 그에게 정말 제대로 빠져든 모양이었다.

"먹여 주니까 훨씬 맛있네."

산은 초롱이 핑크빛으로 물든 예쁜 얼굴을 숙이기 전에, 미처 감추지 못한 미소가 스치는 걸 분명히 보았다. 얌전히 스테이크를 썰며 작게 고개를 흔드는, 서서히 번져 가는 미소를 멈춰 보려 입술을 살짝 깨무는 모습까지 무엇 하나 놓치고 싶지 않았다.

하고 싶은 말도, 묻고 싶은 말도 많지만, 잠시 보류. 맛있게 먹는 모습이 너무 예쁘니까. 소스까지 야무지게 잘 찍어 먹는 모습이 너무 사랑스러우니까.

"와인 한잔 할래?"

"네. 좋아요."

밝은 대답과는 달리 속은 다른 말을 하고 있었다. 다 그만두고 하고 싶은 말이 뭐냐고, 어제부터 준비하며 집까지 데려와 조용히 나누고픈 얘기가 뭐냐고, 궁금하고 답답했다. 막상 물어보면 제대로 된 대답을 할 수 있을지 없을지도 모르면서.

초롱은 복잡하게 파고드는 여러 생각을 치우고, 지금의 행복을 조금이라도 더 느끼고 싶었다. 평소 잘 즐기지도 않던 와인이 달게 느껴졌고, 한 모금, 두 모금 부드럽게 잘도 넘어갔다.

"대표님은 안 드세요?"

"어. 난 너 데려다줘야지."

"택시 타고 가면 돼요."

"아니야. 그건 내가 불편해서 싫어. 난 다녀와서 마셔도 되니까 신경 쓰지 말고 편하게 마셔."

초롱은 더는 미룰 수 없을 것 같았다.

"이제 하실 말씀 하셔도 돼요."

"뭐?"

"조용히 얘기가 하고 싶어서 온 거라고 하셨잖아요. 여기."

"그렇지. 그랬지."

물끄러미 초롱을 바라보던 산이 조심스레 물었다.

"오늘 하루 어땠어?"

"새로웠어요. 흥미롭고, 짜릿하고, 즐겁고. 행복……했어요."

"나도. 나도 너무 좋았어. 너의 새로운 모습들을 발견해서 너무 좋았어. 마사지 받으며 잠에 빠져들 때 희미하게 짓는 미소는 너무 예뻤고, 게임에 몰입할 때는 개구쟁이처럼 귀여웠어. 소리 내어 환하게 웃는 모습이나 집중할 때 입술이 삐죽 나오는 모습도, 토라져 어색하게 웃는 모습마저 너무 사랑스러웠어."

부드럽게 울리는 그의 목소리에 귀 기울여 가만히 듣다 보니 알 수 없는 복잡미묘한 감정들이 마음속을 온통 헤집으며 돌아다녔다. 울컥 차오르는 감정처럼 눈물도 서서히 차오르고 있었다.

"그런데 초롱아, 나는 오늘 온종일 즐겁고 행복하면서도 한편으로는 계속 불안한 생각이 그 사이를 파고들었어. 더 솔직하게 표현하면, 난 너와 사랑도 기쁨도 행복도 아픔도 모두 함께 나누고 싶은데, 너에게서 알 수 없는 거리감이 계속 느껴져. 처음부터 지금까지도. 마치 언제라도 나를 떠날 준비가 되어 있는 사람처럼 말이야. 내가 착각하는 거야?"

조금씩 차오르던 눈물이 주르륵 볼을 타고 흘러내렸다. 소현의 말이 하나 틀린 게 없었다. 그가 이렇게까지 자세히 그런 감정을 전달받았을 거라고는 생각지도 못했다. 나름대로 감정을 잘 다스리고 있다고, 적정한 거리를 잘 유지하고 있다고 생각했는데, 그건 크나큰 착각이었나 보다.

그는 그 모든 것을 느끼면서도 배려하고, 기다리고, 불평 한마디 하지 않고 함께해 주었다. 그의 말 한 마디 한 마디가 가슴으로 내리꽂히며 통증이 느껴졌다.

그가 나를 떠나고 싶을 때면 미련 없이 그 손을 놓아야지, 그에게 또 다른 사랑이 생기면 좋은 마음으로 그를 보내야지, 그 다짐이 얼마나 큰 교만이며 오만이었는지 비로소 알게 되었다.

그의 부드러운 목소리에 어지러이 부유하는 상념에서 빠져나왔다.

"솔직하게 말해 줄래? 나에 대한 네 마음?"

지금도 이렇게 아픈데.

"혹시 너 일부러 나와 거리를 두는 거야? 언제든 떠날 수 있게?"

그가 내 마음을 알고 있다는 사실만으로도 이렇게 마음이 아픈데. 그 손은 쉽게 놓을 수 있을까? 아무리 거리를 두려고 해도, 마음은 이미 저만큼 가까이 다가가 있는데. 생각처럼 쉽게 그를 보내 줄 수 있을까? 그게 가능한 일일까?

"그랬어요. 정말…… 그랬어요. 조금 전까지만 해도. 그냥 가벼운 마음으로 내민 그 손 한번 잡는다고 뭐 어떨까 싶어서."

"난 절대 가벼운 마음으로 손을 내밀지 않았어!"

"그랬으면 싶었어요. 그랬다면 염치없다는 생각도 하지 않아도 되고, 그랬다면 양심의 가책 따위는 느끼지도 않았을 테니까요. 그런데 저도 사람이라 욕심이 생겼나 봐요. 나도 한 번쯤은. 한 번쯤은…… 이런 감정, 이런 행복, 욕심 부려도 되지 않을까 하고, 대신 언제라도 보낼 수 있는 마음의 준비만 하자. 라고."

'당신은 너무 좋은 사람이니까. 마음이 모나지 않은, 나보다 훨씬 좋은 사람을 만나 마음 편히 사랑해야 하지 않을까 하고, 나한테는 너무나 과분한 사람이니까.'

"이초롱."

"그런데요…… 그게 얼마나 거만하고 주제넘은 생각이었는지 오늘에서야 알게 됐어요."

"초롱아,"

"이러고 싶지는 않았는데…… 이렇게 염치없는 사람이 되고 싶지는 않았는데."

"이초롱!"

"놓고 싶지 않아요. 가벼운 마음이라도 좋고, 그게 아니라도…… 놓고 싶지 않아요. 이젠 못 놓겠어. 하루에도 열두 번씩 그래서는 안 될 이유를 찾아내고, 끊임없이 다짐하고, 거리를 두려고 노력을 해도 생각이…… 마음이…… 도무지 말을 듣지 않아서. 그래서."

눈 깜짝할 사이에 그의 손에 이끌려 일어서 있었고, 너무나 다급한 그의 입술에 갇혀 버렸다. 아니 잡아먹혔다는 표현이 더 적절할지도 몰랐다.

몸을 강하게 옭아매는 강한 그의 팔도, 목 뒤를 우악스레 움켜쥔 그의 커다란 손도, 거친 숨소리, 더 거친 입맞춤도 무엇 하나 부드럽지 않았지만, 초롱에게만큼은 세상에서 가장 부드럽고 달콤한 입맞춤이었다.

한참이 지나서야 아쉬운 듯 멀어지더니 이내 숨을 쉴 수 없을 만큼 강하게 그의 품에 안겨 있었다. 귓가로 전해 오는 세찬 그의 심장 소리에 괜스레 가슴이 벅차오르며 왠지 모를 안도감에 말없이 눈물을 흘렸다.

"놓지 마! 절대 놓지 마! 누가 허락도 없이 놓으래?!"

등 뒤를 감싸 오는 여린 손의 느낌이 이루 말할 수 없이 큰 기쁨을 가져다주었다.

괜히 말을 꺼냈나 싶었다. 초롱이 입을 열 때마다 꼭 헤어지자는 말을 할 것 같아서, 이제 그만하자는 말이 나올 것 같아서, 그 짧은 시간 얼마나 속을 태웠는지. 아직도 터질 듯 두근거리는 심장은 쉬이 진정될 기미를 보이지 않고 있었다.

만나면서 처음으로 들어 본 초롱의 속내에 놀랍기도, 한편으로는 부담을 떨치려 애쓰는 모습이 안쓰럽기도 했다. 그럼에도 결국에는 자신을 선택한 초롱이 고마웠다.

"초롱아."

"네."

"고마워."

"그 말은 제가 먼저 하고 싶었는데…… 늘 받기만 해서 미안하고, 또 고마워요."

"받아도 돼. 너니까. 그 누구도 아닌 너니까. 받아도 돼."

"……."

"초롱아."

"네."

"이초롱."

"네."

"나 좀 봐."

고개를 들어 그를 보는데, 등을 어루만지던 손이 어느새 얼굴을 부드럽게 감싸고 있었다.

산은 눈물로 얼룩진 초롱의 얼굴을 조심스레 만지며, 자신의 인중에 머물러 있는 초롱의 눈동자가 위로 올라오기를 가만히 기다리고 있었다.

"나 좀 보라고."

천천히 더디게 움직이던 눈동자가 드디어 목적지에 다다랐다. 마주한 붉게 충혈이 된 눈동자를 바라보며 조용히 읊조렸다.

"사랑한다. 이초롱."

"흑."

대답을 바라지는 않았지만, 이게 이렇게 울 일인가. 고개를 숙이며 제 가슴에 얼굴을 숨긴 덕분에 가슴팍이 촉촉하게 젖어 들고 있었다.

산은 가슴에 숨은 초롱을 살며시 꺼내 보았다. 입술을 삐죽이며 눈물로 범벅이 된 모습까지도 사랑스럽기만 했다.

"울지 마. 네가 울면 마음이 아파."

그치라고 한 말인데, 눈을 질끈 감으며 아예 흐느껴 버리는 초롱이었다.

'내가 미친 게 틀림없어, 어떻게 네 눈물까지 사랑스럽지?'

숙인 고개를 들어 올려 얼룩진 얼굴을 어루만지며 천천히 초롱의 입술에 제 입술을 내리눌렀다. 짭조름한 솜사탕이 있다면 이런 맛일까? 부푼 입술이 포근하기도, 세상없이 달콤하기도, 짭짤하기도 한 것이 이게 바로 단짠단짠의 묘미인가? 먹어도, 먹어도 질릴 것 같지가 않았다.

그렇게 서로에게 흠뻑 젖어 버렸다. 어떤 소리도 귀에 들려오지 않을 만큼 아주 흠뻑.

그때였다. 띠띠띠띠띠띠. 띠로리. 현관문이 열렸다. 졸지에 불청객이 되어 버린 산의 막냇동생 림이었다.

'타이밍 이즈 굿. 이런 젠장. 망했다 망했어.'

림은 속으로 알고 있는 온갖 험상궂은 말을 쏟으며 눈을 질끈 감아 버렸다.

'어떡하지? 어떡해! 나 어떡해! 나가자, 나가자. 내가 지금 살길은 그 길뿐이리!'

다행히 서로에게 몰두한 듯 보이는 하나의 덩어리는 이쪽 사정을 전혀 눈치채지 못한 듯했다.

'그래, 할 수 있어. 나는 액체 괴물이다. 나는 액괴다.'

림은 서둘러 뒤돌아서며 무거운 짐을 안고서 낮은 포복으로 액체 괴물처럼 소리 소문 없이 슬그머니 빠져나가려는데,

쿠당. 탕!

이런 썩을, 어쩜 이렇게 시기적절하게 팔 힘이 빠져 버리는지 알다가도 모를 일이었다.

'이건 아니잖아요! 차라리 희망을 주지를 말든가. 아, 왜 희망을 줬다 뺏는데?! 아예 처음부터 들키게 하든가! 이게 무슨 모양 빠지는 짓이냐고요!'

바닥에 둔탁한 소리를 내며 떨어진 두 개의 물체를 원망의 눈초리로 노려봤자 이미 벌어진 일. 림은 앉은 자리에서 한숨을 푹 내쉬었다.

요란한 소리에 화들짝 놀라 한 몸처럼 붙어 있던 산의 입술이 떨어져 나가더니, 소리의 근원지를 보는 산의 인상이 와락 구겨지고 말았다.

"하. 제기랄!"

'이번엔 너야? 이게 뭐야! 다들 나한테 왜 이래 진짜! 승주 형 다음은 운이, 운이 다음은 너야? 망할, 뭐가 이래! 이러다 소개하기도 전에 다 들키겠네! 하…… 내가 미친다. 미쳐. 암울하다 암울해.'

평소 욕을 하지 않는 그의 입에서 처음 들어 보는 거친 표현에 초롱의 눈이 커졌다.

"오빠, 잘 지냈어? 어. 뭐 아주아주 잘 지내는 것 같네."

갑작스레 등 뒤에서 들려오는 여자의 목소리에 초롱은 심장이 철렁 내려앉으며 다리에 힘이 풀려 버렸다. 내 집이라기에 당연히 혼자 머무는 집이려니 했는데, 들려오는 예쁜 여자 목소리라니.

산은 놀라 다리에 힘이 풀려 버린 초롱을 꼭 붙잡았다.

"미안! 오빠, 진짜 미안해!"

림이 자리에서 벌떡 일어섰다. 휘청하는 여자의 힘없는 뒷모습을 바라보며, 지금이라도 꽁지 빠지게 도망가려는데 아니나 다를까 발걸음을 멈추게 만드는 소리가 들려왔다.

"하이림! 그대로 가면 너 죽어. 스톱!"

주말에 서울로 온다더니 더 일찍 온 모양이었다. 산은 오랜만에 동생을 보는 반가움은 둘째 치고 이제 겨우 초롱의 마음을 확인했는데, 이제 겨우 진짜 연인이 되어 보려는데. 하필 지금, 하필 이 타이밍에 제집처럼 문을 열고 들어와 이 사달을 만들어 놓고서, 홀연히 그냥 빠져나가게 둘 수는 없는 노릇이었다.

총을 든 것도 아닌데 양손을 머리 위로 올리고 뒤돌아 서 있는 동생을 보며 여느 때와 같았으면 귀여워 박장대소라도 했겠지만, 지금은 상황이 좋지 않았다.

"어. 나 이대로 꼼짝하지 않고 있을게. 준비되면 알려 줘. 나 지금 완전 얼음이야!"

"입 다물어!"

"네엡!"

초롱의 눈이 더없이 커져 버렸다. 너무나 생생하게 여자의 목소리만 들려올 뿐, 내용까지는 머릿속으로 전달되지 않았다. 무슨 목소리가 저렇게나 생기발랄한지…… 갑자기 현기증이 몰려오는 듯했다.

그런 초롱을 보던 산이 촉촉이 젖은 얼굴을 닦아 주려는데, 곧 쓰러질 듯한 모습으로 한 걸음 뒤로 물러서는 걸 보니 오해가 상상의 나래를 펼치는 모양이었다. 조금만 정신을 집중한다면 동생의 이름을 불렀을 때 이미 눈치채고도 남았겠지만, 지금 초롱에게 그런 정신은 남아 있지 않은 듯했다.

조금 진정한 상태에서 눈물 자국이라도 좀 지우고 보여 주면 좋겠지만, 창백해지는 초롱을 보아하니 이 상태로 머물렀다가는 언제 쓰러져도 이상하지 않을 듯해 결단을 내렸다.

"꼬맹이! 이리 와서 인사해."

"네! 오라버니, 팔은 내리고 가도 될까?"

"지금 장난해?"

"그럴 리가! 난 꼼짝 마라고 해서 정말 꼼짝 않고 있는 거라고!"

"하. 이. 림."

초롱의 뒤에서 후다닥 소리가 들리는가 싶더니 이내 그 여자가 눈앞에 다가와 서 있었다. 자신보다 조금 더 커 보이는 여자는 같은 여자가 보기에도 오밀조밀 너무 예쁘장했다. 표정은 마치 조명을 비춘 듯 환하게 밝아 있었고, 여자를 보는 초롱의 눈은 심하게 떨고 있었다.

"안녕하세요. 저는 하이림이에요. 만나서 반가워요. 정말."

인사를 마친 림이 초롱을 살폈다. 말없이 자신을 쳐다보는 여자의 얼굴은 창백했고, 눈물이 아직 마르지 않았다.

'뭐야. 또 울 것 같은 얼굴이잖아?'

입술은 부풀어 올라 상처가…… 상처? 게다가 저건 설마. 피?

"오빠 뭘 한 거야 대체! 어떻게 이 지경이 되도록! 하여간 남자들이란."

림이 오빠의 팔을 찰싹 때렸다.

"윽! 꼬맹이 너 손이 무기라고 조심하라고 했어, 안 했어?"

꼬맹이의 손이 스치고 지나간 팔이 화끈한 거로 보아 선명한 손자국이 남아 있을 거라는 건 굳이 확인하지 않아도 알 것 같았다.

"왜 울려? 뭘 어쨌기에 울어? 오빠 뭐 잘못했어?! 뭘 잘못했는데?!"

제 앞에서 티격태격하는 둘을 보며 초롱은 분명 무언가 놓친 게 있는 것 같은데 그게 무엇인지, 정신을 차리려 머리를 세차게 흔들었다.

'오……빠? 꼬맹이? 하……이림, 하이림. 하……이산. 하이림?! 그때 그가 통화했던 그 여동생?! 맙소사. 맙소사. 안 돼. 안 돼! 왜 너야! 왜 하필 또 너야! 왜 자꾸 사람 피를 말려!'

초롱은 두 손으로 황급히 얼굴을 감싸고 고개를 푹 숙이며 눈을 질끈 감아버렸다. 도대체 왜 하필 오늘, 왜 하필 이런 상황에 그녀를 마주해야 한단 말인가? 아니 왜! 왜 하필 그걸 이제야 눈치를 채냐고, 이 바보 천치야!

여자 목소리만으로도 놀란 가슴에 손을 벌벌 떨면서 누가 누구 손을 놓아줘? 다시 한번 자신의 어리석었던 생각을 비웃으며 초롱은 부끄러움에 차마 얼굴을 들 수가 없었다.

"오빠, 혹시 저 언니 또 우는 거야?"

동생의 말에 산이 초롱을 살피며 급히 말을 꺼냈다.

"초롱아, 아니야 그런 거. 오해야 오해. 림은, 내 동,"

마음이 급한 초롱이 산의 말을 싹둑 잘랐다.

"대표님. 저 세수 좀."

"뭐?"

"저 얼굴 좀 씻을게요. 이 얼굴을 하고 어떻게 동생분을 봐요?"

"풉. 이제 눈치챘어?"

"하……."

"알았어. 가자, 세수하러."

림은 눈앞에 벌어지는 광경에 눈이 튀어나올 것 같았다.

'대박, 대박, 대박 사건! 다른 오빠도 아니고 둘째 오빠가, 집에 여자를 들여놓았다는 것만으로도 놀랄 노 자인데, 오빠의 저 꿀 떨어지는 눈빛은 무엇? 지금 파우더 룸 앞에서 여자 기다리는 거? 뭐야? 대체 내가 지금 뭘 보고 있는 거야? 아, 현기증 나.'

림은 정신을 차리고 주위를 둘러보았다. 식탁에 남겨진 음식들을 보아하니 보통 정성을 쏟은 게 아니었다.

'분명 애인이야. 그러니까 저녁 식사를 하다 말고 눈이 맞아 입맞춤을 한 거고? 그런데 왜 울어? 사랑싸움을 하셨나? 제법 격하게 하셨나 보네. 망할, 깜빡했다. 왜 하필 그 타이밍에 들어와서는. 아니지, 아니지. 진도가 더 나간 상황에서 들어왔어 봐. 어우야. 엄마야. 그건 상상만 해도 끔찍하다 끔찍해. 하나님, 부처님, 천지신명님, 그나마 하기 전이라 대단히 감사합니다! 저를 살리셨어요!

그나저나 어쩌지? 지금이라도 도망갈까? 그래! 더 눈치 없는 동생 되지 말고, 지금이라도 비켜 주자. 난 분명 도망가는 게 아니라 눈치껏 빠져 주는 거라고.'

치열한 내면의 갈등을 끝내고 숨죽여 빠져나가려는 순간, 오빠의 목소리가 귓전을 때렸다.

"동작 그만!"

"망했네?"

조금만 더 서두를걸.

"네 죄를 네가 알렷다!"

"에이. 오라버니도 참, 미안해. 내가 이럴 줄 알았나, 어디. 생전 여자를 집에 데려오는 걸 봤어야 말이지."

초롱은 농담처럼 말하는 남매의 허물없는 대화가 듣기에 좋아, 눈치 없는 마음에 따뜻한 바람이 불었다. 여자의 강한 듯 부드러운 말투가 사랑스러워 듣기 좋은 것인지, 대화 내용이 마음에 들어 그런 것인지.

"꼬맹이 이리 와, 정식으로 인사해. 소개해 줄게. 이쪽은 우리 집 막둥이 하이림, 그리고 이쪽은 오빠가 사랑하는 여자 이초롱. 서로 인사해."

"헉!"

초롱은 그의 거침없는 소개에 순식간에 얼굴에 열이 확 올랐다.

"허얼 대박. 사랑하는 여자라니."

'내 오빠지만 정말 더럽게 멋있잖아!'

오빠만큼이나 화끈한 소개와 함께 꿀 떨어지는 눈빛으로 감정을 감추지 않는 오빠의 새롭고도 신선한 모습에 림이 활짝 웃었다.

"안녕하세요. 저는 우리 오빠의 단 하나밖에 없는 여동생 하이림이에요. 음…… 오늘 일은 정말, 대단히, 매우, 몹시, 무척,"

"꼬맹이!"

"알았어, 알았다고. 난 정말 너무너무 미안해서."

"적당히. 짧게."

동생의 눈에 장난기가 자글자글 엿보였다. 이렇게 가족을 인사시킬 생각은 없었지만, 기왕 이렇게 된 거 제대로 인사시키고 보내려고 했더니, 녀석의 눈에 가득 담긴 호기심과 장난기는 막을 수가 없었다.

"아무튼 만나서 정말 반가워요. 앞으로 우리 오빠 잘 부탁합니다."

림은 오빠의 헛기침 소리쯤이야 가볍게 무시하고 앞에 여자를 주시했다.

"안녕하세요. 저는 이초롱이라고 합니다. 아까는 경황이 없어서 제대로 인사를 드리지 못해 죄송했어요."

"네가 왜? 불쑥 들어온 사람은 우리 꼬맹이라고!"

"아, 거참 아까부터 자꾸 꼬맹이, 꼬맹이! 내가 오늘은 지은 죄가 있어 참는데, 오빠 다음에 두고 봐. 그런데 이름이 참 예뻐요. 이초롱이라."

림은 결코 잊을 수 없는 이름이었다. 오래전 누군가의 고마운 손길에서 들었던, 잊을 수 없는 예쁜 이름…… 이초롱. 그 이름을 다시 듣게 될 줄이야.

"고마워요. 하이림 씨도 이름이 참 예뻐요. 흔하지도 않고. 제 이름은 엄청 흔해서."

"흔하다고요? 아닌데? 저는 오늘 딱 두 번째 들어 보는 이름인데요?"

"그래요? 저는 제법 많이 들어서. 개 이름으로 잘 어울리나 봐요."

"개…… 이름? 왈왈? 그…… 개요?"

"네. 이상하게 초롱이라는 개가 많더라고요."

가끔 길을 가다 보면 누군가 그렇게 자신의 이름을 부르곤 했다. 혹시나 해서 뒤돌아보면, 웬 개가 그렇게 신나게 이름을 부르는 사람에게로 달려가고는 하던.

"풉. 풉. 푸하하하하하."

"하하하하하."

너무나 진지하게 말을 하는 초롱을 보며 산과 림이 동시에 웃음을 터트렸다. 그것도 아주 배를 잡고서. 데굴데굴 구르지 않는 것만도 다행이라고 해야 할까?

멀뚱멀뚱 두 사람을 바라보던 초롱이 가만히 미소를 지었다. 이름으로 사람을 웃길 수 있다니.

"흠흠, 미안해요. 이렇게 웃으면 안 되는 건데, 언니 표정이 너무 진지해서."

"아니에요. 전 아무렇지도 않은데."

그런 초롱을 보던 산이 고개를 내저었다. 초롱에게 이렇게 엉뚱한 모습도 있다니, 개 이름이라. 개를 부르는지도 모르고 그때마다 번번이 뒤돌아보며 황당한 표정을 짓고 있었을 초롱을 상상하니 다시금 웃음이 터져 나왔다.

"풋. 흠흠. 우리 님 이제 그만 가야지?"

"오빠, 너무하네. 어차피 분위기는 깨진 유리처럼 와장창인데, 차라도 한잔하고 가면 안 돼?"

림은 오빠에게는 장난스레, 초롱을 향해서는 다시 상냥하게 말을 건넸다.

"죄송해요. 본의 아니게 민폐를 끼쳤네요. 그래도 맡은 바 임무는 완수를 하고 가야 할 것 같아서요."

"아! 그러게. 연락도 없이 갑자기 무슨 일로 왔어?"

"잠깐!! 그러고 보니까 내가 구세주였잖아?! 김치 어디 있어?"

"무슨 김치?"

"내가 놀라서 떨어트린 망할 그 김치 말이야."

림은 서둘러 현관으로 가 바닥에 떨어진 묵직한 김치 통 두 개를 들고 왔다.

"오늘 여기 올 사람은 내가 아니라 엄마였다고, 알기나 해? 마침 내가 근처에 볼일이 있어서 오는 길에 가져다 놓겠다고 해서 오게 된 건데!"

놀라 입이 벌어지는 오빠를 보며 그제야 마땅히 나와야 하는 반응에 림이 고개를 치켜들었다.

"은인을 이런 식으로 대접하면 쓰나!!"

산은 간담이 서늘했다. 동생이 아닌 엄마가 오셨다면, 그 뒷감당은 정말 생각만 해도 끔찍했다.

"하. 그래, 알았어. 거실로 가 있어. 너 좋아하는 차로 가져다줄게."

동생을 처음. 그것도 하필 오늘 대면하게 된 것도 당황스러울 텐데, 동생과 단둘만 남겨 두려니 마음이 편치는 않았지만, 동생을 믿었다. 동생은 가끔 장난기가 있기는 해도 경우 없는 녀석은 아니었고, 생각도 깊은 아이였다. 때와 상황에 맞게 대처하는 능력도 뛰어난.

'그래도 저 녀석 엉뚱해서 영 찜찜한데.'

"진작 그럴 것이지! 언니, 같이 가요. 오빠, 언니도 차 한잔 부탁해."

뒤돌아서며 끙 하는 오빠의 앓는 소리가 들려왔지만, 그 정도야 대수롭지 않게 웃어넘길 만큼 허물없는 남매였다.

림이 초롱을 소파로 안내했다.

"언니, 편한 자리에 앉으세요."

"네. 고마워요."

여자는 얼핏 보기에는 평온해 보이지만, 꼭 맞잡은 두 손은 불편한 그녀의 마음을 대변하기에 충분했다.

"제가 많이 불편하세요?"

"아니에요. 저 때문에 이림 씨가 더 불편한 건 아닌지."

"전 당연히 괜찮죠. 제 걱정은 전혀 하지 않으셔도 돼요. 그리고 아까는 정말 죄송했어요. 고의는 아니었지만요. 음. 그리고 앞으로는 조심할게요."

"아니에요. 그러지 않아도 괜찮아요. 여기는 대표님이 쉬는 곳이라고 들었어요. 저는 오늘 여기 처음…… 어. 그러니까 오늘은 갑자기 어쩌다 오게 된…… 거라서요."

초롱은 자신이 도대체 무슨 말을 내뱉고 있는지도 모를 만큼 당황하는 모습에 한심하기만 했고, 부끄러움이 밀려와 어디 쥐구멍이라도 있다면 숨고 싶은 마음뿐이었다.

그런 초롱의 마음을 아는지 모르는지 림은 다시 절망에 빠졌다.

'아하! 오늘이 처음? 그러니까 오빠가 사랑하는 여자를 처음 집으로 데려온 날 하필 내가 들이닥친 거?! 엄마야. 미치겠네. 진짜. 하나님, 부처님, 천지신명

님, 저한테 왜 이러세요! 왜 이렇게 눈치 없는 동생으로 만드냐고요!'

감사하다고 기도할 때는 언제고 다시 원망을 퍼부었다.

"아, 그랬구나. 제 생각에는 앞으로도 종종 올 일이 있을 것 같은데요? 저는 전혀 신경 쓰지 않아도 돼요, 언니. 앞으로는 허락도 없이 이렇게 함부로 문 열고 들어오는 일은 없을 거예요."

"아, 네."

부끄러운지 얼굴이 붉어지는 모습까지도 이상하게 눈길이 가는 여자였다. 여자의 얼굴은 아까와는 달리 많이 진정되어 있었다.

눈물이 걷힌 여자의 얼굴은 화장을 하지 않아도 너무나 맑고 깨끗한 게, 청순가련이라는 단어를 절로 떠올리게 만들었다. 말없이 짓는 은은한 미소나 차분한 말투는 같은 여자가 봐도 기품 있어 보이는 것이, 오빠가 왜 이 여자에게 마음을 빼앗겼는지 충분히 알 것 같았다.

"들어서 아시겠지만 여기는 오빠가 종종 머무는 곳이에요. 오빠가 모르는 사람을 집에 들이는 걸 별로 탐탁지 않아 해서, 엄마나 제가 가끔 이렇게 들러서 김치나 오래 두고 먹을 수 있는 반찬 정도 가져다 놓고요. 어쩌다, 정말 어쩌다 한 번씩 들여다보는 정도였어요. 뭐 워낙 알아서 청소든 밥이든 잘 챙겨 먹고 하니까 굳이 이렇게 오지 않아도 되는데, 엄마는 신경이 쓰이나 봐요."

"네. 아무리 장성한 아들이라도 부모님 눈에는 그냥 큰 아이일 뿐이죠. 충분히 이해해요."

"게다가 지금까지는 단 한 번도 이곳에 여자를 데려온 적이 없어요. 이곳뿐만 아니라 본가든 어디든 한 번도 여자 친구라고 소개를 시켜 준 적도 없어요. 그래서 사실 오늘 좀 많이 당황했고, 조금 더 오버했는지도 몰라요. 혹시 불편하셨다면 사과드릴게요."

"조금 놀란 것 외에 불편한 건 전혀 없었어요. 전 정말 괜찮아요."

"이해해 주셔서 고맙습니다. 그런데 아까 보니까 오빠한테 대표님이라고 하는 것 같던데, 혹시 오빠 회사 직원이에요?"

"네."

"그랬구나. 혹시 실례가 안 된다면 나이를 여쭤봐도 될까요?"

"저는 올해 스물여섯 됐어요."

"네에?"

초롱은 깜짝 놀라 되묻는 림을 보며 당황했다.

"스물여섯. 어쩐지 어려 보이더라니, 저는 올해 스물일곱 됐어요."

림은 의미심장한 미소를 지으며 주방에서 분주하게 차를 내리는 오빠 쪽으로 시선을 날려 보냈다.

불안한 마음에 계속해서 초롱이 있는 쪽을 바라보던 산이 동생의 따가운 눈초리와 딱 마주쳤다.

'꼬맹이 저 표정은 좀 위험한데, 뭐지?'

한쪽 입꼬리를 비스듬하게 치켜올린, 여유로운 미소를 띤 동생의 표정은 위험 신호였다. 대체 저런 신호를 보일 일이 뭐가 있을까, 하다 불현듯 림의 경고가 섬광처럼 떠올랐다.

'오빠들 내 말 잘 들어! 오빠 중 누구라도 나보다 더 꼬맹이 데려오는 날에는, 절대 언니라고 안 불러 줄 거야. 알았어?'

언젠가 꼬맹이라는 소리가 듣기 싫다며 외치던 앙칼진 동생의 경고가 귓전을 후벼 파고 있었다.

'하, 망했네. 설마 벌써 나이를 물어보지는 않았겠지?'

그런 남매의 사정을 알 리 없는 초롱이 림을 향해 말했다.

"그럼 말씀 편하게 하세요."

"에이, 아니에요. 저야 좋은 친구가 생긴 것 같아 좋긴 하지만, 나중에 정말 우리 언니가 될지도 모르는데 함부로 말을 놓을 수야 있나요?"

림은 차마 그 불똥을 이 예쁜 여자에게 떨어트리고 싶지 않았다.

"네?"

"말이 그렇다고요. 사람 일은 모르는 거니까."

"아……."

림은 느낌이 좋았다. 대화하면 할수록 느껴지는 단정함과 차분한 말투, 그 무엇보다 때 묻지 않은 순수한 이미지가 너무나 마음에 들어 오빠의 짝으로는 손색이 없어 보였다. 왠지 모르게 그녀가 우리 가족이 될 거라는, 자신에게는 올케언니가 될 거란 강한 확신마저 들었다.

"자! 차가 왔습니다."

산은 서둘러 차를 테이블 위에 올려 두며 초롱을 살폈다. 걱정과는 달리 긴장이 많이 풀린 듯해 마음이 놓이다가도, 다시금 눈썹을 팔랑팔랑 휘날리며 무언의 시위를 하는 동생의 모습에 가만히 속으로 한숨을 내쉬었다.

"걱정이 되셨나 봐? 차를 너무 대충 우린 거 아니야?"

분위기를 풀어 주려 림이 마음에도 없는 말을 건넸다.

"무슨 소리! 오랜만에 보는 우리 동생 좋아하는 차로 아주 심혈을 기울여 정성껏 우렸어. 그래, 둘이서 무슨 얘기들 하고 있었어?"

산은 벌써 나이를 트지는 않았으면 하는 마음으로 조심스레 물어보았다.

"아, 내가 나이를 좀 물어봤어."

콜록콜록, 사레가 걸리고 말았다.

"뭐. 뭐라고?"

"나이 말이야, 나이. 너무 어려 보여서 혹시나 해서 물어봤지 내가. 그런데 오빠 있지. 초롱 씨 나이가 나보다 어려. 오빠 초롱 씨한테는 아기라고 부르겠네?"

끙. 앓는 소리가 절로 나왔다. 산은 앞으로 이 난관을 어떻게 헤쳐 나갈까 뻐근한 목을 주무르며 동생을 살펴보았다.

초롱은 지금까지 언니, 언니, 하다가 갑자기 이름으로 말하는 림을 보면서도 전혀 이상하다 생각하지 못하고, 그저 산의 모습을 걱정스레 바라보았다.

"대표님, 어디 불편하세요?"

"아니야, 아니야. 목이 조금 뻐근해서. 괜찮으니까 걱정하지 마."

"우리 오라버니 내가 목 좀 주물러 줘?"

림은 자꾸 미간을 좁혔다 넓혔다 하며 눈치를 주는 오빠의 모습에 콧방귀가 나와 버렸다.

"차는 잘 마셨어, 오빠. 나는 임무 완수했으니까 이만 물러갈게."

"차 아직 남았는데……."

"괜찮아요, 언니. 오늘 오빠 정신이 다른 곳에 있는지 차가 영 맛이 없어서 그만 마시려고요."

림은 지금까지 오빠에게 당한 걸 생각하면 정말 언니라고 하지 않고 장난을 좀 더 쳐 볼까 싶다가도, 저 여린 듯 보이는 여자가 무슨 죄일까 싶어 마음을 넓게 쓰기로 했다. 그런 동생의 마음을 눈치챈 산이 고마워 씩 웃었다.

림이 가방을 챙겨 자리에서 일어서자 초롱이 덩달아 일어서며 말했다.

"그럼 저도 그만 가 볼게요."

"네?"

"뭐?"

놀란 남매의 말이 동시에 튀어나왔다.

"언니! 저 오빠랑 의절하고 싶지 않아요. 그러기에는 너무 좋은 오빠란 말이에요. 그러니까 제발 5분이라도 더 있다가, 아니 저 먼저 가고 나면 그때 가요. 네?"

다급함에 말이 속사포 랩이 되어 쏟아져 나왔다.

"그래. 이초롱! 하던 얘기 마저 하고 가. 늦지 않게 데려다줄게."

"그래도 시간이……."

초롱은 괜스레 민망한 기분이 들어 동생의 눈치를 보지 않을 수 없었다.

"에이, 언니! 아직 9시도 안 됐는데 이쯤이면 초저녁이라고요! 모르겠고, 난 먼저 갑니다. 아차차! 언니, 혹시 우리 오빠 마음에 안 들면 나한테 연락해요."

림은 어디선가 스팀이 보글보글 올라오는 소리가 들리는 듯한 착각에 서둘러 자리를 뜨며 초롱에게 불쑥 명함을 내밀었다.

"난 언니가 마음에 쏙 들어요. 그래서 말인데, 혹시 우리 오빠랑 잘 안 되면 나한테 연락하라고요. 거기 전화번호로. 나에게는 아직도 멋지고 쌔끈한 오빠가 세 명. 아니다, 승주 오빠까지 하면 넷이구나? 아직 네 명의 오빠가 남았어요. 그러니까."

"하이림!"

"풉. 발끈하시기는. 그래도 여기 우리 둘째 오빠가 최고예요. 제일 자상하고 가장 마음이 따뜻한 남자거든요. 언니, 우리 오라버니 잘 부탁드립니다. 그럼 이제 정말 가 볼게요."

"어. 네. 조심해서 들어가세요."

"네. 언니도요. 우리 다음에 꼭 다시 만나요."

초롱은 열심히 팔을 흔들며 경쾌하게 사라지는 그녀의 뒷모습을 바라보며, 그녀의 밝은 에너지가 자신에게까지 전해 오는 듯한 기분에 환한 미소를 지었다.

현관 밖에서 배웅을 마친 산이 옆에 선 초롱을 한 팔로 감싸 안으며 말했다.

"그만 들어가자."

"네."

여기서 가야 할 사람은 분명 자신이었는데, 가족인 동생을 보내고 그와 함께 다시 집으로 들어가는 초롱은 뭔가 묘한 기분이 들었다.

"참 좋은 사람 같아요."

"그렇지? 가끔 사람 황당하게 만들기는 해도 정말 좋은 녀석이야. 아주 착해 빠졌어."

"그나저나 괜찮을까요?"

"뭐가?"

"제가 여기 있는 걸 봤는데."

"그러게. 너는 그런 걱정은 하지 마. 내 의사를 확인하지 않고 집에다 얘기할 녀석 아니야. 좀 엉뚱하기는 해도 신중하고 생각이 깊은 녀석이라 다른 염려는 하지 않아도 돼. 그리고 지금은 내 생각만!"

"헛."

"잠시만, 잠시만 이대로 있어."

갑작스레 허리를 껴안더니, 순간 그의 품에 안겨 있었다. 빈틈없이 안기게 된 그의 몸은 경험이 없는 초롱이 느낄 수 있을 정도로 흥분했고, 뜨거웠다.

"……대표님."

"이제 더는 안 돼, 그 호칭. 네가 그렇게 부를 때마다 얼마나 멀게 느껴지는 줄 알아?"

"네. 고쳐 볼게요. 이산…… 씨."

"그게 그렇게 어색해?"

"아직은. 곧 익숙해질 거예요. 한 번에 고쳐지지는 않겠지만 노력해 볼게요."

"그래."

이 정도도 장족의 발전이라 산이 흐뭇한 미소를 그리는데 어디선가 휴대폰 벨 소리가 들려왔다.

"너 전화 왔나 봐. 받아 봐."

"네."

따뜻한 그의 품에서 벗어나 테이블에 놓인 전화를 받았다.

― 누나.

"어, 초원아."

― 누나 어디야? 나 지금 집인데.

"뭐라고? 집이라고? 너 집에 왔어?"

― 어. 오늘 집에서 자고 가려고.

"자고 가도 돼?"

— 어. 오늘은 집에서 좀 쉬겠다고 했어.

"그래, 알았어. 누나 지금 바로 갈게."

— 누나 일 있어 나간 거 아냐? 나는 괜찮으니까 천천히 와도 돼.

"아니야. 막 가려던 참이었어. 뭐 먹고 싶은 건 없어?"

— 됐어, 그냥 와. 누나랑 먹으려고 누나 좋아하는 아이스크림이랑 티라미수 케이크 사 왔어.

"역시 내 동생이네. 얼른 가야겠다. 있다 봐."

— 조심해서 와, 무서우면 전화하고. 데리러 갈게.

"괜찮아. 누나 걱정 말고 넌 푹 쉬고 있어."

전화를 끊고서 옆에 선 그를 보니, 너무 신나게 전화를 받은 건 아닌가 싶다. 통화야 자주 하지만 요즘 들어 통 얼굴 보기 힘든 동생이라 반가움이 앞섰고, 더구나 오늘은 집에서 자고 간다고 하니 마음이 바빠지지 않을 수가 없었다.

"이제 그만 가 봐야 하는 거지?"

왠지 기운이 없어 보이는 그를 보며, 미안한 생각이 들어 말이 곧장 나오지 않았다.

"……네. 그래야 할 것 같아요. 초원이가 오랜만에 집에 와서. 밖에 나가 있어도 제가 혼자 있다 보니 걱정이 많이 되나 봐요."

이렇게 찾아오지 못할 때는 늘 잊지 않고 전화라도 꼭 하는 오빠 같은 동생이었다.

"그래…… 그럼 준비할까?"

아쉬움을 감추지 못한 산이 속으로 구시렁거렸다.

'망할 동생들 같으니. 하나같이 착해 빠져서는 욕도 못 하겠고, 다음에 너희들 연애할 때 딱 기대하라고. 더도 덜도 말고 너희가 한 것만큼 참견해 줄 테니.'

산은 고개를 끄덕이는 초롱의 얼굴을 감싸고 천천히 입술을 겹치며 아쉬운 마음을 달래야 했다. 두려워하지 않도록 조심스럽게 천천히 다가갔고, 자연스레 두 눈을 감으며 자신을 맞이하는, 아직도 부끄러움이 남은 듯 미세하게 떨리는 달콤한 감촉에 폭발할 것 같은 본능을 힘겹게 억눌러야 했다.

생각 같아서는 이대로 계속 머물고 싶었지만, 아직은 때가 아닌가 보다.

두 사람이 함께 사랑을 해도 가슴에 담은 마음의 크기가 달랐고, 사랑에 다가가는 속도도 같지 않았다. 산은 이미 저만치 앞서 있었지만, 초롱은 이제 시작점에 서 있었다. 산은 조금은 느린 초롱이 불안해지지 않고 무사히 기쁘게 다가올 수 있게 인내하며 기다려 줄 생각이었다.

물론, 이 망할 동생들을 어떻게 떼 놓을까 고민하면서.

'하. 이제 겨우 마음을 확인했는데, 이젠 동생들 눈치까지 보게 생겼네. 이 망할 것들 같으니라고!'

10

매월 있는 월간 보고와 주간 회의가 있는 날이었다. 초롱과 경선은 아침부터 회의 준비와 함께, 간단한 다과를 준비하느라 분주한 시간을 보내고 있었다.

"과장님은 앉아서 좀 쉬세요. 이런 건 저 혼자 해도 충분해요."

"하…… 그럴까? 안 그래도 허리가 뻐근하던 참이었어."

"이제 많이 힘드시죠? 아기가 잘 크고 있나 봐요."

"그러게. 처음엔 잘 안 커서 걱정했는데, 크기 시작하니까 또 순식간이더라고. 그래서 말인데, 나 어쩌면 휴직 좀 일찍 하게 될지도 모르겠다. 조산기가 조금 있다고 해서, 입원을 해야 할 수도 있고."

초롱이 알기로 임신 6개월이라고 알고 있었다. 벌써 조산기가 있다고 하면 위험한 게 아닌가 싶어 걱정스레 물었다.

"어떡해. 걱정이 많으시겠어요. 그럼 당장이라도 휴직을 하셔야 하는 거 아니에요?"

"다음 주에 병원에 가 보고 결정하려고. 어떡하니? 나 없으면 초롱 씨가 더 바빠질 텐데."

"그런 건 걱정 마세요. 지금도 특별한 일이 없는 다음에야 그렇게 바쁘지 않아요. 김 과장님도 많이 도와주시는데요, 뭘."

"그렇게 말해 주니 정말 너무 고맙다. 대신 초롱 씨 임신하면 내가 팍팍 도와줄게."

"과장님. 저 아직 결혼도 안 했거든요?"

당황한 듯한 초롱의 말에 경선이 피식 웃더니 엉뚱한 말을 하나 더 보탰다.

"하긴, 그렇지. 그래도 뭐 꼭 결혼을 해야 임신하는 건 아니잖아? 큐피드 화살이 파파팍 꽂히는 사람만 있다면야 그 전에도 가능하지 않을까?"

"과장님! 큰일 날 소리는 하지도 마세요. 누가 들을까 겁나요."

"만나는 사람은 있고?"

"네?"

"뭘 그렇게 놀라? 한창 만나고 사랑하고 할 나이라 물어본 건데, 그러니까 더 궁금한데? 누구 있구나?"

초롱은 경선의 질문에 선뜻 대답할 수가 없었다.

"아. 저. 그게."

"됐고, 지금 만나는 사람이 마음에 안 들면 나한테 말만 해. 내가 훨씬 멋있는 사람 소개해 줄 테니까. 알았어?"

"아. 하하. 네."

초롱은 의미심장한 미소를 짓고 있는 경선의 눈을 제대로 바라볼 수가 없었다. 왠지 뭔가를 알고 있는 듯한 뉘앙스에 침착하자 마음을 다잡으면서도 심장은 놀라 두근거리고 갑자기 몸이 더워지고 있었다.

경선은 점점 얼굴이 발갛게 달아오르는 초롱의 모습에 잠재되어 있던 짓궂음이 고개를 내밀었다. 이번에 함께 월차까지 맞춘 걸 보면 분명 대표님과 사귀는 게 맞는 것 같은데, 왜 아직 소문이 없이 잠잠하기만 한지. 생각 같아서는 직접 묻고도 싶었지만, 당황스러워하는 게 안쓰러워 마음을 접었다.

"웬만큼 정리된 것 같은데 초롱 씨도 앉아서 쉬어."

"네. 과장님."

혹시나 경선이 또 질문을 할까 봐 마음이 조마조마한 찰나.

"아이고, 초롱 씨, 이 과장이 수고가 많네요."

"수고하십니다."

때마침 수완과 직원들이 회의실에 도착하며 북적이기 시작했다.

사내에서는 외부 고객이 아닌 다음에야 직원들은 지위 고하를 막론하고 본인이 마실 차는 직접 타 마시도록 하는 것이 이산 코리아의 문화였기에, 차를 준비해 둔 테이블에 삼삼오오 모여 원하는 차를 직접 타서 자리에 앉는 모습은 일상처럼 자연스럽기만 했다.

아직 산이 도착하지 않아 직원들은 자연스레 대화를 나누며 다과를 즐기고 있었다.

"안녕들 하십니까? 제가 늦었네요."

"아직 9시 전입니다. 정확하게 들어오셨는데요?"

"안녕하십니까. 대표님!"

산이 인사하며 회의실로 들어서자 수완과 직원들이 덩달아 인사를 건넸다. 산은 한때는 가장 먼저 회의실에 자리하고 앉아 그날 회의할 자료를 훑어보곤 했다.

뒤이어 회의실로 들어서는 직원들에게 일일이 인사를 건네며 맞이했었는데, 그러다 보니 어느 순간부터 직원들이 회의실에 들어오는 시간이 점점 빨라졌다. 솔선수범이 아닌 부담을 주는 것 같아 요즘에는 가능한 회의 시간이 가까워져서야 회의실로 오고 있었다.

"차는 다들 하셨습니까?"

"네. 대표님만 준비하시면 됩니다."

"오케이!"

산은 티 테이블 앞에서 가지런히 준비된 차를 보며, 누군가의 손길이 닿았겠구나 싶은 생각에 슬며시 미소가 스며 나왔다.

회의실에 들어서는 순간부터 자연스레 그녀에게로 향하는 눈길, 짧은 찰나의 순간 깍듯하게 인사를 하는 사소한 모습에도 미소가 비집고 나오려는 걸 꾹 참았는데, 결국 그 손길이 닿았다는 이유 하나로 티 테이블 앞에서 실실 웃는 모습이라니.

"대표님 뭐 좋은 일이 있으신가 봅니다."

수완이 세상 능글맞게 산에게 물었다.

"그러게요. 어제 데이트는 잘 하셨어요?"

경선이 천연덕스럽게 수완을 거들었다.

"데이트? 데이트하러 간다고 말했던 기억은 없는데요?"

"네. 말씀은 하지 않으셨지만, 밝은 표정이나 날아갈 듯한 발이 말을 하던데요? 직원들 다 눈치챘다고요, 혹시 귀는 간지럽지 않으셨어요?"

"하하하. 날아갈 듯한 발이라. 표현이 아주 멋있네요. 이 과장."

저격수! 뭔가 알고 있는 게 분명했다.

"대표님 데이트하신 거 맞나 봐. 대박."

"그러게 아주 숨기지를 못하시는데?"

"부럽다. 대체 누구야?"

"설마설마했는데 진짜 연애하시는 거 맞나 봐."

"어쩐지 요즘 더 멋있어 보인다 했더니."

차를 준비하는 중에도 미소를 거두지 못하는 대표님을 보며 직원들은 상상의 나래를 펼치기 시작했다. 산은 이 순간 가장 난처하고 안절부절못할 누군가를 보고 싶어 미칠 지경이었다. 고개만 들면 바로 앞에 그녀가 있는데, 이번에 보게 되면 그때는 눈길을 거둘 수가 없을 것 같아 웃음을 거두지 못한 채 차를 준비하며 고개만 설레설레 흔들었다.

"대표님, 같이 웃어요."

"좋은 일이 뭔데요? 고 이사님은 뭔가 알고 계신 거죠?"

"고 이사님이라도 알려 주세요. 궁금해요."

"그러게요, 로또라도 당첨되셨어요?"

직원들의 집중포화에 싱긋 미소 짓던 산이 결국 터트려 버리고 말았다.

"네. 맞습니다. 로또!"

"대박! 몇 등이요?"

"얼마 당첨되셨는데요?"

"세상에, 대표님도 로또 사세요?"

"있는 사람이 더하다더니 부러워요."

정말 못 말리는 직원들이었다.

산은 잘 우려진 차를 들고서 유유히 초롱의 옆을 스쳐 가며 핵폭탄을 투하해 버렸다.

"살면서 그렇게 예쁜 로또는 처음 봤네?"

산의 말이 끝나기가 무섭게 웅성거리는 소리가 커졌다.

"뭐야. 예쁜 로또?"

"여자? 지금 여자 말하는 거 맞지?"

"대박."

"진짜 여자였어."

"로또래. 어쩜 좋아. 완전 로맨틱해."

"멋있어."

직원들의 반응을 묵묵히 즐기며 자리에 앉아 느긋하게 차를 한 모금 마시고서 회의실을 빙 둘러보는데, 아니나 다를까 손등으로 진땀을 닦고 있는 초롱의 모습이란. 터지는 웃음을 헛기침으로 무마했다.

"응원은 감사하지만 이제 겨우 걸음마 수준이라, 관심과 호기심은 이쯤에서 접어 주시면 대단히 감사하겠습니다. 자, 그럼 회의 시작할까요?"

표정을 지우고 진지하게 회의에 집중하는 모습은 조금 전 직원들의 농담을 유들유들하게 받아 주던 모습과는 사뭇 달라 있었다.

부서별로 월별 실적 보고, 인사 보고, 입출고 현황 보고와 재고, 개선 사항 등 굵직한 주요 보고를 받고 토론하다 보니 어느새 한 시간을 넘기고 있었다.

"오늘은 이쯤에서 마무리합시다. 마치기 전에 잠깐 드릴 말씀이 있는데, 10분이면 됩니다. 일이 있으신 분은 먼저 나가도 좋습니다."

산이 회의의 마무리를 알렸다. 고객과의 선약으로 먼저 나가야 하는 몇 사람을 제외하고는 대부분이 자리를 지키고 있었다.

"고 이사님, 요즘 어학 학원에 다니는 직원이 제법 많던데요."

"네. 대표님. 외국 바이어들의 전화도 잦고, 찾아오는 고객 중에도 외국인들이 종종 있다 보니 공부들 하는 것 같습니다."

"기본적인 회화는 웬만큼 하는 거로 아는데."

"그렇긴 해도 전문적인 부분에서는 응대에 어려움이 있고, 자신도 답답한지 회화 위주의 학원에 다니는 직원들이 제법 있습니다."

"고마운 일이네요. 일 마치고 피곤한데 학원이라. 그래서 말인데, 올해부터 어학 학원에 다니는 직원들 학원비를 일부 지원해 줄까 합니다."

"학원비 지원이라, 좋은데요? 직원들 동기부여도 될 것 같고요."

"네. 자기 계발도 하고, 업무에 보탬도 되고. 우선 올해는 어학 학원부터 시작해 보죠. 고 이사님, 대충 지금 학원 다니는 직원이 얼마나 되는지, 앞으로 다닐 의사가 있는 직원이 있다면 또 얼마나 되는지 알아봐 주세요."

"네. 대표님."

"지금 다니는 직원들 평균 학원비는 어느 정도가 되는지, 얼마만큼을 지원하는 게 적정한지도. 출석은 최소 70프로 이상, 그에 따른 결과로 토익이나 토플 성적이 입사 시보다 올랐다면 상품권이나 뭐 기타 혜택도 고려해 보시고요. 물론, 자발적 신청자에 한해서 말입니다. 회사 복지 예산 조정이 불가피할 겁니다. 재무 팀장님은 고 이사님과 함께 의논해 보시고 부족한 부분이 있다면 바로 말씀해 주시고요."

"네, 알겠습니다."

"자! 그럼 회의는 여기서 마치도록 하겠습니다. 수고하셨습니다."

"수고하셨습니다."

드디어 회의가 끝났다. 초롱은 오늘처럼 회의가 길고, 힘들게 느껴졌던 적은 처음이었다. 한 시간이 어떻게 지나갔는지. 회의록을 작성하면서도 무슨 내용이 어떻게 오갔는지. 습관처럼 들은 대로 작성하고, 체크하며 버틴 것도 용하다 싶었다.

"이초롱 씨, 회의록 정리되는 대로 갖다주세요."

"네. 대표님."

그를 비롯한 이사님과 팀장님들이 다 빠져나간 후에야 긴장이 풀려 가는다란 한숨이 흘러나왔다.

"초롱 씨 오늘 수고했어. 정리할 내용이 많아 힘들겠다."

경선은 확신했다. 회의하는 내내 회의 내용보다는 두 사람의 표정과 분위기를 주시하기 바빴다. 자세히 보지 않으면 알아차리기 힘들 정도로 대표님의 시선 처리는 자연스러웠지만, 유난히 자주 초롱을 향하는 것까지는 막지 못했다.

그리고 대표님 쪽으로는 눈길조차 보내지 않으며, 마지막에 업무를 지시하는 대표님도 제대로 바라보지 못하고 시선을 내리는 초롱을 보며 속으로 쾌재를 불렀다. 은근히 두 사람이 잘되기를 바라며 마음으로 응원한 사람으로서 뿌듯해하지 않을 수가 없었다.

굿 엔터 집무실. 테이블 위에 놓인 잡지를 집어 든 로라의 입가에 흐뭇한 미소가 맴돌았다. 서둘러 잡지를 넘겨 원의 화보 컷을 확인하는데, 며칠을 사고 수습에 고심하느라 쌓인 피로와 두통을 일시에 날려 버릴 만큼 눈부신 모습에 오랜만에 입가에 미소를 그리며 전화기를 들었다.

"이산!"

— 목소리 좋네. 일은 잘 풀렸어?

"뭐. 풀리고 말고 할 게 있나? 다 본인이 자처한 일인데. 감당해야지. 그나저나 이원, 화보 나왔는데 오늘 시간 괜찮아?"

— 아니, 오늘은 일이 좀 있는데.

"그래? 아쉽네. 화보가 너무 잘 나와서 고마워 술이나 한잔 살까 했더니."

— 미안하다. 술은 다음에 하자.

"그래, 할 수 없지 뭐. 너도 궁금할 테니까 화보 실린 잡지 오늘 보내 줄게. 대신 다음에는 시간 좀 내 봐. 허구한 날 바쁜 척 좀 하지 말고. 누가 보면 회사 일을 네가 다 하는 줄 알겠어."

— 훗, 그래.

"아 참! 하이산!"

— 어.

"너 그때 촬영할 때 같이 왔던 여직원 말이야."

— ……어.

"그 여직원 내가 한번 볼 수 있을까?"

— 갑자기 왜?

"우리 직원들 입에 하도 오르내려서 말이야. 그렇게 예쁘다며?"

갑자기 정적이 흘렀다. 지금까지 꼬박꼬박 대꾸해 주던 산에게서 아무 말이 들려오지 않아 의아해하던 차에 그의 말이 다시 들렸다.

— 그래서?

"그래서는 뭐가 그래서야? 우리 직원들도 보는 눈이 있는데, 그렇게 말하는 걸 보면 분명 뭔가 있으니까 내가 확인해 보려고 그러지. 촬영장에서 내가 직접 봤으면 더 좋았을 텐데 알다시피 그날은 내 정신이 아니었잖아? 직원들 말에 의하면 마스크가 아주 자연스럽고 깨끗한 게 자꾸 눈길이 간다던데?"

— 신경 꺼.

"뭐라고?"

— 우리 회사에서 맡은 바 업무에 충실한 지극히 평범한 사원이야. 괜히 일 잘하는 사람 흔들지 말고, 그냥 두라고.

"뭐야. 이 기분 나쁜 뉘앙스는?"

— 그럴 의도는 아니었지만, 기분 나빴다면 미안하다. 능력 있는 직원 너한테 빼앗기기 싫어서. 방금 들은 말은 없던 거로. 바빠서 먼저 끊을게, 다음에 보자.

로라는 무심하게 끊어진 전화를 내려놓고서 고개를 갸웃했다.

평소 그의 배려 깊은 성격답지 않았다. 그냥 대수롭지 않게 넘길 수도 있는 말에 왠지 날을 세운 듯한 산의 목소리는…….

차라리 무뎌지기라도 했으면 하는 여자의 직감이 발동해 버렸고, 로라는 그걸 무시하고 모른 척 넘어갈 만큼 둔한 성격이 아니었다.

반면, 산은 찜찜하게 전화를 끊고서 의자에 등을 기대며 생각에 잠겼다. 이원의 누나라는 사실을 로라는 아직 모르는 모양이었다. 잘한 일일까? 초롱에게 다가올 수 있는 또 다른 기회를 본인에게는 물어보지도 않고 차단하는 게 과연 옳은 일이었을까?

하지만 초롱은 동생이 그 일을 하는 것조차 탐탁지 않게 생각하고 있었고, 산은 그 험난한 곳에 초롱을 데려다 놓고 싶은 생각은 추호도 없었다.

매우 가까운 곳에서 직접 보고 느끼지 않았던가. 동생 운은 끊임없이 철저하게 자신을 관리하고 통제했다. 가는 곳마다 일거수일투족이 화제가 되며, 사생활이라고는 조금도 보장되지 않았다. 그래서일까. 일을 쉴 때면 차라리 집에서 두문불출하고는 했다.

그런 생활을 과연 초롱이 좋아할까? 아니, 전혀 아니었다. 산은 이제 어느 정도 초롱에 대한 믿음과 확신이 있었다. 그렇게 잠시 생각에 잠겨 있는데 노크 소리가 들렸다.

"들어오세요."

고개를 들어 집무실에 들어서는 수완의 휘어진 눈매를 보며 산이 마주 웃었다.

"아주 난리가 났어. 이참에 아예 그 로또가 누군지도 말하지 그랬어?"

"나라고 하고 싶지 않았겠어?"

"초롱 씨 오늘 아주 진땀 빼던데?"

"내가 좀 심했나?"

"글쎄, 초롱 씨 입장에서는 좀. 하지만 구경하는 입장에서는 짜릿하고, 아슬아슬한 게 아주 그냥 재미있더라고. 드라마 보는 줄 알았네."

수완의 너스레에 산이 콧방귀를 뀌었다.

"참 나."

"그나저나 연주회는 봤어?"

"아니 아직. 초롱이 시간만 괜찮으면 오늘 가 볼까 싶어. 본의 아니게 많이 놀라게 해서 미안하기도 하고."

"병 주고 약 주게?"

"뭘 또 그렇게까지. 아무튼 티켓 고마워. 초롱이가 좋아할 것 같아."

"그래, 나 간다. 아까 말한 학원비 지원 관련해서는 해당 부서와 잘 의논해 보고 정식으로 보고할게."

"어, 수고."

한 사람이라도 둘의 관계를 알아서 다행이었다. 누구에게도 말하지 못하는 답답함을 그녀는 알기나 할까? 산은 그러지 않으려고 해도 시선이 자연스레 그녀를 찾았다. 마음만 먹으면 언제라도, 손만 뻗으면 언제라도 닿을 수 있으니 조바심만 더했다.

똑똑. 노크 소리가 또다시 들려왔다.

"들어와요."

"대표님."

초조하게 진땀을 닦으며 안절부절못하던 모습은 어디로 가고 말갛게 갠 얼굴로 들어오는 초롱을 보자 산의 얼굴이 덩달아 환하게 밝아졌다. 자리에서 일어나 성큼성큼 걸음을 옮기더니 이내 초롱을 품에 감싸 안았다.

"아까 많이 당황했어?"

"아는 분이 그래요?"

"너라는 걸 밝히지 않은 것만 해도 감사하게 생각하라고, 로또!"

"네?"

"못 들었어? 로또라고 너. 앞으로 네 별명이야. 듣고 보니 딱 맞지 않아? 로또? 아주 입에 착착 붙어."

로또라는 새로 생긴 별명이 민망한 걸까, 아니면 거침없이 애정을 드러내는 그의 행동이 민망한 걸까. 자꾸 입가로 번지는 미소가 어색해 초롱이 몸을 바르작거리며 말을 꺼냈다.

"그만 놔주세요. 여긴 회사거든요?"

"그래. 그러니까 대표님이라고 깍듯하게 부르는 거겠지?"

"그럼요. 대표님. 그러니까 빨리 놔주세요. 혹시 누가 오기라도 하면 어쩌시려고."

"차라리 누구라도 들어왔으면 좋겠다. 여기 로또 있어요. 아예 소리를 지를까?"

그의 말에 결국 참았던 웃음이 피식 새어 나왔다. 품으로 더 꼭 끌어안는 그에게 빈틈없이 안겨 리드미컬하게 들려오는 심장 소리를 들으며 저도 모르게 가만히 눈을 감았다. 얼마나 따뜻하고, 얼마나 평온한지. 그리고 얼마나 떨어지기 싫은지 그는 알기나 할까?

"이제 정말 나가 봐야 해요. 보고서 때문에 간다고 했단 말이에요."

"하…… 그래, 알았어. 오늘은 뭐 해? 병원에 가?"

"아니요. 일하면서 자꾸 병원 드나든다고 너무 걱정하셔서 오늘은 그냥 집에 바로 가려고요."

그제야 산이 포옹을 풀어 초롱을 지그시 내려다보며 말했다.

"잘됐다. 그럼 오늘 저녁에 나하고 어디 좀 가자."

"어디요?"

"수완 형이 너하고 꼭 같이 가라고 한 곳이 있어서. 가 보면 알아. 아마 너도 좋아할 거야."

"방 탈출만 아니면 괜찮을 것 같아요."

"나는 방 탈출이 아니라서 조금 아쉬운데?"

익숙해진 그의 농담에 초롱이 피식 웃으며 고개를 설레설레 흔들었다. 산은 그 모습이 또 예뻐서 큼직한 두 손으로 초롱의 얼굴을 감싸며 가까이 다가갔다.

차에서 내려 목적지도 모른 채 따뜻한 그의 손에 이끌려 발걸음도 가볍게 간 곳은 다름 아닌 피아노 연주회장이었다. 한때는 초롱의 모든 꿈이었던 그곳.

주춤주춤 현저히 느려진 발걸음에 덩달아 멈칫하는 그가 느껴졌지만 지금은 아무 말도 해 줄 수가 없었다.

과연 나는…… 애써 지워 버렸던, 잃어버린 꿈을 대면할 만큼 마음이 단단해졌을까? 과연 나는…… 그와 함께 앉아 아무렇지도 않게 피아니스트를 바라보며 박수를 보낼 만큼 성숙했을까? 과연 나는…… 과연 나는.

머릿속은 물음으로 가득 차고, 당장은 그 무엇도 스스로 답을 할 수가 없었다.

"왜? 혹시 어디 안 좋아? 그냥 집에 갈까?"

"……아니요. 들어가요. 우리."

지금까지 그랬던 것처럼 역시나 또 직접 부딪혀 봐야 할 모양이었다. 마음속은 까맣게 타들어 갈지언정 애써 미소를 지어 보였다.

산은 갑자기 무거워진 발걸음에 말갛게 웃던 초롱의 미소가 서서히 걷히는 모습을 보며 무언가 잘못되었다는 것을 깨달았다. 연주회야 아직 기간이 더 남았으니 다음으로 미루어도 된다고 말을 꺼내기도 전에 무언가 결심이라도 한 듯 자신의 손을 잡아끄는 초롱의 모습에 고개를 갸웃하며 함께 연주회장에 발을 들여놓았다.

연주회는 피아니스트가 그리는 섬세한 감성, 아름다운 음색으로 기대만큼 충분히 좋았으나, 왠지 모르게 초롱에게서 엿보이는 긴장감에 마음이 쓰여 산은 좀처럼 음악에 집중할 수가 없었다. 아니나 다를까 결국 끝까지 자리를 지키지 못한 초롱이 갑자기 일어나 연주회장을 빠져나가자 산이 급히 그 뒤를 따랐다.

초롱은 우려했던 것보다 괜찮았다. 몇 년 만에 찾은 연주회장이지만 낯설지 않았고 연주곡 또한 자신이 좋아하는, 평소 즐겨 듣던 곡 위주로 흘러나왔다. 연주자는 더없이 훌륭했고, 관객들의 매너도 나무랄 데가 없었다. 그런데 왜 이렇게 복잡한 감정이 휘몰아치는지, 결국 참지 못하고 자리를 박차고 나와 버렸다.

"초롱아. 괜찮아?"

"……네. 죄송해요. 갑자기."

"아니야. 난 괜찮으니까 괜한 걱정은 하지 말고, 무슨 일이야? 아까부터 안색이 썩 좋지 않은 것 같았어."

"……."

아무 일도 아니라고, 그 어떤 말이나 변명이라도 해야 하는데 복받치는 감정을 억누르지 못하고 차오르는 눈물을 감출 수가 없었다. 더 묻지 않고 가만히 안아 주는 그의 품에서 가득 차오른 눈물을 흘려보내며, 잠시 후 말없이 이끄는 그를 따라나섰다.

산은 이보다 더 적합한 장소는 찾을 수 없었다. 어디든 사람으로 북적거리는 곳을 피해, 주위 시선을 신경 쓰지 않고 편하게 제 속마음을 드러내기에 집보다 더 안전한 장소는 없을 듯했다.

산이 아파트 문을 열어 초롱을 소파로 데려가 앉혔다.

"잠깐 앉아 있어. 차 가져올게."

"네."

한번 와 본 곳이라고 처음보다는 어색하지가 않았다. 그의 집은 그때와 다름없이 깔끔하게 정돈이 잘 되어 있었고, 은은하게 풍겨 오는 그의 향기는 언제나처럼 부드럽게 초롱의 온몸을 감싸 안았다.

"자. 마셔 봐. 마음이 좀 진정될 거야."

"네. 오늘 정말 죄송해요. 연주회가 끝나기도 전에."

"그런 건 신경 쓰지 마. 연주회야 언제든 다시 갈 수 있는데 뭘."

"그래도……."

"나는 네가 피아노를 좋아하는 줄 알았어. 물론 수완 형도 그렇게 생각한 것 같고. 네 휴대폰 벨 소리가 피아노 연주곡인 데다, 내 차에서 흘러나오던 연주곡도 잘 알고 있어서 당연히 좋아할 거라고."

"맞아요. 저 피아노곡…… 좋아해요. 특유의 맑고 고운 소리가 너무 예뻐서."

초롱의 옆에 앉아 유심히 그녀를 바라보던 산이 다시 말을 꺼냈다.

"그런데 너는 오늘 움츠렸고, 긴장했고, 즐기지를 못하는 것 같았어."

"그것도 맞아요. 연주회가 너무 오랜만이라……."

가만히 귀를 기울여 다음 말을 기다리는 그를 보며, 초롱은 어디서부터 어떻게 말을 꺼내야 할지 고민스러웠다. 이내 결심한 듯 가라앉은 초롱의 목소리가 조용히 흘러나왔다.

"12년이에요. 피아노가 제 전부였던. 행복했어요. 피아노를 쳤던 시간만큼은…… 온 세상이 내 것 같았어요. 내 손끝에서 사계절이 피고 지고, 온갖 희로애락을 오로지 내 손끝으로 그려내는 기쁨은…… 그 어떤 것과도 바꿀 수 없을 것 같았어요. 그리고…… 7년이 지났어요. 피아노 앞에 앉지 않은 게."

산은 또다시 제 껍데기 속으로 숨어 버리면 어쩌나 걱정했는데, 다행히도 초롱은 제 이야기를 조용히 들려주려 하고 있었다.

"한때는 피아니스트가 꿈이었어요. 아니, 너무나 당연하게 여겼어요. 처음 피아노를 배우기 시작하면서부터 단 한 번도 피아니스트가 아닌 다른 꿈을 꿔 본 적이 없었어요. 피아노를…… 그만두기 전까지는요."

잠시 말을 멈춘 초롱에게서 귀담아듣지 않으면 들리지 않을 엷은 한숨이 새 어 나왔다.

"피아노를 손에서 놓고 몇 년은 듣지도, 보려 하지도 않았어요. 미련이 생길 까 봐. 어디서 피아노 소리만 흘러나와도 피해 다니기 바빴어요. 피아노 연주곡 을 다시 편하게 듣기 시작한 건, 이제 일 년 됐나 봐요. 그 뒤로는 굳이 피하지 않았지만, 그렇다고 연주회장을 애써 찾지도 않았어요."

무려 12년을 한결같이 키워 온 꿈을 접으며 차마 내색할 수는 없었지만 혼 자 많이 방황했었다. 피아노는 초롱의 꿈이기도 했지만, 가족이 함께 그리던 행 복한 그림이기도 했다. 기쁜 일이 있을 때면 늘 가족과 함께였던.

"많이 힘들었겠다. 그것도 모르고 너를 데리고 거기를 갔으니."

"아니에요. 사실 우려했던 것보다 마음이 그렇게 힘들지는 않았어요. 다만 그냥…… 손이 움직였어요. 평소에 곡을 들을 때는 그렇지 않는데, 피아니스 트가 연주하는 모습을 직접 보니까 저도 모르게 손이……. 그 곡을 따라 연주 하는 제 손이 너무 어색하고 낯설어서…… 계속 앉아 있을 수가 없었어요."

"오랜 시간 바라 온 꿈을, 또 그만큼 오랜 시간 등졌음에도 아직 손이 기억 하고 있다는 건 아직 그 꿈이 남아 있어서 그런 건 아닐까?"

산의 말에 잠시 생각하던 초롱이 무거워진 입을 열었다.

"그건 아닐 거예요. 처음에는 저도 그런 줄 알았어요. 몇 년 동안 피아노를 외면하면서 많이 헤맸어요. 그런데 이상하게도 죽을 만큼 아프지는 않았어요. 상실감은 말도 못 할 만큼 컸지만 한 해, 한 해 지날수록 견딜 만해졌어요. 어 쩌면 그만큼 간절하지는 않았던 건 아니었을까. 처음엔 온전한 나의 꿈이었지 만, 어느 순간은 그게 아닌 것 같았어요."

다시 말을 멈춘 초롱을 산이 말없이 기다려 주었다.

"집에 크고 작은 문제가 생길 때마다 그저 불안한 마음의 도피처로, 때로는 상황을 원망할 대상이 필요해 그걸 피아노에 쏟아부었던 건 아니었을까 하는 생각이 들어요."

"그 뒤로 한 번도 피아노 쳐 본 적 없어? 쳐 보고 싶다고 생각한 적은?"

"……."

왜 없었을까. 미워서, 그저 모든 게 원망스러워서 오기로 보란 듯 피아노를 외면한 것은 아니었을까. 선뜻 대답할 수가 없는데, 단호한 그의 음성이 귓가를 파고들었다.

"일어나."

"네?"

"너와 함께 갈 곳이 있어."

산은 무슨 이유로 초롱이 꿈을 접어야 했는지, 왜 상황을 원망할 대상이 사람이 아닌 피아노가 되어야 했는지, 짐작 가는 바 없는 건 아니었지만 지금 그런 호기심은 우선순위가 아니었다. 산에게 중요한 건 그때의 초롱이 아니라 지금의 초롱이었다.

이미 떠나보낸 꿈일지라도 그 꿈을 꾸었을 때의 행복하고 찬란했던 그 시간마저 부정하지는 말았으면. 그것이 미련이든 원망이든 가슴에 차곡차곡 쌓아 두지만 말고 이젠 천천히 그 무게를 내려놓았으면. 그래서 마음에 어려 있는 응어리가 봄눈 녹듯 사르르 녹아 버렸으면 싶은 마음에 급히 자리에서 일어나 어디론가 전화를 걸었다.

산과 초롱이 낯선 연주회장 안으로 들어섰다. 텅 빈 객석의 어둠과는 대조적으로, 무대 위 덩그러니 놓인 피아노에는 스포트라이트가 환하게 비추고 있었다.

늦은 시간, 말없이 서로를 바라보는 두 사람만이 적막이 내려앉은 연주회장에 자리하고 있었다.

"이초롱. 나는 지금의 너, 바로 지금 그대로의 네 모습이 좋아. 약해 보이지만 단단하고, 마음도 생각도 가볍지가 않아서 좋아. 가끔 나이에 맞지 않은 옷을 입은 것처럼 의젓한 모습을 볼 때면 안타깝기도 하지만, 그런 모습도 나는 사랑스러워. 지금의 네가 되기까지 어떤 일이 있었는지 어떤 아픔을 겪었는지 몰라도, 그런 일들이 모여서 지금의 너를 만들었을 거야. 너에게 그런 아픔이 없었으면 더 좋았겠지만, 아마 그랬다면 지금의 너에게 느낄 수 있는 그런 분위기는 그려지지 않았을 것 같아. 그리고 지금 이렇게 나와 마주하고 있지도 않았겠지. 그렇다고 해서 스물여섯의 밝고 해맑은 이초롱을 만나고 싶지 않다는 말은 아니야. 내 말 무슨 말인지 알겠어?"

초롱이 말없이 고개를 끄덕였다.

"네가 잘 이겨 내고 있다는 거 알아. 하지만 네가 그렇게 좋아하는 피아노 연주회를 아직도 마음 편히 볼 수 없고, 또 스스로 움직이는 네 손을 막아야 한다는 건, 미련이 남아서가 아닐까? 무언가를 원망하는 마음도 미련이 남지 않았다면 생기지 않을 감정이 아닌가 싶어서."

"……."

"초롱아, 난 말이야. 한때는 너의 전부였던. 소중한 무언가를 놓치지 않았으면 좋겠다. 꿈을 이룰 수 없다고 해서 포기를 넘어 단절시키는 건 너한테 너무 가혹한 일이야. 어때? 너 스스로 세운 벽, 이제 그만 허물어도 되지 않을까?"

초롱의 마음이 마치 성난 파도처럼 크게 일렁이고 있었다. 초롱에게 피아노는 단순한 악기 그 이상이었다.

처음 가졌던 소중한 꿈이었고, 때로는 그 꿈을 선물한 멋진 아빠의 모습이기도, 그 꿈을 지탱해 줄 수 없었던 아픈 엄마의 모습이기도, 무너져 내리는 우리 가족의 모습이기도 했다.

과연 그 모든 모습을 되새기며 피아노 앞에 다시 앉을 수 있을까? 과연 내 손이 건반 위에서 움직이기나 할까? 두렵고 걱정이 되면서도 눈은 어느새 피아노를 향하고 있었고, 저도 모르게 무언가에 홀린 듯 피아노를 향해 가고 있었다.

산은 아무 말 없이 초롱이 하는 모습을 바라보고 있었다. 처연한 표정에 잔뜩 가라앉은 분위기가 걱정스러웠지만 다행히 피아노 앞에 앉은 초롱은 차분하고 침착해 보였다.

마치 슬로 모션처럼 천천히 건반 위에 열 손가락을 올려놓은, 사뭇 비장해 보이기까지 하는 모습에서 너무 서둘렀던 건 아닐까, 괜히 더 큰 고통을 주게 되는 건 아닐까? 뒤늦은 후회가 찾아드는데,

초롱이 가만히 피아노를 어루만지나 싶더니, 이윽고 맑은 피아노 건반 소리가 연주회장에 조용히 울려 퍼지기 시작했다. 너무나 아름다운 소리에 산의 입가에는 안도의 미소가 그려지고 있었다.

초롱은 가끔 꿈을 꾸었다. 마지막 대회가 있었던 그 날의 일들이 꿈속에서 마치 어제처럼 다시 되살아났다.

단 하나의 미스도 용납하지 않고 흐트러짐 없이 연주하던, 자신감 넘치고 당당했던 자신의 모습을 엿볼 수 있었고, 그런 자신을 자랑스럽게 바라보던 가족의 표정과 환호하던 관객들의 모습이 생생하게 되살아나고는 했다.

하지만 웬일인지 연주를 마친 후 자리에서 일어나 객석을 바라보려고 하면 언제나 연주회장의 두꺼운 커튼이 눈앞에 드리워져 시야를 가리며 시커먼 어둠과 대면하게 했다.

그런 꿈에서 깨어날 때면 가슴에 묵직한 돌을 올려 둔 것처럼 답답하고, 손가락은 마비가 올 듯 딱딱하게 굳어 버려 한동안은 손을 주무르며 마음을 진정시켜야 했고, 달갑지 않은 허무와 마주해야만 했다.

그런데 지금 바로 눈앞에서 그 꿈이 고스란히 재현되는 듯했다.

꿈과 다른 것이 있다면 마음이 흐트러졌고, 자신감이 아닌 두려움이 앞섰으며, 망설였고, 머뭇거렸다. 조심스레 다가가 크게 숨을 고르고, 피아노 앞에 앉

아 마치 처음 보는 물건을 대하듯 천천히 건반 위에 손을 올려 그 촉감을 온전히 느끼며 저도 모르게 눈물이 차올랐다.

오래전 연주를 시작할 때면 늘 그랬듯 가만히 눈을 감고 짧은 기도를 하며 흐트러진 마음을 다잡고서 자연스레 건반 위로 손을 가볍게 내렸다.

리스트의 라 캄파넬라. 초롱이 마지막 콩쿠르에서 연주했던 곡으로 가장 좋아하고 즐겨 하며 셀 수 없이 연주했던. 심지어 꿈속에서도 수없이 마주했던 곡이기도 했다. 하지만 너무 오랜만이라 이 어려운 곡을 잘 소화해 낼 수 있을까 싶었던 우려는 잠시, 뜻밖에도 두 손은 정확히 해야 할 일을 알고 있었다.

그동안의 공백이 무색하게도 건반과 함께 혼연일체가 되어 춤을 추는 두 손을 보며, 참고 참았던 감정이 폭발하듯 앞다투어 흘러나왔다.

'쟤네 집이 망했다며?'

'그러게, 예전에는 그렇게 잘살았다는데.'

'부자는 망해도 삼대는 간다는데, 설마 정말 주저앉았을까?'

'그래, 다 저 살 방도는 마련했겠지.'

'아니야. 정말이라니까. 오죽하면 쟤 엄마가 해외 콩쿠르 보내려고 돈을 빌리러 다니겠어.'

'어머, 그게 정말이야?'

'말도 마. 아는 안면에 얼마나 불편하던지.'

'애가 재능이 있으면 뭘 해, 부모가 받쳐 주질 못하는데.'

'쟤는 재능 정도가 아니야. 천재성을 타고났다던데? 실력이 유명 피아니스트 이미 능가한다잖아.'

'아깝다 아까워. 왜 그런 재능을 우리 애가 아닌 쟤가 타고난 거냐고.'

'내가 쟤 엄마면, 몸을 팔아서라도 시키겠다.'

듣지 않으면 좋았을, 아직 어린 초롱이 듣기에는 너무나 힘겨운, 가슴에 비수가 되어 내리꽂히는 말들이었다.

'선생님, 저 피아노 칠게요.'

'얘는 새삼스럽게, 얼른 해.'

눈물이 시야를 가리며 하염없이 볼을 타고 흘러내렸다. 거침없이, 미련 없이, 미친 듯이 몇 시간을 꼼짝 않고 피아노를 치는 초롱이 이상하게 느껴져 선생님이 다가오는데, 그제야 건반에서 힘겹게 손을 내리며 자리에서 일어섰다.

'선생님.'

'어…… 그래. 초롱아. 너, 무슨 일…… 있어?'

'저, 그만할래요.'

'어, 그래. 오늘 좀 많이 했네.'

'저, 이제 피아노 안 할 거예요.'

'뭐, 뭐라고? 왜! 너 갑자기 왜 그래, 응? 무슨 일이야, 무슨 일인데?'

'선생님…….'

'집안 사정 때문에 그래? 그런 거라면 신경 쓰지 마, 선생님이 알아서 할게. 이번 해외 콩쿠르 내가 나가게 해 줄게. 여기서 포기하면 안 돼. 너는 그러면 안 돼, 초롱아!'

'선생님. 이제 피아노를 쳐도 행복하지가 않아요. 행복해지고 싶어서, 계속 웃고 싶어서 힘든 거 알면서 모른 척 눈감고 버티고 싶었는데, 이젠 싫어요. 이제 그만할래요.'

마지막이었다. 피아노를 손에서 놓았던 너무 아프고, 아팠던 그 날이 마치 어제처럼 머릿속을 빠르게 스쳐 지났다. 그런데 이상하리만치 그날만큼 아프지가 않았다. 그날만큼 속상하지도, 그날만큼 힘겹지도 않았다. 신기하게도 가슴 속 응어리가 조금씩 옅어지고 있었다.

연주가 절정을 향해 가며, 볼을 타고 뜨겁게 흘러내리는 눈물과는 대조적으로 초롱의 온몸에 짜릿한 전율이 흐르고 있었다.

산은 그런 초롱을 지켜보다 놀라움에 자리에서 벌떡 일어섰다. 실제 연주회였다면 엄청난 실례가 되었을 행동을 저도 모르게 하며, 그렇게 오랫동안 피아노를 치지 않았다고는 믿기 어려울 만큼 훌륭한 연주에 벌어진 입이 다물어지지 않았다.

저렇게 뛰어난 실력을 두고도 꿈을 접어야 했을 때는 얼마나 상심이 컸을지 감히 상상조차 하기가 힘들었다.

흐르는 눈물은 아랑곳하지 않고 연주에 집중하는 초롱의 모습은 지금껏 본 그 어떤 모습보다 아름답고 사랑스러웠다. 무사히 연주를 마친 초롱의 얼굴에는 자세히 보지 않으면 알아챌 수 없을 만큼 엷은 미소가 스며 있었다.

초롱은 가슴 한 곳에 죽어 있었던 무언가 다시 살아나며, 앞을 가로막고 있던 큰 산을 하나 넘은 기분이었다. 가슴속에 켜켜이 쌓아 두었던 무언가 와르르 무너지며 혼자만의 방황을 극복한 것 같은 이 기분을 뭐라 말로 표현할 수가 없을 것 같았다.

아직도 흐르는 눈물은 멈추지 않았고 오히려 더 흠뻑 젖어 들고 있었다. 연주하던 자리에 그대로 앉아, 흐르는 눈물을 닦을 생각도 하지 못하고 고개 돌려 산을 바라보았다.

산은 초롱이 마음을 정리할 수 있도록 묵묵히 기다려 주었고, 초롱은 그런 산의 따뜻한 눈빛을 받으며 마지막 남은 응어리를 흘려보내고 있었다.

천천히 자리에서 일어나 조심조심 걸음을 옮겨 산에게 다가선 초롱은 망설임 없이 곧장 그의 품에 안겨 버렸다. 여운이 남아서일까, 계속해서 흐르는 눈물을 참지 못하고 흐느끼며 산의 품에서 한동안 벗어나지를 못했다.

초롱의 흐느낌이 잦아졌다.

"고맙다. 이초롱."

산이 조용히 진심을 전했다.

"그건 제가 해야 할 말이라고요. 흑."

"아니야. 괜히 네 상처를 건드려 더 힘들게 만들까 봐 얼마나 걱정했나 몰라. 그런데…… 잘 이겨 내 줘서, 너무 씩씩하게 잘 이겨 내서 고마워. 그리고 오늘 너 정말 말할 수 없이 멋있었어. 아까 연주회에서 연주했던 피아니스트보다 백배는 더 멋있었어."

"고마워요. 정말…… 너무. 너무 고마워요."

시리도록 차가웠던 가슴에 온기를 불어넣어 주고, 허전한 마음을 빈틈없이 메워 주는, 선물 같은 그에게 해 줄 말이 고작 고맙다는 말뿐이라 안타까웠다.

"오늘 일은 평생 절대 잊지 못할 거예요."

"뭐야. 그럼 다른 일은 다 잊겠다는 말이야?"

"아니요. 그럴 리가. 이산 씨와 함께하는 시간은 그 무엇도, 단 한 순간도 잊을 수 없을 것 같아요."

"와. 오늘 정말 달라 보여. 이초롱 맞아?"

어느새 눈물을 그친 초롱이 피식 웃었다.

"오늘 정말 감사한데…… 저 지금 병원에 좀 가 봐야 할 것 같아요."

"병원?"

"네. 엄마한테 가 봐야 할 것 같아요. 오늘 꼭. 엄마를 봐야 할 것 같아요."

엄마가 너무 보고 싶었다. 만나서 딱히 무엇을 어찌할지 몰라도 지금은 엄마가 너무 보고 싶었다.

"그래. 가자. 데려다줄게."

그는 아무것도 묻지 않았다. 늘 먼저 배려하고, 모든 상황을 이해해 주는 너그러운 그에게 자신은 과연 무얼 해 줄 수 있을까? 생각하며 듬직한 그의 손을 두 손으로 꼭 마주 잡아 보는 초롱이었다.

초롱은 병실 문을 열자마자 엄마를 반갑게 불렀다.

"엄마."

"어머, 초롱아. 얘가 이 시간에 여길 왜 와? 집에서 쉬지 않고 많이 피곤할 텐데."

"피곤하긴 뭘, 엄마가 더 피곤하지. 편히 쉬지도 못하고."

"엄마가 뭘 피곤해? 아빠한테 별일 없으면 늘 쉬는데 뭘. 너는 이 시간에 갑자기……. 너 무슨 일 있어? 눈이……."

충혈되어 있었다. 애써 밝게 웃어 보이는 표정에 물기가 마르지 않은 눈을 보며 수영은 걱정이 되지 않을 수가 없었다.

"일은 무슨. 그런데 다들 퇴원하셨나 보네."

"응, 오늘 옆에 있던 아저씨도 퇴원했어."

다인실 병실이 비어 있어 마음이 편했다.

"조용하고 좋네. 아빠는 어때요?"

"이제 막 잠드셨어."

"괜찮으세요?"

"괜찮지 그럼. 너는 아빠 걱정하지 않아도 된다니까 그러네. 그러지 말고 말해 봐. 너 무슨 일이야? 이 시간에 갑자기 여길 왜 왔어? 엄마 걱정돼. 어서 말해 봐."

엄마의 재촉에 초롱이 싱긋 미소 지었다.

"일은 무슨. 그냥 엄마가 너무 보고 싶어서. 엄마…… 잠깐 얘기 좀 해요."

"그래, 이리 와서 앉아. 얼른 말해 봐. 응?"

수영이 딸의 손을 이끌고서 보호자 침대에 앉혔다.

"나 오늘…… 피아노 쳤어요."

"뭐? 뭐를 했다고?"

"피아노 연주했다고. 했어요. 오늘."

수영에게는 언제나 가슴 아픈 딸이었다. 아직도 피아노를 그만두겠다고 말하던 담담한 딸아이의 얼굴이 잊히지 않았다. 아무렇지 않다고, 어차피 지겨웠다며 오히려 자신을 위로하던 딸의 모습에 어찌나 가슴이 먹먹하던지.

하필 그때가 유명 콩쿠르에서 대상을 받은 직후였다. 모두가 입을 모아 칭찬

하던 아이였다. 이대로 그만두기에는 그 재능이 너무나 아까웠었다.

피아노 앞에 앉는 순간을 얼마나 좋아했는데 어떻게 아무렇지 않을 수 있을까, 속으로 얼마나 앓았을까. 딸아이의 날개를 꺾어 버린 죄책감에 물 한 모금이 목구멍으로 넘어가지를 않았다.

다른 건 몰라도 딸아이의 꿈을 저버릴 수가 없어 간신히 돈을 융통해 해외 콩쿠르에 갈 돈을 딸아이에게 건네줬던 날, 처음으로 딸에게 손찌검하고 말았다.

'우리가 어떻게 이렇게 됐는데, 우리가 어쩌다 이렇게 됐는데 남의 돈을 왜 빌려요?! 엄마, 우리가 갚을 능력이 돼요? 지금 여기저기 돈 들어가야 할 곳이 얼마나 많은데, 이렇게 돈을 빌리면 우리가 갚을 능력이 되냐고. 이게 무슨 바보 같은 짓이에요. 그깟 피아노가 뭐라고! 그까짓 것 안 하면 그만이지, 그게 대체 뭐라고 남한테 돈을 빌리느냐고. 나 앞으로 평생 피아노 따위는 쳐다보지도 않을 거야. 그러니까 헛수고하지 마세요. 이러면 우리가 그 사람들하고 다를 게 뭐야, 아빠한테 돈 빌려 간 그 빌어먹을 사람들이랑 다를 게 뭐냐고!'

저도 모르게 딸의 얼굴에 날카로운 손자국을 남기고 말았다.

딸아이가 하는 말 중 하나 틀린 말이 없었다. 남편은 자신을 찾아오는 사람들을 외면하지 못했다. 돈을 빌려주고, 보증을 서 주고. 한 번이 두 번, 두 번이 세 번. 여러 사람을 도와주고 남은 건 안타깝게도 어깨를 짓누르는 빚과 배신이었다. 그런데 딸아이의 말처럼 자신이라고 그들과 다를 게 하나 없었다.

당장 갚을 능력도 되지 않으면서, 언제 갚아 줄 수 있을지도 모르면서 덥석 돈을 빌렸으니. 그제야 어리석은 자신을 되돌아보며 털썩 주저앉았다.

'그 돈 돌려주세요. 당장 먹고사는 문제도 아니면서 이 돈 가지고 있으면, 정말 그 나쁜 사람들하고 다를 게 하나도 없어. 똑같은 사람 되는 거예요. 그리고 다시는 피아노 하라고 하지 마세요. 난 정말 괜찮으니까.'

아직도 딸아이가 했던 말과 무능했던 자신의 모습이 기억 속에 남아 마음을 어지럽히고 있었다. 그런 딸이, 그렇게 피아노 근처에도 가지 않던 딸이 피아노를 쳤단다.

"초롱아……."

"죄송해요, 엄마. 아닌 줄 알았는데. 정말 아닌 줄 알았는데. 나도 모르게 원망하고 있었나 봐. 나 참 바보 같다. 그치?"

"아니야. 아니야. 우리 딸이 왜 바보야. 아니야. 원망스럽지. 그게 당연한 거지. 그 상황에 누가 원망을 안 하겠어? 너니까 이렇게 버텨 왔지, 다른 사람 같았으면 벌써 망가졌을 거야. 우리 초롱이니까, 우리 딸이니까 이렇게 잘 견뎠지. 엄마가 정말…… 너무너무 미안해."

가늘게 떨려 오는 엄마의 목소리에 참고 있던 눈물이 주르륵 흘러내렸다.

"아니에요. 내가 잘못했어. 그때 솔직하게 말했어야 했는데. 그랬다면 다른 방법을 찾을 수도 있었을 텐데, 나도 모르게 오기가 생겼었나 봐. 나한테도 그런 못된 구석이 있었나 봐. 정말 죄송해요, 엄마."

"아니래도 그러네. 엄만 괜찮아. 괜찮아. 정말 괜찮아. 엄마가 그때 너를 좀 더 잘 지켜봤어야 했는데 그러지를 못해서 미안하다."

"아니야. 나같이 독한 딸이면 나라도 그렇게 못 했을 거야."

수영이 딸의 등을 어루만지며 안타깝게 말을 이었다.

"독하긴 네가 뭐가 독해. 아니야, 우리 초롱이가 얼마나 착한데. 그래, 오늘…… 어땠어?"

"음…… 내 실력이 안 죽었더라고. 머릿속은 온통 뒤죽박죽인데 손이 알아서 움직였어요. 정말 잘했어요. 지금 바로 콩쿠르에 다시 나가도 되겠던데?"

"정말?"

열심히 고개를 끄덕이며 눈물을 닦는 딸아이의 손을 꼭 마주 잡았다. 이런 부모를 만나지 않았으면 얼마나 좋았을까. 좀 더 능력 있고, 잘난 부모를 만났더라면. 그랬다면 멋지게 훨훨 날았을 텐데.

"미안해. 그리고 정말 고마워. 우리 딸. 엄마가 정말 많이 고마워."

"나도…… 엄마가 내 엄마라서 고마워요. 우리 두고 도망가지 않아서 고맙고, 잘 버텨 줘서 고맙고, 이렇게 우리 옆에 건강하게 있어 줘서 정말 고마워요."

결국 꾹꾹 참았던 눈물이 수영의 얼굴을 적시고 말았다. 차마 딸아이의 얼굴을 마주할 수가 없어 얼굴을 돌리는데 가만히 있을 초롱이 아니었다.

엄마의 얼굴을 붙잡고 눈물을 닦아 주며 떨리는 목소리로 말했다.

"내가 더 잘할게. 더 잘할게요. 그러니까 엄마는 건강하기만 해. 아프지 말고. 응?"

떨리는 입술로 미소를 그려 주는 엄마를 보며 마주 웃어 주었다. 두 눈이 발갛게 되도록 울고 웃으며 엄마를 부둥켜안고 있는 초롱은 보지 못했다. 병상에 누워 있는, 아빠의 얼굴을 타고 내리는 결이 다른 뜨거운 눈물을.

그동안 이렇게 울고 싶은 걸 어떻게 참았을까. 한동안 떨림이 전해 오는 딸아이의 가녀린 등을 어루만지며 습관적으로 병상에 누운 남편을 보던 수영의 눈에서 또다시 뜨거운 눈물이 흘러내렸다. 잠이 든 줄 알았던 남편의 눈가를 타고 흐르는 반짝이는 물기에 수영은 가슴이 무너지고 있었다.

행여 딸아이가 보게 될까 봐 떨림이 잦아드는 딸을 품에서 조심스레 떼 놓고서, 남편의 잠자리를 봐주는 척하며 딸아이 몰래 그의 눈물을 서둘러 닦았다.

얼마나 아플까, 얼마나 속이 상할까. 자신은 딸을 안고 울기라도 하지, 눈물조차 숨죽여 흘려보내야 하는 남편 마음은 오죽할까. 수영은 잔뜩 할퀴어진 마음에 어금니를 악물며 꾸역꾸역 눈물을 삼켰다.

초롱이 그런 엄마를 물끄러미 바라보았다. 엄마는 정말 어쩔 수 없는 엄마였다. 그렇게 울다가도 잠든 아빠의 잠자리를 살피는 엄마의 모습을 물끄러미 바라보다 늘 궁금했던, 하지만 쉽사리 물어보지 못했던 말을 조심스레 꺼내 보았다.

"엄마는 아빠가 원망스럽지 않아? 가끔 궁금했어요. 이렇게 힘든데 엄마는 왜 화를 내지 않을까 하고 말이야. 내 기억에 엄마가 아빠한테 화내는 걸 단 한 번도 본 적이 없어. 돈 빌려줘서 받지 못했을 때도, 보증이 잘못되었을 때도, 작은아빠 일이라면 뭐든 다 퍼 주는 아빠를 보면서도, 싫은 소리 한 번을 하는 걸 못 봤어. 엄마가 너무 아무렇지 않게 그러니 우리도 당연히 그래야 하는 줄 알았어요. 다른 사람 같았으면 벌써 도망을 가고도 남았을 텐데."

수영은 한쪽으로 고개를 비스듬히 기울이는 남편을 보며 무슨 말을 어떻게 해야 할까, 아직 남편에게도 속 시원히 꺼내 보지 못한 말을 딸아이에게 어찌 전해야 할까 고민하다 나지막이 말을 시작했다.

"초롱아. 엄마는 그렇게 못 해. 엄마는…… 아빠한테 그러면 안 돼. 엄마는 그럴 수 없어."

"왜? 왜 그러면 안 되는데?"

"엄마가 어떻게 아빠를 만났는지 알아?"

"아빠한테 들었어요. 병원에 입원한 엄마 보고 너무 예뻐서 계속 따라다녔다던데?"

"아빠가 원래 그래. 엄마 생각해서 나쁜 말은 다 빼놓고. 아빠를 만난 게 병원이 처음이 아니었어. 음…… 어디서부터 어떻게 말을 할까. 엄마는 참 세상 물정 모르고 살았어. 딸이 하나라고 네 외할머니, 외할아버지가 엄마를 얼마나 애지중지 키웠는지…… 철이 없었지. 평범했지만 너무 행복하게 살았어. 그러던 어느 날, 너무나 갑작스럽게 사고로 두 분이 다 돌아가셨어."

"그것도 아빠한테 들었어요. 음주 운전으로 난 교통사고였다고."

엄마는 그날의 사고에 대해 단 한 번도 말한 적이 없었고, 초롱은 그날을 떠올리고 싶지 않은 엄마의 마음을 백 번이고 천 번이고 이해하고도 남았다.

"맞아. 세상에서 가장 사랑하는 사람이 하루아침에, 그것도 두 분 모두 너무나 처참한 모습으로 날 두고 떠나 버렸어. 사고가 난 뒤에 신원 확인을 할 사람이 필요한데, 엄마가. 그 어린 내가 보호자가 되어 있더라고. 보지 않아도 된다는데 그럴 수가 없었어. 그래도 내 부모와의 마지막인데…… 차마 보지도 않고 보낼 수가 없더라."

그날을 떠올리는 수영의 눈가가 다시 촉촉이 젖어 들었다.

"그런데…… 보자마자 기절해 버렸어. 있지. 엄마는 그때까지는 몰랐어. 사는 게 지옥같이 느껴질 수도 있다는 걸."

가만히 엄마가 하는 말을 들으며, 그 지옥 같은 상황이 눈앞에 생생하게 그려지고 있었다. 멍하게 한곳에 시선을 고정한 채 말을 이어 가는 엄마에게 무슨 말을 어떻게 해야 할지, 하염없이 볼을 타고 흘러내리는 눈물을 닦기 바빴다.

"사고를 낸 사람은 아무렇지 않게 정상적인 생활을 하는데, 사고를 당한 우리 가족은 하루아침에…… 말 그대로 풍비박산이 나 버렸어. 그런데 있잖아, 엄마가 할 수 있는 게 아무것도 없더라. 열아홉이 되도록 뭘 하나 스스로 해 본 게 없었어. 얼마나 편하게 살았는지. 눈을 떠도, 눈을 감아도 부모님 모습이 자꾸 떠올라 제정신이 아니었어. 하루에도 수십 번씩 사고 낸 사람을 찾아가서 그냥 죽여 버릴까? 죽이고 나도 그냥 같이 죽어 버릴까? 그 생각만 맴돌았지. 억울하고 또 억울해서…… 점점 미치고 있더라…… 엄마가."

수영은 소리 없이 흐르는 눈물을 닦았다. 이따금 고개를 끄덕이는 딸의 등을 어루만지며 다시 말을 이었다.

"제정신이 아니었어. 그날은…… 내가…… 내가 아니었던 것 같아. 손목에……."

"엄마!"

경악하고 말았다. 엄마가 그렇게 어둡고 끔찍한 터널을 지나왔다고는 상상할 수 없었다. 액세서리를 즐겨 하지도 않는 엄마가 팔찌만은 늘 지니고 있던, 언젠가 목욕을 하다 발견한 깨끗하지 못한 상처를 보며 물었을 때, 그저 바닷가에서 넘어져 다쳤다고만 들었는데. 그 상처가 스스로 만든 거였다니.

"부끄러워서…… 너무 부끄러워서…… 누구한테도 말하지 못했어."

"엄마. 어떡해. 엄마……."

눈물이 폭포처럼 흘러내렸다. 생각하는 것만으로도 끔찍했다. 우리 엄마가 잘못될 수도 있었다는 생각에. 얼마나 사는 게 끔찍하게 여겨졌으면 그런 행동까지 하고 말았을까. 지금 우리는 병상에 누워 있는 아빠 하나로도 이렇게 아프고 힘이 드는데, 하루아침에 두 분을 다 허망하게 보낼 수밖에 없었던 엄마는 얼마나 고통스러웠을까.

"그때 아빠가 옆집에 살았는데 그날 집에 들어가는 엄마를 봤나 봐. 혼이 빠져 있더라나? 이상한 기분이 들었대. 저러다 잘못될 수도 있겠다 싶어 문을 두드리는데, 분명 사람은 들어갔는데 인기척이 없으니 신고를 하고 문을 부수고 들어왔다나 봐. 아빠가 아니었으면, 엄마는 이미 그때…… 이 세상 사람이 아니었을 거야. 그런데 말이야. 엄마가 깨어나서 제일 먼저 한 게 뭔지 알아?"

초롱은 목소리조차 나오지 않아 고개만 젓고 있었다.

"왜 그랬냐고, 그냥 죽게 내버려 두지 누구 마음대로 살렸냐고 아빠한테 그렇게 악다구니를 했어. 지금껏 네 아빠한테 억지 소송을 걸었던 그 사람들과 다를 게 하나 없지, 안 그래? 엄마도 그랬더라. 기껏 살려 줬더니 원망이나 하고 말이야. 그 뒤로 아빠가 죽자 살자 따라다녔대. 또 엄마가 나쁜 마음 먹을까 봐. 잘못될까 봐. 걱정 반, 연민 반으로 시작했을 거야."

긴 한숨을 내쉬던 수영이 다시 말을 이었다.

"하루는 병원에서 창밖을 내려다보는데 그날도 아무 생각 없이 창 앞에 가 있더라. 몰랐어. 내가 그렇게 가까이 가 있을 줄은. 아빠가 놀라 뛰어 들어왔지. 그때 아빠가 무섭게 화를 내더라. 너 하나 죽는다고 그 사람이 눈 하나 깜짝할 것 같으냐고, 아마 죽었는지 살았는지 관심조차 없을 거라고. 정신이 번쩍 들었어. 나까지 죽음으로 인해서 그 사람이 평생 죄책감을 안고 고통 속에 살길 바라는 마음이 없지 않았는데…… 그게 아닐 수도 있겠더라고. 정말 그 사람은 아무런 죄책감 없이 잘 살 수도 있겠더라고."

딸아이가 손에 얼굴을 묻고 온몸을 떨며 흐느끼는 소리가 들려왔다. 달래듯 딸아이의 등을 토닥이며 눈을 마주 보았다.

"초롱아, 엄마는 세상을 다시 사는 거야. 아빠 덕분에 다시 태어난 거고, 아빠가 관심을 두지 않았다면, 아빠가 그렇게 오지랖 부리지 않았다면 엄마는 이 세상에 지금 이렇게 있지도 않아. 아빠가 아니었으면, 우리 초롱이같이 예쁜 딸도 못 만나고, 우리 초원이처럼 멋진 아들도 못 만나고. 그런데 그거 알아? 아빠가 살린 게 엄마 하나가 아니라는 거? 그래서 엄마는 아빠한테 뭐라 할 수가 없어. 엄마조차 아빠의 그 측은지심으로 살아났는데, 그 마음이 너무 예쁘고 고마워서 결혼까지 했는데 어떻게 아빠를 원망해. 엄마는 못 해. 초롱아, 못 하겠어."

초롱은 눈물이 멈추지 않았다. 음성에 높낮이도 없이 담담하게 지난 일을 말하는 엄마를 보며 가슴이 먹먹해서 감히 할 말이 떠오르지도 않았다. 엄마는 그 어린 나이에, 지금의 자신보다 훨씬 더 어렸을 나이에 얼마나 힘들었을까. 엄마의 지나온 시간을, 그 치열하게 아팠던 시간을 감히 상상할 수조차 없었다.

"원망⋯⋯하지 마. 엄마는 안 그래도 돼. 나도 이젠 원망 안 할 거야."

엄마를 살려 준 것만으로도, 우리 엄마를 만날 수 있게 해 준 것만으로도 이겨 낼 수 있을 것 같았다. 참을 수 있을 것 같았다. 앞으로 얼마나 더 인내하고 기다려야 할지 모르겠지만, 그럼에도 견딜 수 있을 것 같았다.

"우리 아빠⋯⋯ 정말 멋지다. 그치. 우리 아빠 정말 멋져."

"그래. 아빠 정말 멋진 사람이야."

얼마나 울고 있을까, 고개 돌려 딸아이 몰래 얼마나 울었을까. 옆에서 가만히 눈물을 닦는 딸애도 가슴이 아팠지만, 위로받지도 못할 눈물을 피처럼 흘리고 있을 남편을 생각하니 속이 무너지는 듯했다.

"초롱아, 시간이 늦었어. 이제 그만 가야지."

"나 오늘 엄마랑 여기 같이 있을까?"

"아니야. 집에 가서 푹 쉬어. 응? 그리고 내일은 여기 오지 마, 엄마 내일은 볼일도 없고, 아빠 컨디션도 좋으니까 그냥 여기서 아빠랑 쉴게."

"주말이라도 엄마 집에서 편히 쉬고 와야지. 내일 올게요."

"아니야. 엄마 말 들어. 엄마가 아빠랑 있고 싶어서 그래. 너 이번 주에 외근이다 뭐다 많이 바빴잖아. 날도 추운데 그러다 몸살 나, 그러니까 내일은 꼭 집에서 푹 쉬어. 알았지?"

"알았어요. 그럼, 언제라도 엄마 힘들면 바로 전화해요."

"그래, 얼른 가 봐."

수영은 자꾸 뒤돌아보는 딸아이의 등을 떠밀어 겨우 보냈다. 서둘러 남편에게로 다가가서 보니 참으려고 얼마나 용을 썼는지 몸은 열감으로 뜨거웠고, 베갯

잇은 이미 흥건하게 젖어 있었다. 터진 둑처럼 쏟아지는 슬픔을 어떻게 해야 할까. 결국 참지 못하고 남편의 몸 위로 쓰러지듯 기대었다.

"여보, 일어나. 이제 그만 일어나자. 우리 초롱이, 우리 초롱이 그만 아프게 하고. 여보. 흡. 그만 일어나 줘. 제발…… 흑. 일어나 줘, 제발."

수영은 말없이 꺽꺽 눈물만 쏟아 내는 남편의 안쓰러운 얼굴을 감싸 안고 함께 고통 속에 허우적거려야 했다.

병원을 나와 홀로 집으로 향하는 초롱의 외로운 발걸음은 터벅터벅 무겁기만 했다.

아무도 없는 어두운 집에 들어서며 식탁 의자에 멍하게 앉아 적막이 감도는 집을 둘러보니 외로움이 물밀듯 밀려왔다. 서둘러 집을 정리하며 분주하게 움직여 보았다. 그렇게 한참을 밀린 집안일을 마친 후 씻고 자리에 누워 잠을 청하는데, 온몸을 짓누르는 피로에도 잠이 오기는커녕 정신은 도리어 맑게 깨고 있었다.

혹시나 하는 마음에 그에게 문자를 남겨 보는데, 눈 깜짝할 사이에 온 답장을 읽으며 초롱의 얼굴에 미소가 번졌다.

「이초롱. 보고 싶다.」

짧은 문자에 마음이 흔들렸다. 맙소사. 그가 너무 보고 싶었다. 평소 같았으면 몇 번을 생각하고 고민하며 결국 미안하다. 내일 뵙겠다. 하고 말았을 텐데, 오늘은 평소와 다른 날이었다. 생각하기도 전에 이미 몸이 먼저 움직이고 있었다.

산은 난생처음으로 외롭다는 생각이 들었다. 쉬이 잠들 수 있는 밤이 아니었다. 샤워를 마치고 나온 거실은 어둠에 휩싸여 고요함만이 공기 중에 머물러 있었다. 그녀가 쳤던 피아노 소리는 아직도 귓가에 생생하게 머물러 있는데, 그녀의 온기는 이미 저만치 멀어져 가고 가슴엔 냉기만 흘러들었다.

'젠장. 보고 싶어 미치겠네.'

그때 휴대폰이 예고 없이 어둠을 밝혔다. 천천히 다가가 메시지를 확인했다.

「자요?」

너무나도 간결한 문자에 피식 웃음이 나와 버렸다.

자냐고? 지금 장난해? 너 때문에 잠이 오지가 않아. 걱정돼서, 보고 싶어서, 잠을 잘 수 있을지도 모르겠어. 라고 보내려다 너무도 유치한 모습에 엷은 한숨이 새어 나왔다.

「이초롱. 보고 싶다.」

간절한 마음을 담아 겨우 한 줄 보냈는데, 물어볼 때는 언제고 답도 없다. 전화해 볼까 하다가 아직 병원일까, 혹여 부담을 줄까 싶어 휴대폰만 만지작거리다 소파로 던져 버렸다. 혹시나 답이 올까 간간이 가는 눈길까지는 막을 수 없어 답답한 마음에 홈 바에 앉아 휴대폰을 노려보았다.

조그만 게 사람을 너무 흔드네. 전화할 것도 아니면서 물어보긴 왜 물어봐?

그녀를 생각하는 것만으로도 가슴이 뜨거워 식혀 줄 무언가 필요했다. 벌어지는 샤워 가운 따위 건성으로 대충 여미고 차가운 와인을 따라 단숨에 꿀꺽 삼키는데도 열기는 식을 기미가 보이지 않았다. 샤워를 한 번 더 할까 하다가 와인을 한 잔 더 따르고서 창가로 향하며 전동 커튼을 열었다.

친밀한 어둠이 가시고 은은한 달빛이 주위를 에워쌌다. 창밖을 내려다보니 다양한 빛깔로 수놓은 아름다운 한강이 한눈에 들어왔다. 눈부신 야경을 보고 있노라니 생각은 다시금 초롱에게로 향하고 있었다. 이 황홀한 밤의 신비를 너와 함께 누릴 수 있다면 얼마나 좋을까. 아쉬움에 한숨이 절로 새어 나왔다.

한참을 물끄러미 바라보며 애꿎은 와인 잔만 빙글빙글 돌리다 한입 가득 와인을 머금고 쓰게 꿀꺽 삼켰다. 그때, 딩동. 상황과 시간에 맞지 않는 생경한 벨 소리가 들려왔다. 의아해하며 인터폰으로 향하는데 점점 가까이 가면 갈수록 눈이 맑아지며, 정신이 번쩍 들었다.

'네가 어떻게 거기서 나와?'

산은 놀란 마음에 차림을 살필 겨를도 없이 한달음에 현관으로 향했다.

어느새 그의 집 앞이었다.

'이초롱, 완전 정신 나갔어. 이 시간에 여기가 어디라고. 그냥 갈까? 아니야. 너무 보고 싶어. 그래도. 몰라…… 모르겠어.'

이성과 감성이 격렬하게 맞붙었다. 감성에 이끌려 여기까지 올 때는 언제고, 막상 도착하고 보니 이성이 슬그머니 고개를 내미는 건 무슨 심보인지. 그렇게 한동안 그의 집 앞에서 머뭇거리며 서성이다 결국 눈을 질끈 감고서 벨을 누르고 말았다.

'나오지 마, 나오지 마. 차라리 나오지 마.'

초조한 마음을 감출 사이도 없이.

"이초롱!"

너무나 반가운 얼굴이, 단 한 번도 보지 못한 다소 흐트러진 차림으로 눈앞에 나타났다.

"하이산 씨."

드디어 미쳤나 보다. 어쩜 이렇게 자연스레 그의 이름을 부르는지.

"너 혹시 무슨 일 있어?"

산은 기대와 흥분이 밀려오다가도 혹시 무슨 좋지 않은 일이 생긴 건 아닐까 걱정이 되어 물었다.

"집에 갔다가 생각이 나서…… 갑자기. 그냥. 보고 싶어서……."

초롱은 입술을 깨물었다. 할 말이 아무것도 떠오르지 않았다. 이성을 거치지 않은 말들이 스스럼없이 입술 사이로 흘러나와 버렸다.

"……."

그 어떤 미동도 없이 뚫어져라 주시하는 그의 강렬한 눈빛에 매료되어.

"저…… 잠시 들어가도 돼요?"

겁도 없이 말을 하고 말았다.

"여기. 아까 네가 있다 갔던 그곳 아니야. 넌 지금, 호랑이 굴에 제 발로 들어오는 거야. 알아?"

"……네."

"네가 알던 그 호랑이가 아닐 텐데. 가뜩이나 굶주려서 제정신이 아닌데 눈앞에 가장 먹음직스러운 네가 있어. 감당……할 수 있어?"

"……네. 아니. 그게 아니라. 자신은 없지만, 그 호랑이가 하이산 씨라면…… 두렵지 않아요."

무슨 나쁜 일이 있어 찾아온 건 아니었다. 눈앞에 있는 초롱은 지금까지 보던 움츠린 모습의 초롱이 아니었다. 자신의 앞에선 늘 조심하고 마음을 아끼며 숨기고 머뭇거리던 초롱이 아닌, 지금까지는 볼 수 없었던 그녀의 눈빛에 산은 그만 이성을 놓쳐 버리고 말았다.

눈앞에 선 초롱의 허리를 휘어잡아 품으로 당기며 그대로 입을 맞추었다. 아무런 저항 없이 반갑게 맞아 주는 모습에 참을 수 없는 감정이 휘몰아쳤다.

철컥 현관문이 닫혀 버렸다.

'들어오는 건 네 마음대로, 나가는 문은 이제 없을 거야.'

떨림이 전해 오는 느낌에도 감정을 제어하지 못하고 정말 굶주린 호랑이처럼 다급하게 그녀의 등허리를 쓸어안으며 초롱의 촉촉한 입술에, 예쁜 얼굴에, 희고 깨끗한 목에 참았던 마음의 모습을 거침없이 그리고 있었다.

수 분의 시간이 지나 간신히 입술을 떨어트리며, 두 손으로 초롱의 얼굴을 부드럽게 감싸고서 이마를 맞대었다. 반짝이는 초롱의 눈빛을 마주하며 이루 말할 수 없는 기쁨에 산의 입가에 미소가 담기다 이내 사라졌다.

"너 후회 안 할 자신 있어?"

"네."

"오늘은 참지 못할 거야. 더는 참을 수가 없어. 안고 싶어 미치겠어. 너도 이런 내가 느껴져?"

　불조차 켜지 않은 거실에 달빛이 환한 빛을 비춰 주었다. 발갛게 달아오른 초롱의 얼굴에 어린 열기마저 너무 사랑스러워 대답하려고 입술을 여는 틈을 타 곧장 마음을 보내 버렸다. 뜨겁고, 부드럽고, 세상 어디서도 맛보지 못한 달콤함에 절로 신음이 새어 나왔다.

　"이초롱, 내가 느껴지냐고 물었어."

　그녀의 진심을 확인하고 싶었다. 자신의 마음을, 자신의 의도를 정확히 이해하고 있는지, 정말 사랑을 나눌 준비가 되어 있는지.

　"대답할 시간도 주지 않고선."

　초롱의 당찬 말에 피식 웃음이 흘러나왔다.

　"기다리고 있어, 네 대답. 내가 느껴져? 내 몸과 마음이 뭘 원하고 있는지?"

　"충분히. 그리고 온전히. 시간을 되돌릴 수 있다면, 저 문 앞에서…… 그렇게 오래 망설이지 않았을 거예요."

　어쩜 말도 이렇게 예쁘게 하는지. 더 이상의 말은 필요치 않았다. 이제야 온전히 열어 보인 마음에 가슴 가득 짜릿한 희열이 출렁거렸다.

　산은 거칠었던 좀 전과는 사뭇 다른 키스를 시작했다. 다급하게 서두를 필요가 없었다. 밤은 이제 겨우 시작이었고, 산은 막 잠에서 깨어난 듯 활기로 가득 차 있었다.

　'내 어두웠던 밤을 밝힌 건 너야. 밤의 문을 두드린 것도 너. 겁도 없이 그 밤을 열고 들어온 것도 너. 고이 잠자던 열정을 깨운 것도 너야. 그러니까…… 이제 보여 줄게. 내가 얼마나 뜨거운 사람인지, 내가 얼마나 건강한 남자인지. 너를 위해 뭘 참고 견뎠는지, 얼마나 고대하고 고대하던 순간이었는지. 다 보여 줄게. 내 마음. 그리고 내 모든 것.'

2권에서 계속